ख़ानज़ादा

तुग़लक़, सादात, लोदी और
मुग़ल राजवंशों से लोहा लेनेवाले
मेवातियों की गाथा

ख़ानज़ादा

तुग़लक़, सादात, लोदी और
मुग़ल राजवंशों से लोहा लेनेवाले
मेवातियों की गाथा

भगवानदास मोरवाल

राजकमल प्रकाशन

ISBN : 978-81-19835-32-4

मूल्य : ₹995

पहला संस्करण : 2023

प्रकाशक : राजकमल प्रकाशन प्रा.लि.
1-बी, नेताजी सुभाष मार्ग, दरियागंज
नई दिल्ली-110 002

शाखाएँ : अशोक राजपथ, साइंस कॉलेज के सामने, पटना-800 006
पहली मंजिल, दरबारी बिल्डिंग, महात्मा गांधी मार्ग, प्रयागराज-211 001
1, अनमोल सोराबजी संतुक लेन, धोबी तलाव, मरीन लाइंस, मुम्बई-400 002

वेबसाइट : www.rajkamalprakashan.com
ई-मेल : info@rajkamalprakashan.com

मुद्रक : विकास कंप्यूटर एंड प्रिंटर्स
ट्रॉनिका सिटी-201 102

KHĀNZĀDĀ
Novel by Bhāgwāndāss Morwal

चौदहवीं सदी का उत्तरार्द्ध।

अरावली के शिखर पर बना विशाल परकोटा। एक ऐसा परकोटा जिसमें चूने का कोई अता-पता नहीं, मगर फिर भी यह कहलाया गया क़िला। एक ऐसा दुर्गम क़िला कि ऊपर तक पहुँचते-पहुँचते साँस फूलने लग जाए। यहाँ से चारों तरफ़ जहाँ तक नज़र जाती, इसके स्याह पत्थरों की दरारों के बीच बबूल, कीकर, बेर और दूसरी कँटीली झाड़ियों के बीच विशाल बरगद, पीपल सहित दूर तक बिछी हरियाली की चादर दिखाई देती। एकदम सीधे खड़े इस पहाड़ पर चढ़ने की यहाँ के स्थानीय लोगों की भी हिम्मत नहीं होती।

इसी परकोटे के अहाते में रोज़ाना की तरह गोधूलि के आसपास शुरू हुई पूजा-अर्चना की सारी तैयारियाँ, शाम होते-होते पूरी हो गईं। झुटपुटा घिरने से पहले देवी दुर्गा के सामने पाँच-छह क़दम दूर बनी बलि-वेदी के चारों तरफ़ भिनभिनाती मक्खियों से आच्छादित, और एक दिन पहले चढ़ी बलि के बड़े-बड़े ख़ून के काले पड़ चुके सूखे चकत्तों को साफ़ कर दिया गया। इसके बाद देवी की प्रतिमा को जल से अच्छी तरह धो दिया गया।

क़िले में एक-एक कर आते बच्चे और जवान महिला-पुरुष सब उपासना की तैयारी करने लगे। धीरे-धीरे अन्य दिनों की तरह इस बिना चूने के क़िले में निकुम्भ राजपूतों की भीड़ जमा होती चली गई। देवी दुर्गा की भेंट के लिए पुराने बरगद की ज़मीन छूती जटाओं के बीच प्रस्थापित प्रतिमा के सामने, पीछे की तरफ़ रस्सी से बँधे हाथों, भय से निकली कंचे-सी आँखों, और जवान होने के बावजूद सूखे पत्ते की मानिन्द काँपती इसी जीवित देह की आज बलि चढ़नी है। मिले-जुले अँधेरे और मशालों के मद्धिम उजाले में दूर से चम्पा डूमनी को दिखाई नहीं दिया कि पीछे की तरफ़ रस्सी से बँधे हाथों वाला यह युवा कौन है, जिसकी बलि चढ़नी है? इस दौरान जगह-जगह जल रही मशालों की रोशनी में चल रही तैयारियों के साथ चम्पा डूमनी भी पहले की तरह इस भीड़ में शामिल हो गई। बलि के बाद एक-एक कर जब सब देवी दुर्गा के सामने रखे नर-मुंड के दर्शन करेंगे, चम्पा भी तभी कर लेगी। यही सोचकर चम्पा अपनी पहले से तय जगह पर जाकर बैठ

गई। देवी की स्तुति में सालों से गाए जानेवाला भजन अब चम्पा डूमनी की ज़ुबान पर इस क़दर चढ़ चुका है, कि उसे न तो अब याद करने की ज़रूरत पड़ती है, न दोहराने की।

'पता नहीं, आज किस निरभाग की बारी है?' चम्पा डूमनी होंठों-ही-होंठों में बुदबुदाकर उस पल का इन्तज़ार करने लगी, जिसके लिए वह पिछले कई सालों से इस परकोटे पर न जाने किस तरह चढ़कर आती है।

जैसे-जैसे मशालों की रोशनी में पूजा-अर्चना की रस्म आगे बढ़ने लगी, नाचती-गाती भीड़ का उन्माद अपने चरम को छूने लगा। चम्पा डूमनी भी आँखें बन्द कर भजन गाने में डूब गई। कुछ देर बाद जैसे ही 'जय देवी दुर्गा माँ' का गगनभेदी समवेत उद्घोष जलती मशालों के बीच गूँजा, चम्पा समझ गई कि बलि चढ़ चुकी है। ढोल-नगाड़ों के शोर के बीच बलि चढ़नेवाले युवा का आर्तनाद दबकर रह गया। एक-एक कर सब देवी दुर्गा के दर्शन कर लौटने लगे। भजन समाप्त कर चम्पा भी हल्की पड़ती भीड़ को चीरते हुए आगे आ गई। भीड़ की दरारों के बीच से छनकर आता मशालों का उजाला, देवी दुर्गा के सामने रखे मिट्टी के कूँड़े में निस्तेज खुली आँखों वाले नर-मुंड पर रह-रहकर पड़ रहा है।

चम्पा डूमनी देवी दुर्गा के सामने घुटनों के बल बैठ गई। आँखें बन्द कर देवी दुर्गा की उपासना करते हुए मन-ही-मन न जाने वह अपनी कौन-सी मनोकामना पूरी होने की अरदास माँगने लगी। अरदास के बाद उसने झुककर मिट्टी के कूँड़े में रखे और रक्त में लिपटे नर-मुंड के रक्त का तिलक लगाने के लिए, अँगूठे के पोर को डुबोने के लिए आगे किया ही था, कि अचानक मशालों की रोशनी में भीगे नर-मुंड के स्थिर, निस्तेज आँखों वाले चेहरे पर नज़र पड़ते ही उसकी चीख़ निकल गई। पहले चम्पा डूमनी की चीख़ सुनकर और फिर उसे मूर्च्छित हुआ देख, सारे निकुम्भ उसके इर्द-गिर्द जमा हो गए। किसी की समझ में नहीं आया कि आज अचानक चम्पा डूमनी क्यों तो चीख़ी, और क्यों मूर्च्छित हो गई? इससे पहले तो ऐसा कभी नहीं हुआ?

चम्पा डूमनी को देवी दुर्गा के सामने से उठाकर एक तरफ़ ले जाकर लिटा दिया गया। मुँह पर पानी के छींटे मारने पर जैसे ही चम्पा को होश आया, वह तुरन्त खड़ी हुई और बदहवास देवी की तरफ़ दौड़ी। देवी दुर्गा की मूर्ति के सामने रक्त से भरे कूँड़े और उसमें पड़े रक्त से सने नर-मुंड को काँपते हाथों से उसने उठाया और एक पल पथराई आँखों से निहारने के बाद, उसे सीने से लगाकर ज़ोर-ज़ोर से विलाप करने लगी। अब भी किसी की समझ में कुछ नहीं आ रहा है कि इस अनजान नर-मुंड को सीने से लगाए चम्पा क्यों रो रही है?

इसी बीच एक बुज़ुर्ग उसके पास आया और उसके सर पर हाथ रखते हुए बोला, "डूमनी, बिरा तू इस बलि को देखकर क्यों सोग मना रही है?"

"बाबा सा, जिस माँ की आँखों के आगे उसके पूत का धड़ से अलग हुआ सर रखा हुआ हो, वह सोग ना मनाए तो क्या ख़ुशी मनाए?" चीत्कार करते हुए चम्पा डोमनी ने बुज़ुर्ग से पूछा।

"क्याऽऽऽ? बिरा, तू यह क्या कह रही है?" इतना कह बुज़ुर्ग एक झटके के साथ पीछे हटा और अपने आसपास खड़े लोगों से विस्मय के साथ पूछा, "यह डूमनी क्या कह रही है?"

बुज़ुर्ग के इस सवाल का किसी से जवाब देते नहीं बना। सबकी समझ में चम्पा डूमनी के मूर्च्छित होने का रहस्य आ चुका था। सब सर झुकाए खड़े रहे।

"नरपत, मैं कुछ पूछ रहा हूँ? आज तुम बलि के लिए किसे उठा लाए?" इस बार बुज़ुर्ग ने चीख़ते हुए पूछा।

"बाबा सा, हम तो जैसे रोज़ाना किसी को भी उठा लाते थे, आज भी उठा लाए। हमें क्या पता था कि यह इस डूमनी का जाया है।"

"यह तो तुमने बहुत बड़ा जुलम कर दिया नरपत। लाने से पहले एक बार यह तो पता कर लेते कि जिसे हम बलि के लिए ले जा रहे हैं, वह है कौन।" हताश बुज़ुर्ग ने माथे पर छलक आए पसीने को पोंछते हुए कहा।

"बाबा सा, अब तो जो होना था, सो हो गया।" नरपत निराश होते हुए बोला।

"ठीक है। जो हो गया, सो हो गया पर आगे से ध्यान रखना!"

"जी बाबा सा।" नरपत ने दबी ज़ुबान में उत्तर दिया।

इसके बाद बुज़ुर्ग झुकते हुए चम्पा डूमनी से बोला, "डूमनी, बिरा हमसे बहुत बड़ी चूक हो गई।"

"बाबा सा, तुम्हारी इस चूक से मेरी तो गोद उजड़ गई।" चम्पा डूमनी विलाप करते हुए बोली।

"अब होनी को कौन टाल सकता है। क्या पता तेरे भाग में यही लिखा था।" बुज़ुर्ग निकुम्भ ने बड़ी बेपरवाही के साथ कहा।

"सही कहा बाबा सा। हम दीन-दुखियों का क्या। हमारे तो भाग ही ऐसे हैं।" इतना कह चम्पा डूमनी ने अपने बेटे का सर लिया और उसे लेकर घर आ गई।

सुबह की जो हवा तन को बड़ी राहत दे रही थी, दिन के दूसरे पहर तक आते-आते वह गर्म लू में तब्दील हो गई। आग बरसाती धूप और गर्म हवा, दोनों ने मिलकर अरावली की स्याह पथरीली देह को तपा दिया। जब-जब उसके पाँव पत्थरों पर पड़ते, तब-तब लगता, जैसे पाँव पत्थरों पर नहीं, तपते तवे पर पड़ रहे हैं। दोपहर होते-होते हवा ऐसी हो गई, मानो वह किसी धधकते हुए भाड़ से निकलकर आ रही है।

नहाने के बाद बहादुर नाहर अपनी कचेड़ी (बैठक) में अकेला बैठा, ताज़ा-ताज़ा की गई फ़र्शी की नै से कश भरता हुआ, न जाने किन ख़यालों में खोया हुआ था, कि अचानक नीचे से आनेवाले विलाप से उसकी तंद्रा भंग हो गई। जब तक वह कुछ समझने की कोशिश करता विलाप और तेज़ हो गया। नै को दूसरी तरफ़ मोड़ उसने उठकर झरोखे से नीचे की ओर देखा, तो पाया भीड़ से घिरी एक औरत कचेड़ी के उस झरोखे की तरफ़ हाथ उठाकर रोते हुए कुछ कह रही है। समझ गया बहादुर नाहर कि ज़रूर यह कोई दुखियारी है।

बहादुर नाहर ने ध्यान से सुना तो उसके कानों में उसके ये शब्द पड़े, "दुहाई है सरदार बहादर! मेरी तो कोख ही उजाड़ दी!"

बहादुर नाहर ने झरोखे से इशारा कर दुखियारी को कचेड़ी में बुलवा लिया। पीछे-पीछे आती भीड़ के साथ, वह कचेड़ी में आ गई। कचेड़ी में आने के बाद वह फिर से रोने लगी। बहादुर नाहर इस अनजान औरत को देखकर समझ गया कि यह काफ़ी दूर से चलकर आई है। उसने ध्यान से देखा कि गर्म रेत और पथरीले रास्ते पर चलने के कारण नंगे पाँवों में छोटे-छोटे फफोले निकल आए हैं।

"पहले आराम से दम भर ले!" इतना कह बहादुर नाहर ने अपने एक कारिन्दे से इशारा करते हुए, एक तरफ़ रखे मटके में से पानी लाने के लिए कहा। कारिन्दा तुरन्त मटके से पानी ले आया।

"ले पहले पानी पी!" बहादुर नाहर औरत से बोला।

औरत ने झूठे से भी मना नहीं किया और एक तरफ़ जाकर ओख लगाकर पानी पीने लगी। पानी पीने के बाद वह फिर से अपनी जगह आई और सिसकियाँ भरने लगी।

"बावली, ऐसे रोने से काम नहीं चलेगा। बात तो बता, आख़िर हुआ क्या?" बहादुर नाहर ने फ़र्शी की नै को अपनी तरफ़ मोड़ते हुए पूछा।

"सरदार बहादर..." इसके बाद औरत ने अपने आने की वजह बताते हुए सारा वाक़या बयान कर दिया।

"हूँऽऽऽ तो यह बात है।" बहादुर नाहर ने पहले छोटा-सा हुंकारा भरा और फिर एक हल्का-सा कश लेने के बाद धुआँ हवा में छोड़ दिया।

"सरदार बहादर, बड़ी आस लेके आई हूँ। ऐसे तो एक दिन हम निरबंस हो जाएँगे!" अपना आँचल पसारते हुए औरत ने गुहार लगाई।

"घबरा मत कोई-न-कोई रास्ता ज़रूर निकलेगा।"

अपनी कचेड़ी में लगी भीड़ के बीच, ज़मीन पर बैठी और रह-रहकर विलाप करती औरत अर्थात् चम्पा डूमनी को बहादुर नाहर ने सांत्वना दी।

"रोज-रोज ऐसे हम कहाँ तलक बलि दें सरदार बहादर?"

इसी बीच एक बुज़ुर्ग आया। उसने बिलखती इस अनजान को बड़े ध्यान से देखा। चेहरे पर पड़े घूँघट के कारण वह उसे देख नहीं पा रहा है, कि आख़िर यह

कौन है और कहाँ से आई है। उसने बहादुर नाहर की तरफ़ देखा और फिर इशारे से पूछा कि यह कौन है?

"एक डूमनी है, ताया सा। अलवर क़िले से चलकर आई है।" बहादुर नाहर ने बुज़ुर्ग को बताया।

"ऐसी क्या मुसीबत आ पड़ी, जो इतनी दूर से चलकर आई है?" बुज़ुर्ग ने हैरान होते हुए पूछा।

"ताया सा, जिस माँ के जीते-जी उसका जवान बेटा बलि चढ़ा दिया जाए, उसके लिए इससे बड़ी मुसीबत और क्या होगी।" बहादुर नाहर ने फ़र्शी की नै बुज़ुर्ग की तरफ़ घुमाते हुए कहा।

"किसने चढ़ा दी बलि?" बुज़ुर्ग ने फ़र्शी की नै से ज़ोर का कश लेते हुए सवाल किया।

"निकुम्भों ने और किसने। उन्हें तो रोज़ एक नीच की बलि चाहिए, तो इस बार चढ़ा दी इसके बेटे की।"

"इन निकुम्भों ने तो कुछ ज़्यादा ही ऊधम मचा रखा है।" बुज़ुर्ग ने फ़र्शी की नै फिर से बहादुर नाहर की तरफ़ कर दी।

"डूमनी, ठीक है। निकालते हैं कोई रास्ता।" फिर कुछ क्षण सोचने के बाद बहादुर नाहर औरत की तरफ़ पलटा," वैसे बलि के वक़्त वे क्या-क्या करते हैं?"

"पहले तो सरदार बहादर, वे खूब नशा-पानी करके बलि के आगे नाच-गा कर देवी को मनाते हैं। फिर जब देवी मढ़ में आ जाती है, तो अपने भाले, तीर-कमान नीचे रख देते हैं। इसके बाद..."

"क्या कहा? अपने भाले, तीर-कमान नीचे रख देते हैं?" बहादुर नाहर ने फ़र्शी की नै से ज़ोर का कश लेने के बाद जैसे ही धुएँ को हवा में छोड़ा, कचेड़ी में धुएँ के छोटे-छोटे बादलों की आकृतियाँ तैरने लगीं।

"हाँ सरदार बहादर।" चम्पा डूमनी ने एक आशाभरी आवाज़ में कहा।

"और ये अपने तीर-भालों को कितनी देर तक नीचे रखते हैं?"

"जब तलक सर धड़ से अलग नहीं हो जाता है।"

"फिर?"

"फिर थाली में सर रख पहले देवी की आरती उतारते हैं। इसके बाद सर को देवी के आगे चढ़ाते हैं और फिर सब आपस में एक-दूसरे के माथे पर ख़ून का तिलक करते हैं।"

"ठीक है, अब आगे बताने की ज़रूरत नहीं है। बस, तुझे एक काम करना होगा कि जब सारे निकुम्भ अपने-अपने तीर-भाले अलग रख दें और थाली में सर रख देवी दुर्गा की आरती उतारने लगें, तब ऊपर से कोई इशारा कर देना। अब यह इशारा कैसे करना है, यह तुझे सोचना है।"

"मैं एक काम करूँगी सरदार बहादर कि जैसे ही वे सब नाच-गाने में मस्त होंगे, मैं राख से भरी एक टोकरी किले से नीचे फेंक दूँगी। जैसे ही टोकरी राख उड़ाती हुई नीचे आए, आप इसे मेरा इशारा समझ लेना।"

"ठीक है, अब तू आराम से जा। परसों क़िले पर बलि के समय आ जाना और जैसे ही बलि चढ़ने की तैयारी हो, हमें नीचे इशारा कर देना।"

"जुग-जुग जीओ सरदार बहादर...तुम्हारा बंस बना रहे...खाँजादों की यह कचेड़ी सदा आबाद रहे!"

चम्पा डूमनी ख़ानज़ादा बहादुर नाहर को ढेर सारी दुआएँ दे उठकर जाने लगी, तो बहादुर नाहर ने पीछे से टोका, "इतनी गर्मी में कहाँ जाएगी। धूप थोड़ी नरम पड़ जाए तो चली जाना!"

"जिसके जवान बेटे का सर उसकी आँखों के आगे धड़ से अलग कर दिया गया हो, सरदार बहादर उसके लिए क्या तो गर्मी और क्या धूप। मेरा तो कलेजा उस दिन ठंडा होगा, जिस दिन इन निकुम्भों का मटियामेट होगा। चलती हूँ। धीरे-धीरे साँझ तलक पहुँच जाऊँगी।"

ख़ानज़ादा बहादुर नाहर ने इसके बाद कुछ नहीं कहा। डूमनी के जाने के बाद भीड़ भी ख़त्म हो गई। बाहर से आते हवा के गर्म थपेड़ों के बीच, रह-रहकर कचेड़ी में फ़र्शी की गुड़गुड़ाहट गूँजती रही।

अचानक फ़र्शी की गुड़गुड़ाहट के बीच उस बुज़ुर्ग ने सवाल किया, "नाहर, तूने उस डूमनी से कह तो दिया, पर यह काम होगा कैसे?"

"ताया सा, जब क़ौल दिया है तो उसे पूरा भी करना है। धूप-ताप में यह दुखियारी इतनी दूर से चलके आई है, तो किसी आस में ही आई होगी।"

"बात तो तेरी ठीक है, पर यह काम इतना आसान भी तो नहीं है। निकुम्भों की ताक़त कम थोड़े ही है!" बुज़ुर्ग ने आशंका जताते हुए कहा।

"ताया सा, जब तलवार की मूठ पर हाथ धर ही दिया है, तो वह ऐसे ख़ाली जाने से रही।" बहादुर नाहर अपना दृढ़ निश्चय प्रकट करते हुए बोला।

"अगर ऐसी बात है तो तुझे ज़रूर क़ामयाबी मिलेगी।" इतना कह बुज़ुर्ग कचेड़ी से चला गया।

शाम के सुरमई उजाले में बड़ी सावधानी बरतते हुए चम्पा डूमनी ने क़िले के उत्तरी छोर पर झाड़ियों की ओट में एक टोकरी में राख भरकर रख दी। टोकरी रखने से पहले उसने क़िले से नीचे झाँककर अच्छी तरह नीचे का जायज़ा लिया कि अगर यहाँ से टोकरी को नीचे फेंका जाएगा, तो वह कहाँ जाकर गिरेगी। उधर साँझ घिरते ही सरदार बहादुर नाहर अपने सिपाहियों की एक टुकड़ी

के साथ क़िले की जड़ में, बड़े-बड़े पत्थरों की खोह में आकर छिप गया और इन्तज़ार करने लगा चम्पा डूमनी के इशारे का।

मशालों की बल खाती लौ के साथ धीरे-धीरे ढोल-नगाड़ों का शोर तेज़ होने लगा। इस शोर के बीच बरगद के नीचे प्रस्थापित दुर्गा की प्रतिमा के चारों ओर नशे में चूर निकुम्भों ने परिक्रमा लगानी शुरू कर दी। इधर, ख़ुशी से किलकते गगनभेदी शोर के बीच, चम्पा डूमनी की नज़र रोज़ाना की तरह पल-पल आगे बढ़ती गतिविधियों पर टिकी हुई है। उसकी निगाह उस क्षण पर टिकी हुई है, जब उसे राख से भरी टोकरी को इस अँधेरे में क़िले से नीचे फेंकना है। इधर निकुम्भ बलि की तैयारियों में डूबे हुए हैं, उधर बड़ी सतर्कता के साथ चम्पा डूमनी धीरे-धीरे दबे पाँव क़िले के उत्तर दिशा की तरफ़ बढ़ रही है। चम्पा डूमनी अभी राख से भरी टोकरी के पास पहुँची ही थी कि उसने देखा, नाचते-गाते निकुम्भों ने अपने सारे अस्त्र-शस्त्र एक-एक कर एक तरफ़ रखने शुरू कर दिए हैं। चम्पा को मानो इसी मौक़े की तलाश थी। कुछ देर बाद उसने राख से भरी टोकरी उठाई, फेफड़ों में ढेर सारी हवा भरी और दोनों हाथों से उसे पूरी ताक़त के साथ क़िले से नीचे फेंक दिया। टोकरी हवा में कुलाँचे भरती हुई और राख को उड़ाती हुई तेज़ी से ज़मीन की ओर बढ़ने लगी। कुछ ही पलों में वह ज़मीन पर आ गिरी। इधर क़िले के नीचे अरावली के विशाल पत्थरों की खोह में छिपा बहादुर नाहर और उसके लड़ाके मानो इसी इशारे का इन्तज़ार कर रहे थे। उन्होंने जैसे ही अपने पास तेज़ी से आकर गिरी राख की टोकरी को देखा, वे तुरन्त हरकत में आ गए।

इधर बरगद के नीचे प्रस्थापित देवी दुर्गा की प्रतिमा के चारों तरफ़ परिक्रमा लगाते निकुम्भों ने एक-एक कर अपने सारे अस्त्र-शस्त्र रख दिए। अब सब देवी के सामने एकत्रित हो गए। बलि-वेदी पर घुटनों के बल बैठे, बलि के लिए लाए गए पीछे बँधे हाथों वाले अधेड़ शूद्र का पूरा जिस्म मारे भय के थर्राने लगा। बलि चढ़ानेवाला निकुम्भों का पुरोहित पाठ-पूजा की रस्म पूरी करने के बाद, सर क़लम करने से पहले गँड़ासे को और पैना करने लगा। जैसे-जैसे गँड़ासे की धार पैनी होने लगी, ढोल-नगाड़ों की आवाज़ और नाचते-गाते उन्मादी निकुम्भों के पाँवों की गति भी बढ़ने लगी।

जैसे ही बलि की सारी तैयारियाँ पूरी हुईं, पूरी चपलता के साथ एकाएक धड़धड़ाती अनजान हथियारबन्द टुकड़ी ने क़िले पर धावा बोल दिया। जब तक निकुम्भों की कुछ समझ में आता, मशालों की रोशनी में चारों तरफ़ मार-काट मच गई। जिस देवी दुर्गा के सामने एक निरीह शूद्र की बलि चढ़नी थी, देखते-ही-देखते उसके सामने लहू से नहाई निकुम्भों की लाशें बिछ गईं। क़िले का पूरा अहाता जैसे किसी छोटे-से रक्त-कुंड में तब्दील हो गया। जो इस संहार से बच गए, उनमें से कुछ ने क़िले से कूदकर जान दे दी और जो बच गए, वे अँधेरे का फ़ायदा उठा

जान बचाकर भाग गए। जिस क़िले पर थोड़ी देर पहले निकुम्भों का क़ब्ज़ा था और जो ढोल-नगाड़ों की थापों पर नाच-गा रहे थे, उस पर अब कोटला के ख़ानज़ादा बहादुर नाहर और उसके लड़ाकों का आधिपत्य हो गया।

क़िले पर कुछ शान्ति हुई तो एक लड़ाके ने बलि के लिए लाए गए अधेड़ शूद्र के रस्सी से बँधे हाथ खोल दिए। मुक्त होने के बावजूद मारे भय के वह अब भी काँप रहा है। उसे अपनी आँखों पर यक़ीन ही नहीं हो रहा है कि वह इस समय ज़िन्दा है।

"अब डरने की कोई बात नहीं है।" ख़ानज़ादा बहादुर नाहर ने शूद्र को तसल्ली देते हुए बोला।

अपने सर पर मँडराती मौत से उबरने के बाद अधेड़ शूद्र के जिस्म में हल्की-सी जुम्बिश हुई। मारे भय के जो देह निश्चेष्ट और सुन्न थी, उसकी शिराओं में अचानक जैसे ख़ून ठहाठा मार कर दौड़ने लगा। एक अप्रत्याशित जीवनदान मिलने के बाद उसने पहले ख़ुद को सीधा किया और फिर रोते हुए सरदार बहादुर के पैरों से लिपट गया।

इस दृश्य को देख चम्पा डूमनी मारे ख़ुशी के आसमान की ओर दोनों हाथ उठाकर बोली, "हे मेरे दातार सरदार बहादर नाहर, तेरी जय-जयकार! आज तूने एक माँ का कलेजा ठंडा कर दिया। जुग-जुग जिओ! खाँजादों की पगड़ी ऐसे ही बुलंद रहे मेरे सरदार बहादर!"

"खाँजादों का बुलंद क़ायम रहे मेरे सरदार बहादुर!" चम्पा डूमनी के बाद वही अधेड़ शूद्र पूरे जोश के साथ बोला, जो बलि होते-होते बच गया था। उसकी देह में न जाने कौन-सी दैवीय शक्ति प्रवेश कर गई।

जवाब में ख़ानज़ादा बहादुर नाहर कुछ नहीं बोला। बस, अपने सामने मशाल की लौ में भीगी और दुआएँ देती चम्पा डूमनी, तथा मौत के जबड़े से बचकर आए अधेड़ शूद्र के चेहरे पर आते-जाते ख़ुशी के भावों को देखता रहा।

"डूमनी, आज के बाद इस क़िले पर किसी भी अछूत की बलि नहीं चढ़ेगी। अब तुम सब बेफ़िक्र होकर जीओ!" ख़ानज़ादा बहादुर नाहर ने डूमनी को आश्वस्त करते हुए कहा।

"बस, एक छोटी-सी अरज और है मेरे दातार! बुरा ना मानें तो कहूँ?"

डूमनी ने जिस तरह निवेदन किया बहादुर नाहर से पूछे बिना नहीं रहा गया, "हाँ बोल!"

"किले की जिस जगह से आपकी इस दासी ने राख की टोकरी नीचे फेंकी है, बस, उस जगह के छोटे-से टुकड़े को इस डूमनी के नाम कर दो, तो आपकी बड़ी महर होगी मेरे सरदार बहादर!" चम्पा डूमनी हाथ जोड़ते हुए बोली।

"तेरे नाम कर दूँ?" चम्पा डूमनी की गुज़ारिश भरी इस माँग पर चौंकते हुए बहादुर नाहर ने पूछा।

"मेरा मतलब है सरदार बहादर कि उस जगह का नाम इस डूमनी के नाम पर रख दो!"

"मैं कुछ समझा नहीं?"

"सरदार बहादर, जब-जब आपकी रिआया इस किले पर आएगी और उस जगह को देखेगी, जहाँ से मैंने राख की टोकरी फेंकी थी, तो वे कहेंगे कि देखो यही वह जगह है जहाँ से एक डूमनी ने कोटला सरदार बहादर नाहर की तरफ़ टोकरी फेंकी थी।"

चम्पा डूमनी की इस माँग पर ख़ानज़ादा बहादुर नाहर से तुरन्त कोई उत्तर देते नहीं बना।

"एक गरीब की हाय का क्या असर होता है, कम-से-कम दुनिया तो जान लेगी।" फिर कुछ क्षण रुककर चम्पा डूमनी बोली, "सरदार बहादर, खाँजादों के इस एहसान का बखान हम डूम सदा करते रहेंगे।"

"ठीक है। उस जगह का नाम मैं आज ही रख देता हूँ और उसका नाम होगा—डूमनी की दाँता।"

"जुग-जुग जिओ मेरे सरदार बहादर। यह इस डूमनी की आत्मा से निकली हुई दुआ है कि जब-जब खाँजादों का नाम लिया जाएगा, तब-तब इस डूमनी और इस जगह को भी याद किया जाएगा। आपके सहारे हम डूमों को भी लोग याद कर लेंगे।" चम्पा डूमनी दुआएँ देती हुई क़िले से चली गई।

इसके बाद ख़ानज़ादा सरदार बहादुर नाहर के सिपाहियों ने, अहाते में पड़ी निकुम्भ राजपूतों की लाशों को उठाया और उन्हें क़िले से इधर-उधर नीचे फेंक दिया। अपने सिपाहियों को क़िले में तैनात कर ख़ानज़ादा सरदार बहादुर नाहर रात में ही वापिस कोटला के लिए रवाना हो गया। जो क़िला देवी दुर्गा की स्तुति में गाए जानेवाले गीतों के साथ, ढोल-नगाड़ों की थापों से गूँज रहा था, वह जहाँ-तहाँ जलती मशालों की रोशनी में पहरा देती ख़ामोश परछाइयों की निगहबानी में ऊँघने लगा।

2

शहर डढीकर परगना, अलवर गढ़ के पास
बस्ती राजा चन्द की, आभानेर निकास।

आज के राजस्थान और इसके एक शहर अलवर के पास बसा आभानेर। वही आभानेर जहाँ कभी जादूवंशी क्षत्रियों का आधिपत्य था।

इनमें से एक सुसरमाजीत जिसकी राजधानी रही तिजारा के पास सरहेटा। वही सुसरमाजीत जिसके बेटे तेजपाल ने तिजारा बसाया। जबकि दूसरा था राजा चन्द जिसने आभानेर को बसाया और यही इसकी राजधानी रही। बाद में राजा चन्द ने आभानेर से उठकर उसके दक्षिण में डढीकर को बसाया। सुसरमाजीत और राजा चन्द दोनों का आधिपत्य समाप्त होने के बाद तँवर वंश का उदय हुआ, जो आगे चलकर मेवात के शासक बन गए।

ग्यारहवीं सदी में जब सैयद सालार मसऊद ग़ाज़ी महमूद गज़नवी मेवात में मुस्लिम धर्म का प्रचार करने आया, तब दूसरे लोगों के साथ तँवर वंश के बहुत से लोगों ने भी मुस्लिम धर्म क़बूल कर लिया। इतनी बड़ी तादाद में मुस्लिम धर्म स्वीकारने के बाद, इन पर पृथ्वीराज और बड़गूजरों ने ज़ुल्म ढाने शुरू कर दिए। बाद में बाहर से आए मुस्लिम आततायी मोहम्मद गौरी ने हिन्दुस्तान पर हमला किया, तो उसके भय से बड़गूजरों ने अलवर के पास अरावली की पहाड़ियों के ऊपर अपनी रक्षा के लिए एक अस्थायी पत्थरों का अहाता या कहिए परकोटा बना लिया। यहाँ बसने के बाद नीचे आसपास घने जंगल, तंग और ऊबड़-खाबड़ रास्ते होने के कारण ये बड़गूजर झाड़ियों में छिपकर राहगीरों को लूटने लगे।

बड़गूजरों के पतन के बाद मेवात में मलिकों की सत्ता क़ायम हो गई। मेवात के ख़ानज़ादों को एक समय मलिक के ख़िताब से भी नवाज़ा गया। मलिकों को ही बलबन ने मलिकज़ादा और ख़ानज़ादा का ख़िताब देकर पूर्वी राजस्थान में बसा दिया। धीरे-धीरे ख़ानज़ादे मज़बूत होते गए और इस इलाक़े की बागडोर इनके हाथों में आ गई। इसके बाद निकुम्भों का इस क़दर उदय हुआ कि अरावली की जिस पहाड़ी पर बड़गूजरों ने अपनी रक्षा के लिए अस्थायी पत्थरों का परकोटा बनाया था, उस पर निकुम्भों ने क़ब्ज़ा कर लिया। इस बिना चूने के परकोटे अर्थात् क़िले को बाद में ख़ानज़ादा सरदार बहादुर नाहर ने चम्पा डूमनी की मदद से निकुम्भों के क़ब्ज़े से मुक्त कराने के बाद अपने आधिपत्य में ले लिया।

जादूवंश की बारहवीं पीढ़ी में थिनपाल वंश की नींव डालनेवाला राजा थिनपाल। राजस्थान का बयाना और बयाना के थिनगढ़ में ही नहीं, बल्कि करौली और मेवात के भरतपुर और अलवर तक फैला थिनपाल वंश। इसी थिनपाल के बारह पुत्रों में से चौथे पुत्र चाँदपाल के पड़पोते अन्सराज के दूसरे बेटे, अर्थात् इस वंश की सातवीं पीढ़ी के लखनपाल से दो सगे भाई शौपरपाल और समरपाल पैदा हुए। राजा थिनपाल के शाहबुद्दीन मोहम्मद गौरी से युद्ध हारने के बाद, शाहबुद्दीन मोहम्मद गौरी ने थिनगढ़ का क़िला अपने सरदार बहारुद्दीन तुग़लक़ को सौंप दिया। इसके चलते उसकी संतान को बयाना छोड़ना पड़ा। थिनपाल

का चौथा पुत्र चाँदपाल सालों तक इधर-उधर भटकता रहा। इसी दौरान भटकता हुआ वह भरतपुर से तीस मील दूर क़स्बा कामाँ की अज़ानगढ़ पहाड़ियों में पहुँच गया। दूर तक फैले सुनसान जंगलों और निर्जन पहाड़ियों को देख, चाँदपाल को दुश्मन से बचने के लिए इससे अच्छी जगह दूसरी नहीं लगी। यहाँ किसी भी मुस्लिम आततायी का पहुँचना बेहद मुश्किल है। प्राकृतिक संसाधन भी यहाँ उपलब्ध हैं। यही सोचने के बाद चाँदपाल ने यहाँ बसने का फ़ैसला किया और अज़ानगढ़ को आबाद कर दिया। इस तरह सालों तक अपनी ज़मीन से विस्थापित चाँदपाल को आख़िरकार अज़ानगढ़ के रूप में स्थायी ठिकाना मिल गया।

एक दिन चाँदपाल को पता चला कि अज़ानगढ़ की पहाड़ियों के पास एक तकिए में हक़ीक़त केशशाह नाम का फ़क़ीर रहता है। इस फ़क़ीर की इलाक़े में इतनी कीर्ति है कि इसके पास आसपास ही नहीं, दूर-दूर से लोग इसकी दुआएँ लेने आते हैं। यह सुनने के बाद चाँदपाल के मन में इस फ़क़ीर से मिलने की तीव्र इच्छा हुई, और एक दिन अपने कुछ ख़िदमतगारों के साथ तकिए में उसके थान पर पहुँच गया।

चाँदपाल को देखकर हैरानी हुई कि जिस समय वह तकिए में पहुँचा, उस वक़्त भी उसने फ़क़ीर हक़ीक़त केशशाह के थान पर कई अक़ीदतमन्दों को पाया। तकिए और थान के आसपास पसरे अध्यात्म, वैराग्य और सुकूनभरे सन्नाटे के बीच वह चुपचाप अक़ीदतमन्दों में शामिल हो गया और अपनी बारी का इन्तज़ार करने लगा। चाँदपाल को सबसे बड़ी हैरानी तो यह देखकर हो रही है कि यह फ़क़ीर आनेवाले इन श्रद्धालुओं को कोई गंडा-ताबीज़ नहीं दे रहा है। बस, आँखें बन्द कर अपने सामने बैठे श्रद्धालु के सर पर हाथ रख, हल्के से फूँक मार रहा है। इस मन मोहनेवाले दृश्य को चाँदपाल देर तक निरखता रहा। एक-एक कर जब सारे श्रद्धालु थान से चले गए, तब अपने सेवकों को थान के बाहर छोड़, चाँदपाल फ़क़ीर के सामने आकर बैठ गया। फ़क़ीर हक़ीक़त केशशाह ने एक पल के लिए चाँदपाल को ऊपर से नीचे तक देखा। न उसने अपने दर पर आए इस अक़ीदतमन्द से उसके कष्ट और दुखों के बारे में पूछा, न ही इस श्रद्धालु ने कुछ बताया। दूसरे अक़ीदतमन्दों की तरह फ़क़ीर ने उसके सर पर हाथ रख फूँक मार दी।

चाँदपाल चुपचाप उठकर जाने लगा, तो फ़क़ीर ने पीछे से टोका, "बरख़ुरदार, ज़रा रुकना!"

चाँदपाल जाते-जाते रुक गया और पलटते हुए पूछा, "जी बाबा?"

"आप इस इलाक़े के नहीं लगते हो?" फ़क़ीर हक़ीक़त केशशाह ने पूछा।

"हाँ बाबा।"

"शकल और डील-डौल से भी किसी रुतबेदार ख़ानदान के लगते हो? कहाँ से आए हो...कौन हो, कुछ अपने बारे में बताओगे?"

"बाबा, आप सही कह रहे हैं। कभी हुआ करता था हमारा रुतबेदार ख़ानदान। मगर एक मुस्लिम आततायी की वजह से अब दर-ब-दर होने पर मजबूर हैं।" चाँदपाल ने बताया।

"मुस्लिम आततायी! बरख़ुरदार, कहीं आप मोहम्मद गज़नवी ख़ानदान के अबू बकर शाह कँधारी की बात तो नहीं कर रहे हैं?" फ़क़ीर हक़ीक़त केशशाह ने हैरत के साथ पूछा।

"आप सही कह रहे हैं बाबा।"

"और अगर मेरा अन्दाज़ा सही है तो आपका ताल्लुक़ कहीं राजा थिनपाल ख़ानदान से तो नहीं है?"

"जी, मैं उसी थिनपाल का चौथा बेटा चाँदपाल हूँ।"

"मैं तो देखते ही समझ गया था कि ऐसा चौड़ा माथा, मज़बूत भुजाएँ और डील-डौल वाली काया किसी राजसी ख़ानदान से ताल्लुक़ रखनेवाले की ही हो सकती है। मगर यह सोचकर चुप्पी साध गया कि ब्रज के इस घने और सूने जंगल में कोई राजा इस फ़क़ीर के पास क्यों आएगा।"

"बस आ गया बाबा। बड़ा नाम सुना था आपका। सोचा, मैं भी दर्शन कर लूँ। क्या पता आपकी दुआओं से मेरे फिर से दिन फिर जाएँ।"

"मैं कौन होता हूँ बेटा किसी के दिन फेरनेवाला। दिन तो वह परवरदिगार फेरता है, जो हम सबका मालिक है। और फिर दिनों का क्या? वे तो धूप-छाँह की मानिन्द हैं, जो पल-पल में बदलते रहते हैं। अँधेरे और उजाले उसके दो पहलू हैं। आज अँधेरा है, तो कल रोशनी भी होगी। मुझे पूरा यक़ीन है कि आनेवाले वक़्त में बयाना के अलावा दूसरे इलाक़ों में भी आप यदुवंशियों के परचम लहराएँगे।"

चाँदपाल ने जवाब में कुछ नहीं कहा।

फ़क़ीर हक़ीक़त केशशाह ने पहले एक गहरी साँस लिया और फिर अपने थान से खड़ा होते हुए बोला, "बहुत दिनों तक चली इस जंग को कौन भूल सकता है बेटा। अबू बकर शाह कंधारी भी कौन-सा यह जंग जीत जाता, अगर राजा विजयपाल की फ़ौज के दो मामा-भांजा सिपाही दग़ा कर अबू बकर शाह की फ़ौज में मिल नहीं गए होते। भले ही अबू बकर शाह यह जंग जीत गया, मगर ये दग़ाबाज़ मामा-भांजा भी कहाँ बच पाए। यह बात अलग है कि अबू बकर शाह ने बयाना में अपने शहीद हुए सिपाहियों की याद में बनवाए गए गंज शहीदान के पास ही इन दोनों की क़ब्रें भी बनवा दीं।" कहते-कहते अचानक फ़क़ीर हक़ीक़त केशशाह को जैसे कुछ याद आ गया,"अच्छा, बयाना क़िले के दरवाज़े पर हाथ के पंजों के निशानों का माजरा क्या था?"

"बाबा, यह क़िस्सा राजा विजयपाल और इसी मुस्लिम आततायी अबू बकर शाह के बीच इससे पहले हुई जंग का है। हुआ यह कि जंग के लिए रवाना होते समय राजा ने अपनी रानियों से कहा कि देखो, अगर लश्कर की वापिसी के दौरान

आपको झंडे-नगाड़े और जंग में जीती गई दौलत के हाथी-घोड़े आगे आते हुए दिखाई दें, तो समझना हमारी जीत हुई है। और इसके बजाय अगर आपको सामने से काले निशान वाले झंडे दिखाई दें, तो समझना हम जंग हार गए हैं। इस जंग को बयाना के हमारे राजा विजयपाल ने जीत लिया। जंग जीतने के बाद जब सेना वापिस लौटने लगी, तो मारे ख़ुशी के उसके सरदारों को यह याद ही नहीं रहा, कि लौटते समय सबसे आगे विजय पताका और जंग में जीती गई दौलत के हाथी-घोड़े रखने हैं। बेख़याली में वे सबसे आगे काले निशान वाले झंडे लेकर चल पड़े। जैसे ही विजयी सेना क़िले से कुछ दूर रह गई और रानियों ने सेना के आगे काले निशान वाले झंडे देखे, तो अपने राजा की हार समझकर, पहले उन्होंने क़िले के मुख्य द्वार के दोनों तरफ़ अपने ख़ून से सने हाथों के पंजों के निशान माँढ़े, और इसके बाद सब ने अपने आपको अग्नि-कुंड के हवाले कर ख़ुदकुशी कर ली।"

"यानी एक छोटी-सी भूल और एक ग़लतफ़हमी की इतनी बड़ी क़ीमत चुकानी पड़ी।" फ़क़ीर हक़ीक़त केशशाह ने मुस्कराते हुए कहा।

"कुछ भी मान लीजिए। अच्छा बाबा, अब जाने की आज्ञा दीजिए!"

"ख़ुश रहो, आबाद रहो!" फ़क़ीर हक़ीक़त केशशाह ने चाँदपाल को दुआएँ देते हुए कहा।

चाँदपाल

अज़ानगढ़ के जंगलों में नियमित रूप से फ़क़ीर हक़ीक़त केशशाह के थान पर आने लगा। फ़क़ीर की वाणी सच साबित हुई और चाँदपाल के दिन फिरने शुरू हो गए। चाँदपाल के बाद उसके बड़े बेटे अनंतपाल ने, और अनंतपाल के बाद अनंतपाल के बेटे उधनपाल ने अज़ानगढ़ की सत्ता सँभाली। उधनपाल कुछ दिनों बाद अपने चाचा के दोनों बेटों अजयपाल और अनयपाल के साथ उनके दूसरे भाइयों को भी अज़ानगढ़ ले आया। इसी चाँदपाल के पोते उधनपाल ने काला पहाड़ यानी अरावली की तलहटी में बसे तिजारा के पास पहाड़ियों में दौराला नाम के गाँव को बसाया। उधनपाल के बाद इसके बेटे अन्सराज ने यहाँ के शासन की बागडोर सँभाली, जिसने इसी के पास सरहेटा गाँव बसाया। थिनपाल के बारह पुत्रों में से चौथे पुत्र चाँदपाल के पड़पोते अन्सराज के छह पुत्र पैदा हुए। इसी अन्सराज के दूसरे बेटे और इस वंश की सातवीं पीढ़ी के लखनपाल के दो बेटे शौपरपाल तथा समरपाल पैदा हुए। जबकि अन्सराज के बड़े बेटे धर्मसी के चार पुत्र बेजल, राजल, कोंतल और जीतल पैदा हुए। कहते हैं कि जीतल फ़क़ीर बन गया था। बाद में बेजल को छोड़कर राजल और कोंतल दोनों भाइयों ने इस्लाम धर्म क़बूल कर लिया। बेजल के कोई औलाद नहीं थी। शायद इस वजह से और अपने दो भाइयों के मुसलमान बनने से बेजल बहुत उदास रहने लगा।

समरपाल अपने चचेरे भाई बेजल की उदासी भाँप गया। एक दिन वह बेजल के पास गया और उसे समझाते हुए बोला, "देख भाई, जब हम सारे चाचा-ताऊ के बेटों ने इस्लाम क़बूल कर लिया है, तो तुझे भी क़बूल कर लेना चाहिए। अच्छा होगा कि तू भी मुसलमान हो जा, वरना ये आततायी मुसलमान तुझे जीने नहीं देंगे। जो हाल हमारा हुआ, ये तेरा भी कर देंगे।"

समरपाल की बात सुन बेजल कुछ देर तक सोचता रहा। काफ़ी सोच-विचार के बाद वह बोला, "समरपाल, शायद तू ठीक कह रहा है। वैसे भी मैं अकेला क्या करूँगा। न मेरे आस, न औलाद।"

इस तरह समरपाल के समझाने पर आख़िरकार बेजल ने भी इस्लाम क़बूल कर लिया। बेजल बेहद ईमानदार और नर्म मिज़ाज था, इसलिए सारे भाई इसका बहुत सम्मान करते थे। बेजल की मौत के बाद उसके चचेरे भाई समरपाल ने अपने पूर्वजों के रीति-रिवाज़ के अनुसार इसके नाम पर दान देना शुरू कर दिया। उसकी आत्मा की शान्ति के लिए ग़रीब-गुरबों और बच्चों में रोज़ाना एक बर्तन चावल बाँटा जाने लगा। बेजल की मृत्यु रामगढ़ के पास एक गाँव खेड़ी में हुई थी। इसलिए समरपाल ने अपने चचेरे भाई बेजल को इसी गाँव में दफ़नाकर, यहीं उसकी एक तुरबत बनवा दी।

चौदहवीं सदी का मध्य और देहली सल्तनत में तुग़लक़ वंश के शासक फ़िरोज़ शाह तुग़लक़ का शासन।

देहली से साठ मील दूर बसा मेवात। पहले बड़गूजरों द्वारा मेवात में जनता से लूटपाट और उन पर अत्याचार करना। फिर निकुम्भों द्वारा शूद्रों की रोज़ाना बलि चढ़ाना। बाद में शौपरपाल और समरपाल दोनों भाइयों द्वारा मेवात में आए दिन राहगीरों के साथ होनेवाली लूटपाट और जनता पर होनेवाले अत्याचारों की ख़बरें देहली दरबार में पहुँचने लगीं। देहली दरबार इन ख़बरों को सुनकर चिन्तित हो उठा। ख़ुद सुल्तान फ़िरोज़ शाह तुग़लक़ ने बहुत विचार किया कि इसका क्या हल निकाला जाए। जब फ़िरोज़ शाह को कोई उपाय नहीं सूझा तब उसने अपने अमीर-उमरा, वज़ीरों और कुछ ओहदेदारों से इस बारे में मशविरा किया।

"आख़िर इस परेशानी से मेवात की अवाम को कैसे छुटकारा दिलाया जाए?" फ़िरोज़ शाह तुग़लक़ ने अपने दरबारियों से पूछा।

"हुज़ूरे आली, सुना है कि मेवाती बेहद ख़तरनाक होते हैं। ये कितने ख़तरनाक होते हैं इसका इसी से अन्दाज़ा लगाया जा सकता है कि जब मुहम्मद गौरी ने हिन्दुस्तान पर हमला किया, तब इस हमले में क़ुतुबुद्दीन ऐबक का एक सिपहसालार सैयद बज़ेउद्दीन इनके हाथों मारा गया। बाद में जब मुहम्मद गौरी का एक भतीजा

मीरान हुसैन मेवात आया और उसने मेवातियों पर हमला किया, तब ये कुछ क़ाबू में आए। उस दौरान कुछ तो अपनी जान बचाकर भाग गए और जो बच गए उन्होंने इस्लाम क़बूल कर अपनी जान बचा ली।" एक अमीर ने बताया।

"हाँ हुज़ूर, इन दोनों भाइयों से पहले यहाँ बड़गूजर ख़ानदान के लोग भी यहाँ की जनता से लूटपाट और उन पर ज़ुल्म ढहाते थे। इनके इसी ज़ुल्मो-सितम से तंग आकर गयासुद्दीन बलबन ने हज़ारों मेवातियों को क़त्ल करवा दिया था।" दूसरे अमीर का दोनों भाइयों से आशय लखनपाल के दोनों बेटों शौपरपाल और समरपाल से था।

"मगर इन्हें अब कैसे क़ाबू में किया जाए?" फ़िरोज़ शाह तुग़लक़ ने पेशानी पर अँगुलियाँ फेरते हुए पूछा।

"हुज़ूर, उस इलाक़े में जाना इतना आसान नहीं है। एक तो जंगली इलाक़ा, ऊपर से दूर तक फैला बीहड़ पहाड़। कहते हैं कि जब भी देहली से कोई जाता है, ये इस पहाड़ में छिप जाते हैं। जंग से इन्हें क़ाबू में करना बड़ा मुश्किल है।"

"फिर एक ही काम हो सकता है कि इन्हें प्यार से समझा-बुझा कर, या फिर कोई लालच देकर ख़ामोश किया जाए। क्या पता ये लूटपाट और ज़ुल्म हालात से मजबूर होकर करते हों? इनके पास आमदनी का कोई पुख़्ता ज़रिया न हो?" एक अन्य अमीर ने अनुमान लगाया।

"आपका कहना सही है ख़ुदावंद अमीर। हमें ऐसी ही कोई तरकीब सोचनी होगी। अच्छा ऐसा करते हैं कि दरबार की तरफ़ से एक इश्तिहार निकलवाकर यह मुनादी करवा देते हैं कि जनता से लूटपाट और उन पर ज़ुल्म करनेवाले, अगर बादशाह के दरबार में पेश होकर उसकी ग़ुलामी क़बूल कर लें, तो उनकी रोज़ी-रोटी और रोज़गार का इन्तज़ाम सरकार करेगी। उनके सारे गुनाहों को भी मुआफ़ कर दिया जाएगा।"

"हुज़ूरे आली, मेरी राय भी कुछ-कुछ ऐसी ही है।" सुझाव देनेवाले अमीर ने अपने बादशाह से सहमति जताते हुए कहा।

"और हुज़ूर, अगर इन्होंने दरबार का हुक्म नहीं माना तब क्या होगा?" एक अमीर ने आशंका व्यक्त करते हुए पूछा।

"तब फिर एक ही रास्ता है और वह यह कि इनके साथ भी वही सुलूक किया जाएगा, जो गयासुद्दीन बलबन ने सारे मेवातियों के साथ किया था। जाइए, और बिना वक़्त ज़ाया किए बादशाही हुक्म की तामील कीजिए! अपने अहलकार भेजकर पूरे मेवात में इस बाबत इश्तिहार बँटवाकर मुनादी करवा दीजिए!" फ़िरोज़ शाह तुग़लक़ ने सख़्त लहजे में आदेश देते हुए कहा।

दरबार में मौजूद बाक़ी अमीर-उमरा और वज़ीरों ने भी अपने बादशाह के इस सुझाव पर अपनी सहमति प्रदान कर दी।

3

फ़िरोज़ शाह तुग़लक़ के हुक्म का पालन करते हुए पूरे मेवात में फ़रमान जारी कर दिया गया। जैसे ही पूरे मेवात में इश्तिहार के साथ मुनादी कार्रवाई गई, उसकी चारों तरफ़ चर्चा होने लगी। शौपरपाल और समरपाल के एक कारिन्दे की नज़र जैसे ही इश्तिहार बाँटने और मुनादी करनेवाले फ़िरोज़ शाह तुग़लक़ के अहलकारों पर पड़ी, उसने उनसे एक इश्तिहार ले लिया। इश्तिहार लेने के बाद कारिन्दे ने घोड़े को एड़ लगाई और सीधा शौपरपाल व समरपाल के पास पहुँच गया।

"झुमरू मियाँ ऐसी क्या आफ़त आ गई जो इस तरह हाँफ रहे हो...औ...और, हाथ में यह क्या है?" छोटे भाई समरपाल ने मुस्कराते हुए अपने कारिन्दे के हाथ की तरफ़ इशारा करते हुए पूछा।

सचमुच हाँफता हुआ कारिन्दा अपने घोड़े से उतरा और अदब के साथ झुकते हुए बोला, "हुज़ूर, देखिए, देहली दरबार से यह क्या शाही फ़रमान आया है?"

"शाही फ़रमान! तुझे यह किसने दिया?" समरपाल ने हैरानी के साथ पूछा।

"शाही अहलकार बाँट रहे थे हुज़ूर। उन्हीं से लाया हूँ।"

"क्या लिखा है इसमें?"

"इसमें लिखा हुआ है कि जनता से लूटपाट और उन पर ज़ुल्म करनेवाले अगर बादशाह के दरबार में पेश होकर उसकी ग़ुलामी क़बूल कर लें, तो सरकार उनकी रोज़ी-रोटी और रोज़गार का इन्तज़ाम करेगी। इतना ही नहीं, आगे लिखा हुआ है कि सरकार उनके सारे गुनाहों को भी मुआफ़ कर देगी।"

इससे पहले कि समरपाल आगे कुछ कहता, उसका बड़ा भाई शौपरपाल भी आ गया।

"क्या हुआ झुमरू, तू इतना बदहवास-सा क्यों है?" शौपरपाल ने अपने छोटे भाई समरपाल के सामने खड़े अपने कारिन्दे से पूछा।

"बदहवास ना हो तो क्या करे। देख, देहली दरबार का यह फ़रमान!" समरपाल ने कारिन्दे के जवाब देने से पहले बताया।

"ऐसे फ़रमान और हुक्म हमें रोज़ाना मिलते हैं। कौन परवाह करता है देहली दरबार के इन फ़रमानों की। इन मेवातियों ने आज तक किसी बादशाह या देहली का हुक्म या फ़रमान माना है, जो अब मान लेंगे?" शौपरपाल ने लापरवाही के साथ अपने छोटे भाई से कहा।

"फिर भी इस पर ध्यान देने में क्या बुराई है?" इस बार समरपाल अपने बड़े भाई को सलाह देते हुए बोला।

"ठीक है, क्या लिखा है इसमें?" शौपरपाल ने एक तरह से अपने छोटे भाई की बात मानते हुए पूछा।

"झुमरू, तू ही बता इसमें क्या लिखा है!" समरपाल ने अपने कारिन्दे को आदेश देते हुए कहा।

कारिन्दे ने एक बार फिर हाथ से लिखे इश्तिहार की सारी बातें पढ़कर सुना दी। सुनकर पहले तो शौपरपाल चुप रहा, फिर कुछ सोचते हुए बोला, "रोज़ी-रोटी और रोज़गार का इन्तज़ाम तक तो बात ठीक है, मगर हम उसकी ग़ुलामी क़बूल कर लें, यह हरगिज़ नहीं होगा।"

"दरबार सारे गुनाहों को मुआफ़ करने की बात भी तो कह रहा है?"

"समरपाल, वह हमारे गुनाहों को मुआफ़ करने के बदले में, हमें ग़ुलाम बनाकर हमसे अपनी क़ीमत वसूलना चाहता है।"

"भाई, एक बार अच्छी तरह सोच ले।" समरपाल ने एक तरह से बात अपने बड़े भाई पर छोड़ दी।

"ठीक है। मगर कोई भी फ़ैसला लेने से पहले अच्छा होगा कि इस बारे में एक बार हम चिराग़-ए-देहली मेरा मतलब है पीर शेख़ नसीरुद्दीन अवधी साहब से भी मशविरा कर लें। जब हम उन्हें इतना मानते हैं और वे हमारा इतना ख़याल रखते हैं, तो एक बार हमें उनसे ज़रूर मशविरा करना चाहिए।" अपने छोटे भाई समरपाल से एक हद तक सहमत होते हुए शौपरपाल बोला।

"यह ठीक रहेगा। वैसे भी सुना है कि बादशाह फ़िरोज़ शाह तुग़लक़ पीर साहब चिराग़-ए-देहली की बहुत इज़्ज़त करते हैं। उनको बहुत मानते हैं। वे जैसा मशविरा देंगे, उस पर अमल करना मुनासिब होगा।"

अन्ततः दोनों भाई सहमत होते हुए मेवात से पीर शेख़ नसीरुद्दीन अवधी से मिलने देहली के लिए रवाना हो गए।

मेवात से शुरू हुए देहली के बीच लगभग पचास-पचपन मील लम्बे रास्ते में दोनों भाइयों के बीच पीर शेख़ नसीरुद्दीन अवधी यानी चिराग़-ए-देहली को लेकर बातें होती रहीं।

"भाई, देहली दरबार अपने पीर साहब की इतनी इज़्ज़त क्यों करता है। जबकि देहली के आसपास और भी तो सूफ़ी हैं?" छोटे भाई समरपाल ने अपने बड़े भाई से जिज्ञासावश पूछा।

"ऐसा कहा जाता है कि अपनी बादशाहत के आख़िरी दिनों में जब सुल्तान महमूद शाह तुग़लक़ थट्टा गया, तब उसने देहली के कई सूफ़ियों को ज़बरन अपने साथ थट्टा चलने का हुक्म दिया। इन सूफ़ियों में एक हमारे पीर शेख़ नसीरुद्दीन अवधी साहब भी थे। कहते हैं कि देहली से थट्टा के बीच का सफ़र तक़रीबन दो हज़ार मील का है।"

"दो हज़ाऽऽऽर मील! यानी अपने पीर साहब को सुल्तान के साथ घोड़े पर इतना लम्बा सफ़र करना पड़ा?" समरपाल ने हैरानी के साथ पूछा।

"हाँ। मगर थट्टा पहुँचने से पहले तक़रीबन दस मील पहले सिन्ध दरिया के किनारे सुल्तान महमूद शाह तुग़लक़ की अचानक मौत हो गई। इस तरह बिना किसी हारी-बीमारी के सुल्तान की मौत के बाद फ़ौज का हौसला टूटने लगा। ऐसे में जब एक तरफ़ से सिन्धियों का और दूसरी तरफ़ से मंगोलों का हमला हो रहा हो, तो फ़ौज का हौसला टूटना ही था। इसी बीच हमारे पीर शेख़ नसीरुद्दीन अवधी साहब ने आगे बढ़कर फ़िरोज़ शाह तुग़लक़ को बादशाह बनाने की पेशकश रखी। पीर साहब की पेशकश को उसी वक़्त मान लिया गया। इधर फ़िरोज़ शाह तुग़लक़ को सुल्तान बनाने का ऐलान किया गया, उधर फ़ौज में जैसे फिर से जान आ गई। थट्टा की जंग जीतने के बाद पीर शेख़ नसीरुद्दीन अवधी साहब देहली आ गए और उन्होंने फिर से देहली में ख़ानक़ाह में फ़न-ए-शेख़ी की गद्दी सँभाल ली। उनके जमाअत ख़ाने में हर धर्म और समुदायों के लोगों की भीड़ लगी रहती है। हो सकता है हम जब पीर साहब के ख़ानक़ाह पर पहुँचें, तब भी हमें कुछ अक़ीदतमन्द मिल जाएँ।"

"और भाई पीर साहब को चिराग़-ए-देहली क्यों कहा जाता है?" समरपाल ने उत्सुकतावश पूछा।

"इसको लेकर कई तरह के क़िस्से हैं। इनमें सबसे मशहूर क़िस्सा सुल्तान गयासुद्दीन तुग़लक़ और हज़रत निज़ामुद्दीन औलिया के बीच हुए एक मनमुटाव का है। हुआ यह कि हज़रत निज़ामुद्दीन औलिया ने चबूतरा-ए-याराँ के पास एक बावली बनवाने का हुक्म दिया। जब सुल्तान को इसकी ख़बर लगी कि उसकी इजाज़त और मदद के बिना एक फ़क़ीर बावली बनवा रहा है, तब उसे बहुत बुरा लगा और उसने मज़दूरों को काम करने से रोक दिया। मगर लोगों में हज़रत जी के प्रति इतनी श्रद्धा थी कि उन्होंने दिन में तो बावली का काम रोक दिया, पर रात को फिर शुरू करवा दिया। इधर सुल्तान गयासुद्दीन तुग़लक़ को जैसे ही यह पता चला कि उसके हुक्म की नाफ़रमानी हो रही है, और चिराग़ों की रोशनी में रात में काम हो रहा है, तब ग़ुस्साए सुल्तान ने शहर में तेल की बिक्री पर रोक लगवा दी। जैसे ही तेल की बिक्री बन्द हुई, काम एक बार फिर रुक गया। क्योंकि अँधेरे में तो काम होने से रहा।"

"इसका मतलब हुआ कि बावली नहीं बनी?"

"इससे आगे का क़िस्सा तो सुन। जब काम रुक गया तो हज़रत निज़ामुद्दीन औलिया ने अपने ख़लीफ़ाओं को हुक्म दिया कि चिराग़ों में पानी भर दिया जाए!"

"चिराग़ों में पानी भर दिया जाए, वो किसलिए?"

समरपाल ने जिस तरह सवाल किया, उसे सुन बड़ा भाई शौपरपाल पहले मुस्कराया और फिर मुस्कराते हुए बोला, "अब आगे सुन! अपने उस्ताद का हुक्म सुन शेख़ नसीरुद्दीन साहब आगे आए और एक-एक कर चिराग़ों में पानी भरना

शुरू कर दिया। जब चिराग़ों में पानी भर दिया गया, तब हज़रत निज़ामुद्दीन औलिया ने फिर से हुक्म दिया कि अब इन चिराग़ों को जलाया जाए!"

"भाई, कहीं पानी से भरे चिराग़ भी जलते देखे हैं?" समरपाल के दिमाग़ ने जैसे काम करना बन्द कर दिया।

"भले ही पानी से भरे चिराग़ जलते नहीं देखे या सुने होंगे, मगर अपनी अलौकिक और दिव्य शक्ति से पीर साहब ने उस रात चिराग़ों को रोशन कर दिया।"

बड़े भाई शौपरपाल ने जैसे ही अपनी बात ख़त्म की, समरपाल ने घोड़े की लगाम इतनी ज़ोर से खींची कि घोड़ा हिनहिनाते हुए रुक गया। शौपरपाल ने अपने छोटे भाई की तरफ़ देखा और फिर मुस्कराते हुए बोला, "जब पीर साहब ने चिराग़ों को रोशन कर दिया, तब हज़रत निज़ामुद्दीन औलिया पीर साहब के पास आए और बोले, कि शेख़ नसीरुद्दीन अवधी साहब आप तो चिराग़-ए-देहली हो।"

इतना सुन समरपाल ने अपने घोड़े को एड़ लगाई। घोड़ा एक बार फिर देहली की तरफ़ चल पड़ा। इसके बाद दोनों भाइयों के बीच देर तक ख़ामोशी छाई रही। रह-रहकर उन दोनों को लगता रहा मानो वे सर के ऊपर चढ़ आए सूरज की धूप में नहीं, चबूतरा-ए-याराँ के पास बनी बावली के पास, रात में पानी से जलते चिराग़ों की रोशनी में नहाए हुए हैं। इस बीच दोनों के घोड़े अरावली में सोहना के गर्म चश्मे के बग़ल से होते हुए, नीचे चपटे मैदान में पहुँच गए।

"और इनके नाम के साथ जो अवधी लगा हुआ है, वह क्यों लगा हुआ है?" समरपाल ने दोनों भाइयों के बीच पसरे सन्नाटे को तोड़ते हुए पूछा।

"दरअसल, इनके दादा हज़रत अब्दुल लतीफ़ यज़दी लाहौर में पैदा हुए थे। बाद में इनका ख़ानदान अवध में जाकर बस गया था। उसी अवध में जहाँ हम हिन्दुओं की पवित्र जगह अयोध्या है, जहाँ हमारे भगवान रामचन्द्र पैदा हुए थे। इसी अयोध्या में पीर शेख़ नसीरुद्दीन साहब पैदा हुए थे। पीर साहब जब सिर्फ़ नौ बरस के थे, तब इनके सर से इनके पिता का साया उठ गया। चूँकि इनकी माँ पढ़ी-लिखी थी और इनकी माली हालत ठीक थी, इसलिए उसने इनकी अच्छी तालीम का इन्तज़ाम कर दिया। इन्होंने मौलाना अब्दुल करीम शेरवानी और मौलाना इफ़्तख़ारुद्दीन गिलानी से तालीम हासिल की। अपनी जवानी के पच्चीसवें साल में पीर साहब ने आध्यात्मिक रास्ते पर चलने का मन बना लिया। अपनी माँ की मौत के बाद तक ये अयोध्या में ही रहे। आज भी इनकी माँ का मज़ार अयोध्या में ईदगाह के पीछे मौजूद है। इनके ख़ानदान के लोग आज भी अयोध्या में मौजूद हैं। इसके बाद पीर साहब देहली आ गए और हज़रत निज़ामुद्दीन औलिया के जमाअतख़ाने में ख़िदमत करने लगे।"

"इसीलिए पीर शेख़ नसीरुद्दीन, पीर शेख़ नसीरुद्दीन अवधी कहे जाते हैं।" समरपाल ने सर हिलाते हुए अपने बड़े भाई शौपरपाल की बात से सहमत होते हुए कहा।

बराबर में चलते हुए शौपरपाल ने पीछे मुड़कर सूरज की तरफ़ देखा, तो पाया दिन ढलने के बाद वह काफ़ी नीचे आ गया है। ढलती धूप से उसने अनुमान लगा लिया कि मग़रिब की नमाज़ से पहले वे पीर शेख़ नसीरुद्दीन अवधी यानी चिराग़-ए-देहली के ख़ानक़ाह पर पहुँच जाएँगे।

इस तरह दोनों भाई समरपाल और शौपरपाल, ख़्वाजा मोईनुद्दीन साहब अजमेरी के ख़ानदान से ताल्लुक़ रखनेवाले पीरज़ादे ख़्वाजा कुतुबद्दीन बख़्तियार काकी, महरौली से होते हुए, शेख़ नसीरुद्दीन अवधी के ख़ानक़ाह पहुँच गए।

दूर से दोनों भाइयों को अचानक, बिना किसी पूर्व सूचना के आया देख शेख़ नसीरुद्दीन अवधी साहब चिराग़-ए-देहली को कुछ समझ में नहीं आया। अपने-अपने घोड़ों को वहीं तकिए में एक पेड़ के नीचे बाँधकर दोनों भाई पीर साहब के पास आ गए।

"मियाँ, सब ख़ैरियत तो है?" शेख़ नसीरुद्दीन अवधी ने दोनों भाइयों से हैरानी के साथ पूछा।

"सब ख़ैरियत है पीर साहब।" बड़े भाई शौपरपाल ने अनमनेपन के साथ जवाब दिया।

"नहीं, ख़ैरियत तो नहीं लगती है। होती तो इस तरह बिना इत्तिला किए देहली की तरफ़ नहीं आते? कुछ तो है जो बिना बताए दोनों भाई औचक चले आए?" शेख़ नसीरुद्दीन अवधी ने मुस्कराते हुए धवल दाढ़ी पर हाथ फेरते हुए कहा।

"आपका अन्दाज़ा एकदम सही है पीर साहब। दरअसल..." शौपरपाल कहते-कहते रुक गया। उसने पलटकर अपने छोटे भाई समरपाल की तरफ़ देखा।

"मियाँ कैसे कहते-कहते चुप हो गए? बोलो, क्या बात है?" शेख़ नसीरुद्दीन अवधी ने जैसे शौपरपाल की दुविधा भाँप ली।

"बात यह है पीर साहब कि देहली से एक फ़रमान आया है। उसी के बारे में आपकी राय लेने आए हैं।" समरपाल ने बताया।

"मैं तो दूर से ही भाँप गया था कि ज़रूर आपके सामने कोई परेशानी आ खड़ी हुई है, जो दोनों भाई कोसों दूर से चलकर आए हैं। बोलो क्या फ़रमान आया है?"

"पीर साहब, देहली का बादशाह हमसे अपनी ग़ुलामी क़बूलने के लिए कह रहा है। आप बताइए कि जिन मेवातियों ने आज तक अपना सर देहली के किसी सरदार या बादशाह के आगे नहीं झुकाया, वे कैसे अब इसकी ग़ुलामी क़बूल कर लें?" शौपरपाल तमतमाते हुए बोला।

"देखो, इस तरह ग़ुस्से से काम नहीं चलेगा। इत्मीनान और ठंडे दिमाग़ से बताइए कि असल माजरा क्या है? फ़रमान में क्या लिखा है?" शेख़ नसीरुद्दीन अवधी ने शान्त भाव से कहा।

समरपाल ने इसके बाद पीर शेख़ नसीरुद्दीन अवधी को पूरी बात बता दी।

सुनकर पहले तो शेख़ नसीरुद्दीन अवधी चुप रहा और फिर दोनों की तरफ़ देखते हुए बोला, "अब आप क्या चाहते हैं?"

"पीर साहब, यही सलाह लेने के लिए हम आपके पास आए हैं कि हमें क्या करना चाहिए?" उलटा समरपाल ने पूछा।

"देखिए, फ़ैसला तो आप दोनों को करना है। मुझसे आपको किस तरह की मदद चाहिए, वह बताइए?"

"यही तो समझ में नहीं आ रहा है कि हम क्या करें।" समरपाल बोला।

"मेरा तो मानना यह है कि आपको यह लूटपाट और लोगों पर ज़ुल्म ढहाना बन्द कर देना चाहिए। दूसरा, अगर आप अपने ख़ानदान की ख़ुशहाली और तरक़्क़ी चाहते हैं, तो आपको देहली दरबार से दुश्मनी छोड़नी पड़ेगी। अपने तेवर को थोड़ा नर्म बनाना चाहिए। अगर लूटपाट और लोगों पर ज़ुल्म न करने के बदले देहली दरबार आपकी रोज़ी-रोटी का इन्तज़ाम करने का वायदा कर रहा है, तो इसमें बुराई क्या है? बल्कि वह तो आपके सारे गुनाहों को भी मुआफ़ करने का भरोसा दे रहा है।"

दोनों भाइयों से तुरन्त कोई प्रतिक्रिया देते नहीं बनी।

"थोड़ी देर के लिए सोचिए कि जिस जनता ने आपके ज़ुल्मों की शिकायत देहली में जाकर की है, वही जनता आपके ख़िलाफ़ बग़ावत कर दे, तो क्या होगा? मियाँ, जो आप अपनी जनता के साथ कर रहे हैं, इसे हुकूमत नहीं कहते हैं। और, जिसे आप ग़ुलामी कह रहे हैं, वह आपके लिए एक मौक़ा है। बाक़ी आपकी मर्ज़ी।"

इसके बाद पीर शेख़ नसीरुद्दीन अवधी यह कहते हुए खड़ा हो गया, "मग़रिब की नमाज़ का वक़्त हो गया है। मैं नमाज़ पढ़कर आता हूँ, तब तक आप दोनों अच्छी तरह सोच लीजिए!"

नमाज़ पढ़ने के बाद शेख़ नसीरुद्दीन अवधी वापिस आया, तो आते ही पूछा, "कुछ सोचा?"

"पीर साहब, आप सही कह रहे हैं। हमें बादशाह फ़िरोज़ शाह तुग़लक़ का फ़रमान मान लेना चाहिए।" छोटे भाई समरपाल ने सहमति जताते हुए कहा।

"तो फिर ठीक है। आज तो वक़्त नहीं है। मैं कल सुबह आप दोनों को साथ लेकर दरबार में हाज़िर होता हूँ। इस वक़्त आप आराम करिए!"

अन्य दिनों की तरह बादशाह फ़िरोज़ शाह तुग़लक़ शाही दरबार में अपने कुछ ख़ास अमीर-उमरा, बहादुरों, वज़ीरों, ओहदेदारों, सिपहसालारों और सरदारों के साथ किसी ज़रूरी मसले में डूबा हुआ था, कि एक दरबान ने कोर्निश करते हुए बड़े अदब के साथ झिझकते हुए बीच में दख़ल दिया, "हुज़ूरे आली!"

बादशाह ने सामने दोनों हाथ बाँधकर खड़े दरबान की तरफ़ देखा।

"हुज़ूर, हज़रत शेख़ नसीरुद्दीन अवधी साहब चिराग़-ए-देहली तशरीफ़ लाए हैं!"

"क्या, पीर साहब तशरीफ़ लाए हैं! ऐसा करिए, उन्हें मेहमानख़ाने में बैठाइए। हम अभी आते हैं।

अपने बादशाह का हुक्म सुन दरबान वापिस लौटने लगा, तो पीछे से बादशाह ने टोका, "ऐसा करिए, उन्हें यहीं दरबार में ले आइए!"

"जी हुज़ूरे आली।"

कुछ ही देर में पीर शेख़ नसीरुद्दीन अवधी दरबार में आ गया। पीर साहब को देखते ही बादशाह अपनी गद्दी से उठा और चलकर शेख़ नसीरुद्दीन अवधी के पास आकर झुककर स्वागत करते हुए बोला, "ख़ुशामदीद पीर साहब...आइए, दरबार में आपका ख़ैरमक़दम है! ऐसा क्या ज़रूरी काम आ गया पीर साहब, जो बिना इत्तला किए चले आए? पैग़ाम भिजवा देते, मैं ही आपके पास चला आता।"

"बादशाह सलामत, मसला ही कुछ ऐसा है कि मुझे बिना इत्तला किए आना पड़ा। इसके लिए मुआफ़ी चाहता हूँ।" पीर शेख़ नसीरुद्दीन अवधी ने मुस्कराते हुए बड़ी विनम्रता से जवाब दिया।

"ऐसा न कहो पीर साहब। आपको पूरा हक़ है। आप जब चाहे दरबार में आ सकते हैं।"

"यह आपकी ज़र्रानवाज़ी है बादशाह सलामत।"

"आइए, इधर बैठिए!" अपने बाएँ तरफ़ बैठने का इशारा करते हुए बादशाह बोला।

शेख़ नसीरुद्दीन अवधी चिराग़-ए-देहली बताई गई जगह की तरफ़ बढ़ गया।

"पीर साहब, इन साहिबान का तआरुफ़?" बादशाह फ़िरोज़ शाह तुग़लक़ ने शेख़ नसीरुद्दीन अवधी के साथ आए दो अजनबियों की ओर देखते हुए पूछा।

"दरअसल, इन्हीं का मसला लेकर आपके दरबार में हाज़िर हुआ हूँ।" शेख़ नसीरुद्दीन अवधी ने अपनी जगह पर बैठते हुए कहा।

"इनका ऐसा क्या मसला आ गया जिसके लिए आपको यहाँ तक चलकर आना पड़ा?"

"वही बताने जा रहा हूँ। सुना है आपने कोई शाही फ़रमान भिजवाया है जिसमें..."

"पीर साहब, हमने ऐसा कौन-सा फ़रमान कब और कहाँ भिजवाया है?"

"वही जिसमें आपने कहा है कि अगर वे बादशाह के दरबार में पेश होकर आपकी ग़ुलामी क़बूल कर लें, तो सरकार उनकी रोज़ी-रोटी का इन्तज़ाम करेगी। बल्कि सरकार उनके सारे गुनाहों को भी मुआफ़ कर देगी।"

पीर शेख़ नसीरुद्दीन अवधी चिराग़-ए-देहली के इतना बताने पर भी बादशाह को कुछ याद नहीं आया। बादशाह ने दरबार की तरफ़ देखा। जिस तरह बादशाह

फ़िरोज़ शाह तुग़लक़ ने देखा, एक वज़ीर बोला, "हुज़ूरे आली, हज़रत पीर शेख़ नसीरुद्दीन अवधी साहब उस शाही फ़रमान की बात कर रहे हैं, जो मेवात में भेजा गया था।"

"अच्छा-अच्छा, आप उस फ़रमान की बात कर रहे हैं। बात यह है पीर साहब कि हमें मेवात की अवाम की तरफ़ से बार-बार यह शिकायत मिल रही थी, कि वहाँ के मौजूदा हुक्मरान राहगीरों से न सिर्फ़ लूटपाट करते हैं, बल्कि अपनी अवाम पर ज़ुल्म भी ढा रहे हैं। उन्हीं के लिए यह शाही फ़रमान भेजा गया था।"

"बादशाह सलामत, वे हुक्मरान यही दोनों भाई हैं। ये शौपरपाल हैं और ये इनके छोटे भाई समरपाल हैं।" पीर शेख़ नसीरुद्दीन अवधी ने दोनों का संक्षिप्त-सा परिचय देते हुए बताया।

"अच्छा, तो ये हैं वे हज़रात। पीर साहब, मैंने तो सुना है कि मेवाती बेहद ख़तरनाक होते हैं। इतने ख़तरनाक कि जब मुहम्मद गौरी ने हिन्दुस्तान पर हमला किया, तब इन्होंने क़ुतुबुद्दीन ऐबक के एक सिपहसालार को मार दिया था।"

"आप सही कह रहे हैं बादशाह सलामत। इसीलिए गयासुद्दीन बलबन ने हज़ारों मेवातियों का क़त्ल करवा दिया था। आपने जब यह शाही फ़रमान भेजा, तब इस डर से कि कहीं बलबन की तरह आप भी मेवातियों का क़त्ले-आम न करवा दें, ये मेरे पास आए। मेरी ये लोग बहुत ख़िदमत करते हैं और मुझे बहुत मानते हैं, इसीलिए मैं इन्हें आपके पास लेकर आया हूँ।" पीर शेख़ नसीरुद्दीन अवधी ने कुछ बातें अपनी तरफ़ से जोड़ते हुए कहा।

"फिर बताइए पीर साहब, इस ख़ादिम के लिए क्या हुक्म है?" बादशाह फ़िरोज़ शाह तुग़लक़ ने सर झुकाकर मुस्कराते हुए पूछा।

"मैं चाहता हूँ कि आप इन दोनों भाइयों को शाही दरबार में रख लें!"

"यानी ये हमारी चौखट चूमने के लिए तैयार हैं?" बादशाह ने शौपरपाल और समरपाल की तरफ़ देखते हुए पीर शेख़ नसीरुद्दीन अवधी से पूछा।

"जी हुज़ूरे आली, हम आपकी ताउम्र ग़ुलामी करने के लिए तैयार हैं।" बड़े भाई शौपरपाल ने ग़ुलामाना अन्दाज़ में फ़र्शी सलाम करते हुए कहा।

"ठीक है पीर साहब। अगर ये मेवात की अवाम पर ज़ुल्म न ढाने का वायदा करते हैं, और इन्हें शाही दरबार की ग़ुलामी मंज़ूर है तो मैं इन्हें शाही ख़िदमतगारों में शामिल करने का हुक्म देता हूँ। ये जब चाहे इसमें आकर शामिल हो सकते हैं।"

"आपका बहुत-बहुत शुक्रिया बादशाह सलामत।" पीर शेख़ नसीरुद्दीन अवधी बादशाह फ़िरोज़ शाह तुग़लक़ का शुक्रिया अदा करते हुए बोला।

"कैसा शुक्रिया पीर साहब। आपके हुक्म को यह नाचीज़ कैसे टाल सकता है।"

"आपका बुलंद ऐसे ही क़ायम रहे बादशाह सलामत। अब चलने की इजाज़त दीजिए!" पीर शेख़ नसीरुद्दीन अवधी ने अपनी जगह से खड़े होते हुए कहा।

"मैं कैसे कहूँ पीर साहब।" पीर शेख़ नसीरुद्दीन अवधी साहब का हाथ अपने हाथ में ले, उसे चूमते हुए बादशाह फ़िरोज़ शाह तुग़लक़ बोला।

"ख़ुदा हाफ़िज़।"

इतना कह पीर शेख़ नसीरुद्दीन अवधी वापिस चिराग़ देहली के लिए चलता, इससे पहले शौपरपाल और समरपाल दोनों भाइयों ने उलटे पाँव पीछे हटते हुए बादशाह को कोर्निश किया और पीर शेख़ नसीरुद्दीन अवधी के पीछे-पीछे चल दिए।

जुह्र की नमाज़ का वक़्त होते-होते पीर शेख़ नसीरुद्दीन अवधी दोनों भाइयों के साथ चिराग़ देहली लौट आया।

"मैं नमाज़ पढ़कर आता हूँ, तब तक आप दोनों थोड़ा आराम फ़रमा लें!" इतना कह पीर शेख़ नसीरुद्दीन अवधी वज़ू करने के लिए चला गया।

नमाज़ पढ़ने के बाद पीर शेख़ नसीरुद्दीन अवधी थकान मिटाने की ग़रज से तख़्त पर लेट गया। अब दोनों भाइयों शौपरपाल और समरपाल ने भी वापिस मेवात लौटने की इच्छा ज़ाहिर की, तो पीर शेख़ नसीरुद्दीन अवधी उनकी तरफ़ करवट लेते हुए बोला, "मियाँ, यह आपके हक़ में बहुत अच्छा हो गया कि बादशाह सलामत ने सिर्फ़ आपके गुनाहों को ही मुआफ़ नहीं किया है, बल्कि आप दोनों को अपने शाही ख़िदमतगारों में शामिल कर, आपकी रोज़ी-रोटी का पुख़्ता इन्तज़ाम भी कर दिया। ऐसा नसीबवालों को हासिल होता है।"

"सब आपकी बदौलत हासिल हुआ है पीर साहब।" शौपरपाल ने कहा।

"मैं कौन होता हूँ किसी का कुछ करनेवाला। करनेवाला तो वो परवरदिगार है जो हम सबका मालिक है। बस, आप दोनों भाइयों से एक अर्ज़ है कि बादशाह सलामत आपको जो भी ज़िम्मेदारी दें, उसे पूरी वफ़ादारी और ईमानदारी के साथ उसकी मंज़िल तक पहुँचाने की कोशिश करना।"

"आप बेफ़िक्र रहें पीर साहब। हमारी तरफ़ से आपको किसी तरह की शिकायत का मौक़ा नहीं मिलेगा।" समरपाल ने दोनों भाइयों की तरफ़ से आश्वासन दिया।

"आपकी बस इसी तरह कृपा बनी रहे और हमें रास्ता दिखाते रहें।" बड़े भाई शौपरपाल ने पूरे समर्पित भाव से कहा।

4

जल्दी ही मेवात से लौटकर दोनों भाई बादशाह के शाही ख़िदमतगारों में शामिल हो गए। इन्हें जो भी ज़िम्मेदारी दी जाती, उसे ये पूरी

वफ़ादारी और ईमानदारी के साथ निभाते। इस वफ़ादारी और ईमानदारी का नतीजा यह हुआ कि बादशाह समरपाल को हमेशा अपने साथ रखने लगा। इधर पीर शेख़ नसीरुद्दीन अवधी चिराग़-ए-देहली को जब यह पता चला कि समरपाल बादशाह का ख़ास ख़िदमतगार बनने में क़ामयाब हो गया है, सुनकर उसे बड़ी ख़ुशी हुई कि अपनी लगन और ईमानदारी से उसने बादशाह के दिल में जगह बना ली है।

एक दिन बादशाह फ़िरोज़ शाह तुग़लक़ ने समरपाल से कहा,"समरपाल, हमारी ख़्वाहिश है कि एक बार दरगाह अजमेर शरीफ़ की ज़ियारत की जाए। सूफ़ी मोईनुद्दीन चिश्ती ख़्वाजा ग़रीब नवाज़ की दरगाह को हम देखना चाहते हैं। देखना चाहते हैं कि ईरान के शहर चश्त में अबू इसहाक शामी के उस चिश्तिया सिलसिले को, जिसे हिन्दुस्तान में सूफ़ी मोईनुद्दीन चिश्ती ने शुरू किया था। सुना है कि मोईनुद्दीन साहब के तक़रीबन एक हज़ार ख़लीफ़ा थे। आख़िर इस सूफ़ी में ऐसी क्या ख़ूबी थी कि हिन्दुस्तानभर के लोग इसकी इबादत के लिए आते हैं। मगर दिक़्क़त यह है कि वहाँ किस रास्ते से जाया जाए?"

"हुज़ूरे आली, इसका सबसे आसान रास्ता मेवात के ऊपर से है। मेवात होते हुए अजमेर जाया जा सकता है।"

"फिर तो हमारे साथ आप भी चलिए!"

"जैसा आपका हुक्म हुज़ूरे आली।"

"ठीक है। इस बार चाँद के दीदार अजमेर शरीफ़ में ग़रीब नवाज़ की दरगाह पर ही किए जाएँगे।"

"हुज़ूर, एक छोटी-सी अर्ज़ है?"

"हाँ बोलो समरपाल।"

"अगर पीर साहब चिराग़-ए-देहली को भी साथ ले चलें, तो कैसा रहेगा?"

"यह आपने अच्छा याद दिलाया। हज़रत शेख़ नसीरुद्दीन अवधी साहब साथ रहेंगे, तो और भी अच्छा रहेगा। ऐसा करिए, पीर साहब को तुरन्त अजमेर जाने की इत्तला भिजवा दीजिए।" समरपाल की सलाह मान बादशाह फ़िरोज़ शाह तुग़लक़ ने अजमेर शरीफ़ के लिए रवाना होने का हुक्म दे दिया।

इस तरह चाँद दिखने से पन्द्रह दिन पहले बादशाह का शाही क़ाफ़िला अजमेर के लिए रवाना हो गया। देहली के कोटला से चला क़ाफ़िला सबसे पहले चिराग़ देहली पहुँचा। यहाँ से पीर शेख़ नसीरुद्दीन अवधी को साथ ले शाही क़ाफ़िला आगे बढ़ गया।

दोपहर होते-होते शाही काफ़िले ने अरावली के बदन को छू लिया।

"हुज़ूरे आली, यहाँ से काला पहाड़ शुरू हो जाता है।" दूर तक फैले स्याह पर्वत और उसके ऊँचे-नीचे बीहड़ों में ढुकी हरियाली की तरफ़ इशारा करते हुए समरपाल ने बादशाह को बताया।

"काला पहाड़! मगर मैंने तो सुना है यहीं कहीं आसपास अरावली पर्वत भी है?" बादशाह ने दूर तक फैले पहाड़ पर नज़र दौड़ाते हुए पूछा।

"हुज़ूर, यही अरावली पर्वत है। इसे हमारे मेवात में काला पहाड़ भी कहा जाता है।"

"ओह! तो यह है वह पहाड़ जहाँ, देहली के सुल्तानों के आने की हिम्मत नहीं पड़ती है। वाक़ई यह तो बेहद ख़तरनाक पहाड़ है। देखिए, दूर-दूर तक घना जंगल इस क़दर पसरा हुआ है कि एक बार इनसान इसमें दाख़िल हो जाए, तो उसे ढूँढ़ना बेहद मुश्किल है।"

समरपाल ने कोई जवाब नहीं दिया। बस, मुस्कराकर रह गया।

"समरपाल, फिर तो इसमें ख़तरनाक और खूँख़्वार जंगली जानवर भी होंगे?"

"जी हुज़ूरे आली। शेर, तेंदुए, भेड़िए, बारहसिंगा, हिरन, ख़रगोश और दूसरे जंगली जानवर...वो देखिए हुज़ूर, सामने जंगली सूअरों का झुंड!" अचानक जंगली सूअरों के एक झुंड पर समरपाल की नज़र पड़ी।

"सिपाहियो, काफ़िले को यहीं रोक दो!"

अचानक बादशाह फ़िरोज़ शाह तुग़लक़ के इस हुक्म को सुन, पत्थरों से टकराकर घोड़ों के खुरों से निकलती खनक सहमकर ख़ामोश हो गई।

"क्या हुआ हुज़ूरे आली?" समरपाल ने सहमते हुए पूछा।

"आज की दोपहर हम यहीं बिताएँगे और इस जंगल में शिकार खेलेंगे।" इतना कह बादशाह अपने घोड़े से उतर गया।

बादशाह के हुक्म की तामील करते हुए सारे शाही सैनिक अपने-अपने घोड़ों से उतर गए। एक समतल जगह देख वहाँ ख़ेमे गाड़ दिए गए। ख़ेमे लगने के बाद सब अपने-अपने ख़ेमों में आराम करने लगे।

कुछ देर आराम करने के बाद बादशाह ने समरपाल को बुलवाया।

"समरपाल, चलिए शिकार के लिए चलते हैं!" इतना कह बादशाह फ़िरोज़ शाह तुग़लक़ शिकार की तैयारी करने लगा।

अपने तीर-कमान के साथ पहले से तैयार समरपाल अपने बादशाह के साथ हो लिया। आगे बढ़ते हुए बादशाह को पहाड़ में जंगली जानवर तो बहुत दिखाई दिए, मगर उसने शिकार किसी का नहीं किया। समरपाल को यह देखकर बेहद हैरानी हुई कि उसका बादशाह क्यों नहीं इन जानवरों का शिकार कर रहा है। आख़िर इस बीहड़ में इसे किसकी तलाश है?

"वो देखो समरपाल !" बादशाह ने लगभग फुसफुसाते हुए कहा।

एकाएक अपने बादशाह की इस फुसफुसाहट पर समरपाल का ध्यान भंग हुआ। मगर अगले ही पल वह मुस्तैद हो गया। उसने देखा कि उनसे कुछ क़दम की दूरी पर एक दरख़्त की घनी छाँह में शेर आराम कर रहा है। लगता है गहरी नींद में भी है। बादशाह ने एक झटके के साथ अपने कंधे से कमान उतारी और

उस पर तीर चढ़ा, शेर की तरफ़ बढ़ते हुए उस पर निशाना साधने ही वाला था, कि समरपाल ने उसे बीच में टोक दिया, "बादशाह सलामत, रुकिए!"

अपने ख़िदमतगार के इस दख़ल पर बादशाह के क़दम ठिठक गए। प्रत्यंचा पर चढ़ा तीर ढीला पड़ता चला गया। उसने झल्लाते हुए पलटकर अपने ख़िदमतगार की तरफ़ सवालिया निगाह से देखा।

"हुज़ूरे आली, एक अर्ज़ है और वो यह कि शेर का शिकार करने में जो मज़ा तलवार से है, वह तीर-कमान में नहीं है...और फिर यह तो सोया हुआ है। सोए हुए पर क्या वार करना। बहादुरों को इस तरह कपट से एक बेज़ुबान पर हमला करना शोभा नहीं देता है।" बड़े अदब से झुकते हुए समरपाल ने मुस्कराकर अपने बादशाह का आह्वान किया।

एक ख़िदमतगार ने जिस तरह अपने बादशाह को चुनौती दी, उसे देख बादशाह फ़िरोज़ शाह ने पहले अपने क़दम पीछे खींचे और फिर अपने ख़िदमतगार की तरफ़ पलटकर हुक्म देते हुए बोला, "अगर ऐसा है समरपाल, तो शमशीर से आप शिकार करके दिखाइए!" इतना कह बादशाह ने अपनी कमर में लटकी म्यान से तलवार खींचकर समरपाल की तरफ़ बढ़ा दी।

अपने बादशाह के हुक्म का पालन कर समरपाल ने तलवार ग्रहण की ही थी, कि उन दोनों की बातचीत से शेर की नींद खुल गई। नींद खुलते ही शेर तेज़ी से उठा और दहाड़ते हुए बादशाह पर इतनी तेज़ी से झपटा कि बादशाह की आँखें बन्द होती चली गईं। मारे भय के उसकी आँखों के सामने जैसे अँधेरा छा गया।

"बादशाह सलामत, बचाइए अपने आपको !" समरपाल बादशाह को सावधान करते हुए चीख़ा।

इससे पहले कि शेर बादशाह फ़िरोज़ शाह तुग़लक़ पर झपटता, एक चीत्कार भरी दहाड़ से अरावली की वादियाँ गूँज उठीं। जहाँ-तहाँ पेड़ों की डालों पर सुस्ताते परिन्दे घबराकर फड़फड़ाते हुए इधर-उधर उड़ने लगे। शेर की दहाड़ सुन अपने-अपने ख़ेमों में आराम कर रहे शाही सिपाही बाहर आ गए। अपने-अपने अस्त्र-शस्त्र लेकर सब उस तरफ़ दौड़ पड़े, जिधर से दहाड़ सुनाई दी थी।

बादशाह और ख़िदमतगार समरपाल के सामने ख़ून में नहाई शमशीर, और ज़मीन पर पड़ी धड़ से अलग हुई लहूलुहान शेर की गर्दन को पूरा शाही क़ाफ़िला हैरत भरी निगाहों से देखता रह गया।

"मुबारक हो हुज़ूरे आली!" एक अमीर ने ख़ुश होकर जैसे ही अपने बादशाह की इस बहादुरी पर बधाई दी, वहाँ मौजूद दूसरे अमीर और शाही सिपाहियों की तरफ़ से मुबारकबाद की जैसे झड़ी लग गई।

बादशाह ने सबको पहले शान्त रहने का इशारा किया। फिर इत्मीनान से पूरा वाक़या बयान कर आख़िर में बोला, "...इससे पहले कि मैं कुछ समझ

पाता, समरपाल ने पलक झपकते ही शेर की गर्दन पर ऐसा हमला किया कि या तो मुझे हवा में उठी शमशीर नज़र आई, या फिर शेर के धड़ से किसी नर्म टहनी की तरह क़लम हुई इसकी गर्दन। इसलिए आपकी इस मुबारकबाद का हक़दार मैं नहीं, यह समरपाल है। ख़ुदा का शुक्र है कि अगर आख़िरी वक़्त में समरपाल इस शेर पर हमला नहीं करता, तो शायद आपको आपके बादशाह की इस अरावली में लाश भी नहीं मिलती। पता नहीं वह इस शेर का कब का निवाला बन चुका होता।" इसके बाद वह अपने ख़िदमतगार की तरफ़ पलटा, "शाबाश समरपाल! आपकी इस बहादुरी का मैं आज कायल हो गया। आपने आज यह साबित कर दिया कि मेवाती सचमुच जाँबाज़ और दिलेर होते हैं। लीजिए, इस शाही शमशीर पर आज से बादशाह का नहीं, आपका हक़ है। जिस शमशीर ने एक खूँख़्वार शेर को हलाक़ कर दिया, वह उसी जाँबाज़ के हाथ में अच्छी लगती है, जिसने इसे चलाया है। मैं इसी वक़्त अपनी यह शाही शमशीर और अपना कमरबन्द आपको बतौर ईनाम पेश करता हूँ।" बादशाह ने पहले अपना कमरबन्द खोलकर समरपाल की कमर में बाँधा और उसके बाद अपनी तलवार उसे भेंट कर दी।

"बादशाह सलामत की बुलंदी क़ायम रहे!" तलवार देने के साथ ही शाही सिपाहियों ने अपने बादशाह द्वारा समरपाल को प्रदान की गई इस भेंट पर ख़ुश होते हुए उद्घोष किया।

"एक बात और...!" इतना कह बादशाह ने मुस्कराकर सामने खड़े अमीरों और शाही सिपाहियों की ओर देखा।

किसी की कुछ समझ में नहीं आया कि बादशाह अब और क्या ऐलान करनेवाले हैं। बस, दम साधे अपने बादशाह द्वारा किसी भी पल की जानेवाली आगामी घोषणा की प्रतीक्षा करने लगे।

"चूँकि, समरपाल ने एक खूँख़्वार नाहर का शिकार किया है, इसलिए मैं आज से समरपाल को बहादुर नाहर के नाम से पुकारा करूँगा।"

इस घोषणा को सुनते ही सब ने एक-दूसरे की तरफ़ हैरानी के साथ देखा। उन्हें अपने बादशाह की इस कल्पनाशीलता पर जितनी ख़ुशी हुई, उससे ज़्यादा हैरानी हुई। इधर शाही सिपाहियों से पीर शेख़ नसीरुद्दीन अवधी चिराग़-ए-देहली की नज़र, जब-जब समरपाल पर पड़ती, तब-तब उसकी गर्व से आँखें चमक उठतीं।

"हज़रत पीर शेख़ नसीरुद्दीन अवधी साहब!"

अचानक बादशाह द्वारा अपने नाम की आवाज़ सुन, पीर शेख़ नसीरुद्दीन अवधी की तस्बीह पर फिसलती अँगुलियों के पोर ठिठक गए, और अपलक वह बादशाह को ताकने लगा।

"हमें ख़ुशी ही नहीं बल्कि फ़ख़्र भी है कि समरपाल ...मुआफ़ करना बहादुर नाहर की शकल में आपने हमें एक नायाब हीरा दिया है। आपकी इस पारखी नज़र के हम सचमुच कायल हैं पीर साहब।"

समरपाल की तारीफ़ सुन पीर शेख़ नसीरुद्दीन अवधी चिराग़-ए-देहली की रगों में कुछ पल पहले ठहरा लहू फिर से दौड़ने लगा। इसके बाद बादशाह फ़िरोज़ शाह तुग़लक़ अपने शाही ख़ेमे में चला आया। पीछे-पीछे अमीर और दूसरे शाही सिपाही भी एक-एक कर अपने ख़ेमों में लौट आए। जुह्र की नमाज़ अदा करने के बाद क़ाफ़िला अरावली से निकलकर एक बार फिर अजमेर की तरफ़ बढ़ गया।

अजमेर पहुँचने तक रास्ते में लगभग रोज़ाना दोपहर बाद अस्र के आसपास पश्चिम दिशा से उठती तेज़, कभी आसमानी तो कभी ज़मीनी राजस्थानी आँधियों से सामना होता रहा। कई बार ये आँधियाँ एकदम पीली होतीं, तो कभी एकदम धूसर। वैसे तो अक्सर ये आँधियाँ दिन में ही आतीं, मगर कई बार ये रात में भी आ जातीं। कभी ये सूखी होतीं, तो कभी-कभी अपने साथ गरज के साथ छींटे भी ले आतीं। जब-जब ये आँधियाँ आतीं तो पूरा काफ़िला, आँधी में उड़नेवाले अपने-अपने ख़ेमों को लटक-लटक कर उन्हें उखड़ने से रोकने की कोशिश करता।

बादशाह फ़िरोज़ शाह तुग़लक़ ने अजमेर पहुँचकर ईरान के अबू इसहाक शामी के चिश्तिया तरीक़े से सूफ़ी मोईनुद्दीन चिश्ती ख़्वाजा ग़रीब नवाज़ की दरगाह पर चादर चढ़ाई। बादशाह के साथ दरगाह पर चादर चढ़ाने में शेख़ नसीरुद्दीन अवधी ने पूरी मदद की। बादशाह को सबसे ज़्यादा यह देखकर हैरानी हुई कि ख़्वाजा ग़रीब नवाज़ की दरगाह पर सिर्फ़ मुसलमान अक़ीदतमन्द ही नहीं, हिन्दू भी चादर चढ़ा रहे हैं। दरगाह से बाहर आकर बादशाह से पीरज़ादे से कहे बिना नहीं रहा गया।

"हज़रत चिराग़-ए-देहली साहब, यह मुल्क भी अजीब है।"

"कैसे हुज़ूरे आली?" पीर शेख़ नसीरुद्दीन अवधी ने हैरत के साथ पूछा।

"देखो न, दरगाह एक मुसलमान सूफ़ी की है और चादर दूसरे मज़हब के लोग भी चढ़ा रहे हैं।"

"बादशाह सलामत एक बात कहूँ, इस मुल्क की सबसे बड़ी यही ख़ासियत है। वैसे भी अक़ीदत, अक़ीदत होती है। किसी मज़हब या दीन से उसका कोई वास्ता नहीं होता। वैसे भी हुज़ूर, दरगाह-मज़ारों, मन्दिर-मस्जिदों और दूसरे इबादतख़ानों पर आनेवाले अक़ीदतमन्दों का दुख एक-सा होता है। इनसानी सुख-दुख या ग़म और ख़ुशी का कोई मज़हब नहीं होता। सुख-दुख तो सबके साझा होते हैं।"

"आप सही फ़रमा रहे हैं पीर साहब।" शेख़ नसीरुद्दीन अवधी से बादशाह फ़िरोज़ शाह तुग़लक़ सहमत होते हुए बोला। फिर कुछ रुककर कहा, "कुछ रोज़ रुककर देहली की तरफ़ रुख़सत करते हैं।"

"जैसा आप चाहें।" शेख़ नसीरुद्दीन अवधी ने फ़ैसला अपने बादशाह पर छोड़ दिया।

सूफ़ी मोईनुद्दीन चिश्ती ख़्वाजा ग़रीब नवाज़ की दरगाह पर चादर चढ़ाने के बाद बादशाह फ़िरोज़ शाह तुग़लक़ देहली लौट आया। देहली लौटने के बाद एक दिन बादशाह ने शाही दरबार में समरपाल अर्थात् बहादुर नाहर को एक बार फिर ख़िलअत देकर उसका सम्मान किया। उसी दिन बादशाह ने भरे दरबार में यह ऐलान भी कर दिया कि बहादुर नाहर को शाही ख़िदमतगार नहीं, आज से नायब वज़ीर के रूप में तैनात किया जाता है। अब बहादुर नाहर एक ख़िदमतगार नहीं, एक वज़ीर के रूप में जाना जाने लगा।

जैसे-जैसे वक़्त गुज़रता गया अपनी वफ़ादारी, ईमानदारी, निडरता और बहादुरी के बल पर शाही दरबार में बहादुर नाहर का रुतबा और इज़्ज़त बढ़ने लगी। दूसरे अमीर-उमरा और वज़ीरों की तरह बादशाह ख़ास फ़ैसलों में समरपाल को शामिल करने लगा। पीर शेख़ नसीरुद्दीन अवधी को अपनी तरक़्क़ी की ख़बर कभी बहादुर नाहर चिराग़ देहली जाकर ख़ुद देता, तो कभी पीर को दरबार से पता चल जाता।

दरबार में बढ़ती ज़िम्मेदारी के बावजूद कुछ वक़्त निकालकर उस दिन काफ़ी दिनों बाद बहादुर नाहर चिराग़ देहली गया। वह देर तक पीर शेख़ नसीरुद्दीन अवधी के पास बैठा रहा। जितनी देर वह वहाँ रहा, लगभग चुप ही रहा। शेख़ नसीरुद्दीन अवधी को लगा कि बहादुर नाहर कुछ कहना चाह रहा है, मगर कह नहीं पा रहा है। बहादुर नाहर की दुविधा को भाँप, पीर शेख़ नसीरुद्दीन अवधी ने ही उससे पूछा, "मियाँ बहादुर नाहर, आज कैसे इतने चुप हो? दरबार में कुछ परेशानी या कोई दिक़्क़त आ रही है?"

"पीर साहब, ऐसी कोई बात नहीं है।" अनमनेपन से जवाब दिया बहादुर नाहर ने।

"नहीं, कुछ तो बात है जिसे दिल में दबाए बैठे हो?"

इस बार भी नाहर ने कोई जवाब नहीं दिया। शेख़ नसीरुद्दीन अवधी चिराग़-ए-देहली को अपना शक सही लगने लगा।

"देखो, अगर ऐसी कोई बात है जिसे बादशाह से कहने की हिम्मत नहीं हो रही है, तो मुझसे कहो। मैं बादशाह तक पहुँचा देता हूँ।"

नाहर ने गर्दन उठाते हुए पीर की तरफ़ देखा।

"हाँ-हाँ बोलो, क्या बात है?" पीर शेख़ नसीरुद्दीन अवधी ने बहादुर नाहर की हिम्मत बँधाई।

"बात यह है पीर साहब कि..." इसके बाद बहादुर नाहर ने अपने मन की बात कह दी।

“य...यह क्या कह रहे हो मियाँ? होश में तो हो? जानते हो इसका क्या मतलब होता है?” पीर शेख़ नसीरुद्दीन अवधी ने बहादुर नाहर की पूरी बात सुनते ही चौंकते हुए कहा।

“हाँ पीर साहब, हम दोनों भाइयों ने यह फ़ैसला पूरे होशो-हवास और सोच-समझकर किया है।”

“इसका मतलब यह हुआ कि आपको अपने मज़हब पर भरोसा नहीं रहा।”

“ऐसा नहीं है पीर साहब। यह तो हम अपनी मर्ज़ी से कर रहे हैं। हमारे ऊपर किसी का कोई दबाव भी नहीं है।”

“मगर बरख़ुरदार मैं आपको इसकी इजाज़त नहीं दे सकता। ऐसा करना अपने दीन, ईमान और अपने मज़हब से ही नहीं, बल्कि ख़ुद के ज़मीर से भी धोखा और नाफ़रमानी है। ऐसा फ़ैसला कमज़ोर और बुज़दिल इनसान ही ले सकता है। एक बात कहूँ, जिस इनसान का अपने मज़हब पर एत्तेमाद ख़त्म हो गया हो, वह एत्तेमाद दूसरा मज़हब क़बूल करने पर कैसे क़ायम होगा?” पीर शेख़ नसीरुद्दीन अवधी समरपाल अर्थात् बहादुर नाहर को समझाने लगा।

पीर शेख़ नसीरुद्दीन अवधी चिराग़-ए-देहली के इस तर्क पर उसने कोई जवाब नहीं दिया।

“मियाँ, इतना बड़ा फ़ैसला जल्दबाज़ी में नहीं बहुत सोच-विचार करने के बाद लिया जाता है। आपके इस फ़ैसले को सुनकर आपके ख़ानदान और आपकी आशनाइयों पर क्या बीतेगी, कभी सोचा है? आप फ़िलहाल यहाँ से दरबार लौट जाइए! वहाँ जाकर अकेले में, सुकून के साथ ठंडे दिमाग़ से अपने इस फ़ैसले पर एक बार फिर से सोचकर देखना।”

समरपाल कुछ नहीं बोला। चुपचाप चिराग़ देहली से शाही दरबार लौट आया।

आख़िर समरपाल ने जो कहा, वह कर दिखाया। एक दिन पीर शेख़ नसीरुद्दीन अवधी चिराग़-ए-देहली को मालूम हुआ कि शौपरपाल और समरपाल दोनों भाइयों ने बादशाह फ़िरोज़ शाह तुग़लक़ के सामने भरे दरबार में इस्लाम क़बूल कर लिया है। बादशाह ने शाही दरबार में यह भी ऐलान कर दिया, “बाहैसियत बादशाह, मैं नायब वज़ीर समरपाल के इस्लाम क़बूल करने पर यह ऐलान करता हूँ कि दरबार में अब इसे समरपाल की जगह बहादुर नाहर के नाम से पुकारा जाए!”

इस ऐलान के बाद बहादुर नाहर ने बादशाह को फ़र्शी सलाम किया।

“बहादुर नाहर, आज से हम आपका ओहदा भी बढ़ाने का ऐलान करते हैं। इसलिए शाही दरबार में आज से आप नायब वज़ीर नहीं, वज़ीर बनाए जाते हैं। हम चाहते हैं कि अब आपको मेवात की ज़िम्मेदारी भी दे दी जाए! क्या यह आपको क़बूल है?” बादशाह ने पूछा।

"बादशाह सलामत, अगर मुझे अपने मादरे वतन की ख़िदमत का मौक़ा मिलता है, तो यह मेरी ख़ुशक़िस्मती होगी।" घुटनों के बल बैठे-बैठे बहादुर नाहर बोला।

"ठीक है।"

इसके बाद बादशाह फ़िरोज़ शाह तुग़लक़ ने कुछ ज़रूरी हिदायत दे, समरपाल को सरकारी ख़ज़ाने से धन उपलब्ध कराने का हुक्म जारी कर दिया।

इस तरह इस्लाम क़बूल करने के बाद बड़ा भाई शौपरपाल छज्जू ख़ाँ, और समरपाल बहादुर नाहर हो गया।

5

सरकारी ख़ज़ाने से धन मिलने के बाद बहादुर नाहर ने अपना पूरा ध्यान अब मेवात पर लगा दिया। सबसे पहले उसने तिजारा के पास अरावली की पहाड़ियों में स्थित कोटला में अपना निवास बनाया।

इधर सत्तर साल की उम्र होते-होते फ़िरोज़ शाह तुग़लक़ शारीरिक रूप से बेहद कमज़ोर हो गया। वृद्धावस्था के कारण सल्तनत में अराजकता और अव्यवस्था फैलने लगी। इसलिए उसने अपने बेटों नासिरुद्दीन मुहम्मद शाह और अबू बक्र के बजाय, अपने वज़ीर ख़ानजहाँ को सल्तनत का सारा काम सुपुर्द कर दिया। चालाक ख़ानजहाँ ने धीरे-धीरे बादशाह और उसके बड़े बेटे नासिरुद्दीन मुहम्मद शाह के बीच आपस में इस तरह मतभेद पैदा कर दिए, कि दोनों बाप-बेटे एक-दूसरे के दुश्मन बन गए। उस दिन भी यह भेद कहाँ खुलता, अगर बादशाह अपने बेटे नासिरुद्दीन मुहम्मद शाह को बुलाकर अपनी शिकायत दर्ज नहीं करता।

"वली अहद, आपको अपने वालिद से आख़िर ऐसी क्या नाराज़गी और शिकायत है, जो आज आप उसके ही दुश्मन बन बैठे हैं?" फ़िरोज़ शाह तुग़लक़ ने भरे मन से बेटे से पूछा।

"अब्बा हुज़ूर, दुश्मन तो अपने बेटे के आप बने हुए हैं। आप ही मुझे नहीं चाहते हैं।" नासिरुद्दीन मुहम्मद शाह ने उलटा अपने पिता से शिकायत की।

"यह आप कैसी बात कर रहे हैं बेटे जान। कोई बाप अपनी ही औलाद, ख़ासकर वह जो अपने वालिद की मौत के बाद उसकी सल्तनत का वारिस होने जा रहा हो, उसे कैसे नहीं चाहेगा?" बादशाह ने बेटे के कंधे पर हाथ रखते हुए कहा।

"तो फिर अब्बा हुज़ूर आपने यह कैसे सोच लिया कि मैं, यानी आपका वली अहद, आपका ही दुश्मन बन जाएगा?"

“मुझे तो यही बताया गया है।”

“अगर आपको मेरे बारे में ऐसा बताया गया है अब्बा हुज़ूर, तो मुझे भी किसी ने आपके बारे में ऐसी ही ख़बर दी है।”

“मगर मेरे बेटे, मैंने तो आज तक आपके ख़िलाफ़ किसी से कभी कुछ कहा ही नहीं।” बादशाह ने बेटे के कंधे को बड़े स्नेह से सहलाया।

“मैंने भी अब्बा हुज़ूर किसी से आपके ख़िलाफ़ कुछ नहीं कहा।” नासिरुद्दीन मुहम्मद शाह ने पिता को जवाब दिया।

“अच्छा, मेरे ख़िलाफ़ आपसे किसने कहा है?” बादशाह ने नासिरुद्दीन मुहम्मद शाह से पूछा।

“जाने दीजिए अब्बा हुज़ूर। इन बातों का अब कोई मतलब नहीं है।” कंधे से अपने पिता का हाथ हटाते हुए नासिरुद्दीन मुहम्मद शाह बोला।

“नहीं बेटा, यह तो आपको बताना ही पड़ेगा। वरना ताउम्र यह ख़लीश बनी रहेगी, कि जो बात मैंने कभी कही नहीं, उसने एक बेटे को अपने ही बाप का दुश्मन बना दिया।” इतना कह बादशाह ने बेटे के कंधे से हाथ हटा लिया।

नासिरुद्दीन मुहम्मद शाह ने धीरे-से मुड़कर देखा, तो पाया थके क़दमों से उसका वालिद फ़िरोज़ शाह तुग़लक़ उससे दूर जा रहा है।

“अब्बा हुज़ूर!”

फ़िरोज़ शाह तुग़लक़ जाते-जाते रुक गया।

“मैं उस शख़्स का नाम बता तो दूँगा मगर उसकी जान की सलामती की शर्त पर?”

“वली अहद, मुझे आपकी शर्त मंज़ूर है। अगर एक बाप को यह मालूम हो जाए कि उसके बेटे के पास एक भरोसेमन्द राज़दार है, तो उस राज़दार की जान बख़्शने में मुझे ख़ुशी होगी।” वापिस नासिरुद्दीन मुहम्मद शाह के पास आते हुए बादशाह बोला।

नासिरुद्दीन मुहम्मद शाह ने नाम बताने से पहले बादशाह की आँखों में ऐसे देखा, मानो वह उससे एक बार फिर क़ौल लेना चाहता है।

“क्या आपको अपने वालिद पर यक़ीन नहीं है?” बादशाह जैसे अपने बेटे की आँखों की भाषा पढ़ गया।

“अब्बा हुज़ूर, यह बात मुझे वज़ीर ख़ानजहाँ ने बताई थी।”

“क्याऽऽऽ?” वज़ीर ख़ानजहाँ का नाम सुनते ही बादशाह का हाथ बेटे के कंधे से ऐसे हटा, मानो किसी ततैये ने डंक मार दिया हो। वह हैरान हो उसकी आँखों में झाँकते हुए बोला, “आपको पक्का यक़ीन है कि ये बातें आपको वज़ीर ख़ानजहाँ ने ही बताई होंगी।

“मैं आपसे क्यों झूठ बोलूँगा अब्बा हुज़ूर। वह तो न जाने आपके बारे में मुझे क्या-क्या बताता रहा।” नासिरुद्दीन मुहम्मद शाह ने पिता के सामने सर झुकाते हुए कहा।

"मैं इस नमकहराम वज़ीर की अभी ख़ाल खिंचवाता हूँ!" मारे गुस्से के बादशाह का पूरा जिस्म काँपने लगा।

"अब्बा हुज़ूर, आपने हमें क़सम दी है कि आप नाम बतानेवाले की जान बख़्श देंगे।" नासिरुद्दीन मुहम्मद शाह ने जैसे अपने पिता को उसका वायदा याद दिलाते हुए कहा।

"हाँ दी थी। मगर यह नहीं पता था कि वह नमकहराम हम बाप-बेटे को एक-दूसरे का दुश्मन बना, कोई साज़िश रच रहा है।"

"इसमें साज़िश की क्या बात है अब्बा हुज़ूर? उसने तो मुझे असलियत से रू-ब-रू कराया है।"

"यह असलियत है? असलियत क्या है, जानना चाहते हो?"

नासिरुद्दीन मुहम्मद शाह कुछ नहीं बोला बस अपने पिता को देखता रहा। अपने पिता के मुँह से असलियत जानने की जिज्ञासा में उसकी आँखें मारे कौतुकता के रह-रहकर फैलने-सिकुड़ने लगीं।

"असलियत यह है मेरे प्यारे बेटे, कि आपके ख़िलाफ़ भी मुझे इसी नमकहराम वज़ीर ख़ानजहाँ ने भड़काया है।"

"वज़ीर ख़ानजहाँ ने?" नासिरुद्दीन मुहम्मद शाह ने अपने वालिद से हैरानी के साथ पूछा।

"जी। कुछ समझे या अभी कुछ और समझाना बाक़ी रह गया है?"

"मैं सब समझ गया अब्बा हुज़ूर। यह नमकहराम हमारे बीच दुश्मनी की दीवार खड़ी कर, ख़ुद सल्तनत पर क़ाबिज़ होना चाहता है।"

"एकदम सही कहा मेरे बेटे।" इतना कह बादशाह फ़िरोज़ शाह तुग़लक़ ने लपककर बेटे नासिरुद्दीन मुहम्मद शाह को गले से लगा लिया।

"मुझे मुआफ़ करना अब्बा हुज़ूर।" नासिरुद्दीन मुहम्मद शाह ने अपनी ग़लती क़बूल करते हुए कहा। अगले ही पल बादशाह ने वज़ीर ख़ानजहाँ को दरबार में पेश होने का हुक्म दिया। मगर वज़ीर ख़ानजहाँ काफ़ी वक़्त बीत जाने के बाद भी पेश नहीं हुआ।

"हुज़ूरे आली, वज़ीर साहब महल में मौजूद नहीं हैं। पता किया तो पता चला कि उन्हें अपने घोड़े पर सवार हो बाहर जाते हुए देखा गया है।" एक सैनिक ने सर झुकाते हुए आकर बताया।

"देखा, कितना मक्कार निकला वह। उसे शायद इसकी भनक लग गई थी कि उसकी इस साज़िश का पर्दाफ़ाश होनेवाला है, इसलिए वह डरकर भाग गया।" बादशाह ग़ुस्से में अपने बेटे नासिरुद्दीन मुहम्मद शाह से बोला।

इतना सुन नासिरुद्दीन मुहम्मद शाह अपने पिता के पास आया, "मुझे मुआफ़ करना अब्बा हुज़ूर। मुझे आपकी मुहब्बत पर शक नहीं करना चाहिए था।"

वज़ीर ख़ानजहाँ के भागने की ख़बर पूरे महल में आग की तरह फैल गई। नासिरुद्दीन मुहम्मद शाह ने अपने प्रमुख सिपहसालार सिकन्दर ख़ाँ को बुलवाया।

"सिकन्दर ख़ाँ, हम आपको एक बहुत ज़रूरी काम सुपुर्द करना चाहते हैं। हमें पूरी उम्मीद है कि आप इसे अंजाम तक ज़रूर पहुँचाएँगे।"

"हुज़ूरे आली, एक बार इस ग़ुलाम को हुक्म तो कीजिए!" सिकन्दर ख़ाँ ने अदब से झुकते हुए कहा।

"आप तो जानते ही हैं कि हमारा एक नमकहराम वज़ीर फ़रार हो गया है। आपको उसे किसी भी हालात में गिरफ़्तार करके लाना है। अब यह आपकी ज़िम्मेदारी है कि उसे कैसे लाना है। पाताल में भी ढूँढ़ना पड़े, तो उसे वहाँ भी ढूँढ़ना है।"

"जी हुज़ूरे आली।"

नासिरुद्दीन मुहम्मद शाह का हुक्म सुन सिकन्दर ख़ाँ वज़ीर ख़ानजहाँ को गिरफ़्तार करने निकल गया।

अपने सामने शाही दरबार के ख़ास वज़ीर को बदहवास खड़ा देख खड़े बहादुर नाहर को बड़ी हैरानी हुई। ऐसा क्या संकट आ गया, जो यह इतना घबराया हुआ है।

"वज़ीर साहब, न कोई इत्तिला, न ख़बर? सब ख़ैरियत तो है?" बहादुर नाहर ने विस्मय के साथ पूछा।

"बहादुर नाहर, बड़ी आफ़त की घड़ी आ गई है। आपकी थोड़ी-सी मदद की दरकार है। इसीलिए देहली से आपके पास मेवात आया हूँ।" वज़ीर ख़ानजहाँ ने घबराते हुए कहा।

"कैसी आफ़त की घड़ी?"

"पहले यह क़ौल दो कि बादशाह सलामत तक यह बात नहीं पहुँचेगी कि मैं आपके पास यहाँ मेवात में आया हुआ हूँ।"

"आप बेफ़िक्र रहिए, ऐसा कुछ नहीं होगा।" बहादुर नाहर ने वज़ीर ख़ानजहाँ को आश्वस्त करते हुए कहा।

आश्वासन मिलने के बाद वज़ीर ख़ानजहाँ ने सारा वाक़या बहादुर नाहर के सामने बयान कर दिया।

"बहादुर नाहर, किसी तरह मुझे आप पनाह दे दें। आपका यह एहसान मैं ज़िन्दगीभर नहीं भूलूँगा।"

कुछ देर सोचने के बाद बहादुर नाहर ने अपने एक सरदार जागीरदार महारी कोकाय चौहान को बुलवाया।

"आपने याद किया बहादुर सा?" आते ही जागीरदार महारी कोकाय चौहान ने पूछा।

"हाँ सरदार। ये ख़ानजहाँ साहब हैं और देहली दरबार के ख़ास वज़ीर हैं। आज से ये हमारे मेहमान हैं। इनकी ख़ातिरदारी की ज़िम्मेदारी मैं आपको सौंपता हूँ।"

"जैसा हुकुम बहादुर सा।" कोकाय चौहान वज़ीर ख़ानजहाँ को लेकर चला गया।

न जाने क्यों कोकाय चौहान को वज़ीर ख़ानजहाँ का मेवात में आकर पनाह लेना कुछ अटपटा-सा लगा। वज़ीर ख़ानजहाँ ने देहली दरबार में ऐसा क्या कर दिया, जिसके चलते इसे मेवात में आकर शरण लेनी पड़ी है। अगर बादशाह को पता चल गया कि वज़ीर ख़ानजहाँ ने मेवात में शरण ली हुई है, तब क्या होगा?

अपने इस डर को आख़िर एक दिन सरदार कोकाय चौहान ने बहादुर नाहर के सामने प्रकट कर ही दिया।

"बहादुर सा, आपने वज़ीर ख़ानजहाँ को पनाह दे तो दी है मगर मुझे यह कुछ ठीक नहीं लग रहा है। आज नहीं तो कल इस बात का पता जब पूरे मेवात को चलेगा कि आपने वज़ीर ख़ानजहाँ को पनाह दी हुई है, और यह बात किसी ने देहली दरबार तक पहुँचा दी, तब बड़ी मुश्किल पैदा हो जाएगी। आप तो जानते ही हैं बादशाह के पास मेवात से ख़बरें पहुँचती रहती हैं।"

"यह बात तो आपकी सही है कोकाय चौहान। लगता है मुझसे भूल हो गई है।" बहादुर नाहर अपने सरदार से सहमत होते हुए बोला। उसे याद आया कि पीर नसीरुद्दीन अवधी चिराग़-ए-देहली के पास जाने से पहले उनके लूटपाट और जनता को परेशान करने की ख़बर भी देहली दरबार पहुँच गई थी। उसके सरदार कोकाय चौहान का इशारा भी इसी तरफ़ है।

"बुरा न मानो तो बात कहूँ बहादुर सा?"

"हाँ कहो!"

"इससे ज़्यादा वज़ीर ख़ानजहाँ की हिफ़ाज़त करना मेरे बूते की बात नहीं है। इनसे कह दीजिए कि ये कहीं और जाकर पनाह ले लें।"

"आप सही कह रहे हैं। किसी दिन मौक़ा मिलते ही मैं वज़ीर ख़ानजहाँ से कह देता हूँ।"

"जितनी जल्दी हो इस मुसीबत से आप पीछा छुड़ाइए।"

मगर इस मौक़े की नौबत ही नहीं आई और ठीक तीसरे रोज़ नासिरुद्दीन मुहम्मद शाह का सिपहसालार सिकन्दर ख़ाँ, वज़ीर ख़ानजहाँ को तलाश करता हुआ मेवात पहुँच गया। जैसे ही सरदार कोकाय चौहान को पता चला कि सिकन्दर ख़ाँ वज़ीर ख़ानजहाँ को ढूँढ़ता हुआ अरावली के इस कोटला में आ गया है, उसके हाथ-पैर फूल गए। और अगले रोज़ मौक़ा मिलते ही उसने वज़ीर ख़ानजहाँ को सिकन्दर ख़ाँ के हवाले कर दिया।

वज़ीर ख़ानजहाँ को नासिरुद्दीन मुहम्मद शाह के हवाले करने के बाद उसे मौत की सज़ा दे दी गई।

कुछ दिनों बाद फ़िरोज़ शाह तुग़लक़ अपने बड़े बेटे नासिरुद्दीन मुहम्मद शाह से किसी बात पर नाराज़ हो गया। इसलिए बादशाह ने अपने अमीर-उमरा, बहादुरों, वज़ीरों, ओहदेदारों, सिपहसालारों और सरदारों के साथ सलाह-मशविरा कर अपने पोते तुग़लक़ शाह को बादशाह बना दिया।

अपने दादा के कहने पर तुग़लक़ शाह ने बहादुर नाहर को मेवात से देहली बुलवाया।

"ख़ुदावंद बहादुर नाहर, दादाजान चाहते हैं कि आप और हमारे वज़ीर ताजुद्दीन दोनों मिलकर, सल्तनत से बेदख़ल हमारे वालिद नासिरुद्दीन मुहम्मद शाह को हराकर आएँ। आपको जितनी फ़ौज चाहिए, ले लें।" तुग़लक़ शाह ने बहादुर नाहर को अपने दादा फ़िरोज़ शाह तुग़लक़ की इच्छा बताते हुए कहा।

"जैसा आपका हुक्म शाहज़ादे।"

हुक्म मिलने के बाद बहादुर नाहर और वज़ीर ताजुद्दीन दोनों जंग के लिए रवाना हो गए। दोनों की सेना ने नासिरुद्दीन मुहम्मद शाह को बुरी तरह शिकस्त दी। जिसके चलते वह इधर-उधर भागता रहा और आख़िर में नगर कोट के क़िले में जाकर शरण ली। युद्ध जीतने के बाद बहादुर नाहर वापिस मेवात आ गया।

इस युद्ध के जीतने पर बादशाह फ़िरोज़ शाह तुग़लक़, बहादुर नाहर से न केवल बहुत प्रभावित हुआ बल्कि बेहद ख़ुश भी हुआ।

कुछ दिन बाद एक दिन बादशाह ने अपने वज़ीर ताजुद्दीन को बुलाया।

"आपने याद किया हुज़ूरे आली?" वज़ीर ताजुद्दीन ने दरवाज़े से ही पूछा।

"हाँ वज़ीर ताजुद्दीन।" बादशाह ने बिस्तर पर करवट लेते हुए कहा।

"हुक्म करिए हुज़ूर?"

"ख़ुदावंद वज़ीर, मेवात से बहादुर नाहर को बुलवाइए!"

बादशाह का हुक्म मिलते ही तुरन्त बहादुर नाहर को मेवात से बुला लिया गया।

"आइए बहादुर नाहर!" बहादुर नाहर को आया देख, बादशाह गाव से पीठ लगाकर बैठ गया।

"हुक्म करिए मेरे आक़ा?" कोर्निश करते हुए बहादुर नाहर ने पूछा।

"इस आख़िरी वक़्त में क्या हुक्म करूँ बहादुर। वैसे भी अब मेरे हुक्म की किसे परवाह है।"

"ऐसा न कहें हुज़ूर। आपका यह ग़ुलाम आपके हर हुक्म के लिए मर-मिटने को तैयार है।"

"मरें आपके दुश्मन मेरे बहादुर।" बहादुर नाहर की इस वफ़ादारी पर फ़िरोज़ शाह तुग़लक़ के कोर गीले हो गए।

बहादुर नाहर ने कुछ नहीं कहा।

"बहादुर नाहर, मैं चाहता हूँ कि ख़ुदा को प्यारा होने से पहले मेवात में आपके रहने का कोई पुख़्ता इन्तज़ाम कर जाऊँ। अस्सी बरस का होने को आ रहा हूँ इसलिए सोच रहा हूँ कि मेवात में आपके नाम एक क़िला बनवा दूँ।"

"आपका हर हुक्म सर-माथे पर है हुज़ूरे आली।"

बादशाह ने इसके बाद पहले से बैठे शाही ख़ज़ानची की तरफ़ देखा और फिर उसे हुक्म दिया, "यह क़िला जितनी जल्दी तैयार हो, करवाया जाए। चाहे जितनी दौलत लग जाए, उसके बारे में मत सोचना।"

"जी हुज़ूरे आली।"

इस तरह अरावली की वादियों में स्थित कोटला में बादशाह फ़िरोज़ शाह तुग़लक़ द्वारा बनवाया गया कोटला बहादुर नाहर क़िला तैयार हो गया। क़िले के साथ ही एक मस्जिद भी बनवाई गई। इधर क़िला कोटला बहादुर नाहर बनकर तैयार हुआ, उधर कुछ महीने बाद फ़िरोज़ शाह तुग़लक़ इस दुनिया से रुख़सत हो गए।

बहादुर नाहर और उसकी जाँबाज़ी फ़िरोज़ शाह तुग़लक़ की मौत के बाद उसके बेटे अबू बक्र की जैसे ज़रूरत बन गई। इस ज़रूरत ने बहादुर नाहर को और ताक़तवर बना दिया। उसकी इस ताक़त का इसी से अन्दाज़ा लगाया जा सकता है कि फ़िरोज़ शाह तुग़लक़ की मृत्यु हुए अभी साल भी नहीं हुआ, कि फ़िरोज़ाबाद में नासिरुद्दीन मुहम्मद शाह और अबू बक्र के बीच जंग का ऐलान हो गया। अबू बक्र ने अपनी मदद के लिए मेवात से बहादुर नाहर को बुलवाया। बहादुर नाहर तुरन्त अपनी सेना लेकर फ़िरोज़ाबाद पहुँच गया। जहाँ इन दोनों ने मिलकर नासिरुद्दीन मुहम्मद शाह को पराजित कर दिया। इस हार के बाद नासिरुद्दीन मुहम्मद शाह जलेसर की तरफ़ भाग गया।

फ़िरोज़ाबाद युद्ध को अभी कुछ ही दिन हुए कि एक दिन बहादुर नाहर ने देखा अबू बक्र उसके क़िला कोटला, मेवात में उसके सामने खड़ा है। हतप्रभ बहादुर नाहर ने बिना किसी पूर्व सूचना के अबू बक्र से उसके आने का कारण पूछा, "शाहज़ादे, इस तरह बिना इत्तिला आने की वजह?" बहादुर नाहर ने अबू बक्र के पीछे खड़ी टोली पर नज़र दौड़ाई।

"बहादुर नाहर, क्या बताऊँ हमारे एक सरदार इस्माइल ख़ाँ ने हमारे साथ बहुत बड़ा धोखा किया है।" अबू बक्र ने बताया।

"शाहज़ादे, इस्माइल ख़ाँ ने ऐसा क्या कर दिया जो आपको मेवात आने की ज़रूरत पड़ गई?"

"न जाने वह किस बात पर नाराज़ हो गया है। पता तो यह भी चला है कि उसने नासिरुद्दीन मुहम्मद शाह के पास यह दरख़्वास्त भेजी है कि नासिरुद्दीन

मुहम्मद उसे अपने पास बुला ले। मुझे शक है कि वह नामुराद ज़रूर मेरे ख़िलाफ़ नासिरुद्दीन मुहम्मद शाह से मिल गया है। इसलिए मैं आपके पास आ गया हूँ।"

अबू बक्र की बात सुनने के बाद बहादुर नाहर पहले तो चुप रहा, फिर कुछ सोचते हुए बोला, "शाहज़ादे, अगर आपका अन्दाज़ा सही है, तो नासिरुद्दीन मुहम्मद शाह फ़िरोज़ाबाद में हुई हार का बदला लेने की गरज़ से ज़रूर जंग करेगा...और जब जंग होनी तय है, तो हमें भी पीछे नहीं हटना चाहिए। इससे पहले कि वह हम पर हमला करे, हमें ख़ुद तैयार रहना चाहिए।"

बहादुर नाहर और अबू बक्र का अनुमान एकदम सही निकला। दस दिन बाद ही ख़बर मिली कि नासिरुद्दीन मुहम्मद शाह की सेना युद्ध के लिए मेवात की ओर बढ़ी आ रही है। वे दोनों तुरन्त जंग के लिए क़िला कोटला से रवाना हो गए और नासिरुद्दीन मुहम्मद शाह के क़िला कोटला पहुँचने से पहले ही घमासान युद्ध शुरू हो गया। एक तरफ़ बहादुर नाहर और अबू बक्र की संयुक्त सेना, तो दूसरी तरफ़ नासिरुद्दीन मुहम्मद शाह और उसके बेटे हुमायूँ ख़ाँ की सेना। नासिरुद्दीन मुहम्मद शाह के बेटे हुमायूँ ख़ाँ ने बहादुर नाहर और अबू बक्र से डटकर मुक़ाबला किया। इसका नतीजा यह हुआ कि बहादुर नाहर और अबू बक्र को वापिस क़िला कोटला लौटने पर मजबूर होना पड़ा।

नासिरुद्दीन मुहम्मद शाह ने इस मौक़े को गँवाना उचित नहीं समझा और उसने क़िले की घेराबन्दी कर दी। अपने आपको क़िले में क़ैद हुआ देख बहादुर नाहर ने बिना वक़्त गँवाए अबू बक्र को यह सलाह दी,"शाहज़ादे, हमारे पास अब दो ही रास्ते बचे हैं। एक, या तो नासिरुद्दीन मुहम्मद शाह के हाथों मरने से पहले हम दोनों ख़ुदकुशी कर लें या फिर..."

"या फिर?" अबू बक्र ने बीच में वाक्य पूरा होने से पहले पूछा।

"या फिर उससे सुलह कर लें। बताइए, कौन-सा रास्ता अख़्तियार करना है?"

"और अगर सुलह करने के बाद नासिरुद्दीन मुहम्मद शाह ने हमें क़ैद कर लिया तब क्या होगा?"

"शाहज़ादे, जान गँवाने से बेहतर है क़ैद में रहना। वैसे नासिरुद्दीन मुहम्मद शाह आपका बड़ा भाई है। आपके साथ वह ऐसा सुलूक हरगिज़ नहीं करेगा।"

"शायद आप सही कह रहे हैं।"

"तो फिर ठीक है अपने सिपाहियों से कह दो कि वे अपना अलम झुका दें!"

बहादुर नाहर की सलाह मानते हुए अबू बक्र ने उसी समय अपने सिपाहियों से झंडा झुकाने का हुक्म दे दिया।

नासिरुद्दीन मुहम्मद शाह ने सुलह के बाद बहादुर नाहर को ख़िलअत प्रदान कर इज़्ज़त के साथ वापिस क़िला कोटला भेज दिया, और अपने भाई अबू बक्र को लेकर मेरठ आ गया। बहादुर नाहर को बाद में पता चला कि नासिरुद्दीन मुहम्मद

शाह ने अपने भाई अबू बक्र को मेरठ आने के बाद काल कोठरी में डाल दिया। अबू बक्र को काल कोठरी में डालने के बाद नासिरुद्दीन मुहम्मद शाह का रास्ता अब पूरी तरह साफ़ हो गया।

बहादुर नाहर द्वारा बार-बार अबू बक्र की मदद करने और दंगा-फ़साद से बादशाह नासिरुद्दीन मुहम्मद शाह पहले से उससे नाराज़ था। इसलिए नासिरुद्दीन मुहम्मद शाह ने बहादुर नाहर को जैसे बर्बाद करने की ठान ली, और 1393 ई. के अक्तूबर महीने में उसके क़िला कोटला को ध्वस्त-सा कर दिया। क़िले को बर्बाद करने के बाद नासिरुद्दीन मुहम्मद शाह वापिस जलेसर आ गया, जहाँ आते ही वह बीमार पड़ गया।

जलेसर आने के बाद नासिरुद्दीन मुहम्मद शाह की बीमारी ठीक होने का नाम न ले।

क़िला कोटला बर्बाद होने के बाद बहादुर नाहर ने पहले की तरह बाग़ी बन, एक बार फिर से लूटपाट शुरू कर दी। पहले जहाँ वह सिर्फ़ मेवात में लूटपाट करता था, अब उसने देहली के आसपास के इलाक़ों में लूटपाट कर उन्हें तहस-नहस करना शुरू कर दिया। नासिरुद्दीन मुहम्मद शाह को इसकी जब ख़बर मिली, तब वह विचलित हो उठा और बीमारी की हालत में ही मेवात की तरफ़ रवाना हो गया। नासिरुद्दीन मुहम्मद शाह कोटला पहुँचा, तो मालूम हुआ बहादुर नाहर वहाँ से अरावली के भीतर-ही-भीतर झिर की पहाड़ियों में चला गया है। नासिरुद्दीन मुहम्मद शाह ने बहुत कोशिश की बहादुर नाहर तक पहुँचने की, मगर वह हाथ नहीं आया। बढ़ती गर्मी और अरावली की दुर्गमता ने नासिरुद्दीन मुहम्मद शाह को देहली लौटने पर मजबूर कर दिया। जहाँ पहले से चल रहे बीमार नासिरुद्दीन मुहम्मद शाह की 1394 ई. के मार्च महीने में मृत्यु हो गई।

6

पहले बादशाह फ़िरोज़ शाह तुग़लक़ के इस दुनिया से रुख़सत होने, उसके बाद नसीरुद्दीन मुहम्मद शाह द्वारा अपने भाई अबू बक्र को मेरठ की जेल में मार देने, और आख़िर में ख़ुद नसीरुद्दीन मुहम्मद शाह की बीमारी से मौत के बाद बहादुर नाहर की ताक़त और मज़बूत हो गई। यानी फ़िरोज़ शाह तुग़लक़ की मौत के महज़ साढ़े पाँच साल के भीतर बहादुर नाहर एकाएक बहुत ताक़तवर हो गया।

इधर नसीरुद्दीन मुहम्मद शाह की मौत के बाद देहली की सल्तनत तुग़लक़ सुल्तान महमूद शाह के हाथों में आ गई। जबकि उधर बहादुर नाहर ने मेवात की बागडोर अपने नौ बेटों में से दूसरे बेटे बहादुर ख़ाँ को सौंप दी।

एक दिन सुल्तान महमूद शाह ने मेवात के क़िला कोटला में बहादुर नाहर के पास उससे मिलने का सन्देशा भिजवाया। सुल्तान महमूद का सन्देश पाते ही बहादुर नाहर दरबार में पेश हो गया। बहादुर नाहर के आने पर सुल्तान महमूद शाह ने उसका भव्य स्वागत किया।

"शाहज़ादे, अचानक कैसे याद फ़रमाया?" बहादुर नाहर ने अपने आने की वजह पूछी।

"बहादुर नाहर, इस तुग़लक़ ख़ानदान से आप मेवातियों के बहुत पुराने ताल्लुक़ात रहे हैं। आपके और हमारे ताल्लुक़ एक कुनबे की तरह हैं।" सुल्तान महमूद शाह ने भूमिका तैयार करते हुए कहा।

"यह भी कोई कहने की बात है शाहज़ादे।"

"इसलिए मैं चाहता हूँ कि यह सिलसिला आगे भी बना रहे।"

"मैं कुछ समझा नहीं शाहज़ादे?" बहादुर नाहर ने हैरानी के साथ पूछा।

"आप तो जानते ही हैं बहादुर नाहर कि सल्तनत की ज़द में आनेवाले सारे जागीरदारों और वज़ीरों ने खुली बग़ावत का ऐलान कर दिया है। इसके चलते देहली में काफ़ी बदइन्तज़ामी फैल गई है। बस, इसी सिलसिले में आपकी मदद की दरकार है!"

"हुक्म करिए शाहज़ादे! मुझे ख़ुशी होगी कि फिर से मुझे इस शाही ख़ानदान की ख़िदमत करने का मौक़ा मिल रहा है।" बहादुर नाहर ने अपनी स्वीकृति प्रदान करते हुए कहा।

बहादुर नाहर की स्वीकृति मिलने पर तुग़लक़ सुल्तान महमूद शाह ने उसे एक बड़ी फ़ौज देकर, पुरानी देहली और मेवात से सटे सोहना के क़िले का हाकिम बना दिया।

"बहादुर नाहर, हम आपके किसी पोते को भी अपना वज़ीर तैनात करना चाहते हैं। अगर आपकी नज़र में आपका कोई पोता इस लायक़ है, तो आप हमें ज़रूर बताएँ।"

"शाहज़ादे, मुझे कुछ दिनों की मोहलत दीजिए ताकि मैं इस बारे में अपने बेटों से मशविरा कर सकूँ।"

"ज़रूर। आप इत्मीनान से सोच-समझकर बता देना।" बहादुर नाहर को सुल्तान महमूद शाह ने मोहलत देते हुए कहा।

बहादुर नाहर ने अपनी तीनों बीवियों से पैदा हुए नौ बेटों, जिनमें रानी फूल कँवर; जिससे शाह मोहम्मद ख़ाँ, बहादुर ख़ाँ, मलिक अलाउद्दीन ख़ाँ और शाहब ख़ाँ पैदा हुए; दूसरी बीवी दौसा क़स्बे के बड़गूजरों की बेटी, जिससे अहरोद अर्थात् आड़ू ख़ाँ, सराज ख़ाँ और मलिक फ़तहउल्ला ख़ाँ यानी फ़तह ख़ाँ पैदा हुए, और

तीसरी बीवी जो कोटा बूँदी के हाड़ा राजपूतों की पुत्री थी और जिससे नूर ख़ाँ और निज़ाम ख़ाँ पैदा हुए। उनके बेटों अर्थात् अपने पोतों पर उसने बहुत विचार किया। इतना ही नहीं, उसने अपने दूसरे बेटे बहादुर ख़ाँ की पहली बीवी अर्थात् बुलंदशहर के चन्देड़ा के बड़गूजरों की बेटी से पैदा हुए सात बेटों अक़लीम ख़ाँ, फ़ीरोज़ ख़ाँ, नस्सू सुल्तान ख़ाँ, कुलताज ख़ाँ, मल्लू ख़ाँ, यतीम ख़ाँ और उम्माद खाँ; तथा चौहानों की पुत्री और उसकी दूसरी बीवी से पैदा हुए पाँच पुत्रों तरंगे सुल्तान ख़ाँ उर्फ़ तरंग ख़ाँ, लश्कर ख़ाँ, मलिक फ़खरुद्दीन ख़ाँ, मनसुख ख़ाँ व ख़लील ख़ाँ के बारे में भी विचार किया। लेकिन उसे अपने दूसरे बेटे बहादुर ख़ाँ के बारह पुत्रों में से चन्देड़ा की पहली बीवी का पाँचवाँ बेटा मल्लू ख़ाँ अर्थात् अपना यह पोता ही सुल्तान महमूद शाह का वज़ीर बनने लायक़ लगा।

कुछ दिन बाद बहादुर नाहर अपने पोते मल्लू ख़ाँ वल्द बहादुर ख़ाँ को लेकर दरबार में पहुँच गया।

"बहादुर नाहर, कुछ सोचा?" अपने सामने बहादुर नाहर को देख सुल्तान महमूद शाह ने पूछा।

"जी शाहज़ादे। अभी आपकी ख़िदमत में हाज़िर करता हूँ।" इतना कह उसने मल्लू ख़ाँ को हाज़िर होने के लिए कहा।

गठे हुए जिस्म का एक सजीला युवक आया और कोर्निश करते हुए बड़े अदब के साथ, दोनों हाथ बाँधकर अपने बहादुर नाहर की बग़ल में खड़ा हो गया।

सुल्तान महमूद शाह ने कई बार अपने सामने खड़े युवक को ऊपर से नीचे तक निहारा, और फिर मुस्कराते हुए बोला, "बरख़ुरदार, आपकी तारीफ़?"

सुल्तान महमूद शाह ने मल्लू ख़ाँ से जिस अन्दाज़ में पूछा, मल्लू ख़ाँ समझ गया कि बादशाह उसका नाम पूछ रहा है?

"बादशाह सलामत, मल्लू खाँ।" बड़े अदब के साथ मल्लू ख़ाँ ने अपना नाम बताया।

"मल्लू खाँ! यह क्या नाम हुआ? एक सुल्तान के वज़ीर का यह नाम हमें पसन्द नहीं है।" इतना कह सुल्तान महमूद शाह ने बहादुर नाहर की तरफ़ देखा, "बहादुर नाहर, हम अपने इस नए वज़ीर को इक़बाल के ख़िताब से नवाज़ते हैं। इसलिए आज से शाही दरबार में ये मल्लू ख़ाँ के नाम से नहीं, इक़बाल ख़ाँ के नाम से बुलाए जाएँगे।"

"जैसी आपकी मर्ज़ी शाहज़ादे।" बहादुर नाहर ने मुस्कराते हुए कहा।

"बहुत-बहुत शुक्रिया बादशाह सलामत।" अपने दादा के बाद मल्लू ख़ाँ यानी इक़बाल ख़ाँ ने फ़र्शी सलाम करते हुए सुल्तान महमूद शाह का आभार व्यक्त किया।

"एक बात और, अपना वज़ीर तैनात करने के साथ हम सिरी के क़िले की ज़िम्मेदारी भी आपको सौंपते हैं।"

नए-नए बने वज़ीर मल्लू ख़ाँ उर्फ़ इक़बाल ख़ाँ ने एक बार फिर सुल्तान महमूद शाह का शुक्रिया अदा किया।

वास्तव में सुल्तान महमूद शाह के पास पुरानी देहली और इस सिरी के क़िले के अलावा कुछ नहीं है।

इधर मौक़ा पाकर ग्वालियर के सआदत ख़ाँ ने अपने कुछ भरोसेमन्दों से सलाह-मशविरा कर फ़िरोज़ शाह के पोते नुसरत शाह को फ़िरोज़ाबाद का बादशाह बना दिया। इस तरह देहली में सुल्तान महमूद शाह और फ़िरोज़ाबाद में नुसरत शाह दो बादशाह हो गए। इनके भरोसेमन्द सरदार और वज़ीर भी दो हिस्सों में बँट गए। बहादुर नाहर और उसका पोता मल्लू ख़ाँ उर्फ़ इक़बाल ख़ाँ सुल्तान महमूद के हिस्से में आ गए। इस तरह लगभग तीन साल तक इन दो बादशाहों के सहारे सल्तनत चलती रही।

मगर न जाने किस बात पर इक़बाल ख़ाँ सुल्तान महमूद शाह से नाराज़ हो गया और वह बादशाह नुसरत शाह से मिल गया।

मल्लू ख़ाँ उर्फ़ इक़बाल ख़ाँ ने एक दिन बादशाह नुसरत शाह को सिरी के क़िले में आमंत्रित किया। इक़बाल ख़ाँ का निमंत्रण मिलते ही नुसरत शाह फ़िरोज़ाबाद से देहली चला आया। नुसरत शाह के आने के बाद अगले रोज़ इक़बाल ख़ाँ बोला, "बादशाह सलामत, चलिए आपको महरौली की सैर कराई जाए!"

बादशाह नुसरत शाह को हैरानी हुई कि इक़बाल ख़ाँ ने उसे इतनी दूर से सिर्फ़ महरौली की सैर कराने के लिए बुलाया है। उसकी समझ में इसका रहस्य नहीं आया। इसलिए उसने इक़बाल ख़ाँ से पूछ ही लिया, "महरौली, ऐसा क्या हुआ जो अचानक वहाँ जाने की याद आ गई?"

"बहुत दिनों से ख़्वाहिश थी कि ख़्वाजा क़ुतुबुद्दीन बख़्तियार काकी की दरगाह पर चादर चढ़ा आऊँ। वैसे रबी-उल-अव्वल महीने की आज चौदहवीं तारीख़ है, और आज उनका उर्स भी मनाया जाता है। इसलिए चादर चढ़ाने का इससे बेहतर मौक़ा और क्या होगा। अब आप आए हैं तो सोचा आपको भी साथ ले चलूँ।"

बादशाह नुसरत शाह मना नहीं कर पाया और सिरी क़िले से दोनों महरौली के लिए रवाना हो गए।

रास्ते में नुसरत शाह और इक़बाल ख़ाँ के बीच ख़्वाजा क़ुतुबुद्दीन बख़्तियार काकी को लेकर आपस में चर्चा शुरू हो गई।

"जनाब इक़बाल ख़ाँ, सुना है कि ख़्वाजा क़ुतुबुद्दीन बख़्तियार काकी सूफ़ी मोईनुद्दीन चिश्ती ख़्वाजा ग़रीब नवाज़ के शागिर्द थे?"

"सही सुना आपने। सिर्फ़ शागिर्द ही नहीं थे बल्कि उनके आध्यात्मिक वारिस भी थे। आपको सुनकर ताज्जुब होगा कि ख़्वाजा क़ुतुबुद्दीन बख़्तियार काकी और पीर

हज़रत शेख़ नसीरुद्दीन अवधी चिराग़-ए-देहली दोनों, ग़रीब नवाज़ के पीरज़ादे थे। बल्कि पीर शेख़ नसीरुद्दीन अवधी साहब तो ग़रीब नवाज़ के ख़ानदान से ताल्लुक़ भी रखते थे। पीर शेख़ नसीरुद्दीन अवधी साहब ही थे जो मेरे दादाजान बहादुर नाहर को, आपके दादाजान बादशाह फ़िरोज़ शाह तुग़लक़ की ख़िदमत में लेकर आए थे।"

"यानी चिराग़-ए-देहली साहब का हमारे तुग़लक़ ख़ानदान से तो पुराना रिश्ता है ही, आपके ख़ानदान से भी है?" मुस्कराते हुए नुसरत शाह ने अपने बराबर में चल रहे इक़बाल ख़ाँ से कहा।

"आपने दुरुस्त फ़रमाया। मेरे दादाजान ही नहीं आपके दादाजान भी पीर साहब को बहुत मानते थे।" इक़बाल ख़ाँ ने बादशाह नुसरत शाह की बात को पुख़्ता करते हुए बताया।

महरौली की तरफ़ बढ़ते हुए घोड़ों के खुरों से उड़ती धूल में लिपटे दोनों के चेहरों पर, इस बीच जैसे अध्यात्म की झीनी-सी गर्द चढ़ गई। बातों का सिलसिला आगे बढ़ता रहा।

"जनाब इक़बाल ख़ाँ, ख़्वाजा क़ुतुबुद्दीन बख़्तियार काकी के बारे में आप और क्या जानते हैं?" नुसरत शाह ने जिज्ञासा प्रकट करते हुए पूछा।

"क़ुतुबुद्दीन बख़्तियार काकी किर्गिस्तान के ओश नाम के छोटे-से शहर में पैदा हुए थे। इनका असली नाम बख़्तियार था। क़ुतुबुद्दीन तो इन्हें ख़िताब दिया गया था। कहते हैं कि जब इनकी उम्र सिर्फ़ डेढ़ बरस की थी, तब इनके सर से इनके वालिद का साया उठ गया था। उसके बाद इनकी परवरिश इनकी माँ ने की, जो ख़ुद एक पढ़ी-लिखी और ज़हीन औरत थी। बाद में इनके उस्ताद ख़्वाजा मोईनुद्दीन चिश्ती साहब ने इन्हें हिन्दुस्तान बुला लिया। यहाँ आबादी के शोर-शराबे से दूर बख़्तियार काकी ने महरौली में आकर अपनी ख़ानक़ाह बना ली। इनके इस ख़ानक़ाह के जमाअतख़ाने में तमाम मज़हब के लोगों की आमद और अक़ीदत देखते ही बनती थी। इन अक़ीदतमन्दों को यहाँ खाना भी खिलाया जाता था। बख़्तियार काकी अपनी जमाअतख़ाने में रोज़ाना एक मजलिस लगाते थे, और लोगों को दीन-दुनिया के बारे में फ़तवा दिया करते थे। इसके साथ ही इन्होंने महफ़िल-ए-समाअ में हिस्सा लेते हुए चिश्ती संगीत परम्परा को भी बनाए रखा। कहते हैं कि एक बार रबी-उल-अव्वल की चौदहवीं तारीख़ को इन्होंने महफ़िल-ए-समाअ में हिस्सा लिया था, जिसमें एक क़व्वाल नसीरुद्दीन ने यह बन्द गाया—

कुश्तगान ए ख़ंजरे तस्लीम रा
हर जमा अज़ ग़ैब जान ए दीगर अस्त

(जो लोग इश्क़ की कटार से मारे जाते हैं, उनके लिए अदृश्य लोक से हर पल नई ज़िन्दगी आती है)

“कहते हैं कि ख़्वाजा बख़्तियार काकी इस बन्द को सुनकर बेहोश हो गए,और ऐसे बेहोश हुए कि चार दिन बाद ही वे जहाँ-ए-फ़ानी को अलविदा कह गए। उनकी मौत के बाद वसीयत पढ़ी गई। इस वसीयत में कहा गया कि उनकी नमाज़-ए-जनाज़ा की वही सदारत करेगा, जिसने कभी कोई हराम का काम न किया हो। कभी भी अस्र की नमाज़ की सुन्नत ना छोड़ी हो। इस वसीयत को सुनकर वहाँ मौजूद सूफ़ी और फ़क़ीरों में ख़ामोशी छा गई। ख़ामोशी इसलिए कि उनमें कोई ऐसा नहीं था, जिसमें कोई ऐब ना था। आख़िर शम्सुद्दीन इल्तुतमिश आगे आया और उसने ख़्वाजा बख़्तियार काकी की नमाज़-ए-जनाज़ा की सदारत की। वहाँ मौजूद लोगों में अकेला वही एक शख़्स था जिसने न तो कभी कोई हराम का काम किया, न कभी अस्र की नमाज़ की सुन्नत छोड़ी।”

इक़बाल ख़ाँ और बादशाह नुसरत शाह दोनों बातों में इस क़दर खो गए कि उन्हें पता ही नहीं चला, कि वे घोड़ों के खुरों से उड़ती धूल के बादलों में घिरे कब महरौली पहुँच गए। अपने-अपने घोड़ों को साथ आए सिपाहियों के हवाले कर, दोनों ख़्वाजा क़ुतुबुद्दीन बख़्तियार काकी की दरगाह पर आ गए। दरगाह के ख़ादिम की मदद से दोनों ने चादर चढ़ा दी।

इससे पहले कि चादर चढ़ाने के बाद बादशाह नुसरत शाह दरगाह से बाहर आता, पीछे से इक़बाल ख़ाँ ने टोका, “हुज़ूरे आली!”

अपने नाम की आवाज़ सुन बादशाह नुसरत शाह वहीं रुक गया। उसने पीछे पलटकर देखा।

“हुज़ूर, बस एक काम और रह गया है।”

इक़बाल ख़ाँ की बात सुन बादशाह नुसरत शाह वापिस दरगाह के पास चला आया।

“ख़ादिम साहब, ज़रा ख़्वाजा साहब के सिरहाने रखी क़ुरान पाक तो देना!” इक़बाल ख़ाँ ने दरगाह के ख़ादिम से कहा।

ख़ादिम ने एक पल के लिए इक़बाल ख़ाँ की तरफ़ हैरानी के साथ देखा। हैरानी के साथ इसलिए कि उसके जानते यह पहला शख़्स है जिसने दरगाह में उससे क़ुरान मजीद माँगी है। बिना किसी प्रतिक्रिया के ख़ादिम ने क़ुरान उठाकर इक़बाल ख़ाँ की तरफ़ बढ़ा दी।

क़ुरान को दोनों हाथों में लेने के बाद इक़बाल ख़ाँ घुटनों के बल बैठ गया और कहने लगा, “बादशाह नुसरत शाह, आज वज़ीर मल्लू ख़ाँ उर्फ़ इक़बाल ख़ाँ ख़्वाजा क़ुतुबुद्दीन बख़्तियार काकी को हाज़िर-नाज़िर मान, क़ुरान पाक को हाथ में ले यह अहद करता है कि जब तक इसके जिस्म में ख़ून का एक भी क़तरा रहेगा, यह आपकी मदद से पीछे नहीं हटेगा!”

बादशाह नुसरत शाह को सारा माजरा अब जाकर समझ में आया कि दरअसल दरगाह पर चादर चढ़ाना तो एक बहाना था। असली बात तो ख़्वाजा क़ुतुबुद्दीन

बख़्तियार काकी की दरगाह पर उसे अपनी वफ़ादारी की क़सम लेनी थी। नुसरत शाह ने आगे बढ़कर मल्लू ख़ाँ को गले से लगा लिया, "जनाब इक़बाल ख़ाँ, हमें आपकी वफ़ादारी पर भूरा भरोसा है।"

"बादशाह सलामत, यह इक़बाल ख़ाँ जिसको अपनी ज़बान एक बार दे देता है, फिर अपने क़ौल से पीछे नहीं हटता है।"

नुसरत शाह अपने सामने खड़े बहादुर नाहर के पोते मल्लू ख़ाँ को देखता रह गया।

मगर इक़बाल ख़ाँ अपने अहद और क़ौल पर क़ायम नहीं रह पाया। तीन दिन बाद ही उसने सिरी क़िले में नुसरत शाह पर क़ातिलाना हमला कर दिया। नुसरत शाह इक़बाल ख़ाँ का मुक़ाबला नहीं कर पाया और किसी तरह जान बचाकर फ़िरोज़ाबाद भाग गया। इक़बाल ख़ाँ ने उसका पीछा भी किया परन्तु वह उसके हाथ नहीं आया। इक़बाल ख़ाँ के डर से नुसरत शाह फ़िरोज़ाबाद भी नहीं ठहर पाया और अपने लाव-लश्कर के साथ पानीपत में अपने वज़ीर के पास चला गया। इक़बाल ख़ाँ अब पूरी निडरता के साथ फ़िरोज़ाबाद की गद्दी पर बैठ गया।

कुछ दिनों बाद जैसे ही वह ताक़तवर हुआ उसने मुकरब ख़ाँ और सुल्तान महमूद शाह के ख़िलाफ़ भी जंग का ऐलान कर दिया। दो महीने तक इक़बाल ख़ाँ का इन दोनों से युद्ध चलता रहा। आख़िरकार कुछ भरोसे के सरदार और वज़ीरों ने इनमें सुलह करा दी। मगर एक बार फिर मल्लू ख़ाँ अपने वायदे पर क़ायम नहीं रह पाया और एक दिन मुकरब ख़ाँ के घर पहुँच गया, जहाँ उसने मुकरब ख़ाँ का क़त्ल कर दिया। इस तरह सुल्तान महमूद शाह अकेला पड़ गया। मल्लू ख़ाँ उर्फ़ इक़बाल ख़ाँ अब इतना ताक़तवर हो गया कि भले ही हुकूमत सुल्तान महमूद शाह के हाथों है, मगर सत्ता की असल नकेल मल्लू ख़ाँ के हाथों में आ गई। सुल्तान महमूद शाह नाममात्र का बादशाह रह गया। वह चाहकर भी कुछ नहीं कर पाता था।

भले ही अब भी देहली का बादशाह सुल्तान महमूद शाह था, किन्तु देहली और फ़िरोज़ाबाद पर शिकंजा बहादुर नाहर के पोते अर्थात् बहादुर ख़ाँ के बेटे मल्लू ख़ाँ अर्थात् इक़बाल ख़ाँ ने कस लिया। अब इसे वक़्त का फेर ना कहें, तो क्या कहें कि जिस मल्लू ख़ाँ के दादा समरपाल यानी बहादुर नाहर ने, इसी सुल्तान महमूद शाह के पूर्वज सुल्तान फ़िरोज़ शाह तुग़लक़ के दरबार में इस्लाम क़बूल किया था, उसी समरपाल यानी बहादुर नाहर के पोते मल्लू ख़ाँ उर्फ़ इक़बाल ख़ाँ की अँगुलियों में आज सत्ता के सारे धागे लिपटे हुए हैं।

बहादुर नाहर द्वारा अचानक अपने सारे बेटों को क़िला कोटला में इकट्ठा होने के हुक्म का कोई अन्दाज़ा नहीं लगा पाया। आख़िर ऐसा क्या हो गया जो सबको इकट्ठा होने के लिए कहा गया है? अपने-अपने कमरों में बहादुर

नाहर की तीनों बीवियाँ अपने-अपने हिसाब से अपने बेटों को एकत्रित करने के कारणों का अनुमान लगा रही हैं। तीनों पत्नियाँ ही नहीं बल्कि उनके नौ बेटों शाह मोहम्मद ख़ाँ, बहादुर ख़ाँ, मलिक अलाउद्दीन ख़ाँ, शाहब ख़ाँ, अहरोद अर्थात् आडू ख़ाँ, सराज ख़ाँ, मलिक फ़तहउल्ला ख़ाँ यानी फ़तह ख़ाँ, नूर ख़ाँ और निज़ाम ख़ाँ, सबका यही अनुमान है कि कहीं किसी हमलावर के मेवात पर हमला करने की ख़बर तो नहीं है।

जब सारे बेटे इकट्ठे हो गए तो सबने एक-दूसरे से यह सोचकर जानने की कोशिश की कि क्या पता उनमें से किसी को कुछ पता हो, या उनके वालिद बहादुर नाहर ने किसी को कुछ संकेत दिया हो। मगर सबने अनभिज्ञता प्रकट कर दी।

कुछ देर बाद बहादुर नाहर सहन में आया, तो सारे बेटों ने अपने पिता का झुककर एक साथ अभिवादन किया, "अस्सलाम वालैकुम अब्बा हुज़ूर!"

बहादुर नाहर ने मुस्कराते हुए बेटों का अभिवादन स्वीकारते हुए जवाब दिया, "वालैकुम अस्सलाम। कहो कैसे हो, सब ठीक है?"

"जी अब्बा हुज़ूर।" सारे बेटों ने एक साथ जवाब दिया।

"आराम से बैठ जाइए!" बेटों से बैठने के लिए कह, बहादुर नाहर भी वहीं सरकंडों से बने एक बड़े मूढ़े पर बैठ गया। उसने एक उड़ती-सी निगाह अपने बेटों पर इस तरह डाली, जैसे वह उनके चेहरों पर आते-जाते भावों को भाँपने की कोशिश कर रहा हो। इसके बाद कुछ पल रुककर उसने बोलना शुरू किया, "आप सबको हैरानी हो रही होगी कि अचानक मैंने क्यों आप सबको यहाँ इकट्ठा होने के लिए कहा है?"

"जी अब्बा हुज़ूर।"

"ऐसी कोई बात नहीं है। बस, मेरा मन अपने बेटों से मिलने के लिए किया, तो आप सबको याद कर लिया।"

अपने पिता के इतना कहने पर सबने एक-दूसरे की तरफ़ पलटकर देखा।

"आप सब यही सोच रहे हैं न कि यह भी कोई वजह हुई सबको इकट्ठा करने की?" बेटों की तरफ़ एक वक्र मुस्कान उछालते हुए बहादुर नाहर ने जैसे उनके मन में पनप रही उलझन को भाँप लिया।

बेटों ने इस पर कुछ नहीं कहा। बस, चुपचाप अपने पिता की तरफ़ देखते रहे।

"वैसे आपका सोचना एकदम सही है। मिलने के लिए इस तरह बुलाने का कोई मतलब नहीं है। असल बात यह है कि मैंने आप सबको एक ख़ास मक़सद के लिए बुलाया है।"

इतना सुनते ही सारे बेटों में बेचैनी व्याप गई। चेहरों पर आते-जाते भावों के संग उनके चेहरों का रंग भी बदलने लगा।

"बात दरअसल यह है कि मैं अब बूढ़ा हो गया हूँ। इसलिए सोच रहा हूँ कि मेरी ज़िम्मेदारी अब मेरे बेटे सँभाल लें। इसीलिए आप सबको यहाँ बुलाया है। मैं

चाहता हूँ कि अल्लाह को प्यारा होने से पहले आपकी हैसियत और ख़ासियत के मुताबिक़ अपनी जागीर का बँटवारा कर दूँ।"

"इसकी क्या ज़रूरत आ पड़ी अब्बा हुज़ूर?" बहादुर नाहर की पहली बीवी रानी फूल कँवर के सबसे बड़े पुत्र शाह मोहम्मद ने, बड़े पुत्र होने की भूमिका निभाते हुए कहा।

"यह तो आप कह रहे हैं शाह मोहम्मद कि इसकी क्या ज़रूरत है। एक बाप होने के नाते इसकी ज़रूरत है या नहीं, यह सोचना मेरा काम है। इसलिए आप सबको अगर अपने वालिद पर यक़ीन और उसकी नीयत पर भरोसा है, तो मैं इस मेवात को आप सब में बाँट देना चाहता हूँ?"

"हमें आप पर पूरा भरोसा है अब्बा हुज़ूर। आप जो भी करेंगे हमें वह मंज़ूर होगा, इसका मैं अपने सारे भाइयों की तरफ़ से आपको यक़ीन दिलाता हूँ।" इतना कह दूसरे बेटे बहादुर ख़ाँ ने अपने सारे भाइयों की तरफ़ देखा।

"हाँ अब्बा हुज़ूर। हमें आपका हर फ़ैसला मंज़ूर है।" इस बार सबकी तरफ़ से दौसा क़स्बे के बड़गूजरों की बेटी अर्थात् बहादुर नाहर की दूसरी बीवी का बेटा मलिक फ़तहउल्ला बोला।

इसके बाद तो सभी ने समवेत स्वर में कहा, "हमें मंज़ूर है अब्बा हुज़ूर!"

"अगर आप सबकी एक राय है तो मैं एक-एक करके अपनी जागीर के हिस्सों का ऐलान करता हूँ।" इसके बाद बहादुर नाहर ने पहला नाम पुकारा, "शाह मोहम्मद खाँ!"

"जी अब्बा हुज़ूर?" अपना नाम सुनते ही सबसे बड़ा बेटा शाह मोहम्मद ख़ाँ अपनी जगह से खड़ा होते हुए बोला।

"आप गुड़गाँव रियासत जिसकी राजधानी रेवाड़ी है, उसके मालिक होंगे। इस रियासत में दो परगने रेवाड़ी और झज्जर शामिल हैं।" इसके बाद बहादुर नाहर ने दूसरे बेटे बहादुर ख़ाँ का नाम पुकारा।

"जी अब्बा हुज़ूर?" इस बार बहादुर ख़ाँ बोला।

"आपको मेवात की सबसे बड़ी रियासत अलवर दी जाती है। इस रियासत में बाईस परगने हैं। सारे परगनों को बताने की ज़रूरत नहीं है। ये रही इनकी फ़ेहरिस्त, आराम से पढ़ लेना।" इतना कह बहादुर नाहर ने एक काग़ज़ बहादुर ख़ाँ की ओर बढ़ा दिया। फिर कुछ क्षण रुककर बोला, "मलिक अलाउद्दीन ख़ाँ, आपके हिस्से में अलवर रियासत की राजधानी तिजारा आती है। इसमें चौदह परगने शामिल हैं। बोलो मंज़ूर है?"

"मंज़ूर है अब्बा हुज़ूर।"

"शाहब ख़ाँ और मलिक अहरोद ख़ाँ, आप भरतपुर रियासत की राजधानी पहाड़ी और अलवर रियासत की राजधानी इन्दौर के मालिक होंगे। इन दोनों ज़िलों

में दस-दस परगने हैं। ये लीजिए इनकी फ़ेहरिस्त!...और सराज ख़ाँ, आपको सोहना रियासत दी जाती है। सोहना के तहत एक ही परगना है और वह है ख़ुद सोहना। अब आप सोहना को रियासत मानते हैं या परगना, यह आपकी मर्ज़ी है।"

"नूर खाँ!"

"जी हुज़ूर!"

बहादुर नाहर की तीसरी बीवी यानी कोटा बूँदी के हाड़ा राजपूतों की पुत्री के बड़े बेटे नूर ख़ाँ ने खड़े होकर जिस तरह हड़बड़ाते हुए जी हुज़ूर कहा, उसे सुन सारे भाइयों की हँसी छूट गई।

"बरख़ुरदार, जी हुज़ूर तो आपने ऐसे कहा है जैसे आप अपने वालिद के सामने नहीं, किसी बादशाह के दरबार में खड़े हैं।" बहादुर नाहर ने हँसते हुए नूर ख़ाँ को कोंचा।

अपने भाइयों द्वारा इस तरह हँसने और अपने पिता के कोंचने पर नूर ख़ाँ झेंप गया।

"बहरहाल, आपको नूहँ रियासत सौंपी जाती है और इसमें छह परगने आते हैं। निज़ाम ख़ाँ और फ़तह ख़ाँ, आपके हिस्से में मांडीखेड़ा और कुलिंजर रियासत आती है। इन दोनों रियासतों में तीन-तीन परगने आते हैं।" इतना कह बहादुर नाहर पहले धीरे-से मुस्कराया और फिर अपने मुनीम की तरफ़ देखा, "चूँकि हमारे मुनीम जी का ताल्लुक़ मांडीखेड़ा रियासत के परगना नगीना से है, और इनका इसरार था कि मैं इस रियासत में आनेवाले परगनाओं के नाम बता दूँ। इसलिए मैं बता दूँ कि इस रियासत में मांडीखेड़ा और नगीना के अलावा साँठावाड़ी परगना भी शामिल है।" इसके बाद बहादुर नाहर ने अपने मुनीम से कहा, "मुनीम जी, अब तो आप ख़ुश हैं न कि आप किस परगने के रहनेवाले हैं, उसका नाम सबको पता चल गया।"

बहादुर नाहर की बात पर बग़ल में बैठा मुनीम मुस्कराकर रह गया। इस छोटी-सी चुहल के बाद जब माहौल थोड़ा हल्का हुआ, तब बहादुर नाहर बोला, "मेरे अज़ीज़ बेटो, मैंने अपनी समझ और अक्ल के चलते पूरी कोशिश की है कि मेरे नौ बेटों में से किसी के साथ नाइंसाफ़ी ना हो। फिर भी किसी को कोई एतराज़ या शिकायत है, तो वह अभी उसे दर्ज कर सकता है। अभी तो सारे भाई मौजूद हैं।" इतना कह बहादुर नाहर ने सामने बैठे अपने बेटों की ओर देखा।

"अब्बा हुज़ूर, आपके इस फ़ैसले पर न तो किसी को कोई एतराज़ है, न कोई शिकवा-शिकायत है।" दौसा क़स्बे के बड़गूजरों की बेटी के सबसे बड़े पुत्र और बहादुर नाहर के पाँचवें बेटे अहरोद अर्थात् आड़ ख़ाँ ने सारे भाइयों की तरफ़ से कहा।

"शाबाश! मुझे अपने बेटों से यही उम्मीद थी। बस, अब मेरी एक आख़िरी ख़्वाहिश और बची है। अगर इजाज़त हो तो कहूँ?"

अपने पिता की इस अन्तिम इच्छा पर सारे भाइयों ने हैरानी के साथ उसकी तरफ़ देखा।

"हाँ, और वह ख़्वाहिश यह है कि एक हुक्मराँ में हुकूमत करने की जो ख़ासियत और ख़ूबियाँ होनी चाहिए, उसके मद्देनज़र मैं चाहता हूँ कि उसका भी आज ही ऐलान कर दूँ, ताकि चैन से अल्लाह को प्यारा हो जाऊँ।"

"अब्बाजान, आज आप बार-बार यह अल्लाह को प्यारा होनेवाली जैसी बुरी बातें क्यों कर रहे हैं?" सबसे छोटा बेटा निज़ाम ख़ाँ बड़ी कातरता के साथ अपने पिता से बोला। ऐसा कहते समय उसकी आवाज़ लरज़ने लगी थी।

अपने सबसे छोटे बेटे निज़ाम ख़ाँ के मुँह से अरसे बाद अब्बाजान सुनकर, बहादुर नाहर की आँखें गीली हो गईं। उसने उसे अपने पास बुलाया और अपने सीने से लगा लिया। फिर आँखों को पोंछते हुए बोला, "बेटे, जब सर पर ज़िम्मेदारियों का पहाड़ होता है, तो उसे वक़्त रहते अपने क़ाबिल वारिसों के सुपुर्द करना भी बहुत ज़रूरी होता है।" बहादुर नाहर ने नाज़िम ख़ाँ को समझाने की कोशिश की।

"जैसा आप मुनासिब समझें अब्बा हुज़ूर।" माहौल को भारी होता देख सबसे बड़ा बेटा शाह मोहम्मद ख़ाँ बोला।

"वैसे तो ख़ानदानी रिवायत के मुताबिक़ असली वारिस सबसे बड़ा बेटा होता है और क़ायदे से मेरे इस जहाँ-ए-फ़ानी को अलविदा कहने के बाद गद्दी पर मेरे सबसे बड़े बेटे शाह मोहम्मद ख़ाँ को ही बैठना चाहिए। मगर क्या करूँ मैं इस दुनिया-जहान के कुछ दस्तूरों से बँधा हुआ हूँ।" कहते-कहते बहादुर नाहर की आवाज़ भारी हो गई। उसने धीरे-से अपने सबसे बड़े बेटे शाह मोहम्मद ख़ाँ की तरफ़ देखा। जैसे ही उसकी नज़र शाह मोहम्मद ख़ाँ से मिली, बहादुर नाहर अपने आपको रोक नहीं पाया और फफक पड़ा।

शाह मोहम्मद ख़ाँ अपने पिता को एकाएक भावुक हुआ देख, तेज़ी से उसकी तरफ़ लपका, "अब्बा, सँभालिए अपने आपको! इसमें आपका क्या क़सूर है। जब उस परवरदिगार को ही यह मंज़ूर नहीं है, तो इसमें आप भी क्या कर सकते हैं। अगर आज मेरी कोई औलाद होती, तो आपको यह सब कहने की ज़रूरत नहीं पड़ती।" कहते-कहते शाह मोहम्मद ख़ाँ के कोर भी गीले हो आए। बमुश्किल सँभाला उसने आपको, "औ...और फिर बहादुर ख़ाँ कौन-सा पराया है। वह भी तो मेरा माँ-ज़ाया है। फिर उसके बेटे और अपने भतीजे नस्सु सुल्तान ख़ाँ को मैंने गोद ले तो रखा है। मैं कैसे बेऔलाद हूँ। हैं तो सही मेरे बारह बेटे।"

"बेटे, मैं समझ सकता हूँ। अल्लाह ने तुझे बहुत बड़ा दिल दिया है। न चाहते हुए भी मैं आज इस लीक से हटकर चलने को मजबूर हूँ। हालाँकि इसका असल हक़दार मेरे इस बेटे शाह मोहम्मद ख़ाँ को होना चाहिए, मगर क्या करूँ मेरे हाथ बँधे हुए हैं।"

"अब्बा हुज़ूर, आपको जो फ़ैसला लेना है बेहिचक लीजिए। मेरा छोटा भाई बहादुर ख़ाँ मुझसे भी ज़्यादा क़ाबिल है। जिस तरह इसकी इज़्ज़त और शोहरत देहली दरबार तक है, उस लिहाज से आपकी गद्दी का असली वारिस और हक़दार

यही है। आपने इसे जागीर भी सबसे ज़्यादा इसीलिए दी है क्योंकि उसमें मेरा हिस्सा भी शामिल है।"

"मुझे आपसे यही उम्मीद थी वली अहद शाह मोहम्मद ख़ाँ। आपने मेरे दिल से बहुत बड़ा बोझ उतार दिया। अब मैं चैन से इस दुनिया को अलविदा कह सकूँगा। मैं चाहता हूँ कि मेवात का नाम आप सब मिलकर रौशन करें। इसलिए आपका यह भाई बहादुर ख़ाँ मेरी मौत के बाद मेवात की गद्दी पर बैठेगा। आज से यह वली बहादुर ख़ाँ के नाम से पुकारा जाएगा।"

"आपका हुक्म सर-माथे पर अब्बा हुज़ूर।" सारे बेटों ने एक साथ कहा।

"शाबाश मेरे बेटो! मुझे आप सब पर फ़ख्र ही नहीं, नाज़ भी है।"

7

इराक़ पर आधिपत्य के बाद, दिसम्बर महीने में सिन्ध को पार कर अमीर तैमूर लंग हिन्दुस्तान आ गया।

हिन्दुस्तान आने पर उसने अपने गुप्तचरों को सल्तनत के हाल जानने के लिए भेजा। उसके गुप्तचरों ने अमीर तैमूर को जो ख़बर दी, उसे सुन वह ख़ुशी से झूम उठा।

"ऐ मेरे बहादुर सिपाहियो, क्या यह सच है?"

"जी ख़ुदावंद अमीर। मरहूम सुल्तान तुग़लक़ फ़िरोज़ शाह का पोता सुल्तान महमूद शाह तो नाम का बादशाह है। असली हुक्म तो यहाँ इक़बाल ख़ाँ और सारंग ख़ाँ नाम के दो वज़ीरों का ही चलता है।"

अमीर तैमूर लंग कुछ पल ठहरकर जैसे कुछ याद करने लगा। फिर बोला, "यह इक़बाल ख़ाँ कहीं मेवात के हुक्मराँ बहादुर नाहर का पोता मल्लू ख़ाँ तो नहीं है, जिसे इसी सुल्तान महमूद शाह ने इक़बाल के ख़िताब से नवाज़ा था?"

"जी हुज़ूरे आली, आपका अन्दाज़ा एकदम सही है। असल बात तो यह है कि हुकूमत का असली मज़ा ये दोनों ही लूट रहे हैं।" एक गुप्तचर बोला।

उसी दिन अमीर तैमूर ने अपने कुछ ख़ास वज़ीरों के साथ बैठक की और उसी में यह फ़ैसला लिया गया।

"आपकी तरह मेरा भी यही ख़याल है कि हमें मेवात में बहादुर नाहर के पास अपना एलची भेजना चाहिए। एलची के साथ किए जानेवाले सलूक से पता चल जाएगा कि बहादुर नाहर की हमारे बारे में क्या सोच है।" अपने वज़ीरों की राय से सहमत होते हुए अमीर तैमूर बोला।

इस फ़ैसले के तुरन्त बाद अमीर तैमूर ने अपने दूत को मेवात के लिए रवाना कर दिया।

दो दिन बाद दूत को मेवात से सही-सलामत लौटा देख, अमीर तैमूर को बड़ी हैरानी हुई।

"कहो एलची, कैसा रहा आपका मेवात का सफ़र?" अमीर तैमूर ने अपने दूत से पूछा।

"हुज़ूरे आली, जैसा हमने सोचा था वैसा कुछ नहीं हुआ। बल्कि बहादुर नाहर ने हमारी बड़ी ख़िदमत की।"

"हमारे बारे में और क्या-क्या कहा उसने?"

"हुज़ूर, आप ही पढ़ लीजिए।" इतना कह दूत ने रेशमी फ़ीते से बँधे गोल ख़रीते को आगे बढ़ा दिया। अमीर तैमूर ने ख़रीते को खोला और ख़त को पढ़ने लगा। जैसे-जैसे वह ख़त पढ़ता गया, उसके चेहरे की मुस्कान और गहरी होती चली गई। ख़त पढ़ने के बाद अमीर तैमूर ने नज़र उठाकर अपने दूत की तरफ़ देखा।

"हुज़ूरे आली, बहादुर नाहर ने आपके लिए एक नायाब तोहफ़ा भी भेजा है।"

"नायाब तोहफ़ा? क्या है वह नायाब तोहफ़ा? एलची जल्दी दिखाइए!" अमीर तैमूर की जिज्ञासा जैसे बग़ावत पर उतर आई।

"ये लीजिए हुज़ूर।"

इतना कह दूत ने बहादुर नाहर की तरफ़ से भेजा गया तोहफ़ा बढ़ा दिया। अमीर तैमूर ने जैसे ही इस नायाब तोहफ़े को देखा, वह अपनी जगह से लगभग उछलते हुए चीख़ा, "यह क्या बेहूदगी है? यह कैसा तोहफ़ा है? हमें तो लगा था कि बहादुर नाहर हमारे लिए हीरे-जवाहरात और सोने की अशर्फ़ियों से भरे थाल भेजेगा और आप इन्हें उठा लाए।"

"हुज़ूरे आली, मुझे बताया गया है कि सफ़ेद तोतों का यह जोड़ा कोई आम जोड़ा नहीं है।"

"आम जोड़ा नहीं है?"

"जी हुज़ूरे आली। इस जोड़े को सुना है देहली के बादशाह तुग़लक़ फ़िरोज़ शाह ने कभी बहादुर नाहर को तोहफ़े में दिया था।"

"बादशाह तुग़लक़ फ़िरोज़ शाह ने बहादुर नाहर को तोहफ़े में दिया था?" इतना कह अमीर तैमूर कुछ शान्त हुआ, और फिर बोला, "अगर ऐसा है तो सफ़ेद रंग का यह तोते का जोड़ा...क्या नाम बताया आपने?"

"हुज़ूर, कोका-तुबा।"

"हाँ वही... मुझे भी कोई मामूली जोड़ा नहीं लगता है। हरे तोते तो मैंने बहुत देखे हैं लेकिन सफ़ेद तोते मैं पहली बार देख रहा हूँ। सचमुच यह तो क़ुदरत का करिश्मा है। वैसे इनकी और क्या ख़ासियत है?"

"कहते हैं कि बादशाही महफ़िलों में ये बहुत ही मीठे बोल बोलते हैं।"

"मीठे बोल, वल्लाह! अगर ऐसा है तो हमारा हुक्म है कि इस पिंजरे को रोज़ाना सुबह हमारे सामने पेश किया जाए, ताकि इस सफ़ेद जोड़े के सुरीले और मीठे बोलों का हम भी लुत्फ़ उठा सकें।"

इसके बाद अमीर तैमूर ने अपने दो वज़ीर सैयद शम्सुद्दीन तरमदी और अलाउद्दीन नायद शेख़ खोकरी को, इस ख़त के जवाब के साथ बहादुर नाहर के पास भेजने का हुक्म दिया। ये दोनों वज़ीर जुम्मे के रोज़ मेवात से बहादुर नाहर, उसके तीन बेटों और एक पोते कुलताज ख़ाँ को कोटला से लेकर अमीर तैमूर के पास फ़िरोज़ाबाद पहुँचे। बहादुर नाहर के साथ उनके बेटों और पोते कुलताज ख़ाँ के अलावा वे सरदार भी थे, जिन्होंने अमीर तैमूर लंग के डर से मेवात में पनाह ली हुई थी। फ़िरोज़ाबाद पहुँचने पर इन्हें सैयद शम्सुद्दीन तरमदी और अलाउद्दीन नायद शेख़ खोकरी ने अपने बादशाह तैमूर लंग से बड़े सम्मान के साथ मिलवाया।

अमीर तैमूर लंग ने बहादुर नाहर का बहुत सम्मान किया। सम्मान करते हुए अमीर तैमूर लंग ने बहादुर नाहर को गले लगाते हुए कहा, "बहादुर नाहर, हम आपके भेजे गए तोहफ़े से इतने ख़ुश हैं कि हम आज से आपको बहादुर नाहर की जगह बहादुर नाहर ख़ाँ के नाम से तो पुकारेंगे ही बल्कि ख़ानज़ादा के ख़िताब से भी नवाज़ते हैं। आज के बाद आपका ख़ानदान ख़ानज़ादा कहलाया जाएगा।"

अमीर तैमूर लंग द्वारा दिए गए ख़ानज़ादा ख़िताब को बहादुर नाहर ने सहर्ष स्वीकार कर लिया।

ख़ानज़ादा बहादुर नाहर ख़ाँ के मेवात लौटने के कुछ दिन बाद अमीर तैमूर लंग को ख़बर मिली, कि देहली का सुल्तान महमूद शाह अपने दोनों वज़ीरों सारंग ख़ाँ और ख़ानज़ादा बहादुर नाहर ख़ाँ के पोते यानी बहादुर ख़ाँ के बेटे मल्लू ख़ाँ अर्थात् इक़बाल ख़ाँ के साथ मिलकर युद्ध की तैयारी कर रहा है।

अमीर तैमूर ने उसी वक़्त अपने वज़ीरों को हुक्म दिया,"ऐ मेरे वज़ीरो, अपने सिपाहियों से कह दो कि वे किसी ऐसे शख़्स को पकड़कर लाएँ, जो मुझे सुल्तान महमूद शाह और इसके इन दोनों वज़ीरों के बारे में पूरी ख़बर लाकर दे सके कि हमारे ख़िलाफ़ वे क्या और कैसी तैयारियाँ कर रहे हैं।"

अगली रात अमीर तैमूर के सिपाही और गुप्तचर देहली शहर के बाहर, चारों तरफ़ बनी दीवार के आसपास किसी ऐसे आदमी की तलाश में घूम ही रहे थे, कि तभी उन्हें एक आदमी दिखाई दिया। अमीर तैमूर के सिपाहियों ने उसे तुरन्त पकड़ लिया।

"बता तेरा नाम क्या है?" एक सिपाही ने उससे डाँटते हुए पूछा।

"हुज़ूर, मेरा नाम मुहम्मद यूसुफ़ नामी है।" पकड़े गए आदमी ने घबराते हुए अपना नाम बता दिया।

"इस वक़्त कहाँ जा रहे हो?"

"अपने घर।"

"कहाँ से आए हो?"

"हुज़ूर, नौकरी बजाकर आ रहा हूँ।"

"नौकरी, किसकी और क्या नौकरी करते हो?"

"शाही असलाहख़ाने में मुलाज़िम हूँ हुज़ूर।"

"फिर तो तुम यह भी जानते होगे कि सुल्तान महमूद शाह और उसकी फ़ौज की क्या तैयारियाँ चल रही हैं?"

"मुझे क्या मालूम हुज़ूर। मैं तो एक मामूली-सा मुलाज़िम हूँ।"

"ठीक है, यह ऐसे नहीं बताएगा। इसे अमीर के पास ले चलो!"

एक सिपाही के आदेश पर सुल्तान महमूद शाह के शाही असलाहख़ाने में तैनात मुहम्मद यूसुफ़ नामी को अमीर तैमूर के पास ले आया गया।

"हुज़ूरे आली, शाही असलाहख़ाने में तैनात यह मुलाज़िम हमारी पकड़ में आया है।" एक सिपाही ने अमीर तैमूर के सामने मुहम्मद यूसुफ़ नामी को पेश करते हुए कहा।

"कुछ सुराग़ दिया इसने?" अमीर तैमूर ने पूछा।

"नहीं हुज़ूर। कह रहा है कि मुझे कुछ पता नहीं है।"

"नहीं बताता है तो बोरी में भरकर इसे यमुना में फेंक दो!"

अमीर तैमूर ने जैसे ही मुहम्मद यूसुफ़ नामी को बोरी में भरकर यमुना में फेंकने का हुक्म दिया, मौत के डर से वह टूट गया, "हुज़ूर बताता हूँ!" मुहम्मद यूसुफ़ नामी घिघियाते हुए बोला।

"देखो, सच-सच बताना कि कल होनेवाली पानीपत की जंग में उनकी कैसी तैयारी है। अगर रंचमात्र भी झूठ बोला न, तो चमड़ी उधड़वाकर..."

"एकदम सच-सच बताऊँगा हुज़ूर। हुज़ूर, कल सुल्तान महमूद शाह चार हज़ार घुड़सवारों, पाँच हज़ार पैदल सिपाहियों और सत्ताईस हाथी सूरमाओं को साथ लेकर बाग़ों के रास्ते से बाहर निकलेगा।"

"और क्या जानते हो?" अमीर तैमूर ने मुहम्मद यूसुफ़ नामी से पूछा।

"हुज़ूरे आली, जितना मुझे मालूम था, मैंने सब ईमानदारी से बता दिया।"

"ठीक है, अगर इसने सब बता दिया है तो इसका क़त्ल करके यमुना में फेंक दो। अब हमें ऐसे नमकहराम की कोई ज़रूरत नहीं है, जो मौत के डर से अपने बादशाह के साथ गद्दारी कर सकता हो।" अमीर तैमूर ने अपने सिपाहियों को हुक्म दिया।

मुहम्मद यूसुफ़ नामी द्वारा बताए गए सुराग़ के मुताबिक़ अगली रात पानीपत से पहले, अमीर तैमूर लंग की सेना ने, हाथियों पर सवार हो, तीरों से सुल्तान महमूद शाह, उसके दोनों वज़ीर मल्लू ख़ाँ उर्फ़ इक़बाल ख़ाँ और सारंग ख़ाँ की

सेना पर हमला कर दिया। अपने ऊपर अचानक हुए इस हमले से सुल्तान महमूद शाह, वज़ीर इक़बाल ख़ाँ और सारंग ख़ाँ की सेना हार गई। इस हार के साथ ही वे वापिस देहली लौट आए।

अगले दिन अमीर तैमूर ने अपने गुप्तचरों को फिर से आदेश दिया कि वे हर हालत में यह पता लगाएँ कि दुश्मन ने हमारे ख़िलाफ़ जंग की क्या रणनीति बनाई है। संयोगवश इस बार भी अमीर तैमूर के गुप्तचर एक सैनिक को गिरफ़्तार करने में क़ामयाब हो गए।

गिरफ़्तार सैनिक ने बताया, "हुज़ूर, इक़बाल ख़ाँ ने अपनी फ़ौज को हिदायत दी है कि बीच में सुल्तान महमूद शाह और उसकी फ़ौज होगी।"

"और?"

"उनके आगे पीर अली की, और पीछे मोचीउद्दीन की फ़ौज में चालीस हज़ार पैदल सेना, दस हज़ार घुड़सवार और एक सौ बीस हाथियों वाली सेना होगी।"

"सिपाहियो, इस गद्दार और नमकहराम को भी मुहम्मद यूसुफ़ नामी की तरह क़त्ल करके यमुना में फिंकवा दो!" अमीर तैमूर ने हुक्म दिया।

इसके बाद अगले दिन फिर से उनके बीच युद्ध हुआ। मगर भारी-भरकम सेना होने के बावजूद पानीपत के पास सुल्तान महमूद शाह और उसके वज़ीर इक़बाल ख़ाँ की बुरी तरह हार हुई। हारने के बाद सुल्तान महमूद शाह और इक़बाल ख़ाँ भागकर फिर से देहली आ गए और अपने क़िले के दरवाज़े बन्द कर दिए, और अमीर तैमूर लंग से डरकर उसी रात सुल्तान महमूद शाह गुजरात और इक़बाल ख़ाँ बुलंदशहर अपने ननिहाल चन्देड़ा चला गया।

अमीर तैमूर ने मल्लू ख़ाँ उर्फ़ इक़बाल ख़ाँ की तलाश में उसके पीछे अपने सिपाही भेजे। इक़बाल ख़ाँ तो हाथ नहीं आया, उसके दोनों बेटे ख़ुदादाद ख़ाँ और सईफ़ुद्दीन को गिरफ़्तार कर लिया गया। इक़बाल ख़ाँ के बेटों के गिरफ़्तार होने की ख़ुशी में अमीर तैमूर ने ईदगाह के अन्दर जश्न मनाया। मगर इस बीच मौक़ा पाते ही इक़बाल ख़ाँ का नायब फ़ज़ल उल्लाह तैमूर के सामने पेश हो गया, "हुज़ूर, इस ग़ुलाम को मुआफ़ कर दीजिए। यह आपकी चौखट चूमने को तैयार है!" अमीर तैमूर के सामने घुटनों के बल ग़ुलामाना अन्दाज़ में सर झुकाकर बैठते हुए नायब फ़ज़ल उल्लाह रहम की भीख माँगते हुए बोला।

अमीर तैमूर ने एक पल सोचा और फिर कहा, "ठीक है। वैसे भी आप हमारे बैरी के मुलाज़िम हो, आपसे क्या दुश्मनी। जाओ, हमने आपको मुआफ़ किया।"

इसके बाद अमीर तैमूर लंग ने वापिस लौटने से पहले देहली को पूरे पन्द्रह दिनों तक जमकर लूटा ही नहीं, बल्कि उसे बर्बाद भी कर गया। अमीर तैमूर के जाने के बाद देहली और सिरी का क़िला दोनों दो महीने तक वीरान पड़े रहे। इस दौरान यहाँ ज़बरदस्त अकाल और कई तरह की बीमारियों का प्रकोप भी रहा।

इधर जैसे ही फ़िरोज़ाबाद में बैठे नुसरत शाह को पता चला कि अमीर तैमूर लंग देहली से वापिस चला गया है, उसने अपने कुछ सहयोगियों और दोस्तों से फ़ौज और असलाह इकट्ठा किया और वीरान देहली पर आकर क़ब्ज़ा कर लिया। उधर बुलंदशहर से इक़बाल ख़ाँ भी देहली के लिए रवाना हुआ, और वह भी देहली पहुँच गया। नुसरत शाह इक़बाल ख़ाँ की ताक़त को अच्छी तरह जानता था, इसलिए वह कुछ नहीं कर सका और मालवा की ओर भाग गया। इस तरह एक बार फिर से देहली पर ख़ानज़ादा बहादुर नाहर ख़ाँ के पोते, और बहादुर ख़ाँ के बेटे मल्लू ख़ाँ अर्थात् इक़बाल ख़ाँ का दूसरी बार शासन क़ायम हो गया।

अमीर तैमूर की क्रूरता और भय के कारण जो लोग देहली से भाग गए थे, इक़बाल ख़ाँ ने उन सबको आमंत्रित किया और उन्हें फिर से आबाद कर दिया। सिरी का क़िला फिर से ख़ुशहाल हो गया। हालाँकि पुरानी देहली अब भी वीरान पड़ी रही। इसके आसपास नई देहली बसनी शुरू हो गई। इस तरह देहली के आपसपास का इलाक़ा तो इक़बाल ख़ाँ के क़ब्ज़े में आ गया, मगर देहली से दूर के इलाक़ों जैसे बयाना, ग्वालियर, जौनपुर, कन्नौज के स्थानीय सरदारों द्वारा हुकूमत सँभालते ही वहाँ अव्यवस्था फैल गई। इन हालात में इक़बाल ख़ाँ ने इन इलाक़ों को भी अपने क़ब्ज़े में लेने का प्रयास किया, ताकि पूरा हिन्दुस्तान उसके क़ब्ज़े में आ जाए।

इसी कोशिश में सबसे पहले इक़बाल ख़ाँ बयाना गया और वहाँ के सरदार शख़्स ख़ाँ को पराजित कर बयाना पर अपना आधिपत्य क़ायम कर लिया। इसके बाद ग्वालियर के राजा नरसिंह देव को हराकर जौनपुर के सरदार मुबारिक शाह पर हमला बोल दिया। इस हमले में इक़बाल ख़ाँ की बयाना के सरदार शख़्स ख़ाँ और दूसरे ख़ानज़ादों ने मिलकर पूरी मदद की। आख़िर में वह कन्नौज की तरफ़ बढ़ा मगर रास्ते में उसे मुबारिक शाह शरकी से युद्ध करना पड़ा। चूँकि दोनों सेनाओं के बीच में गंगा आ गई, इसलिए कोई भी उसे पार करने की हिम्मत नहीं जुटा पाया और डेढ़ महीने तक दोनों की सेनाएँ गंगा के आर-पार पड़ी रहीं। हारकर दोनों सेनाएँ वापिस अपने-अपने इलाक़ों में लौट गईं।

इसके बाद इक़बाल ख़ाँ ने सुल्तान महमूद शाह को मालवा से बुलवा लिया। इसी दौरान मुबारिक शाह शरकी की मौत हो गई, जिसकी जगह उसका भाई इब्राहिम शाह गद्दी पर बैठा। इक़बाल ख़ाँ ने सुल्तान महमूद शाह के साथ मिलकर इब्राहिम शाह पर हमला कर दिया, जिसमें इसकी जीत हुई। इस जीत के बाद इक़बाल ख़ाँ वापिस देहली लौट आया।

अगले साल एक बार फिर इक़बाल ख़ाँ ने ग्वालियर क़िले पर राजा नरसिंह देव के पुत्र ब्रह्मदेव पर आक्रमण कर दिया। ग्वालियर क़िला इतना मज़बूत था कि उस पर दो-दो बार आक्रमण करने के बाद भी इक़बाल ख़ाँ उसे जीत नहीं पाया। इसमें असफल होने के बाद उसने इटावा की तरफ़ प्रस्थान किया, जहाँ पहले से

राय सुमेर सिंह, ब्रह्मदेव, राय झाला और कुछ दूसरे राजा मौजूद थे। उसने उनसे युद्ध शुरू कर दिया। यह युद्ध चार महीने चला जिसमें अन्ततः इक़बाल ख़ाँ को सफलता हाथ लगी।

इस जीत से उत्साहित होकर उसने कन्नौज के सुल्तान महमूद शाह पर हमला कर दिया। मगर क़िला मज़बूत होने के चलते इक़बाल ख़ाँ महमूद शाह पर विजय पाने में असफल रहा और निराश होकर समाणा की ओर प्रस्थान कर गया। समाणा का सरदार फ़िरोज़ शाह का तुर्क ग़ुलाम बहराम ख़ाँ था। जैसे ही बहराम ख़ाँ को पता चला कि ख़ानज़ादा बहादुर नाहर ख़ाँ के पोते और बहादुर ख़ाँ के बेटे मल्लू ख़ाँ अर्थात् इक़बाल ख़ाँ ने समाणा पर आक्रमण कर दिया है, वह वहाँ से भाग गया। इक़बाल ख़ाँ ने उसका जब दूर तक पीछा नहीं छोड़ा, तब बहराम ख़ाँ ने उससे सुलह करने में अपनी भलाई समझी। यहाँ से दोनों सुल्तान महमूद शाह के पास आए और उसे लेकर ख़िज्र ख़ाँ से युद्ध करने के लिए देहली की तरफ़ रवाना हो गए। देहली आकर इन्होंने ख़िज्र ख़ाँ को हराया और अपने नाम का ख़ुतबा पढ़वाने के बाद अपने नाम का सिक्का जारी कर दिया।

अपनी हार से तिलमिलाए सैयद ख़िज्र ख़ाँ ने पंजाब और बहावलपुर में अपनी सेना को मज़बूत किया और एक बार फिर इक़बाल ख़ाँ के विरुद्ध युद्ध छेड़ दिया। इस युद्ध में इक़बाल ख़ाँ का घोड़ा इस तरह ज़ख़्मी हुआ कि वह युद्ध के मैदान से बाहर नहीं जा पाया, और इक़बाल ख़ाँ को लेकर वहीं ज़मीन पर गिर गया। मौक़ा पाते ही एक सिपाही इस्लाम ख़ाँ लोदी ने इक़बाल ख़ाँ का सर क़लम कर दिया। धड़ से अलग हुए सर को वह सिपाही सैयद ख़िज्र ख़ाँ के पास ले गया।

अपने सिपाही के हाथ में अपने दुश्मन के धड़ से अलग हुए सर को देख सैयद ख़िज्र ख़ाँ की बाँछें खिल उठीं। ख़ुशी से पागल हो वह ज़ोर से चिल्लाया, "शाबाश मेरे जाँबाज़ सिपाही! तूने आज इस सैयद का दिल जीत लिया।"

"फ़तहयाब हुज़ूर का बुलंद क़ायम रहे!" सिपाही इस्लाम ख़ाँ लोदी भी पूरे जोश के साथ बोला।

इसके बाद सैयद ख़िज्र ख़ाँ की पूरी सेना जोश में आ गई। रह-रहकर इस क़ामयाबी की ख़ुशी में जंगी नगाड़ों और तुरहियों का शोर चारों तरफ़ गूँज उठा।

"ऐ मेरे जंगी सिपाही इस्लाम ख़ाँ लोदी, एक बार हमारे बैरी के सर को ज़ोर से हवा में तो उछालो!"

"अभी लो मेरे आक़ा।"

सैयद ख़िज्र ख़ाँ के हुक्म पर सिपाही इस्लाम ख़ाँ लोदी ने पूरी ताक़त के साथ इक़बाल ख़ाँ के सर को हवा में उछाल दिया। जिस समय धड़ से अलग हुआ इक़बाल ख़ाँ का सर हवा में लहराता हुआ ज़मीन पर गिरा, उससे रिसता हुआ ख़ून चारों तरफ़ ऐसे बिखर गया जैसे किसी ने अंजुरी में भरकर सूखी रेत पर पानी का

छिड़काव कर दिया हो। अपने चेहरे पर पड़ी इक़बाल ख़ाँ के सर से टपकते ख़ून की मोटी-मोटी बूँदों को सिपाही इस्लाम ख़ाँ लोदी, बड़े गर्वीले अन्दाज़ में अपने यखतक की आस्तीन से पोंछने लगा।

"बहादुर इस्लाम ख़ाँ लोदी, अब दुश्मन के इस सर को हमारे दरवाज़े पर लटका दिया जाए!"

"जो हुक्म हुज़ूरे आली।"

सिपाही इस्लाम ख़ाँ लोदी ने इक़बाल ख़ाँ के सर को भाले की नोंक में टाँगा और उसे ले जाकर दरवाज़े के ऊपर टाँग दिया।

ख़ानज़ादा बहादुर नाहर ख़ाँ के पोते और बहादुर ख़ाँ के बेटे मल्लू ख़ाँ अर्थात् इक़बाल ख़ाँ के मारे जाने के बाद, सुल्तान महमूद शाह को कन्नौज से बुलाकर फिर से देहली के तख़्त पर बैठा दिया गया।

देहली की गद्दी सँभालने के बाद सुल्तान महमूद शाह ने सबसे पहले यह ऐलान किया, "ख़ुदावंद सैयद ख़िज्र ख़ाँ, हमारी बादशाही के साथ इक़बाल ख़ाँ के ख़ानदान से बहुत पुराने रिश्ते रहे हैं। इनके दादाजान समरपाल को बहादुर नाहर का ख़िताब मेरे दादाजान ने ही दिया था। इतना ही नहीं, इनके दादाओं ने इस्लाम भी मेरे दादाजान मरहूम फ़िरोज़ शाह तुग़लक़ के सामने क़बूल किया था। इसलिए मेरी दरख़्वास्त है कि इनके कुनबे, भाई-बन्धुओं और रिश्तेदारों को परेशान न किया जाए। मेरी यह भी गुज़ारिश है कि इनके सारे कुनबे को बाइज़्ज़त बुलंदशहर भिजवा दिया जाए!"

ख़ानज़ादा मल्लू ख़ाँ उर्फ़ इक़बाल ख़ाँ की यह शिकस्त कहीं उसके विश्वासघातों और वादाख़िलाफ़ी का नतीजा तो नहीं था? शायद हाँ भी और नहीं भी। क्योंकि लगातार पराजयों के कारण उसकी हिम्मत भी साथ छोड़ने लगी थी, और साथ छोड़ दिया उसके उस घोड़े ने जो उसकी बहुत-सी जय-पराजयों का गवाह रह चुका था। इसलिए वह घोड़ा भी थककर इतनी बुरी तरह घायल हो गया कि वह मल्लू ख़ाँ को जंग के मैदान से बाहर नहीं ले जा पाया, और एक मामूली सिपाही इस्लाम ख़ाँ लोदी के हाथों मारा गया।

समरपाल के इस्लाम क़बूल करने पर, उसकी पहली बीवी रानी फूल कँवर का पिता, अर्थात् मौज़ा झामूवास परगना किशनगढ़ निवासी ठाकुर झामू सिंह अर्थात् बहादुर नाहर का ससुर शुरू से ही उसके ख़िलाफ़ था। इसलिए वह अपने ही दामाद बहादुर नाहर की जान का दुश्मन बन गया और अपने ग़ुस्से को उतारने का मौक़ा ढूँढ़ता रहा। उसे रह-रहकर अपने दामाद द्वारा इस्लाम क़बूल करने का दंश कचोटता रहता। एक दिन तो ठाकुर

झामू सिंह ने अपनी पुत्री फूल कँवर से ग़ुस्से में कह भी दिया, "फूल कँवर, हमारे दामाद ने मुसलमान बनकर हम राजपूतों के माथे पर ऐसा कलंक का टीका लगा दिया, कि हम कहीं मुँह दिखाने लायक़ नहीं रहे। मेरा बस चले तो मैं इसका आज ही सर क़लम कर दूँ!"

रानी फूल कँवर ने अपने पिता ठाकुर झामू सिंह की बात पर कोई प्रतिक्रिया व्यक्त नहीं की। चुपचाप अपने पिता को सुनती रही। समय बीतने के साथ अपने आप ग़ुस्सा ठंडा पड़ जाएगा, यही सोचकर फूल कँवर इस बात को भूल गई। धीरे-धीरे उसके चारों बेटे जवान होने लगे। मगर ठाकुर झामू सिंह के दिल में अपने दामाद बहादुर नाहर के प्रति ग़ुस्से और प्रतिशोध की आग ठंडी होने के बजाय और भड़कती गई। इसलिए वह इसके लिए मौक़ा ढूँढ़ता रहा।

इधर अपने पोते मल्लू ख़ाँ उर्फ़ इक़बाल ख़ाँ के मारे जाने के बाद ख़ानज़ादा बहादुर नाहर ख़ाँ की ताक़त भी काफ़ी कम हो गई।

ठाकुर झामू सिंह को लगा कि यही मौक़ा है। इस मौक़े को हाथ से नहीं जाने देना चाहिए। इसलिए उसने मेवात के अरावली स्थित क़िला कोटला में अपनी बेटी रानी फूल कँवर के पास यह सन्देश भिजवाया—

बेटी फूल कँवर,

आपसे और कुँवर जी से मिले बहुत दिन हो गए हैं। आप दोनों से मिलने को मेरा बहुत मन कर रहा है। इसलिए थोड़ा समय निकालकर कुँव्रर जी को लेकर तू अपने पिता से मिलने आ जाए, तो मुझे बड़ी ख़ुशी होगी।

पिता का सन्देश मिलते ही रानी फूल कँवर ख़ुशी से फूली नहीं समाई। उसने पिता की इच्छा अपने पति बहादुर नाहर को बताई, तो बहादुर नाहर ने टालने की बहुत कोशिश की। मगर रानी फूल कँवर के बार-बार आग्रह करने पर वह झामूवास अर्थात् अपने ससुराल जाने के लिए तैयार हो गया, और पत्नी फूल कँवर के साथ ससुराल पहुँच गया।

अरसे बाद अपनी दहलीज़ पर आए दामाद की ख़ुशी में ठाकुर झामू सिंह ने, रात को ऐसी दावत दी कि दावत के बाद बहादुर नाहर बेसुध हो गया। फिर तो उसका वध कर डाला गया।

सवेरे जैसे ही रानी फूल कँवर को पता चला, तो वह यह कहते हुए ग़श खाकर गिर पड़ी, "पिताजी, यह आपने क्या अनर्थ कर दिया! कहीं कोई बाप अपनी बेटी की माँग सूनी करता है?"

ख़ून से लथपथ बहादुर नाहर की लाश के पास ज़मीन पर फूल कँवर अपनी चूड़ियाँ तोड़ने के बाद, मृत पति से लिपटते हुए अपने पिता ठाकुर झामू सिंह से बोली, "जिस बहादुर का कोई बादशाह तक बाल न बाँका कर पाया, उसे कायरों की तरह धोखे से मारना कौन-सी राजपूती हुई? राजपूत तो मैं आपको तब समझती

जब आप रात को सोते हुए शेर के सीने में धोखे से ख़ंजर घोंपने के बजाय ललकारते हुए उस पर वार करते! पर आपने ऐसा इसलिए नहीं किया क्योंकि आप जानते थे कि जिस बहादुर ने ज़िन्दा नाहर का सर एक वार में क़लम कर दिया, कहीं पलटकर वह वैसा ही न कर दे।"

मगर ठाकुर झामू सिंह पर बेटी के चीत्कार और उसकी लानत-मलामत का कोई असर नहीं हुआ। बल्कि मुस्कराते हुए बड़े शान से अपनी ही बेटी के सुहाग और ज़मीन पर जम चुकी उसके रक्त की पपड़ियों को देखता रहा। रानी फूल कँवर ने इसके बाद पति की लाश को उठवाया और उसे लेकर तिजारा के लिए रवाना हो गई।

रानी फूल कँवर जैसे ही पति की लाश लेकर शाम को तिजारा पहुँची, वहाँ हाहाकार मच गया। अपने पिता की रक्त-रंजित लाश को देख उसके तीसरे बेटे मलिक अलाउद्दीन ख़ाँ का ख़ून खौल उठा। वह अगले दिन सुबह-सुबह अपने कुछ लड़ाकों के साथ झामूवास ठाकुर झामू सिंह चौहान यानी अपने नाना के घर पहुँच गया। झामूवास पहुँचते ही मलिक अलाउद्दीन ख़ाँ ने अपने नाना ठाकुर झामूसिंह चौहान को ही नहीं, बल्कि उसके पूरे परिवार को मौत के घाट उतारने के बाद उसके मकान में आग लगा दी। अपने पिता का बदला लेने के बाद मलिक अलाउद्दीन ख़ाँ वापिस तिजारा आया और अपने भाइयों के साथ मिलकर झामूवास के नज़दीक बलूना की पहाड़ी में अपने वालिद बहादुर नाहर ख़ाँ को दफ़ना दिया।

इस तरह खोखले घमंड और झूठी शान ने समरपाल अर्थात् बहादुर नाहर यानी ख़ानज़ादा बहादुर नाहर ख़ाँ की तीस साल से ज़्यादा की हुकूमत को ख़त्म कर दिया।

8

ख़ानज़ादा बहादुर नाहर ख़ाँ की मौत के बाद मेवात की गद्दी पर, बहादुर नाहर की पहली बीवी रानी फूल कँवर से पैदा हुए, उसके दूसरे बेटे वली बहादुर ख़ाँ को बैठा दिया गया।

मल्लू ख़ाँ अर्थात् इक़बाल ख़ाँ की मौत के बाद ख़िज्र ख़ाँ, सुल्तान महमूद शाह द्वारा ख़ानज़ादा बहादुर नाहर ख़ाँ के परिवार को दिए गए वायदे पर नहीं टिक पाया। रोहतक होता हुआ ख़िज्र ख़ाँ नारनौल पहुँच गया। उस वक़्त नारनौल वली बहादुर ख़ाँ के अधीन था। वहाँ जाकर ख़िज्र ख़ाँ ने बहुत उत्पात मचाया और नारनौल को तबाह कर वापिस तिजारा व सरहेटा, जो ख़ानज़ादों के ठिकाने माने जाते थे, उन्हें लूटता हुआ देहली लौट गया।

सादात वंश के बादशाह ख़िज्र ख़ाँ के देहली से लौटने के बाद उसकी जगह अब सैयद मुबारिक शाह ने देहली की गद्दी सँभाल ली। गद्दी सँभालते ही सैयद मुबारिक शाह ने मेवात पर हमला कर दिया। एकाएक हुए हमले से जलाल ख़ाँ दूसरे ख़ानज़ादों के साथ अपनी रिहाइश छोड़कर फ़िरोज़पुर झिरका की पहाड़ियों में छिप गया। मुबारिक शाह ने जहाँ अपना ख़ेमा लगाया, उसके आसपास के इलाक़े में चारे की बहुत कमी थी। इसके अलावा अरावली की पहाड़ियों की दुर्गमता को देख और अचानक बीमार हो जाने के कारण, मेवातियों को बिना पराजित किए हताश सैयद मुबारिक शाह वापिस देहली लौट गया। मगर एक साल बाद उसने फिर से मेवात पर आक्रमण किया। मेवात जाकर सैयद मुबारिक शाह को पता चला कि इस बार भी ख़ानज़ादा जलाल ख़ाँ पहले की तरह अपने संगी-साथियों को लेकर कोटला से तक़रीबन दस मील दूर इन्दौर चला गया है। मुबारिक शाह इन्दौर गया तो यहाँ उसका फ़िरोज़ ख़ाँ और उसके पुत्रों जलाल ख़ाँ, कद्दू ख़ाँ और मलिक फ़ख़रुद्दीन ख़ाँ ने डटकर मुक़ाबला किया। काफ़ी लम्बे समय तक मेवातियों और मुबारिक शाह के बीच लड़ाई चलती रही। मुबारिक शाह के सैनिकों ने मेवात में जगह-जगह आग लगा दी और यहाँ जमकर लूटपाट की। जब ख़ानज़ादे मुबारिक शाह की फ़ौज का सामना नहीं कर पाए, तब वे इन्दौर से अलवर की पहाड़ियों की तरफ़ रुख़ कर गए। मगर मुबारिक शाह ने इनका यहाँ भी पीछा नहीं छोड़ा। यहाँ जलाल ख़ाँ ने अपने बेटे अहमद ख़ाँ और अपने ही ख़ानदान के एक ख़ानज़ादे के साथ मिलकर एक बार फिर अलवर के क़िले में अपनी सेना गठित की। इन्होंने मुबारिक शाह के साथ बहुत बहादुरी के साथ मुक़ाबला किया। परन्तु उन्हें पराजय का मुँह देखना पड़ा। लगातार युद्धों ने ख़ानज़ादों को चैन से नहीं रहने दिया। लम्बे समय तक लड़ाई के कारण जब युद्ध-सामग्री और रसद ख़त्म होने लगी, तब हारकर इन्हें सैयद मुबारिक शाह के साथ सुलह करने के लिए मजबूर होना पड़ा। चूँकि सैयद मुबारिक शाह भी लम्बे समय तक चले इन युद्धों से परेशान हो चुका था, इसलिए वह भी सुलह के लिए तैयार हो गया। इसके बाद वह देहली लौट गया।

इसी समय मेवात में अकाल पड़ गया। इस कारण भी सैयद मुबारिक शाह को देहली लौटना पड़ा। जलाल ख़ाँ, मुबारिक शाह के साथ हुए समझौते पर क़ायम नहीं रह पाया। बार-बार अपने ऊपर होनेवाले हमलों से जलाल ख़ाँ और दूसरे ख़ानज़ादों के हौसलों और हिम्मत पर कोई असर नहीं पड़ा। जब मुबारिक शाह को मालूम हुआ कि मेवाती एक बार फिर बग़ावत पर उतर आए हैं और इनका साथ बयाना का सरदार मोहम्मद ख़ाँ ओहदी भी दे रहा है, तब कुछ ही महीने बाद मेवात पर फिर से हमला कर दिया। उसकी सेना ने मेवात में जगह-जगह आगजनी और क़त्लेआम शुरू कर मेवात को तबाह कर दिया।

मुबारिक शाह की फ़ौज ने सरदार मोहम्मद ख़ाँ ओहदी का बयाना तक पीछा किया। लेकिन मोहम्मद ख़ाँ ओहदी अपने क़िले के दरवाज़े बन्द कर उसमें छिप गया। अन्दर से ही उसने अपने वज़ीर के हाथ मुआफ़ीनामा भिजवाया, तब मुबारिक शाह ने उसे मुआफ़ कर दिया। इसके बाद मुबारिक शाह ग्वालियर की तरफ़ बढ़ गया।

कद्दू ख़ाँ।

ख़ानज़ादा वली बहादुर ख़ाँ का पोता और जलाल ख़ाँ व मलिक फ़ख़रुद्दीन के साथ तीन भाइयों में फ़िरोज़ ख़ाँ का तीसरा पुत्र। स्वभाव से एकदम निडर, बेपरवाह और स्वाभिमानी। मगर इस हद तक ज़िद्दी, अक्खड़ और हठधर्मी कि उसने अपने दरवाज़े पर अपने एक जोड़ी जूते रखवा दिए, और यह हुक्म जारी कर दिया कि जो भी उससे मिलने आए, मिलने से पहले वह इन जूतों को सलाम करे। किसी की हिम्मत नहीं होती कि वह कद्दू ख़ाँ के इस सामंती बर्ताव के ख़िलाफ़ आवाज़ उठा सके। इसका कारण था चारों तरफ़ अराजकता का बोलबाला। ज़्यादातर जागीरदार और सरदार अपने-अपने इलाक़ों के स्वयंभू बन बैठे।

इसी बीच इब्राहिम शाह शरकी और सैयद मुबारिक शाह के बीच युद्ध छिड़ गया। ख़ानज़ादा कद्दू ख़ाँ को जैसे इसी मौक़े की तलाश थी। वह उसी समय बयाना के सरदार मोहम्मद ख़ाँ ओहदी से मिलने के लिए रवाना हो गया।

"आइए ख़ानजादू कद्दू ख़ाँ आपका स्वागत है! कहिए कैसे दीदार दिए?" सरदार मोहम्मद ख़ाँ ओहदी ने कद्दू ख़ाँ की अगवानी करते हुए पूछा। ज़्यादातर हिन्दुस्तानी जागीरदार और सरदार ख़ानज़ादों को ख़ानजादू कहते हैं। वे इनके वंशजों को जदुवंशी होने के नाते, इस्लाम क़बूल करने बावजूद ख़ानजादू कहते हैं। यानी वे ख़ान जो जदुवंशियों से मुसलमान बन गए।

"ख़ुदावंद ओहदी साहब, एक सरदार दूसरे सरदार के पास तभी जाता है, जब कोई मुसीबत आसपास मंडरा रही होती है।" कद्दू ख़ाँ ने गम्भीर मुद्रा में जवाब दिया।

"मैं कुछ समझा नहीं?"

"आप तो जानते ही हैं कि हमारे दुश्मन मुबारिक शाह और इब्राहिम शाह शरकी के बीच जंग छिड़ गई है।"

"जी जानता हूँ।"

"इसलिए हम हिन्दुस्तानी सरदारों का यह फ़र्ज़ बनता है कि हमें अपने दुश्मन के ख़िलाफ़ इब्राहिम शाह शरकी का साथ देना चाहिए।"

कद्दू ख़ाँ के इस प्रस्ताव पर बयाना का सरदार मोहम्मद ख़ाँ ओहदी सोच में पड़ गया।

"ओहदी साहब, यह सोचने का वक़्त नहीं है। सोचिए कि अगर हमारा दुश्मन मुबारिक शाह मेवात के बाद बयाना आ जाता, तब आप यहाँ के सरदार होते? हमने तो फिर भी काले पहाड़ में छिपकर अपनी जान बचा ली। मगर तब क्या होता अगर वह इधर का रुख़ कर लेता? आप कहाँ छिपकर अपनी जान बचाते?"

"जनाब कद्दू ख़ाँ, यह बात तो आप सही कह रहे हैं।" मोहम्मद ख़ाँ ओहदी कद्दू ख़ाँ से सहमत होते हुए बोला।

"एक बात कहूँ, बैरी का बिलकुल भरोसा नहीं करना चाहिए। पता नहीं वह पलटकर कब वार कर दे।"

"मैं तैयार हूँ ख़ानजादू कद्दू ख़ाँ। बताइए, मुझे क्या करना है?" अन्ततः मोहम्मद ख़ाँ ओहदी ने कद्दू ख़ाँ का प्रस्ताव स्वीकार कर लिया।

"आप थोड़ा इन्तज़ार करिए। मैं इब्राहिम शाह शरकी के पास यह पेशकश भिजवाता हूँ कि इस जंग में हम आपके साथ हैं।" कद्दू ख़ाँ ने मोहम्मद ख़ाँ ओहदी से कहा।

बयाना के सरदार मोहम्मद ख़ाँ ओहदी को तैयार करने के बाद कद्दू ख़ाँ, इब्राहिम शाह शरकी के पास गया और वहाँ जाकर अपनी यह इच्छा जताई कि वह और बयाना का सरदार मोहम्मद ख़ाँ ओहदी उसकी मदद करना चाहते हैं। कद्दू ख़ाँ का प्रस्ताव सुन इब्राहिम शाह शरकी तुरन्त तैयार हो गया। इधर जैसे ही सैयद मुबारिक शाह को पता चला कि उसका एक पुराना दुश्मन ख़ानज़ादा कद्दू ख़ाँ, उसके नए दुश्मन से जाकर मिल गया है, वह बेचैन हो उठा। मुबारिक शाह ने जैसे उसको सबक सिखाने की ठान ली।

मगर इस जंग में भी सैयद मुबारिक शाह की जीत हुई। इब्राहिम शाह शरकी का वफ़ादार होने की वजह से वह कद्दू ख़ाँ से बदला लेने में असफल रहा। मुबारिक शाह ने बहुत सोचा। नई-नई तरकीबें निकालीं किन्तु कद्दू ख़ाँ उसके हाथ नहीं आया। हारकर उसने कद्दू ख़ाँ के पास दोस्ती का पैग़ाम भिजवाया।

मुबारिक शाह का सन्देशवाहक जैसे ही दोस्ती का पैग़ाम देकर बाहर आया, कद्दू ख़ाँ को उन लोगों ने भड़का दिया, जो उसके ज़िद्दी और सामंती स्वभाव से परेशान थे। उन्हें कद्दू ख़ाँ से अपने अपमान का बदला लेने का इससे बेहतर मौक़ा दूसरा नहीं लगा।

"हुज़ूर, मुबारिक शाह की दोस्ती हरगिज़ क़बूल मत करना।" एक वफ़ादार ने डर दिखाते हुए कहा।

"क्यों न क़बूल करूँ?" कद्दू ख़ाँ ने पूछा।

"इसलिए कि भरे दरबार में वह आपकी बेइज़्ज़ती कर देगा। इसलिए आपका वहाँ जाना ठीक नहीं है।"

"वैसे भी हुज़ूर, इस जंग के बाद वह आपका पक्का दुश्मन बन गया होगा। क्या पता वह आपसे बदला लेने के लिए आपको बुला रहा हो।" पहले

वफ़ादार की बात को बढ़ाते हुए, दूसरे वफ़ादार ने भय का वातावरण तैयार करते हुए कहा।

"आप लोग शायद ठीक कह रहे हैं। मैं अपने दुश्मन से दोस्ती करने हरगिज़ नहीं जाऊँगा। जाइए, उस क़ासिद से जाकर कह दीजिए कि हमें उनकी यह पेशकश मंज़ूर नहीं है।"

एक वफ़ादार उसी समय बाहर आया और सन्देशवाहक से बोला, "क़ासिद साहब, कह दीजिए अपने बादशाह से कि हमारे हुज़ूर को उनकी दोस्ती मंज़ूर नहीं है।"

सन्देशवाहक ने वापिस जाकर सैयद मुबारिक शाह को जब यह सन्देश दिया, तो मुबारिक शाह तिलमिला गया। उसने अपने सिपाहियों को उसी समय हुक्म दिया, "ऐ मेरे बहादुर सिपाहियो, यह नामुराद कद्दू ख़ाँ हर हालत में मुझे चाहिए। चाहे इसके लिए आपको कुछ भी करना पड़े। जो भी मेरा वफ़ादार सिपाही उसे गिरफ़्तार करके लाएगा, उसे दरबार की तरफ़ से जागीर के साथ शाही ख़िलअत से भी नवाज़ा जाएगा।"

अपने बादशाह के हुक्म से ज़्यादा ईनाम पाने के लालच में आख़िर कुछ सिपाही कद्दू ख़ाँ को गिरफ़्तार करने में क़ामयाब हो गए। मगर एक सरदार की हैसियत और उसके रुतबे का सम्मान करते हुए, उन सिपाहियों ने एक योजना कद्दू ख़ाँ के सामने रखी।

"हुज़ूर, आपको एक बादशाह की तरह बादशाह सैयद मुबारिक शाह के सामने शान से पेश होना चाहिए! आपको कुछ नहीं होगा। अगर आपको ऐसा लगता है, तो हम आपको सबके सामने न ले जाकर, महल की खिड़की से अन्दर भेज देंगे।"

"सुनिए, आपके बादशाह के हाथों में मेरी ज़िन्दगी है। मैं अपनी ख़ुद्दारी को किसी भी हालत में ठेस नहीं पहुँचने दूँगा। आज तक मेरा सर न किसी के आगे झुका है, न ही झुकेगा। आप मुझे कैसे ले जाते हैं, यह तय करना आपका काम है।" कद्दू ख़ाँ ने सीना चौड़ा करते हुए कहा।

"जी हुज़ूर।"

इतना कह सिपाही कद्दू ख़ाँ को बादशाह के पास मुख्य रास्ते से न ले जाकर, खिड़की के रास्ते से ले गए। ख़ुद्दार कद्दू ख़ाँ ने खिड़की में अन्दर दाख़िल होने के लिए सर के बजाय पहले अपने पैर अन्दर घुसाए। सर पीछे की तरफ़ रखा। वह ऐसे ही अन्दर दाख़िल हो गया। सिपाही चुपचाप उसे इस अजीब तरीक़े से अन्दर दाख़िल होते हुए देखते रहे। कद्दू ख़ाँ द्वारा इस तरह अन्दर दाख़िल होने की मंशा को वे आख़िर तक नहीं भाँप पाए। उसकी यह मंशा उनके तब समझ में आई, जब सैयद मुबारिक शाह ने ग़ुस्से में अपनी तरफ़ पीठ करके खड़े हुए कद्दू ख़ाँ से पूछा, "कद्दू ख़ाँ, आपने बादशाह को दुआ-सलाम तक नहीं किया?"

"जनाब, आप दुआ-सलाम की बात कर रहे हैं...मैं तो अपने दुश्मन की शकल तक नहीं देखना चाहता। रही बात आपके बादशाह होने की, तो बेशक आप बादशाह हैं मगर हम मेवाती आपको अपना बादशाह नहीं मानते।" कद्दू ख़ाँ ने बिना मुड़े सैयद मुबारिक शाह को जवाब दिया।

कद्दू ख़ाँ के मुँह से यह जवाब सुन सैयद मुबारिक शाह के तन-बदन में आग लग गई, "सिपाहियो, इस पाजी को ज़िन्दा ही दीवार में चिनवा दो!"

"सैयद मुबारिक शाह, अगर दीवार में चिनवाने का डर दिखाकर आप इस शेर को अपना ग़ुलाम बनाना चाहते हैं, तो यह आपकी ग़लतफ़हमी है। यह ज़मीन हिल सकती है मगर कद्दू ख़ाँ अपनी ख़ुद्दारी से टस से मस नहीं होगा।"

"जाओ! इसे मेरी आँखों के सामने से दफ़ा कर दो!" मुबारिक शाह ग़ुस्से में चीख़ते हुए बोला।

सैयद मुबारिक शाह के हुक्म की तुरन्त तामील हुई और कद्दू ख़ाँ को दीवार में चिनने के लिए सिपाही उसे ले गए।

शाही मज़दूरों ने कद्दू ख़ाँ को दीवार में चिनना शुरू कर दिया। जब वे उसे चिनते हुए धड़ तक पहुँचे, तभी एक सिपाही के इशारे पर चिननेवाले शाही मज़दूरों के हाथ रुक गए। जिस सिपाही ने चिनाई रोकने का इशारा किया, वह कद्दू ख़ाँ के पास आया और हमदर्दी जताते हुए, बड़ी विनम्रता के साथ बोला, "हुज़ूर, आप अपनी ज़िद छोड़, बादशाह सलामत से मुआफ़ी माँग लें। बादशाह बहुत ही नेक और रहम दिल इनसान हैं। वो आपकी जान बख़्श देंगे। मैं नहीं चाहता कि आपकी बीवी बेवा और बच्चे बिना बाप के हो जाएँ।"

"क्या कहा, वो मेरी ज़ान बख़्श देंगे? जब मेरी जान पल-दो पल की मेहमान है, तब मैं अपने दुश्मन से रहम की भीख माँग लूँ? बहादुर सिपाही, इस नेक सलाह के लिए आपका बहुत-बहुत शुक्रिया। आपसे गुज़ारिश है कि आप इस मामले में बिलकुल भी दख़ल न दें। आपको जो काम दिया गया है, उसे अंजाम तक पहुँचाएँ।" कद्दू ख़ाँ ने सिपाही से हँसते हुए कहा।

"जैसी आपकी मर्ज़ी हुज़ूर।" इतना कह सिपाही ने शाही मज़दूरों को आगे काम शुरू करने का आदेश दे दिया।

इस तरह अक्तूबर 1428 ई. में ख़ानज़ादा फ़िरोज़ ख़ाँ के बेटे और वली बहादुर ख़ाँ के पोते कद्दू ख़ाँ को सैयद मुबारिक शाह ने ज़िन्दा दीवार में चिनवा दिया। कद्दू ख़ाँ को दीवार में चिनवाने के बाद सैयद मुबारिक शाह ने वज़ीर मलिक सरदार उलमुल्क को मेवात का हाकिम बनाया और ख़ुद देहली लौट गया।

वज़ीर मलिक सरदार उलमुल्क ने हाकिम बनते ही मालगुज़ारी वसूली के नाम पर मेवात में उत्पात मचाना शुरू कर दिया। उत्पात शुरू होते ही सारे ख़ानज़ादे पहले की तरह फिर से अरावली के अन्दर चले गए। इस बार जलाल ख़ाँ, उसके

छोटे भाई फ़ख़रुद्दीन ख़ाँ और बेटे अहमद ख़ाँ ने अपने दूसरे सहयोगियों और ख़ानज़ादों के साथ मिलकर वज़ीर मलिक सरदार उलमुल्क के साथ इतनी बहादुरी व वीरता के साथ युद्ध किया कि सरदार उलमुल्क को हताश होकर मैदान छोड़कर भागना पड़ा।

जैसे ही सैयद मुबारिक शाह को पता चला कि जलाल ख़ाँ ने मालगुज़ारी देने से इनकार कर दिया है, वह ख़ुद मेवात के लिए रवाना हो गया। इधर जलाल ख़ाँ मुंडावर के राव गोबिंद सिंह चौहान से जाकर मिला। मगर राव गोबिंद सिंह चौहान उलटा जलाल ख़ाँ को ही समझाने लगा, "ख़ानज़ादे, आप भी मालगुज़ारी का भुगतान क्यों नहीं कर देते? आप तो जानते हैं कि बाहरी मुल्कों से आए इन आतताइयों का कुछ नहीं बिगड़नेवाला, परेशान और दुखी तो हमारी प्रजा होती है।"

राव गोबिंद सिंह चौहान की बात सुन जलाल ख़ाँ कुछ नहीं बोला।

"आप देख तो रहे हैं जलाल ख़ाँ साहब कि मेवात पर बार-बार ज़ुल्मो-सितम ढाकर, इस मुबारिक शाह ने किस क़दर मेवात को तबाह कर दिया है। एक तो अकाल और भुखमरी, ऊपर से इसके ज़ुल्म। ग़रीब जनता कहाँ तक इस दोहरी मार को सहेगी?"

"राव सा, हमारी बग़ावत इसी ज़ुल्म के ख़िलाफ़ तो है। मेवात की अवाम दाने-दाने को मोहताज है और इस आततायी को अपनी मालगुज़ारी की पड़ रही है।" जलाल ख़ाँ ने ग़ुस्से में कहा।

"आपकी बात एकदम सही है, पर इन आतताइयों और हमलावरों को इससे कोई फ़र्क़ नहीं पड़ता कि अवाम भूख से मर रही है, या प्यास से। इन्हें तो अपनी वसूली से मतलब है।" फिर कुछ पल सोचकर राव गोबिंद सिंह चौहान बोला, "क्या करूँ, मैंने भी हारकर फ़ैसला लिया है कि इस बार मालगुज़ारी का भुगतान कर दूँ। मेरी मानो तो आप भी भुगतान कर ही दो!"

"ठीक है राव सा, आप कह रहे हैं तो मैं भी इस बार मालगुज़ारी दे देता हूँ।" जलाल ख़ाँ भी अन्ततः मालगुज़ारी देने के लिए तैयार हो गया।

मालगुज़ारी वसूलने के बाद सैयद मुबारिक शाह देहली लौट गया। मगर एक महीने बाद उसने फिर से मालगुज़ारी वसूलने के लिए अपना वज़ीर मेवात भेजा, तो जलाल ख़ाँ ने इस बार बग़ावत कर दी। उसने इस बार मालगुज़ारी की एक पाई भी अदा नहीं की। जैसे ही मुबारिक शाह को इसकी ख़बर लगी वह देहली से अपनी सेना लेकर मेवात की ओर चल पड़ा। देहली से आकर उसने तावडू में अपने ख़ेमे लगा दिए।

मुबारिक शाह के आने की ख़बर जैसे ही जलाल ख़ाँ को लगी, उसने सबको क़िला इन्दौर में इकट्ठा होने के लिए कहा। सबके इकट्ठा होने पर उसने हुक्म दिया, "इससे पहले कि हमारा दुश्मन मुबारिक शाह इन्दौर में आए, सब अपना-

अपना माल-असबाब अपने साथ ले लें। जितनी जल्दी हो सके हमें इन्दौर छोड़ना होगा। बैरी तावडू में डेरा डालकर बैठा हुआ है।"

इसके बाद जलाल ख़ाँ ने क़िले में आग लगाई और अरावली को पार कर उसके दूसरी तरफ़ क़िला कोटला में आ गया।

अगले दिन सैयद मुबारिक शाह अपनी सेना के साथ तावडू से चलकर अरावली की तलहटी से होता हुआ इन्दौर की तरफ़ बढ़ने लगा। जैसे ही वह इन्दौर के पास पहुँचा, उसे वहाँ धुआँ उठता दिखाई दिया। आसमान में उड़ते धुएँ को देखकर मुबारिक शाह को समझते देर नहीं लगी कि यह धुआँ कहाँ से उठ रहा है। उसने उसी वक़्त अपना आगे बढ़ता लश्कर रुकवा दिया।

अचानक लश्कर को रुका देख, साथ चल रहे नए-नए भर्ती हुए वज़ीर ने हैरानी के साथ पूछा, "हुज़ूरे आली, लश्कर को क्यों रोकने का हुक्म दे दिया?"

"ख़ुदावंद वज़ीर, आपको यह धुआँ उठता हुआ नहीं दिखाई दे रहा है?" सैयद मुबारिक शाह ने पलटते हुए उलटा अपने वज़ीर से पूछा।

"हु...हुज़ूर दे रहा है।" नए-नए वज़ीर ने अकबकाते हुए उत्तर दिया।

"आप जानते हैं, यह धुआँ कहाँ से उठ रहा है?" मेवात में पहली बार आए अपने वज़ीर से मुबारिक शाह ने पूछा।

"नहीं हुज़ूरे आली।"

"यह धुआँ वहीं से उठ रहा है, जहाँ हमें जाना है। इन चालाक मेवातियों ने एक बार फिर वही काम किया, जिसे ये ऐसे मौक़ों पर करते आए हैं।"

"कौन-सा काम हुज़ूर?" नए-नए वज़ीर ने विस्मय से पूछा।

"यही कि इन्दौर को आग लगाकर, ये यहाँ से भागकर पहाड़ियों में छिप गए हैं। यह धुआँ उसी क़िले से उठ रहा है।"

"अब क्या करें हुज़ूरे आली?"

"करना क्या, वापिस देहली लौटना होगा।" हताश-निराश सैयद मुबारिक शाह ने अपने वज़ीर से कहा, "चलिए, लश्कर को वापिस देहली लौटने का हुक्म दीजिए!"

"जी हुज़ूरे आली।"

सैयद मुबारिक शाह ने एक बार फिर प्रयास किया और मालगुज़ारी वसूली के लिए अपने वज़ीर मलिक महमूद हसन को मेवात भेजा। मगर इस बार भी जलाल ख़ाँ पहले की तरह अपने भाई-बन्धुओं और सहयोगियों को साथ लेकर अरावली में जा छिपा। महमूद हसन ने पहले की तरह मेवात में लूटपाट मचाई और देहली लौट गया। इस तरह सैयद मुबारिक शाह मालगुज़ारी के लिए मेवात आता और लूटपाट और दंगा-फ़साद करके लौट जाता। इसमें कभी उसे क़ामयाबी मिल जाती और कभी निराश होकर लौटना पड़ जाता।

9

सैयद मुबारिक शाह की मौत के बाद कुछ शान्ति हुई, तो वली बहादुर ख़ाँ ने अपना एक स्थायी निवास आबाद करने की योजना बनाई। सलाह-मशविरे के लिए एक दिन उसने अपने सारे बेटों को बुलाया। इनमें से एक मल्लू ख़ाँ यानी इक़बाल ख़ाँ तो सैयद ख़िज्र ख़ाँ के साथ हुई जंग में शहीद हो चुका था।

"मेरे बेटो, मैंने आप सबको इसलिए बुलाया है कि देहली के बादशाहों ने अब तक हमारा जीना मुहाल किया हुआ था। वे हमें दर-ब-दर और मटियामेट करने पर आमादा थे। न हमें तिजारा में जीने दिया, न कोटला में। न इन्दौर में जीने दिया, न कहीं और जीने दिया। हमें बर्बाद करने में इन्होंने कोई कसर नहीं छोड़ी। अब उम्र के आख़िरी पड़ाव पर आकर कुछ सुकून मिला है, तो सोच रहा हूँ कि कहीं सर छिपाने का ठिकाना बनाया जाए।" बहादुर ख़ाँ ने अपने बेटों से कहा।

"अब्बा हुज़ूर, यह तो आप सही कह रहे हैं। आख़िर कब तक हम दर-दर की ठोकरें खाते घूमेंगे।" बड़ा बेटा अकलीम ख़ाँ अपने वालिद की फ़िक्र में शामिल होते हुए बोला।

"इसीलिए मैंने आप सबको बुलाया है कि अगर आपकी निगाह में कोई ऐसी जगह है, तो मुझे बताइए!"

"आप जहाँ भी बनाएँगे हमें सब मंज़ूर है अब्बा हुज़ूर।" छोटे बेटे फ़िरोज़ ख़ाँ ने फ़ैसला अपने वालिद पर छोड़ते हुए कहा।

अपनी योजना का खुलासा करने से पहले वली बहादुर ख़ाँ ने एक बार फिर सामने बैठे अपने बेटों पर नज़र डाली, और कहने लगा, "मेरी नज़र में बहादरपुर से अच्छी कोई दूसरी जगह नहीं है। हमें इसे ही आबाद करना चाहिए। मुझे लगता है कि यह जगह हर तरह से हमारे लिए अच्छी रहेगी। इसकी आबोहवा भी ठीक है।"

"आप सही कह रहे हैं अब्बा हुज़ूर। वैसे भी बहादरपुर से अलवर ज़्यादा दूर नहीं है।" फ़िरोज़ ख़ाँ ने अपने पिता से सहमत होते हुए कहा।

"अब्बा हुज़ूर जैसा आप मुनासिब समझें।" अकलीम ख़ाँ ने भी इस जगह के लिए सारे भाइयों की तरफ़ से सहमति दे दी।

"अगर आप सबकी यही सलाह है, तो मैं इसका काम शुरू करवाने का हुक्म दे देता हूँ।"

इस तरह कई सालों की अथक मेहनत के चलते 1438 ई. में अलवर से लगभग पन्द्रह मील दूर बहादरपुर पूरी तरह आबाद हो गया। वली बहादुर ख़ाँ ने इसे अपनी राजधानी भी बना लिया। इधर वली बहादुर ख़ाँ ने बहादरपुर को आबाद किया, तो उसके छोटे बेटे फ़िरोज़ ख़ाँ ने फ़िरोज़पुर झिरका को आबाद कर दिया।

अपने द्वारा बसाए गए बहादरपुर में तक़रीबन बीस साल रहने के बाद, वली बहादुर ख़ाँ ने 1459 ई. में इस जहाँ-ए-फ़ानी को हमेशा के लिए अलविदा कह दिया।

वली बहादुर ख़ाँ की मौत के बाद मेवात की सत्ता उसके बेटे अकलीम ख़ाँ के हाथों में आ गई। अकलीम ख़ाँ के कुशल व्यवहार, अच्छे आचरण और न्यायप्रिय नेतृत्व ने उसे इतना लोकप्रिय बना दिया कि पूरे मेवात ने उसे अपना राजा मान लिया। यह उसकी दूरदृष्टि और न्यायप्रिय नेतृत्व का परिणाम था कि दूसरे धर्मों के लोग अपने तीज-त्योहारों और दूसरे मौक़ों पर अपने राजा अकलीम ख़ाँ के पास उपहार लेकर आने लगे। लेकिन अकलीम ख़ाँ की एक छोटी-सी उपेक्षा या कहिए अनदेखी ने उसे सत्ता से बेदख़ल कर दिया।

यह बात उस साल हिन्दुओं के सबसे बड़े त्योहार दीवाली के दिन सुबह की है। हुआ यूँ कि एक ख़िदमतगार ने अकलीम ख़ाँ को आकर सूचना दी।

"राजा सा, रामगढ़ के कुछ हिन्दू सरदार आए हैं।"

"उन्हें मेहमानख़ाने में बिठाइए!" अकलीम ख़ाँ ने ख़िदमतगार से कहा।

ख़िदमतगार ने रामगढ़ से आए इन हिन्दू सरदारों को मेहमानख़ाने में बैठा दिया। जब काफ़ी देर हो गई तो हिन्दू सरदारों के कहने पर ख़िदमतगार ने एक बार फिर जाकर उनके आने के बारे में अकलीम ख़ाँ को बताया। मगर अकलीम ख़ाँ ने कोई ध्यान नहीं दिया। अपने राजा की इस उपेक्षा से नाराज़ होकर रामगढ़ के ये हिन्दू सरदार उसके छोटे भाई नवाब फ़िरोज़ ख़ाँ के बेटे और इन्दौर के जागीरदार जलाल ख़ाँ के पास आ गए।

"हुज़ूर, रामगढ़ के कुछ हिन्दू सरदार आपसे मिलने आए हैं।" एक ख़िदमतगार ने जागीरदार जलाल ख़ाँ को जाकर बताया।

"हिन्दू सरदार मिलने आए हैं?" जागीरदार जलाल ख़ाँ ने पहले हैरान होते हुए पूछा और फिर अपने ख़िदमतगार के पीछे-पीछे चला आया।

ख़िदमतगार का कहना एकदम सही था क्योंकि सामने सचमुच कुछ हिन्दू सरदार खड़े हैं।

"जी फ़रमाइए?" आते ही जलाल ख़ाँ ने बड़ी विनम्रता से पूछा।

"जागीरदार सा, आपको दीवाली की बहुत-बहुत मुबारकबाद।" एक हिन्दू सरदार ने साथ लाए उपहार को जलाल ख़ाँ की ओर बढ़ाते हुए कहा।

"पर इस तोहफ़े को आप हमारे ताऊ सा अकलीम ख़ाँ को जाकर दीजिए! मेवात के राजा तो वही हैं।"

"नहीं जागीरदार सा, आज से हमारे राजा आप हैं।" एक हिन्दू सरदार बोला।

"यह आप क्या कह रहे हैं? मैं कैसे आपका राजा हो सकता हूँ?" जलाल ख़ाँ ने अकबकाते हुए पूछा।

"जागीरदार सा, हम वहाँ गए थे मगर..."

"तो क्या उन्होंने मुझे भी तोहफ़ा देने के लिए कहा है?" हिन्दू सरदार की बात पूरी होने से पहले जलाल ख़ाँ बोला।

"नहीं..." इसके बाद रामगढ़ से आए हिन्दू सरदारों ने सारी बात बता दी।

पूरी बात सुनने के बाद जागीरदार जलाल ख़ाँ कुछ नहीं बोला।

"हम आपको मेवात का राजा बनाना चाहते हैं।" हिन्दू सरदारों ने अपना फ़ैसला सुनाते हुए कहा।

"मगर यह मुमकिन नहीं है। मुझसे पहले मेरे वालिद फ़िरोज़ ख़ाँ साहब बैठे हैं। वालिद के होते हुए उसका बेटा कैसे राजा हो सकता है? जिसका हक़ है, क़ायदे से उसे ही राजा होना चाहिए। इसलिए आप पहले फ़िरोज़पुर झिरका जाइए! वैसे भी हम ख़ानज़ादों में यह रिवायत है कि हममें से कोई भी अपनी मर्ज़ी से राजा नहीं बनता। बल्कि सारे ख़ानज़ादे सरदार इकट्ठे होकर आपसी सलाह और मशविरे के बाद अपना राजा चुनते हैं।" अकलीम ख़ाँ के भतीजे यानी नवाब फ़िरोज़ ख़ाँ के बेटे और इन्दौर के जागीरदार जलाल ख़ाँ ने सख़्त होते हुए हिन्दू सरदारों से कहा।

जलाल ख़ाँ की बात सुन सारे हिन्दू सरदार एक तरफ़ गए और अकेले में विचार करने लगे।

"पिछले सालों की तरह इस बार भी हम राजा अकलीम ख़ाँ के पास यही सोचकर तोहफ़े लेकर गए थे, कि अपने पुरखों की तरह ये भी इस त्योहार को मनाते रहे हैं।" एक हिन्दू सरदार ने अपनी नाराज़गी व्यक्त करते हुए कहा।

"और फिर हम दीवाली पर तोहफ़ा देने गए थे, उनसे कुछ माँगने नहीं गए थे।" दूसरे सरदार ने कहा।

"अरे, भले ही इनके पुरखों ने इस्लाम क़बूल कर लिया है, पर इससे हमारा रिश्ता और भाईचारा थोड़े ही ख़त्म हुआ है।" दूसरे हिन्दू सरदार ने पहले हिन्दू सरदार की बात को विस्तार दिया।

"फिर बताओ, अब क्या करना है?"

"करना यह है कि हमें अपने इसी फ़ैसले पर अड़े रहना होगा और ख़ानज़ादा जलाल ख़ाँ को अपना राजा बना देना चाहिए।"

"बिलकुल सही है। वैसे भी ख़ानज़ादा जलाल ख़ाँ अपने दादा वली बहादुर ख़ाँ की तरह इन सबमें सबसे ज़्यादा बहादुर, नेक और समझदार है।"

"जो फ़ैसला एक बार ले लिया, तो ले लिया।"

रामगढ़ के हिन्दू सरदारों में इस बात को लेकर आपस में ख़ूब चर्चा हुई, कि पहले से चली आ रही इस ख़ानज़ादा परम्परा के वे कैसे ख़िलाफ़ जाएँ। मगर अकलीम ख़ाँ के बर्ताव से वे इतने आहत और नाराज़ हुए, कि उसकी जगह वे उसके भतीजे जलाल ख़ाँ को मेवात का राजा बनाने पर अड़ गए। इस बीच जलाल ख़ाँ ने हिन्दू सरदारों के लिए भोजन लगवा दिया।

थोड़ी देर बाद हिन्दू सरदार वापिस जलाल ख़ाँ के पास आए तो देखा कि कचेड़ी में खाना लगा हुआ है।

"क्या सोच-विचार करके आए हो हिन्दू सरदार?" जलाल ख़ाँ ने मुस्कराते हुए पूछा।

हिन्दू सरदारों ने जलाल ख़ाँ को अपने फ़ैसले से अवगत कराते हुए कहा, "जागीरदार सा, हमारा फ़ैसला वही है। हमने तय कर लिया है कि हमारे राजा आज से आप ही होंगे।"

इतना कह एक हिन्दू सरदार ने वहाँ रखी कढ़ी-रोटी की थाली से जलाल ख़ाँ के माथे पर, कढ़ी का टीका लगाते हुए तिलक कर दिया। दूसरे हिन्दू सरदार ने वहीं कचेड़ी में खूँटी पर टँगी बाँस की टोकरी उतारी, और उसे जलाल ख़ाँ के सर पर छत्र के रूप में धर दिया। भले ही जलाल ख़ाँ को राजा बनाने की यह प्रक्रिया प्रतीकात्मक थी, मगर थी पूरी परम्परा के अनुसार।

"मुबारक हो जागीरदार ख़ानज़ादा जलाल ख़ाँ, आज से आप हमारे राजा हुए।"

ख़ानज़ादा जलाल ख़ाँ को अपना राजा बनाने के बाद हिन्दू सरदार वापिस रामगढ़ लौट गए।

वली बहादुर ख़ाँ के बड़े बेटे अकलीम ख़ाँ की जगह हिन्दू सरदारों द्वारा ख़ानज़ादा जलाल ख़ाँ को राजा बनाने के बाद, अकलीम ख़ाँ के छोटे भाई नवाब फ़िरोज़ ख़ाँ को फ़िरोज़पुर परगने का जागीरदार बना दिया गया। फ़िरोज़ ख़ाँ ने मेवात से गुज़रनेवाली अरावली की पहाड़ियों के दामन में स्थित फ़िरोज़पुर को आबाद कर दिया। चूँकि इस पहाड़ी से पानी का एक झरना बहता है, इसलिए इसका नाम फ़िरोज़पुर झिरका हो गया। इसी फ़िरोज़पुर झिरका को फ़िरोज़ ख़ाँ ने अपनी राजधानी बना लिया।

ख़ानज़ादा जलाल ख़ाँ ने मेवात की गद्दी सँभालते ही सबसे पहले अरावली की पहाड़ियों में स्थित क़िला इन्दौर का नए सिरे से जीर्णोद्धार कराया। परगना इन्दौर में जलाल ख़ाँ ने सात मील दूर नूहँ को भी शामिल कर लिया। कुछ ही सालों में इन्दौर मेवात की राजधानी के साथ-साथ, यहाँ का सबसे बड़ा आबादी वाला क़स्बा और क़िला कहलाने लगा। वही इन्दौर का क़िला जहाँ से ख़ानज़ादा जलाल ख़ाँ देहली में बैठे सैयद मुबारिक शाह को ललकारता रहता था।

क़िला इन्दौर का जीर्णोद्धार या कहिए नए सिरे से निर्माण कराते समय ख़ानज़ादा जलाल ख़ाँ ने अरावली की पहाड़ियों से तीन सड़कें निकलवाईं। इनमें एक घरोल की ओर, दूसरी क़िला कोटला की तरफ़ और तीसरी पहाड़ी के ऊपर से गुज़रती हुई, नौगाँवा की तरफ़ जानेवाली सड़क का निर्माण कराया। इन सड़कों का निर्माण इस तरह करवाया गया कि बादशाह देहली के दबाव पड़ने पर, यहाँ से नौगाँवा

की ओर आसानी से निकला जा सके, और लम्बा रास्ता होने के कारण बादशाह देहली को पीछा करना मुश्किल हो जाए।

इधर मेवात की गद्दी ख़ानज़ादा जलाल ख़ाँ ने सँभाली, उधर सैयद मुबारिक शाह के बाद मुहम्मद शाह के पुत्र अलाउद्दीन आलम शाह ने देहली की सत्ता सँभाल ली। जलाल ख़ाँ द्वारा मेवात की गद्दी सँभालने और इन्दौर को राजधानी बनाने के बाद, सारे हिन्दू सरदार होली-दीवाली पर अब राजा जलाल ख़ाँ के पास उपहार लेकर आने लगे। इन दो पर्वों पर जब हिन्दू सरदार उपहार लेकर जलाल ख़ाँ के दरबार में आते, तब ये दृश्य बेहद मनमोहक और देखनेवाले होते। कार्तिक शुरू होते ही इन्दौर में चहल-पहल शुरू हो जाती, जो दीवाली पर पूरे उमंग से भर जाती। आते-जाते हिन्दू सरदारों के घोड़ों के तहनाल जड़े खुर, जब-जब काले पहाड़ के पत्थरों पर पड़ते, तब-तब खुरों में जड़े लोहे के नाल और पत्थरों के आपस में टकराने से एक लयबद्ध ध्वनि पैदा होती। हिनहिनाते घोड़ों का ऐसा समवेत नाद उत्पन्न होता, जो देर तक कानों में गूँजता रहता। रात-बिरात घोड़ों की पाँत अरावली के ऊबड़-खाबड़ रास्तों से गुज़रती, तो पत्थरों और खुरों के नालों के आपस में टकराने से अँधेरे में उठती चिंगारियों को देखकर लगता, मानो चक़मक़ी पत्थरों से ये चिंगारियाँ निकल रही हैं।

ख़ानज़ादा जलाल ख़ाँ की मृत्यु के बाद मेवात की गद्दी उसके पुत्र अहमद ख़ाँ अर्थात् गुल गोरख ने सँभाली। जलाल ख़ाँ को इन्दौर में ही इसके दक्षिण में दफ़नाया गया। यहीं इसका मक़बरा बनाया गया। इसके मक़बरे के साथ बाद में एक दर्ज़न से ज़्यादा दूसरे ख़ानज़ादों की याद में उनके भी गुम्बद बनाए गए।

अहमद ख़ाँ ख़ानज़ादों का एक कुशल प्रशासक साबित हुआ। उसने मेवात के अलावा देहली के पास महरौली से लेकर लाडो सराय तक अपना आधिपत्य जमा लिया। जनता के प्रति उसका व्यवहार बहुत ही विनम्र था। इधर सैयद वंश का अलाउद्दीन आलम शाह देहली त्यागने के बाद बदायूँ में रहने लगा। इस मौक़े का फ़ायदा उठाकर, अफ़ग़ानिस्तान के गिलजाई क़बीले की एक शाखा शाहूखेल में पैदा हुए, और पंजाब के सूबेदार मलिक काला के पुत्र मुज़फ़्फ़र बहलोल शाह ने, अपने वज़ीर हामिद ख़ान की मदद से शाह ग़ाज़ी के ख़िताब के साथ पहले अफ़ग़ान शाह के रूप में देहली के तख़्त पर क़ब्ज़ा कर लिया। इस तरह देहली सल्तनत पर लोदी वंश के शासन की शुरुआत हो गई।

गद्दी सँभालने के बाद मुज़फ़्फ़र बहलोल शाह ने अपने ख़ास वज़ीरों को बुलाया।

"ख़ुदावंद, वज़ीर हामिद ख़ान! जितनी जल्दी हो, यह पता लगाओ कि देहली और इसके आसपास के परगनाओं में किस-किस की हुकूमत है!" मुज़फ़्फ़र बहलोल शाह ने अपने वज़ीर को हुक्म दिया।

"जी हुज़ूरे आली, बहुत जल्द आपको बता दिया जाएगा।" वज़ीर हामिद ख़ान अपने बादशाह के हुक्म की तामील करते बोला।

वज़ीर हामिद ख़ान ने शीघ्र ही सारी जानकारी एकत्रित की और एक दिन अपने बादशाह के सामने हाज़िर हो गया।

"कुछ पता चला वज़ीर साहब?" मुज़फ़्फ़र बहलोल शाह ने अपने वज़ीर के पेश होते ही पूछा।

"जी हुज़ूरे आली। देहली के सबसे नज़दीक इलाक़ों में एक इलाक़ा है मेवात। इसके सारे परगनाओं पर यहाँ के ख़ानज़ादों का क़ब्ज़ा है।"

"कहीं यह वह इलाक़ा तो नहीं है जिसके हुक्मरानों ने हमसे पहले की हुकूमतों की नाक में दम किया हुआ था?"

"जी हुज़ूरे आली, वही है। फ़िरोज़ शाह तुग़लक़, सैयद मुबारिक शाह, ख़िज्र ख़ाँ, अमीर तैमूर जैसे सुल्तानों और बादशाहों की कभी चौखट नहीं चूमी।"

जिस समय वज़ीर हामिद ख़ान देहली के सुल्तान मुज़फ़्फ़र बहलोल शाह को यह सब बता रहा था, बहलोल शाह अर्थात् बहलोल लोदी के चेहरे पर एक के बाद एक भाव आ-जा रहे थे।

"इन ख़ानज़ादों और इस मेवात के बारे में और क्या जानकारी मिली है?" बहलोल लोदी ने अपने वज़ीर से उत्सुकतावश पूछा।

"हुज़ूर, मेवात के बीच से एक अरावली नाम का पहाड़ गुज़रता है। यहाँ के ज़्यादातर परगनाओं की राजधानियाँ और इनके क़िले इसी पहाड़ में हैं। यह पहाड़ इतना घना और बीहड़ है कि देहली के सुल्तानों और बादशाहों की फ़ौज आसानी से यहाँ नहीं पहुँच पाती है। और, अगर कोई पहुँचने की कोशिश करता भी है, तो उससे पहले ये ख़ुद अपनी रिहाइश उजाड़कर दूसरी जगह चले जाते हैं।"

"ओह, तो ये मेवाती काफ़ी चालाक मालूम होते हैं?"

"हुज़ूर, चालाक ही नहीं बहुत बहादुर भी हैं।" वज़ीर हामिद ख़ान ने अपने बादशाह की जानकारी में और इज़ाफ़ा करते हुए कहा।

"फिर ऐसा है वज़ीर हामिद ख़ान, सबसे पहले इसी इलाक़े की तरफ़ रुख़ किया जाए।" फिर कुछ क्षण सोचने के बाद बहलोल लोदी ने पूछा, "वैसे इस वक़्त वहाँ की हुकूमत किसके हाथ में है?"

"हुज़ूरे आली, जनाब अहमद ख़ाँ वल्द जलाल ख़ाँ के हाथों में है। सुना है देहली के पास महरौली से लेकर लाडो सराय तक उसकी हुकूमत चलती है।"

"फिर तो हमारा वहाँ जाना ज़रूर बनता है। आख़िर इस ख़ानज़ादे को हम भी तो देखें।"

देहली के लोदी वंश का पहला शासक मुज़फ़्फ़र बहलोल शाह यानी बहलोल लोदी पूरी तैयारी और लाव-लश्कर के साथ मेवात रवाना हो गया। मेवात जाने के

बाद बहलोल लोदी ने सबसे पहला काम यह किया कि ख़ानज़ादा अहमद ख़ाँ के अधीन आनेवाले इलाक़े के सात परगने उससे अलग कर दिए। अलग करने के बाद तिजारा के ख़ानज़ादा तातार ख़ाँ को इन परगनों का हाकिम नियुक्त कर दिया।

इधर कुछ दिन बाद सुल्तान हुसैन शाह शरकी ने देहली पर चढ़ाई कर दी। चढ़ाई की ख़बर सुन बहलोल लोदी भी उससे युद्ध करने के लिए कूच कर गया। इधर जैसे ही ख़ानज़ादा अहमद ख़ाँ को इस युद्ध के बारे में पता चला, वह हुसैन शाह शरकी से जा मिला। अपने अलग हुए परगनाओं को वापिस लेने का इससे अच्छा अवसर उसे नहीं लगा। बल्कि उसे तो जैसे इसी मौक़े की तलाश थी। बहलोल लोदी और हुसैन शाह शरकी के बीच हुआ यह युद्ध काफ़ी लम्बा चला। अन्त में दोनों में यह समझौता हुआ कि क्यों न जो जहाँ है, वहीं आराम से रहे।

दोनों के बीच हुए इस समझौते को अभी तीन ही साल हुए थे कि बहलोल लोदी को पता चला कि हुसैन शाह शरकी ने ख़ानज़ादा अहमद ख़ाँ के साथ मिलकर, इटावा में तैनात बहलोल लोदी के सरदार को वहाँ से भगाकर, उस पर क़ब्ज़ा कर लिया।

बहलोल लोदी को जैसे यह पता चला कि उसके सरदार को इटावा से भगाने में ख़ानज़ादा अहमद ख़ाँ की भूमिका रही है, सुनकर वह बौखला गया।

"वज़ीर हामिद ख़ान, मेवात पर चढ़ाई की तैयारी करो! हमारे दुश्मन हुसैन शाह शरकी का साथ देनेवाले इस ख़ानज़ादे को ही पहले सबक सिखाया जाए।"

अपने बादशाह का हुक्म सुन वज़ीर हामिद ख़ान ने चढ़ाई की तैयारियाँ शुरू कर दीं। चढ़ाई की भी मगर बहलोल लोदी के क़ामयाबी हाथ नहीं लगी। इसके बाद बहलोल लोदी ने मेवात में फिर से अपनी फ़ौज भेजी, परन्तु इस बार भी ख़ानज़ादा अहमद ख़ाँ का वह कुछ नहीं बिगाड़ पाया।

बहलोल लोदी बार-बार के इन युद्धों से परेशान हो गया। सरदार ख़ानेख़ानाँ नामी लोदी ने अपने बादशाह की परेशानी को भाँप लिया।

"हुज़ूरे आली, लगता है ख़ानज़ादा अहमद ख़ाँ लड़ाई-झगड़े से क़ाबू में आनेवाला नहीं है। इसे बातचीत से समझाना ठीक रहेगा।" सरदार ख़ानेख़ानाँ नामी लोदी ने अपने बादशाह का मन टटोलते हुए कहा।

"आप दुरुस्त फ़रमा रहे हैं सरदार ख़ानेख़ानाँ। मैं भी रोज़-रोज़ की जंग से परेशान हो गया हूँ।"

"हुज़ूर की इजाज़त हो, तो ख़ानज़ादा अहमद ख़ाँ को मैं समझाने की कोशिश करूँ?"

"अगर आप ऐसा कर सकते हैं तो आपको इसकी इजाज़त है।" बहलोल लोदी ने अपने सरदार ख़ानेख़ानाँ नामी लोदी को अपनी सहमति प्रदान कर दी।

बादशाह से इजाज़त ले सरदार ख़ानेख़ानाँ नामी लोदी मेवात के लिए रवाना हो गया।

मेवात जाकर सरदार ख़ानेख़ानाँ नामी लोदी ने बड़ी परिपक्वता और समझदारी का परिचय देते हुए ख़ानज़ादा अहमद ख़ाँ को सुलह के लिए तैयार कर लिया। जब ख़ानज़ादा अहमद ख़ाँ सुलह के लिए तैयार हो गया, तब चलते-चलते सरदार ख़ानेख़ानाँ नामी लोदी ने अहमद ख़ाँ से आख़िरी बार पूछा, "जनाब ख़ानज़ादा अहमद ख़ाँ साहब, आपकी कोई ख़ास शर्त तो नहीं है?"

"ख़ानेख़ानाँ साहब, मेरी एक ख़्वाहिश है कि हमारा एक नुमाइंदा आपके शाही दरबार में हो।"

"यह कोई बहुत बड़ी शर्त नहीं है ख़ानज़ादा साहब। बादशाह को मैं आपकी यह ख़्वाहिश बता दूँगा। वैसे मैं भी कोशिश करूँगा कि बादशाह सलामत इसके लिए तैयार हो जाएँ।"

"अगर बादशाह सलामत तैयार हो जाते हैं, तो मैं अपने चाचा ख़ानज़ादा मुबारिक ख़ाँ को शाही दरबार में तैनाती के लिए भेज दूँगा।"

"ठीक है, आपका यह पैग़ाम मैं बादशाह सलामत को दे दूँगा।"

सरदार ख़ानेख़ानाँ नामी लोदी इसके बाद देहली लौट आया। बहलोल लोदी ने अपने अनुभवी सरदार ख़ानेख़ानाँ नामी लोदी के माध्यम से प्राप्त ख़ानज़ादा अहमद ख़ाँ की शर्त तुरन्त स्वीकार कर ली, और उसके चाचा ख़ानज़ादा मुबारिक ख़ाँ को शाही सरदारों में सलाहकार के रूप में शामिल कर लिया।

बहलोल लोदी से हुई इस सुलह के बाद मेवात पर होनेवाले हमले बन्द हो गए। इसके बाद कोई युद्ध नहीं हुआ। मेवात में अमन होने के बाद ख़ानज़ादा अहमद ख़ाँ मेवात की राजधानी को फ़िरोज़पुर झिरका से अलवर ले गया। अलवर में उसने देहली दिशा की तरफ़ अपना आलीशान महल बनवाया। जिसकी देखा-देखी उसके सरदार और वज़ीरों ने भी यहाँ बड़ी-बड़ी हवेलियों का निर्माण शुरू कर दिया। कुछ ही सालों में अलवर ने एक ख़ूबसूरत क़स्बे का रूप ले लिया। ख़ानज़ादा अहमद ख़ाँ के बाद उसका बेटा ख़ानज़ादा ज़करिया ख़ाँ मेवात की गद्दी पर बैठा। ख़ानज़ादा ज़करिया ख़ाँ ने भी अपने पिता के साथ हुए समझौते का पालन करते हुए बहलोल लोदी से दोस्ती बनाए रखी।

बहलोल लोदी के दरबार में तैनात अमीर आज़म हुमायूँ ख़ाँ अफ़ग़ान शेरवानी के रसूख़ और रुतबे के चलते उसे बड़ी इज़्ज़त की नज़र से देखा जाता है। अमीर होने के साथ क़ाबिल सरदारों में भी इसकी बड़ी शोहरत है। बादशाह बहलोल लोदी ने इसे कालपी का हाकिम भी बनाया हुआ है।

उस दिन बादशाह बहलोल लोदी और आज़म हुमायूँ ख़ाँ अफ़ग़ान शेरवानी के बीच बातों का जो सिलसिला सियासत से शुरू हुआ, वह घर-परिवार पर आकर टिक गया।

"मियाँ आज़म हुमायूँ ख़ाँ साहब, अब तो बेटियों का जिस्म भी निकल आया है। कहीं इनके रिश्तों के बारे में कुछ सोचा है?" बातों-बातों में बादशाह बहलोल लोदी ने पूछा।

"हुज़ूर, फ़िक्र तो मुझे भी बहुत है मगर कोई बराबर की हैसियत वाला ख़ानदान मिले तब न।" आज़म हुमायूँ ख़ाँ अफ़ग़ान शेरवानी ने एक पिता की तरह अपनी चिन्ता व्यक्त करते हुए कहा।

"यह बात तो आप सही फ़रमा रहे हैं।"

"हुज़ूरे आली, आपकी नज़र में कोई हैसियत वाला ख़ानदान आए, तो आप भी इस ग़ुलाम का ख़याल रखना।"

"वैसे एक ख़ानदान है मेरी नज़र में। मुझे पता चला है कि उनके यहाँ आपके लायक़ और क़ाबिल एक लड़का है।" फिर कुछ पल सोचने के बाद बादशाह बोला, "मगर बेटियाँ तो आपकी दो हैं आज़म हुमायूँ ख़ाँ अफ़ग़ान शेरवानी साहब?"

"हुज़ूर, एक तो बताइए! जब एक मिल गया है, तो परवरदिगार दूसरा भी ढूँढ़ देगा।" आज़म हुमायूँ ख़ाँ अफ़ग़ान शेरवानी ने हुमकते हुए कहा।

"यह ख़ानदान है मेवात के हाकिम ख़ानज़ादा ज़करिया ख़ाँ का। इनका एक बेटा है नवाब अलाउद्दीन यानी अलावल खाँ। मेरे हिसाब से आपकी एक बेटी के लिए यह रिश्ता एकदम सही रहेगा।"

"बहुत शुक्रिया हुज़ूर। आपने एक बाप के सर से कितना भारी बोझ उतार दिया, मैं इसे बयान नहीं कर सकता।"

आज़म हुमायूँ ख़ाँ अफ़ग़ान शेरवानी जिस वक़्त यह सब अपने बादशाह से कह रहा था, तब बहलोल लोदी ने देखा कि एक जाँबाज़ सरदार और क़ाबिल हाकिम देखते-देखते कैसे दो जवान बेटियों के लाचार पिता में तब्दील हो गया। बेटियों के बेहतर भविष्य के लिए वह कैसे एक मज़बूत दरख़्त से नर्म टहनी में बदल गया। इस पिता रूपी नर्म टहनी को बार-बार लरज़ते हुए बादशाह बहलोल लोदी चुपचाप कनखियों से देखता रहा। अब बादशाह बहलोल लोदी अपने आपको रोक नहीं पाया।

"आज़म हुमायूँ ख़ाँ साहब, एक और क़ाबिल लड़का है मेरी नज़र में।" बहलोल लोदी ने धीरे-से कहा।

"हुज़ूरे आली, लड़का क़ाबिल, रसूख़दार और हैसियतदार ख़ानदान से होगा, तो मुझे कोई परेशानी नहीं है।" पिता रूपी नर्म टहनी अर्थात् आज़म हुमायूँ ख़ाँ अफ़ग़ान शेरवानी के कंधे जैसे अपने बादशाह के एहसान से ढीले पड़ते चले गए।

इसी बीच बादशाह बहलोल लोदी की नज़र, घोड़े पर सवार होकर महल से बाहर जाते शाहज़ादे निज़ाम ख़ाँ पर पड़ी।

"आज़म हुमायूँ ख़ाँ साहब, ज़रा शाहज़ादे को बुलवाना!" बादशाह ने हुक्म देने के बजाय आज़म हुमायूँ ख़ाँ अफ़ग़ान शेरवानी से आग्रह किया।

आज़म हुमायूँ ख़ाँ अफ़ग़ान शेरवानी अपनी जगह से उठा, और कुछ क़दमों की दूरी पर तैनात एक सिपाही को शाहज़ादे निज़ाम ख़ाँ को बुलाने के लिए भेज दिया। सिपाही तेज़-तेज़ क़दमों से गया और शाहज़ादे को बुला लाया।

"अब्बा हुज़ूर, आपने याद फ़रमाया?" बड़े अदब के साथ तस्लीम करते हुए शाहज़ादे ने अपने वालिद यानी बादशाह बहलोल लोदी से पूछा।

"हाँ शाहज़ादे।"

"हुक्म करिए अब्बा हुज़ूर!" शाहज़ादे निज़ाम ख़ाँ ने मुस्कराते हुए कहा।

"बस, यही जानने के लिए बुलाया था कि इस वक़्त आप कहाँ जा रहे हैं?"

"आप जानते तो हैं अब्बा हुज़ूर कि मैं रोज़ाना इस वक़्त घुड़सवारी करने जाता हूँ।"

"ओह, मैं तो भूल ही गया था शाहज़ादे। जाइए!"

"जी अब्बा हुज़ूर।" शाहज़ादे निज़ाम ख़ाँ ने बड़े अदब के साथ एक बार फिर तस्लीम किया और थोड़ी दूर घोड़े की लगाम पकड़े सिपाही की तरफ़ बढ़ गया।

शाहज़ादे निज़ाम ख़ाँ के जाने के बाद सरदार आज़म हुमायूँ ख़ाँ अफ़ग़ान शेरवानी बातचीत के टूट गए सिलसिले को फिर से जोड़ते हुए बोला, "हुज़ूरे आली, शाहज़ादे के आने से पहले आप किसी क़ाबिल लड़के के बारे में बात कर रहे थे?"

"मैंऽऽऽ...अच्छा-अच्छा याद आया।" बहलोल लोदी जैसे याद करते हुए बोला।

"जी बादशाह सलामत।" अपने बादशाह की याददाश्त लौट आने पर मज़बूत दरख़्त से नर्म टहनी में बदलते दो जवान बेटियों के पिता की जैसे जान में जान आ गई।

"आपने कभी उसे देखा नहीं?" बहलोल लोदी ने हैरानी के साथ कहा।

"हुज़ूर, आपने उसका आज पहली बार, वह भी कुछ देर पहले ज़िक्र किया था। बल्कि आपने तो यह तक नहीं बताया कि वह कौन है? किस ख़ानदान से है? जब मुझे उसके बारे में कुछ भी मालूम नहीं है, तब हुज़ूर उसे देखने का सवाल कहाँ से पैदा होगा।"

"अभी तो था यहाँ।"

"कहाँ हुज़ूर?" आज़म हुमायूँ ख़ाँ अफ़ग़ान शेरवानी ने अकबकाते हुए इधर-उधर देखते हुए कहा, "हुज़ूरे आली, कब आया यहाँ? मेरी नज़र उसे देखने से कैसे चूक गई?" इस बार आज़म हुमायूँ ख़ाँ अफ़ग़ान शेरवानी की साँसें फूलने लगीं। लगा जैसे वह कहीं दूर से दौड़कर आया है। चेहरा ज़र्द पत्ते-सा कुम्हला गया। निराशा में दोनों हाथों को आपस में ऐसे मलने लगा, मानो उसके हाथ से कोई बहुत बड़ा मौक़ा निकल गया और उसे पता तक नहीं चला।

"ख़ुदावंद आज़म हुमायूँ ख़ाँ साहब, कुछ देर पहले आपके सामने मौजूद था और आप कह रहे हैं कि मेरी नज़र उसे देखने से कैसे चूक गई।"

"ख़ुदा क़सम हुज़ूर, मैंने उसे नहीं देखा।" बादशाह बहलोल लोदी के सरदार आज़म हुमायूँ ख़ाँ अफ़ग़ान शेरवानी की पेशानी पर पसीना छलक आया।

बादशाह बहलोल लोदी को अपने सरदार आज़म हुमायूँ ख़ाँ अफ़ग़ान शेरवानी की इस दयनीयता पर तरस तो बहुत आया, मगर कहा कुछ नहीं। वह जानबूझकर और रह-रहकर देर तक दो जवान बेटियों के लाचार पिता की भंगिमाओं को पढ़ने की कोशिश करता रहा। बादशाह से अब और ज़्यादा अपने सरदार की बेचारगी नहीं देखी गई।

"ख़ुदावंद आज़म हुमायूँ ख़ाँ साहब, इतना परेशान होने की ज़रूरत नहीं है। मैं आपकी दूसरी शाहज़ादी के लिए जिस क़ाबिल लड़के के बारे में बात कर रहा था, वह कोई और नहीं हमारा शाहज़ादा निज़ाम ख़ाँ है।"

"हु...हुज़ूरे आ...आली, य...यह आप क्या कह रहे हैं? आप अपने शाहज़ादे के हाथ में एक मामूली-से सरदार की बेटी का हाथ देने के लिए कह रहे हैं?" सरदार आज़म हुमायूँ ख़ाँ अफ़ग़ान शेरवानी के शब्द मारे ख़ुशी के जैसे बिखरने लगे। उसे एक पल के लिए अपने कानों पर जैसे यक़ीन नहीं हुआ।

"जी, यह सच है। मैं आपकी शाहज़ादी का हाथ अपने शाहज़ादे के लिए माँग रहा हूँ। अगर, आपको कोई एतराज़ ना हो तो...।" बादशाह बहलोल लोदी ने बड़े ही सधे और संयत स्वर में कहा।

"हुज़ूरे आली, यह मेरे लिए किसी ख़्वाब से कम नहीं है। यह तो मेरी बेटी की ख़ुशक़िस्मती है कि आप उसे शाही ख़ानदान का हिस्सा बनाना चाहते हैं। यह मेरा नसीब है कि बिना किसी कोशिश के मुझे अपनी दोनों बेटियों के लिए क़ाबिल और ख़ानदानी रिश्ते मिल गए।"

"सही कहा आपने सरदार आज़म हुमायूँ ख़ाँ अफ़ग़ान शेरवानी साहब। आपकी शाहज़ादियाँ वाक़ई बहुत ख़ुशनसीब हैं।"

"बादशाह सलामत, आप सोच नहीं सकते कि दो जवान बेटियों के बाप के दिल पर इस वक़्त क्या बीत रही होगी।"

"मैं एक बाप के जज़्बात को समझ सकता हूँ आज़म हुमायूँ खाँ। अब आप अपनी दोनों बेटियों के निकाह की तैयारी करिए!" इतना कह बहलोल लोदी ने सरदार आज़म हुमायूँ ख़ाँ अफ़ग़ान शेरवानी को गले से लगा लिया।

और इस तरह सरदार आज़म हुमायूँ ख़ाँ अफ़ग़ान शेरवानी की दोनों बेटियों में से एक का निकाह मेवात के शासक ख़ानज़ादा ज़करिया ख़ाँ के बेटे नवाब अलाउद्दीन यानी अलावल ख़ाँ से, और दूसरी का निकाह सुल्तान बहलोल लोदी के पुत्र शाहज़ादे निज़ाम ख़ाँ से हो गया। दूसरे शब्दों में कहें तो सरदार आज़म हुमायूँ ख़ाँ अफ़ग़ान शेरवानी की दोनों बेटियों की बदौलत निज़ाम ख़ाँ और अलावल ख़ाँ दोनों, साढ़ू भाई तो बन ही गए बल्कि मेवात के ख़ानज़ादे और लोदी भी एक-दूसरे के रिश्तेदार हो गए। और तुग़लक़, सादात व लोदी वंश के ख़िलाफ़ ख़ानज़ादों द्वारा लड़े जानेवाले युद्धों का एक तरह से पटाक्षेप हो गया।

मेवात के हाकिम ख़ानज़ादा ज़करिया ख़ाँ के बेटे नवाब अलाउद्दीन यानी अलावल ख़ाँ ने कुछ साल बाद, अकलीम ख़ाँ ख़ानज़ादा के पुत्र आलम ख़ाँ की बेटी लाडो बेगम से भी निकाह कर लिया। सरदार आज़म हुमायूँ ख़ाँ अफ़ग़ान शेरवानी की बेटी अर्थात् अलावल ख़ाँ पहली पत्नी से हसन ख़ाँ, कबीर ख़ाँ, इब्राहिम ख़ाँ और दौलत ख़ाँ पैदा हुए। जबकि दूसरी पत्नी लाडो बेगम से असद ख़ाँ, क़ुतुब ख़ाँ, हुसैन ख़ाँ और माखू ख़ाँ चार बेटे पैदा हुए।

चूँकि बहलोल लोदी एक पराक्रमी, युद्धप्रिय और महत्त्वाकांक्षी बादशाह था, इसलिए अपनी स्थिति को और मज़बूत करने के लिए उसने अफ़ग़ानों को हिन्दुस्तान आने का न्योता दिया। अफ़ग़ानों के हिन्दुस्तान आने के बाद उत्तर और दक्षिण दोनों तरफ़ इनकी ताक़त बढ़ती चली गई। इसके शासन काल के दौरान हिन्दुओं के प्रति इसकी नीति उदार रही। इस उदारता के चलते ही बहलोल लोदी के शासन में गंगा-जमनी तहज़ीब का बीजारोपण हुआ।

अपने बेटे निज़ाम ख़ाँ को अपना वारिस घोषित करने के साथ, बहलोल लोदी ने, निज़ाम ख़ाँ के साढ़ू ख़ानज़ादा अलावल ख़ाँ को भी एक रियासत की सूबेदारी प्रदान कर दी। इससे लोदियों और ख़ानज़ादों के आपसी रिश्ते और मज़बूत हो गए।

बाद में निज़ाम ख़ाँ की पत्नी से इब्राहिम लोदी और अलावल ख़ाँ की पत्नी से हसन ख़ाँ मेवाती पैदा हुआ।

मुज़फ़्फ़र बहलोल लोदी की मौत के बाद इसके बेटे निज़ाम ख़ाँ को सुल्तान सिकन्दर शाह का ख़िताब देकर देहली की गद्दी पर बैठा दिया गया।

10

जिस स्याह पर्वत के शिखर पर विशाल पत्थरों से बने, बिना चूने के परकोटे यानी अलवर क़िले को समरपाल अर्थात् ख़ानज़ादा बहादुर नाहर ख़ाँ ने चम्पा डूमनी की गुहार पर निकुम्भों से मुक्त कराया था, और नवाब अलाउद्दीन अर्थात् ख़ानज़ादा अलावल ख़ाँ के दादा गुल गोरख अर्थात् अहमद ख़ाँ मेवात की राजधानी को फ़िरोज़पुर झिरका से अलवर ले गया था, और जिस क़िले को मेवाती अस्मिता के रूप में प्रस्थापित किया था, उस पर एक बार फिर निकुम्भों ने क़ब्ज़ा कर लिया। पहले की तरह जैसे-जैसे निकुम्भों के उपद्रव की ख़बरें देहली दरबार में पहुँचने लगीं, वैसे-वैसे तीन साल पहले देहली की गद्दी पर बैठे सुल्तान सिकन्दर शाह की चिन्ता बढ़ने लगी। हारकर एक दिन सिकन्दर शाह ने अपने साढ़ू भाई

ख़ानज़ादा अलावल ख़ाँ, जो उसके वालिद बहलोल लोदी द्वारा दी गई एक रियासत की सूबेदारी सँभाल रहा था, उसे बुलवाया।

"सुल्तान, आपने याद फ़रमाया?" ख़ानज़ादा अलावल ख़ाँ ने आते ही पूछा।

"हाँ ख़ानज़ादा अलावल ख़ाँ।"

"हुक्म करिए, हुज़ूर?"

"एक नई परेशानी आ खड़ी हुई है और वह यह कि अलवर से हमारे पास ऐसी कई शिकायतें आ चुकी हैं, कि निकुम्भों ने इलाक़े के लोगों का जीना दुश्वार किया हुआ है।"

"ओह! तो हमारी ग़ैरहाज़िरी का फ़ायदा उठा निकुम्भों ने फिर सर उठाना शुरू कर दिया?"

"आपकी ग़ैरहाज़िरी में सर उठाना शुरू कर दिया? क्या कहना चाहते हैं आप?" सुल्तान सिकन्दर शाह ने विस्मय के साथ पूछा।

"मेरा मतलब यह है कि हमारे जदुवंशियों की बारहवीं पीढ़ी के थिनपाल जादू और थिनपाल की सातवीं पीढ़ी के ख़ानज़ादा बहादुर नाहर ख़ाँ, जो चन्द्रवंशियों की जादू जाति से थे, ने सबसे पहले इस क़िले को इन निकुम्भों के चंगुल से आज़ाद कराया था। कुछ लोग हमें ख़ानजादू भी कहते हैं। आपको सुनकर हैरानी होगी कि ये निकुम्भ रोज़ाना क़िले पर देवी दुर्गा की मूर्ति पर एक नीची जाति के आदमी की बलि चढ़ाया करते थे। सुनते हैं कि जब एक बार ग़लती से यहाँ भजन गानेवाली एक डूमनी के बेटे की बलि चढ़ गई, तब वह हमारे ख़ानज़ादा बहादुर नाहर ख़ाँ के पास क़िला कोटला में आई, और गुहार करने लगी कि इन निकुम्भों से मेरे बेटे का बदला आप ही ले सकते हैं। डूमनी की इस गुहार पर हमारे बहादुर नाहर ने इन निकुम्भों को यहाँ से मार भगाया।"

"यह कब का वाक़या है?" सुल्तान सिकन्दर शाह ने दिलचस्पी लेते हुए पूछा।

"जब हिन्दुस्तान पर बादशाह फ़िरोज़ शाह तुग़लक़ की हुकूमत थी।"

"यानी यह सवा सौ साल पहले की बात है?"

"जी सुल्तान, सात सौ चौंसठ-पैंसठ हिजरी का वाक़या है यह। इतना ही नहीं, बाद में मेरे दादाजान गुल गोरख यानी अहमद ख़ाँ ने अलवर को नए सिरे से आबाद किया था।"

"ख़ानज़ादा अलावल ख़ाँ, फिर तो मेवात की रिआया को इन निकुम्भों के ज़ुल्मो-सितम से इस बार भी आप ही आज़ाद करा सकते हैं। आपको जितनी फ़ौज चाहिए, आप अपने साथ ले जा सकते हैं।"

"जैसा आपका हुक्म मेरे अज़ीम सुल्तान।"

इस तरह एक दिन ख़ानज़ादा अलावल ख़ाँ ने निकुम्भों पर चढ़ाई कर दी और अलवर क़िले को फिर से निकुम्भों से मुक्त करा दिया।

इसके बाद सुल्तान सिकन्दर शाह ने अपने साढ़ू भाई अलावल ख़ाँ को अपने शाही सरदारों में शामिल कर लिया। एक दिन सुल्तान सिकन्दर शाह बोला, "ख़ानज़ादा अलावल ख़ाँ, हम चाहते हैं कि मेवात को अब पूरी तरह आपके सुपुर्द कर दिया जाए। इसमें किसी का कोई दख़ल नहीं रहेगा। आप अपनी मर्ज़ी से अपनी हुकूमत चलाएँ।"

"जैसी आपकी मर्ज़ी सुल्तान।"

सुल्तान सिकन्दर शाह ने इसके बाद ख़ानज़ादा अलावल ख़ाँ को मेवात का स्वतंत्र शासक बना दिया।

एक दिन बातों-बातों में ख़ानज़ादा अलावल ख़ाँ से मुस्कराते हुए सुल्तान सिकन्दर शाह बोला, "ख़ुदावंद अलावल ख़ाँ, अगर मैं अपने एक ग़ुलाम को भी पालकी में बैठा दूँ न, तो मेरे हुक्म पर सारे सरदार उसे अपने कंधों पर उठा ले जाएँगे।"

"यही तो आपका एतमाद है सुल्तान, जो आपके एक इशारे पर सारे सरदार एक ग़ुलाम को अपने कंधों पर ले जाने के लिए तैयार हो जाते हैं।" ख़ानज़ादा अलावल ख़ाँ ने भी मुस्कराते हुए कहा।

अपनी सारी क़ामयाबियों के बावजूद सुल्तान सिकन्दर शाह की राह में इसके बड़े भाई बरबक शाह और चाचा आलम ख़ान व्यवधान डालते रहे। यहाँ तक कि उन्होंने उसके विरुद्ध युद्ध का अभियान छेड़ दिया। मगर अपनी दूरदर्शिता और समझदारी के चलते उसने पहले अपने चाचा को हराया और बाद में अपने बड़े भाई बरबक शाह से सुलह कर ली। अपने कुशल नेतृत्व में सिकन्दर शाह ने अपने राज्य का ग्वालियर, बिहार व बंगाल तक विस्तार किया, और अपने पड़ोसी राजस्थान पर निगरानी के लिए आगरा की नींव रखी। सिकन्दर शाह ने ज़मीन नापने के लिए तीस इंच के गज़-ए-सिकन्दरी का पैमाना शुरू किया। इतना ही नहीं, पूर्व के बादशाहों द्वारा अनाज पर लगाई गई चुंगी को भी समाप्त कर दिया। ग़रीबों के लिए मुफ़्त भोजन और अपनी गुप्तचर व्यवस्था को मज़बूत और संगठित किया।

एक दिन ख़ानज़ादा अलावल ख़ाँ ने सुल्तान सिकन्दर शाह लोदी द्वारा नियुक्त किए गए तिजारा के शिक़दार (गवर्नर) के विश्वासपात्र हाकिमों में से एक आलम ख़ाँ, और अपने ख़ज़ानची गिला महाजन को बुलाया।

अलावल ख़ाँ को किसी सोच में डूबा देख, आलम ख़ाँ ने पूछा, "हुज़ूर, आपने याद किया?"

"आइए आलम ख़ाँ साहब।" अलावल ख़ाँ वर्तमान में लौटते हुए बोला, "बैठिए! गिला महाजन को भी आ जाने दीजिए।"

ख़ानज़ादा अलावल ख़ाँ ने आलम ख़ाँ से अभी कहा ही था कि सामने से गिला महाजन को अपनी तरफ़ तेज़ क़दमों से आता देख बोला, "लीजिए, वो भी आ गए।"

"हुकुम ख़ानज़ादा साहब!" आते ही अलावल ख़ाँ के ख़ज़ानची गिला महाजन ने पूछा।

"महाजन साहब, मेरी एक ख़्वाहिश है कि एक ऐसा मौज़ा बसाया जाए, जहाँ सुकून की ज़िन्दगी बिताई जा सके।"

"आप हुकुम तो कीजिए। आपकी यह ख़्वाहिश ज़रूर पूरी होगी।" गिला महाजन ने तत्परता के साथ कहा।

"मैं जानता हूँ महाजन साहब कि आप इस काम को बख़ूबी अंजाम दे दोगे, इसीलिए आपको याद किया है। मगर उसका नाम क्या रखा जाए?"

थोड़ी देर सोचने के बाद गिला महाजन बोला, "ख़ानज़ादा साहब, एक नाम आया है मेरे ज़हन में। पता नहीं वह आपको पसन्द आएगा या नहीं।"

"क्या नाम है?" अलावल ख़ाँ ने उत्सुकतावश अपने ख़ज़ानची की तरफ़ देखते हुए पूछा।

"अलावलपुर।"

ख़ानज़ादा अलावल ख़ाँ ने पहले अपने ख़ज़ानची की तरफ़ हैरानी के साथ देखा और फिर मुस्कराते हुए बोला, "महाजन साहब, क्या नाम सोचा है आपने।" इतना कह उसने तिजारा के शिक़दार के हाकिम आलम ख़ाँ की तरफ़ देखा।

हाकिम आलम ख़ाँ अपनी तरफ़ अलावल ख़ाँ द्वारा इस तरह देखने का मतलब समझ गया।

"मुझे लगता है ख़ानज़ादा साहब कि नए बसनेवाले इस मौज़े का इससे बेहतर नाम नहीं हो सकता।"

"महाजन साहब, जब हाकिम आलम ख़ाँ को भी यह नाम पसन्द है, तो इस पर, मेरा मतलब है अलावलपुर पर काम शुरू कर दीजिए। भले ही दौलत पानी की तरह क्यों न बहानी पड़ जाए।"

"इसीलिए तो ख़ानज़ादा साहब मेवात में यह कहावत मशहूर है कि 'माल अलावल का और नाम गिला महाजन का'।" गिला महाजन ने ख़ानज़ादा अलावल ख़ाँ की उदारता पर हुलसते हुए कहा।

हाकिम आलम ख़ाँ, गिला महाजन द्वारा कही गई इस कहावत का अर्थ नहीं समझ पाया।

"ख़ानज़ादा साहब, इसका क्या मतलब है?" हाकिम आलम ख़ाँ ने जिज्ञासावश पूछा।

"इसका मतलब हमारा ख़ज़ानची ही आपको बताएगा।" ख़ानज़ादा अलावल ख़ाँ ने मुस्कराते हुए बात गिला महाजन पर डाल दी।

"हाकिम साहब, मेवात में लोग यह समझते हैं कि यहाँ जो भी काम होता है, उसमें गिला महाजन की दौलत लगती है। जबकि ऐसा नहीं है। मैं तो मेवात के

सरबराह ख़ानज़ादा अलावल ख़ाँ का एक मामूली-सा नौकर हूँ। ये जो हुक्म देते हैं, मैं उसका पालन करता हूँ बस।"

"अच्छा तो महाजन साहब आप मुफ़्त में सवाब कमा रहे हैं, यानी दौलत ख़ानज़ादा साहब की और नाम आपका।"

हाकिम आलम ख़ाँ की इस बात पर ज़ोर का ठहाका गूँजा।

ख़ानज़ादा अलावल ख़ाँ से आदेश मिलने के बाद ख़ज़ानची गिला महाजन वहाँ से प्रस्थान कर गया।

"और मेरे लिए क्या हुक्म है ख़ानज़ादा साहब?" गिला महाजन के जाने के बाद आलम ख़ाँ ने पूछा।

"हाकिम साहब, मैं चाहता हूँ कि अपने वालिद की याद में तिजारा में एक गुम्बद बनवाया जाए।"

"यह तो मेरे लिए बड़ी ख़ुशी की बात होगी ख़ानज़ादा साहब कि मैं आपके किसी काम आ सकूँ।" हाकिम आलम ख़ाँ ने बड़े अदब से झुकते हुए कहा।

"बस, मेरी एक शर्त है कि गुम्बद ऐसा बनना चाहिए कि आनेवाली ख़ानज़ादों की नस्लें ही नहीं, सदियों तक इसे पूरा मेवात भी याद रखे।"

"आप बेफ़िक्र रहें हुज़ूर। आपने कह दिया, मेरे लिए इतना ही इशारा काफ़ी है। आप देखते रहना, ऐसा गुम्बद बनेगा कि लोग देखते रह जाएँगे।"

"मुझे आपसे यही उम्मीद थी हाकिम आलम खाँ। जाइए, जगह आप ही तय करके, इस पर काम शुरू कर दीजिए।"

इधर ख़ज़ानची गिला महाजन ज़ोर-शोर से अलावलपुर को बसाने में लग गया, तो दूसरी तरफ़ तिजारा के शिक़दार के हाकिम आलम ख़ाँ ने तिजारा में गुम्बद का निर्माण शुरू करवा दिया। बिना किसी विघ्न-बाधा के दोनों जगह के कामों ने रफ़्तार पकड़ ली।

शुरू में हाकिम आलम ख़ाँ का इस तरफ़ ध्यान नहीं गया। मगर शाम को एक दिन जब सारे मज़दूर अपनी-अपनी मज़दूरी लेकर जाने लगे, और सबके जाने के बाद वह भी जाने लगा, तब हाकिम आलम ख़ाँ ने उसे पीछे से टोका,"सुनिए!"

वह जाते-जाते रुक गया।

"जबसे इस गुम्बद का काम शुरू हुआ है, मैं देख रहा हूँ कि आप बिना नागा यहाँ मज़दूरी करने आ रहे हैं। सारे राज मिस्त्री और मज़दूर रोज़ाना अपनी मज़दूरी लेकर जाते हैं। मगर आप अपनी मज़दूरी नहीं लेते हैं, ऐसा क्यों?" हाकिम आलम ख़ाँ ने पूछा।

"हाकिम साहब, मेरे हाकिम का यही हुक्म है।"

"हाकिम, किस हाकिम का हुक्म है?" आलम ख़ाँ ने आश्चर्य से पूछा।

"उस हाकिम का, जो किसी को दिखाई नहीं देता है।" हाकिम आलम ख़ाँ ने आसमान की तरफ़ इशारा करते हुए जवाब दिया।

"यह सब तो ठीक है। मगर घर का गुज़ारा किस तरह चलता है?"

वह धीरे-से मुस्कराया और बिना कोई जवाब दिए आगे बढ़ गया।

शाम को हाकिम आलम ख़ाँ ने यह बात पत्नी को बताई, तो उसे भी सुनकर बड़ी हैरानी हुई।

"कमाल है, रोज़ाना मज़दूरी करने आता है और मज़दूरी नहीं लेता है। मेरी सलाह है कि इस बारे में आपको ख़ानज़ादा साहब को ज़रूर बताना चाहिए। वरना वे ये ना समझ बैठें कि एक मज़दूर की मज़दूरी आप खा रहे हैं।"

हाकिम आलम ख़ाँ को पत्नी के तर्क में दम नज़र आया।

अगले दिन वह काम ख़त्म होने के बाद, फिर से बिना मज़दूरी लिए जाने लगा, तो हाकिम आलम ख़ाँ ने उसे फिर टोका, "आप आज फिर बिना मज़दूरी लिए जा रहे हैं?"

"हाकिम साहब, मैंने कल बताया तो था कि यह मेरे हाकिम का हुक्म है।"

"वैसे आप कहाँ के रहनेवाले हैं और नाम क्या है?" हाकिम आलम ख़ाँ ने उससे जानना चाहा।

"क्या करोगे यह सब जानकर...संत-फ़क़ीरों का भी कोई नाम होता है हाकिम साहब?"

"इसलिए कि मुझे अपने मालिक को बताना है।"

"बता देना कि एक बूढ़ा आता है।" इतना कहकर वह चला गया।

शाम को हाकिम आलम ख़ाँ, ख़ानज़ादा अलावल ख़ाँ के पास कार्य-प्रगति की जानकारी देने गया। कार्य-प्रगति की जानकारी देने के बाद वह बोला, "ख़ानज़ादा साहब, एक अहमक क़िस्म का मज़दूर है, जो रोज़ाना काम करने तो आता है मगर मज़दूरी लेकर नहीं जाता है।"

"मज़दूरी नहीं लेता है, मगर क्यों? आपने पूछा नहीं?" ख़ानज़ादा अलावल ख़ाँ ने हैरानी के साथ पूछा।

"कई बार पूछा है। कहता है कि मेरे हाकिम का यही हुक्म है।"

"नाम और अता-पता पूछा?"

"कुछ नहीं बताता।"

"हाकिम साहब, मुझे यह कोई मामूली शख़्स नहीं लगता है?"

"मैं कैसे कहूँ ख़ानज़ादा साहब।"

"ठीक है। कल मैं ख़ुद आकर उससे मिलता हूँ। मैं भी तो देखूँ उसे जो मज़दूरी नहीं लेता है।"

हाकिम आलम ख़ाँ चुपचाप घर आ गया। उसे हैरानी हुई कि इस मज़दूर में ऐसा क्या है, जो ख़ानज़ादा अलावल ख़ाँ ख़ुद कल उससे मिलने आएगा। पूरी रात आलम ख़ाँ को नींद नहीं आई। तरह-तरह की आशंकाओं के बीच कितनी रात बीत गई और कब उसे नींद आ गई, उसे पता ही नहीं चला।

जो हाकिम आलम ख़ाँ दिन में मुश्किल से एक बार आता, अगले दिन वह सुबह-सुबह निर्माण-स्थल पर पहुँच गया। न जाने ख़ानज़ादा अलावल ख़ाँ निमार्णाधीन गुम्बद स्थल पर कब आ जाएँ। आते ही उसकी नज़र उसी शख़्स को ढूँढ़ने लगी, जिसे देखने के लिए मेवात का सरबराह ख़ुद यहाँ आ रहा है। हाकिम आलम ख़ाँ को उसे ढूँढ़ने में ज़्यादा परेशानी नहीं हुई। अन्य दिनों की तरह वह मज़दूरों के साथ अपने काम पर लगा हुआ है। दूसरे ज़रूरतमन्दों की तरह वह भी चुपचाप, दुनिया से बेख़बर एक तरफ़ पड़े पत्थरों के ढेर में से पत्थरों को ढोने में लगा हुआ है। वह अपनी दुनिया में इस क़दर खोया हुआ है कि उसे यही नहीं पता कि जिसके हुक्म से यह गुम्बद बनाई जा रही है, वह भी आज यहाँ आनेवाला है।

दोपहर में, जब सारे राज मिस्त्री और मज़दूरों के भोजन का समय हुआ, उससे कुछ देर पहले हाकिम आलम ख़ाँ ने देखा कि ख़ानज़ादा अलावल ख़ाँ निर्माण-स्थल की तरफ़ चला आ रहा है। दूर से ख़ानज़ादा अलावल ख़ाँ को आता देख, हाकिम आलम ख़ाँ तेज़ी से उसके पास स्वागत के लिए गया। ख़ानज़ादा अलावल ख़ाँ वहीं एक पेड़ के नीचे अपना घोड़ा रोक, उससे नीचे उतर आया। घोड़े को वहीं छोड़ ख़ानज़ादा अलावल ख़ाँ हाकिम आलम ख़ाँ के साथ धीमे-धीमे क़दमों के साथ गुम्बद की तरफ़ बढ़ने लगा।

"हाकिम साहब, कौन है इनमें?" दूर काम करते मज़दूरों की तरफ़ नज़र मारते हुए ख़ानज़ादा अलावल ख़ाँ ने आलम ख़ाँ से पूछा।

"ख़ानज़ादा साहब, वोऽऽऽ रहा उस तरफ़!" मज़दूरों की एक टोली की ओर तर्जनी से संकेत करते हुए हाकिम आलम ख़ाँ ने बताया।"

"कौन-सा?"

"वह जो सर पर एक वज़नी पत्थर रख रहा है।"

"यह तो काफ़ी ज़ईफ़ लगता है हाकिम साहब?"

"जी हुज़ूर।"

"इनके खाने के वक़्त में अभी कितना वक़्त बचा है?" ख़ानज़ादा अलावल ख़ाँ ने पूछा।

"ज़ुह्र की नमाज़ से पहले होता है।"

"ठीक है। इससे तभी बात करते हैं।" इतना कह ख़ानज़ादा अलावल ख़ाँ, हाकिम आलम ख़ाँ के साथ उसके ख़ेमे में चला आया।

थोड़ी देर बाद जैसे ही टन की आवाज़ आई हाकिम आलम ख़ाँ बोला, "लो, दोपहर के खाने का वक़्त हो गया ख़ानज़ादा साहब।"

"पहले इत्मीनान से रोटी खाने दो इसे। तब तक आप भी खा लीजिए!"

"जी हुज़ूर।" इतना कह हाकिम आलम ख़ाँ भी खाना खाने अपने ख़ेमे से बाहर निकल गया।

खाना खाने के बाद हाकिम आलम ख़ाँ वापिस ख़ेमे में आया, तो आते ही ख़ानज़ादा अलावल ख़ाँ ने कहा, "ज़रा इन्हें बुलवाइए!"

"अभी बुलवाता हूँ।" यह कहकर हाकिम ख़ेमे से बाहर निकल आया।

कुछ ही देर में ख़ेमे में दाख़िल होती पसीने में भीगी बूढ़ी काया को, ख़ानज़ादा अलावल ख़ाँ पलक झपकते ही जैसे ऊपर से नीचे तक देख गया।

"आदाब!" ख़ानज़ादा अलावल ख़ाँ ने बूढ़ी काया के अन्दर दाख़िल होने पर अभिवादन किया।

जवाब में बूढ़ी काया ने कुछ नहीं कहा। बस, अपना हाथ ऐसे उठा दिया मानो वह ख़ानज़ादा अलावल ख़ाँ को कोई आशीर्वाद दे रहा है।

"आइए, बैठिए!"

पसीने से भीगी काया वहीं ज़मीन पर बैठ गई। ख़ानज़ादा अलावल ख़ाँ ने एक बार फिर उसकी तरफ़ देखते हुए कहा, "हमारे हाकिम ने हमें बताया है कि आप दूसरे मज़दूरों की तरह अपनी मज़दूरी नहीं लेते हैं?"

"आपके हाकिम ने एकदम ठीक बताया है।" ज़मीन पर बैठी बूढ़ी काया ने मुस्कराते हुए जवाब दिया।

"क्यों नहीं लेते हैं?"

"मेरे गुरु का यही हुकुम है।"

बूढ़े की इस निर्भीकता पर ख़ानज़ादा अलावल ख़ाँ को हैरानी हुई। कुछ क्षण रुककर वह अपने हाकिम की तरफ़ पलटा, "हाकिम साहब, आपने अपनी बही में इनका क्या नाम लिखा हुआ है?"

"मैंने पूछा था मगर इन्होंने बताया नहीं।" हाकिम आलम ख़ाँ ने बताया।

"हाकिम साहब, आपको नहीं बताया तो हम पूछ लेते हैं।" इतना कह मुस्कराते हुए ख़ानज़ादा अलावल ख़ाँ ने अपने सामने बैठे बुज़ुर्ग मज़दूर की तरफ़ देखा।

"संत-फ़क़ीरों का कोई नाम नहीं होता है ख़ानज़ादा साहब।" बूढ़ी काया ने जैसे ख़ानज़ादा अलावल ख़ाँ की मुस्कराहट को पढ़ लिया।

"फिर भी कुछ तो नाम होगा?"

"जानना ही चाहते हो तो सुनो, इस बूढ़े को भरथरी कहते हैं।"

"क्याऽऽऽ भ...भर्तृहरि? आऽऽऽप उज्जैन के राजा विक्रमादित्य के भाई भर्तृहरि हैं?"

भर्तृहरि पहले एक फ़ीकी हँसी हँसा और फिर उठते हुए बोला, "हर भर्तृहरि राजा विक्रमादित्य का भाई नहीं होता ख़ानज़ादा साहब।" इसके बाद बूढ़ी काया अर्थात् भर्तृहरि नाम का मज़दूर ख़ेमे से बाहर आ गया।

ख़ानज़ादा अलावल ख़ाँ, हाकिम आलम ख़ाँ के ख़ेमे से बाहर जाते भर्तृहरि को तब तक देखता रहा, जब तक वह उसकी आँखों से ओझल नहीं हो गया।

गुम्बद जब बनकर तैयार हो गया तो ख़ानज़ादा अलावल ख़ाँ ने अपने पिता ख़ानज़ादा ज़करिया ख़ाँ का उसमें मक़बरा बनवा दिया। मक़बरा बनने के बाद इस गुम्बद के नामकरण की बात आई। बहुत सोच-विचार और सलाह-मशविरे के बाद ख़ानज़ादा अलावल ख़ाँ ने अपने पिता ख़ानज़ादा ज़करिया ख़ाँ की याद में बने इस गुम्बद के नाम की घोषणा करते हुए कहा, "ऐ मेरे मेवातियो, इस ख़ूबसूरत गुम्बद को बनाने में एक ऐसे अनजान शख़्स को भुलाना मुश्किल है जिसने अपना पसीना बहाने के बावजूद, मज़दूरी का एक पैसा नहीं लिया। क़ायदे से तो इस गुम्बद का नाम मेरे वालिद मरहूम ख़ानज़ादा ज़करिया ख़ाँ के नाम पर होना चाहिए, और ऐसी बहुत से लोगों की राय भी है। मगर मेरा मानना है कि जब इस गुम्बद में मेरे वालिद का मक़बरा है, तब इसका नाम उसके नाम पर रखने का क्या मतलब है। भले ही इसे मेरे वालिद की याद में बनवाया गया है, पर इसकी बुनियाद और दीवारों में जिस आदमी का पसीना मिला हुआ है, उसका असल हक़दार वह है कि इसका नाम उसके नाम पर रखा जाए। इसलिए मैं तिजारा के इस गुम्बद का नाम उसी दरवेश भर्तृहरि के नाम पर रखने का ऐलान करता हूँ। इसलिए आज से यह 'भर्तृहरि का गुम्बद' के नाम से पुकारा जाए।"

11

उज़बेगों द्वारा खदेड़ने के बाद जहीरुद्दीन मोहम्मद मिर्ज़ा बाबर ने काबुल की तरफ़ रुख़ किया। काबुल आने के बाद मिर्ज़ा बाबर ने अपनी फ़ौजी ताक़त और बढ़ाने का फ़ैसला किया। इसलिए उसने अपनी सेना में तुर्की तोपचियों की भर्ती शुरू कर दी। इसी बीच उसके सम्पर्क में उस्ताद अली क़ुली नाम का एक उस्मानी तुर्क आया। बाबर ने उस्ताद अली क़ुली की दक्षता को देखते हुए उसे अपने तोपख़ाने का मुखिया तैनात कर दिया। उस्ताद अली क़ुली के आने के बाद युद्ध की नई-नई प्रणालियों पर काम शुरू हो गया। प्रशिक्षण के दौरान तोपों और घुड़सवारों के आपस में साथ युद्ध लड़ने का भी सफल प्रयोग किया गया।

इस तरह लगभग एक साल तक बाबर अपनी सेना की ताक़त बढ़ाने और नए-नए प्रयोगों पर काम करता रहा। इसके बाद उसने कंधार की तरफ़ बढ़कर उस पर अपना क़ब्ज़ा जमाना चाहा। बाबर के हमले की ख़बर जैसे ही कंधार के बादशाह शाह बेग को लगी, उसने शाह इस्माइल सफ़वी से मदद माँगी। मगर शाह इस्माइल एक और हैवान यानी तुर्की के सुल्तान शैबानी ख़ान के ख़िलाफ़, इस क़दर उलझा हुआ था कि वह शाह बेग की कोई मदद नहीं कर सका। हाँ, शाह इस्माइल सफ़वी ने बाबर को ख़त लिखकर यह ज़रूर कहा कि वह शाह बेग के साथ सख़्त सुलूक न करे। बाबर ने इस ख़त का बड़ी विनम्रता के साथ जवाब दिया कि कंधार पर क़ब्ज़ा जमाना सिर्फ़ एक दिखावा है। इसके बाद बाबर कंधार की तरफ़ बढ़ा तो था, मगर बीच रास्ते में वह बीमार हो गया। बाबर के बीमार होने पर शाह बेग को जैसे मौक़ा मिल गया और उसने बाबर के पास सुलह की पेशकश भेज दी। बाबर ने शाह बेग की पेशकश क़बूल कर ली और उससे सुलह कर ली।

दोपहर को उस दिन जहीरुद्दीन मोहम्मद बाबर अपने आठ कोनों वाले बनात के लाल शाही ख़ेमे में आराम कर रहा था, और अभी नींद की हल्की-सी झपकी आई ही थी, कि दूर से पास आते घोड़ों के सूमों की आवाज़ से उसकी नींद उचट गई। जब तक वह कुछ समझ पाता बाहर तैनात सिपाही की बनात पर पड़ती परछाईं में हलचल हुई। परछाईं को देखकर बाबर समझ गया कि सिपाही किसी से बात कर रहा है।

"मैं पादशाह सलामत से इजाज़त लेकर आता हूँ।"

बाबर का अनुमान सही निकला यानी बाहर कुछ और लोग भी हैं। कहीं ये वे ही तो नहीं हैं कुछ देर पहले जिनके घोड़ों के सूमों की आवाज़ उसके कानों में पड़ रही थी?

"पादशाह सलामत, आपसे कोई हिन्दुस्तानी मुलाक़ात करना चाहता है!" बाहर तैनात सिपाही ने ख़ेमे के मुहाने के पास आकर बाहर से ही पूछा।

हिन्दुस्तानी! भला यह कौन हो सकता है जो मुझसे हिन्दुस्तान से चलकर इतनी दूर मिलने आया है? बाबर ने एक पल सोचकर सिपाही से कहा, "अन्दर ले आइए!"

ख़ेमे में दाख़िल होने के बाद हिन्दुस्तानी ने ग़ुलामाना अन्दाज़ में फ़र्शी सलाम किया। बाबर ने घुटनों के बल बैठे हिन्दुस्तानी को पहले ध्यान से ऊपर से नीचे तक देखा, और फिर उस पर निगाह जमाते हुए बोला, "पहनावे से आप किसी हिन्दुस्तानी पादशाह के अमीर जान पड़ते हैं?"

"आपने सही पहचाना हुज़ूरे आली। इन्दर मेरा नाम है और देहली के सुल्तान इब्राहिम लोदी के दरबार में बड़े ओहदे पर तैनात था।" हिन्दुस्तानी ने अपना छोटा-सा परिचय दिया।

"ओह, तो आप हिन्दू हैं?"

"जी हुज़ूरे आली। एक क्षत्रिय हिन्दू हूँ।"

'कहिए, हमारी ख़िदमत में कैसे पेश हुए हो?"

"हुज़ूरे आली, हिन्दुस्तान के हालात इस वक़्त बहुत ख़राब हैं। वहाँ की रिआया अपने राजा-महाराजाओं की आपसी फूट और सुल्तान इब्राहिम शाह लोदी के ज़ुल्मो-सितम से बहुत तंग और परेशान आ चुकी है। मैं भी उस ज़ालिम के ज़ुल्मों से तंग आकर आपके पास आया हूँ।"

"इसमें हम आपकी क्या मदद कर सकते हैं और फिर हमारा हिन्दुस्तान से क्या वास्ता है?" बाबर ने इन्दर के चेहरे पर आते-जाते भावों को पढ़ने की कोशिश की।

"हुज़ूर, हिन्दुस्तान की रिआया इनके ज़ुल्मो-सितम और इनकी लूटपाट से छुटकारा पाने को बेताब है।" इन्दर ने लगभग याचना की मुद्रा में जवाब दिया।

"सिर्फ़ इनके ज़ुल्मो-सितम से छुटकारा पाने को बेताब है, या हिन्दुस्तानी रिआया कुछ और भी चाहती है?"

"हुज़ूरे आली, इब्राहिम लोदी की जगह वे हिन्दुस्तान का एक ऐसा तालीमयाफ़्ता बादशाह देखना चाहते हैं, जो उसे एकजुट कर सके और वहाँ की रिआया के इल्म और फ़न में नई जान फूँक सके।"

इन्दर की बात सुन बाबर ने तुरन्त कोई प्रतिक्रिया व्यक्त नहीं की। इन्दर की बातचीत के लहजे और उसकी ज़बान में इस्तेमाल हुए तुर्की-फ़ारसी के शब्दों से बाबर समझ गया कि यह है तो काफ़ी पढ़ा-लिखा। वह बनात पर धीरे-धीरे होती कंपन को देखता रहा। फिर कुछ पल सोचने के बाद बोला, "हिन्दुस्तानी इन्दर, आपकी बातों से लगता है कि आप बेहद इल्मी और तज़ुर्बेदार हैं। अगर आप हमारा साथ देने को तैयार हैं, तो हम ज़रूर इस बारे में सोचेंगे।"

"हुज़ूरे आली, मैं हिन्दुस्तान से यहाँ आपकी चौखट चूमने आया हूँ। मैं वायदा करता हूँ कि मरते दम तक आपका जी-जान से साथ दूँगा।"

"तो आप वापिस हिन्दुस्तान नहीं लौटेंगे?" बाबर ने इन्दर को टोहना चाहा।

"ऐसी जगह क्या लौटना हुज़ूर, जहाँ क़ाबिल अमीर-उमरा की क़द्र ही ना होती हो।"

"तब फिर ठीक है। हम आज से आपको अपने ख़ास बेगों में शामिल करते हैं।"

"यह ग़ुलाम आपका तहेदिल दिल से शुक्रिया अदा करता है पादशाह सलामत।"

"हिन्दू बेग, अब आप आराम करिए।"

शाह बेग से सुलह के बाद बाबर ने उसे बुलवाने का सन्देश भिजवाया, तो बाबर का सन्देश पाते ही शाह बेग कंधार से तुरन्त बाबर के पास चला आया।

"हज़रत शाह बेग, हिन्दुस्तान से मेरे पास इन्दर नाम का एक ओहदेदार आया है। उसने बयान किया है कि हिन्दुस्तानी अवाम वहाँ के सुल्तान और परगनाओं के राजा-महाराजाओं के ज़ुल्मो-सितम और उनकी लूटपाट से आजिज़ आ चुकी है।"

"इसमें हम क्या कर सकते हैं पादशाह सलामत?" शाह बेग ने बाबर से पूछा।

"आपकी तरह मैंने भी उस हिन्दुस्तानी से यही सवाल किया था, तब उसने बताया कि हिन्दुस्तान की अवाम उनके ज़ुल्मो-सितम से छुटकारा पाने को बेताब है। इतना ही नहीं, वे एक ऐसा तालीमयाफ़्ता पादशाह भी देखना चाहते हैं, जो उन्हें इकट्ठा करने के साथ उनके इल्म और फ़न में भी नई जान फूँक सके।"

"फिर आपने उसे क्या जवाब दिया हुज़ूर?"

"फ़िलहाल मैंने अभी इतना ही कहा है कि अगर आप हमारा साथ देंगे, तो हम ज़रूर आपकी बात पर कुछ विचार करेंगे। उसकी क़ाबिलियत के मद्देनज़र फ़िलहाल मैंने उसे अपने बेगों में शामिल कर लिया है।"

"पादशाह सलामत, लगता है आपका मन हिन्दुस्तान की ज़मीन चूमने को कर रहा है?"

"आपने सही अन्दाज़ा लगाया है ख़ुदावंद शाह। मुझे लगता है कि हमें यह मौक़ा नहीं गँवाना चाहिए। जिस हुकूमत की अवाम अपने हुक्मराँ से आज़ादी चाहती हो, वहाँ हुकूमत करना बहुत आसान होता है। किसी भी मुल्क की असली ताक़त वहाँ की अवाम होती है। अगर अवाम ही अपने हुक्मराओं से नाख़ुश है, तो ऐसे मुल्क पर हुकूमत करना कितना आसान होगा, सोचो ज़रा।"

"आपकी बात है तो सही पादशाह सलामत।" शाह बेग एक हद तक बाबर के तर्क से सहमत होते हुए बोला।

"शाह बेग, यहाँ के हालात भी कौन-से ठीक हैं। चैन से रहना मुहाल हो गया है यहाँ। हमें ख़ुदा ने एक मौक़ा दिया है। ऐसे में अगर हम अपना ध्यान हिन्दुस्तान की तरफ़ लगा दें, तो मुझे लगता है इसमें कोई बुराई नहीं है।"

"मैं आपके साथ हूँ पादशाह सलामत।" शाह बेग ने आख़िरकार अपनी सहमति दे दी।

शाह बेग के साथ हुई सुलह के बाद बाबर ने इधर काबुल के उत्तर-पूर्व में स्थित चग़न सराय पर विजय हासिल की। जबकि शाह बेग ने अफ़ग़ानों के आपसी झगड़ों और सिन्ध के वज़ीरों में एक-दूसरे को नीचा दिखाने की होड़ का फ़ायदा उठाते हुए, अपने एक हज़ार सैनिकों के साथ सिन्ध के कहान और बाग़वान को लूटते हुए आगे का रास्ता साफ़ किया। इसके बाद बाबर बाजौर के क़िले की तरफ़ बढ़ा और अपने तोपची उस्ताद अली क़ुली की तोपों की मदद से इस क़िले को जीत लिया। इस विजय के बाद बाजौर को उसने अपने बेग ख़्वाजा कलाँ को सौंप दिया।

बाजौर को जीतने के बाद बाबर के लिए हिन्दुस्तान की राह एक तरह से आसान हो गई। बाजौर को जीतना बाबर के लिए कितना ज़रूरी था, इसका इसी

से पता चलता है कि पिछले नौ महीने से वह बार-बार बाजौर के आसपास के इलाक़ों पर हमला करता रहा। हिन्दू बेग इन्दर के साथ हिन्दुस्तान पर फ़तह का सपना उसे रह-रहकर आगे बढ़ने को प्रेरित करने लगा। बाजौर से आगे बढ़ते हुए बाबर ने यूसुफ़ ज़ई क़बीलों को धमकाना शुरू कर दिया कि वे उसकी अधीनता स्वीकार कर लें। मगर उनके मना करने पर बाबर ने हिन्दू बेग इन्दर को हमला करने के लिए भेजा। बाबर के आतंक और उसकी सेना द्वारा लूटपाट से तंग आकर यूसुफ़ ज़ई क़बीले के नेता मलिक शाह मंसूर ने सुलह करने के लिए, अपने भाई तौस ख़ान को अपनी भतीजी बीबी मुबारिका को लेकर बाबर के पास भेजा। सुलह करने के बाद बाबर ने उसी दिन बीबी मुबारिका से निकाह कर लिया। इस तरह दिलदार बेगम, माहम बेगम, गुलरुख़ बेगम और मासूमा सुल्तान बेगम के बाद बीबी मुबारिका बाबर की पाँचवीं पत्नी बन गई। बीबी मुबारिका से निकाह करने के बाद बाबर उसे बाजौर के क़िले में छोड़कर भेरा की तरफ़ बढ़ गया।

भेरा की तरफ़ बढ़ते हुए बाबर को किसी तरह के विरोध का सामना नहीं करना पड़ा। रास्ते में ही उसे जनजूहा क़बीले का सरदार मलिक हसन मिला, जिसने बाबर की अधीनता स्वीकार करते हुए उसे एक ज़ीन सहित घोड़ा भेंट किया। यूसुफ़ ज़ई क़बीले के नेता मलिक शाह मंसूर और जनजूहा क़बीले के सरदार मलिक हसन ने जब बाबर की अधीनता स्वीकार कर ली, तो बाबर को हिन्दुस्तान का सपना पूरा होता दिखाई दिया। बाजौर के क़िले की तरह अपने तोपची उस्ताद अली क़ुली की तोपों की मदद से बाबर ने भेरा क़िले को भी जीत लिया।

इशा की नमाज़ होते-होते भेरा के क़िले से चौदह मील पहले शाही ख़ेमे मशालों की रोशनी में पूरी तरह नहा गए। फरवरी की देह फोड़ती सर्दी बाबर के ज़रबफ़्त चोग़े-अमामा, बेगों के चकमान और पोस्तीन के कोटों तथा सिपाहियों के यखतक व झिलम टोपी के रोके से नहीं रुक रही है। ख़ेमे में बाबर के चेहरे को चिराग़ों से फूटती रोशनी रह-रहकर भिगो रही है। एक तरफ़ चाँदी की तश्तरियों, सोने के तबाकों और रक़ाबों में क़ज़ी, हिरन के गोश्त के सीख़ कबाब, भुने हुए तीतर, मस्तावा (चावल, क़ीमा व प्याज़ से घी में बना शोरबा) और दूसरे पकवान रखे हुए हैं। जबकि इनके बग़ल में काबुल की नक़्क़ाशीदार सुराही के मुँह से निकली, सोने-चाँदी व चीनी मिट्टी के प्यालों में भरी कुन्दूज़ की मैनाब और ग़ज़नी की ख़ुशबूदार अंगूरी शराब, किसी ठहरे हुए शान्त समंदर की लहरों-सी धीरे-धीरे थरथरा रही है।

हिन्दू बेग इन्दर और कुछ ख़ास बेगों के साथ बाबर अपनी मनपसन्द ग़ज़नी की अंगूरी शराब के हल्के-हल्के घूँट भर रहा है। जैसे-जैसे शराब हलक़ से उतरने लगी, उसने अपना रंग दिखाना शुरू कर दिया। बाबर ने लम्बा घूँट भरने के बाद धीरे-से हिन्दू बेग इन्दर की तरफ़ पलटकर देखा।

"ख़ुदावंद हिन्दू बेग, आपके हिन्दुस्तान पर हुकूमत करने की मेरी हमेशा दिली ख़्वाहिश रही है। ये भेरा, ख़ुशआब, चिनाब तो एक वक़्त तुर्कों के क़ब्ज़े में रह चुके हैं, इसलिए मैं इन्हें अपना ही समझता था। मैंने तय कर लिया था कि इन्हें चाहे जंग से, या आपसी बातचीत के ज़रिए जैसे भी हो, हर हालत में अपने क़ब्ज़े में करना है। मैंने सोचा है कि इन इलाक़ों की पहाड़ियों के प्रति नरमी बहुत ज़रूरी है। इसलिए मैंने अपने सिपाहियों को यह सख़्त हिदायत दी हुई थी, कि यहाँ के लोगों को किसी भी तरह का नुक़सान नहीं पहुँचाया जाए। इनके माल-असबाब ही नहीं, सूत के टुकड़े और टूटी हुई सूई को भी नुक़सान न होने पाए।" बाबर ने जैसे अपने मन की बात कह दी।

"हुज़ूर, जिसे पाने की ख़्वाहिश हो उसे नुक़सान पहुँचाना भी नहीं चाहिए।" हिन्दू बेग इन्दर ने बाबर का समर्थन करते हुए कहा।

"मैंने सुना है हिन्दू बेग कि हिन्दुस्तान दौलत और ताक़त का समंदर है?" बाबर ने सोने की प्याली को धीरे-से होंठों के पास ले जाते हुए पूछा।

"मैं कैसे कहूँ हुज़ूरे आली। अगर आपने सुना है, तो सही सुना होगा।"

"एक बात कहूँ हिन्दू बेग, जबसे आपने हमारी चौखट चूमी है, पता नहीं क्यों तब से हिन्दुस्तान पाने की हमारी बेताबी और तलब बढ़ती ही जा रही है।" इतना कह बाबर प्याली में बची सारी शराब हलक़ से नीचे उतार गया।

बाबर की मनपसन्द ग़ज़नी की अंगूरी शराब हलक़ को चीरते हुए जैसे ही पेट में पहुँची, पहले से चढ़ी ख़ुमारी ने अपना असर दिखाना शुरू कर दिया। आँखों के सुर्ख़ पपोटे मोटे-मोटे कंचों की तरह बाहर निकल आए। इससे पहले कि हिन्दू बेगं इन्दर कुछ कहता, वही हो गया जैसा ऐसे अवसरों पर अक्सर होता आया है।

"ज़रा ख़ानसामा को हाज़िर किया जाए!"

ख़ानसामा का नाम सुनते ही महफ़िल में जैसे ख़ामोशी छा गई। जिस तरह बाबर ने ख़ानसामा को हाज़िर होने का हुक्म दिया, वहाँ मौजूद बेगों और दूसरे सिपहसालारों की भयातुर आँखों में जैसे मौन संवाद हुआ कि आज हो गया इस ख़ानसामा का काम। ख़ानसामा तुरन्त हाज़िर हो गया। सिर झुकाए ख़ानसामा का पूरा जिस्म किसी ज़र्द पत्ते की तरह काँपने लगा।

"हुज़ूर, ज़रा यह गुलमा तो देना!" बाबर ने ख़ानसामा से व्यंग्य से कहा।

ख़ानसामा काँपते हाथों से एक तश्तरी में रखे घोड़े के गोश्त को चाकू से काटने लगा। मगर मारे डर के उससे गुलमा काटा नहीं गया। मुश्किल से कटा तो उसने उसे बाबर के सामने पेश कर दिया। बाबर ने ख़ानसामा से गुलमा का टुकड़ा लिया और उसे मुँह में डालते हुए बोला, "शाबाश! आज आपने हमारा दिल ख़ुश कर दिया।"

मुश्किल से वहाँ मौजूद बेगों की जान में जान आई। ऐसा पहली बार हुआ है जब बाबर ने अपने किसी ख़ानसामा की भरी महफ़िल में तारीफ़ की है।

"ज़रा इस बार थोड़ी मैनाब डालना!"

अपने पादशाह के इस हुक्म पर एक पल के लिए पहली बार शराब परोसनेवाले सेवक ने धीरे-से बाबर की तरफ़ देखा। मानो वह अपने पादशाह से यह पूछना चाह रहा है कि बुख़ारा की अंगूरी शराब के साथ, कुन्दूज़ की इस मसालेदार पुरानी शराब का क्या मेल है?

"क्या हुआ डालिए न?"

इससे पहले कि पहली बार शराब परोसनेवाला सेवक प्याले में मैनाब डालता, लपककर पुराने अनुभवी सेवक ने दूसरे प्याले में मैनाब डालकर, यह कहते हुए बाबर की तरफ़ बढ़ा दी, "हुज़ूर लीजिए!"

बाबर ने मैनाब का प्याला लिया और फिर हिन्दू बेग की तरफ़ पलटा, "हाँ तो हिन्दू बेग मैं क्या कह रहा था?"

"हुज़ूरे आली, आप फ़रमा रहे थे कि हिन्दू बेग, जबसे आपने हमारी चौखट चूमी है, पता नहीं तब से क्यों हिन्दुस्तान पाने की हमारी बेताबी और तलब बढ़ती ही जा रही है। हुज़ूर, एक बात कहूँ, यह बेताबी नहीं, हिन्दुस्तानी अवाम का वह सपना है जो आप जैसे तालीमयाफ़्ता पादशाह को अपना सरबराह देखना चाहता है। एक ऐसा सरबराह जो हिन्दुस्तान की रिआया के इल्म और फ़न में नई जान फूँक सके।"

"हिन्दू बेग, अगर हिन्दुस्तान की अवाम की यही रज़ा है, तो देखना एक दिन उस पर इस जहीरुद्दीन मोहम्मद मिर्ज़ा बाबर की हुकूमत होकर रहेगी।"

रात काफ़ी होने और ज़्यादा नशा होने के कारण हिन्दू बेग इन्दर ने बाबर की तरफ़ देखते हुए कहा, "हुज़ूर, रात काफ़ी हो गई है। सुबह भेरा की तरफ़ भी रवाना होना है।"

"आप सही कह रहे हैं। चलिए, अब चला जाए। कल सफ़र भी करना है।" बाबर ने हिन्दू बेग इन्दर की बात मानते हुए कहा।

भेरा में बाबर के आने की ख़बर सुनकर वहाँ एक तरह से खलबली और बदहवासी फैल गई। लोग इधर-उधर भागने लगे। बाबर ने यह देखा तो तुरन्त अब्दुल रहीम शग़ावल को बुलाया।

"ख़ुदावंद अब्दुल रहीम शग़ावल, आप इसी वक़्त भेरा जाएँ और वहाँ के लोगों को जाकर हिम्मत बँधाएँ कि उन्हें डरने की ज़रूरत नहीं है। हमारे सिपाही न तो किसी को मारेंगे और न ही किसी तरह की लूटपाट करेंगे। उन्हें जाकर समझाओ कि इस इलाक़े पर तुर्कों का क़ब्ज़ा होने की वजह से, यहाँ की ज़ायदाद पर पहले से हमारा हक़ है। बल्कि हम तो आप लोगों की हिफ़ाज़त करने आए हैं।"

बाबर का आदेश सुन अब्दुल रहीम शग़ावल उसी समय भेरा की तरफ़ रवाना हो गया।

बाबर जैसे-जैसे भेरा की तरफ़ बढ़ने लगा, भेरा और उसके आसपास के रुतबेदार व हैसियतदार लोग उसके पास आए और उसकी अधीनता स्वीकार कर ली। इसके बाद तो एक के बाद एक स्थानीय अमीर-उमरा का बाबर के पास ताँता लग गया। बाबर को यह देख-देखकर हैरानी हो रही है कि बिना हील-हुज्जत ये अमीर-उमरा कैसे उसकी ग़ुलामी स्वीकार कर रहे हैं?

शाम को बाबर अपने शाही ख़ेमे में अपनी मनपसन्द ग़ज़नी की ख़ुशबूदार अंगूरी शराब के प्यालों के साथ बैठा, तो उसने अब्दुल रहीम शग़ावल की मौजूदगी में हिन्दू बेग इन्दर से पूछा, "ख़ुदावंद हिन्दू बेग, हमारी यह समझ में नहीं आ रहा है कि बिना किसी मुख़ालफ़त और जंग के एक के बाद एक, ये अमीर-उमरा हमारी चौखट क्यों चूम रहे हैं?"

इससे पहले कि हिन्दू बेग इन्दर कोई जवाब देता, अब्दुल रहीम शग़ावल बोला, "हुज़ूरे आली, यह उस्ताद अली क़ुली की तोपों का डर है। जिस तरह बाजौर के क़िले पर ये तोपें गरजी थीं और जिस तरह ख़ून-ख़राबा हुआ था, उसकी दहशत अब भी लोगों के कानों में गूँज रही है।"

"हुज़ूर, जनाब अब्दुल रहीम शग़ावल दुरुस्त फ़रमा रहे हैं। इनका डर इनमें इस क़दर बैठ गया है कि इनकी ताक़त ख़त्म हो गई है।" हिन्दू बेग इन्दर ने अब्दुल रहीम शग़ावल की बात की पुष्टि करते हुए कहा।

"ख़ुदावंद हिन्दू बेग, अगर ऐसा है तो हिन्दुस्तान को फ़तह करने से मुझे अब कोई ताक़त नहीं रोक सकती। एक हुक्मराँ की असली ताक़त रिआया और उसके अमीर-उमरा होते हैं। जब दोनों ने उसकी ग़ुलामी क़बूल कर ली है, तब इस जहीरुद्दीन मोहम्मद मिर्ज़ा बाबर का हिन्दुस्तान फ़तह का वह सपना, जो उसने बहुत पहले देखा था, उसे पूरा होता हुआ नज़र आ रहा है।" ख़ुशी से चहकते हुए बाबर ने शराब से भरी सोने की प्याली उठाई और एक झटके में उसे हलक़ से नीचे उतार गया।

"हुज़ूरे आली, एक बात कहूँ?" अब्दुल रहीम शग़ावल ने धीरे-से कहा।

"हाँ फ़रमाइए!"

"यह बहुत अच्छा मौक़ा है कि आपको हिन्दुस्तान में उन इलाक़ों और परगनाओं के हुक्मरानों के पास अपने सफ़ीर और क़ासिद भेजने चाहिए, जहाँ कभी आपके पुरखे अमीर तैमूर की हुकूमत थी।"

"मैं कुछ समझा नहीं अब्दुल रहीम शग़ावल?" बाबर ने सर झटकते हुए पूछा।

"मेरे कहने का मतलब है हुज़ूरे आली कि आपको उनसे वे इलाक़े माँगने चाहिए, जो कभी मरहूम अमीर तैमूर के क़ब्ज़े में थे।" अब्दुल रहीम शग़ावल ने शब्दों को चुबलाते हुए कहा।

"शग़ावल साहब, क्या बात कही है आपने।" इसके बाद बाबर हिन्दू बेग इन्दर की तरफ़ मुड़ा, "ख़ुदावंद हिन्दू बेग, मुल्ला मुर्शिद को हमारे क़ारचीग़ा के साथ

तुरन्त सुल्तान इब्राहिम शाह लोदी और दौलत ख़ाँ लोदी के पास रवाना कर दो! पैग़ाम में साफ़-साफ़ लिखना कि इनके क़ब्ज़े में अमीर तैमूर के वक़्त के जो भी इलाक़े हैं, उन्हें हमें लौटा दें।" बाबर ने अपने बाएँ हाथ पर बैठे क़ारचीग़ा अर्थात् छोटे पैरों वाले बाज़ को सहलाते हुए हुक्म दिया।

"जी हुज़ूरे आली।"

अगले दिन हिन्दू बेग इन्दर ने मुल्ला मुर्शिद को पैग़ाम और बादशाह बाबर द्वारा दिए गए बाज़ के साथ सुल्तान इब्राहिम शाह लोदी और दौलत ख़ाँ लोदी के पास रवाना कर दिया।

12

सुल्तान सिकन्दर शाह लोदी की 21 नवम्बर, 1517 ई. में मृत्यु हो गई। उसकी मौत के बाद सुल्तान सिकन्दर शाह लोदी के अमीर-उमरा और ओहदेदारों ने मिलकर उसके पुत्र इब्राहिम ख़ाँ को उसके भाइयों जलाल ख़ाँ, इस्माइल ख़ाँ, महमूद ख़ाँ, हुसैन ख़ाँ और आज़म ख़ाँ की मौजूदगी में देहली का सुल्तान बना दिया। हालाँकि इब्राहिम ख़ाँ और जलाल ख़ाँ दोनों माँ-जाए थे, मगर इब्राहिम ख़ाँ अपनी बहादुरी, साहस और क़ाबिलियत के चलते, जलाल ख़ाँ और दूसरे भाइयों पर भारी पड़ा। क्योंकि वह अपने वालिद सुल्तान सिकन्दर शाह लोदी की अनुपस्थिति में और समय-समय पर उसके मददगार के रूप में शासन की ज़िम्मेदारियों को सँभाल चुका था। हालाँकि अफ़ग़ानों के एक दल ने जलाल ख़ाँ का पक्ष लिया। इसलिए इससे पहले कि दोनों भाइयों के बीच सत्ता-संघर्ष की नौबत आती, यह फ़ैसला किया गया कि इब्राहिम ख़ाँ देहली की गद्दी सँभालकर जौनपुर की सीमाओं तक हुकूमत करेगा, और छोटा भाई जलाल ख़ाँ कालपी और चन्देरी से लेकर जौनपुर पर शासन करेगा। देहली की तरह जौनपुर उसकी राजधानी होगी। यूँ तो इब्राहिम ख़ाँ इस बँटवारे से ख़ुश नहीं था, क्योंकि सल्तनत का बँटवारा होने के कारण उसकी हुकूमत का इलाक़ा कम हो गया, जिसके चलते आमदनी भी कम हो गई। मगर इसके अलावा उसके सामने कोई रास्ता भी नहीं बचा। अमीर-उमरा भी आपस में बँट गए, इसीलिए उसकी ताक़त और अधिकार कम हो गए। इस बँटवारे से इब्राहिम ख़ाँ और जलाल ख़ाँ के बीच पैदा हुए मनमुटाव का नतीजा यह हुआ कि अमीर-उमरा को अपनी ताक़त बढ़ाने का मौक़ा मिल गया।

सल्तनत के बँटवारे के बाद जलाल ख़ाँ जौनपुर चला गया। जलाल ख़ाँ के जाने के बाद इब्राहिम ख़ाँ ने अपना राज्याभिषेक करवा लिया। इस बँटवारे की ख़बर जैसे ही रापड़ी के अमीर ख़ान जहान को मिली, वह तुरन्त आगरा आया। आते ही उसने उन अमीरों को बहुत फटकारा जिन्होंने इस बँटवारे का सुझाव दिया था।

"ऐ ख़ुदावंद अमीरो! अब भी वक़्त है कि इस बँटवारे को रद्द कर हम सबको वली अहद इब्राहिम ख़ाँ की मदद करनी चाहिए और हमें उनका साथ देना चाहिए!"

"जनाब ख़ान जहान, आप दुरुस्त फ़रमा रहे हैं। हमें वली अहद इब्राहिम ख़ाँ का ही साथ देना चाहिए।" एक अमीर ख़ान जहान से सहमत होते हुए बोला।

"हाँ-हाँ, हमें उन्हीं का साथ देना चाहिए।" अमीर के इतना कहते ही एक स्वर में दूसरे अमीर बोले।

इधर जैसे ही आगरा के अमीरों ने इब्राहिम ख़ाँ का साथ देने का ऐलान किया, उसने अपने एक अमीर हैबत ख़ाँ गुर्ग अन्दाज़ को अपने भाई जलाल ख़ाँ के पास इस फ़रमान के साथ भेज दिया कि वह तुरन्त आगरा आ जाए, ताकि सल्तनत के बँटवारे पर सारे अमीर एक बार फिर से विचार कर लें। मगर इब्राहिम ख़ाँ का भाई जलाल ख़ाँ इसके लिए तैयार नहीं हुआ। उसे कुछ सन्देह हुआ इसलिए उसने आगरा आने से मना कर दिया। जलाल ख़ाँ के मना करने के बावजूद इब्राहिम ख़ाँ ने हार नहीं मानी। बिहार, ग़ाज़ीपुर, अवध और लखनऊ के अमीरों को घोड़े, ख़िलअत, जड़ाऊ करौली और दूसरे उपहारों का लालच देकर, वह उन्हें अपने अधीन करने में क़ामयाब हो गया। ये सब अब जलाल ख़ाँ के ख़िलाफ़ हो गए। इब्राहिम ख़ाँ ने अपने छोटे भाइयों इस्माइल ख़ाँ, महमूद ख़ाँ और हुसैन ख़ाँ को गिरफ़्तार करवाकर क़ैदख़ाने में डलवा दिया। कालपी को छोड़कर इब्राहिम ख़ाँ के हाथों में अब पूरा उत्तर भारत आ गया। अपने उमरा और हिन्दुस्तान की अवाम को यह दिखाने के लिए कि वही उनका एकमात्र शासक है, उसने एक महीने बाद अपना दूसरा राज्याभिषेक करवाया।

उधर, इब्राहिम ख़ाँ के छोटे भाई जलाल ख़ाँ ने अपने आपको सुल्तान घोषित कर कालपी में जलालुद्दीन की पदवी धारण कर, अपने नाम का ख़ुतबा पढ़वाया और फ़तह ख़ाँ शेरवानी को अपना वज़ीर नियुक्त कर दिया। साथ ही अपने बड़े भाई इब्राहिम ख़ाँ लोदी के पक्के इरादों को देखते हुए जलाल ख़ाँ अर्थात् जलालुद्दीन ने कालपी और आसपास के ज़मींदारों और राजाओं को अपनी तरफ़ मिला लिया। इसके बावजूद जलालुद्दीन शाही सेनाओं के सामने ज़्यादा दिनों तक नहीं टिक पाया और हारकर उसे मालवा में जाकर शरण लेनी पड़ी। इस तरह इब्राहिम लोदी न सिर्फ़ अपने ही भाई के विद्रोह को कुचलने में क़ामयाब हो गया बल्कि ग्वालियर क़िले को जीतकर लोदी सल्तनत का विस्तार भी कर लिया।

सुल्तान

इब्राहिम शाह लोदी ने एक दिन ख़ानज़ादा हसन ख़ाँ मेवाती को दरबार में बुलवाया।

"सुल्तान, आपने याद फ़रमाया?"

"हाँ हसन। आइए, इधर बैठिए हमारे पास!"

"कोई ख़ास बात सुल्तान जो..."

"आप बैठिए तो सही।" इब्राहिम लोदी मुस्कराते हुए हसन ख़ाँ मेवाती के वाक्य को बीच में काटते हुए बोला।

हसन ख़ाँ मेवाती ने इसके बाद कोई प्रश्न नहीं किया और चुपचाप इब्राहिम लोदी के बग़ल में बैठ गया।

"हसन, यह तो हमें एक-दूसरे को बताने की ज़रूरत नहीं है कि हमारी और आपकी वालिदा दोनों सगी बहनें हैं। इसलिए हम दोनों मौसेरे भाई हुए।"

"जी सुल्तान।"

"इसलिए एक भाई होने के नाते मेरा यह फ़र्ज़ बनता है कि हमारे दादाजान से जाने-अनजाने जो एक छोटी-सी गफ़लत हो गई थी, उसे मैं सुधार लूँ।"

"मैं कुछ समझा नहीं सुल्तान? आपके दादाजान जनाब सुल्तान बहलोल लोदी से ऐसी कौन-सी गफ़लत हो गई थी, जिसे आप आज इतने सालों के बाद अब सुधारना चाहते हैं?" हसन ख़ाँ मेवाती ने हैरान होते हुए पूछा।

"हुई थी, और वह यह थी कि हमारे दादाजान ने आपके पड़दादा गुल गोरख यानी अहमद ख़ाँ की जागीर के सात परगने उनसे छीनकर अलग कर दिए थे।"

"यह सब आपको आज भी याद है सुल्तान?"

"हसन, जंग में हुई शिकस्त और अपने दुश्मन से लूटी या छीनी गई जागीर कोई भी सुल्तान या बादशाह कभी नहीं भूलता है।"

"सुल्तान, फिर अब आप क्या करना चाहते हैं?"

"हम चाहते हैं कि उन परगनों को आपको वापिस लौटा दिया जाए। अपने पुरखे के गुनाह के बोझ को मैं अपने सर से उतार देना चाहता हूँ हसन।"

"यह तो आपकी दरियादिली और बड़प्पन है सुल्तान।"

"और एक बात, चूँकि ख़ानज़ादों ने कभी बादशाह देहली की ग़ुलामी क़बूल नहीं की, इसलिए हम आपको शाहे-मेवात के ख़िताब से भी नवाज़ते हैं। इसलिए आज से आप हमारी तरफ़ से शाहे-मेवात के रूप में आज़ाद हुक्मरान की तरह मेवात पर हुकूमत करने के लिए आज़ाद हैं।"

"सुल्तान, आपका बहुत-बहुत शुक्रिया। आपके इस एहसान का मैं ताउम्र फ़रामोश रहूँगा सुल्तान इब्राहिम शाह।" अपनी जगह से खड़े होकर हसन ख़ाँ मेवाती ने पूरी विनम्रता के साथ कोर्निश करते हुए कहा।

शाहे-मेवात ख़ानज़ादा हसन ख़ाँ मेवाती के पड़दादा गुल गोरख यानी अहमद ख़ाँ की जागीर से सुल्तान इब्राहिम ख़ाँ लोदी के दादा सुल्तान बहलोल लोदी ने, जो सात परगने अलग कर दिए थे, उन्हें इब्राहिम ख़ाँ लोदी ने अलावल ख़ाँ के पुत्र अर्थात् अपने मौसेरे भाई हसन ख़ाँ मेवाती को वापिस कर दिया।

इब्राहिम लोदी के इस ऐलान के बाद शाहे-मेवात हसन ख़ाँ मेवाती अलवर लौट आया। अलवर आने के बाद हसन ख़ाँ के पिता ख़ानज़ादा अलावल ख़ाँ ने अरावली पर स्थित जिस क़िले को निकुम्भों से पुनः मुक्त कराया था, हसन ख़ाँ ने उसकी फिर से नींव डाली। तीन मील लम्बे और एक मील चौड़े क़िले के चारों तरफ़ अट्ठारह हाथ ऊँची अभेद्य दीवार के साथ; इसके भीतर एक शाही महल, चार कुंड, एक तालाब, बावड़ी और कई कुएँ बनवाए। क़िले के अन्दर पश्चिमी दिशा के ढलान में पूरब की तरफ़ दुश्मन से बचने के लिए अँधेरी दरवाज़ा बनवाया। पथरीली सतह पर बननेवाले इस क़िले के चारों तरफ़ बड़ी-बड़ी खाइयाँ खोदी गईं, ताकि ख़तरे के वक़्त ये दुश्मन को आने से रोक सकें। क़िला बनने के बाद नीचे ज़मीन से सात सौ सीढ़ियाँ चढ़ने के बाद जब चार विशाल दरवाज़ों, पच्चीस बुर्जों और लगभग साढ़े तीन हज़ार मोखियों वाले आज के इस बाला क़िले को जब-जब हसन ख़ाँ निरखता, तो उसकी शिराओं में ठिठका लहू तेज़ी से दौड़ने लगता।

कहते हैं कि ताक़त बढ़ने के साथ-साथ आदमी के भीतर असुरक्षा भाव और शक भी बढ़ता जाता है। इसी असुरक्षा भाव और शक के चलते इब्राहिम लोदी ने मियाँ बुहा को यह सोचकर क़ैदख़ाने में डाल दिया कि इसकी पंजाब के वज़ीर दौलत ख़ाँ से मिलीभगत है। इतना ही नहीं, इब्राहिम लोदी ने दूसरे अमीरों को भी क़ैदख़ाने में डलवा दिया। इससे इब्राहिम लोदी और उसके अमीरों में ठन गई।

इससे पहले कि इब्राहिम लोदी अपने विरोधियों का दमन कर पाता, उसके विरुद्ध दूसरी क्षेत्रीय ताक़तों ने सर उठाना शुरू कर दिया। इसका नतीजा यह हुआ कि उसे खतौली के युद्ध में राणा संग्राम सिंह से हार का सामना करना पड़ा। मगर इब्राहिम लोदी ने हिम्मत नहीं हारी और अगले साल मालवा को जीतने के चक्कर में शाही फ़ौजें उस तरफ़ भेज दीं, परन्तु उसकी सेना को राजपूत सेनाओं ने बुरी तरह हरा दिया। इस जीत से राजस्थान में राणा संग्राम सिंह की ताक़त और ख्याति बढ़ती चली गई और इब्राहिम लोदी की ताक़त कम हो गई।

क़ासिद

मुल्ला मुर्शिद ने आगरा जाकर बाबर का पैग़ाम जैसे ही इब्राहिम लोदी के शाही दरबार में पहुँचाया, और उसे जैसे ही उसे पढ़कर सुनाया गया, सुनते ही इब्राहिम लोदी की आँखों में ख़ून उतर आया। बादलगढ़ क़िले के बारादरी महल के दीवानख़ाने में अपने अमीरों की मौजूदगी में इब्राहिम

लोदी ने बाबर के राजदूत मुल्ला मुर्शिद को जिस तरह ऊपर से नीचे तक देखा, मारे भय के मुल्ला मुर्शिद का रोआँ-रोआँ काँप उठा। पल-भर के लिए उसे लगा जैसे उसका सर अब क़लम हुआ, तब क़लम हुआ। इससे पहले कि मुल्ला मुर्शिद आगे की कल्पना करता, रत्नजड़ित तख़्त के सोने के हत्थे पर इब्राहिम लोदी की पकड़ मज़बूत होती चली गई और आवाज़ दीवान महल की दीवारों से टकराते हुए गूँजी—

"ऐ मेरे अमीरो देखा! एक चंगेज़ी के जाए बाबर ने पैग़ाम भेजा है। उसके पुरखे अमीर तैमूर लंग के क़ब्ज़े में कभी जो इलाक़े थे, उन्हें वह हमसे यानी एक अफ़ग़ान हुक्मराँ और लोदी वंश के सुल्तान इब्राहिम ख़ाँ से वापिस देने को कह रहा है।"

"मगर सुल्तान यह कैसे मुमकिन है?" एक सरदार ने आश्चर्य प्रकट करते हुए पूछा।

"यही तो हैरानी कि बात है कि यहाँ से कोसों दूर भेरा में बैठा वह शख़्स, हमसे सैकड़ों साल पहले अपने पुरखे के इलाक़ों को माँग रहा है। उसे क्या लग रहा है कि वह कह देगा और हिन्दुस्तान का यह अज़ीम सुल्तान इब्राहिम ख़ाँ लोदी उन्हें वापिस कर देगा।" कहते-कहते इब्राहिम लोदी के होंठ वक्र होते चले गए।

अपने सुल्तान के मज़बूत इरादों को देख किसी ने कोई प्रतिक्रिया व्यक्त नहीं की।

बाबर द्वारा क़ासिद मुल्ला मुर्शीद के हाथों भेजे गए पैग़ाम के बाद, इब्राहिम लोदी ने अपने मौसेरे भाई और शाहे-मेवात हसन ख़ाँ मेवाती को अलवर से तुरन्त आगरा बुलवाया। ख़बर मिलते ही हसन ख़ाँ मेवाती बिना देरी किए आगरा के लिए रवाना हो गया।

"सुल्तान, ऐसी क्या बात हो गई जो तुरन्त हाज़िर होने का पैग़ाम भेजना पड़ गया?" आगरा पहुँचने पर हसन ख़ाँ मेवाती ने अपने मौसेरे भाई इब्राहिम लोदी से पूछा।

इब्राहिम लोदी ने कोई जवाब नहीं दिया बल्कि हसन ख़ाँ मेवाती के सामने बाबर का भेजा गया पैग़ाम रख दिया। हसन ख़ाँ ने उसे ध्यान से पढ़ा, और कुछ पल सोचने के बाद बोला, "सुल्तान, मेरी समझ में नहीं आ रहा है कि भेरा में बैठे बाबर की आख़िर मंशा क्या है?"

"हसन, इसकी तो हमारे पास बराबर ख़बरें आ रही हैं कि उज़बेगों के खदेड़ने के बाद बाबर काबुल की तरफ़ बढ़ा आ रहा है। मगर अचानक अमीर तैमूर के क़ब्ज़े वाले इलाक़ों को वापिस माँगने का राज़ हमारी भी समझ में नहीं आ रहा है।" इब्राहिम लोदी की पेशानी के धोरे गहरे होते चले गए।

"सुल्तान, हमें अपने इस नए बैरी से सावधान रहने की ज़रूरत है। अगर इसने हिन्दुस्तान की तरफ़ रुख़ किया, तो यह अमीर तैमूर के क़ब्ज़े वाले इलाक़ों को ज़रूर माँगेगा। वैसे आपको बता दूँ कि अमीर तैमूर हमारे ख़ानदान के ख़ानज़ादा

बहादुर नाहर ख़ाँ के वक़्त हिन्दुस्तान आया था। कहते हैं कि अमीर तैमूर ने देहली में उस वक़्त बड़ी लूटपाट मचाई थी।"

"आप सही कह रहे हैं हसन। हमें सावधान रहने की ज़रूरत है।" हसन ख़ाँ मेवाती की सलाह के बाद इब्राहिम लोदी का मन जैसे हल्का हो गया।

"सुल्तान, मुझे इजाज़त दीजिए। जाते-जाते ख़ालाजान से भी मिल लेता हूँ। ख़ुदा हाफ़िज़!" हसन ख़ाँ मेवाती का ख़ाला से आशय इब्राहिम लोदी की माँ अर्थात् अपनी मौसी सुल्ताना बैदा से था।

भेरा में बैठकर बाबर अपने दूत मुल्ला मुर्शिद का बेसब्री से इन्तज़ार करता रहा। कई महीनों बाद मुल्ला मुर्शिद काबुल लौटा।

"क्या जवाब लाए हो मुल्ला मुर्शिद?" अपने क़ासिद के आते ही बाबर ने उत्सुकतावश पूछा।

"सुल्तान, जनाब दौलत ख़ाँ ने जवाब देना तो दूर रहा, उसने मुझसे मिलना तक मुनासिब नहीं समझा।" मुल्ला मुर्शिद ने सर झुकाते हुए जवाब दिया।

"मिलना तक मुनासिब नहीं समझा...मतलब?" कहते हुए बाबर के जबड़े खिंच आए।

"जी सुल्तान। बल्कि उसने मुझे सुल्तान इब्राहिम ख़ाँ लोदी के पास भी नहीं जाने दिया। बोला कि मुझे दे जाओ अपना पैग़ाम। मैं सुल्तान को पहुँचा दूँगा। वो तो मैंने उसकी सलाह पर ध्यान नहीं दिया और आगरा चला गया।"

"आपके कहने का मतलब है कि न तो इब्राहिम लोदी ने कोई जवाब दिया और न ही दौलत ख़ाँ लोदी ने?" इब्राहिम लोदी और दौलत ख़ाँ की उपेक्षा से तिलमिलाते हुए बाबर बोला।

"जी सुल्तान बल्कि..." इसके बाद क़ासिद मुल्ला मुर्शिद ने इब्राहिम लोदी के दरबार का पूरा वाक़या दोहरा दिया।

"देखा ख़ुदावंद बेगो, ये अफ़ग़ान कितने कम-अक़्ल और दिमाग़ से ख़ाली होते हैं, जो नेक सलाह को भी क़बूल नहीं कर पाते हैं। न तो इनमें आगे बढ़कर दुश्मन से सामना करने की हिम्मत होती है, और न ही ये दोस्ती के क़ायदे-क़ानून जानते हैं।"

दरअसल, बाबर को पूरी उम्मीद थी कि इब्राहिम लोदी और दौलत ख़ाँ लोदी के पास उसके पूर्वज अमीर तैमूर के जो इलाक़े हैं, वे उसे लौटाने के लिए मान जाएँगे। मगर यहाँ लौटाना तो दूर रहा, इन दोनों ने पूरे पाँच महीने गुज़रने के बाद भी कोई जवाब नहीं दिया। इन दोनों की यह नाफ़रमानी बाबर के सीने में एक ज़ंग लगी कील की तरह धँसकर रह गई। इसी कसक के साथ उसने भेरा से काबुल की ओर प्रस्थान किया। इस बीच रास्ते में उसे बेटे हिन्दाल के पैदा होने की ख़बर

मिली। बेटे की ख़ुशी में वह उस कसक को थोड़े दिनों के लिए भूल गया और कई दिनों तक शराब की महफ़िलों में डूबा रहा।

उसने एक बार फिर से अपना सफ़र शुरू किया और 30 मार्च, 1519 ई. को वह काबुल पहुँच गया।

काबुल आने के बाद बाबर ने मध्य एशिया की राजनीति को समझने की कोशिश की, तो उसने पाया कि यहाँ ईरानी और उज़्बेग आपस में ही उलझ रहे हैं। इसी का फ़ायदा उठाते हुए उसने कमान अपने हाथों में ले ली और तेज़ी से लाहौर की तरफ़ बढ़ने लगा। मगर तभी उसे ख़बर मिली कि काबुल पर हमला हो गया है। बाबर लाहौर से वापिस काबुल लौट गया। पिछले कई सालों की तरह यहाँ से भी बीच-बीच में वह अपने गुप्तचर हिन्दुस्तान भेजता रहा। इन गुप्तचरों ने हिन्दुस्तान में बहुत से सरदारों और राजाओं के बीच अपनी अच्छी-ख़ासी पैठ बना ली और इनकी बड़ी संख्या तैयार कर ली। काबुल में बाबर के पास आकर कई मुसलमान शासकों और हिन्दू राजाओं के दूत उससे सम्पर्क स्थापित कर चुके हैं। इनमें सबसे ज़्यादा वे थे जो देहली के सुल्तान इब्राहिम लोदी की ज़्यादतियों और उसकी बढ़ती ताक़त से परेशान थे।

सबसे ज़्यादा हैरानी बाबर को उस दिन हुई जब राजस्थान के एक हिन्दू राजा का दूत उसके पास आया। दूत ने जैसे ही अपने राजा का पैग़ाम बाबर को सौंपा, पढ़ने के बाद उसकी आँखें मारे ख़ुशी के फैलने-सिकुड़ने लगीं। मारे ख़ुशी के वह चहकते हुए बोला, "ख़ुदावंद हिन्दू बेग इन्दर, अब वह दिन दूर नहीं जब इस जहीरुद्दीन मोहम्मद मिर्ज़ा बाबर को आप देहली की गद्दी पर बैठा हुआ देखेंगे।"

"हुज़ूरे आली, मैंने तो पहले ही कहा था कि हिन्दुस्तान की अवाम आपके इस्तक़बाल के लिए पलक-पाँवड़े बिछाए बैठी है। पहले दौलत ख़ाँ द्वारा अपने बेटे दिलावर ख़ाँ को आपकी पनाह में भेजना। इसके बाद ख़ुद सुल्तान इब्राहिम लोदी के ख़ास अमीरों द्वारा आलम ख़ाँ लोदी के हाथों हमारे फ़तहयाब के पास यह गुज़ारिश भिजवाना, कि आप सुल्तान इब्राहिम लोदी के ज़ुल्मो-सितम से हिन्दुस्तान को आज़ाद कराएँ। यह सब इसी की तरफ़ इशारा करते हैं कि हिन्दुस्तान की राह आपके लिए कितनी आसान होने जा रही है।"

"हिन्दू बेग, दौलत ख़ाँ और आलम ख़ाँ लोदी की बात तो समझ में आती है, मगर मेवाड़ के राजा राणा संग्राम सिंह की इस गुज़ारिश भरी पेशकश का माजरा समझ से परे है?"

"हुज़ूर, इस पेशकश में साफ़ लिखा है कि आप लाहौर की तरफ़ से, और राजा राणा संग्राम सिंह आगरा की तरफ़ से हमला कर, लोदी हुकूमत को नेस्तनाबूद कर सकते हैं। फ़तह के बाद राणा संग्राम सिंह के हिस्से में आगरा और उसके पूरब के इलाक़ों पर हक़ होगा। कहने का मतलब यह है कि राजा राणा संग्राम सिंह के

हिस्से वाली हुकूमत की हद आगरा के मशरिक़ी इलाक़ों तक होगी, और उसके बाद देहली और उससे आगे के इलाक़ों पर मुग़लों का क़ब्ज़ा होगा।" हिन्दू बेग इन्दर ने बाबर को बड़े विस्तार से राणा संग्राम सिंह के दूत द्वारा लाए गए पैग़ाम में की गई पेशकश को बेहद सरल भाषा में समझाया।

बाबर ने राणा संग्राम सिंह अर्थात् राणा सांगा द्वारा भेजे गए इस प्रस्ताव पर एक बार से फिर शान्त चित्त के साथ मनन किया। देर तक वह इस प्रस्ताव को मंज़ूर करने के बाद, उसके सेना पर पड़नेवाले असर और भविष्य में इससे होनेवाले नफ़ा-नुक़सान के बारे में सोचता रहा।

"हुज़ूरे आली, किस सोच में पड़ गए?" हिन्दू बेग इन्दर ने चिन्तामग्न बाबर को दुविधाओं और द्वन्द्वों में उलझा देख पूछा।

"हिन्दू बेग, आपकी क्या राय है? क्या हमें मेवाड़ के राजा राणा संग्राम सिंह की इस पेशकश को मंज़ूर कर लेना चाहिए?" बाबर ने उलटा हिन्दू बेग इन्दर से पूछा।

"मुझे इसमें कोई बुराई नहीं लगती है हुज़ूरे आली।"

"आप सही फ़रमा रहे हैं हिन्दू बेग। लगता है अल्लाहताला ने ख़ुद हमारे पास हमारी क़ामयाबी की चाबी भेजी है। सबसे बड़ी बात तो यह है बेग कि इससे पहले हिन्दुस्तान के किसी राजा-महाराजा ने हमारे सामने ऐसी तजवीज़ पेश नहीं की। अगर हम मेवाड़ के राजा राणा संग्राम सिंह की इस पेशकश को क़बूल कर लेते हैं, तो मेरी नज़र में हमें इसके दो फ़ायदे होंगे। पहला यह कि हमें एक ताक़तवर हिन्दुस्तानी राजा की मदद मिल जाएगी, और दूसरा यह कि वह हिन्दुस्तानी अवाम की तरफ़ से मिलनेवाली मदद में हमारी मदद करेगा। ...और, सबसे बड़ा फ़ायदा यह होगा हिन्दू बेग कि हमारे हुकूमत का रक़बा भी बढ़ जाएगा। हमारे क़ब्ज़े में पंजाब के वे इलाक़े भी आ जाएँगे, जिनमें अच्छी पैदावार होती है। अगर यह तरतीब क़ामयाब हो जाती है, तो हमारी माली हालत और दूसरी मुश्किलातें दूर हो जाएँगी।"

"आपका अन्दाज़ा एकदम सही है हुज़ूरे आली।"

"...और क्या पता यह भी हो जाए कि राणा सांगा के साथ मिलने से, अफ़ग़ानियों के साथ बिना जंग किए पूरा हिन्दुस्तान हमारे क़ब्ज़े में आ जाए। हिन्दू बेग, मुझे भी आपकी तरह इस पेशकश को क़बूल करने में कोई हर्ज़ नज़र नहीं आता है। मेवाड़ के राजा की यह पेशकश हर तरह से हमारे माकूल है।"

"आप दुरुस्त फ़रमा रहे हैं हुज़ूरे आली।"

"तो फिर ठीक है, मेवाड़ के राजा राणा संग्राम सिंह के सफ़ीर को हमारी तरफ़ से जवाब लिखवा दीजिए कि हमें उनकी यह पेशकश मंज़ूर है।"

"जी हुज़ूरे आली।" इतना कह हिन्दू बेग इन्दर जवाब लिखवाने के लिए चल पड़ा।

"...और हाँ, राजा राणा संग्राम सिंह के सफ़ीर को अच्छे से विदा करना!" पीछे से बाबर ने हिन्दू बेग इन्दर को टोकते हुए कहा।

"आप बेफ़िक्र रहें हुज़ूर। मुझे इसका पूरा ख़याल है।"

सुनहरी मस्त लहरों पर हिलोरें खाती आठ डाँड़ों व चँदवेवाली शाही नाव पर, बाबर अपने दरबारियों के साथ प्यालों से छलकती अपनी मनपसन्द शराब का लुत्फ़ उठा रहा है। मग़रिब की नमाज़ से कुछ देर पहले शाही नाव से उतरकर वह महल में आ गया। न जाने क्यों आज बाबर को रह-रहकर अपने मावराउन्नहर की याद आ रही है। जब-जब मावराउन्नहर की सुनहरी यादें उसकी पलकों पर आकर बैठतीं, तब-तब वह और उदास हो जाता। महल में आने के बाद उसने ताली बजाकर ख़िदमतगार को बुलाया और उससे मैनाब लाने का हुक्म दिया।

माहम बेगम ने देखा, तो उसने पति को उलाहना भरे स्वर में रोकने की कोशिश की, "मेरे हुज़ूर, आज आप सुबह से शराब पीए जा रहे हैं। अब बस भी करिए!"

बाबर ने भारी होती पलकों को उठाकर माहम की तरफ़ देखा। फिर मुस्कराते हुए बोला, "बेगम, हम देख रहे हैं कि इससे पहले आपने कभी हमें शराब पीने से नहीं रोका। आज आपको यह क्या हो गया है?"

"बीवी हूँ आपकी...और फिर आप यह ग़ज़नी की अंगूरी शराब के साथ, कुन्दूज़ की मैनाब को मत पीया करें। जब-जब आप इन दोनों को एक साथ पीते हैं, रात-भर न जाने क्या-क्या बड़बड़ाते रहते हैं।"

"बेगम, अगर ख़ाली यह वजह है तो आप मुझे पीने से मत रोकिए और अगऽऽऽर..." बाबर जानबूझकर जैसे कहते-कहते रुक गया।

"कैसे बताऊँ मेरे हुज़ूर। माँ हूँ बताए बिना रुका भी तो नहीं जाता है।"

"समझ गया आप क्या कहना चाहती हैं। कहींऽऽऽ आप अपने बेटे हुमायूँ को लेकर तो परेशान नहीं हैं?" बाबर ने जैसे पत्नी माहम बेगम के मन की बात बाँच ली।

"परेशान ना होऊँ तो क्या करूँ। एक हमारी देवरानी गुलरुख़ बेगम है जिसकी आँखों के सामने हर वक़्त उसके दोनों बेटे रहते हैं...और एक बदनसीब माँ मैं हूँ कि पिछले साल-भर से अपने बेटे हुमायूँ का मुँह तक नहीं देखा। मुझे तो रात-दिन यही फ़िक्र खाए रहती है, कि कहीं वह ज़ालिम शैबानी ख़ाँ मेरे बेटे पर हमला न कर दे।"

"आप बेवजह घबराती हैं। उसे कुछ नहीं होनेवाला। वह अपनी तीन हज़ार चुनिन्दा फ़ौज के साथ पूरी तरह महफ़ूज है...और फिर आपको क्या लगता है मैं हिन्दुस्तान बिना किसी तैयारी के जा रहा हूँ। पिछले दस सालों से मैं एक के बाद एक अपने भेदिए वहाँ भेजता आ रहा हूँ। इतना ही नहीं, हिन्दुस्तान के मुसलमान हुक्मरानों और हिन्दू राजाओं के एलची मेरे पास एक बार नहीं पूरे छह बार आ चुके

हैं। वे बताते हैं कि वहाँ के हुक्मरानों और राजाओं की आपसी लड़ाई ने हिन्दुस्तान को तबाह कर दिया है। वहाँ से आए इन लोगों का कहना है कि उस मुल्क को एक ऐसी ताक़त और नाम की ज़रूरत है, जिसके लिए पूरा मुल्क एक होकर उठ सके। आप जानती हैं कि उनकी नज़र में वह शख़्स कौन है? वह शख़्स है यह जहीरुद्दीन मोहम्मद मिर्ज़ा बाबर। आपको क्या बताऊँ, मेवाड़ का एक ताक़तवर राजा तक सुल्तान इब्राहिम लोदी के ख़िलाफ़ मेरे पास अपना एलची भेज चुका है।"

माहम बेगम कुछ नहीं बोली।

"आप यक़ीन करें बेगम, मैं हिन्दुस्तान दौलत लूटने के इरादे से नहीं जा रहा हूँ। बल्कि हमेशा से मेरी एक ख़्वाहिश रही है कि हिन्दुस्तान में एक ताक़तवर बादशाही क़ायम कर सकूँ। मेरा जो ख़्वाब मावराउन्नहर में पूरा नहीं हो पाया था, मैं चाहता हूँ कि वह हिन्दुस्तान में पूरा हो जाए। इसीलिए मेवाड़ के हिन्दू राजा राणा संग्राम सिंह और पंजाब के हाकिम दौलत ख़ाँ के साथ मिलकर, सुल्तान इब्राहिम लोदी के ख़िलाफ़ हम तीनों में मुहिम चलाने की सुलह हुई है।" बाबर ने माहम बेगम को समझाने की कोशिश की।

इस बीच सोने के ख़ाली हो चुके प्याले को बाबर ने तर्जनी से जैसे ही बजाया, परदे की ओट से ख़िदमतगार लपककर बाहर आया। माहम बेगम ने हाथ के इशारे से ख़िदमतगार को वहीं रोक दिया।

"मगर मेरे हुज़ूर! फ़न, इल्म और जंग के बीच बहुत बड़ा फ़ासला होता है।" इस बार ख़िदमतगार की जगह माहम बेगम ख़ुद पतली गर्दन वाली चाँदी की काशग़री सुराही से, ख़ाली प्याले में सुनहली शराब डालते हुए बोली।

"बेगम, जंग में फ़ासलों के कोई मायने नहीं होते।"

"ऐसा आपको लगता है क्योंकि आप एक मर्द हैं। जंग के ज़ख़्म क्या होते हैं, यह उन हज़ारों माँओं, बेवाओं और यतीमों से पूछो जिनके ख़्वाब इन जंगों में उनके ख़ाविंद, भाई, वालिद और बेटों के शहीद होने पर दफ़न हो जाते हैं। जो ताउम्र इनकी सुनहरी यादों के अकेलेपन से लिपट-लिपटकर सिसकती हैं।" माहम बेगम ने एक गहरी साँस लेते हुए कहा, "लीजिए, मेरे हुज़ूर! आपकी उम्रदराज़ हो!" इतना कह उसने शराब के प्याले को बाबर की तरफ़ बढ़ा दिया।

बाबर ने माहम से प्याला लिया और यह कहते हुए अपनी जगह से खड़ा हो गया, "और क़िस्मत की कटार से मैंने जो घाव झेले हैं, उनका क्या?" फिर एक पल सोचने के बाद गहरी और लम्बी साँस लेते हुए बोला, "लगता है बेगम लम्बी पुरसुकून ज़िन्दगी मेरे नसीब में है ही नहीं।"

"ऐसा न सोचें मेरे हुज़ूर। एक दिन आपका यह ख़्वाब ज़रूर पूरा होगा।"

"कब पूरा होगा बेगम? मैं रोज़-रोज़ होनेवाली इन जंगों से तंग आ चुका हूँ।" इतना कह बाबर ने एक लम्बा घूँट भरा और प्याले को एक तरफ़ रख दिया। फिर

कुछ पल सोचने के बाद उसने माहम बेगम की तरफ़ देखा, "मगर यह भी सच है कि हुकूमत का नशा, ऐसा नशा है कि अगर वह एक बार चढ़ जाए, तो आदमी को वह उसकी सर्दमिज़ाजी से दूर कर देता है। बेरहमी और दूसरों की मुसीबतों में उसे मज़ा आने लगता है। शायद इसीलिए मैं इस नशे को चाहकर भी नहीं छोड़ सकता, क्योंकि मैं हुकूमत का आदी हो चुका हूँ। हुकूमत में मुझे मज़ा आने लगा है।" इतना कह बाबर ने शराब का प्याला उठाया और एक झटके में उसे हलक़ से नीचे उतार गया।

नशे ने बाबर को अब पूरी तरह अपनी गिरफ़्त में ले लिया। कमरे में जलते चिराग़ों की रोशनी से कभी वह दीवार पर बनी अपनी परछाइयों से अठखेलियाँ करने लगता, तो कभी अपने पास बैठी पत्नी माहम बेगम को एकटक देखने लगता। इस बीच वह कब बिस्तर पर लुढ़क गया, उसे पता ही नहीं चला। माहम बेगम ने बाबर के कपड़े और बिस्तर ठीक किए और चिराग़ों की रोशनी को धीमा कर अपने कमरे में आ गई।

13

बाबर काबुल से अब हिन्दुस्तान की तरफ़ चल पड़ा।

सुल्तान इब्राहिम लोदी को जैसे ही बाबर के हिन्दुस्तान की ओर बढ़ने की ख़बर मिली, उसने पूर्वी इलाक़ों से अपनी सेनाएँ बुला लीं। इब्राहिम लोदी की इस सेना ने जाते ही लाहौर पर हमला कर दिया। इस हमले से दौलत ख़ाँ वहाँ से भाग गया। इसके बाद बाबर ने पूरे लाहौर शहर को जला डाला। लाहौर को जलाने के बाद पाँचवें दिन वह दीपालपुर आकर रुका।

दीपालपुर में दौलत ख़ाँ लोदी अपने बेटे दिलावर ख़ाँ के साथ बाबर के सामने हाज़िर हो गया।

"कहिए ख़ुदावंद दौलत ख़ाँ कैसे हमारी चौखट पर आकर दस्तक दी है?" बाबर ने दौलत ख़ाँ लोदी से पूछा।

"हुज़ूरे आली, सुल्तान इब्राहिम लोदी ने हमारा जीना मुहाल किया हुआ है। उसे लगता है कि आप उसे हराने के बाद वापिस काबुल लौट जाएँगे और पूरे पंजाब को मेरे हवाले कर जाएँगे।"

"ऐसा हरगिज़ नहीं होगा दौलत खाँ। पंजाब को तो मैं हरगिज़ नहीं छोड़ सकता। पंजाब ही नहीं लाहौर भी मैं अपने ही क़ब्ज़े में रखूँगा। चूँकि आप मेरी ख़िदमत में ख़ुद चलकर आए हैं, इसलिए सुल्तानपुर और जालन्धर मैं आपको देने की सोच रहा हूँ।"

"सुल्तानपुर और जालन्धर! जैसा आपका हुक्म हुज़ूरे आली।" दौलत ख़ाँ ने निराश होते हुए धीरे-से जैसे ख़ुद से कहा।

वापिस लौटते हुए अपने पिता को निराशा में डूबा देख, दिलावर ख़ाँ ने पूछा, "अब्बा हुज़ूर, मैं देख रहा हूँ कि जबसे आप बाबर से मिलकर आए हैं, आप कुछ परेशान से हैं?"

"परेशानी की ही तो बात है बेटे। मैं तो सोच रहा था कि सुल्तान इब्राहिम लोदी को हराने के बाद बाबर वापिस काबुल लौट जाएगा। मगर इसकी नीयत तो मुझे हिन्दुस्तान में ही जमने की लग रही है।" दौलत ख़ाँ ने अपने बेटे दिलावर ख़ाँ को जवाब दिया।

"मगर आपने तो बाबर से यह कहा था कि सुल्तान इब्राहिम लोदी को लगता है कि आप उसे हराने के बाद वापिस काबुल लौट जाएँगे और पूरे पंजाब को मेरे हवाले कर जाएँगे?" दिलावर ख़ाँ ने अपने पिता की तरफ़ देखते हुए पूछा।

"सुल्तान इब्राहिम लोदी का नाम तो मैंने जानबूझकर लिया था। असल बात यह है कि मैं ही बाबर की मंशा जानना चाहता था। मुझे ही लगता था कि बाबर इब्राहिम लोदी को हराने के बाद पंजाब सूबे को मेरे हवाले कर काबुल लौट जाएगा। मगर यहाँ तो सब उलटा हो गया। सुल्तानपुर और जालन्धर को छोड़, यह लाहौर और पंजाब को भी अपने क़ब्ज़े में रखना चाहता है।"

"फिर अब क्या करोगे अब्बा हुज़ूर? सुल्तानपुर और जालन्धर को आप क़बूल कर लोगे?"

"आपको क्या लगता है बेटे कि तेरा यह वालिद दौलत ख़ाँ लोदी, सुल्तानपुर और जालन्धर को आसानी से क़बूल कर लेगा? हरगिज़ नहीं। मुझे पूरा पंजाब चाहिए। भले ही मुझे क्यों न इस बाबर के ख़िलाफ़ जंग लड़नी पड़ जाए।"

अपने पिता की इस योजना को सुन दिलावर ख़ाँ कुछ नहीं बोला।

बाबर की सेनाओं का क़ाफ़िला सबसे आगे चल रहे हाथी के दिशा-निर्देशों का पालन करता हुआ धीरे-धीरे बढ़ने लगा। जैसे-जैसे क़ाफ़िला आगे बढ़ने लगा, घने होते जंगलों की बढ़ती उमस भी बढ़ने लगी। ऊँचे-ऊँचे विशाल बरगदों की जटाओं की मज़बूत व अभेद्य दीवारों, और घुटनों तक उगे झाड़-झंखाड़ों को रौंदते हुए घोड़े जैसे-तैसे आगे बढ़ने लगे। उमस भरी देह चाटती गर्मी और लताओं से निकलनेवाली वाष्प में साँस लेना मुश्किल हो गया। काफ़िले के बेगों, मुसाहिबों, बहादुरों, ओहदेदारों, तोपचियों, सिपहसालारों और सरदारों की ही नहीं, ख़ुद बाबर की भी बुरी हालत हो गई। वह भी पसीने से पूरी तरह लथपथ हो गया।

बाबर ने नज़र उठाकर आसमान की तरफ़ देखा, तो पाया हवा सिर्फ़ घने दरख़्तों के शिखरों के पत्तों को हिला रही है। नीचे ज़मीन तक तो पहुँच ही नहीं पा रही है। उमस भरी गर्मी और हवा न लगने के कारण बाबर का अब सर घूमने लगा। हाँफते हुए उसने अपने साथ-साथ चल रहे एक बेग की तरफ़ देखा और फिर अपने कुम्मैत घोड़े की लगाम खींचते हुए बोला, "ख़ुदावंद बेग, राह दिखानेवाला हमें सही रास्ते पर तो ले जा रहा है न? क्योंकि मुझे यह रास्ता कुछ ठीक नहीं लग रहा है। ऐसे तो हम इन जंगलों में ही भटककर रह जाएँगे। इससे कहो हमें दूसरे रास्ते से ले चले।"

"आप सही कह रहे हैं हुज़ूरे आली। यहाँ तो हमारे अराबे (छकड़े) भी फँसने लगे हैं। मैं अभी जाकर उससे बात करता हूँ।" बेग को अपने पादशाह की बात में कुछ दम नज़र आया। उसने अपना घोड़ा आगे-आगे चल रहे राह दिखानेवाले की तरफ़ बढ़ा दिया।

बेग ने अपना घोड़ा राह बतानेवाले हाथी के सामने लगा दिया।

"इस वक़्त हम कहाँ हैं और आप हमें सही रास्ते पर तो ले जा रहे हैं न?"

"हुज़ूर, इस वक़्त हम पंजाब में हैं और एकदम सही रास्ते पर जा रहे हैं। बस कुछ देर की बात है। उसके बाद हम लाहौर के पास खुले मैदान में पहुँच जाएँगे।" राह बतानेवाले ने कहा।

"यह बात तो आपकी ठीक है। मगर तब तक तो हमारे सारे अराबे इस दलदल में फँस जाएँगे?"

"हुज़ूर क्या है कि अभी-अभी चौमासा ख़त्म हुआ है, इसलिए यहाँ के पाँचों दरिया सतलज, व्यास, रावी, चिनाब और झेलम में बाढ़ आई हुई है। दूसरे रास्ते भी पानी में डूबे हुए हैं। ऐसा करता हूँ मैं अपने हाथी से दलदल में फँसे इन सारे अराबों को बाहर निकलवा देता हूँ।"

"जल्दी करिए! पादशाह सलामत की मारे गर्मी के बुरी हालत हुई पड़ी है।" इसके बाद बेग ने उस्ताद अली क़ुली को आवाज़ दी, "उस्ताद इनके साथ जाइए और अपने सारे अराबों को दलदल से बाहर निकलवाइए!"

अराबों के निकलने के बाद क़ाफ़िला फिर आगे बढ़ने लगा। मगर अराबों पर रखी तोपों को खींचना अब मुश्किल हो गया। फिर भी दोपहर बाद क़ाफ़िला रावी के किनारे लग गया।

इसी बीच बाबर ने देखा हिन्दू बेग इन्दर तेज़ी से उसकी तरफ़ बढ़ा आ रहा है। बाबर के पास पहुँचकर हिन्दू बेग ने जिस तरह अपने आसपास का मुआयना लिया, बाबर समझ गया कि कुछ गड़बड़ है।

"हिन्दू बेग, सब ख़ैरियत तो है?"

"हुज़ूरे आली, आपसे थोड़ा अकेले में बात करनी है!"

"आइए, उधर चलते हैं।" इतना कह बाबर ने अपना कुम्मैत घोड़ा दूसरी दिशा में मोड़ दिया, "हाँ बताइए क्या हुआ?"

"हुज़ूर, इस नाशुक्रे दौलत ख़ाँ के इरादे कुछ नेक नज़र नहीं आ रहे हैं।"

"हिन्दू बेग, आप कहना क्या चाहते हैं?"

"हुज़ूर, यह मुझे मरवाना चाहता था, पर मैं मौक़ा देखकर वहाँ से भाग निकला।"

"मरवाना चाहता था, मगर क्यों? उसने तो अपने बेटे दिलावर ख़ाँ को मेरे पास भेजा था, और फिर वे दोनों ख़ुद हमारे पास चलकर आए थे। वह ऐसा क्यों करेगा? बल्कि बुज़ुर्ग होने की वजह से मैं इसकी बहुत इज़्ज़त करता हूँ। इसलिए मैंने सुल्तानपुर और जालन्धर उसे दे दिया था। वह इस सबको भूल गया क्या?" बाबर ने हिन्दू बेग से पूछा।

"जी हुज़ूरे आली। वह इस सबको भूल गया है। बल्कि उसने अपनी कमर में दो तलवारें बाँधी हुई हैं।"

"कमर में दो तलवारें बाँधी हुई हैं! वो किसलिए?" बाबर ने हैरान होते हुए पूछा।

"हुज़ूर, मैंने जब इसके बारे में पता किया, तो पता चला कि उसने एक तलवार सुल्तान इब्राहिम लोदी को सबक सिखाने के लिए बाँधी हुई है और दूसरी..."

"और दूसरी किसके लिए बाँधी हुई है?" बाबर ने हिन्दू बेग के बताने से पहले पूछा।

"दूसरी तलवार फ़तहयाब जहीरुद्दीन मोहम्मद मिर्ज़ा बाबर को सबक सिखाने के लिए बाँधी हुई है।"

"क्याऽऽऽ! दूसरी तलवार इस बाबर को सबक सिखाने के लिए बाँधी हुई है?"

हिन्दू बेग ने देखा कि ऐसा कहते समय बाबर के जबड़े खिंचते चले आए थे।

"क्या इसकी जानकारी उसके बेटे दिलावर ख़ाँ को है?"

"यह बात हुज़ूर मुझे ख़ुद दिलावर ख़ाँ ने ही बताई है। बल्कि उसने तो यहाँ तक बताया है कि पूरे पंजाब को हासिल करने के लिए उसे अगर आपसे जंग करनी पड़ी, तो वह भी करेगा। यह बात भी दिलावर ख़ाँ ने ही मुझे बताई है कि उसका वालिद दौलत ख़ाँ मुझे भी मरवाना चाहता है। उसी ने आज मुझे मौत के मुँह से बचाया है। दिलावर ख़ाँ तो बिना जंग के लाहौर हमारे हवाले कर अपनी वफ़ादारी का सबूत पेश करना चाहता है।"

"और उसके दूसरे बेटों, मेरा मतलब है ग़ाज़ी ख़ाँ और आलम ख़ाँ की क्या राय है?"

"ग़ाज़ी ख़ाँ अपने वालिद की तरफ़ है। जबकि आलम ख़ाँ जबसे देहली के सुल्तान इब्राहिम लोदी से हारा है, वह जंग से डरता है। हो सकता है जब हम लाहौर पहुँचें, वह अपनी वफ़ादारी ज़ाहिर करने के लिए आपकी चौखट चूमने आ जाए।" इसके बाद हिन्दू बेग ने आसपास देखा और फिर पसीने से तर बाबर से पूछा, "मगर हुज़ूर आप इतने ख़राब रास्ते से क्यों जा रहे हैं?"

"एक आदमी हमें यह रास्ता दिखा रहा है। वो रहा उधर।" बाबर ने दूर हाथी पर बैठे एक आदमी की तरफ़ इशारा करते हुए पूछा।

"हुज़ूर, मैं अभी उससे मिलकर आता हूँ।" इतना कह हिन्दू बेग हाथी पर बैठे आदमी की तरफ़ बढ़ गया।

थोड़ी देर बाद हिन्दू बेग दौड़ा हुआ वापिस आया।

"क्या हुआ हिन्दू बेग?" बदहवास हिन्दू बेग इन्दर को देखकर बाबर ने पूछा।

"हुज़ूरे आली, आपके साथ धोखा हुआ है। रास्ता बतानेवाला यह आदमी दौलत ख़ाँ लोदी और उसके बेटे ग़ाज़ी ख़ाँ का भेजा हुआ है। वह आपको इन घने दरख़्तों वाले जंगल में भटकाना चाहता है।"

"हिन्दू बेग, उसे तुरन्त गिरफ़्तार करवाओ!" सुनते ही बाबर चिल्लाते हुए बोला।

मगर जब तक हिन्दू बेग इन्दर उस रास्ता बतानेवाले को गिरफ़्तार करवाने के लिए सैनिक भेजता, और तुफ़ंगची चक़मक़ रगड़ते हुए पलीतों में आग लगाने की कोशिश कर निशाना साधते, दौलत ख़ाँ और ग़ाज़ी ख़ाँ का भेजा हुआ हाथी पर सवार आदमी घने जंगल में ग़ायब हो गया।

अगले दिन लाहौर के पास जमे शाही ख़ेमे में एक छोटे-से दस्ते को लेकर दौलत ख़ाँ लोदी अपने बेटे दिलावर ख़ाँ के साथ बाबर के सामने हाज़िर हो गया। बाबर दौलत ख़ाँ के बजाय अकेले में उसके बेटे दिलावर ख़ाँ से मिला। उसने दिलावर ख़ाँ को अपने ख़ास बेगों के बीच बिठाया और उससे सख़्ती के साथ पूछा, "दिलावर ख़ाँ, आपके वालिद का आख़िर हमने क्या बिगाड़ा है, जो उसे हमारे ख़िलाफ़ तलवार उठाने पर मजबूर होना पड़ा? इतना ही नहीं, हमें रास्ता बताने के नाम पर एक धोखेबाज़ को भेज दिया। दिलावर ख़ाँ, मैं तो हमेशा आपके वालिद की अपने वालिद जितनी इज़्ज़त करता था।"

"हुज़ूरे आली, हमारे वालिद को मेरे भाई ग़ाज़ी ख़ाँ ने आपके ख़िलाफ़ गुमराह किया है। उसी ने उन्हें यह डर दिखाया है कि अगर यहाँ कोई दूसरी फ़ौज आ गई, तो हमारे हाथों से लाहौर निकल जाएगा। उसने तो अब्बा हुज़ूर के मन में यह तक भर दिया है कि सुल्तान इब्राहिम लोदी की तरह बाबर भी हमारा वैसा ही दुश्मन है। सच तो यह है कि उस रास्ता बतानेवाले को मेरे वालिद ने नहीं, मेरे भाई ग़ाज़ी ख़ाँ ने भेजा था। उन्हें तो इस बात का इल्म तक नहीं है। वे तो ख़ून-ख़राबा चाहते ही नहीं हैं। अगर ऐसा होता तो वे मेरे साथ आपके पास नहीं आते।"

"कुछ भी हो दिलावर खाँ। जंग के क़ानूनों के मुताबिक़ साज़िश रचनेवाले को सज़ा तो देनी ही होगी। सुना है आपके वालिद कुछ अरसे से अपनी कमर में दो तलवारें बाँधकर घूमते हैं।"

दिलावर ख़ाँ कुछ नहीं बोला। वह समझ गया कि बाबर को सब पता चल चुका है।

"सिपाहियो जाइए, और उस ग़द्दार को हमारे सामने पेश किया जाए!"

अपने बादशाह के हुक्म की तामील करते हुए, मज़बूत क़द-काठी के दो सिपाही ज़ईफ़ और लम्बी सफ़ेद दाढ़ी वाले दौलत ख़ाँ लोदी को लगभग घसीटते हुए ले आए। दौलत ख़ाँ को पहले बाबर ने ऊपर से नीचे तक देखा और फिर आपस में टकरातीं दो लम्बी तलवारों पर जाकर उसकी नज़र रुक गई। दौलत ख़ाँ की नज़र जैसे ही बाबर से टकराई, वह ग़ुस्से में चीख़ते हुए बोला, "ख़ुदावंद मिर्ज़ा बाबर, मैं यहाँ क़ैद करके नहीं बल्कि अपनी मर्ज़ी से आया हूँ। इस तरह मुझे घसीटकर लाना बेरहमी और ग़द्दारी है।"

"दौलत ख़ाँ, अगर यह ग़द्दारी है तो फिर वह क्या था, जब हमें आपके बेटे ग़ाज़ी ख़ाँ द्वारा दलदल से भरे जंगल में धकेलने की कोशिश की जा रही थी। आप ही हमारे ख़िलाफ़ साज़िश रचते रहे हैं। अगर ऐसा नहीं है तो गले में ये दो तलवारें किसको सबक सिखाने के लिए लटकाई हुई हैं? सच तो यह है कि आप हमें तबाह करना चाहते हैं। हज़रत मुहम्मद ने हमें दोस्तों की मदद करने और दुश्मनों को सज़ा देने की हिदायत दी है। इसलिए सज़ा तो आपको मिलेगी ही।" इतना कह बाबर ख़ामोश हो गया। मगर अगले ही पल ग़ुस्से में बोला, "इस धोखेबाज़ को इसके बेटे ग़ाज़ी ख़ाँ के साथ भेरा में मिलवट क़िले के क़ैदख़ाने में डाल दिया जाए! लाहौर में किसी और की तैनाती कर दी जाएगी।"

बाबर का हुक्म सुनते ही दौलत ख़ाँ लोदी की टाँगें पुराने बाँस की खपच्ची की तरह काँपने लगीं। लगा जैसे कोई पुराना दरख़्त अब ढहा, तब ढहा। वह खच्च से ज़मीन पर बैठ गया। दिलावर ख़ाँ निर्निमेष अपने पिता को, अपनी आँखों के सामने ज़ल्लाद सिपाहियों द्वारा बेरहमी के साथ घसीटकर ले जाते हुए देखता रहा। कुछ दूर जाने के बाद बेबस दौलत ख़ाँ ने पलटकर बेटे की तरफ़ देखा। जैसे ही आपस में बाप-बेटे की नज़रें मिलीं, दिलावर ख़ाँ अपनी आँखों के बाँधों के किनारों को ढहने से नहीं रोक पाया। पलक झपकते ही पुरानी यादों का हरहराता पानी आँसुओं में तब्दील हो, उसके कोरों से छलछलाकर बह निकला।

लाहौर से रवाना होने के बाद सतलुज को पार कर बाबर ने नौशेरा की तरफ़ बढ़ने से पहले दिलावर ख़ाँ का लिहाज़ करते हुए, उसके पिता दौलत ख़ाँ लोदी और भाई ग़ाज़ी ख़ाँ को भेरा के क़िले के क़ैदख़ाने से रिहा कर दिया। साथ में सुल्तानपुर की आमदनी उनके ख़र्चे के लिए तय कर दी। क़ैदख़ाने से रिहा होने के बाद दौलत ख़ाँ लोदी सुल्तानपुर आ गया। मगर वहाँ से वह अपने परिवार के साथ पहाड़ियों की तरफ़ भाग गया।

बाबर को जैसे ही पता चला कि दौलत ख़ाँ लोदी भाग गया है, उसके माथे पर बल पड़ते चले गए। उसने उसी वक़्त अपने बेगों, ओहदेदारों, सिपहसालारों, सरदारों के साथ दिलावर ख़ाँ को भी बुलवा लिया।

"ऐ मेरे ख़ुदावंद बेगो, दौलत ख़ाँ लोदी का इस तरह क़ैद से रिहा होते ही भागना अच्छी बात नहीं है। वह ज़रूर फिर से हमारे ख़िलाफ़ कोई-न-कोई साज़िश रचेगा। इसलिए हमारे लिए मुनासिब यही होगा कि कुछ दिनों के लिए हम काबुल लौट जाएँ। ज़्यादा वक़्त तक यहाँ रुकना ख़तरे से ख़ाली नहीं है।" इसके बाद वह दिलावर ख़ाँ की तरफ़ पलटा, "दिलावर ख़ाँ, हमें आपकी वफ़ादारी पर पूरा यक़ीन है। हम आपके वालिद और भाई की सज़ा आपको क्यों दें। इसलिए हमने तय किया है कि वो सारी जागीर और दौलत, जो आपके ख़ानदान की है आपके हवाले कर दी जाए। साथ में हम आपको ख़ानेख़ानाँ के ख़िताब से भी नवाज़ते हैं। हमें उम्मीद है कि हमारे काबुल लौटने के बाद भी आपकी यह वफ़ादारी इसी तरह क़ायम रहेगी।"

बाबर के काबुल लौटते ही दौलत ख़ाँ लोदी, जो पास की पहाड़ियों में भागकर छिप गया था, एक बार फिर से मैदान में आ गया और उसने बाबर के ख़िलाफ़ मोर्चा खोल दिया।

इधर सुल्तान इब्राहिम लोदी को जैसे ही पता चला कि दौलत ख़ाँ लोदी ने बाबर के ख़िलाफ़ मोर्चा खोल दिया है, उसने दौलत ख़ाँ को अपनी तरफ़ मिलाने की कोशिशें शुरू कर दीं। मगर उसकी यह कोशिश क़ामयाब नहीं हो पाई। दौलत ख़ाँ लोदी ने इब्राहिम लोदी की पेशकश ठुकरा दी। दौलत ख़ाँ द्वारा उसकी पेशकश ठुकराने के बाद इब्राहिम लोदी बुरी तरह बौखला गया। उसके तन-बदन में आग लगती चली गई। उसे पंजाब के हाकिम दौलाद ख़ाँ लोदी से इसकी बिलकुल उम्मीद नहीं थी। उसने दौलत ख़ाँ लोदी को सबक सिखाने के लिए पंजाब की तरफ़ अपने सैनिक रवाना कर दिए। मगर इब्राहिम लोदी की शाही सेना को मुँह की खानी पड़ी। इसके बाद दौलत ख़ाँ ने अपने बेटे दिलावर ख़ाँ को हराकर, उसे बन्दी बना लिया।

इब्राहिम लोदी ने जब देखा कि पंजाब में दौलत ख़ाँ की ताक़त बढ़ती जा रही है, तब उसने उसकी ताक़त को कुचलने के लिए ख़ुद बीड़ा उठाया और देहली से रवाना हो गया। इससे पहले कि दौलत ख़ाँ लोदी और इब्राहिम लोदी के बीच युद्ध होता, दौलत ख़ाँ ने इब्राहिम लोदी के अनेक ताक़तवर अमीरों और सरदारों को अपनी ओर मिला लिया। इतना ही नहीं, इब्राहिम लोदी की सेना में वह फूट डालने में भी क़ामयाब हो गया। अपनी हालत कमज़ोर होता देख इब्राहिम लोदी बिना जंग किए वापिस लौट आया।

इधर काबुल में बाबर को ख़बर मिली कि पंजाब में दौलत ख़ाँ और इब्राहिम लोदी के चलते मुग़ल सेना को भारी परेशानी का सामना करना पड़ रहा है। बाबर

ने यह सुना तो उसने अपने बेगों को हुक्म दिया कि देहली फ़तह के लिए वे दौलत ख़ाँ के बेटे आलम ख़ाँ की मदद करें। मगर बाबर के बेगों ने आलम ख़ाँ की मदद करने से मना कर दिया। इससे निराश होकर आलम ख़ाँ ने लाहौर से अपने भाई ग़ाज़ी ख़ाँ के बेटे शेर ख़ाँ के हाथों, अपने पिता दौलत ख़ाँ के पास मुग़लों के ख़िलाफ़ एक पेशकश भेजी।

आलम ख़ाँ के इस प्रस्ताव पर दौलत ख़ाँ और ग़ाज़ी ख़ाँ ने बहुत विचार किया।

"अब्बा हुज़ूर, इसमें आलम ख़ाँ की कोई चाल तो नहीं है?" ग़ाज़ी ख़ाँ ने अपने पिता से कहा।

"मुझे भी ऐसा ही लगता है कि लाहौर में बैठा आलम कहीं बाबर से मिलकर, खोई हुई जागीर को वापिस लेने की फ़िराक़ में तो नहीं है?"

"वैसे अब्बा हुज़ूर, अगर ऐसा होता तो आलम ख़ाँ हमारे पास यह पेशकश नहीं भेजता।"

"ग़ाज़ी, बेटे, आपकी यह बात भी ठीक है। इसको आजमाने का बस अब एक ही तरीक़ा है।"

"कौन-सा अब्बा हुज़ूर?"

"यही कि हमें बाबर के बेगों को यह ख़त लिखना चाहिए कि वे अलाउद्दीन, मेरा मतलब है आलम ख़ाँ की तरफ़दारी करते हुए देहली के तख़्त पर बैठाने के लिए उसकी मदद करें।"

"यह ठीक रहेगा अब्बा हुज़ूर।"

बाबर के बेगों के पास जब दौलत ख़ाँ लोदी और ग़ाज़ी ख़ाँ का प्रस्ताव पहुँचा, तब उन्होंने इस शर्त के साथ उनकी पेशकश मंज़ूर कर ली, कि अगर वे सरहिन्द से लेकर लाहौर तक का इलाक़ा उनके बादशाह बाबर के हवाले कर दें। दौलत ख़ाँ लोदी ने बाबर के बेगों की यह शर्त मान ली।

इसके बाद आलम ख़ाँ लाहौर से चलकर अपने वालिद दौलत ख़ाँ के पास पहुँच गया। आलम ख़ाँ के आने के बाद दौलत खाँ; ग़ाज़ी ख़ाँ, दिलावर ख़ाँ और ग़ाज़ी ख़ाँ के बेटे शेर ख़ाँ की लगभग चालीस हज़ार फ़ौज लेकर पंजाब से देहली की तरफ़ कूच कर गया। देहली पहुँचकर इन्होंने देहली को चारों तरफ़ से घेर लिया। सुल्तान इब्राहिम लोदी को जैसे ही पता चला, उसने बड़ी तत्परता से अपनी फ़ौज को इकट्ठा किया और वह भी देहली की तरफ़ चल पड़ा। देहली पहुँचते ही इब्राहिम लोदी की सेना ने इन पर हमला बोल दिया और इन्हें बुरी तरह हराकर, इनके देहली फ़तह के मंसूबों पर पानी फेर दिया। पंजाब में जहाँ-जहाँ बाबर ने सैनिक छावनियाँ क़ायम की थीं, उन पर इब्राहिम लोदी ने क़ब्ज़ा कर बाबर के सैनिकों को भगा दिया।

दौलत ख़ाँ लोदी, आलम ख़ाँ लोदी और सुल्तान इब्राहिम लोदी से नाराज़ दूसरे अफ़ग़ानों के हाथ में जब कुछ नहीं रहा, तब इन्होंने बाबर से हिन्दुस्तान आने का

आग्रह किया। इस तरह एक बार फिर पंजाब पर क़ब्ज़ा करने के बाद और अपने सबसे बड़े दुश्मन इब्राहिम लोदी से बदला लेने के लिए 17 नवम्बर, 1525 शुक्रवार के दिन बाबर काबुल से हिन्दुस्तान की ओर रवाना हो गया। रवाना होने से पहले बाबर ने अपने बड़े बेटे हुमायूँ को हुक्म दिया, कि जितनी जल्दी हो सके बदख्शाँ से अपनी सेना के साथ वह तुरन्त हाज़िर हो। मगर हुमायूँ को जब आने में देरी हो गई, तब बाबर अकेला ही धीरे-धीरे हिन्दुस्तान की तरफ़ बढ़ने लगा।

14

बाबर धीरे-धीरे बड़ी सावधानी के साथ देहली की तरफ़ बढ़ने लगा। रास्ते में ग़ज़नी से आकर ख़्वाजाकलाँ भी उसके साथ मिल गया। इसी बीच उसे ख़बर मिली कि दौलत ख़ाँ और ग़ाज़ी ख़ाँ ने एक बड़ी सेना इकट्ठा कर, कलानौर पर क़ब्ज़ा कर लिया है और अब वे लाहौर की तरफ़ कूच करनेवाले हैं। बाबर ने उसी वक़्त अपने बेगों, बख्शियों और दीवानों को हुक्म दिया कि वे जाकर पता करें कि उनकी फ़ौज कितनी है। जैसे ही उसे तादाद पता चली उसने सबसे आगे वाली टुकड़ी को निर्देश दिया कि वह लाहौर की तरफ़ कूच कर जाए। मगर इसी दौरान उसे सूचना मिली कि दौलत ख़ाँ और ग़ाज़ी ख़ाँ अपने तक़रीबन चालीस हज़ार सेना के साथ, बाबर के हमले और उसका रास्ता रोकने के लिए लाहौर के पास रावी के किनारे तैयार खड़े हैं। इतना सुन बाबर ने चिनाब नदी के किनारे अपने ख़ेमे गाड़ दिए। वहाँ से चलकर वह सियालकोट पहुँचा। यहाँ उसने दौलत ख़ाँ और ग़ाज़ी ख़ाँ के बारे में और जानकारी प्राप्त करने के साथ-साथ, यह भी जानकारी ले ली कि इनसे जंग कौन-सी जगह हो सकती है। लेकिन इधर जैसे ही दौलत ख़ाँ और ग़ाज़ी ख़ाँ को पता चला कि बाबर भी जंग की तैयारी कर रहा है, दौलत ख़ाँ ने मिलवट के क़िले में अपने बेटे अली ख़ाँ के पास जाकर पनाह ले ली। जबकि ग़ाज़ी ख़ाँ पास की पहाड़ियों में छिप गया। बाबर को जब मालूम हुआ कि दौलत ख़ाँ ने अपने बेटे अली ख़ाँ के पास शरण ली हुई है, उसने मिलवट के क़िले को जाकर घेर लिया।

क़िले को घिरा हुआ देख अली ख़ाँ क़िले से बाहर आया और बाबर से आकर मिला।

"अली ख़ाँ, अगर आप क़िले को हमारे हवाले कर देते हैं, तो आपको किसी तरह का नुक़सान नहीं पहुँचाया जाएगा।" बाबर ने अली ख़ाँ को आश्वासन दिया।

बाबर की इस पेशकश पर अली ख़ाँ दुविधा में पड़ गया।

"अगर आप आराम से क़िला हमारे हवाले कर दोगे तो ठीक है, वरना इसे हासिल करने के हमारे पास दूसरे तरीक़े भी हैं।" इस बार बाबर ने सीधे-सीधे अली ख़ाँ को धमकी दे डाली।

"हुज़ूरे आली, मुझे थोड़ा-सा वक़्त दीजिए!" अली ख़ाँ ने बाबर से निवेदन किया।

"ठीक है। इत्मीनान से सोच लीजिए।"

अली ख़ाँ समझ गया कि बाबर को अपना क़िला हवाले करने के अलावा दूसरा कोई रास्ता नहीं है। उसने सारी बात क़िले के अन्दर छिपे अपने पिता दौलत ख़ाँ को बताई, तो वह आत्मसमर्पण के लिए तैयार हो गया।

"कहिए अली ख़ाँ, क्या फ़ैसला किया है?" अपने सामने खड़े अली ख़ाँ से बाबर ने पूछा।

"हुज़ूरे आली, अब्बाजान ने कहा है कि अगर उनके गुनाह मुआफ़ कर दिए जाएँ, तो यह क़िला आपके हवाले कर दिया जाएगा।"

"हम आपको यक़ीन दिलाते हैं अली ख़ाँ कि ऐसा कुछ नहीं होगा।" इतना कह बाबर अपने एक सरदार की तरफ़ पलटा, "जाइए और दौलत ख़ाँ को हमारे सामने लाया जाए!"

कुछ ही देर में सरदार दौलत ख़ाँ को बाबर के सामने ले आया। दौलत ख़ाँ के बाहर आने पर बाबर ने अपने सिपाहियों को हुक्म दिया, "सिपाहियो, जाइए और दौलत ख़ाँ के पूरे कुनबे और हरम की सारी कनीज़ों व औरतों को बाहर निकालकर लाइए! कोई भागने न पाए। मगर याद रहे, किसी के साथ किसी तरह की बेअदबी या किसी को किसी तरह का नुक़सान नहीं पहुँचना चाहिए!" बाबर ने अपने सिपाहियों को सख़्त हिदायत देते हुए कहा।

सिपाहियों को हुक्म देने के बाद बाबर दूसरे बेगों की तरफ़ मुड़ा।

"आप सब क़िले में जाकर सारा माल-असबाब अपने क़ब्ज़े में कर लो!"

बाबर के आदेश पर सारे बेग क़िले में दाख़िल हो गए। इसके बाद बाबर अपने एक बेग ख़्वाजा मीर मीरान से बोला, "ख़ुदावंद ख़्वाजा साहब, दौलत ख़ाँ को मैं आपके हवाले करता हूँ...और हिन्दू बेग, चलिए क़िले का मुआयना करके आते हैं!"

इसके बाद बाबर हिन्दू बेग इन्दर और कुछ दूसरे बेगों के साथ क़िले में प्रवेश कर गया।

"यह देखिए हुज़ूर!" हिन्दू बेग ने एक कमरे का दरवाज़ा खोलते हुए कहा।

"क्या हुआ बेग?" हिन्दू बेग इन्दर की आवाज़ सुन बाबर ने आगे बढ़ते हुए उत्सुकतावश पूछा।

"यह देखिए।"

बाबर ने कमरे में जगह-जगह ताक़ों में सलीक़े और क़रीने से रखी किताबों को देखा, तो मारे ख़ुशी के उसका चेहरा खिलता चला गया, "वल्लाह! यह तो किताबों

का ख़ज़ाना है। इतना बड़ा कुतुबख़ाना! इसमें तो बेशक़ीमती किताबें और हाथ से लिखे मज़मून भरे पड़े हैं।" इसके बाद वह एक बड़े ताक़े की तरफ़ इशारा करते हुए बोला, "हिन्दू बेग, ज़रा उस ताक़े से वो किताबें तो निकलवाना!"

हिन्दू बेग ने बताए गए ताक़े से सारी किताबें निकलवाकर बाबर के सामने रखवा दीं। बाबर एक-एक कर इन पुरानी और बहुमूल्य किताबों के सफ़ों को उलट-पुलट कर देखने लगा। उसने कुछ किताबों को छाँटकर दो हिस्सों में अलग-अलग रख दिया।

"हिन्दू बेग, इन किताबों को मैं वली अहद हुमायूँ को और इन्हें कामरान को तोहफ़े में दूँगा।" अलग-अलग हिस्सों में रखी किताबों की ओर इशारा करते हुए बाबर बोला। फिर एक गहरी साँस लेते हुए बोला, "लगता है ग़ाज़ी ख़ाँ भी मेरी तरह नायाब और पुरानी किताबें पढ़ने का शौक़ीन है।"

"लगता तो ऐसा ही है हुज़ूरे आली। तभी इतना बड़ा कुतुबख़ाना बनाया हुआ है।"

किताबें लेने के बाद बाबर अपने आसपास खड़े सिपाहियों को आदेश देते हुए बोला, "ऐ मेरे जाँबाज़ सिपाहियो, मुझे हर हालत में ग़ाज़ी ख़ाँ चाहिए। जिन पहाड़ियों ने उसे पनाह दी हुई है उनका चप्पा-चप्पा छान मारो!"

मगर ग़ाज़ी ख़ाँ का कुछ पता नहीं चला। इस दौरान बाबर को सुल्तान इब्राहिम लोदी के कुछ ख़ास अमीरों के पत्र प्राप्त हुए। इन पत्रों में उन्होंने बाबर से मिलने की इच्छा ज़ाहिर की। इस तरह जैसे-जैसे बाबर आगे बढ़ता रहा स्थानीय सरदार उसकी अधीनता स्वीकारते रहे। उसे किसी भी तरह के विरोध का सामना नहीं करना पड़ा। सुल्तान इब्राहिम लोदी से असन्तुष्ट अमीर-उमरा और दूसरे हिन्दू राजा-महाराजा उसे आगे बढ़ने के लिए प्रोत्साहित और प्रेरित करते रहे। बीच-बीच में वह सुल्तान इब्राहिम लोदी की सैनिक तैयारियों की सूचना प्राप्त करता रहा, और जैसे ही उसे शाहबाद में सुल्तान इब्राहिम लोदी के आगे बढ़ने की सूचना मिली, वह शाहबाद से चलकर यमुना के किनारे पहुँच गया।

वसंत ऋतु के बाद पतझड़ को बीते काफ़ी समय हो गया है। सर्दी भी अपना चोला पूरी तरह उतार चुकी है। सुबह की मीठी ठंड में बस हल्का-सा गुनगुनापन बचा हुआ है। छोटे-बड़े, नए-पुराने पेड़-पौधे नए पत्तों और कोंपलों के लिबास में चहक रहे हैं। हिन्दुस्तानी चैत्र महीने में चारों तरफ़ छाई ख़ूबसूरत हरियाली बाबर को भीतर तक शीतलता प्रदान कर रही है। कई दिनों के लम्बे सफ़र के बाद ज़ुह्र की नमाज़ से कुछ देर पहले बाबर ने, पन्द्रह हज़ार सेना के साथ देहली से पचपन मील के फ़ासले पर उत्तर दिशा की तरफ़, यमुना किनारे बसे पानीपत के पास अपने ख़ेमे गाड़ दिए।

दूर तक फैले यमुना के पाट और आबादी से थोड़ी दूर बाबर के तोपची उस्ताद अली क़ुली और मुस्तफ़ा रूमी ने अपनी तोपों को खड़ा कर दिया। पश्चिम की तरफ़ लुढ़कते सूरज की धूप और बढ़ती गर्मी के कारण पसीने से तर बाबर भी थकान मिटाने शाही ख़ेमे में चला आया। कुछ देर आराम करने के बाद वह ख़ेमे से बाहर आया और दूर तक फैली और मंथर गति से दक्षिण की तरफ़ बहती यमुना पर नज़र डाली। यमुना के साफ़ चिलकते पानी को देख, एक पल के लिए उसे लगा मानो उसके सामने पिघली हुई चाँदी की विशाल नदी बह रही है। जब-जब यमुना की सतह पर लहरें थिरकती हुई आपस में अठखेलियाँ करतीं, तब-तब लगता जैसे किसी धवल चादर के कोनों को पकड़ कोई धीरे-धीरे हिला रहा है। कुछ देर रुककर वह वापिस अपने ख़ेमे में लौट आया।

शाम को मग़रिब की अज़ान के समय बाबर की नहाने की इच्छा हुई। शाही ख़ेमे से निकल वह यमुना की तरफ़ चला आया। यमुना के तट से वह नदी के विहंगम दृश्य को देखने लगा। ज़ुह्र के वक़्त जिस धूप ने नदी के बहते पानी को चाँदी के वरक़ में बदल दिया था, डूबते सूरज की स्वर्णिम आभा ने उसी पानी को पिघले हुए पीतांबरी दरिया में तब्दील कर दिया। जहाँ तक बाबर की नज़र जाती, लगता मानो पिघले हुए सोने का दरिया बहा जा रहा है। कभी-कभी तो बुझती शाम के चिलकते पीतांबरी पानी को देखकर लगता, जैसे दूर यमुना की सतह पर सोने की असंख्य अशर्फ़ियाँ तैर रही हैं। बाबर छोटे-छोटे क़दमों के साथ बड़ी सावधानी के साथ यमुना के उथले पानी में उतर गया। कमर तक बहते पानी में उसने एक बार नहीं कई डुबकियाँ लगाईं। बर्फ़-से शीतल पानी में जब भी वह डुबकी लगाता, तो ऐसा लगता जैसे नसों में ख़ून नहीं, यमुना का ठंडा पानी बह रहा है। बाबर देर तक यमुना में नहाता रहा।

बाबर के गुप्तचरों ने बड़ी बारीक़ी के साथ पानीपत और उसके आसपास का मुआयना किया। मुआयने के दौरान उन्होंने पाया कि पानीपत के दोनों तरफ़ जो जंगल और दलदल है, उसे बड़ी-से-बड़ी सेना आसानी से पार नहीं कर सकती। इससे पहले बाबर अपने सैनिकों को हुक्म दे चुका है कि जितनी जल्दी हो सके, वे आसपास के गाँवों से कुछ और अराबों (लकड़ी के छकड़ों) का इन्तज़ाम करके लाएँ। जो अराबें पहले से उनके पास हैं, उनसे काम नहीं चलनेवाला। सिपाहियों को इन छकड़ों को खोजने और उन्हें इकट्ठा करने में कोई ख़ास मशक़्क़त नहीं करनी पड़ी। क्योंकि हिन्दुस्तान के हर गाँव के किसान के पास ये हमेशा मौजूद रहते हैं। इस तरह सात सौ और छकड़ों का इन्तज़ाम हो गया।

अपने तोपची उस्ताद अली क़ुली और दूसरे बेगों व सरदारों के साथ मिलकर पानीपत और यमुना के मध्य उसने जो जगह चुनी, उसके दाईं तरफ़ यमुना है। जबकि वहीं बीच में उसकी रणनीति के हिसाब से वह बड़ा-सा टीला है, जिस पर इस समय वह ख़ुद खड़ा हुआ है। इसके एक तरफ़ घना आबादी वाला पानीपत शहर है, जिसकी सँकरी गलियों से लोग आते-जाते हुए दिखाई दे रहे हैं।

मैदान का आख़िरी बार मुआयना कर, बाबर अपने तोपची अली क़ुली की ओर मुड़ा।

"उस्ताद, मेरे ख़याल से शहर और यमुना के बीच बने इस टीले पर छकड़ों को, बाज़ुओं के आधे घेरे की शकल में, इनका मुँह ढलान की तरफ़ करवाकर खड़ा करवाना ठीक रहेगा। इनके आगे और इनके बीच के तंग फ़ासलों में तीरंदाज़ों और तुफ़ंगचियों की ढाल खड़ी कर दी जाए, ताकि ये आसानी से तीर और गोलियाँ दाग सकें। वो देखो उधर, जिधर से लोग आ-जा रहे हैं, वहाँ से बैरी का आना बहुत मुश्किल है। इसलिए उनके पास सिवाय सामने से हमला करने के दूसरा रास्ता नहीं होगा।"

"आप सही फ़रमा रहे हैं हुज़ूरे आली। अब देखना यह होगा कि टीले के नीचे खोदी जानेवाली और घास-फूस से ढकी खाई, और ऊपर से नीचे की तरफ़ एक साथ लुढ़ककर आनेवाले छकड़े, दुश्मन की ताक़तवर फ़ौज के दबाव को किस हद तक रोक पाने में क़ामयाब हो पाते हैं।"

"इसीलिए इन छकड़ों के पहियों के नीचे लकड़ी की टेकें लगाकर, इनको एक-दूसरे के साथ रूमी तरीक़े से बाँधने के लिए बैल की ख़ाल के मज़बूत तस्मों का इन्तज़ाम किया गया है। जंग के दौरान मौक़ा पड़ने पर जैसे ही छकड़ों के पहियों के नीचे से लकड़ी की टेकें हटाई जाएँगी, एक-दूसरे से बँधे सारे छकड़े एक मज़बूत और भारी ज़ंजीर की शकल में नीचे की तरफ़ एक साथ लुढ़कते हुए आएँगे।" बाबर ने अपने तोपची उस्ताद अली क़ुली की आशंका का निवारण करते हुए बताया।

"मगर हुज़ूर, इस बात का ख़ास ख़याल रखना होगा कि जैसे ही इनके पहियों के नीचे टेकें हटें, ये एक ही चाल से, एक साथ नीचे की तरफ़ आएँ।" हिन्दू बेग इन्दर ने पहली बार अपनी राय प्रकट की।

"आप सही फ़रमा रहे हैं हिन्दू बेग। यह काम इतना आसान नहीं है जितना हमें लग रहा है। अगर ये छकड़े एक साथ नहीं लुढ़के, तो इन्हें बाँधनेवाले तस्में टूट सकते हैं जिससे इनकी क़तार भी टूट सकती है। मगर ऐसा होगा नहीं क्योंकि हमारे सिपाही इस काम में बहुत माहिर हैं।"

इसके बाद बाबर हिन्दू बेग इन्दर के साथ टीले से उतरकर उस खाई की तरफ़ आ गया; जिसे बड़ी-बड़ी टहनियों, घास-फूस और मिट्टी से ढक दिया गया था।

इस जगह को देखकर कोई नहीं कह सकता कि इनके नीचे खाई खुदी हुई है। इस खाई को ढकने का मक़सद यह है कि दुश्मन के हाथी और घोड़े इनमें गिरकर फँस जाएँ। हर तरफ़ और हर तरह से पूरी तरह तसल्ली हो जाने के बाद बाबर शाही ख़ेमे में लौट आया।

अभी बाबर अपनी तैयारियों से निश्चिन्त हुआ ही था कि उसके गुप्तचर ने आकर ख़बर दी कि सुल्तान इब्राहिम लोदी ने तक़रीबन छह हज़ार घुड़सवारों को यमुना के दूसरी पार भेज दिया है। गुप्तचर ने बाबर को यह भी बताया कि इब्राहिम लोदी के पास कुल सत्ताईस हज़ार सैनिकों का इन्तज़ाम है।

इस ख़बर को सुन बाबर ने भी अपनी फ़ौज को आगे बढ़ने का हुक्म दिया। बाबर की फ़ौज ने जिस तरह दुश्मन पर हमला किया, उसमें उसे न केवल सफलता मिली बल्कि इब्राहिम लोदी के कई जाँबाज़ सरदारों को अपनी जान से हाथ धोना पड़ा। अपितु कुछ तो जान बचाकर मैदान से भाग गए।

इस हार के बाद सुल्तान इब्राहिम लोदी ने तुरन्त अलवर, शाहे-मेवात और अपने मौसेरे भाई ख़ानज़ादा हसन ख़ाँ मेवाती के पास सन्देश भेजा कि जितनी जल्दी हो सके वह देहली आ जाए। सन्देश मिलते ही हसन ख़ाँ देहली के लिए रवाना हो गया।

अपने मौसेरे भाई को चिन्ता में डूबा देख हसन ख़ाँ को समझते हुए देर नहीं लगी, कि ज़रूर कोई बड़ा संकट आ खड़ा हुआ है जिसके कारण इब्राहिम लोदी इस तरह चिन्ता में डूबा हुआ है।

"सुल्तान, सब ख़ैरियत तो है? ऐसा क्या हुआ जो आपने रुक्के में यह लिख भेजा कि रोटी वहाँ खाओ, तो पानी यहाँ आकर पीना?" हसन ख़ाँ मेवाती ने आते ही सुल्तान इब्राहिम लोदी से पूछा।

"ख़ैरियत क्या हसन, उस वक़्त आपने ठीक कहा था कि हमें अपने इस नए बैरी से चौकन्ना रहने की ज़रूरत है।" सुल्तान इब्राहिम लोदी ने गहरी साँस लेते हुए कहा।

"मैं कुछ समझा नहीं सुल्तान। आप किस बैरी की बात कर रहे हैं?"

"उसी जहीरुद्दीन बाबर की जिसने हिन्दुस्तान में कभी आए अपने पुरखे अमीर तैमूर लंग के क़ब्ज़े वाले इलाक़ों की माँग की थी।"

"मगर सुल्तान यह तो पुरानी बात हो गई। उसका आज क्या लेना-देना जो आपको मुझे इस तरह तुरन्त हाज़िर होने का पैग़ाम भेजना पड़ गया?" हसन ख़ाँ मेवाती ने हैरान होते हुए पूछा।

"लेना-देना है तभी तो मैंने आपको बुलाया है। दरअसल, हमें यह ख़बर मिली है कि हमारा बैरी बाबर देहली के क़रीब पहुँच चुका है।"

"क़रीब पहुँच चुका है, मगर कहाँ?"

"देहली के शुमाल में जमना के किनारे बसे पानीपत तक आ पहुँचा है। आज अगर वह पानीपत में है तो कल देहली पर भी ज़रूर चढ़ाई करेगा।"

"फिर आपने क्या सोचा है सुल्तान?"

"इसीलिए तो आपको बुलाया है कि इस मुआमले में आप हमारी क्या मदद कर सकते हैं।"

"सुल्तान, हम ख़ानज़ादे तो आपकी ख़िदमत में हर वक़्त तैयार हैं। बस, आप एक बार हुक्म करिए।"

"हसन, लगता है हमें जंग के लिए तैयार रहना पड़ेगा। जो शख़्स पूरे लाव-लश्कर और जंगी साज़ो-सामान के साथ देहली की तरफ़ बढ़ा आ रहा है, उससे अमन-चैन की उम्मीद करना बेकार है।"

"सुल्तान, हम तो हमेशा तैयार हैं। मैं अपने बेटे ताहिर ख़ाँ को आपकी फ़ौज में शामिल होने के लिए बुला लेता हूँ।"

"फ़िलहाल आप ताहिर ख़ाँ को ही भेजना। क्योंकि इस नाज़ुक मौक़े पर आपका अलवर में रहना बेहद ज़रूरी है।"

"जैसी आपकी मर्ज़ी सुल्तान।" फिर कुछ पल सोचने के बाद हसन ख़ाँ ने पूछा, "वैसे बाबर की जंग की कैसी तैयारी है?"

"पैदल सेना तो उसके पास सिर्फ़ बारह-तेरह हज़ार ही है। हाँ, कुछ तोपें और तुफ़ंग ज़रूर हैं उसके पास।"

"क्या उसकी यह बारह-तेरह हज़ार सेना हमारे सुल्तान की हाथी और घुड़सवारों वाली एक लाख फ़ौज के सामने टिक पाएगी?" हसन ख़ाँ मेवाती ने एक फ़ीकी हँसी हँसते हुए कहा।

"यही तो समझ में नहीं आ रहा है कि कैसे एक आदमी कुछ हज़ार फ़ौज और कुछ तोप-बन्दूकों के बूते, इतनी दूर से हमसे जंग करने आ रहा है।" सुल्तान इब्राहिम लोदी की पेशानी पर बल गहरे होते चले गए।

"सुल्तान, देखना हमारी फ़ौज उस बाबर की मुट्ठीभर सेना को चींटियों की तरह मसल देगी। ख़ुदा पर यक़ीन करिए। फ़तह आपके क़दम चूमेगी।"

"मैं जानता हूँ हसन कि ऐसा ही होगा। दरअसल, मेरी फ़िक्र की वजह न तो यह बाबर है, न ही इसकी ये तोप और तुफ़ंग। मेरी फ़िक्र की वजह है अपने वे बाग़ी अमीर और वे हिन्दुस्तानी राजा, जो हमसे नाराज़ ही नहीं बल्कि नाख़ुश भी हैं।"

"आप कहना क्या चाह रहे हैं सुल्तान? अगर आपके अमीर आपसे नाराज़ और नाख़ुश होकर बाग़ी हो गए हैं, तो उनका बाबर से क्या वास्ता है?"

"यही तो फ़िक्र की बात है हसन कि वे हमसे नाराज़ हो जाते, हमसे नाख़ुश होकर बाग़ी भी हो जाते, तो कोई बात नहीं थी। मगर उन्होंने तो हमारे ही दुश्मन से हाथ जा मिलाया।"

"फिर तो आपकी फ़िक्र मुनासिब है सुल्तान।"

"मुझे तो यहाँ तक ख़बर मिली है कि हमारे कुछ नाराज़ अफ़ग़ान अमीर-उमराव ही नहीं, कुछ हिन्दू राजा भी बाबर को हमारे ख़िलाफ़ हिन्दुस्तान आने की दावत दे चुके हैं। उससे बार-बार यहाँ आने की गुज़ारिश कर रहे हैं। हसन, आपको सुनकर हैरानी होगी कि इन हिन्दू राजाओं में राजस्थान का राजा राणा संग्राम सिंह भी शामिल है। हमारे दरबार में तैनात हिन्दू सरदार इन्दर तो सात साल पहले ही बाबर की चौखट चूम चुका है। अब राजा राणा संग्राम सिंह भी चाहता है कि बाबर उसके साथ मिलकर हमारे ख़िलाफ़ जंग लड़े। बाबर के हौसले की असल वजह उसकी ये तोप-तुफ़ंग नहीं हैं, बल्कि इसकी वजह हैं वे अफ़ग़ान अमीर-उमराव और हिन्दुस्तान के कुछ हिन्दू राजा, जो जानते हुए भी अपनी ज़मीन से खदेड़े गए एक आततायी को अपने घर में घुसने की दावत दे रहे हैं। बहरहाल, मुझे आपसे यही उम्मीद थी।"

"सुल्तान, अगर यह बात है तो आनेवाले दिनों में हिन्दुस्तान को इसकी बड़ी भारी क़ीमत चुकानी पड़ेगी। आनेवाली नस्लें अपने इन पुरखों को कभी मुआफ़ नहीं करेंगी। फिर भी सुल्तान, आपको चौकन्ना और सावधान रहने की ज़रूरत है। अपने गुप्तचरों से उसकी तैयारियों और पल-पल की ख़बर लेते रहना चाहिए।"

"आप सही कह रहे हैं हसन।" फिर कुछ क्षण चुप रहने के बाद सुल्तान इब्राहिम लोदी बोला, "हो सके तो बेटे ताहिर ख़ाँ के साथ कुछ फ़ौज और असलाह भी भिजवा देना। दुश्मन को कभी भी कमज़ोर नहीं मानना चाहिए।"

"आप बेफ़िक्र रहें सुल्तान। मेरे ज़हन में यह बात पहले से है।"

अलवर लौटने के बाद शाहे-मेवात हसन ख़ाँ मेवाती ने शाही महल में अपने वालिद अलावल ख़ाँ, दोनों बेटों, चाचा हुसैन ख़ाँ, चचेरे भाई जमाल ख़ाँ, फ़तहजंग, अपने अहलकार करमचन्द समेत ख़ास सरदारों को तुरन्त दीवान में इकट्ठा होने के लिए कहा। कुछ ही देर में सब इकट्ठा हो गए।

दीवान में इकट्ठा होने के बाद थोड़ी देर ख़ामोशी छाई रही। इस ख़ामोशी को अहलकार करमचन्द ने बड़े अदब के साथ तोड़ते हुए पूछा, "शाहे-मेवात, ऐसी क्या बात है जो आपने सबको इस तरह इकट्ठा होने के लिए कहा है? इससे पहले तो ऐसा कभी नहीं हुआ, जब सबको इस तरह इकट्ठा होने के लिए कहा गया हो?"

अपने अहलकार की बात सुन हसन ख़ाँ मेवाती ने दीवान में मौजूद सब पर नज़र डाली। आख़िर में उसकी नज़र अपने वालिद अलावल ख़ाँ पर आकर टिक गई।

"हसन, बेटे, दीवान जी ने कुछ पूछा है?" अलावल ख़ाँ ने हसन ख़ाँ से पूछा।

"अब्बा हुज़ूर, सुना है कि अमीर तैमूर ख़ानदान का एक वारिस जहीरुद्दीन मोहम्मद मिर्ज़ा बाबर देहली के क़रीब आ पहुँचा है।"

"उस अमीर तैमूर लंग का वारिस, इस ख़ानज़ादा ख़ानदान के जाँबाज़ और हमारे पुरखे वली बहादुर ख़ाँ के बेटे मल्लू ख़ाँ यानी इक़बाल ख़ाँ ने जिसकी नाक में दम कर दिया था...और मल्लू ख़ाँ के पकड़ में न आने पर उसके दोनों बेटे ख़ुदादाद ख़ाँ और सईफ़ुद्दीन को गिरफ़्तार कर तैमूर के सामने पेश किया गया था?"

"जी अब्बा हुज़ूर, यह उसी अमीर तैमूर का वारिस है।" हसन ख़ाँ ने अपने वालिद अलावल ख़ाँ की बात की तस्दीक की।

"सुना है बाबर ने एक बार हिन्दुस्तान में अमीर तैमूर के क़ब्ज़े वाले इलाक़ों को भी, हमारे साढ़ू सुल्तान सिकन्दर शाह लोदी के बेटे और आपके मौसेरे भाई सुल्तान इब्राहिम लोदी से वापिस लौटाने के लिए कहा था?"

"आपने सही सुना है अब्बा हुज़ूर। यह वही बाबर है जो हिन्दुस्तान पर हुकूमत करने की मंशा और नीयत से इस बार देहली तक पहुँचने में क़ामयाब हो चुका है। इसी सिलसिले में सुल्तान इब्राहिम लोदी ने मुझे देहली बुलाया था।"

"शाहे-मेवात, हम कुछ समझे नहीं कि आप किस सिलसिले की बात कर रहे हैं?" इस बार अहलकार करमचन्द बोला।

"दीवान साहब, सुल्तान की बातों और उसे मिली ख़ुफ़िया जानकारी से ऐसा लगता है कि बाबर हिन्दुस्तान जंग की पूरी तैयारियों के साथ आया है। मैंने आप सबको इसी मशविरे के लिए बुलाया है कि हमें सुल्तान की किस तरह मदद करनी चाहिए?"

हसन ख़ाँ मेवाती के मुँह मदद की बात सुन पूरे दीवान में एक पल के लिए ख़ामोशी छा गई। फिर धीरे-से करमचन्द की आवाज़ उभरी, "आपने क्या सोचा है शाहे-मेवात? मेरा मतलब है सुल्तान से इस मसले पर आपकी क्या बात हुई है?"

"सुल्तान ने मुझसे मदद की गुज़ारिश की है।"

"किस तरह की मदद?" इस बार अलावल ख़ाँ ने बेटे से पूछा।

"यही कि असलाह के अलावा हममें से कोई उसकी फ़ौज में शामिल होकर उसकी मदद करे।"

"यह तो हमारा फ़र्ज़ ही नहीं हमारी ज़िम्मेदारी भी बनती है। आख़िर सुल्तान हमारा क़रीबी रिश्तेदार जो ठहरा। क्या पता, हसन का मौसेरा भाई होने के नाते उसने हमसे इमदाद की गुहार की हो।"

"मैंने तो कहा था अब्बा हुज़ूर कि हम आपकी मदद के लिए आ जाते हैं। मगर सुल्तान ने सिर्फ़ हमारे बेटे ताहिर ख़ाँ को माँगा है।" हसन ख़ाँ बोला।

"ताहिर के साथ आप भी क्यों नहीं चले जाते?" अलावल ख़ाँ ने सुझाव दिया।

"मैंने कहा था तो बोला कि आपका अलवर में रहना ज़रूरी है।"

"सुल्तान ने यह बात तो सही कही है। बैरी का क्या पता, वह कहाँ धावा बोल दे।" फिर अलावल ख़ाँ गहरी साँस लेते हुए बोला, "सुल्तान ने सिर्फ़ ताहिर ख़ाँ को बुलवाया है, तो कुछ सोचकर ही बुलवाया होगा।"

"मगर फिर भी हमें सुल्तान की हर मदद के लिए तैयार रहना होगा।" हसन ख़ाँ के चाचा हुसैन ख़ाँ ने पहली बार प्रतिक्रिया दी।

"मेरी राय तो यह है कि ताहिर ख़ाँ ही नहीं, फ़तहजंग और मुझे भी सुल्तान की फ़ौज में शामिल होने के लिए जाना चाहिए।" हसन ख़ाँ का चचेरा भाई जमाल ख़ाँ बोला।

"जमाल ख़ाँ, इसकी ज़रूरत नहीं पड़ेगी। देखना, सुल्तान की हाथी-घोड़ों वाली एक लाख की फ़ौज के आगे बाबर की बारह-तेरह हज़ार की फ़ौज तिनकों की तरह हवा में उड़ जाएगी।"

"जमाल, यह बात तो हसन ख़ाँ सही कह रहा है। कहाँ एक लाख फ़ौज और कहाँ बारह-तेरह हज़ार।" हसन ख़ाँ के चाचा हुसैन ख़ाँ मुस्कराते हुए बोला।

"तो फिर ठीक है। ताहिर ख़ाँ आप देहली जाने की तैयारी कर लें!"

"जी अब्बा हुज़ूर।" अपने वालिद हसन ख़ाँ मेवाती के आदेश पर ताहिर ख़ाँ ने हामी भरते हुए कहा।

15

अप्रैल महीना और उसकी एक संध्या।

दूर तक फैली यमुना की देह को छूकर आती हवाएँ, जब-जब जलती हुई मशालों से आकर टकरातीं, तो मशालों का ग़ुस्सा देखते ही बनता। मारे क्षोभ के उनकी लौ रह-रह झुँझलाने लगतीं। बाबर ने ख़ेमों के बाहर खुले आसमान के नीचे अपने सारे बेगों, मुसाहिबों, बहादुरों, वज़ीरों, ओहदेदारों, तोपचियों, सिपहसालारों और सरदारों, जिन्हें पहले से ऐसी जंगों का तजुर्बा है, मशविरे के लिए बुलाया। उसने सबके साथ मिलकर आगामी रणनीति पर सलाह-मशविरा किया। किस जगह पर और कैसे जंग होनी चाहिए, जैसे युद्ध-सम्बन्धी पहलुओं पर गहन चर्चा हुई।

उस रात बाबर को पूरी रात नींद नहीं आई। बीच-बीच में जब भी नींद का कोई झोंका आता, अवचेतन में चल रहे युद्ध की तैयारियाँ उसे फिर से जगा देतीं। शाही ख़ेमे में जल रहे चिराग़ों की रोशनी में उसे बनात की मोटी दीवार पर करवट लेती अपनी परछाईं तैरती नज़र आती। उसने जैसे तय कर लिया कि इस जंग में वह उन्हीं तरीक़ों पर अमल करेगा, जो उसने मध्य एशिया में होनेवाले युद्धों में बड़ी बारीक़ी और नज़दीक से देखे थे। कुछ युद्धों के बारे में उसने सुना

था और कुछ में उसने ख़ुद हिस्सा लिया था। अपने पुरखे अमीर तैमूर लंग द्वारा थानेश्वर की जंग में, मेवात के ख़ानज़ादा मल्लू ख़ाँ उर्फ़ इक़बाल ख़ाँ के डर के चलते जिस बचाव के तरीक़े का इस्तेमाल अमीर तैमूर ने किया था, उसी तरीक़े का इस्तेमाल वह यहाँ भी करेगा।

उसने अपने ख़ानदान के लोगों से सुना था कि किस तरह मल्लू ख़ाँ की फ़ौज को देखकर अमीर तैमूर के सैनिक डर गए थे। इस डर को दूर करने के लिए अमीर तैमूर ने अपने सैनिकों को हुक्म दिया कि अपनी फ़ौज के आगे ऊँचे-ऊँचे टीले बना दिए जाएँ। इन टीलों के सामने गहरी खाइयाँ खोदकर उनके सामने हाथियों की पंक्ति बना, उनकी गर्दनों और पैरों को चमड़े के पट्टों से बाँध दिया जाए ताकि दुश्मन के आगे एक अभेद्य दीवार बन जाए। इन्हीं बातों को ध्यान में रखते हुए बाबर ने जो युद्ध-प्रणाली तैयार की है, वह उसे इस जंग में इस्तेमाल करेगा। इस प्रणाली को बाबर ने रूमियों, मंगोलों, ईरानियों और बोहेमियंस के अनुभवों को ध्यान में रखकर तैयार किया है। इसलिए वह पूरी तरह आश्वस्त ही नहीं बल्कि उसे पूरा यक़ीन है कि इस जंग में उसकी फ़तह ज़रूर होगी। तरह-तरह की कल्पनाओं में डूबे बाबर को फ़ज्र की अज़ान से कुछ देर पहले नींद ने ऐसा दबोचा कि सुबह जब उसकी आँखें खुलीं, तो देखा सूरज आसमान में काफ़ी ऊपर चढ़ आया है।

अगले दिन बाबर ने एक बार फिर से अपने बेगों, बहादुरों, तोपचियों, सिपहसालारों और सरदारों के साथ जंग के मैदान की तैयारियों का जायज़ा लिया।

"हमें इस बात का ख़ास ख़याल रखना होगा कि हमारे घुड़सवार और तोपख़ाना, दोनों का आपस में एक-दूसरे से इस तरह ताल्लुक़ होना चाहिए, कि इनकी आपस में एक-दूसरे की हर चाल और हरकत पर नज़र रहे।" बाबर ने अपने विश्वासपात्र और सबसे विश्वसनीय बेग से कहा।

"जी पादशाह सलामत।" बेग सर हिलाते हुए बोला।

"और उस्ताद अली क़ुली, जैसे ही हमारे सिपाहियों से दुश्मन की फ़ौज चारों तरफ़ से घिर जाए, आपको और मुस्तफ़ा रूमी को अपनी तोपों से ताबड़तोड़ हमला कर देना है!"

"जी हुज़ूरे आली।" तोपची उस्ताद अली क़ुली बड़े अदब से आगे बढ़ते हुए बोला।

इसके बाद बाबर ने वहाँ मौजूद अपने बहादुरों और सरदारों की तरफ़ देखा और फिर एक कुटिल मुस्कान बिखेर, उन्हें सम्बोधित करते हुए बोला, "ऐ मेरे ख़ुदावंद बहादुर सरदारो, यह सब बताने का मेरा मक़सद यह है कि आप कोई आम तरीक़े से जंग लड़ने नहीं जा रहे हैं। बल्कि एक ख़ास तरीक़े से जंग लड़ने जा रहे हैं, जिसका नाम है—तुलुग़मा। इसके इस्तेमाल करने के पीछे मेरा मक़सद

है अपनी फ़ौज के सभी हिस्सों को महफ़ूज़ रखना। फ़ौज के सभी हिस्सों के साथ मिलकर दुश्मन के ख़िलाफ़ आगे बढ़ना, और मिलकर उस पर हमला करना। एक-दूसरे की मदद कर आगे बढ़कर जंग लड़ना, या ज़रूरत के मुताबिक़ अपने आपको बचाते हुए जंग करना।"

जिस वक़्त बाबर अपने सरदारों को सम्बोधित कर रहा था, पूरी फ़ौज बड़ी तल्लीनता से उसके आदेशों और निर्देशों को सुन रही थी। इसके बाद बाबर ने दूर अभ्यास करते अपने तोपचियों और तुफ़ंगचियों की तरफ़ देखा और फिर अपने ख़ेमे में आ गया।

अपने गुप्तचरों से मिली जानकारी के आधार पर सुल्तान इब्राहिम लोदी राजपूत राजाओं की तरह हाथियों और घुड़सवारों की विशाल सेना लेकर पानीपत की तरफ़ चल पड़ा। पानीपत से दो मील पहले उसने अपना लश्कर रोक दिया। पानीपत पहुँचने के बाद जंग के मैदान में उतरने से पहले सुल्तान इब्राहिम लोदी ने एक आलीशान दरबार लगाया। दरबार में अपने अमीर-उमरा, बहादुरों और जाँबाज़ सिपाहियों को सम्बोधित करते हुए वह बोला, "ऐ मेरे बहादुर अमीर-उमरा, ये लो बेशक़ीमती हीरे-जवाहरात और सोने की अशर्फ़ियाँ। इस जंग में तब तक आपको लड़ते रहना है, जब तक अपनी सल्तनत के लिए शहीद ना हो जाओ!" इसके बाद उसने अपने दाएँ तरफ़ देखते हुए कहा, "हमारा शाही नुजूमी कहाँ है?"

अपने सुल्तान की आवाज़ पर शाही ज्योतिषी लपककर आगे आया।

"ख़ुदावंद नुजूमी, आसमान की दशा देखकर बताओ कि इस जंग में किसकी जीत होगी?" सुल्तान इब्राहिम लोदी ने शाही ज्योतिषी से पूछा।

"हुज़ूरे आली, सितारों की चाल से ऐसा जान पड़ता है कि हमारे सारे हाथी और घोड़े बाबर की फ़ौज में दाख़िल हो चुके हैं।"

"इसका मतलब यह हुआ कि क़ामयाबी हमारे क़दम चूमने को बेताब है। इस जंग में मुग़लों पर हमारी फ़तह होगी।?"

"जी सुल्तान, ऐसा ही होगा।" ज्योतिषी ने बताया।

"देखा मेरे बहादुरो! हमारा शाही नुजूमी भी हमारी क़ामयाबी की बात कर रहा है। इस जंग को जीतने के बाद मैं आपको बेशक़ीमती तोहफ़े देकर मालामाल कर दूँगा।"

अपने शाही ज्योतिषी के कथन के बाद सुल्तान इब्राहिम लोदी जैसे अपनी जीत को लेकर निश्चिन्त हो गया। पानीपत के मैदान में अपनी एक हज़ार हाथियों की भारी-भरकम फ़ौज के बावजूद उसने अपने दुश्मन पर आक्रमण नहीं किया। न तो उसने बाबर की फ़ौज की संख्या और सैन्य-व्यवस्था जानने की कोशिश की, और

न ही शहर से रसद पहुँचनेवाली व्यवस्था को ध्वस्त किया। इतना ही नहीं, उसने राणा संग्राम सिंह जैसे राजाओं और पूर्वी इलाक़ों के अफ़ग़ानों तक से किसी तरह की मदद लेने की कोशिश नहीं की। यहाँ तक कि न तो उसने बाबर की तरह अपने सैनिकों को पंक्तिबद्ध किया और न ही किसी नई युद्ध-प्रणाली पर ध्यान दिया। इस तरह पानीपत में सुल्तान इब्राहिम लोदी अगले आठ दिनों तक बाबर के ख़िलाफ़ बिना किसी सैनिक कार्रवाई के हाथ पर हाथ धरे बैठा रहा।

जबकि इन आठ दिनों में बाबर ने और पुख़्ता तैयारी कर ली। जब उसे लगा कि सुल्तान इब्राहिम लोदी की सेना लड़ने को आतुर हुई जा रही है, तब उसने दुश्मन की फ़ौज को युद्ध करने के लिए बाध्य किया। उसने अपने तीन बेगों को लगभग पाँच हज़ार सैनिकों की टुकड़ी के साथ दुश्मन के लश्कर पर छापा मारने के लिए रवाना किया। ऐसा बाबर ने दुश्मन को उकसाने के लिए किया और एक हद तक वह इसमें क़ामयाब हो भी गया।

अगली सुबह यमुना के बाएँ तट के क्षितिज से धरती की कोख से निकले, सूरज की धूप में नहाई सुल्तान इब्राहिम लोदी की विशाल सेना, समंदर की बेक़ाबू लहरों-सी हरहराती हुई तेज़ी से आगे की तरफ़ बढ़ने लगी। पूरा क्षितिज आसमान में उड़ते धूल के बादलों और सैनिकों की अन्तहीन क़तारों के पीछे छिप गया। बाबर उस टीले पर खड़ा अपनी तरफ़ बढ़ते सैन्य-ज्वार को अपलक देखे जा रहा है, जिस पर बैल की ख़ाल के तस्मों से कसकर बाँधे गए छकड़े क़तार में पूरी मुस्तैदी के साथ तैनात हैं। बाबर को जैसे इसी मौक़े की तलाश थी।

दुश्मन नज़दीक आता जा रहा है। नज़दीक आने के बावजूद बाबर ने धैर्य नहीं खोया। वह एकदम शान्त रहा। उसे जैसे अब भी किसी ख़ास मौक़े की तलाश है। उसने पलटकर टीले पर पंक्तिबद्ध खड़े छकड़ों व ढालों की ओट में छिपे सिपाहियों की मज़बूत दीवार की तरफ़ देखा। फिर सेना के उस दाएँ हिस्से पर नज़र डाली, जिसकी कमान हुमायूँ ने सँभाली हुई है। बाएँ हिस्से की कमान मुहम्मद सुल्तान मिर्ज़ा और मेहँदी ख़्वाजा को सौंपी गई है। सेना के मध्य भाग के दाएँ हिस्से में चिन तैमूर सुल्तान, सुलेमान मिर्ज़ा, मुहम्मद कोकुलदाश को तैनात किया गया है। वहीं मध्य हिस्से के बाएँ बाज़ू में ख़्वाजा मीर मीरान व तरदी बेग को ज़िम्मेदारी सौंपी गई। तुलुग़मा के लिए दाएँ हिस्से के सिरे पर शेख़ जमाल बारीन को रखा गया। इन दोनों टुकड़ियों का काम चक्कर लगाकर दुश्मन की फ़ौज को दाईं और बाईं तरफ़ से घेरना है। इस तरह मध्य में तोपची, तुफ़ंगची, तीरंदाज़ और पैदल सेना तैनात की गई। जबकि तुलुग़मा के लिए दोनों सिरों पर तूफ़ानी हमलों के लिए घुड़सवार दस्ते तैनात किए गए हैं।

महीना वही अप्रैल। दिन शुक्रवार।

सुल्तान इब्राहिम लोदी की सेना काली आँधी की तरह हरहराती हुई मुग़लों की तरफ़ चली आ रही है। बाबर एकदम निश्चल खड़ा उसे देखे जा रहा है जबकि उसकी सेना और बेगों से इन्तज़ार करना अब मुश्किल हो रहा है। उसे जैसे ही अपनी सेना और बेगों में कुछ हलचल नज़र आती, वह ज़ोर से चिल्ला उठता, "ऐ मेरे ख़ुदावंद बहादुरो, सब्र से काम लो! थोड़ा इन्तज़ार करो! कोई आगे न बढ़े!"

इसी बीच सुल्तान इब्राहिम लोदी की नज़र छकड़ों व ढालों की दीवार के पीछे शान्त खड़ी सेना पर पड़ी। शान्त सेना को देख, उसने भी अपनी फ़ौज रोक दी। उसने बाबर की सेना पर नज़र दौड़ाई और कुछ पल सोचने के बाद अपने सिपहसालारों को हुक्म दिया, "ऐ मेरे सिपाहियो! तुरन्त वापिस मुड़ो! दुश्मन पर सामने से हमला करने के बजाय, शहर की तरफ़ से निकलकर टीले को घेरकर, उसके दाहिने हिस्से पर टूट पड़ो!"

मगर जब तक अपनी विशाल फ़ौज तक सुल्तान इब्राहिम लोदी का हुक्म पहुँचता और वह कुछ कार्रवाई करता, बाबर की सेना ने जवाबी कार्रवाई शुरू कर दी। दो हज़ार घुड़सवार सैनिक इब्राहिम लोदी के बाएँ तरफ़ मुड़ रहे हाथियों व पैदल सिपाहियों के बग़ल से निकलकर, उसके पिछले हिस्से में पहुँच गए। तुलुग़मा बनानेवाले सैनिकों ने दाएँ-बाएँ से इब्राहिम लोदी की सेना को घेर लिया और उन पर बाणों की बौछार शुरू कर दी। देखते-ही-देखते इब्राहिम लोदी की सेना चारों तरफ़ से घिर गई। बाबर ने जैसे ही देखा कि इब्राहिम लोदी की सेना चारों तरफ़ से घिर गई है, वह टीले पर बैलों की ख़ाल के तस्मों से जकड़कर बाँधे गए छकड़ों के बीच में खड़ी तोपों की तरफ़ इशारा करते हुए चिल्लाया, "उस्ताऽऽऽद! अपनी तोपों का मुँह खोल दो!"

इधर बाबर का हुक्म हुआ, उधर उस्ताद अली क़ुली और मुस्तफ़ा रूमी की टीले पर खड़ी तोपें गरज़ उठीं। देखते-ही-देखते इब्राहिम लोदी की सेना के पाँव उखड़ने लगे। बाबर की योजना सफल होने लगी। इब्राहिम लोदी की सेना बाबर की सेना से कई गुना ज़्यादा है। भले ही इब्राहिम लोदी की सेना के घोड़े बेहद तेज़ हैं, पर हाथियों से बहुत कमज़ोर हैं। घेरे को तोड़ने के लिए सिपाही कभी दाईं तरफ़ दौड़ने लगे, कभी बाईं तरफ़। चारों तरफ़ अफ़रा-तफ़री मच गई। इसी बीच बाबर ने टीले के सामनेवाले हिस्से को अपने सैनिकों से ख़ाली करने का आदेश दिया। इधर जैसे ही बीच का यह हिस्सा ख़ाली हुआ इब्राहिम लोदी को इससे बेहतर मौक़ा नज़र नहीं आया। उसने जंग के फ़ैसले को अपनी तरफ़ मोड़ने की ग़रज़ से अपने जंगी हाथियों को टीले की तरफ़ मोड़ने का हुक्म दे दिया, ताकि इस ऊँची जगह से जंग को जीता जा सके। इब्राहिम लोदी के हुक्म पर उसके जंगी हाथी तेज़ी से

टीले की तरफ़ बढ़ने लगे। बाबर ने जैसे ही देखा कि इब्राहिम लोदी के जंगी हाथी, बैलों की ख़ाल के तस्मों से बाँधकर खड़े किए गए छकड़ों की तरफ़ बढ़ रहे हैं, उसने छकड़ों के पहियों के नीचे लगी उन टेकों को हटाने का हुक्म दिया, ढलान पर जो छकड़ों को रोके हुए थे। टेक हटते ही सारे छकड़े हरकत में आ गए और भयानक दैत्य का रूप धारण कर, जो भी उनके सामने आया, उसे कुचलते हुए नीचे की तरफ़ लुढ़कने लगे। इधर एक साथ बाबर के सैकड़ों छकड़े दुश्मन की फ़ौज का काल बन उन्हें रौंदते हुए गति पकड़ने लगे, उधर दुश्मन पर तोपों और तुफ़ंग से गोलीबारी तेज़ हो गई।

उस्ताद अली क़ुली और मुस्तफ़ा रूमी की तोपों की गगनभेदी गर्जना से जैसे कान के परदे फटने लगे। लगने लगा जैसे बादलों को फाड़कर आसमानी बिजली इब्राहिम लोदी की सेना पर गिर रही है। चारों तरफ़ छाए धुएँ और कालिख की वजह से युद्ध के मैदान में कुछ नज़र नहीं आ रहा है। जब-जब तोपों की नालों में भरे गए पत्थर तोपों के मुँह से पूरी गति से निकल हाथियों से आकर टकराते, मारे दर्द के हाथी बिलबिला उठते। चिंघाड़ते हुए घायल हाथी अपने ही घुड़सवारों और पैदल सेना को ऐसे कुचलने लगे, मानो उनके पैरों तले कीड़े-मकोड़े कुचले जा रहे हैं। महावत जैसे-जैसे उन्हें क़ाबू में रखने की कोशिश करते, वे उतने ही बेक़ाबू होने लगे। सुल्तान इब्राहिम लोदी के उतने सैनिक बाबर की सेना से हुई लड़ाई में नहीं मारे जाने लगे, जितने टीले से नीचे लुढ़कते छकड़ों की चपेट में आने और तोपों से निकले पत्थरों की मार से मारे जाने लगे। देखते-ही-देखते युद्ध का मैदान इब्राहिम लोदी के मरे हुए सैनिकों का मरघट बन गया। जो अमीर-उमराव इब्राहिम लोदी से असन्तुष्ट थे, वे मौक़ा पाते ही उसे अकेला छोड़ आसपास के जंगलों में भाग गए।

इब्राहिम लोदी अब अपने पाँच हज़ार घुड़सवारों के साथ बाबर की सेना से घिर गया। अपने सुल्तान को घिरा देख उसका एक अमीर महमूद ख़ाँ, इब्राहिम लोदी के पास आया और उससे गुज़ारिश करने लगा, "हुज़ूर, आप बहुत बड़ी मुसीबत में घिर गए हैं। अच्छा होगा कि आप मैदाने-जंग से निकल जाएँ। अगर आप सलामत रहेंगे, तो यह फ़ौज फिर से इकट्‌ठी हो जाएगी!"

"महमूद ख़ाँ, क्या कहा मैदाने-जंग से निकल जाऊँ? हम अफ़गानों के लिए मैदाने-जंग से निकलकर भागना कितनी बड़ी बुज़दिली है, यह आप जानते हैं? जिस सुल्तान के इतने अमीर-उमराव और जाँबाज़ सिपाही उसके सामने शहीद हुए पड़े हों, वह सुल्तान उन्हें इस तरह लावारिस छोड़कर भाग जाए, आपने कैसे सोच लिया? आप शायद भूल रहे हैं कि बादशाह सुर्ख़ ख़ेमे लगाते हैं और यह उनकी सुर्ख़-रुई की निशानी होती है। महमूद ख़ाँ, हमने अपने ख़ून से अपने आपको सुर्ख़ कर लिया है। हमने फ़तह की सुर्ख़-रुई का लिबास पहन लिया है और अब जब सुर्ख़ लिबास पहन ही लिया है, तब यह कैसे ज़र्द हो जाए?" इसके बाद इब्राहिम

लोदी ने एक फ़ीकी हँसी बिखेरी और आकाश की तरफ़ देखते हुए बोला, "इस वक़्त यह बेग़ैरत आसमान भी इस बाबर की ही मदद कर रहा है। इसलिए अच्छा तो हम सबके लिए यही है महमूद ख़ाँ कि मैं और मेरे ये साथी सब एक ही जगह पर ख़ून से सनी धूल में मिल जाएँ। इसलिए याद रखिए कि—

हम कुछ और हो जाएँ ये मुनासिब नहीं
कि सुर्ख़-रूहों को ज़ैब नहीं ज़र्द हो जाना।"

अपने सुल्तान की दृढ़ता देख महमूद ख़ाँ की आँखें भर आईं। वह जानता है कि उसके सुल्तान का बचना अब मुश्किल है, फिर भी उसे यहाँ से निकलना मंज़ूर नहीं है। महमूद ख़ाँ ने कुछ नहीं कहा और वह भी पूरी दिलेरी और बहादुरी के साथ अपने सुल्तान के कंधे से कंधा मिलाकर युद्ध करने लगा।

युद्ध अब अपने पूरे उन्माद पर पहुँच गया। जब-जब उस्ताद अली क़ुली और मुस्तफ़ा रूमी की तोपों से निकले और बारूद की गंध में सने पत्थर के गोले पूरी गति के साथ हवा को चीरते हुए दुश्मनों पर पड़ते, तो धरती दहल उठती। पत्थर के गोलों, तुफ़ंग की गोलियों और कमान से छूटे तीरों की बौछारों के आगे इब्राहिम लोदी के सैनिकों की हिम्मत जैसे जवाब देने लगी और थोड़ी देर बाद उनमें भगदड़ मच गई। इस भगदड़ में ज़मीन पर गिरे हुए उसी के सैनिक कुचले जाने लगे। इस दृश्य से घबराकर बाक़ी सैनिक भी अपने-अपने हथियार फेंककर भागने लगे।

ऊपर टीले पर तोपों के पीछे खड़े बाबर ने जैसे ही यह भगदड़ देखी, वह समझ गया कि फ़तह अब उससे ज़्यादा दूर नहीं है। उसने उसी समय अपने कुम्मैत घोड़े को एड़ लगाई और चिल्लाते हुए उसे अपने अंगरक्षक दल की तरफ़ मोड़ दिया, "बेग, जल्दी से पता करो कि हमारा दुश्मन इब्राहिम लोदी मैदाने-जंग में मौजूद है, या वह भी मैदान छोड़कर भाग गया है?"

बाबर का हुक्म पाते ही एक बेग ने धुएँ व गरदे में लिपटे जंग के मैदान पर नज़र दौड़ाई। एक बार तो लाशों और ज़ख़्मी सिपाहियों से पटे मैदान को देख उसका रोआँ-रोआँ सिहर गया। इससे पहले कि बेग कोई जवाब दे पाता, उसी समय रक़ाब में फँसे ख़ून से लथपथ पैरों के साथ एक घोड़ा बाबर के सामने आकर रुका और उस पर बैठा सैनिक किलकते हुए बोला, "हुज़ूर, फ़तह हमारी हुई! दुश्मन भागने लगा है।"

"इब्राहिम कहाँ है?" बाबर ने दाँत पीसते हुए पूछा।

"हुज़ूर, यह तो पता नहीं। मगर मैंने एक सफ़ेद झूलवाला हाथी अपने जाँबाज़ सिपाहियों से घिरा ज़रूर देखा है।"

"रुकिए बेग!" पहले बेग को रोकने का हुक्म दे बाबर अपने एक चालीसेक साल के हट्टे-कट्टे बेग की तरफ़ मुड़ा, "दिलावर ख़ाँ, जैसे भी हो हमारे दुश्मन

को ढूँढ़ो। अगर वह भाग गया है तो पूरी रफ़्तार से उसका पीछा करो! देहली ही नहीं आगरा तक उसका पीछा करना पड़े, तो करो! तबाह कर दो इब्राहिम को। मुझे आपसे पूरी उम्मीद है मेरे बहादुर।"

"पादशाह सलामत, अपने इस काम को अंजाम देने के लिए मैं अपनी जान की बाज़ी लगा दूँगा।"

"जाइए, जल्दी करिए! कहीं ऐसा न हो कि वह हमारी हद से बाहर हो जाए।" बाबर बोला।

अप्रैल की बढ़ती गर्मी के साथ सूरज बीच आसमान में पहुँच गया। जंग अब भी चल रही है।

दिलावर ख़ाँ ने सफ़ेद झूलवाले हाथी पर बैठे इब्राहिम लोदी को बहुत ढूँढ़ा मगर वह उसे कहीं नहीं मिला। जब वह नहीं मिला तब दिलावर ख़ाँ ने इब्राहिम लोदी के कुछ महावतों को पकड़ लिया।

"देखो, अगर तुम मुझे यह बता दोगे कि तुम्हारा सुल्तान किधर भागा है, तो मैं तुम्हें छोड़ दूँगा वरना..."

इससे पहले कि दिलावर ख़ाँ अपनी बात पूरी करता, एक महावत घिघियाते हुए बोला, "मैंने सुना है कि सुल्तान अपने हाथी के साथ मारा जा चुका है।"

"मारा जा चुका है तो फिर कहाँ गया? ज़मीन ने उसे अपने भीतर समा लिया या आसमान निगल गया?" दिलावर ख़ाँ झल्लाते हुए बोला।

मगर पकड़े गए किसी भी महावत ने कोई सन्तोषजनक उत्तर नहीं दिया। दिलावर ख़ाँ निराश हो इधर-उधर देखने लगा। इसी बीच एक मुग़ल सिपाही उसके पास आया और बड़े अदब से बोला, "बेग साहब, कुछ लोगों की लाशें उस तरफ़ भी पड़ी हैं।" सिपाही ने हाथ के इशारे से एक उजाड़ की तरफ़ इशारा करते हुए बताया।

दिलावर ख़ाँ कुछ सैनिकों को लेकर उसी तरफ़ बढ़ गया। उसकी जहाँ तक नज़र गई, उसे छोटे-छोटे ताज़ा ख़ून के तालों के इर्द-गिर्द रक्त में लिपटे मरे हुए दुश्मन के सैनिकों की लाशें-ही-लाशें दिखाई दीं। इतनी लाशें कि इनकी गिनती करना भी मुश्किल है। लग रहा है जैसे यमुना के किनारे बसे पानीपत के इस मैदान में लाशों की फ़सल उग आई है। लाशों से बचते-बचाते वह धूल और ख़ून में सनी एक लाश तक पहुँचा, तो देखा लाश का ताज उसके सर के पास और आफ़ताबगीर (छत्र) अलग पड़ा हुआ है। सिपाही की बात सच निकली। बीच में पड़ी इस लाश को पहचानने में दिलावर ख़ाँ को एक पल भी नहीं लगा। सुल्तान इब्राहिम लोदी की धूल और ख़ून में सनी लाश को देखते ही दिलावर ख़ाँ रो पड़ा।

दिलावर ख़ाँ सुल्तान इब्राहिम लोदी की लाश के बारे में अभी कुछ फ़ैसला कर पाता, कि उसने देखा एक सिपाही अपनी म्यान से ख़ून में सनी तलवार खींच,

लाश का सर धड़ से अलग करने के लिए आगे बढ़ रहा है। दिलावर ख़ाँ ने सिपाही को ललकारते हुए बीच में रोक दिया,"ख़बरदार जो आगे बढ़ा। यह ठीक नहीं है। आख़िर इब्राहिम लोदी भी अपनी सल्तनत का सुल्तान रहा है। हमें इसकी इत्तिला अपने पादशाह को जाकर देनी चाहिए।"

दिलावर ख़ाँ की चेतावनी पर सिपाही जहाँ था, वहीं रुक गया। उसने अपनी तलवार म्यान में वापिस रख ली। दिलावर ख़ाँ बाबर को इब्राहिम लोदी की मौत की ख़बर देने के लिए लौट गया।

बाबर अपने घोड़े पर सवार अब भी उसी टीले पर है। वह जैसे अपने बेग दिलावर ख़ाँ का ही इन्तज़ार कर रहा है।

"कुछ पता चला ख़ुदावंद दिलावर खाँ?" अपने सामने हाथ बाँधे उदास खड़े दिलावर ख़ाँ की तरफ़ देखते हुए बाबर ने पूछा।

बाबर ने दोबारा पूछा तो इस बार दिलावर ख़ाँ की रुलाई फूट गई।

"ओह! तो सुल्तान इब्राहिम लोदी सचमुच मारा जा चुका है।" दिलावर ख़ाँ को रोता देख बाबर की समझ में सारा माजरा आ गया।

"जी...जी पादशाह सलामत।" दिलावर ख़ाँ के शब्द एकाएक टूटने लगे।

"लाश कहाँ है?"

"उस तरफ़ हुज़ूर!" दिलावर ख़ाँ ने भरे मन से बताया।

"चलिए!" इतना कह बाबर अपने दूसरे बेगों के साथ दिलावर ख़ाँ के पीछे-पीछे चल दिया।

"पादशाह सलामत!"

पीछे से पड़ी आवाज़ पर बाबर ने पलटकर देखा। लगा जैसे दिलावर ख़ाँ कुछ कहना चाहता है।

"बेग, कुछ कहना चाहते हो?" बाबर ने रुकते हुए पूछा।

"बस, एक छोटी-सी अर्ज़ है कि सुल्तान के जनाज़े को उसी इज़्ज़त और रिवायत के साथ दफ़नाना, जिस तरह एक पादशाह या सुल्तान को दफ़नाया जाता है।"

"इस बात से बेफ़िक्र रहिए दिलावर खाँ।"

बाबर ने दिलावर ख़ाँ द्वारा बताए गए उजाड़ में सुल्तान इब्राहिम लोदी की धूल और ख़ून में सनी लाश को देखा, तो एक बार वह भी भीतर तक काँप गया। वह छोटे-छोटे क़दमों से इब्राहिम लोदी की लाश तक गया। एक तरफ़ लुढ़के सर को उसने सीधा किया। फिर उसके सर से अलग हुए ताज को सर पर रखा और पास में पड़े आफ़ताबरीर (छत्र) को ताज में लगाते हुए, सुल्तान इब्राहिम लोदी की मृत देह को अपने दोनों हाथों में उठा लिया। कुछ पल उसे निहारने के बाद वह बोला, "तेरी जाँबाज़ी को सलाम है सुल्तान।" इसके बाद बाबर मरहूम की आत्मा की शान्ति के लिए दुआ करने लगा, "इन्नालिल्लाहय व इन्ना इलैहि राजीउन।

अल्लाह तआला मरहूम की मग़फ़िरत फ़रमाए...जन्नतुल फ़िरदौस अता फ़रमाए... आमीन सुम्मा आमीन!"

"आमीन!" बाबर के बाद आसपास खड़े बेगों और सिपाहियों ने समवेत स्वर में कहा।

इसके बाद बाबर धीरे-से दिलावर ख़ाँ की तरफ़ मुड़ा, "दिलावर ख़ाँ, ज़रबफ़्त के थानों का इन्तज़ाम और मिसरी का हलुवा तैयार करवाया जाए। मरहूम सुल्तान के जनाज़े को नहलाकर उसी जगह दफ़नाया जाए, जहाँ यह शहीद हुआ है!"

"जी हुज़ूरे आली।" कहते हुए दिलावर ख़ाँ के शब्द एक बार फिर भीगते चले गए।

बाबर के हुक्म पर सुल्तान इब्राहिम लोदी को वहीं दफ़ना दिया गया, जिस उजाड़-सी जगह पर उसकी लाश पाई गई थी।

16

नौ से ऊपर बढ़ता बत्तीसा,
पानी पथ में भारत दीसा।
चौथी रजब, शुक्कर वारा,
बाबर जिता बराहीम हारा॥

—अहमद यादग़ार, तारीख़े-दाऊदी

इस तरह जुह्र की नमाज़ के ख़त्म होते-होते, पानीपत के पहले युद्ध में सुल्तान इब्राहिम लोदी की इस पराजय के साथ ही अफ़ग़ान साम्राज्य का अन्त हो गया। एक लाख घुड़सवारों और सौ हाथियों की भारी-भरकम पैदल सेना के बावजूद, वह सिर्फ़ बारह हज़ार सैनिकों वाले बाबर से हार गया। तक़रीबन पाँच से छह हज़ार सैनिकों की मैदान में चारों तरफ़ ख़ून से लथपथ धड़ से अलग हुए नरमुंड, कंधों से अलग हुए हाथ, तलवारों की ख़ून में सनी हुई मूठें और तोप की नाल से निकले पत्थरों के गोलों की चपेट में आने से चिथड़ी हुई लाशें ही लाशें नज़र आ रही हैं। जगह-जगह औंधी-सीधी पड़ी लाशों और घायल सैनिकों के आसपास जमा हो गए ख़ून के छोटे-छोटे ताल दिखाई दे रहे हैं। कहीं-कहीं तो ऐसा लग रहा है जैसे ख़ून के कई सोते एक साथ ज़मीन की छाती को फोड़कर एक जगह जमा हो गए हैं। जगह-जगह मरे हुए सिपाहियों की खुली-अधखुली स्थिर आँखों को देखकर लगता जैसे ये अभी, इसी वक़्त बोल पड़ेंगी।

टीले पर तुलुग़मा के लिए क़तार में जिन फ़तहमन्द अराबों (छकड़ों) को बैलों की ख़ाल से बनाए गए मज़बूत पट्टों से एक-दूसरे के साथ बाँधने के बाद, टेक लगाकर रोका गया था, नीचे की तरफ़ लुढ़कने से वे इधर-उधर उलटे हुए हैं। जबकि बहुत से उस खाई में गिरे हुए हैं, जिसको युद्ध से पहले पेड़ों की पत्तों वाली शाखाओं से पाट दिया गया था। कुछ के पहिए निकलकर अलग पड़े हुए हैं, तो कुछ लुढ़कने के बाद पूरी तरह टूटे हुए हैं। तोपों के मुँह से उगले पत्थरों पर लिपटी बारूद की गंध अब भी फ़िज़ा में घुली हुई है।

अस्र की अज़ान के आसपास बाबर ने तुरन्त अपने बेटे मिर्ज़ा हुमायूँ को थोड़ी-सी सेना के साथ आगरा के लिए, और एक अन्य बेग को इस हुक्म के साथ देहली के लिए रवाना कर दिया, कि वे वहाँ जाकर इन्हें अपने क़ब्ज़े में ले लें और वहाँ अपने आदमी नियुक्त कर दें।

मग़रिब की अज़ान के वक़्त जो सूरज यमुना के बाएँ तट पर कुछ देर पहले तक सुल्तान इब्राहिम लोदी और उसकी लहरों-सी उफ़ान मारती फ़ौज को अपनी धूप में नहला रहा था, उसी डूबते सूरज की चमक तेज़ी से फीकी पड़ने लगी। जंग के मैदान से लौटकर बाबर मोटी बनात के अपने आठ कोनों वाले लाल शाही ख़ेमे पर आ गया। ख़ेमे के बाहर पहले से इन्तज़ार कर रहे आफ़ताबाची ने सर झुकाते हुए, हाथ-मुँह धोने के लिए पानी से भरी सुराही आगे करते हुए टेढ़ी कर दी। मुँह धोने के दौरान बाबर ने कई बार चुल्लू में पानी भरकर आँखों पर छींटे मारे। मुँह धोने के बाद उसने आफ़ताबाची के पास खड़े कारिन्दे से गमछा लिया और मुँह पोंछने के बाद उसे वापिस दे दिया। पश्चिम में क्षितिज की ओर बढ़ते सूरज के मद्धिम पड़ते उजाले के कारण ख़ेमे के अन्दर का मटमैला उजास काफ़ी कम हो गया। इसलिए बाबर के प्रवेश करने से पहले ही ख़ेमे में चिराग़ जला दिए गए। अपना ज़रबफ़्त चोग़ा और क़ीमती मोतियों से बना रेशमी अमामा सर से उतार शाही ख़िदमतगार को देने के बाद बाबर बिस्तर पर आ लेटा।

थकान होने के बावजूद बाबर को देर तक नींद नहीं आई। न जाने क्यों आज एकाएक कुछ पुरानी यादों के झोंके रह-रहकर, उसकी यादों की पलकों से आकर टकरा रही हैं। स्मृतियों के गड्डमड्ड होते चित्र आपस में उलझने लगे। अचानक समरकन्द में अपने सौ दिन के प्रवास के दौरान उसकी कल्पनाओं की माहरू यानी चन्द्रमुखी, आयशा बेगम की परछाईं जैसे चिराग़ की मद्धिम रोशनी में ख़ेमे की दीवार पर थिरकने लगी, जो धीरे-धीरे जीवित आकृति में बदलती चली गई। कैसे दिन थे वे कि इन सौ दिनों में वह एक बार भी तो अपनी माहरू का दीदार नहीं कर पाया था। कुछ पल के लिए बाबर को लगा मानो उसके हमउम्र दोस्त और बेग नुयान कुकलदाश के हाथों आयशा की तरफ़ से भेजे गए, ओस की बूँद से थोड़े बड़े दो नन्हे-नन्हे हीरे उसकी खुली हथेली पर चमक रहे हैं। उसी शाम

बोस्तान सराय महल में अपनी सुकुमारी मंगेतर आयशा बेगम के लिए, जवानी की दहलीज़ पर क़दम रख चुके बाबर द्वारा लिखी गई ग़ज़ल का अशआर उसके होंठों पर मचल उठा—

हुस्न का तेरे है चर्चा हर जगह पर, माहजबीं,
वस्ल तेरा मुझको कब होगा मयस्सर, माहजबीं!
सर न पहुँचा तेरे ज़ानू तक तो चला जाऊँगा
जाएगा लेकर जहाँ मुझको मुक़द्दर, माहजबीं।

एकाएक बाबर की आँखों के सामने अपनी महज़ पाँच बरस की उम्र में सुल्तान अहमद मिर्ज़ा मीरान की बेटी आयशा सुल्तान बेगम से हुई सगाई, और इसी से हुए निकाह के बाद पूरी सुहागरात चली चुहल की तस्वीरें तिरमिराने लगीं। देखते-ही-देखते उस रात का वह दृश्य बनात की दीवार पर सजीव हो उठा, जब कपड़े उतारते वक़्त आयशा की पतली कलाई से मानिक जड़ा सोने का कड़ा कहीं लुढ़क गया था। थोड़ी देर बाद जब आयशा को इसका एहसास हुआ तो वह घबरा उठी। जब तक बेचैन बाबर की कुछ समझ में आता, कसमसाते हुए वह बाबर के आलिंगन से छिटककर अलग हो गई। अपने कैशोर्य के मात्र तेरहवें साल में एक बेटी फ़ख़रुनिसाँ के बाप बने बाबर की आँखें, अपनी इस बेटी को याद कर भर आईं, जो एक महीना ज़िन्दा रहने के बाद ख़ुदा को प्यारी हो गई थी।

चिराग़ की रोशनी में बनात पर उभरे पुरानी यादों के चलचित्रों में, बाबर इस क़दर खोया हुआ था कि अगर बाहर पसरे स्याह सन्नाटे को चीरती हुई गीदड़ की अचानक हूऽऽऽ कर्कश आवाज़ कानों में नहीं पड़ती, तो उसे पता भी नहीं चलता कि वह इस समय समरकन्द में नहीं, हिन्दुस्तान के पानीपत में है।

अतीत की ख़ुशनुमा कन्दराओं से निकलकर बाबर जैसे ही वर्तमान में लौटा, उसके होंठ वक्र होते चले गए। उस दृश्य को याद कर उसकी मुट्ठियाँ भिंचने लगीं, जब आयशा बेगम ने अपने शौहर बाबर के साथ समरकन्द जाने से साफ़ मना कर दिया था। सुलह के सारे रास्ते जब बन्द हो गए, तब बाबर ने यह कहते हुए आयशा को हमेशा के लिए आज़ाद कर दिया, कि आज से आपकी पीठ मेरे लिए मेरी माँ की पीठ की तरह हुई। मैं सदा के लिए आपको छोड़ता हूँ। आज से आप मेरी बीवी नहीं रहीं—तलाक़! तलाक़!! तलाक़!!!

उस दिन को याद कर बाबर का जिस्म जैसे ऐंठने लगा। मोटे बनात के ख़ेमे में पसरी चिराग़ की रोशनी के बावजूद बाबर की आँखों के आगे अँधेरा छाने लगा। इतनी बड़ी जंग जीतने के बाद जहाँ उसके जिस्म में एक नई ताक़त और ताज़गी होनी चाहिए, वहाँ कुछ क्षणों के लिए ऐसा लगा, मानो किसी ने उसके जिस्म का रक्त सोख लिया।

बाबर आयशा बेगम से जुड़ी यादों की कश्तियों से उतरा, तो काबुल में रह गई बीवी माहम बेगम और अपनी पाँच साल बड़ी बदनसीब बहन ख़ानज़ादा बेगम की यादों ने उसे आ घेरा। वही ख़ानज़ादा बेगम, जो अपने छोटे भाई बाबर की तरह अपनी छोटी-सी उम्र में ज़िन्दगी के न जाने कितने उतार-चढ़ाव देख चुकी है। वही ख़ानज़ादा बेगम, जो क़ाराताग़ में अपने इकलौते बेटे ख़ुर्रम को खो चुकी है। बाबर को याद आया जब उसकी इसी बड़ी बहन ने रुँधे गले से एक बार अपने इस छोटे भाई से कहा था, 'मुझे आपके अज़ीम मुस्तक़बिल का पूरा भरोसा है।' ख़ेमे में चिराग़ों की रोशनी के बावजूद बाबर की आँखों के सामने ख़ानज़ादा बेगम की बेनूर सूरत तैर गई। यह सोचते हुए बाबर की आँखें भर आईं कि बादशाह होने के बावजूद वह अपनी इस बदनसीब बहन को कुछ भी तो सुख नहीं दे पाया। बल्कि ख़ानज़ादा बेगम ने अपने भाई के लिए अपने आपको, अपनी उम्र से बहुत बड़े हैवान शैबानी ख़ान को समर्पित कर क़ुरबान कर दिया था।

जब देर तक बाबर को नींद नहीं आई, तब वह अपने ख़ेमे से बाहर आया। अप्रैल की ठंडी रात में जगह-जगह ख़ेमों के बाहर जलते मशालों के बीच, बाबर ने तारों से भरे आसमान की तरफ़ देखा, तो उसकी नज़र आसमान में तनी तारों की ओढ़नी के बीच फैली आकाश गंगा पर टिक गई। आकाश गंगा से नज़र हटाकर उसने घूमकर देखा, तो इस बार वह जैसे सात तारों के समूह सप्तऋषि में खो गया। सप्तऋषि तारामंडल के जाल से बाहर निकल, वह शान्त यमुना के कल-कल बहते पानी के मद्धम शोर की तरफ़ बढ़ा, कि उसके कानों में किसी के कराहने की आवाज़ पड़ी। बाबर समझ गया कि यह किसी बदनसीब ज़ख़्मी जवान की कराह है। यह सोचकर कि जल्दी ही इसकी मौत हो जाएगी और इसे अगले दिन जंगली जानवर, चील-कौवे या फिर कुछ गिद्ध खा जाएँगे, उसके क़दम वहीं रुक गए और वापिस अपने ख़ेमे में लौट आया।

ख़ेमे में आने के बाद बाबर साथ लाए अपने क़ुतुबख़ाने के पास बैठ गया। उसके इस ख़ज़ाने में उसकी बहुत-सी नायाब और पसन्दीदा किताबें रखी हैं। पता नहीं इस क़ुतुबख़ाने में ऐसा क्या जादू है कि वह जब भी इसके पास बैठता है और इसे छूता है, इसके स्पर्श भर से वह एक शीतलता से भीतर तक भीगता चला जाता है। उसे लगता है जैसे सुनहरे पन्नों और मख़मल व चमड़े की जिल्दों में महान शायरों की साँसें बसी हुई हैं। फ़िरदौसी, शेख़ सादी और नवाई की न जाने कितनी बैतें उसे ज़बानी याद हैं। एक-एक कर वह अपने क़ुतुबख़ाने के ज़ख़ीरे से कुछ ख़ुशनवीसों द्वारा नक़ल की गई दुर्लभ किताबों और पुराने सफ़ों को निकालने लगा। सबसे पहले उसने शीरी फ़रहाद निकाली। उसे याद आया कि अपनी तरुणाई में फ़ारसी में शरीअत का सबक़ लेने के दौरान, अपने मुदर्रिस से छिपाकर रखी काली चकमान पहने, बेंत टेककर खड़े लम्बे नवाई वाली तस्वीर,

इसी शीरी फ़रहाद की मोटी किताब से निकालकर, अपने सबक़ के दफ़्तर में रख ली थी। कुछ पल के लिए उसकी आँखों के सामने दूर हिरात में रह रहा मीर अली शेर सजीव हो उठा।

इसके बाद वह समरकन्द शहर में मची मार-काट के दौरान, कुतुबुद्दीन नाम के मशहूर किताबफ़रोश की पुरानी दुकान के ताक़ों से मिली, अब्दुर रज़्ज़ाक़ समरकन्दी की तरह-तरह की तस्वीरों वाली किताब के अलावा बेशक़ीमती सुनहरी जिल्द में महमूद काशग़री, अब्दुर रहमान जामी की किताबों को निकालकर देखने लगा। बाबर को याद आया कि इस दुकान पर वह सफ़ेद दाढ़ीवाले जौहरी के साथ गया था। यह वही सफ़ेद दाढ़ीवाला जौहरी था, जिसका ज़िक्र कभी उसके प्रिय कवि मीर अली शेर ने मशहूर शाहकार मजलिस-उल-नफ़ाइस में किया था। वह जिस अरूज के बारे में नवाई की मेजान-उल-ओजान को अरसे से ढूँढ़ रहा था, वह किताब भी उसे इसी किताबफ़रोश की दुकान से मिली थी। इसके बाद उसे हिरात में लिखी उसकी ग़ज़लों का सुल्तान अली मशहदी द्वारा चमड़े के थैले में दिए गए चिकने काग़ज़ों का पुलिंदा नज़र आया। बड़े सलीक़े से रखे रेशम से चिकने पन्ने, जिस पर ख़ुशनवीस ने उसकी ग़ज़लों को बेहद ख़ूबसूरत तरीक़े से नक़ल किया हुआ था, उस पुलिंदे को निकाला और अपनी इस ग़ज़ल को पढ़ने लगा—

न मिला जाँ के सिवा यारे वफ़ादार मुझे
न मिला दिल के सिवा महरमे असरार मुझे
सीख ले अब तो बिना यार के जीना बाबर
ख़ूब की सैरे जहाँ, पर न मिला यार मुझे।

अपनी ग़ज़ल को पढ़कर बाबर मन-ही-मन ही मुस्करा उठा। उसे याद आया जब उसने अपने बेटे हुमायूँ से एक बार कहा था कि 'शायरी में एक नाचीज़ जुगनू बने रहने की क्या ज़रूरत है? उसका बेलौस जानकार और पारखी बनना कहीं ज़्यादा बेहतर है।' बाबर ने मन-ही-मन अपने आपसे कहा कि सच तो यह है कि वह शायरी का एक नाचीज़ जुगनू ही बना रहना चाहता है। ऐसा जुगनू जिसकी रोशनी भले ही घने अँधेरे को नहीं भेद पाती है, मगर उसके पास रोशनी की एक छोटी-सी उम्मीद तो है। चिराग़ की रोशनी में वह देर तक अपने इस क़ुतुबख़ाने की नायाब किताबों और उनके सफ़ों पर लिखे शब्दों को ऐसे सहलाता रहा, मानो किसी मासूम को सहला रहा हो। पता नहीं इस स्पर्श से बाबर को क्या सुकून मिला, कि इसके बाद उसे ख़ुद ही पता नहीं चला कि उसे कब नींद आ गई।

सुबह बाबर ने ख़ेमे से बाहर निकलकर देखा, तो पाया पूरा आसमान गिद्धों के झुंड और चील-कौवों के स्याह बादलों से पटा हुआ है। कुछ तो लावारिश पड़ी

लाशों को नोच-नोचकर खा रहे हैं। पानीपत शहर से आवारा कुत्ते भी आ गए। वे भी लाशों को खाने में लगे हुए हैं। जिस्म को सहलानेवाली सुबह की ठंडी ताज़ा हवा में मरे हुए, अपने और दुश्मन के सिपाहियों की लाशों और जगह-जगह जम चुके ख़ून के चकत्तों से उठती दुर्गंध घुली हुई है। अपने ख़ेमे में आने के बाद बाबर ने अपने बेगों, अमीरों, ओहदेदारों और सिपहसालारों को बुलाकर हुक्म दिया कि जंग में हमारे जितने भी जाँबाज़ शहीद हुए हैं उन्हें इसी वक़्त दफ़नाया जाए। इसके बाद हमें पानीपत से तुरन्त देहली की तरफ़ कूच करना है। हुक्म होते ही देहली कूच करने की तैयारियाँ शुरू हो गईं, जो दोपहर होते-होते पूरी हो गईं। एक दिन पहले आगरा और देहली के लिए दो टुकड़ियाँ रवाना कर बाबर का क़ाफ़िला अब देहली की तरफ़ रवाना हो गया।

17

पानीपत की जंग में सुल्तान इब्राहिम लोदी की हार की ख़बर जैसे ही अलवर पहुँची, वहाँ हाहाकार मच गया। इब्राहिम लोदी की हार हो जाती, तब भी कोई बात नहीं थी, क्योंकि युद्ध में या तो हार होती है, या जीत। मगर इस युद्ध में इब्राहिम लोदी की हार के साथ उसकी मौत की ख़बर ने अलवर क़िले की जैसे बुनियाद ही हिलाकर रख दी।

पूरे क़िले में मातम छा गया। उसकी ऊँची-ऊँची मज़बूत और अभेद्य दीवार सहम गईं। चारों कुंड, ऊपर बना तालाब, गहरी बावड़ी और कुओं का पानी भीतर-ही-भीतर सिहर गया। दुश्मन से बचने के लिए क़िले के अन्दर, पश्चिमी दिशा की ढलान में पूरब की तरफ़ बने अँधेरे दरवाज़े का अँधेरा और स्याह होता चला गया। जबकि चारों विशाल दरवाज़े, सारे बुर्ज और तीन हज़ार मोखियाँ धीरे-धीरे अपनी तरफ़ बढ़ती अनिष्टताओं की अदृश्य चापों को सुन अपने आप में सहम गईं। यह बात अलग है कि इन चापों से बेख़बर परिन्दे पहले की तरह इन मोखियों में अपनी ही दुनिया में मस्त हैं।

बाबर की विजय की ख़बर सुनते ही पूरा ख़ानज़ादा परिवार शाही महल में इकट्ठा हो गया। अलावल ख़ाँ, उसका छोटा भाई हुसैन ख़ाँ, हसन ख़ाँ मेवाती, उसका चचेरा भाई जमाल ख़ाँ, फ़तहजंग और अहलकार करमचन्द सहित दूसरे ख़ास सरदार और सिपहसालारों के कुछ समझ में नहीं आ रहा है। किसी को कोई सूरत नहीं दिखाई दे रही है कि आख़िर कैसे ताहिर ख़ाँ के बारे में पता किया जाए?

कोई रास्ता नज़र नहीं आ रहा है जिस पर चलकर यह पता किया जाए कि ताहिर ख़ाँ इस जंग में खेत हो गया, या किसी तरह ज़िन्दा बच निकला है? हालाँकि सुल्तान इब्राहिम लोदी की मौत के बाद इसकी उम्मीद न के बराबर है कि ताहिर ख़ाँ ज़िन्दा होगा। मगर, जब तक मरे हुए की शक्ल का दीदार न हो जाए, या ज़िन्दा होने का कोई सबूत न मिल जाए, कैसे इस पर भरोसा किया जाए कि वह अब इस दुनिया में नहीं रहा।

"हसन, बेटे, पता करने की कुछ तो सूरत निकालो कि मेरा पोता अब इस दुनिया में है भी, या नहीं?" हसन ख़ाँ मेवाती के पिता और ताहिर ख़ाँ के दादा अलावल ख़ाँ की आवाज़ बैठने लगी।

"कोई तो तरीक़ा होगा पता करने का?" इस बार हसन ख़ाँ के चाचा हुसैन ख़ाँ ने भी जैसे गुहार लगाई।

"काका, जिन सरदारों से पता किया जा सकता था, उनमें से ज़्यादातर शहीद हो चुके हैं...और जो बच गए होंगे वे नमकहराम बीच जंग में जान बचाकर पानीपत के जंगलों में भाग गए हैं। ऐसे में कैसे पता किया जाए?" हसन ख़ाँ मेवाती के माथे पर पसीना चू आया।

"यह भी तो हो सकता है कि हमारा ताहिर जान बचाकर भागनेवाले इन सिपाहियों में हो?" एक बेमानी उम्मीद में अलावल ख़ाँ की आँखें चमक उठीं।

"और इन शहीद होनेवालों में भी तो हो सकता है?"

हसन ख़ाँ के इस तर्क पर पिता अलावल ख़ाँ का चेहरा मुरझा गया।

"फिर तो एक ही रास्ता बचता है कि इसका पता जंग के मैदान में ही जाकर किया जाए। वहीं जाकर उसे ढूँढ़ा जाए!" हसन ख़ाँ के चचेरे भाई जमाल ख़ाँ ने सुझाव दिया।

"उस मैदान में जाकर ढूँढ़ा जाए, जिसकी लाशों को अब तक चील-कौवे और जंगली जानवर खा चुके होंगे? जमाल ख़ाँ, कंकालों के उस जंगल में ताहिर ख़ाँ को कैसे ढूँढ़ोगे?" हसन ख़ाँ ने उलटा अपने चचेरे भाई जमाल ख़ाँ से सवाल किया।

"फिर कैसे पता चले कि ज़िन्दा है या सुल्तान के साथ वह भी शहीद हो चुका है। अगर शहीद हो गया है, तो हम सब्र कर लेंगे कि मेरा पोता एक बहादुर की मौत मरा है..." कहते-कहते अलावल ख़ाँ की आवाज़ डूबने लगी।

"ताऊ सा, हिम्मत से काम लो। ऐसे घबराने से काम नहीं चलेगा। अल्लाहताला पर भरोसा करो।" जमाल ख़ाँ अपने ताऊ अलावल ख़ाँ को हिम्मत बँधाते हुए बोला।

"दीवान साहब, कोई तो रास्ता होगा?" इस बार हसन ख़ाँ मेवाती ने निरीहता के साथ अपने अहलकार करमचन्द की ओर देखते हुए पूछा।

"शाहे-मेवात, मेरी नज़र में एक ही तरीक़ा है बस।"

"तरीक़ा, कौन-सा तरीक़ा?" अलावल ख़ाँ की डूबती आवाज़ जैसे वापिस लौट आई।

"यही कि बादशाह बाबर की फ़ौज पानीपत से देहली की तरफ़ कूच कर गई है। मेरे हिसाब से उसकी फ़ौज कल तक देहली पहुँच जाएगी। यही हो सकता है कि मैं देहली जाकर किसी तरह जानने की कोशिश करूँ।"

"दीवान साहब, कोई भी जुगत भिड़ाओ!" अलावल ख़ाँ की आँखों में उम्मीदों के छोटे-छोटे जुगनू चमक उठे।

"सुना है, बाबर के ख़ास बेगों में एक इन्दर नाम का हिन्दू बेग है। दीवान साहब, आप अपना हिन्दू होने का वास्ता देकर उससे पता कर सकते हो।" हसन ख़ाँ मेवाती ने अपने अहलकार को सुझाव दिया।

"आप सही कह रहे हैं शाहे-मेवात। यही तरीक़ा ठीक रहेगा।" अहलकार करमचन्द हसन ख़ाँ मेवाती से सहमत होते हुए बोला।

"फिर आप इसी वक़्त देहली के लिए रवाना हो जाइए। उधर से बाबर की फ़ौज देहली पहुँच जाएगी, इधर से आप भी देहली पहुँच जाएँगे।" हसन ख़ाँ मेवाती ने अपने अहलकार को हुक्म दिया।

कुछ देर बाद हसन ख़ाँ मेवाती का अहलकार करमचन्द देहली के लिए रवाना हो गया।

तीन दिन बाद देहली पहुँचकर बाबर ने बिना जंग के शहर और क़िले पर क़ब्ज़ा कर लिया। सबने जैसे राहत की साँस ली। पहले जंग की थकान और फिर बावन मील लम्बी पानीपत से देहली की पैदल यात्रा, दोनों ने जैसे जिस्म के पोर-पोर को तोड़ दिया। सारा लश्कर जैसे थककर चूर हो गया।

इधर बाबर देहली पहुँचा, उधर शाहे-मेवात हसन ख़ाँ मेवाती का अहलकार करमचन्द भी देहली पहुँच गया। करमचन्द को हिन्दू बेग इन्दर तक पहुँचने में कोई ख़ास मशक़्क़त नहीं करनी पड़ी। उसने बड़ी चतुराई से काम लिया और अपना हिन्दू होने का हवाला देते हुए हिन्दू बेग इन्दर को अपना परिचय दिया, "जनाब बेग साहब, मेरा नाम करमचन्द है।"

"ओह! तो आप भी अपने सुल्तान के ज़ुल्मो-सितम का शिकार थे?" हिन्दू बेग ने मुस्कराते हुए पूछा।

"नहीं बेग साहब, मेरा मरहूम सुल्तान से कभी कोई वास्ता नहीं रहा। ना ही मैं मरहूम सुल्तान के यहाँ कोई हाकिम था। मैं तो उनके मौसेरे भाई के दरबार में अहलकार हूँ।"

"उनके मौसेरे भाई के दरबार में?...उनका कौन-सा मौसेरा भाई है?" हिन्दू बेग ने हैरानी के साथ पूछा।

"शाहे-मेवात हसन ख़ाँ मेवाती।"

"तो क्या शाहे-मेवात मरहूम सुल्तान के मौसेरे भाई हैं?"

"जी बेग साहब।"

"और आऽऽऽप मेवात के हुक्मराँ हसन ख़ाँ मेवाती के अहलकार हैं?" हिन्दू बेग इन्दर को जैसे अपने कानों पर यक़ीन नहीं हुआ।

"जी बेग साहब।" करमचन्द बेहद ठंडेपन के साथ बोला।

"उस हसन ख़ाँ मेवाती के, जिनका बेटा हमारी क़ैद में है?"

"क्याऽऽऽ, उनका बेटा...मेरा मतलब है ताहिर ख़ाँ आपकी क़ैद में है?" अहलकार करमचन्द अपने चेहरे की ख़ुशी को छिपाता हुआ बोला।

"जी, हमारी क़ैद में है। मरहूम सुल्तान इब्राहिम लोदी के जो सरदार पानीपत की जंग में बच गए थे, और जिन्हें मुग़लों की फ़ौज ने गिरफ़्तार कर क़ैद कर लिया था, उनमें मेवात के हुक्मराँ हसन ख़ाँ मेवाती का बेटा भी शामिल है।"

"मैं तो समझ रहा था कि वह जंग में मारा जा चुका है!" करमचन्द ने जैसे फिर से पुष्टि करनी चाही।

"नहीं, वह बच गया है।"

अहलकार करमचन्द ने हिन्दू बेग इन्दर से बचते हुए धीरे-से आँखें बन्द की, और अपने आराध्य को मन-ही-मन याद करते हुए बोला, 'हे ईश्वर, तेरा लाख-लाख शुक्र है कि ताहिर ख़ाँ ज़िन्दा है।'

"ख़ुदावंद अहलकार, कुछ लम्हे पहले आपने कहा था कि आप मरहूम सुल्तान के मौसेरे भाई के दरबार में अहलकार हैं। क्या, मरहूम सुल्तान और शाहे-मेवात हसन ख़ाँ मेवाती सचमुच आपस में मौसेरे भाई हैं?" हिन्दू बेग इन्दर ने अहलकार करमचन्द से आश्चर्य के साथ पूछा।

"जी बेग साहब।"

"अच्छाऽऽऽ, तो अब समझ में आया कि शाहे-मेवात का बेटा क्यों सुल्तान इब्राहिम लोदी की तरफ़ से पानीपत में जंग करने आया था।"

हिन्दू बेग इन्दर की दिलचस्पी को देखते हुए अहलकार करमचन्द ने सुल्तान इब्राहिम लोदी और हसन ख़ाँ मेवाती के आपस में मौसेरे भाई होने का पूरा क़िस्सा बयान कर दिया।

"बेग साहब, आपका बहुत-बहुत शुक्रिया। अब इजाज़त दीजिए!" अहलकार करमचन्द ने हिन्दू बेग इन्दर से अनुमति लेते हुए कहा।

जब तक हिन्दू बेग इन्दर कुछ समझ पाता, अहलकार करमचन्द आगे बढ़ गया। करमचन्द क़िले के बाहर इन्तज़ार कर रहे अपने सिपाहियों के पास आया, और आते ही हुक्म दिया, "चलिए, जितनी जल्दी हो सके हमें अलवर पहुँचना है!" इतना कह अहलकार करमचन्द उछलकर अपने घोड़े पर सवार हो गया।

इसके बाद सारे सिपाही भी अपने-अपने घोड़ों पर सवार हो गए। अपनी-अपनी रकाबों में उन्होंने पैर फँसाए और ऐसी एड़ लगाई कि घोड़े हवा से बात करने लगे।

देहली पहुँचने पर बाबर ने सबसे पहले हिन्दू बेग इन्दर और ख़्वाजाक़लाँ बेग के साथ शेख़ फ़रीदुद्दीन गंजशकर के शिष्य और अमीर ख़ुसरो देहलवी के उस्ताद सूफ़ी शेख़ निज़ामुद्दीन औलिया की मज़ार का तवाफ़ किया। अमीर ख़ुसरो देहलवी तो ख़्वाजाक़लाँ बेग का प्रिय कवि है। ख़ुसरो की क़ब्र के सामने शान्तभाव से खड़े ख़्वाजाक़लाँ बेग को उसकी यह मशहूर पंक्ति याद आ गई—रूम व हिन्द आवरदने साहब दिलान बेचीज़ नेस्त! उसके बाद बाबर ने महरौली के पास क़ुतुबमीनार के दक्षिण-पश्चिम में उससे मीलभर दूर शेख़ फ़रीदुद्दीन गंजशकर के गुरु ख़्वाजा क़ुतुबुद्दीन बख़्तियार काकी के मज़ार पर सर नवाया। जबकि अगले दिन उसने सुल्तान ग़यासुद्दीन बलबन और सुल्तान अलाउद्दीन खिलजी के मक़बरों के साथ-साथ सुल्तान बहलोल और सुल्तान सिकन्दर लोदी के मक़बरों, महलों, बाग़-बग़ीचों, सुल्तान शम्सुद्दीन इल्तुतमिश का बनवाया हुआ हौज़े शम्सी और सुल्तान अलाउद्दीन द्वारा निर्मित हौज़े ख़ास की सैर की।

देहली की इन दोनों हौज़ों को देखकर बाबर जैसे अभिभूत हो गया। वह देर तक हौज़े शम्सी की ख़ूबसूरती को अपलक निहारता रहा। उसके मन में तरह-तरह की जिज्ञासाएँ उमड़ने लगीं।

"बेग, ऐसी ख़ूबसूरत हौज़ें तो मैंने कुवा से लेकर अन्दीजान, समरकन्द से लेकर ताशकन्द, और हिरात से लेकर कुन्दूज़ में भी नहीं देखी हैं। अगर परवरदिगार ने मेरा साथ दिया, तो अपने मेमार (राजमिस्त्री) फ़ज़ुलुद्दीन से कहूँगा कि वह ऐसी ही एक हौज़ मेरी तरफ़ से बनाए। जब यह हौज़ तैयार हो जाएगा तब मैं इसे शराब से भरवाऊँगा। वैसे मैंने सुना है कि अरबी मुसाफ़िर मुहम्मद बिन अब्दुल्ला इब्न बतूता ने अपनी किताब में भी इनका ज़िक्र किया है?"

"जी हाँ हुज़ूरे आली, इब्न बतूता हिजरी 733 (1333 ई.) में हिन्दुस्तान आए थे। चीन रवाना होने से पहले इस मुल्क में इन्होंने अपनी ज़िन्दगी के आठ बेहतरीन साल यहाँ बिताए थे। वे बहुत अच्छे ख़ानदानी क़ाज़ी थे इसलिए देहली के सुल्तान मुहम्मद बिन तुग़लक़ के दरबार में क़ाज़ी हो गए थे। अपनी किताब 'रेहला' यानी सफ़रनामा में 'देहली के बाहर के दो बड़े हौज़' उनवान से इन दोनों हौज़ों के बारे में बड़ी तफ़सील से लिखा है।"

"वाक़ई?" बाबर ने उत्सुकतावश पूछा।

"जी हुज़ूरे आली। हौज़े शम्सी के बारे में वे लिखते हैं कि देहली के बाहर एक बड़ा हौज़ है जिसका नाम सुल्तान शम्सुद्दीन लालमिश (इल्तुतमिश) के नाम पर है। देहली के बाशिन्दे अपने पीने का पानी यहीं से हासिल करते हैं। यह देहली के ईदगाह के नज़दीक है, जिसमें बारिश का पानी इकट्ठा होता रहता है। यह दो मील लम्बा और एक मील चौड़ा है। इसके पश्चिम में ईदगाह की तरह पत्थर के घाट बने हुए हैं और ज़ीने की तरह पत्थर का एक चबूतरा, दूसरे चबूतरे के ऊपर बना हुआ है। इन ज़ीनों से पानी तक पहुँचने में आसानी होती है। हरेक चबूतरे के कोने पर पत्थर के गुम्बद बने हुए हैं जिनमें सैलानी बैठकर लुत्फ़ उठाते हैं। हौज़ के बीच में तराशे गए पत्थरों का एक बहुत बड़ा दोमंज़िला गुम्बद है। जब हौज़ में पानी ज़्यादा हो जाता है, तब नावों में ही बैठकर इन गुम्बदों तक पहुँचा जा सकता है, और जब पानी कम हो जाता है, तब अक्सर लोग वैसे ही चले जाते हैं। गुम्बद के भीतर एक मस्जिद है जहाँ दुनिया-जहाँ का त्याग कर चुके संत-फ़क़ीर आकर रहते हैं। जब हौज़ के किनारे सूख जाते हैं, तब वहाँ गन्ना, ककड़ी, तरबूज़ और छोटी क़िस्म के मीठे ख़रबूज़े बो दिए जाते हैं।"

"और हौज़े ख़ास के बारे में क्या लिखा है?"

"हौज़े ख़ास के बारे में वे लिखते हैं कि देहली और दारुल ख़िलाफ़ा के बीच में हौज़े ख़ास है। यह सुल्तान शम्सुद्दीन के हौज़ से बड़ा है। इसके किनारे पर तक़रीबन चालीस गुम्बद हैं। इसके चारों तरफ़ अहिले-तरब (गायक) रहते हैं जिनकी वजह से यह जगह तरबाबाद कहलाती है। यहाँ इन लोगों का एक बाज़ार है जो दुनिया का बहुत बड़ा बाज़ार कहा जा सकता है। एक जामा मस्जिद और दूसरी मस्जिदें भी हैं यहाँ। मुझे बताया गया कि गाने-बजानेवाली औरतें, जो इस मुहल्ले में रहती हैं, उनकी बड़ी तादाद रमज़ान के महीने में तरावीह की नमाज़ जमाअत से पढ़ती है। इन्हें यह नमाज़ इमाम पढ़ाते हैं। यही हाल मर्द गायकों का भी है। मैंने अमीर सैफ़ुद्दीन ग़द्दा इब्न मुहन्नी की शादी में देखा कि हरेक गायक अज़ान होते ही जानमाज़ बिछाकर वज़ू करके नमाज़ के लिए खड़ा हो गया।"

जिस समय हिन्दू बेग बाबर को इन दोनों हौज़ों के बारे में इब्न बतूता के हवाले से जानकारी दे रहा था, विस्मय से बाबर की आँखें रह-रहकर फैल और सिकुड़ रही थीं।

"हुज़ूरे आली, इस अरबी मुसाफ़िर इब्न बतूता ने अपनी इस किताब 'रेहला' में सिर्फ़ हौज़ों का बयान नहीं किया है, बल्कि दीगर फल-फूलों का भी तफ़सील से ज़िक्र किया है। जैसे इस मुल्क में पाए जानेवाले एक फल आम के बारे में लिखा है—हिन्दुस्तान में एक फल अम्बा होता है। इसका दरख़्त नारंगी के दरख़्त की तरह होता है। इसकी छाया बहुत घनी होती है और इसका फल आलू बुख़ारे से बड़ा होता है। पकने से पहले यह हरा रहता है। जब ज़मीन पर गिर जाता है, तब

इसमें नमक, मिर्च और दूसरे मसाले डालकर सरसों के तेल में उसी तरह अचार बनाया जाता है, जिस तरह हमारे मुल्क में नीबू या खट्टे का अचार बनाया जाता है। हिन्दुस्तानी अदरक और मिर्च का भी अचार बना लेते हैं। ख़रीफ़ में अम्बा जब पक जाता है, तो पीले रंग का हो जाता है। कुछ लोग इसे चाकू से काटकर खाते हैं, और कुछ इसके गूदे को दोनों हथेलियों से पिलपिला करके चूसते हैं।"

हिन्दू बेग इन्दर द्वारा बताई गई जानकारी को बाबर चुपचाप सुनता रहा। फिर कुछ पल रुककर बोला, "हिन्दू बेग, अगर मुझे कभी इस मुल्क के बारे में लिखने का मौक़ा मिला, तो इस अरबी मुसाफ़िर की तरह मैं भी यहाँ के पेड़-पौधों, जीव-जन्तु, जानवर-परिन्दों, दरिया-समंदर, फल-फूल, मौसम, माप-तोल, खेत-खलिहान और यहाँ की जमा के बारे में ज़रूर लिखूँगा। चलिए, अब आगे बढ़ते हैं!"

सुल्तान ग़यासुद्दीन बलबन, सुल्तान अलाउद्दीन खिलज़ी के मक़बरों को देखने के बाद बाबर सुल्तान बहलोल और सुल्तान सिकन्दर लोदी के मक़बरों के पास पहुँचा, तो एक क्षण के लिए उसके पाँव ठिठक गए। पलक झपकते ही महीनाभर पहले पानीपत की जंग के दृश्य ताज़ा हो गए। जिस दुश्मन को हराकर वह यहाँ पहुँचा है, उसी के बाप-दादा के मक़बरों के सामने खड़ा है। उसने सिजदे में अपने दोनों हाथ उठाए और मन-ही-मन उनकी आत्मा की शान्ति के लिए दुआ करने लगा। हिन्दू बेग इन्दर कुछ दूरी पर खड़ा चुपचाप देखता रहा। कुछ नहीं बोला। उसकी इस ख़ामोशी ने जैसे बहुत कुछ कह दिया।

बाबर जब बहलोल लोदी और सिकन्दर लोदी के मक़बरों को देखने के बाद लौटने लगा, तब हिन्दू बेग इन्दर ने पहले अपने ज़री के ठाठदार चोग़े पर बँधे चाँदी के कमरबन्द को ठीक किया, फिर धीरे-से बोला, "हुज़ूरे आली, जिस शाहे-मेवात हसन ख़ाँ मेवाती का बेटा ताहिर ख़ाँ हमारी क़ैद में है, जानते हैं हुज़ूर, मरहूम इब्राहिम लोदी से उसका क्या ताल्लुक़ है?"

"शाहे-मेवात का बेटा?" बाबर ने हैरानी से हिन्दू बेग इन्दर की तरफ़ ऐसे देखा, जैसे वह उससे पूछना चाह रहा है कि सुल्तान इब्राहिम शाह लोदी के अलावा इस मुल्क में दूसरा कौन-सा शाह पैदा हो गया।

"हुज़ूरे आली! ताहिर ख़ाँ के वालिद हसन ख़ाँ मेवाती को शाहे-मेवात के ख़िताब से मरहूम सुल्तान इब्राहिम लोदी के वालिद सुल्तान सिकन्दर शाह लोदी ने ही नवाज़ा था, क्योंकि मेवातियों ने कभी किसी बादशाह या सुल्तान की ग़ुलामी नहीं क़बूली। मेवात पर इन्होंने अपनी मर्ज़ी से हुकूमत की है।"

"तो क्या इब्राहिम लोदी के साथ इनके कुछ नज़दीकी ताल्लुक़ात भी थे?" बाबर ने पूछा।

"जी। मुझे पता चला है कि हसन ख़ाँ मेवाती और मरहूम सुल्तान इब्राहिम लोदी दोनों आपस में मौसेरे भाई हैं।"

"ख़ुदावंद बेग, मैं कुछ समझा नहीं।"

"हुज़ूर, एक ज़माने में सुल्तान इब्राहिम लोदी के दादा सुल्तान बहलोल लोदी और मेवाती आपस में पक्के दुश्मन हुआ करते थे। सुल्तान बहलोल ने मेवात के नाज़िम और शाहे-मेवात हसन ख़ाँ मेवाती के पड़दादा गुल गोरख यानी ख़ानज़ादा अहमद ख़ाँ पर हमला कर देहली के नज़दीक का इलाक़ा वापिस ले लिया था। इस इलाक़े को उसने सादात तुग़लक़ की हुकूमत के दौरान जीता था। इसी दुश्मनी की वजह से ख़ानज़ादा अहमद ख़ाँ ने सुल्तान बहलोल के दुश्मन हुसैनशाह शरकी की मदद की थी। इस वजह से सुल्तान बहलोल कई सालों तक जंग लड़ता रहा। आख़िरकार उसे सुलह पर मजबूर होना पड़ा। चूँकि ख़ानज़ादा अहमद ख़ाँ ने हुसैनशाह शरकी की मदद की थी, इसलिए एक बार फिर सुल्तान बहलोल ने मेवात पर हमला कर दिया। मगर इस बार उसे ख़ाली हाथ लौटना पड़ा। इसके बाद ख़ानेख़ानाँ नाम के एक अमीर ने, जो सुल्तान बहलोल लोदी के बड़े और असरदार सरदारों में से एक था, अहमद ख़ाँ और सुल्तान बहलोल के बीच सुलह करा दी थी। सुल्तान बहलोल के बाद सुल्तान सिकन्दर शाह, वही सुल्तान सिकन्दर शाह और मरहूम इब्राहिम के वालिद, जिसके मक़बरे के सामने आप खड़े हैं, बादशाह बना। उस वक़्त मेवात के नाज़िम शाहे-मेवात हसन ख़ाँ मेवाती के वालिद ख़ानज़ादा अलावल ख़ाँ थे।"

"फिर?" बाबर की जिज्ञासा अब बढ़ने लगी। थोड़ी देर के लिए वह भूल गया कि उसे ख़ेमे में वापिस भी लौटना है।

"हुज़ूरे आली, उस वक़्त सुल्तान बहलोल लोदी के दरबार में आज़म हुमायूँ ख़ाँ अफ़ग़ान शेरवानी नाम का एक बेहद असरदार और क़ाबिल अमीर था। उसके दो बेटियाँ थीं जिनमें से एक का निकाह ख़ुद सुल्तान बहलोल लोदी ने अपने बेटे सिकन्दर शाह के साथ, और दूसरी का इसी ताहिर ख़ाँ जो इस वक़्त हमारी क़ैद में है, के दादा ख़ानज़ादा अलावल ख़ाँ के साथ करा दिया। इस तरह हुज़ूरे आली, लोदी और मेवात के ख़ानज़ादे आपस में रिश्तेदार हो गए। इसके बाद मेवात पर देहली की तरफ़ से फिर कोई हमला नहीं हुआ। इतना ही नहीं, मरहूम सुल्तान इब्राहिम लोदी के गद्दीनशीं होने के बाद, उसने वह सारा इलाक़ा अपने मौसेरे भाई हसन ख़ाँ मेवाती को वापिस लौटा दिया, जिसे उसके दादा सुल्तान बहलोल ने ख़ानज़ादा अहमद ख़ाँ, मेरा मतलब है शाहे-मेवात के पड़दादा से अलग कर दिया था।"

इतना सुन बाबर ने पहले एक लम्बा हुंकारा भरा और फिर अपने हिन्दू बेग इन्दर को सुनाते हुए बोला, "तो ताहिर ख़ाँ और शाहे-मेवात हसन ख़ाँ मेवाती का इब्राहिम लोदी का, मेरे ख़िलाफ़ जंग में साथ देने की वजह यह है।"

"हुज़ूर, यह तो होना ही था। वैसे भी घुटने पेट की तरफ़ ही मुड़ते हैं।" हिन्दू बेग इन्दर ने अपने हिन्दुस्तानी मुहावरे का इस्तेमाल करते हुए, बेहद सरल तरीक़े से बाबर को समझाने की कोशिश की।

"ख़ुदावंद हिन्दू बेग, आप सही कह रहे हैं। इनसान ही नहीं, यह तो बेज़ुबान जानवरों की भी फ़ितरत होती है कि वक़्त पड़ने पर उनका पहला झुकाव, अपने नाते-रिश्तेदारों और नज़दीकियों की तरफ़ होता है। अगर हमारे क़ैदी ताहिर ख़ाँ ने हमारे दुश्मन इब्राहिम का साथ दिया है, तो कुछ बुरा नहीं किया। आख़िर वे अपने आशनाई की जगह उसके दुश्मन का क्यों साथ देंगे?"

बाबर और हिन्दू बेग इन्दर दोनों सुल्तान बहलोल लोदी व सिकन्दर लोदी के मक़बरों को देखने के बाद वापिस चल पड़े। चलते-चलते बाबर ने एक बार फिर पलटकर दोनों मक़बरों पर नज़र मारी। चलने से पूर्व बाबर ने पहले अपने बेग की तरफ़ देखा, और फिर एक पल रुककर बोला, "बेग, एक बात का ख़याल रखना कि ताहिर ख़ाँ के साथ दूसरे आम क़ैदियों की तरह सुलूक हरगिज़ नहीं होना चाहिए!" बाबर ने हिन्दू बेग इन्दर को हिदायत देते हुए कहा।

"जी पादशाह सलामत, हरगिज़ नहीं होगा!" हिन्दू बेग ने बड़े अदब से सर झुकाकर अपने बादशाह के हुक्म का पालन करने का आश्वासन दिया।

चलने से पहले बाबर ने पुनः अपने आसपास नज़र मारी और अपने सामने खड़े हिन्दू बेग इन्दर से बोला, "एक बात कहूँ ख़ुदावंद बेग, सचमुच हिन्दुस्तान ताक़त और दौलत का समंदर है।"

18

उत्तर-पूर्व में दूर आसमान में उठता गरदा और गरदे में लिपटी कुछ धुँधली आकृतियाँ। क़िले की बुर्जी पर तैनात सिपाही की जैसे ही गरदे पर नज़र पड़ी, वह समझ गया कि आसमान में उड़ती धूल में लिपटीं और हवा से बातें करते घोड़ों और उन पर सवार ये धूसर आकृतियाँ किसकी होंगी। बल्लम को उसने वहीं पटका और गिरता-पड़ता बुर्जी से नीचे उतर आया। एक बार तो वह नीचे उतरती सीढ़ियों से गिरते-गिरते बचा।

नीचे आकर उसने देखा कि दीवान में हसन ख़ाँ, उसका चचेरा भाई जमाल ख़ाँ, फ़तहजंग और कुछ ख़ास सिपहसालार किसी सोच में गुमसुम बैठे हैं। हसन ख़ाँ ने न जाने किस बेख़याली के चलते, कुछ देर पहले ताज़ा की गई फ़र्शी से जैसे ही लम्बा कश लिया, उसे ऐसी खाँसी उठी कि खाँसते हुए उसकी कंचे-सी मोटी-मोटी आँखें बाहर निकल आईं। आँतें जैसे बाहर निकलने को होने लगीं। उसने फ़र्शी की नै जमाल ख़ाँ की तरफ़ घुमा दी। इससे पहले कि जमाल ख़ाँ कश लेता, अचानक

सामने एक बदहवास सिपाही को देख सबको हैरानी हुई। ऐसा क्या संकट आ गया जिससे अवगत कराने के लिए वह लम्बी-लम्बी साँसें लेते हुए मरा जा रहा है? उसे देख पूरा दीवान हरकत में आ गया। आसपास तैनात सिपाहियों की मुट्ठियों की पकड़ अपने-अपने भाले-बल्लम और तलवारों की मूठों पर मज़बूत होती चली गई। वे किसी सन्निकट अनिष्टता की कल्पनाभर से अपनी-अपनी जगह मुस्तैद हो गए।

"अब्दुल, क्या हुआ? इस तरह क्यों हाँफ रहा है?" एक सिपहसालार ने बुर्ज से उतरकर आए सिपाही से पूछा।

"जनाब, उधर देहली की तरफ़..."

"क्या हुआ देहली की तरफ़?" इस बार हसन ख़ाँ मेवाती ने अपनी जगह से खड़ा होते हुए पूछा।

"हुज़ूरे आली, उधर देहली की तरफ़ से अहलकार कमरचन्द..."

"क्या हुआऽऽऽ हमारे अहलकार को?" अब्दुल नाम के सिपाही के वाक्य पूरा होने से पहले अकबकाते हुए हसन ख़ाँ ने फिर पूछा।

"हुज़ूर सुनो तो सही! वे देहली की तरफ़ से सरपट चले आ रहे हैं।" इस बार अब्दुल नाम का सिपाही बमुश्किल अपनी बात पूरी कर पाया।

"चले आ रहे हैं?" हसन ख़ाँ ने जैसे पुष्टि करते हुए पूछा।

"जी हुज़ूरे आली।"

"या मेरे परवरदिगार, हमारा अहलकार कोई अच्छी ख़बर लेकर आए!" हसन ख़ाँ मेवाती ने सिजदे में आसमान की तरफ़ दोनों हाथ उठाते हुए कहा।

अहलकार करमचन्द के आने की ख़बर पूरे शाही महल में आग की तरह फैल गई। अपने अहलकार के आने की सूचना ख़ानज़ादा अलावल ख़ाँ और उसके छोटे भाई हुसैन ख़ाँ को मिली, तो वे दोनों भी गिरते-पड़ते से दीवान में आ गए। ज़नान-ख़ाने में बेचैनी व्याप गई। शाही महल में जगह-जगह तैनात सिपाही महल के मुख्य दरवाज़े पर इकट्ठे हो गए, और ऊपर आतीं क़िले की सीढ़ियों पर सबकी नज़रें चिपक गईं। ऐसे लगा जैसे अहलकार करमचन्द सालों बाद इस क़िले में लौट रहा है।

जैसे ही धूसर गरदे में लिपटे घुड़सवारों की छोटी-सी टुकड़ी तेज़ी से क़िले की सीढ़ियों को नापने लगी, सबकी निगाहें उस पर ठहर गईं। आगे-आगे अहलकार करमचन्द और उसके पीछे चार घुड़सवार जिस गति से चढ़े जा रहे हैं, इतनी गति से इससे पहले किसी ने, किसी के घोड़े को चढ़ते हुए नहीं देखा। किसी का इस पर ध्यान ही नहीं गया कि कब इन घुड़सवारों की टुकड़ी के क़दम क़िले की पहली सीढ़ी पर पड़े, और कब यह ऊपर आती सात सौ सीढ़ियों को पार कर क़िले के सहन में पहुँच गई।

क़िले के सहन में जिस तरह घुड़सवारों की टुकड़ी आकर रुकी, और अहलकार करमचन्द जिस अन्दाज़ में रुई के गोले की तरह हवा में कलाबाज़ी-सी खाते हुए

अपने घोड़े से उतरा; उसे देख, एक पल के लिए पूरे क़िले की साँसें जैसे गले में ही अटक गईं। शाही महल के ज़नानख़ाने के दरवाज़ों पर टँगे परदों के पीछे चिपकी, किसी अच्छी ख़बर का इन्तज़ार करती आँखों में उम्मीदों के दीये टिमटिमाने लगे।

अहलकार करमचन्द को अपने सामने देख हसन ख़ाँ मेवाती लपककर उसके पास आया, और इससे पहले कि वह उसकी आँखों में आँखें डाल उससे कुछ पूछ पाता, करमचन्द मुस्कराते हुए बोला, "मुबारक हो शाहे-मेवात!"

जिस अन्दाज़ में अहलकार करमचन्द ने चहकते हुए हसन ख़ाँ मेवाती को मुबारकबाद दी, उससे पूरे क़िले को समझते हुए देर नहीं लगी कि अहलकार को जिस काम के लिए भेजा गया था, यह मुबारकबाद उसी की ख़ुशी में दी जा रही है।

शाहे-मेवात हसन ख़ाँ मेवाती ने मुस्कराते हुए अपने ख़ज़ानची की तरफ़ देखा। शाही ख़ज़ानची उसी वक़्त महल के अन्दर गया। वापिस लौटा तो उसके साथ एक कारिन्दे के हाथ में रेशमी कपड़े से ढका थाल था। हसन ख़ाँ ने अपने ख़ज़ानची की तरफ़ और ख़ज़ानची ने कारिन्दे की तरफ़ एक महीन मुस्कान उछाली। कारिन्दा थाल को लेकर धीरे-से आगे आकर खड़ा हो गया। हसन ख़ाँ ने थाल से रेशमी कपड़ा हटाया और अशर्फ़ियों से भरे थाल को अहलकार करमचन्द की झोली में उँड़ेल दिया। जिस समय थाल से अशर्फ़ियाँ करमचन्द की झोली में गिर रही थीं, ऐसा लग रहा था मानो जल-तरंगों की महीन आवाज़ कानों में घुल रही है।

"दीवान साहब, आज आपने मुझे कितनी बड़ी ख़ुशी दी है, मैं उसे बयान नहीं कर सकता। आइए, दीवान में चलते हैं। वहीं आपके मुँह से पूरी तफ़सील से सारा वाक़या सुनेंगे!" इतना कह हसन ख़ाँ मेवाती दीवान की तरफ़ बढ़ गया। हसन ख़ाँ मेवाती ने अभी कुछ क़दम आगे बढ़ाए ही थे कि वह जाते-जाते रुक गया। उसने मुस्कराते हुए पलटकर अपने ख़ज़ानची से कहा, "कुछ बख़्शीश बुर्ज पर तैनात उस बहादुर को भी दे देना, जिसने हमारे अहलकार के आने की हमें ख़बर दी थी।"

"जी शाहे-मेवात।" अदब से झुककर ख़ज़ानची ने हसन ख़ाँ मेवाती के हुक्म की तामील करने का आश्वासन दिया।

दीवान में आकर अहलकार करमचन्द ने बाबर के हिन्दू बेग इन्दर द्वारा ताहिर ख़ाँ के ज़िन्दा होने की पूरी दास्तान सुना दी। पूरी कहानी सुनने के बाद कुछ देर पहले शाही महल के जो चेहरे मारे ख़ुशी के चहक रहे थे, एक बार फिर से मुरझा गए।

"हसन, बेटे, इस बात की तो तसल्ली हो गई कि मेरा पोता ताहिर ज़िन्दा है। मगर अब डर इस बात का है कि अपने बैरी मरहूम सुल्तान इब्राहिम लोदी के मौसेरे भाई का बेटा होने के नाते, न जाने बाबर उसके साथ कैसा सुलूक करेगा?" ख़ानज़ादा अलावल ख़ाँ ने पूरे दीवान को सुनाते हुए कहा।

"अब्बा हुज़ूर, आपका डर सौ फ़ीसदी सही है। आख़िर हमारा ताहिर एक दुश्मन की तरह उसकी क़ैद में है।" हसन ख़ाँ ने माथे को पोंछते हुए जवाब दिया।

"फ़िलहाल इस बारे में सोचना ठीक नहीं है। अभी तो बाबर देहली पहुँचा ही है। बेहतर होगा कि हम कुछ दिन इन्तज़ार करें।" ख़ानज़ादा अलावल ख़ाँ के छोटे भाई हुसैन ख़ाँ ने बाप-बेटे के बीच हस्तक्षेप किया।

"काका सही कह रहे हैं। अभी हमें यह देखना होगा कि बाबर आगे क्या करता है।"

"या मेरे मौला! रहम करना।" इतना कह हुज़ूर अलावल ख़ाँ अपनी जगह से खड़ा हो गया।

19

अप्रैल के आख़िरी दिनों में बाबर ने क़ुतुबमीनार के पूरब में लगभग पाँच मील दूर तुग़लक़ाबाद में पड़ाव डाल दिया। अगले रोज़ जुम्मे के दिन उसने देहली में जाकर जुमे की नमाज़ अदा की। नमाज़ के दौरान बाबर के नाम का ख़ुतबा पढ़ा गया। ख़ुतबे के बाद फ़क़ीरों, मज़लूमों और ग़रीबों को अशर्फ़ियाँ और सोने-चाँदी के सिक्के बाँटे गए।

इसके बाद बाबर आगरा की तरफ़ कूच कर गया।

बादलगढ़ क़िले पर क़ब्ज़ा होने के बाद, पुत्र वियोग में तड़पती और इन्तक़ाम की आग में झुलसती इब्राहिम लोदी की माँ सुल्ताना बैदा ने अपने बेटे के हत्यारे बाबर के साथ जो किया, उससे वह मुश्किल से मौत के मुँह से बचकर आया। बल्कि यह कहिए कि बाबर के नसीब में हिन्दुस्तान का बादशाह बनना लिखा था, इसलिए वह बच गया, वरना मरने में कोई कसर नहीं बची थी। बाबर ने तो कभी कल्पना भी नहीं की थी कि एक माँ अपने बेटे की मौत का बदला लेने के लिए इस तरह पुत्र-मोह में अन्धी और इतनी निडर हो जाएगी, कि वह उस बादशाह जिसकी मुट्ठियों में उसकी साँसें क़ैद हैं, उसे मारने के लिए अपने पुराने वफ़ादार बावर्ची से, बादशाह के लिए घी में तले गए ख़रगोश के गोश्त में ज़हर मिलवा देगी।

यह तो ग़नीमत है कि बचपन से उसके साथ रहनेवाले और बाबर से सात साल बड़े बेग ने समय रहते उलटियाँ करते बाबर का इलाज़ करवाना शुरू कर दिया। साज़िश का पर्दाफ़ाश होने पर, इसमें शामिल बावर्ची की जीते-जी चमड़ी उधेड़ ली गई। इस साज़िश में बावर्ची का साथ देनेवाले की बोटी-बोटी काट डाली गई, जबकि महल में ज़हर पहुँचानेवाली बांदी को पागल हाथी के पैरों तले रौंदवा दिया गया।

मुसीबत टलने के बाद तीसरे दिन एकदम कमज़ोर हो गया बाबर धीरे-धीरे चलकर दीवान महल में आया, और अपने शाहनशीं पर चढ़कर शाही तख़्त पर जाकर बैठ गया। बेगों द्वारा अपनी-अपनी वरिष्ठता के अनुसार अपना-अपना स्थान ग्रहण करने के बाद, इब्राहिम लोदी की बेवा माँ सुल्ताना बैदा को दरबार में हाज़िर करने का हुक्म दिया गया। दरबार में हाज़िर होने के बाद सुल्ताना बैदा से बाबर की बहुत बहस हुई। मगर वह अपने इस फ़ैसले पर अडिग रही। सामने शाही तख़्त पर, पीले पड़े चेहरे और अन्दर धँसी आँखों के बावजूद सर पर रखे शानदार अमामे की तरफ़ देखते हुए, पूरे साहस के साथ बोली, "बादशाह सलामत, आपको क्या लगता है कि यह आपके क़त्ल की कोशिश थी? जी नहीं, यह एक माँ का इन्तक़ाम था। ख़ुदा का शुक्र मनाओ कि आपको दूसरी ज़िन्दगी नसीब हुई है। जिन लोगों ने इस नेक काम में मेरी मदद की है, वे तीनों इन्तक़ाम लेनेवाले शहीद थे। मुझे मौत से डर नहीं लगता। मेरी मौत तो उसी दिन हो चुकी थी, जिस दिन लोदी सल्तनत का आख़िरी चिराग़ और मेरा बेटा इब्राहिम वतन के लिए शहीद हो गया था।"

बाबर बड़े संयम और धैर्य के साथ सुल्ताना बैदा की बातें सुनता रहा। सारे बेगों, वज़ीरों और ओहदेदारों ने अपने बादशाह से बहुत कहा कि इसे सख़्त-से-सख़्त सज़ा दी जाए।

मगर बाबर ने किसी की सलाह पर कोई ध्यान नहीं दिया। बल्कि बड़े शान्त भाव से बोला, "इस धोखेबाज़ और मक्कार औरत की सबसे बड़ी सज़ा यही होगी, कि इसे इसकी सारी दौलत से महरूम कर, उससे जमुना किनारे एक ख़ैरातख़ाना बनवाया जाए, जिसमें यह ताउम्र अपने नौकर-चाकरों के साथ रहे।" इसके बाद उसने बाएँ बाज़ू की क़तार में बैठे एक मोटे और उलटे तवे की माफ़िक़ बेग को हुक्म दिया, "ख़ुदावंद बेग, आज से और इसी वक़्त से ये मोहतरमा आपके हवाले है। याद रहे, मरने तक इसकी पूरी हिफ़ाज़त की जाए!"

इतना कह बाबर अपने तख़्त से उठा और शाहनशीं से उतरकर पिछले दरवाज़े से अपने कमरे में चला गया।

बाबर जब भी फ़ुरसत के क्षणों में अकेला होता, राणा संग्राम सिंह की वायदा-ख़िलाफ़ी ताज़ा हो उठती।

उस रोज़ इशा की नमाज़ के बाद बाबर रक़ाबी में रखे कज़ी, हिरन के मुलायम गोश्त के पके सीख़ कबाब और तश्तरी में सजी बारीक़ कटी, तली हुई गाजर के साथ, चीनी मिट्टी के प्याले से अपनी मनपसन्द ग़ज़नी के हल्के-हल्के घूँट ले रहा था। नशा जैसे-जैसे तारी होने लगा, पुरानी यादें बरछी बन दिमाग़ से होती हुई कलेजे में चुभने लगीं। रह-रहकर राणा संग्राम सिंह द्वारा भेजे गए दूत के शब्द

कानों में बजबजाने लगे। बाबर ने ताली बजाई तो तुरन्त एक ख़िदमतगार कोर्निश करता हुआ हाज़िर हो गया।

"हिन्दू बेग से जाकर कहिए कि उन्हें हमने याद किया है!"

ख़िदमतगार कोर्निश करता हुआ जैसे आया था, बिना पलटे दरवाज़े तक गया और तेज़ी-से हिन्दू बेग इन्दर को बुलाने चला गया।

कुछ ही देर में हिन्दू बेग इन्दर अपने बादशाह के सामने हाज़िर हो गया। बड़े अदब के साथ कोर्निश करते हुए बोला, "पादशाह सलामत, आपने याद फ़रमाया?"

"आइए, तशरीफ़ लाइए।" प्याली से हल्का-सा घूँट लेते हुए बाबर बोला।

इस तरह अचानक अपने आपको बुलाने का माजरा हिन्दू बेग की समझ में नहीं आया। हैरानी तो उसे यह देखकर हुई कि अन्य दिन जहाँ वह सोने के प्याले में शराब पीता था, आज चीनी मिट्टी के प्याली में पी रहा है।

"ख़ुदावंद बेग, आपको याद होगा कि हमारे हिन्दुस्तान आने से तक़रीबन आठ साल पहले जब आप देहली से भागकर हमारी पनाह में आए थे, तब आपने कहा था कि हिन्दुस्तान की रिआया वहाँ के सुल्तान और हिन्दू राजाओं की आपसी फूट और लूटपाट से छुटकारा पाने को बेताब है?"

"पादशाह सलामत, इस ग़ुलाम को अच्छी तरह याद है।" हिन्दू बेग ने अचकचाते हुए जवाब दिया।

"आपने यह भी कहा था कि सुल्तान इब्राहिम लोदी की जगह वे एक ऐसे तालीमयाफ़्ता बादशाह को देखना चाहते हैं, जो मुल्क को एकजुट कर वहाँ की रिआया के इल्म और फ़न में नई जान फूँक सके?"

"हुज़ूरे आली, बिलकुल कहा था।"

"फिर तो आपको यह भी याद होगा कि आपके ही सामने सुल्तान इब्राहिम लोदी के बढ़ते रोज़-ब-रोज़ के ज़ुल्मों से तंग और परेशान होकर, हिन्दू राजा राणा संग्राम सिंह ने अपने एलची के हाथों यह ख़बर भिजवाई थी, कि इब्राहिम लोदी ने अपनी रिआया को तबाह कर दिया है...मुल्क के टुकड़े-टुकड़े कर दिए हैं... हिन्दुस्तान की दौलत लूट-लूटकर अपने ख़ज़ाने में भर ली है?" बाबर ने ग़ज़नी की बेहद बारीक़ घूँट लेते हुए पूछा।

"हुज़ूरे आली, यह भी याद है।"

"ख़ुदावंद हिन्दू बेग, आप तो जानते हैं कि हम मावराउन्नहर शहर पर फ़तह की उम्मीद छोड़ने की वजह से नहीं, बल्कि आपकी सलाह और मेवाड़ के राजा राणा सांगा की पेशकश पर हिन्दुस्तान आए हैं। आपको यह भी याद होगा कि जब हम काबुल में थे, तब उस एलची ने राणा संग्राम सिंह का यह पैग़ाम दिया था कि हज़रत पादशाह काबुल की तरफ़ से जब देहली के क़रीब पहुँच जाएँ, तो मैं आगरा की तरफ़ से हमला कर दूँगा।"

हिन्दू बेग इन्दर का सर घूम गया कि आख़िर आज बाबर यह सब क्यों पूछ रहा है? कहीं ऐसा तो नहीं है कि अचानक उसके बादशाह ने हिन्दुस्तान छोड़ने का मन बना लिया है। बीच-बीच में शमादानों में जलते चिराग़ों से रोशनी जब-जब रेशमी अमामा में जड़े मोतियों पर पड़ती, तब-तब दीवार पर उनसे फूटती सतरंगी किरणों के साथ छोटे-छोटे अनगिनत तारे टिमटिमाने लगते। हिन्दू बेग इन्दर की नज़र जब-जब दीवार पर बनी बाबर की परछाईं पर पड़ती, तब-तब उसका मन किसी अनहोनी के चलते जैसे बैठने लगता।

"...और उसकी इस पेशकश के बाद कि उत्तर-पश्चिम से हम, और पश्चिम से राणा संग्राम सिंह, सुल्तान इब्राहिम लोदी पर हमला कर लोदी की सल्तनत का ख़ात्मा कर उसे आपस में बाँट लेंगे...इसका मतलब यही था न कि अगर इसमें हमें क़ामयाबी मिल गई, तो आगरे के पूरब तक के इलाक़ों पर राणा सांगा का क़ब्ज़ा होगा। जबकि हमारा क़ब्ज़ा आगरा से लेकर देहली तक होगा? मैंने उसकी इस पेशकश को इसलिए मान लिया था कि इससे पहले मुझे हिन्दुस्तान के किसी राजा की तरफ़ से ऐसी पेशकश नहीं मिली थी। ख़ुदावंद बेग, यह सोचकर भी मैंने यह पेशकश मंज़ूर कर ली थी कि एक तो हमें एक ताक़तवर हिन्दू राजा की तरफ़ से मदद मिल जाएगी। दूसरा, इस मुल्क की रिआया की मदद दिलवाने में भी यह हमारी मदद करेगा। मुझे इसका यह फ़ायदा होनेवाला था कि पंजाब का उपजाऊ इलाक़ा मेरे क़ब्ज़े में आ जाएगा, जिससे मेरी माली परेशानी और मुश्किलात दूर हो जाएँगी। मैंने यह भी सोचा कि पूरब के इलाक़ों में बिना अफ़ग़ानों से जंग किए, मैं पूरे हिन्दुस्तान का बादशाह बन जाऊँगा।"

"हुज़ूर, आप एकदम सही फ़रमा रहे हैं।" इस बार हिन्दू बेग जैसे मन-ही-मन झुँझला उठा।

"तो फिर हिन्दू बेग, आज तक मेरी यह समझ में नहीं आ रहा है कि वायदे के मुताबिक़ राणा संग्राम सिंह पानीपत में इब्राहिम लोदी के ख़िलाफ़ लड़ी गई जंग में लड़ने क्यों नहीं आया? बल्कि यह तो आगरा से हिला तक नहीं। क्या उसे हमारे ऊपर भरोसा नहीं था?" इतना कह बाबर प्याली में बची सारी शराब एक झटके में पी गया।

हिन्दू बेग इन्दर की समझ में माजरा अब आया। वह बोला कुछ नहीं। इस बीच बाबर ने एक बार फिर ताली बजाई। ताली बजते ही ख़िदमतगार तुरन्त हाज़िर हो गया। बाबर ने हाथ से ख़ाली प्याली की तरफ़ इशारा किया। ख़िदमतगार इस इशारे का मतलब समझ गया। बीच-बीच में बाबर कभी हिरन के पके हुए गोश्त के सीख़ कबाब के क़तले मुँह में डाल लेता, तो कभी कज़ी के टुकड़े डाल उन्हें धीरे-धीरे चुबलाने लगता।

"ख़ुदावंद बेग, उसने क्या सोच रखा था कि यह बाबर अपने पुरखे अमीर तैमूर लंग की तरह सुल्तान इब्राहिम लोदी को हराने के बाद चुपचाप काबुल लौट

जाएगा, और यह बिना जंग किए देहली-आगरे पर क़ब्ज़ा कर लेगा? वह शायद भूल रहा है कि हमारे बीच इब्राहिम लोदी के ख़िलाफ़ मिलकर मुहिम चलाने का क़रार हुआ था। मगर उस क़रार का हुआ क्या? मैं अकेला इब्राहिम लोदी से जंग लड़ता रहा और वह दूर बैठकर इस तमाशे को देखता रहा। राणा संग्राम सिंह शायद भूल गया है कि मैं हुकूमत का आदी हो चुका हूँ। मुझे हुकूमत में ज़्यादा मज़ा आने लगा है। ख़ुदावंद बेग, मैं हिन्दुस्तान माल लूटने के इरादे से नहीं बल्कि एक ताक़तवर सल्तनत क़ायम करने की ग़रज़ से आया हूँ। जहीरुद्दीन मुहम्मद मिर्ज़ा बाबर हिन्दुस्तान से वापिस जाने के लिए नहीं आया है।"

हिन्दू बेग इन्दर ने कोई प्रतिक्रिया व्यक्त नहीं की। बस, बाबर को चुपचाप सुनता रहा। ग़ज़नी की अंगूरी शराब का नशा अब सर चढ़कर बोलने लगा। बीच-बीच में बाबर अब हिरन के गोश्त के सीख़ कबाब या कज़ी के टुकड़ों को उठाने की कोशिश करता, तो उसके हाथ काँपने लगते। इसमें हिन्दू बेग इन्दर ने उसकी कई बार मदद की।

"पानीपत की जंग के बाद आप तो जानते ही हैं हिन्दू बेग कि संभल, बयाना, धौलपुर, ग्वालियर, इटावा और कन्नौज के हाकिमों ने अपनी-अपनी आज़ादी का ऐलान कर दिया है। और तो और मेवात के उस शाहे-मेवात हसन ख़ाँ मेवाती ने भी अपनी आज़ादी का ऐलान कर दिया, जिसका बेटा ताहिर ख़ाँ पानीपत की जंग के बाद से हमारी क़ैद में है। यह सब आज उसी हिन्दू राजा के बदौलत हो रहा है। मुझे तो यहाँ तक ख़बर मिली है कि मेवाड़ के इसी राजा राणा संग्राम सिंह ने दूसरे राजपूत ताजदारों, अमीर-उनरा और मनसबदारों को इकट्ठा कर लोहे का पंजा फेंककर मुझे ललकारा है कि अगर मुझमें हिम्मत है, तो मैं उसे उठाकर उनकी ललकार को क़बूल कर लूँ। मैं जानता हूँ कि उस हिन्दू राजा की नज़र आज भी देहली-आगरा दोनों पर है।

"हिन्दू बेग, मेरे उस्ताद जनाब मीर अली शेर अक्सर कहा करते थे, 'याद रखिए रश्क और ग़रज़ की भूख जाहिल, बेइल्म और बेमुरव्वत लोगों में पाई जाती है। ख़ासतौर से फ़न के ऊँचे दायरों में जाहिल लोग सलाहियतमन्दों का रास्ता रोक देते हैं। उनके जौहर को उभरने का मौक़ा नहीं देते हैं। इस दुनिया में सबसे बुरी चीज़ है—बेइल्मों का रश्क। सबसे आला दर्जे की दरियादिली ऐसे लोगों की दरियादिली है, जो नायाब सलाहियतवाले लोगों को ढूँढ़कर उन्हें तरक़्क़ी करने का मौक़ा देते हैं।' पता नहीं, राणा संग्राम सिंह को किस नासमझ ने यह सलाह दी थी!" इतना कह बाबर ने प्याला उठाया और पूरी शराब को एक ही घूँट में हलक़ से नीचे उतार गया।

बाबर अब पूरी तरह नशे की गिरफ़्त में आ गया। लड़खड़ाती ज़ुबान से सिर्फ़ उसने इतना कहा, "ख़ुदावंद हिन्दू बेग, ख़ु...ख़ुदा हाफ़िज़!"

हिन्दू बेग इन्दर चुपचाप बाबर के पास से चला आया। रास्ते-भर उसके मन में तरह-तरह के ख़याल आते रहे। ऐसे ख़याल कि अगर सचमुच वे सच साबित हो गए, तो इनके नतीजे कुछ भी हो सकते हैं।

आगरा समेत पूरे उत्तर भारत की गर्मी अपने उरूज पर आ गई। लू के तेज़ थपेड़ों की चपेट में बाबर के लोग ग़श खाकर गिरने लगे। कुछ तो लू लगने से डायरिया के शिकार हो गए, जिसके चलते बड़ी तादाद में वे मौत के मुँह में समा गए। एक तो भारी गर्मी; दूसरा, आगरा बाबर के लिए कई तरह की परेशानियों का सबब बन गया। सबसे बड़ी मुश्किल तो यह पैदा हो गई कि जैसा बाबर ने राणा संग्राम सिंह की पेशकश क़बूल करते वक़्त सोचा था कि स्थानीय लोगों का उसे साथ मिल जाएगा, ऐसा कुछ नहीं हुआ। बल्कि जिधर से उसके आदमी गुज़रते वहाँ के लोग उन्हें नफ़रत के साथ देखने लगे। लोग उन्हें देखकर इधर-उधर भाग जाते। नतीजा यह हुआ कि बेगों, ओहदेदारों, सिपहसालारों और जवानों के पैर उखड़ने लगे। यह देखकर बाबर के माथे पर चिन्ता की लकीरें उभर आईं। सबसे बड़ी चिन्ता तो बाबर को यह देखकर हुई कि काबुल से रवाना होने से लेकर, पानीपत की जंग में इब्राहिम लोदी को हराने, और पानीपत के बाद देहली और आगरा पर क़ब्ज़ा करने में जिस ख़्वाजाकलाँ बेग का योगदान और भूमिका सबसे अधिक थी, वही सबसे पहले वापिस काबुल जाने की बात करने लगा।

इससे पहले कि ख़्वाजाकलाँ बेग की तरह दूसरे बेगों में हिन्दुस्तान के प्रति विरक्ति पैदा हो और उनका मन उचटे; बाबर ने सारे बेगों को उनकी सलाह, सुझाव और राय जानने के लिए बुलाया। बाबर ने उनका हौसला बढ़ाते हुए उन्हें समझाया, "हे मेरे ख़ुदावंद बेगो, आज आपको यह क्या हो गया है? आख़िर ऐसी कौन-सी मुसीबत आन पड़ी है कि जिस मुल्क को हमने अपनी जान की बाज़ी लगाकर जीता है, बेवजह उसे छोड़कर चले जाएँ? क्या हमारी क़िस्मत में यही बदा है कि हम हमेशा काबुल में ग़रीबी और दुख भोगते रहें? अगर आप मेरे सच्चे हमदर्द हैं, तो आइंदा ऐसे ख़याल मन में भी नहीं लाना...और अगर किसी ने जाने का फ़ैसला कर ही लिया है, तो फिर उसे रुकना भी नहीं चाहिए!"

इतना सुनने के बाद देर तक बेगों में ख़ामोशी छाई रही। उस समय कोई कुछ नहीं बोला। शायद अपने बादशाह की बात उनकी समझ में आ गई थी। बस, एक ख़्वाजाकलाँ बेग था, जिसने पहले से हिन्दुस्तान छोड़ने का मन बना लिया था। बाबर ने बिना किसी हुज्जत के ख़्वाजाकलाँ बेग को जाने की इजाज़त दे दी और उसे ससम्मान विदा कर दिया।

ख़्वाजाकलाँ बेग के जाने के बाद एक दिन बाबर को देहली में हौज़े ख़ास की उस कोठी में, जिसमें ख़्वाजाकलाँ रहता था, वहाँ संगमरमर पर फ़ारसी में यह बैत लिखी मिली—

सिन्ध से जो ज़िन्दा बच निकला, क़सम खाता हूँ
फिर कभी हिन्द न लौटूँगा, क़सम खाता हूँ।

बाबर को ख़्वाजाकलाँ बेग की इस बेअदबी पर ग़ुस्सा तो बहुत आया, मगर वह ख़ून का घूँट पीकर रह गया। अगले दिन उसने एक कातिब को बुलाया और सख़्त और साफ़ लफ़्ज़ों में यह रुबाई लिखने को कहा—

हज़ार शुक्र कि बाबर, तुझे ख़ुदा-ए-करीम
है ख़ुद ही बख़्श चुका सिन्ध और हिन्दे अज़ीम
चला जा ग़ज़नी तू सर्दी का लुत्फ़ उठाने को
यहाँ की गर्मी में तड़पे जो, रह न सके मुक़ीम।

हिन्दू बेग इन्दर से कहकर बाबर ने यह रुबाई ख़्वाजाकलाँ बेग समेत उन सभी बेगों और सिपाहियों को पढ़ने के लिए बँटवा दी, जिन्होंने ख़्वाजाकलाँ बेग की बैत को पढ़ लिया था। इसके बाद फिर किसी बेग या सिपाही ने हिन्दुस्तान छोड़ने की मंशा ज़ाहिर नहीं की।

20

बाबर ने सारी बग़ावतों को कुचलने के बाद देहली और आगरा ही नहीं, बल्कि दूसरे परगनों व इलाक़ों में अपने हाकिम और शिक़दार (गवर्नर) तैनात कर दिए।

ईद-उल-फ़ित्र के कुछ दिन बाद बादलगढ़ क़िले में गुम्बददार बारादरी महल के बीच में बने ऐवान (दालान) में बाबर ने बहुत बड़े दरबार का आयोजन किया। बड़े-बड़े ख़ूबसूरत पत्थरों के स्तम्भोंवाला यह वही महल है, जहाँ कभी सुल्तान सिकन्दर लोदी और इब्राहिम लोदी का दरबार लगता था। जिसमें इब्राहिम की माँ सुल्ताना बैदा पूरे राजसी ठाठ के साथ रहती थी। मगर नियति का खेल देखिए कि उसी बैदा को आज इस महल में क़ैदी बनकर रहना पड़ रहा है।

पानीपत की जंग जीतने के बाद बाबर का यह पहला दरबार है। इस दरबार में उन अमीर-उमरा और बेगों को सम्मानित किया जाना है, जिन्होंने इस मुहिम में

अपना महत्त्वपूर्ण योगदान दिया है। दीवाने-ख़ास में सबसे पहले हुमायूँ को बुलाया गया। बाबर ने हुमायूँ को वह कोहनूर हीरा वापिस कर दिया, जो हुमायूँ को आगरा में सुल्तान इब्राहिम लोदी की हार के बाद ग्वालियर के महाराजा विक्रमादित्य ने दिया था।

हुमायूँ को हीरा लौटाते समय बाबर की पुरानी स्मृति ताज़ा हो गई।

उस दिन वह यमुना किनारे शाम के झुटपुटे में चार चप्पुओं वाली ख़ूबसूरत चँदवा तनियों से बनी शाही नाव से उतरा ही था, कि कोर्निश करते हुए पहरेदार ने ख़बर दी कि मिर्ज़ा हुमायूँ शहंशाह हज़रत बादशाह का दीदार करना चाहते हैं। बाबर की तरफ़ से इजाज़त मिलने पर हल्के नारंगी रंग का जामा, हरे रंग का यार पैरहन, और सर पर पुरपेंच अमामा पहने, बाईं तरफ़ सुनहले पटके में सुनहरे काम वाले सुर्ख़ लाल रंग की म्यान में ख़ंजर टाँगे अट्ठारह साल का बाँका हुमायूँ अपने पिता के सामने आकर खड़ा हो गया।

किशोरावस्था को लाँघ चुके और यौवन की दहलीज़ पर क़दम रख चुके हुमायूँ ने, पहले मोतियों के काम से तैयार किए गए ज़रबफ़्त चोग़े के चारों तरफ़, ज़रदोज़ी के काम से तैयार चमचमाता कमरबन्द थोड़ा ढीला किया। इसके बाद उसने मुस्कराते हुए अपने पिता की आँखों में उतरकर झाँका। फिर चोग़े की जेब में हाथ डालते हुए बोला, "अब्बा हुज़ूर, ज़रा अपनी आँखें तो बन्द कीजिए!"

बाबर ने मुस्कराते हुए अपनी आँखें मूँद ली।

"अब ज़रा अपना हाथ आगे बढ़ाइए!"

बाबर ने हाथ आगे कर जैसे ही आँखें खोली और अपनी हथेली पर सीप के काम की छोटी-सी सन्दूकची को देखा, तो उसे देखकर बाबर ने हैरानी से पूछा, "इसमें क्या है?"

"आप ही खोलकर देखिए अब्बा हुज़ूर।"

बाबर ने सन्दूकची को खोलकर देखा, तो लगभग तीन सौ बीस रत्ती अर्थात् साढ़े चार तोले के अखरोट जितने आकार के हीरे से फूटती आँखें चौंधियानेवाली किरणों को देखकर बाबर को हैरानी हुई।

"यह क्या है बेटे?" हीरे को बड़ी बारीक़ी से निहारते हुए बाबर ने हुमायूँ से पूछा।

"यह कोहनूर हीरा है अब्बा हुज़ूर।"

"को...कोहनूर हीरा?" बाबर को जैसे अपने बेटे के कहे पर यक़ीन नहीं हुआ।

"जी अब्बा हुज़ूर।" हुमायूँ ने मुस्कराते हुए जवाब दिया।

"यह नायाब हीरा आपको कहाँ से मिला?" बाबर ने विस्मय के साथ हुमायूँ से पूछा।

"मुझे यह ग्वालियर के महाराजा विक्रमादित्य के ख़ानदान के लोगों ने तोहफ़े में दिया है।"

"महाराजा विक्रमादित्य के लोगों ने?"

"जी अब्बा हुज़ूर। यह वही ख़ानदान है जो पिछले सौ सालों से ग्वालियर पर हुकूमत करता आया है। इन्होंने कभी भी सुल्तान इब्राहिम लोदी की हुकूमत नहीं मानी। अरसे तक ये देहली के सुल्तान से जंग करते रहे। आख़िरकार इन्हें मजबूरन इब्राहिम लोदी को ग्वालियर देना पड़ा।" फिर कुछ पल रुककर बोला, "इस हीरे की क़ीमत कितनी है, जानते हैं अब्बा हुज़ूर?"

"कितनी है?" बाबर ने बेटे की तरफ़ देखा।

"इसकी क़ीमत इतनी है कि इससे पूरी दुनिया के ढाई दिन के खाने का ख़र्चा चल सकता है।"

कोहनूर हीरे की क़ीमत सुन बाबर को अपने कानों पर जैसे यक़ीन नहीं हुआ। बमुश्किल पुरानी यादों की खोह से वह बाहर निकला, तो पाया हीरा अपनी उसी धज के साथ जैसे मन्द-मन्द मुस्करा रहा है। बाबर ने बादलगढ़ क़िले के दीवानख़ाने में बेटे हुमायूँ को इस हीरे के अलावा हिसार फ़िरोज़ा, संभल की जागीर के साथ सत्तर लाख दाम, एक तलवार की पेटी और सुनहरी ज़ीन सहित एक तीपूचाक़ घोड़ा भी तोहफ़े में दिया। इसी तरह दूसरे बेगों और सिपाहियों को ख़िलअतें भेंट की गईं। इतना ही नहीं, आगरा से बहुत दूर काबुल में रहनेवाले अपने किसी भी सम्बन्धी को बाबर नहीं भूला। सबको दिल खोलकर दान और तोहफ़े देने का ऐलान कर दिया।

अभी बाबर ने दान देने का ऐलान ख़त्म किया ही था कि जैसे उसे कुछ याद आ गया।

"ख़ुदावंद हिन्दू बेग, ये जनाब मुहम्मद अली असस साहब कहाँ हैं?" अपने सामने बैठे बेगों, मुसाहिबों, बहादुरों, वज़ीरों, और ओहदेदारों पर नज़र मारते हुए बाबर ने हिन्दू बेग इन्दर से पूछा।

"हुज़ूरे आली, अभी तो नज़र आ रहे थे।" हिन्दू बेग इन्दर ने आसपास नज़र दौड़ाते हुए जवाब दिया।

"जाइए, उन्हें ढूँढ़कर लाइए!"

बाबर के इस हुक्म पर मुहम्मद अली असस की ढूँढ़ मच गई, और कुछ ही देर में मुहम्मद अली असस को बाबर के सामने पेश कर दिया गया।

मुहम्मद अली असस हाथ बाँधे बाबर के सामने चुपचाप खड़ा रहा।

"जनाब असस साहब, हम चाहते हैं कि आपको भी पानीपत की फ़तह की ख़ुशी में ईनाम बख़्शा जाए। आख़िर आप हमारे मौलवी जो ठहरे।" बाबर ने मुस्कराते हुए कहा।

इतना सुन मुहम्मद अली असस का चेहरा मारे ख़ुशी के चमक उठा।

"ख़ुदावंद हिन्दू बेग, हम चाहते हैं कि मौलवी असस को बतौर ईनाम एक अशर्फ़ी दी जाए।"

बाबर के इस ऐलान को सुन मौलवी मुहम्मद अली असस का जो चेहरा, कुछ क्षण पहले मारे ख़ुशी के चमक रहा था, एकाएक बुझता चला गया। वही नहीं बल्कि ऐवान में मौजूद सारे बेग, मुसाहिब, बहादुर, ओहदेदार सोचने लगे कि सिर्फ़ एक अशर्फ़ी देने के लिए बादशाह को मौलवी मुहम्मद अली असस को भरे दरबार में बुलाने की क्या ज़रूरत थी। इस मामूली अशर्फ़ी को तो वह किसी के भी हाथ भिजवा सकता था।

इससे पहले कि पूरा दरबार अपने बादशाह के इस फ़ैसले का कुछ और अर्थ निकालता, बाबर की आवाज़ गूँजी, "हिन्दू बेग, मौलवी असस की आँखों पर पट्टी बँधवा दी जाए!"

बाबर के इस आदेश पर दरबार में सन्नाटा छा गया। ऐसा सन्नाटा कि दरबार में मौजूद बेगों, मुसाहिबों, बहादुरों और ओहदेदारों की साँसें आपस में एक-दूसरे को सुनाई देने लगीं। हिन्दू बेग इन्दर ने एक क्षण के लिए बाबर की तरफ़ देखा और फिर अकबकाते हुए बोला, "पादशाह सलामत, आँ...आँखों पर पट्टी?"

"जी, आँखों पर पट्टी!"

इसके बाद हिन्दू बेग इन्दर से कुछ भी कहते नहीं बना। उसने चुपचाप मुहम्मद अली असस की आँखों पर पट्टी बँधवा दी।

बाबर ने इसके बाद शाही ख़ज़ानची को पेश होने का हुक्म दिया।

शाही ख़ज़ानची के पेश होने पर बाबर उसकी तरफ़ मुख़ातिब होते हुए बोला, "ख़ज़ानची जाइए, और उस अशर्फ़ी को लेकर आइए जो मौलवी असस को बतौर ईनाम दी जानी है।"

"जी हुज़ूरे आली।"

शाही ख़ज़ानची तुरन्त रेशमी कपड़े से ढके थाल को लेकर फ़िर से दरबार में हाज़िर हो गया।

"ख़ुदावंद हिन्दू बेग, अब आप इस पादशाही अशर्फ़ी को मौलवी मुहम्मद अली असस के गले में लटका दीजिए!"

हिन्दू बेग इन्दर ने इस बार अपने बादशाह से कोई सवाल नहीं किया। चुपचाप उसने बादशाह के हुक्म की तामील करते हुए थाल से जैसे ही रेशमी कपड़ा उठाया, तो कपड़े वाला हिन्दू बेग इन्दर का हाथ हवा में जहाँ था, वहीं ठहर गया। थाल में उसने जो देखा, एक पल के लिए उसे अपनी आँखों पर यक़ीन नहीं हुआ। अचकचाते हुए उसने पलटकर बादशाह की तरफ़ देखा, तो बाबर ने इशारे से उसे कुछ भी कहने से रोक दिया। इधर मौलवी मुहम्मद अली असस का जो चेहरा मारे

ख़ुशी के चमक रहा था, उसी चेहरे पर जैसे हवाइयाँ उड़ने लगीं। हिन्दू बेग इन्दर ने मुस्कराते हुए थाल से मोटे रेशमी पट्टे में बँधी पादशाही अशर्फ़ी उठाई और वह जैसे ही मौलवी असस के गले में उसे डालने लगा, पूरे दरबार की इस दृश्य को देखकर आँखें फटी-की-फटी रह गईं। उनकी समझ में यह रहस्य अब आया कि क्यों बाबर ने एक अशर्फ़ी देने का ऐलान किया, और क्यों मुहम्मद अली असस की आँखों पर पट्टी बँधवाने का हुक्म दिया।

अपने बादशाह के हुक्म पर हिन्दू बेग इन्दर ने मुहम्मद अली असस के गले में जैसे ही सोने की अशर्फ़ी लटकाई, मौलवी असस की गर्दन आगे की तरफ़ झुकती चली गई। लड़खड़ाकर वह गिरते-गिरते बचा। उसका पूरा बदन एक अनजाने डर के चलते पसीना-पसीना हो गया। सोने की अशर्फ़ी के बदले गले में पड़ी इस वज़नदार चीज़ की कल्पना करना उसके लिए मुश्किल हो गया, कि उसके गले में पड़ी भला यह क्या चीज़ हो सकती है?

इससे पहले कि वह तरह-तरह की कल्पनाएँ कर पाता, बाबर का हुक्म मुहम्मद अली असस के कानों में पड़ा।

"ख़ुदावंद हिन्दू बेग इन्दर, अब जनाब मौलवी असस साहब की आँखों से बँधी पट्टी हटवा दी जाए!"

बाबर के हुक्म पर मौलवी मुहम्मद अली असस की आँखों पर बँधी पट्टी खोल दी गई। पट्टी खुलते ही मौलवी असस भयातुर आँखों से गले में पड़ी वज़नी चीज़ के बजाय दरबार को देखने लगा। मिचमिचाई आँखों से उसने देखा कि पूरे दरबार की मुस्कराती आँखें उसी पर टिकी हुई हैं। इसके बाद उसने निरीहिता और याचना भरी मुद्रा के साथ बाबर की तरफ़ देखा, तो उसे यह देखकर और भी हैरानी हुई कि बादशाह भी औरों की तरह उसे देखकर मन्द-मन्द मुस्करा रहा है। मौलवी असस से अब ख़ुद को सँभालना मुश्किल हो गया।

निराश-हताश मौलवी असस ने अपने गले की तरफ़ देखा, तो देखते ही उसे मानो अपनी आँखों पर यक़ीन नहीं हुआ। घुटनों के बल वह फ़र्शी सलामी मुद्रा में ज़मीन पर बैठता चला गया। मारे ख़ुशी के मुँह से निकलनेवाले शब्द जैसे हलक़ में ही अटककर रह गए।

"फ़तहयाब पादशाह सलामत, आपकी बुलंदी का परचम दुनिया में यूँ ही लहराता रहे।" भीगी आँखों से मौलवी मुहम्मद अली असस ने अपने बादशाह की तारीफ़ में आसमान की तरफ़ अपने दोनों हाथों को उठाते हुए कहा।

"ख़ुदावंद हिन्दू बेग, जनाब मुहम्मद अली असस के गले में लटकी सोने की इस अशर्फ़ी का वज़न आपके ख़याल से कितना होगा?" बाबर ने पूरे दरबार को सुनाते हुए मुस्कराकर पूछा।

"मैं कैसे बताऊँ हुज़ूरे आली।" हिन्दू बेग इन्दर भी मुस्कराकर रह गया।

"ख़ज़ानची, आप ही बताइए कि इस अशर्फ़ी का कितना वज़न है?" बाबर ने इस बार हिन्दू बेग इन्दर के बग़ल में खड़े शाही ख़ज़ानची से कहा।

"पादशाह सलामत, इस पादशाही अशर्फ़ी का वज़न तीन सेर है।"

"तीऽऽऽन सेऽऽऽर!" अशर्फ़ी का वज़न सुन पूरे दरबार का मुँह खुला-का-खुला रह गया।

बाबर ने इस पर कोई प्रतिक्रिया व्यक्त नहीं की। बस, मन्द-मन्द मुस्कराता रहा।

इधर बारादरी महल में हुमायूँ, अमीर-उमरा और कुछ बेगों के साथ मौलवी मुहम्मद अली असस को सम्मानित किया जा रहा था, उधर बाहर ऐसी मूसलाधार बारिश हो रही थी कि लग रहा था आगरा अब डूबा, तब डूबा। दरबार की रस्म पूरी होने के साथ, दरबार की तरफ़ से आयोजित होनेवाले शाम के जश्न का ऐलान कर दिया गया। इस ऐलान के बाद इतनी बड़ी जंग जीतने की ख़ुशी में और थकान मिटाने के लिए अपने उमरा, बेगों, मुसाहिबों, बहादुरों, वज़ीरों, ओहदेदारों, एलचियों, सफ़ीरों, अमीरों, कोरचीबाशियों और ख़ास लड़ाकों की दावत होने जा रही है। शराबनोशी, नाच-रंगवाले व महफ़िलों के शौक़ीनों की बाँछें खिलती चली गईं।

शाम होते-होते उमस और देह झुलसाती गर्मी ने देखते-ही-देखते मौसम को बेहद नरम और ठंडा बना दिया।

जगह-जगह अस्थायी चूल्हों पर चढ़े देगों से निकलनेवाली ख़ुशबू चारों तरफ़ फैली हुई। कहीं से हिरन के मुलायम गोश्त से पकनेवाले सीख़ कबाब की ख़ुशबू आ रही है, तो कहीं से ख़ुशबूदार पुलाव-बिरयानी की गंध उठ रही है। कहीं से भुने हुए तीतर और बतखों की महक आ रही है, तो किसी देग से मस्तावा (चावल, क़ीमा व प्याज़ से घी में बननेवाला शोरबा) की ख़ुशबू आ रही है। बादशाह बाबर के लिए उसकी मनपसन्द ग़ज़नी की उम्दा सुनहली क़िस्म की अंगूरी शराब और कुन्दूजनी मसालेदार मैनाब का इन्तज़ाम किया गया है। जबकि बेगों, अमीरों, वज़ीरों, कोरचीबाशियों की शराबनोशी के लिए बुख़ारा की तेज़ अंगूरी शराब का विशेष रूप से इन्तज़ाम किया गया है।

चिराग़ों की रोशनी में बड़े-बड़े तबाकों, रक़ाबियों और तश्तरियों में क़ज़ी, कबाब, कोरमा, सीख़ कबाब के साथ-साथ काशग़री पतली गरदन वाली व काबुल की नक़्क़ाशीदार सुराहियों में मैनाब और बुख़ारा की ख़ुशबूदार शराब परोस दी गई। सुराहियों के मुँह से ग़ज़नी की अंगूरी शराब और कुन्दूजनी मसालेदार मैनाब धीरे-धीरे इठलाती हुई सोने-चाँदी और चीनी मिट्टी की प्यालियों के आग़ोश में समाने लगी है। प्यालियों के किनारों से बीच-बीच में जब छलकती हुई शराब

की बूँदें नीचे गिरतीं, तब पूरी फ़िज़ा एक अजनबी गंध से महक उठती। इशा की नमाज़ ख़त्म होते-होते जश्न अपने पूरे शबाब पर आ गया। महफ़िल में बैठे बेगों और अमीर-उमरा में जो शराबनोशी का शौक़ रखते हैं, वे शराब पी रहे हैं; और जो इसका शौक़ नहीं रखते हैं वे गुलाबजल, नीबू-नारंगी का शरबत और क़िमीज़ (घोड़ी के दूध से बना एक पेय) पी रहे हैं।

इसी बीच हिन्दू बेग इन्दर धीरे-से अपनी जगह से खड़ा हुआ और पूरे अदब के साथ झुकते हुए बोला, "ऐ हमारे फ़तहयाब, सिकन्दरे, बेनज़ीर ताजदार हुज़ूरे आली! इस ख़ुशी के मौक़े पर पादशाह सलामत अगर अपने कुछ अशआर पेश कर दें, तो इस जश्न की शान और बढ़ जाए!"

कुन्दूजनी मसालेदार मैनाब बाबर के इस वक़्त सर चढ़ चुकी है। उसने पास में खड़े एक ख़िदमतगार के हाथों में थमी सोने की तश्तरी से हिरन के गोश्त का सीख़ कबाब का एक छोटा-सा टुकड़ा उठाया, धीरे-से उसे मुँह में डाल पहले हिन्दू बेग इन्दर की तरफ़ देखा और फिर शब्दों को चुबलाते हुए बोला, "ऐ मेरे ख़ुदावंद बेग, आपकी फ़रमाइश ज़रूर पूरी होगी।"

इसके बाद बाबर ने हल्के-से आँखें मूँदी और अपनी एक ग़ज़ल सुनाने लगा—

गोशानशीं हूँ, अब मैं दरवेश बन गया हूँ
अरमानों के, हवस के दर बन्द बेखता हूँ
जाऊँ कहाँ, करूँ क्या, पाऊँ पनाह किस जा?
भूला हूँ राह अपनी, दर-दर भटक रहा हूँ।

"वाह, हज़रत पादशाह वाह!"

अशआर को मिली दाद ने बाबर का जोश और बढ़ा दिया। इसके बाद उसने शराब की एक छोटी-सी घूँट भरी। पेशानी को अँगुलियों से धीरे-धीरे इस तरह मसलने लगा, जैसे किसी दूसरी ग़ज़ल का अशआर याद कर रहा है।

"हज़रात, एक और अशआर आपकी ख़िदमत में पेश है कि—

लाओ, शराब लाओ, अब रिन्द मैं बनूँगा
बनता नहीं है ज़ाहिद, मिंबर को क्या करूँगा
लेकिन नहीं है रिन्दी अब बात मेरे बस की
और पारसाई को भी अपना नहीं सकूँगा।"

इसके बाद बाबर ने अपनी कई और ग़ज़लों के अशआर सुनाए। इसी बीच उसकी नज़र उसके द्वारा भेंट की गई अफ़ग़ानी रबाब के साथ सामने से आते हुमायूँ पर पड़ी। हुमायूँ धीरे-से सामने बैठे बेगों, मुसाहिबों, बहादुरों, वज़ीरों, ओहदेदारों, सफ़ीरों, अमीरों की सबसे पहली पंक्ति में आकर बैठ गया।

"अब्बा हुज़ूर, ज़रा उस अशआर को भी सुनाइए न कि जिस काम से भी निकलूँ, हमराह रहे मेहनत!" हुमायूँ ने अपने पिता बाबर की तरफ़ देखते हुए अनुरोध किया।

बाबर ने भारी होती पलकों को उठाकर अपने जवान होते बेटे की आँखों में झाँका। वह बेटे की फ़रमाइश को नहीं टाल सका और अधूरे अशआर को पूरा करते हुए बोला—

जिस काम से भी निकलूँ, हमराह रहे मेहनत
जिस सिमत भी मुँह फेरूँ, आती है नज़र हसरत
सौ जौर-ओ-सितम झेले, राहत न कभी पाई
है और कहीं कोई मुझ जैसा भी बदक़िस्मत?

"अब्बा हुज़ूर, अगर आप इजाज़त दें तो अपनी रबाब पर मैं भी कुछ सुनाऊँ?"

इससे पहले कि बाबर कुछ कह पाता, सामने से समवेत स्वर गूँजा—इरशाद!

बाबर ने सर हिलाते हुए हुमायूँ को इजाज़त दे दी। इसके बाद हुमायूँ ने पहले नवा शैली में धुन बजाई, और फिर अपने पिता द्वारा रचित रचना को दिए गए नाम चारगाह सावती धुन सुनाने के बाद बोला, "अब्बा हुज़ूर, मैं अपनी पसन्द की आपकी यह रुबाई पढ़ना चाहता हूँ!"

बाबर को हैरानी हुई कि हुमायूँ को उसकी कोई रुबाई भी पसन्द है? उसने अपनी भारी होती पलकों को बमुश्किल ऊपर उठाकर, पहले महफ़िल में बैठे बेगों, मुसाहिबों, बहादुरों, वज़ीरों, ओहदेदारों की तरफ़ देखा, और फिर बेटे की तरफ़ देखते हुए बोला, "शाहज़ादे ज़रूर पढ़िए!"

हुमायूँ पुलकित हो अपने पिता बाबर की यह रुबाई पढ़ने लगा—

हम अपनी बातों से औरों के दिल दुखाते हैं
तलाश करते हैं ग़म और उन्हें बढ़ाते हैं
दिलों को अपने पहुँचते हैं जब बहुत आज़ार
तो बादानोशी में हर राय को भूल जाते हैं।

रुबाई ख़त्म होने के बाद बाबर ने अपने जवान होते बेटे की आँखों में झाँका। बाबर को आज पहली बार एहसास हुआ कि बाप-बेटे के शौक़ में कितनी समानता है। देर रात तक महफ़िल जमी रही। जब लगा कि अब इससे ज़्यादा न तो किसी में शराब पीने का माद्दा है, न बैठने का कोई फ़ायदा; क्योंकि पहले बादशाह बाबर और उसके बाद हुमायूँ महफ़िल से उठकर जा चुका है। इस तरह पानीपत की जंग जीतने के बाद पहला भव्य जश्न ख़त्म हो गया।

21

सावन-भादो की बादल फाड़ बरसात के चलते यमुना अपने पूरे उफ़ान पर है। आसपास के सारे ताल-तलैया लबालब भरे हुए हैं। रह-रहकर पूरब से उठते बादलों के विशाल गुच्छों का जब मन करता, आपस में मिलकर बरसना शुरू कर देते। भादो की देह झुलसाती पकी धूप के बीच पुरवा हवा के झोंके जब-जब जिस्म से टकराते, तो पूरी देह शीतलता से नहा जाती।

बादलगढ़ क़िले के बारादरी महल के दीवानख़ाने में बाबर अपने कुछ तुर्की बेगों और हिन्दुस्तानी अमीरों के साथ मशविरे में मशगूल है। उसकी चिन्ता इस बात को लेकर है कि कैसे अफ़ग़ानों की बढ़ती हुई ताक़त और राजपूतों के बढ़ते हुए क़दमों को रोका जाए? अभी इस पर कोई फ़ैसला लिया जाता कि बीच में हिन्दू बेग इन्दर के पास धीरे-से आकर एक सिपाही ने ख़बर दी।

"मेहमानख़ाने में बिठाइए!" इतना कह हिन्दू बेग ने सिपाही को वापिस भेज दिया।

"हाँ तो हज़रात, इस मसले पर आपकी क्या राय है?" बाबर ने नज़र उठाकर दीवानख़ाने में अपने सामने मसनदों पर बैठे बेग और अमीरों से पूछा।

"फ़तहयाब, हमें पहले अफ़ग़ानों से निपटना चाहिए।" एक तुर्की बेग ने अपनी राय ज़ाहिर करते हुए कहा।

इसके बाद बाबर ने दूसरे अमीर और बेगों की तरफ़ देखा, तो सभी ने लगभग सर्वसम्मति से पहले अफ़ग़ानों से निपटने की बात कही।

इधर जैसे ही एक राय बनी, हिन्दू बेग इन्दर बाबर के पास आया और सिपाही द्वारा दी गई सूचना से अवगत कराते हुए बोला, "हुज़ूरे आली, मेवात के ताजदार हसन ख़ाँ मेवाती का अहलकार करमचन्द तशरीफ़ लाया है।"

"क्या, वह मरदूद फिर आ गया?" बाबर ने मुस्कराते हुए पूछा।

"जी, पादशाह सलामत।" अदब से झुकते हुए हिन्दू बेग ने पुष्टि की।

"ख़ुदावंद बेग, आपकी क्या राय है? शाहे-मेवात ख़ानज़ादा हसन ख़ाँ मेवाती के बेटे ताहिर ख़ाँ को हमें रिहा कर देना चाहिए?"

"हुज़ूरे आली, अकेले मेरी इसमें क्या राय होगी। इस वक़्त दीवानख़ाने में सारे तुर्क-हिन्दुस्तानी बेग और अमीर-उमरा मौजूद हैं। बेहतर होगा इस बारे में इनकी भी राय ले ली जाए।"

"आपका कहना एकदम दुरुस्त है बेग।"

इतना कह बाबर ने वहाँ मौजूद बेगों और अमीरों को हसन ख़ाँ मेवाती के अहलकार करमचन्द के आने का मक़सद बताया।

"सुल्तान मुहम्मद दुल्दाई, आपकी इस बारे में क्या राय है?" बाबर ने पूछा।

"पादशाह सलामत, हालात को देखते हुए इस वक़्त ताहिर ख़ाँ को रिहा कर देना मुनासिब रहेगा।"

"और मुहम्मद सुल्तान मिर्ज़ा, आपका ख़याल क्या है?"

"सुल्तान मुहम्मद दुल्दाई ठीक फ़रमा रहे हैं हुज़ूरे आली। चूँकि अफ़ग़ान और राजपूत तेज़ी-से मुग़लों के लिए ख़तरा बनते जा रहे हैं, ऐसे में होशियारी और समझदारी यही कहती है कि ताहिर ख़ाँ को हमें रिहा कर देना चाहिए।"

"हुज़ूर, जिस सुल्तान इब्राहिम लोदी के लिए ये मेवाती लड़े थे, वो तो अब रहा नहीं। इसलिए ताहिर ख़ाँ को क़ैद करके रखने का कोई फ़ायदा नहीं है। हो सकता है कभी हमें इनकी ज़रूरत पड़ जाए। क्या पता अपने बेटे की रिहाई से ख़ुश होकर हसन ख़ाँ मेवाती आपकी ग़ुलामी क़बूल कर ले।"

"आप सही कह रहे हैं ख़ुदावंद तरदी बेग।"

देर तक इस पर चर्चा होती रही। ज़्यादातर हिन्दुस्तानी और तुर्की बेगों के तर्कों से बाबर पूरी तरह सहमत हो गया। इसके बाद बाबर, हिन्दू बेग इन्दर की तरफ़ मुड़ा, "हिन्दू बेग, अहलकार को पेश किया जाए!"

कुछ ही देर में अहलकार करमचन्द दीवानख़ाने में कुछ राजसी तोहफ़ों के साथ हाज़िर हो गया। आते ही उसने बादशाह बाबर की शान में पहले फ़र्शी सलाम किया, और फिर तोहफ़ों को आगे बढ़ाते हुए बाबर से क्षमा-याचना करते हुए बोला, "बादशाह सलामत, आपकी शान में हम मेवातियों की तरफ़ से जो बे-अदबी हुई है, उसके हम गुनहगार हैं। हुज़ूरे आली, ताहिर ख़ाँ की इस ख़ता के लिए उन्हें मुआफ़ कर दिया जाए!"

बाबर ने करमचन्द से कोई तर्क-वितर्क नहीं किया। बिना किसी हीला-हवाला उसने हसन ख़ाँ मेवाती की तरफ़ से भेजे गए तोहफ़े क़बूल कर लिए। इस तरह बाबर ने अहलकार करमचन्द द्वारा क्षमा-याचना के बाद हसन ख़ाँ मेवाती के बेटे ताहिर ख़ाँ को रिहा करने का हुक्म दे दिया।

बाबर को जैसा अन्देशा था, वैसा ही हुआ। माँडू की तरफ़ से राणा सांगा के तेज़ी से आगे बढ़ने की लगातार ख़बरें आने लगीं। पानीपत की जंग से पहले जिन अमीर-उमरा ने अपने राजाओं और राणाओं से टूटकर बाबर की अधीनता स्वीकार कर ली थी, वे सब विद्रोही बन राणा सांगा से जा मिले। कोल, जलाली, संभल और दूसरे सभी परगनों के राय-राजा व अफ़ग़ान विद्रोही बन गए। इसी बीच गुप्तचरों ने सूचना दी कि राणा सांगा का आना लगभग पक्का है। शाहे-मेवात हसन ख़ाँ मेवाती भी उससे मिलने को तैयार है। इतना सुन

बाबर को अपनी ग़लती का एहसास हुआ कि ताहिर ख़ाँ को छोड़ने का उसका फ़ैसला सही नहीं था।

कुछ दिन बाद ख़बर मिली कि राणा सांगा का एक लश्कर तेज़ी से बढ़ा आ रहा है। जिस गति से राणा सांगा बढ़ा आ रहा है, उसे देख उसकी समझ में नहीं आ रहा है कि राणा सांगा से निपटने के लिए क्या रणनीति अपनाई जाए। बहुत सोचने के बाद बाबर ने तय किया कि सबसे पहले जौनपुर से हुमायूँ को वापिस आगरा बुलाया जाए। क्योंकि जबसे हुमायूँ पूर्वी इलाक़ों में अफ़ग़ान विद्रोहियों को दबाने के लिए आगरा से गया है, तभी से राणा सांगा अपनी ताक़त बढ़ाने लगा है। हुमायूँ के जाने के बाद अफ़ग़ानों और दूसरे राजपूत शासकों को ही राणा संग्राम सिंह ने अपनी तरफ़ नहीं मिलाया, बल्कि मरहूम सुल्तान सिकन्दर लोदी के बेटे महमूद लोदी को भी वह अपनी तरफ़ मिलाने में क़ामयाब हो गया।

आने से पहले हुमायूँ ने अपने पिता बाबर के आदेशानुसार, पहले मुग़लों के क़ब्ज़े वाले पूर्वी इलाक़ों को सुरक्षित रखने का बन्दोबस्त किया और फिर आगरा के लिए रवाना हो गया।

हुमायूँ के लौटने पर बाबर ने अपने मनसबदारों, बेगों, मुसाहिबों, बहादुरों, वज़ीरों, ओहदेदारों, सफ़ीरों, अमीरों, तोपचियों और सरदारों की तुरन्त एक आपात बैठक बुलाई। सबको उसने अपनी चिन्ता से अवगत कराया, तो सुनकर सब चिन्तित हो उठे। देर तक चले मशविरे के बाद यह फ़ैसला लिया गया कि मुग़लों को भी जंग की तैयारी में लग जाना चाहिए।

यह निर्णय होते ही बाबर ने सबसे पहले अपने तोपची उस्ताद अली क़ुली और मुस्तफ़ा रूमी को हुक्म दिया, "उस्ताद, राणा संग्राम सिंह की जिस तरह की तैयारियों और भारी फ़ौज इकट्ठा करने की ख़बरें मिल रही हैं, उसके मद्देनज़र हमें पानीपत की जंग में इस्तेमाल हुई तोपों से भी बड़ी तोपों का इस्तेमाल करना होगा। इसलिए आप बड़ी तोप ढालने का काम शुरू कर दें!"

"जी हुज़ूरे आली।" उस्ताद अली क़ुली ने सर झुकाते हुए कहा।

"मेरा एक मशविरा यह भी है कि हमें एक बार तुलुग़मा का रियाज़ कर लेना चाहिए। इस रियाज़ से हमें अपनी छोटी-छोटी कमज़ोरियों, कमियों और ग़लतियों का पता चल जाएगा। चूँकि इस मुल्क की आबोहवा अब तेज़ी से बदलनेवाली है इसलिए अपने सिपाहियों को, ख़ासकर जो सिपाही हमारे साथ काबुल से चलकर आए हैं, उन्हें ताकीद कर दें कि वे मैदान में रियाज़ के लिए अपने जंगी लिबास में ही तैयार होकर आएँ। जैसे हालात पैदा हो रहे हैं, उन्हें देखकर लगता है कि आनेवाले महीनों में कभी भी जंग हो सकती है।"

बाबर के इस हुक्म के बाद अपनी-अपनी टुकड़ियों के सिपहसालारों ने, अपने-अपने ख़ेमों में जाकर सरदारों, सिपाहियों और दूसरे दस्तों को बादशाह के हुक्म से

अवगत करा दिया। अपने बादशाह के हुक्म की तामील करते हुए सारे जंगी सिपाही अपनी-अपनी जंगी पोशाकों को तैयार करने में जुट गए। जो झिलम टोप और चौड़ी व बूटों पर गिरते पायँचेवाली सलवारें पानीपत की जंग के बाद सन्दूकों में रख दी गई थीं, वे एक बार फिर बाहर आ गईं। सब यह सोचकर अपने-अपने कामों में लग गए कि पता नहीं कब रियाज़ के लिए बुलावा आ जाए।

22

चाहता तो बाबर जुमे के दिन ही था कि सुबह तुलुग़मा का रियाज़ शुरू कर दिया जाए, लेकिन जुमे की नमाज़ के कारण इसे अगले दिन के लिए मुल्तवी कर दिया गया।

अगले दिन शनिवार की सुबह आगरा के पश्चिमी छोर पर यमुना के विशाल पाट पर सारे बेग और सरदार तुलुग़मा के अपने-अपने जाँबाज़ जंगी सिपाहियों को लेकर पहुँच गए। रियाज़ शुरू करने से पहले यमुना के ऊँचे किनारे पर जाकर बाबर ने, बेगों और सरदारों के साथ मिलकर दूर तक फैले यमुना के पाट का जायज़ा लिया। जब वह पूरी तरह सन्तुष्ट हो गया, तब उसने रियाज़ शुरू करने की इजाज़त दे दी।

नदी का दायाँ पाट, जहाँ से ढलान शुरू होता है, बाबर ने जंगी पोशाक पहने सिपाहियों को अर्द्ध-गोलाकार में तैनात कर दिया। इसके दाएँ छोर पर बिजली-से तेज़ दौड़नेवाले मुश्की घोड़े और तूफ़ानी घुड़सवार तैनात कर दिए गए। बाबर यमुना के जिस ऊँचे पाट पर खड़ा अपने जंगी सिपाहियों को निर्देश देनेवाला था, उसके पीछे यमुना के शान्त बहते पानी पर पड़ती सुबह की सुनहली किरणें, ऐसी नज़र आ रही हैं, मानो उसका पानी भीतर-ही-भीतर दहक रहा है।

बाबर को पूरा यक़ीन हो गया कि पानीपत की जंग की तरह राणा सांगा, उसके सहयोगी अफ़ग़ान, दूसरे परगनों के राय-राजाओं और निज़ामों की अनगिनत फ़ौज के बावजूद उसकी सेना में ऊँची ढालों, लम्बे बरछों और लम्बे डंडों पर लगे फ़रसों से लैस पैदल जंगी सिपाहियों के लिए उसकी अभेद्य दीवार को बींधना आसान नहीं होगा। रियाज़ की जब पूरी तैयारी हो गई और उसके जंगी सिपाही जब पूरी तरह तैयार हो गए, तब उसने सामने नक़ली दुश्मन की फ़ौज पर हमला करने का आदेश दे दिया।

जंगी नगाड़ों और तुरहियों की कर्णभेदी शोर के बीच सामने से आती नक़ली फ़ौज पर बाबर ने, अपने लड़ाके मुश्की घुड़सवारों को दुश्मन की फ़ौज के मध्य भाग, और बाएँ बाज़ू से दूर रखते हुए अचानक पहले दाईं ओर मुड़ने का, और फिर तुरन्त बाईं तरफ़ मुड़ने का हुक्म दिया। उसके अनुभवी घुड़सवार नक़ली दुश्मन की कमान के बाएँ हिस्से से कतराकर तेज़ी से उसके पीछे की तरफ़ बढ़ने लगे। बाबर ने एक सोची-समझी रणनीति के तहत अपने लड़ाके दस्तों का सबसे ताक़तवर हिस्सा बीच में रखा। इसी बीच जल्दी ही उसे उनमें से कुछ को अपने बाएँ और दाएँ बाज़ुओं पर भेजने का हुक्म देना पड़ा। तुलुग़मा में कुछ कमज़ोर जगहें भी होती हैं। जैसे अर्द्ध-गोलाकार के दोनों आधे हिस्से, एक-दूसरे से काफ़ी दूर होते हैं जिसकी वजह से इसका बीच का हिस्सा टूट सकता है। इस तरह बाज़ुओं की तरह जकड़कर, तेज़ी से लपलपाती तलवार की तरह घातक हमला करना, तनी हुई ताँत से छूटे नुकीले तीर की मानिन्द, दुश्मन के बीच के हिस्सों से, कम सुरक्षित जगहों पर चोट करने का मतलब ही तुलुग़मा है।

तुलुग़मा का रियाज़ पूरी तरह क़ामयाब रहा।

इधर, उस्ताद अली क़ुली और मुस्तफ़ा रूमी को बाबर ने तोप ढालने का जो हुक्म दिया था, उस पर उन दोनों ने पहले ही काम शुरू कर दिया। दिन-रात की मेहनत के बाद जब तोप ढालने की आठ भट्टियाँ और साँचे तैयार हो गए, तब उस्ताद अली क़ुली ने अपने बादशाह को यह देखने के लिए आमंत्रित किया कि तोप कैसे ढाली जाती है, इसे चाहें तो वे अपनी आँखों से ख़ुद देख सकते हैं। तोप ढालने की प्रक्रिया के इस दृश्य को देखने के लालच को बाबर नहीं रोक पाया, और हुमायूँ व अपने कुछ बेगों के साथ, ढलाई वाली जगह पर पहुँच गया।

"ख़ुदावंद उस्ताद, आज हम अपनी आँखों से तोपों को ढलते हुए देखेंगे।" आते ही बाबर ने मुस्कराते हुए कहा।

"यह मेरी ख़ुशक़िस्मती है हुज़ूर कि आपने मुझे यह मौक़ा बख़्शा कि मैं अपने हुनर से आपको वाक़िफ़ करा सकूँ।" तोपची उस्ताद अली क़ुली ने अदब से झुककर कहा।

"ज़रूर। मुझे आपके इस फ़न और क़ाबिलियत पर नाज़ है उस्ताद अली क़ुली।"

बाबर के इतना कहने पर तोपची उस्ताद अली क़ुली की मारे हौंस के छाती फूलती चली गई। भट्टियों से निकलती लौ में उसका ताम्बई चेहरा दीप्त हो उठा। हालाँकि अक्तूबर के चौथे सप्ताह तक आते-आते मौसम बेहद ठंडा हो गया, मगर भट्टियों से उगलती लपटों ने आसपास की फ़िज़ा को पूरी तरह गरमा दिया। भट्टियों की इन लपलपाती लपटों ने दृश्य इतना बीभत्स बना दिया कि इसे देखनेभर से डर लगने लगा।

"हुज़ूरे आली, ये तोप के साँचों को ढालनेवाली भट्टियाँ हैं। हर भट्टी की तली से एक नाली साँचे तक बनाई गई है।" उस्ताद अली क़ुली ने साँचे के चारों तरफ़ बनी भट्टियों की तरफ़ इशारा करते हुए बताया।

"इन भट्टियों में यह जो कुछ पिघला हुआ नज़र आ रहा है, यह क्या है?" बाबर ने उत्सुकतावश पूछा।

"यह पिघले हुए लोहे का मसाला है हुज़ूर, जिसे कुछ ख़ास क़िस्म के लोहे से तैयार किया गया है।"

"अच्छाऽऽऽ! यह पिघला हुआ मसाला इन नालियों से होकर साँचे में जाएगा?"

"जी हुज़ूरे आली।"

इतना कह उस्ताद अली क़ुली ने भट्टियों से साँचे तक जाती नालियों का मुँह खोल दिया। नालियों का मुँह खुलते ही भट्टियों में पिघला हुआ लोहे का मसाला, पानी की तरह साँचे की तरफ़ बहने लगा। मगर इससे पहले कि साँचा भरता, भट्टियों से पिघला हुआ मसाला आना बन्द हो गया। अचानक भट्टियों से पिघले हुए लोहे का आना बन्द होता देख, मारे घबराहट के उस्ताद अली क़ुली के हाथ-पाँव फूल गए। उसने भट्टियों के मुँह और नालियों को ध्यान से देखा, तो सब कुछ ठीक नज़र आया। उसकी समझ में नहीं आ रहा है कि अचानक यह सब क्या हो गया? उसने बहुत कोशिश की मगर पिघला हुआ लोहा साँचे में दोबारा नहीं गया। वह बार-बार भट्टियों के पास जाता और लौट आता। भट्टियों की लपटों से जो चेहरा पसीने से तर था, अब चेहरा ही नहीं पूरा जिस्म ऐसा हो गया मानो उस पर पानी से भरी बाल्टी उँड़ेल दी गई हो। बाबर ने हताश उस्ताद अली क़ुली को देखा, तो एक पल के लिए उसे लगा, उसकी मौजूदगी की वजह से कहीं ऐसा न हो, कि उस्ताद अली क़ुली मारे शर्मिंदगी और ज़िल्लत के किसी भट्टी में कूद जाए?

उस्ताद अली क़ुली की घबराहट और मौक़े की नज़ाकत को भाँप, बाबर ने तुरन्त स्थिति सँभालते हुए मुस्कराकर कहा, "उस्ताद, कोई बात नहीं। घबराइए नहीं। कभी-कभी इनसान से चूक हो जाती है। बेख़याली में या तो आपसे भट्टियाँ बनाने में कोई कमी रह गई, या फिर शायद मसाला बनाने में कोई खोट रह गया है।"

उस्ताद अली क़ुली से कुछ भी कहते नहीं बना। उसके मानो काटो तो ख़ून नहीं। बाबर; हुमायूँ और अपने बेगों के साथ जैसे आया था, वापिस लौट गया।

शाम को जुह्र की नमाज़ के बाद उस्ताद अली क़ुली को शाही दरबार से बुलावा आया। उसने जैसे ही सुना कि बादशाह ने उसे दरबार में बुलवाया है, उसे अपना खटका और वह डर सच साबित होता नज़र आने लगा, जिसकी उसे शुरू से आशंका थी। उसे अपने उस निर्णय पर अब पश्चात्ताप होने लगा, जब उसने बादशाह को तोप बनाने की प्रक्रिया को देखने के लिए आमंत्रित किया था। दरबार

में जाने से पूर्व उस्ताद अली क़ुली ने अपने साथी और तोपची मुस्तफ़ा रूमी की तरफ़ बेचारगी के साथ इस तरह देखा, जैसे वह उससे कह रहा है कि ज़िन्दा बचकर आया, तो आपसे ज़रूर मुलाक़ात होगी।

उस्ताद अली क़ुली ने अपने बादशाह की शान में पहले ज़मीन पर घुटनों के बल बैठकर फ़र्शी सलाम किया। उसके बाद हाथ बाँधकर एक मुलज़िम की तरह सर झुकाकर खड़ा हो गया। बाबर धीरे-से अपनी गद्दी से खड़ा हो गया। इसके कुछ पल बाद बादशाह की आवाज़ आई, "उस्ताद अली क़ुली, आगे आइए!"

बादशाह के स्नेहिल सम्बोधन को सुन उस्ताद अली क़ुली ने सर उठाकर, अपने बादशाह की तरफ़ बड़ी निरीहिता के साथ देखा। मन में उठती तरह-तरह की कल्पनाओं और छोटे-छोटे क़दमों के साथ वह बादशाह के सामने आकर खड़ा हो गया।

"आइए, थोड़ा और आगे आइए!"

बादशाह के हुक्म को सुन उस्ताद अली क़ुली ने आगे क़दम बढ़ाया ही था, कि शाही दरबार में इसके बाद जो दृश्य पैदा हुआ, उसे देख वहाँ मौजूद बेगों, मुसाहिबों, बहादुरों, वज़ीरों, ओहदेदारों को ही नहीं, ख़ुद उस्ताद अली क़ुली को भी अपनी आँखों पर यक़ीन नहीं हुआ। बाबर जब अपने तोपची उस्ताद अली क़ुली को शाही ख़िलअत अता कर रहा था, उस्ताद क़ुली का पूरा जिस्म मारे ख़ुशी के काँपने लगा। उस्ताद अली क़ुली को लगा जैसे उसे नया जीवन मिला है।

"ऐ मेरे बेग, वज़ीर और ओहदेदार! आपको देखकर यह हैरानी हो रही होगी कि मैं अपने तोपची उस्ताद अली क़ुली को सज़ा देने के बजाय ख़िलअत अता कर रहा हूँ। आप हज़रात का ऐसा सोचना ग़लत भी नहीं है। हमें यह नहीं भूलना चाहिए कि इसी उस्ताद अली क़ुली की वजह से हमने पानीपत की जंग जीती है। एक छोटी-सी चूक या ग़लती की वजह से हमें किसी के पिछले कामों को नज़रअन्दाज़ नहीं कर देना चाहिए। ग़लती हम इनसानों से ही होती है और उस्ताद अली क़ुली भी हमारी-आपकी तरह एक इनसान है। ऐसे में एक सरबराह के रूप में एक बादशाह का फ़र्ज़ होता है, कि वह अपने क़ाबिल हाकिमों और फ़नकार मुलाज़िमों की क़द्र करे। कमज़ोर वक़्त में उनका हौसला अफ़ज़ाई करे।" इसके बाद बाबर धीरे-से उस्ताद अली क़ुली की तरफ़ मुड़ा, "ख़ुदावंद उस्ताद अली क़ुली, मेरी एक बात याद रखना कि अबकी बार आप जो तोप ढालें, वे ऐसी हों कि आनेवाली नस्लें उन्हें उस्ताद अली क़ुली की तोप के नाम से याद रखें। जाइए, और पूरे हौसले, तसल्ली और इत्मीनान के साथ फिर से अपने काम को अंजाम दीजिए!"

अपने बादशाह से ख़िलअत ग्रहण कर उस्ताद अली क़ुली, बिना मुड़े कोर्निश करता हुआ दरवाज़े तक आया और फिर अपने ठिकाने की ओर बढ़ गया।

बादशाह द्वारा प्रदान की गई ख़िलअत के बाद उस्ताद अली क़ुली का जोश एकाएक कई गुना बढ़ गया। एक बार फिर से नए हौसले के साथ वह तोप ढालने के क्रम में जुट गया। जब तक वह तोप ढालने में लगा रहा, रह-रहकर उसके कानों में बादशाह के यही शब्द गूँजते रहे कि 'अबकी बार जो आप तोप ढालें, वे ऐसी हों कि आनेवाली नस्लें उन्हें उस्ताद अली क़ुली की तोप के नाम से याद रखें।' और सचमुच इस बार उस्ताद अली क़ुली का जज़्बा, उसकी लग्न, धैर्य और मेहनत ऐसा रंग लाई, कि तोप ढालने के बाद साँचे को दो दिन ठंडा होने पर जब उससे मिट्टी को हटाया गया, तो उसे देखते ही उस्ताद की ख़ुशी का ठिकाना नहीं रहा। उसने बड़ी बारीक़ी से तोप का मुआयना किया। इस बार उसकी ताश अबी यानी ख़ान-ए-संग अर्थात् तोप की नाल और तोप का पिछला हिस्सा बारूदख़ाना, जिसमें बारूद भरा जाता है, और जिसमें पत्थर के गोले रखकर छोड़े जाते हैं, उनमें उसे कोई खोट नज़र नहीं आया। तोप की नाल और बारूदख़ाने को अलग-अलग ढालकर, बाद में दोनों को आपस में जोड़ा जाता है। जितना आसान बारूदख़ाने को बनाना है, नाल को ढालना उतना ही मुश्किल है।

उस्ताद अली क़ुली जब तोप की ढलाई, उसकी नाल को घिस-घिसकर, उसके मामूली उभारों को बराबर करवाने और उसके ऊपर लकीरें कटवाने के बाद, उसकी सजावट के काम से पूरी तरह सन्तुष्ट हो गया, तब एक बार फिर उसने बादशाह बाबर को इस सन्देश के साथ आमंत्रित किया कि इस बार तोप में कोई खोट नहीं है। बाबर पुन: उस्ताद अली क़ुली द्वारा ढाली गई तोप को देखने आया, तो देखते ही उसकी आँखें मारे ख़ुशी के चमक उठीं। तोप का बेहद बारीक़ी से मुआयना करने के बाद, बाबर ने उस्ताद अली क़ुली से उसे मैदान में चलाकर दिखाने की इच्छा ज़ाहिर की। अस्र की नमाज़ के बाद उस्ताद अली क़ुली अपने बादशाह की ख़्वाहिश पूरी करने के लिए नई-नई ढाली गई तोप को आगरा के पश्चिम में, यमुना के उसी खुले पाट पर ले आया, जहाँ कुछ दिन पहले तुलुग़मा का अभ्यास किया गया था। बाबर की मौजूदगी में तोप से पत्थर के गोले को दागा गया। गोला दागने के बाद उसकी दूरी नापी गई, तो पाया तोप ने पत्थर के गोले को सोलह सौ क़दम दूर फेंका है।

बाबर ने अपने तजुर्बेकार तोपची उस्ताद अली क़ुली को ख़ुश होकर बतौर ईनाम एक शमशीर, ख़िलअत और तीपूचाक़ घोड़ा प्रदान किया। बाबर ने उसी वक़्त अपने तोपची उस्ताद अली क़ुली को हू-ब-हू ऐसी ही पचास तोपें और ढालने का हुक्म दे दिया। अपने बादशाह के हुक्म की तामील करते हुए उस्ताद अली क़ुली अपने काम में जुट गया। आख़िर पचास तोपें ढालना कोई आसान काम थोड़े ही है। इन्हें ढालने में कम-से-कम दो से तीन महीने तो आसानी से लग जाएँगे ही।

23

बाबर के पास अब आगरा से बयाना की तरफ़ कूच करने का जैसे कोई रास्ता नहीं बचा।

राणा सांगा का लश्कर तेज़ी से आगे बढ़ा आ रहा है। बाबर के क़रावल दस्ते न तो बयाना में घुस पा रहे हैं, न ही वहाँ के हाल लेकर वापिस लौट पा रहे हैं। कुछ रोज़ बाद वापिस लौटे, तो उन्होंने राणा सांगा की सेना की जवाँमर्दी और बाबर के सिपाहियों के प्रति बरती जानेवाली निर्दयता की ख़ूब तारीफ़ की।

राणा सांगा की बढ़ती ताक़त को देख बाबर ने बिना वक़्त गँवाए शेख़ जमाली को अलवर के लिए रवाना कर दिया। किरौली, फ़तेहपुर सीकरी, भरतपुर, कुम्हेर, डीग, नगर और बड़ोदा मेव के रास्ते लगभग सौ मील की दूरी नापते हुए शेख़ जमाली अलवर पहुँच गया।

पूरी सात सौ सीढ़ियों को पार कर बाला क़िले पर पहुँचने के बाद, शेख़ जमाली ने अपने घोड़े को रोककर थोड़ा साँस लिया। क़िले की भव्यता देख जैसे वह अभिभूत हो गया। जगह-जगह बावड़ी, कुओं, कुंडों, तालाब, पथरीली सतह पर बनी बड़ी-बड़ी खाइयों और चहारदीवारी की ऊँचाई को देख, उसके आश्चर्य का ठिकाना नहीं रहा।

शाही महल में पहुँचकर शेख़ जमाली ने शाहे-मेवात हसन ख़ाँ मेवाती को अपने बादशाह जहीरुद्दीन मुहम्मद मिर्ज़ा बाबर की तरफ़ से शाही तोहफ़े में भेजी गई नीलम के मूठ की तलवार और अशर्फ़ियों के साथ अतलस पर लिखा पैग़ाम दे दिया। हसन ख़ाँ मेवाती ने शाही मुहर लगे गोल लिपटे ख़रीते पर बँधे रेशमी फ़ीते को खोल लिया। फिर उस खुले हुए खर्रे को सामने बैठे अपने अहलकार करमचन्द की ओर यह कहते हुए बढ़ा दिया, "दीवान साहब, पढ़िए तो सही बाबर ने इसमें क्या लिखवाकर भेजा है?"

अहलकार करमचन्द ने पहले खर्रे पर सरसरी नज़र डाली और फिर शब्दों को चुबलाते हुए पढ़ने लगा। बाबर के भेजे गए पैग़ाम की बस ये आख़िरी पंक्तियाँ हसन ख़ाँ मेवाती के समझ में आईं—'ख़ुदावंद ख़ानज़ादे शाहे-मेवात हसन ख़ाँ मेवाती, मैं मानता हूँ कि आप मेवात के एक जाँबाज़ शाह हो। मगर एक मुसलमान होने के नाते आपको मेरी तरफ़दारी करनी चाहिए। अगर आप मेरी इस पेशकश को क़बूल करते हैं, तो मैं वायदा करता हूँ कि आपको आगरा तक पूरे मेवात का बादशाह बना दूँगा।'

पैग़ाम का मजमून ख़त्म होते-होते हसन ख़ाँ मेवाती के जबड़े खिंच आए। आँखें सुर्ख़ हो उठीं। वह धीरे-से अपनी गद्दी से उठा और वहाँ मौजूद अपने दीवानों और दूसरे अहलकारों को सुनाते हुए बोला, "मिर्ज़ा बाबर के कहने का मतलब

यह है कि मैं उससे सुलह कर लूँ...और सुलह करके बेफ़िक्र होकर हिरन की तरह जिऊँ। मगर वह भूल रहा है कि ख़ूँख़्वार भेड़ियों के बीच हिरन ज़्यादा दिन ज़िन्दा नहीं रहता। इसलिए भेड़ियों के झुंड में आदमी को शेर बनकर रहना चाहिए। मिर्ज़ा बाबर ऐसे ही भेड़ियों के झुंड का सरदार है, जो हमें अपने साथ मिलाकर हिरन बनाना चाहता है और वक़्त आने पर अपना निवाला बना लेगा।"

ख़ानज़ादा हसन ख़ाँ मेवाती के इतना कहते ही महल में सन्नाटा छा गया। इसके बाद हसन ख़ाँ मेवाती ने पहले बाबर के दूत शेख़ जमाली की तरफ़ देखा, और फिर अपने अहलकार करमचन्द की तरफ़।

"दीवान साहब, यह सही है कि क़ायदे से मुझे एक मुसलमान होने के नाते बाबर की यह पेशकश क़बूल कर लेनी चाहिए। ऐसा यहाँ मौजूद कुछ हज़रात सोच भी रहे होंगे। वैसे बाबर का हमारे ऊपर एक बहुत बड़ा एहसान है कि मेरे बेटे ताहिर ख़ाँ, जिसको पानीपत की जंग में क़ैद कर लिया गया था, उसे हमारे अहलकार करमचन्द के कहने पर रिहा कर दिया था। बाबर चाहता तो ताहिर ख़ाँ को हाथियों के पाँवों तले कुचलवा सकता था। ज़िन्दे की ख़ाल खिंचवा सकता था। किसी घोड़े की पूँछ से बाँधकर इसके मरने तक घसीटवा सकता था, या फिर बोरे में बन्द कर बादलगढ़ क़िले की सबसे ऊँची फ़सील से नीचे फिंकवा सकता था। मगर उसने ऐसा नहीं किया। क्या आप जानते हैं कि बाबर ने ऐसा क्यों किया?"

इतना कह हसन ख़ाँ मेवाती बारी-बारी अपने सामने बैठे दीवानों और अहलकारों की आँखों में झाँकने लगा। मगर किसी ने कोई उत्तर नहीं दिया। जब देर तक किसी की तरफ़ से कोई जवाब नहीं आया, तब उसने ख़ुद ही इसका जवाब दिया, "हज़रात, मैं बताता हूँ कि बाबर ने ऐसा क्यों किया। उसने ऐसा इसलिए किया क्योंकि वह अपने इस एहसान की क़ीमत मुझे अपने साथ मिलाकर वसूलना चाहता था? इसके बदले वह मेरे ईमान और मेरी वतनपरस्ती को ख़रीदना चाहता था। अगर यक़ीन नहीं है तो ध्यान दीजिए आख़िर की उन पंक्तियों पर कि 'एक मुसलमान होने के नाते आपको मेरी तरफ़दारी करनी चाहिए। मैं आपको पूरे मेवात का बादशाह बना दूँगा।' मगर बाबर भूल रहा है कि मज़हब मुल्क से बड़ा नहीं होता है। उसने यह कैसे सोच लिया कि हसन ख़ाँ मेवाती बाहर से आए एक आततायी का साथ देगा? उसके इस एहसान के बदले यह मेवाती अपना ज़मीर गिरवी रख देगा, यह उस तुर्की ने कैसे सोच लिया? मेरे पुरखों ने इस मुल्क की मिट्‌टी को अपने ख़ून से सींचा है। यहाँ के ज़र्रे-ज़र्रे में मेरी साँस बसी हुई है। यह हसन ख़ाँ मेवाती जो आज आप सबके सामने खड़ा है, वह यहाँ की धूल-माटी का कलेवा करके बड़ा हुआ है। जो एहसान उसकी मिट्‌टी का उसके ऊपर है, उसे मैं मिट्‌टी में मिला दूँगा, कैसे सोच लिया? दीवान साहब!"

"हुकुम शाहे-मेवात?" अहलकार करमचन्द ने सर झुकाकर धीरे-से कहा।

"मेरी तरफ़ से बाबर को यह पैग़ाम भिजवा दो कि हिन्दुस्तान में हिन्दू-मुसलमान में कोई फ़र्क़ नहीं है। यहाँ सब भाई-भाई हैं।"

"जो हुकुम शाहे-मेवात।" करमचन्द ने हसन ख़ाँ मेवाती के आदेश का पालन करते हुए कहा।

"और हाँ, इस पैग़ाम में यह ज़रूर लिखवा देना कि—

जवाँ मरदाने-मेवाती, हरेक क़ूवत से टकराए
शहंशाहे-देहली तक को, ख़ातिर में नहीं लाए
इन्हें मग़लूब करने के लिए आती रहीं फ़ौजें
दमादम हर घड़ी साहिल से, टकराती रहीं मौजें।"

जिस समय हसन ख़ाँ मेवाती अपने अहलकार को बाबर के दूत शेख़ जमाली की मौजूदगी में, उसके पैग़ाम का जिस तरह जवाब देने का हुक्म दे रहा था, शेख़ जमाली को इसकी बिलकुल उम्मीद नहीं थी। हसन ख़ाँ मेवाती ने अपने अहलकार को इस बीच कुछ इशारा किया, जिसे करमचन्द तुरन्त समझ गया।

शाहे-मेवात के इस इशारे पर अहलकार करमचन्द ने हसन ख़ाँ मेवाती के ख़ास ख़िदमतगार लाद ख़ाँ के पास जाकर कुछ कहा। इसके बाद लाद ख़ाँ अन्दर गया और एक बड़े थाल को लेकर फिर से हाज़िर हो गया। करमचन्द ने रेशमी फ़ीते से बँधे गोल ख़रीते के रूप में जवाब प्रदान करने के साथ, लाद ख़ाँ से थाल लेकर उसमें रखे शाही तोहफ़े को शेख़ जमाली को देकर बाइज़्ज़त विदा कर दिया।

शाहे-मेवात हसन ख़ाँ मेवाती की तरफ़ से मिले जवाब और तोहफ़े को लेकर शेख़ जमाली आगरा के लिए रवाना हो गया।

इधर राणा संग्राम सिंह ने भी हसन ख़ाँ मेवाती के पास सन्देश भिजवाया। इस सन्देश में राणा सांगा ने हसन ख़ाँ मेवाती को लिखा—'मुग़लों ने हिन्दुस्तान में अपने पाँव जमा लिए हैं और सुल्तान इब्राहिम लोदी को मौत के घाट उतारकर, बाबर ने पूरे मुल्क पर क़ब्ज़ा कर लिया है। यह तय है कि वह अब हमारे और तुम्हारे ऊपर भी चढ़ाई करेगा। अगर तुम मेरा साथ दो तो हम लोग मिलकर उसे अपने इलाक़े में दाख़िल नहीं होने देंगे। वैसे उसे उस क़ौम की मदद करनी चाहिए, जिस क़ौम से वह ख़ुद भी है।'

राणा सांगा का तात्पर्य यहाँ यही है कि हसन ख़ाँ मेवाती के पूर्वजों का, हिन्दू होने के कारण, उसे बाबर के बजाय अपने हिन्दू राजा का साथ देना चाहिए। लेकिन अपने सैनिकों की संख्या बल के अभिमान के चलते हसन ख़ाँ मेवाती ने राणा सांगा को कोई जवाब नहीं दिया।

कुछ समय बाद राणा संग्राम सिंह के प्रस्ताव पर हसन ख़ाँ मेवाती ने फिर

से विचार किया, और आख़िर में वह इस नतीजे पर पहुँचा कि उसे हमवतनी होने के नाते राणा सांगा की तरफ़दारी करनी चाहिए। राणा संग्राम सिंह ने उचित ही कहा है कि उसे उसकी मदद करनी चाहिए, जिससे उसका ख़ुद का भी वास्ता है। अपने पूर्वजों के हिन्दू होने के कारण, उसे बाहर से आए एक आततायी बाबर के बजाय अपने हिन्दू राजा राणा सांगा का साथ देना चाहिए। बाबर का क्या वह तो इस मुल्क को छोड़कर कभी भी अपने मुल्क लौट सकता है, लेकिन राणा सांगा और ख़ानज़ादों को तो इसी हिन्दुस्तान में रहना है। आख़िर काम तो अपने ही आते हैं, भले ही वह दूसरे धर्म या मज़हब का क्यों न हो। द्वन्द्व व स्व-तर्क की सुरंग से बाहर आ हसन ख़ाँ मेवाती ने अन्ततः यह फ़ैसला कर लिया कि उसे राणा सांगा का ही साथ देना है। बस, एक संशय है कि राणा सांगा के इस प्रस्ताव पर उस वक़्त उसने बड़ा ठंडापन दिखाया था। कहीं ऐसा न हो कि वह इसके इस ठंडेपन को दिल से लगाकर बैठ गया हो।

24

राणा संग्राम सिंह की फ़ौज के बयाना की तरफ़ बढ़ने की ख़बर बाबर को बराबर मिल रही है।

इसी बीच उसके गुप्तचर ने बाबर को आकर बताया, "पादशाह सलामत, मारवाड़ की तरफ़ से राणा सांगा का आना पक्का है। हमारे गुप्तचरों ने यहाँ तक ख़बर दी है कि शाहे-मेवात हसन ख़ाँ मेवाती भी टोडा भीम में राणा सांगा से जा मिला है। इसलिए अच्छा होगा कि शाही सेना के पहुँचने से पहले सिपाहियों का एक दस्ता अपने गुप्तचरों की मदद के लिए तुरन्त बयाना रवाना कर दिया जाए।"

हसन ख़ाँ मेवाती के राणा सांगा के साथ मिलने की ख़बर सुन बाबर के माथे पर बल पड़ते चले गए। अपने उन्हीं बेगों, मुसाहिबों और ओहदेदारों के सामने बाबर झल्लाते हुए बोला, जिनमें से कुछ ने हसन ख़ाँ के बेटे ताहिर ख़ाँ को क़ैद से रिहा करने की सलाह दी थी, "देखा, जो हसन ख़ाँ मेवाती अपने बेटे ताहिर ख़ाँ को हमसे बार-बार अपने अहलकार को भेजकर रिहा करने की पैरवी और मिन्नतें करवा रहा था, आज वही हमारे दुश्मन के साथ जा मिला है। मैंने उस वक़्त यह सोचकर ताहिर ख़ाँ को ख़िलअत देकर रिहा कर दिया था, कि हसन ख़ाँ को अपनी तरफ़ मिला लेना आसान हो जाएगा। मगर यह एहसान फ़रामोश नमकहराम

निकला। हमारी इनायत और रिआयत को उसने कुछ नहीं समझा। शुक्रिया का नाम तक न लिया। यह तो जैसे बेटे की रिहाई का इन्तज़ार कर रहा था और ताहिर ख़ाँ के अलवर पहुँचते ही राणा सांगा के साथ टोडा भीम में जा मिला। असल में ऐसी घड़ी में ताहिर ख़ाँ को छोड़ने की राय ठीक नहीं थी।"

जिस समय बाबर अपने बेगों, मुसाहिबों और ओहदेदारों के सामने हसन ख़ाँ मेवाती को कोस रहा था, किसी ने जवाब में कुछ भी कहना उचित नहीं समझा।

"ख़ैर, जो हुआ सो हुआ। अब तो जंग करनी ही पड़ेगी। ऐसा है आप सब बिना वक़्त ज़ाया किए अभी बयाना पहुँच जाएँ!"

बयाना पहुँचने के बाद बाबर के बेगों ने राणा सांगा की सेना की दो टुकड़ियों को हरा दिया और लगभग सत्तर-अस्सी लोगों को क़ैद कर लिया। इस तरह ग्वालियर, धौलपुर और बयाना में बाबर की सेना के ताबड़तोड़ हमलों से सहमे राणा संग्राम सिंह ने अपने राजाओं और सामंतों को सन्देशा भिजवाया कि वे सभी अपनी-अपनी सेना तुरन्त रवाना कर दें।

ख़बर मिलते ही जालौर से राव रामदास सोंगरा, घूँघर से पृथ्वीराज, चन्देरी से मेदिनी राय और उसके बेटे नृपत राव, मेड़ता से राजा रायमल राठौड़, सिरोही से राव अखय राज देवड़ा, डूंगरपुर से राजा रावल उदयसिंह, सालम्बूर से रावत रतन सिंह, आम्बेर से राव जगमल, अमेटा से राव जोगा, देवगढ़ से रावत सांगा चन्दावत, देवलिया से रावत बाघ सिंह, लावा से दोदिया करन सिंह, सादरी से अज्जा झाला, गोगुंदा से सज्जा झाला, राव नरसिंह देव, राव ब्रह्मदेव, राव दिलीप, बूँदी से नारायण दास हाड़ा, बिजौलिया के गोकुलदास परमार और जोधपुर से मालदेव राणा संग्राम सिंह की मदद के लिए निकल पड़े। मारवाड़ के शासक राव गंगू ने भी अपने तीन हज़ार सैनिकों को अपने पुत्र मालदेव के साथ भेज दिया। इस तरह इन राजपूत राजाओं की सेनाएँ सुल्तान महमूद लोदी के साथ आगरा की तरफ़ रवाना हो गईं। ख़ुद राणा सांगा जनवरी के आख़िर में चित्तौड़गढ़ से बाबर पर हमला करने के लिए निकल पड़ा।

सबसे पहले राणा सांगा ने रास्ते में पड़नेवाले बयाना के क़िले की तरफ़ कूच किया। इस क़िले पर कुछ ही समय पहले बाबर ने क़ब्ज़ा किया था। बायाना पहुँच चुकी राजपूत सेनाओं को राणा सांगा ने अलग-अलग हिस्सों में बाँट दिया। सेना का बायाँ हिस्सा बूँदी के नारायण दास हाड़ा, जोधपुर के मालदेव, राजा दिलीप, राजा नरसिंह देव और मेदिनी राय के कमान में रखा गया। दाएँ हिस्से की कमान राव अखय राज देवड़ा, मेड़ता के राजा रायमल राठौड़ और शाहे-मेवात हसन ख़ाँ मेवाती को सौंपी गई। सेना के अग्रिम भाग का नेतृत्व सालम्बूर के राव रतन सिंह, अमेटा के राव जोगा, देवगढ़ के रावत सांगा चूड़ावत, सादरी के अज्जा झाला और बिजौलिया के गोकुलदास परमार को सौंपा गया। जबकि ख़ुद राणा सांगा सेना के

पीछे रहा ताकि वह कोकरिया के राव चन्द्रभान, करम चन्द्र परमार और उसके बेटे राव जगमल, राजा सज्जा झाला, दोदिया करन सिंह, रावत बाघ सिंह, रावत उदय सिंह और राजा मुकुन्द बघेला की मदद से सारी व्यवस्था की निगरानी रख सकें। इस तरह राणा संग्राम सिंह की सेना और राजपूत सेनाओं ने मिलकर, बाबर की सेना से बयाना क़िला जीत लिया।

इधर जैसे ही बाबर को अपनी सेना की पराजय की सूचना मिली, उसे आभास हो गया कि अब बिना जंग किए काम नहीं चलेगा। हुमायूँ भी इस बीच, जिसका बाबर बड़ी बेसब्री से इन्तज़ार कर रहा था, अपनी सेना के साथ आगरा पहुँच गया। अत: मुहम्मद सुल्तान मिर्ज़ा, यूनुस अली, शाह मंसूर बरलास, कित्ता बेग, क़िस्मती और बूचका के नेतृत्व में एक सेना की टुकड़ी महदी ख़्वाजा की मदद के लिए, इस हुक्म के साथ रवाना कर दी कि वे क़िले में दाख़िल होकर, दुश्मन को आगे बढ़ने से रोकें। इस टुकड़ी को बयाना की तरफ़ रवाना करने के बाद बाबर ने इधर राणा सांगा की सेना के बारे में सूचना लाने के लिए भेज दिया।

इसी बीच बयाना से बाबर को यह ख़बर मिली कि उसकी सेना ने राणा सांगा की दो टुकड़ियों को हरा दिया है। साथ में यह भी पता चला कि शाहे-मेवात हसन ख़ाँ मेवाती भी राणा संग्राम सिंह के साथ कंधे-से-कंधा मिलाकर आगे बढ़ रहा है।

अगले दिन बाबर ने अपने तोपची उस्ताद अली क़ुली से ख़ुद जाकर पूछा, "ख़ुदावंद उस्ताद अली क़ुली, हमने जो तोपें बनाने का हुक्म दिया था, उनका क्या हुआ?"

"जिल्ले सुभानी, आपके हुक्म की पूरी तामील की गई है। आइए हुज़ूरे आली, मैं आपको दिखाता हूँ।" इतना कह उस्ताद अली क़ुली अपने बादशाह को साथ लेकर नई-नई बनी तोपों को दिखाने चल दिया।

बाबर ने अपने तोपचियों उस्ताद अली क़ुली और मुस्तफ़ा रूमी के द्वारा बनाई गई तोपों को देखा, और देखने के बाद बोला, "उस्ताद, हम इनमें से किसी एक तोप को नमूने के तौर पर चलवाकर देखना चाहते हैं, ताकि यह पता चल सके कि हमारी तोपें एकदम ठीक हैं।"

"ज़रूर हुज़ूरे आली।" इतना कह उस्ताद अली क़ुली ने अपने कारिन्दों से एक तोप को खुले मैदान में ले जाने के लिए कहा।

उस्ताद अली क़ुली ने इसके बाद एक बार नहीं, कई बार तोप से गोले फेंकने का सफल प्रदर्शन किया। तोप की गरज, उसके द्वारा फेंके गए पत्थरों के गोलों की दूरी के साथ हर तरह से सन्तुष्ट होने के बाद बाबर महल में लौट आया।

खानवा

रवाना होने से पहले, हसन ख़ाँ मेवाती सीस नवाने अलवर के पास बहादरपुर की पहाड़ियों में अपने दरवेश सैयद जमाल साहब की बैठक में गया। दरवेश सैयद जमाल ने जैसे ही हसन ख़ाँ मेवाती को देखा, ज्ञानी और दूरदर्शी दरवेश उसके आने का प्रयोजन भाँप गया।

हसन ख़ाँ आते ही अपने गुरु दरवेश सैयद जमाल को दुआ-सलाम करने के बाद, वहीं उसके तख़्त पर पाँयते की तरफ़ बैठ गया।

"हसन, इस वक़्त बख़्तर पहन, घोड़ों की ज़ीन कसकर कहाँ जाने की तैयारी हो रही है?" दरवेश सैयद जमाल ने हसन ख़ाँ मेवाती से पूछा।

"दरवेश साहब, आप तो जानते ही हैं कि बाबर नाम का एक मुसलमान आततायी हिन्दुस्तान में घुस आया है और उसने हिन्दुस्तान में अपने पाँव जमा लिए हैं।"

"कहीं यह बाबर वही तो नहीं है जिसने सुल्तान इब्राहिम लोदी को पानीपत में हराकर इस मुल्क को अपने क़ब्ज़े में कर लिया है?"

"जी दरवेश साहब वही है। अब यह हमारे ऊपर चढ़ाई करने की तैयारी में है।"

"वैसे एक बात कहूँ, सुल्तान इब्राहिम लोदी भी कौन-सा इस मुल्क का ज़ाया था? उसके पुरखे भी तो बाहर से आए हुए थे। अगर एक बाहरी आततायी ने दूसरे आततायी को उसके तख़्त से बे-दख़ल कर दिया, तो इसमें परेशान होने की क्या ज़रूरत है। वैसेऽऽऽ इस 'हमारे' से आपका क्या मतलब है?" हसन ख़ाँ के गुरु दरवेश सैयद जमाल ने पूछा।

"मेरा मतलब हम मेवातियों और मेवाड़ के राजा राणा संग्राम सिंह से है।" हसन ख़ाँ ने स्पष्ट किया।

"यह आप अच्छी तरह जानते हैं हसन कि आज अगर बाबर, राणा संग्राम सिंह पर चढ़ाई कर रहा है, तो इसके लिए ख़ुद राणा संग्राम सिंह ज़िम्मेदार है।"

"मैं कुछ समझा नहीं दरवेश साहब?"

"बरख़ुरदार, इसमें ना समझनेवाली कौन-सी बात है। बाबर को इस मुल्क में जो लोग लाना चाहते थे, उनमें एक आपका यह मेवाड़ का राजा राणा संग्राम सिंह भी है। इसी ने बाबर को इब्राहिम लोदी के ख़िलाफ़ जंग लड़ने के लिए इस मुल्क में बुलाया था। बाबर अपनी मर्ज़ी से हिन्दुस्तान नहीं आया है, बल्कि इसे सुल्तान इब्राहिम लोदी की ज़्यादतियों और हमारे हिन्दू राजाओं की आपसी फूट ने बुलाया है।"

अपने गुरु दरवेश सैयद जमाल के इस तर्क पर हसन ख़ाँ निरुत्तर हो गया।

"जब मेवाड़ के राजा राणा संग्राम सिंह और बाबर के बीच यह सुलह हो गई थी, कि सुल्तान इब्राहिम लोदी के ख़िलाफ़ पानीपत की जंग ये दोनों मिलकर लड़ेंगे, तब राणा संग्राम सिंह पानीपत क्यों नहीं गया? हसन ख़ाँ, अगर राजा राणा संग्राम सिंह उस वक़्त बाबर के साथ पानीपत की जंग में शामिल हो जाता, तो शायद

आज ये दिन देखने नहीं पड़ते। बाबर उस वक़्त सुल्तान इब्राहिम लोदी को हराकर काबुल भी लौट सकता था, या फिर देहली में ही रह जाता...और फिर हसन ख़ाँ मेवाती से तो उसकी कोई दुश्मनी थी भी नहीं। यह जानते हुए कि आपके ख़ानदान के लोगों ने पानीपत की जंग में उसके दुश्मन का साथ दिया है, बावजूद इसके बाबर ने इस जंग में पकड़ लिए गए आपके बेटे ताहिर ख़ाँ को बाइज़्ज़त रिहा कर दिया था। किया था, या नहीं?"

"किया था दरवेश साहब।" हसन ख़ाँ मेवाती ने दबी ज़बान में उत्तर दिया।

"मैंने तो सुना है कि बाबर ने हम-मज़हबी होने के नाते आपको भी अपने साथ मिलाने की पेशकश भेजी थी, जिसे आपने क़बूल करने से मना कर दिया था?"

"जी।"

"अच्छा किया जो मना कर दिया। मगर आपने जिस अन्दाज़ में मना किया, वह मेरी नज़र में सही नहीं है। अगर मना करना ही था तो उसके और भी तरीक़े थे। हसन, दरअसल अब यह दो ख़ुदगर्ज़ और हुकूमत के भूखे भेड़ियों की बुलंद परवाज़ी का मसला बन चुका है। हमें यह नहीं भूलना चाहिए कि जिस ख़ुदगर्ज़ की ज़बान पर एक बार हुकूमत का ज़ायका चढ़ जाता है, वह किसी का सगा नहीं होता। सच तो यह है कि यह इस मुल्क की ग़रीब अवाम और इसकी बेशुमार दौलत को हथियाने और लूटने की लड़ाई है। इसलिए कौन, कब किसको दग़ा दे जाए, कहना मुश्किल है। जहाँ नीयत और सोच ख़ाली ख़ुदगर्ज़ी, लूट और बुलंद परवाज़ी पर टिकी हो, वहाँ उस मुल्क को तबाह करनेवाली जंग होनी तय है। जिन घरों को अपने आपसी झगड़े सुलझाने के लिए बाहरी आदमी की ज़रूरत पड़ जाए, ऐसे घरों को तबाह होने से कोई नहीं बचा सकता।"

"दरवेश साहब, फिर आप बताइए मुझे क्या करना चाहिए? मुझे बाबर के ख़िलाफ़ मेवाड़ के राजा राणा संग्राम सिंह के साथ मिलकर यह जंग लड़नी चाहिए या नहीं?"

दरवेश सैयद जमाल ने पहले एक फीकी हँसी बिखेरी और फिर अपनी धवल लम्बी दाढ़ी पर हाथ फेरते हुए बोला, "हसन, बेटा, आपकी हालत साँप और छछूंदर वाली हो गई है। ना लड़ना आपके हक़ में नहीं होगा और लड़ना अब आपकी मजबूरी हो गई है।" इसके बाद कुछ पल के लिए दरवेश सैयद जमाल ने आँखें मूँदी। उन्हें धीरे-से खोला और फिर हसन ख़ाँ मेवाती की आँखों में उतरते हुए कहा, "अब आप पूछ रहे हैं तो ख़ुदा के बन्दे मैं बता ही देता हूँ, ज़रा ध्यान से सुनना! इस जंग में आप शामिल ना हों तो बेहतर होगा।"

"यह आप क्या कह रहे हैं दरवेश साहब?"

"वही कह रहा हूँ जो मुझे नज़र आ रहा है। इस जाँबाज़ और अक़्लमन्द बाबर पर जीत हासिल करना इतना आसान नहीं है। दूसरी बात यह, जो शायद आपको

पसन्द न आए और वो यह कि राणा सांगा पर आपको भरोसा होगा, कम-से-कम मुझे नहीं है। बाक़ी आपकी मर्ज़ी।" इतना कह दरवेश सैयद जमाल यह कहते हुए अपनी गद्दी से उठ गया, "हसन, मेरी तिलावत का वक़्त हो गया है।"

मगर हसन ख़ाँ मेवाती पहले से तय करके आया है कि उसे आगरा की तरफ़ जाना है। बहादरपुर की पहाड़ियों से उतरते हुए उसका घोड़ा कई बार फ़िसलकर गिरते-गिरते बचा। ऐसा पहली बार हुआ है। इससे पहले न जाने कितनी बार हसन ख़ाँ मेवाती अपने गुरु सैयद जमाल के पास इन पहाड़ियों में आ चुका है, किन्तु इससे पहले ऐसा कभी नहीं हुआ, जैसा उसके साथ आज हुआ।

25

आख़िर जहीरुद्दीन मुहम्मद मिर्ज़ा बाबर सोमवार के दिन पूरी तैयारी के साथ आगरा से जंग के लिए रवाना हो गया। आगरा के बाहरी इलाक़े में एक बड़ी झील के किनारे सीकरी में कई दिनों तक वह पड़ाव डाले रहा। इस बीच उसने अपने सारे जंगी सिपाहियों को वहाँ इकट्ठा कर लिया। सीकरी की तलहटी में शीशे-सी निर्मल पानी की हिलोरें लेती झील के आसपास दूर तक फैली विशाल और दुर्गम हरी-भरी घाटी बाबर के लिए किसी आश्चर्य से कम नहीं है। इस ख़ूबसूरत दृश्य को देखकर कई बार उसे लगता, जैसे वह हिन्दुस्तान में नहीं, फ़रग़ना की वादी में ओश के पास बुराताग़ की पहाड़ी पर खड़ा है। इन दोनों वादियों में बस फ़र्क़ है तो इतना कि जहाँ फ़रग़ना की उस पहाड़ी के दामन में बुरासाय नदी बहती है, तो यहाँ सीकरी की तलहटी में यह निर्मल झील है।

तभी बाबर को ख़बर मिली कि राणा संग्राम सिंह की सेना बयाना के नज़दीक पहुँच गई है। मुग़लों की टुकड़ियों ने राणा सांगा के क़रावल दस्ते पर हमला तो किया, पर इसमें उन्हें क़ामयाबी नहीं मिली। इसके बाद बाबर ख़ुद बयाना के लिए चल पड़ा। रास्ते में जिन सैनिकों ने राणा सांगा के सिपाहियों को हराया था, उन्हें लेकर वह मंडावर जा पहुँचा।

अब तक बाबर की सैन्य ताक़त में अच्छी-ख़ासी बढ़ोतरी हो चुकी थी। इसलिए वह दुश्मन से दो-दो हाथ करने के लिए बेचैन हो उठा। इधर बाबर ने लगभग डेढ़ हज़ार सिपाहियों का दस्ता और रवाना कर दिया, जो खानवा तक जा पहुँचा। मगर मौक़ा मिलते ही राणा सांगा के सिपाहियों ने इस दस्ते पर आक्रमण कर दिया, जिससे वे भाग खड़े हुए। बाबर ने फिर कुछ सैनिक भेजे मगर इन्हें भी हार का मुँह

देखना पड़ा। इस बार की हार से बाबर परेशान हो उठा। इसलिए खानवा पहुँचकर बाबर ने ख़ुद कमान सँभाली और मैदान को अच्छी तरह जाँचा-परखा।

शाम को मग़रिब की नमाज़ के बाद बाबर ने खानवा में अपने बेगों, मुसाहिबों, बहादुरों, ओहदेदारों, सफ़ीरों, अमीरों, मुहाफ़िज़ों, दस्तरपेचों और सरदारों को शाही ख़ेमे में बुलवाने का हुक्म जारी कर दिया। आगे क्या रणनीति अपनाई जाए, इसी के मद्देनज़र एक बार फिर अपने दोनों अनुभवी तोपची उस्ताद अली क़ुली और मुस्तफ़ा रूमी के साथ बैठक की।

"ऐ मेरे ख़ुदावंद बहादुरो, जिस क़दर चारों तरफ़ से हमारे जंगी सिपाहियों के शिकस्त होने की ख़बरें आ रही हैं, उसे आप सब अच्छी तरह जानते हैं। मैंने आप सबको यहाँ इसलिए बुलाया है कि इन क़ाफ़िरों से सामना करने के लिए आख़िर हमें क्या करना चाहिए?" क़ाफ़िरों से बाबर का आशय राणा सांगा और उसकी हिन्दू सेना से था।

बाबर के इस सवाल पर जब किसी ने कोई जवाब नहीं दिया, तो वह हिन्दू बेग इन्दर की तरफ़ मुड़ा, "ख़ुदावंद बेग, आप तो हिन्दुस्तान को अच्छी तरह जानते हैं। आप ही कोई तरतीब सुझाइए?"

"हुज़ूरे आली, राणा सांगा और उसके दूसरे हिन्दू राजाओं के जंगी सिपाहियों की जितनी बड़ी तादाद है, उसे देखते हुए आम तरीक़े से इन्हें हराना बहुत मुश्किल है। हुज़ूर, आप इन राजपूतों की ताक़त को नहीं जानते। ये पाँतबन्द लड़ने और जमकर लोहा लेने में बड़े माहिर होते हैं।"

"सही फ़रमाया हिन्दू बेग आपने। मुझे लगता है कि हमें इस जंग में भी तुलुग़मा का इस्तेमाल करना पड़ेगा। अब तो वह ख़ुदगर्ज़ और एहसान फ़रामोश शाहे-मेवात हसन ख़ाँ मेवाती भी इनसे जा मिला है।"

इस पर हिन्दू बेग इन्दर ने एक कुटिल मुस्कान उछाली और शब्दों को मथते हुए बोला, "हुज़ूरे आली, वैसे हमारे लिए एक अच्छी ख़बर है।"

"ख़ुदावंद बेग, जल्दी बताओ यह कौन-सी ख़बर है। जब चारों तरफ़ से एक के बाद एक बुरी ख़बरें आ रही हैं, तब ऐसे में कोई अच्छी ख़बर सुनने को मिल जाए, तो इससे अच्छी बात और क्या हो सकती है।" बाबर ने अपनी जगह उचकते हुए पूछा।

"सुना है कि गेती सितानी के मार्फ़त कामरान मिर्ज़ा और मुहम्मद महदी ख़्वाजा के पास राणा संग्राम सिंह ने अपना एक अहलकार भेजकर, यह गुज़ारिश की है कि मुझे पादशाह का ख़ुतबा और सिक्का मंज़ूर है। यह हसन ख़ाँ मेवाती ही ज़बरदस्ती मुझे जंग के लिए लाया है। हुज़ूर, उसने तो अपने अहलकार से यहाँ तक कहलवाया है कि मैं पादशाह सलामत की फ़ौज से जंग तो करूँगा, मगर उसके मामूली-से हमले के बाद भाग जाऊँगा। इसके बाद आप ऐसी कोशिश करना कि या तो हसन ख़ाँ को क़ैद कर लिया जाए, या उसको मरवा दिया जाए।"

"एक बात कहूँ हिन्दू बेग। अगर ऐसा हो गया तो मेवात अपने आप हमारे क़ब्ज़े में आ ही जाएगा, बल्कि हमारे रास्ते का एक रोड़ा भी हट जाएगा।" बाबर का चेहरा खिल उठा।

"मगर इस काम को हमारे सिपाहियों के बजाय, अगर शाहे-मेवात का कोई नज़दीकी और ख़ास आदमी अंजाम दे, तो ज़्यादा बेहतर होगा।"

"मैं कुछ समझा नहीं बेग?"

"हुज़ूर, मेरे कहने का मतलब यह है कि इस काम को शाहे-मेवात का कोई नज़दीकी और ख़ास आदमी ज़्यादा आसानी और बेहतर तरीक़े से कर सकता है। बेशक जंग के बाद यह अफ़वाह उड़वा दी जाएगी कि शाहे-मेवात की मौत किसी तीर या तुफ़ंग से हुई है।"

"यह बात तो आपकी ठीक है हिन्दू बेग। मगर ऐसा आदमी मिलना भी तो चाहिए।" बाबर ने असल चिन्ता प्रकट करते हुए कहा।

"हुज़ूरे आली, शाहे-मेवात का एक ख़िदमतगार है जो हर घड़ी साए की तरह उनके साथ रहता है। यहाँ तक कि जंग में भी वह शाहे-मेवात के साथ चलता है। शेख़ जमाली जब आपकी पेशकश लेकर अलवर गया था, तब उसने अलवर से लौटकर लाद ख़ाँ नाम के इस ख़िदमतगार के बारे में बताया था। बताते हैं कि लाद ख़ाँ शाहे-मेवात का बेहद वफ़ादार आदमी है।"

"हिन्दू बेग, किसी भी तरह इस ख़िदमतगार के बारे में और पता करो! आदमी भले ही कितना वफ़ादार हो, कुछ-न-कुछ उसकी कमज़ोरी ज़रूर होती है। अपने आदमियों से कह दो कि हर हालत में वे उससे वास्ता बनाने की कोशिश करें। एक यही आदमी है जो हमारी मुश्किल आसान कर सकता है। अगर यह काम हो गया तो बिना कुछ किए मेवात और अलवर, दोनों पर हमारा क़ब्ज़ा हो जाएगा।" इतना कह फिर कुछ सोचते हुए बाबर बोला, "पर एक बात समझ में नहीं आई हिन्दू बेग कि राणा संग्राम सिंह आख़िर शाहे-मेवात को रास्ते से क्यों हटाना चाहता है? जबकि वह तो उसके दस्ते का बेहद ख़ास और मज़बूत हिस्सा है?"

"हुज़ूरे आली, कहा जाता है कि जब राणा सांगा ने शाहे-मेवात के पास यह पेशकश भेजी थी, कि अपने पुरखों के हिन्दू होने की वजह से, उसे बाबर के बजाय एक हिन्दू राजा का साथ देना चाहिए, तब शाहे-मेवात ने राणा सांगा को कोई जवाब नहीं दिया। सुना है तभी से राणा सांगा शाहे-मेवात हसन ख़ाँ मेवाती से नाराज़ है।"

"ख़ुदावंद बेग, आप इस बात को कह लें। मगर मुझे इसमें किसी और ही साज़िश की बू आ रही है। मुझे लगता है कि राणा संग्राम सिंह अपने रास्ते से इस काँटे को, दूसरे काँटे से निकलवाने की तरतीब पर काम कर रहा है। हो सकता है, वह यह सोच रहा हो कि अगर इस जंग में शाहे-मेवात शहीद हो जाता है, और मुग़ल इस जंग को हार जाते हैं, तो मेवात बिना कुछ किए उसकी झोली में आ

गिरेगा। मुझे राजा राणा संग्राम सिंह पर यक़ीन नहीं है। आप तो देख ही चुके हैं कि पानीपत की जंग में उसने हमारे साथ किस तरह वादा ख़िलाफ़ी की थी। मुझे अफ़सोस है कि शाहे-मेवात की मौत एक झूठे यक़ीन और एक मासूम दिलासे की दोधारी शमशीर से होने जा रही है—आमीन!"

"आप दुरुस्त फ़रमा रहे हैं हुज़ूरे आली।" हिन्दू बेग इन्दर अपने बादशाह के तर्क से सहमत होते हुए बोला।

"हिन्दू बेग, कहते हैं कि जिसमें ख़ुद का भरोसा और ताक़त होती है, वही ऐसा हौसला दिखा सकता है। आपने ही मुझे बताया था कि ये मेवाती ख़ानज़ादे कभी किसी बादशाह या सुल्तान के महकूम नहीं रहे। हमेशा आज़ाद रहे...और फिर आपने देखा भी है कि जब हमने शाहे-मेवात को एक मुसलमान होने के नाते अपनी तरफ़दारी का पैग़ाम भिजवाया था, तब हमें क्या जवाब मिला था? मुझे तो उसकी जाँबाज़ी पर हैरत होती है, जो एक बादशाह की पेशकश को यह कहकर ठुकरा दे कि—

जवाँ मरदाने-मेवाती, हरेक क़ूवत से टकराए
शहंशाहे-देहली तक को, ख़ातिर में नहीं लाए।"

फिर एक पल रुककर बाबर मुस्कराया, "हिन्दू बेग, वैसे शाहे-मेवात शायरी अच्छी कर लेता है।"

"हुज़ूरे आली, उसकी वजह है!" अपने बादशाह को थोड़ा बेफ़िक्र होता देख हिन्दू बेग इन्दर भी मुस्कराते हुए बोला।

"कौन-सी?" बाबर ने उत्सुकतावश पूछा।

"यही कि शाहे-मेवात को भी आपकी तरह शायरी का शौक़ है।"

"यानी वह भी हमारी तरह शायर बनने का ख़्वाब देखता है?"

बाबर के इस सवाल पर हिन्दू बेग ने कोई प्रतिक्रिया व्यक्त नहीं की।

"अगर ऐसा है तो ख़ुदावंद बेग, फिर तो आपके पास उनकी कोई बैत या अशआर ज़रूर होगा?"

"मेरे पास उनकी कोई बैत या अशआर नहीं है हुज़ूर। ऐसा मुझे जनाब शेख़ जमाली साहब ने बताया था।"

"ओह!" बाबर निराश होते हुए बोला। फिर मुद्दे पर आते हुए बोला, "हिन्दू बेग, ठीक है हमें इसी तरतीब पर अमल करना होगा। मगर कुछ बातों का ख़याल रखना ज़रूरी है और वो ये कि हमें अपने बहादुरों और सरदारों को यह ताक़ीद करनी पड़ेगी, कि जंग के वक़्त शाहे-मेवात कहीं भी हो, उस पर हमला नहीं करना है। जानबूझकर उसे मैदाने-जंग से निकलने की राह देनी होगी। बाक़ी का काम उसका ख़िदमतगार लाद ख़ाँ ख़ुद कर देगा।"

"जी पादशाह सलामत, आपके हुक्म की तामील की जाएगी।" इतना कह हिन्दू बेग इन्दर कोर्निश करता हुआ चला गया।

आख़िर में बाबर अपने तोपची उस्ताद अली क़ुली और मुस्तफ़ा रूमी की तरफ़ मुड़ा, "उस्ताद, हमें इस जंग में भी पानीपत की तरह तुलुग़मा का ही इस्तेमाल करना होगा। तभी हम इस जंग को जीतने के बारे में सोच सकते हैं। मुस्तफ़ा रूमी साहब, अपने छकड़ों को पानीपत की जंग की तरह रूमी तरीक़े से ही जोड़ना... बिलकुल वैसे ही, जैसा हमने चालदिरान की जंग में देखा था। चालदिरान की जंग में इन छकड़ों को साँकलों से बाँधा गया था। मगर पानीपत की तरह यहाँ भी इन्हें आपस में बैलों की ख़ाल के पट्टों से ही जोड़ना होगा। ख़याल रहे हर दो छकड़ों के बीच छह-सात जाली की ओट हों। इन्हीं जालियों की ओट से हमारे गोलन्दाज़ लड़ेंगे। यह तुलुग़मा ही है जो इन राजपूतों की मज़बूत दीवार में सेंध लगाकर उसे ढहा सकता है, वरना इनके जंगी हाथी और घोड़ों के खुर हमारे जाँबाज़ों को कीड़े-मकोड़ों की तरह मसल देंगे।"

"जी ख़ानेजहाँ! इन ओटों और छकड़ों की ऐसी पक्की आड़बन्दी की जाएगी, कि हमारे तोपची और तुफ़ंगची बैरी पर आसानी से हमला कर सकेंगे।"

"याद रहे, बैरियों को हर हालत में तुलुग़मा की चाल में फँसाना है। एक बार वे इसमें फँस गए, तो समझ लेना अपनी फ़तह तय है...और हाँ, अपने सारे मुख़बिरों से कह दो कि वे बैरी की हर हरकत की हमें ख़बर देते रहें। ऐसा न हो कि हम तुलुग़मा की तैयारी में फँसे रहें। छकड़ों, खाइयों और झाड़-झंखाड़ों में उलझे रहें और बैरी हम पर घात लगाकर टूट पड़े। बड़ी सावधानी बरतनी है उस्ताद।"

"पादशाह सलामत, आप बेफ़िक्र रहें। ऐसा बन्दोबस्त और पुख़्ता इन्तज़ाम किया जाएगा कि मजाल है उसमें से हवा तो पार हो जाए।" उस्ताद अली क़ुली बादशाह को आश्वस्त करने के बाद अपने सहयोगी मुस्तफ़ा रूमी को लेकर चला गया।

इसके बाद बाबर ने हुमायूँ को बुलाया।

"शाहज़ादे वली अहद, ज़रा इधर आना!"

बादशाह का हुक्म सुन हुमायूँ अपने पिता बाबर के पास चला आया।

"देखिए, उस्ताद अली क़ुली की मुस्तफ़ा रूमी से कोई पुरानी अदावत है। इसलिए आप मुस्तफ़ा को अपने सामने बाएँ बाज़ू के दस्ते में तैनात करना। वरना ऐसा न हो कि इनकी आपसी अदावत के चलते बाज़ी पलट जाए।" बाबर ने हुमायूँ को सावधान करते हुए कहा।

"जी अब्बा हुज़ूर, आपकी ताक़ीद का पूरा ख़याल रखा जाएगा।"

बाबर ने सबको जंग के लिए हर तरह से तैयार रहने का हुक्म देने के बाद सभा बर्ख़ास्त कर दी।

खानवा। बाबर ने हल्की ढलान वाली पहाड़ी के पास जंग के हिसाब से अपने फ़ौज की जगह तय कर दी। एक जगह जहाँ से दुश्मन पर आसानी से गोलाबारी की जा सकती है, और जिस तरफ़ से राणा सांगा को आना है, वहाँ अराबे जमा दिए गए। उसकी फ़ौज के पास जितने भी अराबे यानी छकड़े थे, उन्हें एक अर्द्धवृत्त में खड़ा करके, उन्हें साँकलों के बजाय पानीपत की तरह बैलों की ख़ाल से बनाए गए मज़बूत पट्टों से बाँध दिया गया। इस तरह बाँधने से इन छकड़ों के पीछे से तुफ़ंग चलानेवाले तथा तोपची अपना आसानी से बचाव कर सकते हैं। दो-दो छकड़ों के बीच में सात-आठ गज़ का फ़ासला रखा गया। जहाँ इन छकड़ों को रखने की जगह नहीं मिली, वहाँ हिन्दुस्तानी बेलदारों से खाइयाँ खुदवाकर उन्हें झाड़-झंखाड़ों से ढकवा दिया गया, ताकि जंगी सिपाही इन खाइयों में बैठकर दुश्मन पर हमला कर सकें। हर पन्द्रह-सोलह हाथ के फ़ासले पर तोपवाली तिपाइयाँ खड़ी कर दी गईं। इस काम में बीस-बाईस दिन लग गए।

सेना के बीच की कमान ख़ुद बाबर ने सँभालने का निर्णय लिया। दायाँ भाग हुमायूँ से सँभालने के लिए कहा गया। तुलुग़मा के लिए दाएँ भाग का दाहिना बाज़ू तरदी यक्का, मलिक क़ासिम; और बाएँ हिस्से का बायाँ बाज़ू मोमिन अतका व रुस्तम तुर्कमान के हाथ में देने का फ़ैसला किया गया। जबकि चिन तैमूर सुल्तान और तरदी बेग को सेना की रक्षात्मक दल की कमान सौंपने का फ़ैसला किया गया।

इसी बीच बाबर ने अपने मुखिया सुल्तान मुहम्मद बख़्शी को हुक्म दिया कि वह सारे सरदारों और सिपहसालारों से कह दे कि वे सब अपनी-अपनी जगह ले लें। ख़ुद सुल्तान मुहम्मद बख़्शी बाबर के आसपास ही रहा। क्योंकि उनके सैनिकों की तादाद राणा सांगा के सैनिकों से कम थी। इसलिए बाबर ने हर जगह रक्षात्मक इन्तज़ाम किया और इन्तज़ार करता रहा कि जब दुश्मन की फ़ौज उनके पास आ जाए, तभी वे हरकत में आएँ। बाबर ने पानीपत की जंग की तरह यहाँ भी यह सावधानी बरती कि सेना के हर हिस्से के हरेक सरदार को, उसके ख़बरची दूसरी टुकड़ियों की हरकतों की बराबर ख़बर देते रहें। हालाँकि इस बीच रायसीना के शासक की मध्यस्थता में, बाबर और राणा सांगा के बीच राज्यों की सरहद को तय करने के लिए सुलह की बातचीत भी चलती रही।

इशा की नमाज़ के बाद बाबर शाही ख़ेमे से बाहर निकल ऐसे ही घूम रहा था। घूमते हुए अचानक दूर अँधेरे में, जिधर राणा सांगा के लश्करों ने पड़ाव डाला हुआ है, उसकी नज़र गई। उसने उसी वक़्त हिन्दू बेग इन्दर को बुलवाया।

"पादशाह सलामत, आपने याद फ़रमाया?" आते ही हिन्दू बेग ने बादशाह से पूछा।

"हाँ हिन्दू बेग।"

"हुक्म फ़रमाएँ हुज़ूरे आली!"

"ख़ुदावंद हिन्दू बेग, उधर देखिए जिधर हमारे दुश्मन का पड़ाव है! आपको वहाँ कुछ नज़र आ रहा है?" बाबर ने अँधेरे में हाथ के इशारे से पूछा।

हिन्दू बेग इन्दर को दूर अँधेरे में जगह-जगह टिमटिमाते हुए बड़े-बड़े दीयों के कुछ नहीं दिखाई दिया।

"हुज़ूरे आली, उधर तो कुछ नज़र नहीं आ रहा है।" हिन्दू बेग ने जवाब दिया।

"क्यों, जगह-जगह जलते हुए ये बड़े-बड़े अलाव नज़र नहीं आ रहे हैं?"

"हुज़ूर, वो तो नज़र आ रहे हैं।"

"इसी को तो कह रहा हूँ कि यह किस तरह की आग है, जो जगह-जगह जल रही है? कहींऽऽऽ हमारे दुश्मन के सिपाही बे-मौत..."

"पादशाह सलामत, जगह-जगह जलते ये अलाव वो नहीं हैं, जैसा आप सोच रहे हैं।" शाही ख़ेमे की बनात से बाहर झाँकती शमादान की रोशनी में भीगे हिन्दू बेग इन्दर ने मुस्कराते हुए कहा। वह समझ गया कि बाबर जगह-जगह जलती हुई आग को राजपूत सैनिकों की जलती हुई चिता समझ बैठा है।

"तब फिर यह क्या है?"

"हुज़ूरे आली, दरअसल यह राजपूत राजाओं और सामंतों के सिपाहियों के ख़ेमों के बाहर जलती हुई आग है।"

"ख़ेमों के बाहर जलती हुई आग! मगर इन्होंने जगह-जगह क्यों जलाई हुई है?" बाबर ने हैरानी के साथ पूछा।

"हुज़ूर, दरअसल यह इनके अलग-अलग जलते उन चूल्हों की आग है, जिन पर ये अपना-अपना खाना बना रहे हैं।"

"मैं कुछ समझा नहीं। क्या हिन्दुस्तान में जंगी सिपाहियों का खाना एक साथ नहीं बनता है?"

"नहीं हुज़ूर। अलग-अलग जाति, वर्गों और वर्णों में बँटे होने की वजह से हिन्दुस्तान में सब अपना-अपना खाना अलग-अलग बनाते हैं।"

"पर खाते तो एक ही दस्तरख़ान पर होंगे एक साथ?"

"जी नहीं। खाते भी अपनी-अपनी जातियों के साथ हैं। हुज़ूरे आली, हिन्दुस्तान में बहुत-सी हिन्दू जातियाँ जैसे बिरहमन, राजपूत और कुछ ऊँची जातियाँ अपने ही मज़हब की, अपनी ही छोटी जातियों के हाथ का खाना तो दूर रहा, उसे छूती भी नहीं हैं। इतना ही नहीं बल्कि ये मुसलमानों का भी नहीं खाते हैं। एक मज़ेदार बात बताऊँ हुज़ूर, हिन्दुओं की इन छोटी जातियों का बहुत से मुसलमान भी नहीं खाते हैं।"

"हिन्दू बेग, हिन्दुस्तान में ये कौन-सी जातियाँ हैं? क्या काम करती हैं ये?"

"हुज़ूरे आली, एक हो तो बताऊँ। ऐसी बहुत जातियाँ हैं।"

हिन्दू बेग इन्दर के मुँह से इस नए रहस्य को सुनकर बाबर का दिमाग़ चकरा गया। कुछ पलों तक उससे कुछ भी कहते नहीं बना। काफ़ी देर सोचने के बाद अचानक उसके हताश मन में जैसे उम्मीद की चिंगारी भड़की, जिसने देखते-ही-देखते आग पकड़ ली। वह तेज़ी-से बेग की तरफ़ पलटा।

"ख़ुदावंद हिन्दू बेग, फिर तो ऐसे राजा को हराना बहुत आसान है।" बाबर मारे ख़ुशी के, ख़ेमे से आती रोशनी में चहकते हुए बोला।

"मैं कुछ समझा नहीं हुज़ूरे आली। आप कहना क्या चाह रहे हैं?" इस बार हैरान होने की जैसे हिन्दू बेग इन्दर की बारी थी।

"मैं कहना यह चाह रहा हूँ कि जिस राजा की फ़ौज के सिपाही एक साथ खाना बना नहीं सकते, एक साथ मिलकर खा नहीं सकते। एक-दूसरे को ऊँच-नीच की तरह देखते हों, वह फ़ौज बाहर से भले ही कितनी मज़बूत नज़र आती हो; वह भीतर-ही-भीतर बुरी तरह बिखरी होती है। एक बात कहूँ बेग कि ऐसे लोगों को ताक़त से नहीं, फूट डालने जैसी तरतीब से हराया जाता है। हमारे पास अभी कुछ वक़्त है। इसलिए बिना देरी किए अपनी ख़ुफ़िया टुकड़ी के मुख़बिरों को, दुश्मन की फ़ौज में सेंध लगाने के लिए लगा दो...और जैसे भी हो, चाहे दीन या इस्लाम का वास्ता देना पड़ जाए, उन्हें अपने ख़ेमे में मिलाने की कोशिश करो।"

"जी हुज़ूरे आली।"

"एक बात कहूँ ख़ुदावंद हिन्दू बेग, आज यह राज़ बताकर आपने ख़िलअत पाने का काम किया है। फ़िक्र मत करो, जंग जीतने के बाद हम आपको ख़ुश कर देंगे!"

अपने बादशाह के मुँह से इस ख़ुशख़बरी को सुन हिन्दू बेग इन्दर ने घुटनों के बल बैठकर ग़ुलामाना सलाम किया। जिस समय हिन्दू बेग ग़ुलामाना सलाम की मुद्रा में झुका हुआ था, तो लाल बनात के शाही ख़ेमे के अन्दर से आती रोशनी में, हिन्दू बेग इन्दर की ज़मीन पर पड़ रही परछाईं ऐसे नज़र आ रही थी, मानो उसकी कमर बिना रीढ़ की है। इसके बाद बाबर अपने ख़ेमे की ओर बढ़ गया।

अगली सुबह बाबर को उसके एक बेग ने एक नई ख़बर दी।

"हुज़ूरे आली, पता चला है कि बाबा दोस्त सूची जिसे काबुल से आपके लिए उम्दा क़िस्म की ग़ज़नी शराब लेने के लिए भेजा था, वह दो महीने के लम्बे सफ़र के बाद चौदह ऊँटों के कारवाँ के साथ शराब लेकर आपकी ख़िदमत में आगरा पहुँच चुका है।"

बाबर को याद आया कि इससे पहले भी यह उसे समरकन्द से सात ऊँटों पर बेहतरीन सायकी क़िस्म की किशमिश, कानिबादाम की बहुत ही मीठी ख़ूबानियाँ और बुख़ारा की तेज़ ख़ुशबूदार अंगूरी शराब भेंट कर चुका था।

"ख़ुदावंद बेग, वह अकेला आया है या काबुल से उसके साथ कोई और भी आया है?"

"हुज़ूर, आपके कुछ पुराने दोस्तों समेत कुल पाँच सौ लोग हैं...औऽऽऽर मुहम्मद शरीफ़ नाम का ज्योतिषी भी है।"

"क्या, मुहम्मद शरीफ़ भी आया है?" बाबर ने एक तरह से पुष्टि करते हुए पूछा।

"जी पादशाह सलामत।"

इधर जैसे ही शराब के शौक़ीन कुछ मुहाफ़िज़ों, बेगों, बहादुरों और सरदारों को पता चला कि काबुल से ऊँटों पर दो महीने के सफ़र के बाद ग़ज़नी शराब चलकर आई है, सुनते ही उन पर जैसे नशा छाने लगा। आँखों के आगे सुनहली ग़ज़नी के प्याले छलकते हुए दिखाई देने लगे।

आगरा पहुँचने पर मुहम्मद शरीफ़ नाम का ज्योतिषी बौराता हुआ यह कहते हुए घूमने लगा, "ऐ मुग़लों के जाँबाज़ सिपाहियो! मेरी बात ध्यान से सुनो! इन दिनों मंगल ग्रह पश्चिम में है और जो भी कोई उस तरफ़ जंग करने जाएगा, वह मात खाकर आएगा।"

बाबर को पता चला तो उसे बहुत ग़ुस्सा आया। मगर उस सरफ़िरे ज्योतिषी से कुछ नहीं कहा। वैसे भी बाबर इन बातों पर भरोसा नहीं करता है। भरोसा इसलिए नहीं करता है क्योंकि ऐसी ही भविष्यवाणी का नतीजा एक बार वह समरकन्द में भुगत चुका है। शैबानी ख़ाँ के कहने पर एक नुजूमी मौलाना शहाबुद्दीन दरवेश का भेस बनाकर बाबर के पास गया और शायर बीनाई, जिसकी बाबर बड़ी इज़्ज़त करता था, उसकी बातें करने लगा। बाबर की यही सबसे बड़ी ख़ासियत बल्कि कहिए कमज़ोरी है कि वह शायरों और दरवेशों का बड़ा सम्मान करता है।

इस तरह इस नुजूमी ने शैबानी ख़ाँ के कहने पर, बाबर को जंग छेड़ने के लिए तैयार कर लिया। जिस रात जंग होनी थी उस रात बाबर का बेग बाबर से बार-बार कुमक आने तक इन्तज़ार करने के लिए कहता रहा। मगर यह नुजूमी आसमान में छाए तारों की तरफ़ देखकर बाबर को यह कहकर बहलाता रहा, "पादशाह सलामत, उन आठ सितारों पर नज़र डालिए! ऐसा बहुत कम देखने में आता है, जब ये आठ के आठ सितारे एक ही क़तार में हों। ये सितारे आपको फ़तह दिलाने का वायदा कर रहे हैं। यह परवरदिगार अल्लाह की मेहरबानी का इशारा है।"

नुजूमी मौलाना शहाबुद्दीन की बातों में आकर बाबर सर उठाए आसमान में छाए सितारों कि तरफ़ देखता रहा। नुजूमी तारों से पटे आसमान और विशाल आकाश गंगा के कौन-से सितारों की तरफ़ इशारा कर रहा है, बाबर नहीं जान पाया। अपने

बेग की सलाह न मानने का नतीजा यह हुआ कि बाबर की शैबानी ख़ाँ के हाथों इस तरह बुरी हार हुई कि समरकन्द उसके हाथ से निकलकर शैबानी ख़ाँ के हाथों में चला गया। इसी जंग में ज़ालिम शैबानी ख़ाँ उसकी बड़ी बहन ख़ानज़ादा बेगम को ज़बरन अपने साथ ले गया।

इस घटना ने जैसे मुनज्जिम, नुजूमियों और इन ज्योतिषियों से बाबर का भरोसा उठा दिया। इसलिए उसने काबुल से पाँच सौ लोगों के साथ आए मुहम्मद शरीफ़ नाम के ज्योतिषी की बातों पर कोई ध्यान नहीं दिया। बस, वह अपने आगे के अभियान में लगा रहा।

ज्योतिषी मुहम्मद शरीफ़ की भविष्यवाणी पर ध्यान दिए बिना बाबर अपने जंगी सिपाहियों की हौसला अफ़ज़ाई करता रहा। इतवार के दिन सुबह-सुबह उसने शेख़ जमाल को अपने ख़ेमे में बुलवाया। उसके आने पर वहाँ मौजूद दूसरे बेगों और बहादुरों की मौजूदगी में उससे बोला, "ख़ुदावंद बहादुर शेख़ जमाल, गंगा-जमुना दोआब के बीच और देहली में हमारे जितने भी तरकशबन्द (तीरंदाज़) हैं, उन सबको तुरन्त इकट्ठा कर, बिना वक़्त ज़ाया किए आप दोनों मेवात कूच कर जाओ!"

"पादशाह सलामत, मेवातऽऽऽ?" हिम्मत कर शेख़ जमाल ने बाबर से पूछा।

"हाँ मेवात...और जितने भी मेवात के गाँव-क़स्बे आपकी ज़द में आएँ, उन्हें लूट-मार करके तबाह कर दो! मेवात को तहस-नहस करने में किसी तरह की रिआयत मत बरतना। आँख मूँदकर आपसे जितने मेवाती हलाक़ होते हों, होने देना। जितने ज़ख़्मी होते हैं होने देना। आपको हमारी तरफ़ से पूरी छूट दी जाती है।" इसके बाद बाबर हिन्दू बेग इन्दर की तरफ़ मुड़ा, "ख़ुदावंद हिन्दू बेग, काबुल से हमारा एक और बहादुर मुल्ला तुर्क अली आ रहा है। उसे इसी वक़्त रास्ते में ख़बर पहुँचवा दो कि वह आगरा आने के बजाय, उधर के उधर शेख़ जमाल की मदद के लिए उससे जा मिले! ध्यान रहे मेवात की तबाही में कोई कमी न रह पाए! इससे पहले मग़फ़ूर दीवान को यह ज़िम्मेदारी दी गई थी और वह मेवात गया भी था। मगर हमारे हुक्म की पूरी तरह तामील नहीं की गई। बस, इधर-उधर के कुछ गाँवों में जाकर मामूली लूट-पाट की और चन्द मेवातियों को पकड़कर ले आया। जिस मक़सद के लिए उसे भेजा गया था, वह पूरा नहीं हो पाया।"

"जी पादशाह सलामत!" कोर्निश करता हुआ शेख़ जमाल जैसे आया था, वैसे ही अपनी तलवार की मूठ को पूरी ताक़त से पकड़, शाही ख़ेमे से चला गया।

बाबर द्वारा अप्रत्याशित रूप से अचानक लिए गए इस फ़ैसले का तर्क शाही ख़ेमे में मौजूद किसी के समझ में नहीं आया। आख़िर हिम्मत कर हिन्दू बेग इन्दर

ने ही पूछ लिया, "हुज़ूरे आली, ऐसे मौक़े पर जनाब शेख़ जमाल को मेवात भेजने का क्या फ़ायदा है? जब जनाब मग़फ़ूर दीवान इस काम को पहले ही अंजाम दे चुके हैं, तब दोबारा शेख़ जमाल को भेजने का ऐसा कौन-सा मक़सद हो सकता है, जिसे पूरा करने के लिए इन्हें भेजा जा रहा है?"

बाबर ने हिन्दू बेग इन्दर के चेहरे पर उभरे जिज्ञासाभरे भावों को पहले पढ़ने की कोशिश की, और फिर कुछ क्षण रुककर बोला, "ख़ुदावंद बेग, हमारा मक़सद किसी तरह अपने बैरी राणा संग्राम सिंह और उसके लश्करों का ध्यान भटकाना है। किसी तरह उसका ध्यान खानवा के बजाय मेवात पर चला जाए। दरअसल, मग़फ़ूर दीवान की कोशिश का हमारे बैरी पर कोई फ़र्क़ नहीं पड़ा। अगर उसका ध्यान उधर चला जाता है, तो हमें अपनी तैयारी के लिए और वक़्त मिल जाएगा। इसलिए इस बार अपने जाँबाज़ बहादुर शेख़ जमाल और मुल्ला तुर्क अली को इस काम को अंजाम देने के लिए भेजा जा रहा है, ताकि ये मेवात में इतनी तबाही मचाएँ कि ये राजपूत सिपाही और हमारा बैरी उस पर ध्यान देने के लिए मजबूर हो जाएँ।"

शाहे-मेवात हसन ख़ाँ मेवाती की ग़ैरहाज़िरी में, अपने बादशाह बाबर के हुक्म की तामील करते हुए शेख़ जमाल और मुल्ला तुर्क अली ने मेवात में जमकर लूट-पाट की। अनगिनत मेवातियों को बर्बरता के मौत के घाट उतार दिया, और न जाने कितनों को नृशंसता के साथ घायल कर अपंग बना दिया। इस तबाही ने ग़रीब मेवात को एक तरह से बर्बाद कर दिया। मगर शेख़ जमाल और मुल्ला तुर्क अली की इस बर्बरता का मेवाड़ के राजा राणा संग्राम सिंह और उसके दूसरे राजपूत राजाओं पर कोई असर नहीं हुआ। बाबर द्वारा मेवात पर करवाए गए इस हमले पर किसी ने ध्यान नहीं दिया।

हसन ख़ाँ मेवाती को उसके ख़िदमतगार लाद ख़ाँ ने इस तबाही की जैसे ही ख़बर दी, सुनकर मारे ग़ुस्से के उसकी नसें तड़कने लगीं। वह उसी समय राणा सांगा के पास गया और बोला, "राणा सा, मेरे ख़िदमतगार लाद ख़ाँ ने बताया है कि बाबर ने मेरे मेवात को तबाह कर दिया है!"

"हाँ हसन, मैं इसके बारे में जानता हूँ। एक बार मैंने सोचा भी कि आपको बता दूँ, और मन में भी आया कि तुरन्त हमें मेवात की तरफ़ कूच करना चाहिए, मगर यह सोचकर चुप्पी साध गया कि..."

"क्या सोचकर चुप्पी साध गए राणा सा?" हसन ख़ाँ ने राणा सांगा की बात बीच में काटते हुए पूछा।

"यही कि हो सकता है, बाबर की इसमें ज़रूर कोई चाल है वरना अचानक उसे मेवात पर आक्रमण करने की क्या सूझी। यह बहुत ही चालाक, शातिर और शैतानी दिमाग़ का आदमी है। मेवात का क्या, उसे तो हम इस युद्ध को जीतने

के बाद पहले से और ज़्यादा ख़ुशहाल बना देंगे। हमें इस समय सिर्फ़ और सिर्फ़ अपना ध्यान, कभी भी होनेवाले इस युद्ध पर लगाना है। हमारे लिए यह युद्ध सिर्फ़ एक जीत या हार नहीं है, बल्कि इसके साथ हमारे जीवन-मरण का सवाल भी जुड़ा हुआ है। इस युद्ध पर हिन्दुस्तान का भविष्य टिका हुआ है। उधर, बाबर भी नहीं चाहेगा कि उसे इसमें पराजय का मुँह देखना पड़े। इसीलिए वह साम, दंड, भेद सहित हर उस हथकंडे का इस्तेमाल कर रहा है, जो उसे इस युद्ध को जीतने में मदद कर सके।"

हसन ख़ाँ मेवाती को राणा सांगा के तर्क में दम नज़र आया। राणा सांगा के ख़ेमे से निकल निराश हसन ख़ाँ अपने ख़ेमे में आ गया। ख़ेमे में आकर वह बिस्तर पर आ लेटा। अधमुँदी पलकों के बीच ख़ेमे की काँपती बनात की दीवार पर रह-रहकर अपने मेवात के उजड़ने के चित्र सजीव हो उठे। रक्त में नहाए और चीत्कार करते असहाय ग़रीब मेवातियों का आर्तनाद उसके कानों में नगाड़ों की तरह गूँजने लगा। इन चीत्कारों को सुनते हुए हसन ख़ाँ मेवाती के जबड़े खिंच आए। मुट्ठियाँ रह-रहकर भिंचने लगीं। वह देर तक, अपने आपको, सामने होते युद्ध के किनारे खड़े उस लाचार और बेबस शासक की तरह महसूस करता रहा, जो चाहकर भी अपनी प्रजा की मदद करने में असफल रहता है।

27

पश्चिम भारत में इस बार गर्मी ने आधे वैशाख से ही आग बरसाना शुरू कर दिया, जो इसके आख़िर तक आते-आते प्रचंड हो उठी। बाबर के जो बेग, बहादुर, ओहदेदार, तोपची, सिपहसालार, सरदार और जंगी सिपाही क़ुवा, ओश, समरकन्द, ताशकन्द, हिरात, कुन्दूज़ और काबुल की देह फोड़नेवाली ठंड के अभ्यस्त थे, वे इस गर्मी में मानो झुलसने लगे। जो ज़रबफ़्त चोग़े, महँगे अमामा (सर की पगड़ीनुमा टोपी), यखतक (लम्बी सूती कमीज़), चकमान, पोस्तीन के कोट, समूर की भारी टोपियाँ, झबरी टोपी, नमदा (जमाया हुआ ऊनी कपड़ा) और चमड़े के बालाई जूते ये अपने साथ लाए थे; उन्हें सन्दूकों से निकालने की ज़रूरत ही नहीं पड़ी। उन्हें लगा था इस महीने में जैसे वहाँ बर्फ़ीली हवाओं के साथ रक्त जमानेवाली ठंड पड़ती है, वैसी ही सर्दी हिन्दुस्तान में भी पड़ती होगी।

तेज़ी से बढ़ती प्रचंड और भीषण गर्मी का असर मुग़लों पर अब साफ़ दिखाई देने लगा है। जबकि मुग़ल सेना में हिन्दुस्तान से भर्ती हुए बेगों, बहादुरों और

बँधरियों (बँधे वेतन पर भर्ती हुए रंगरूट) के लिए यह मौसम सामान्य है। मार्च के मध्य से शुरू होनेवाली और लगभग जुलाई के अन्त तक चलनेवाली गर्मी के वे अच्छे-ख़ासे अभ्यस्त हैं। मुग़ल सेना के ग़ैर हिन्दुस्तानियों के पाँव इस गर्मी से उखड़ने लगे। अपने जंगी सिपाहियों की गर्मी से होनेवाली इस परेशानी को देखकर बाबर की पेशानी पर बल पड़ने लगे। उसकी चिन्ता बढ़ने लगी कि कैसे वह अपने जंगी सिपाहियों का हौसला बढ़ाए?

अपने ख़ेमे से निकल सुबह की सुकून देनी वाली ठंडी हवा से गुफ़्तगू करता हुआ बाबर पैदल ही दूर तक निकल गया। दूर तक खेतों में लहलहाती रबी की पकी-अधपकी फ़सल की बालियों को बहती बयार जब-जब उन्हें छूते हुए बोसा भर आगे बढ़ती, तब-तब बाबर के ख़याल और ज़्यादा परवाज़ भरने लगते। बाबर को ख़ुद ही नहीं पता कि वह कितनी दूर आ गया है। हल्के-हल्के क़दमों के बीच जैसे वह अब ख़ुद से बतियाने लगा—'ऐ मिर्ज़ा, रोज़ाना होनेवाला यह गुनाह क्या शरा के ख़िलाफ़ नहीं है...आख़िर कब तलक तू इस गुनाह के आग़ोश में क़ैद रहेगा? कितने सालों तक इस गुनाह ने तुझे चैन दिया और कितनी चाहतों का तू ग़ुलाम रहा...तेरी ज़िन्दगी इस गुनाह ने कितनी तबाह की...अब तो तौबा कर ले इस गुनाह से मिर्ज़ा!'

ख़ुद से बातें करते-करते न जाने बाबर को क्या हुआ कि उसके क़दम जहाँ थे, वहीं ठिठक गए। वह तेज़ी से मुड़ा और उसी वक़्त वापिस अपने ख़ेमे की तरफ़ लौट पड़ा। ख़ेमे पर आते ही उसने अपने सारे बेगों, मुसाहिबों, सिपहसालारों, सरदारों, ओहदेदारों और सारे सिपाहियों को तुरन्त इकट्ठा होने का हुक्म दिया। अपने बादशाह के हुक्म पर सब दौड़े हुए आए और अपने बादशाह के ख़ेमे के सामने मैदान पर आकर बैठ गए। देखते-ही-देखते दूर तक जैसे नर-मुंडों की चादर बिछ गई।

बाबर ने पहले अपने सामने बिछी नर-मुंडों की चादर पर एक नज़र डाली। फिर धीरे-से वह अपनी जगह से खड़ा हुआ और अपने जंगी बहादुरों को सम्बोधित करते हुए बोला, "ऐ मेरे ख़ुदावंद बेगो, सिपहसालारो, ओहदेदारो और सामने बैठे मेरे जंगी बहादुरो! आज मैंने यह अहद लिया है कि अपने गुनाहों में से एक गुनाह शराबनोशी की जिस गिरफ़्त में था, आप सबको हाज़िर-नाज़िर मानकर मैं अपने आपको इससे इसी वक़्त आज़ाद करता हूँ। आप सब भी अपने-अपने ख़िदमतगारों को हुक्म दें कि आपके और उनके पास, जो भी जलसे का सोने-चाँदी का सामान है उसे इकट्ठा करके लाएँ, और उन्हें तुड़वाकर दरवेशों, मुहताजों और नेगियों-पौनियों में बँटवा दिया जाए!"

बादशाह बाबर द्वारा अचानक किए गए इस ऐलान के बाद चारों तरफ़ सन्नाटा छा गया। उन शराबनोशियों में बेचैनी व्याप गई, जो हाल में काबुल से चौदह ऊँटों

पर लाई गई ग़ज़नी शराब को लेकर तरह-तरह की कल्पनाओं में कुलाँचें भर रहे थे। कुछ को शक़ हुआ कि हिन्दुस्तान की इस जानलेवा गर्मी ने शायद उनके बादशाह के दिमाग़ में गर्मी भर दी है, तो कुछ ने सोचा कि शायद उनका बादशाह राजपूती सेनाओं से डर गया है। इसलिए वह युद्ध से बचने का बहाना ढूँढ़ रहा है। वरना जिस आदमी की सुबह बिना शराब के शुरू नहीं होती थी, वह ऐसी बहकी-बहकी बातें क्यों करेगा? इससे पहले कि इस सन्नाटे के बीच ये शंका-आशंका और अनुमान-अन्दाज़े अपनी परवाज़ भरते, सामने मैदान में बैठे सिपाहियों में से एक आवाज़ आई।

"हज़रत पादशाह, आपका यह ग़ुलाम हाजी मुहम्मद असस भी आज और इसी वक़्त से इस गुनाह से तौबा करता है।"

रात के एक मामूली पहरेदार ने जिस तरह यह ऐलान किया, उसे सुन ख़ुद बादशाह बाबर ही नहीं, बल्कि वहाँ मौजूद पूरी मुग़ल सेना हक्की-बक्की रह गई। किसी ने इसकी कल्पना तक नहीं की थी।

एक अदद पहरेदार के मुँह से इस ऐलान को सुनते ही बाबर ने अपने गले में पड़ी मोतियों की माला उतारी, और उसे मुहम्मद असस की तरफ़ फेंकते हुए बोला, "शाबाश मेरे बहादुर पहरेदार! आपने आज हमारा दिल ख़ुश कर दिया।"

पहरेदार हाजी मुहम्मद असस द्वारा इस गुनाह से तौबा करने के बाद, सब ने पहले फ़ातिहा पढ़ा और फिर एक सुर में बोले, "पादशाह सलामत, अल्लाह तआला ने जब तक जिस्म में जान बख़्शी है, जाँनिसारी से हम पीछे नहीं हटेंगे!"

इसके बाद सारे बेगों, बहादुरों, ओहदेदारों, सफ़ीरों, तोपचियों और सरदारों ने ही नहीं, ख़ुद बाबर ने अपनी सोने-चाँदी की सुराही और जाम, जिनमें शराबनोशी होती थी, अपने-अपने ख़ेमों से निकलवाकर इकट्ठा कर लिए। उन सबको तुड़वाया गया और तोड़ने के बाद उन्हें दरवेशों, मुहताजों और ग़रीब-गुरबों में बाँट दिया गया। शाम तक बाबर के तक़रीबन तीन सौ लोगों ने शराब से तौबा कर ली। बाबा दोस्त सूची काबुल से दो महीने के सफ़र के बाद चौदह ऊँटों पर जिस उम्दा क़िस्म की ग़ज़नी शराब को लेकर आया था, अगले दिन बाबर ने उसमें नमक मिलाने का हुक्म दिया। नमक मिलाने के बाद उस शराब का जो सिरका बना, एक गड्ढा खुदवाकर उसे उसमें लुढ़कवा दिया गया।

जिस समय काबुल से लाई गई शराब को गड्ढे में लुढ़काया जा रहा था, उसी समय बाबर की निगाह दरवेश मुहम्मद सारबान और अपने बड़े प्रिय मुसाहिब शेख़ ज़ैनुद्दीन वफ़ाई ख़्वाफ़ी यानी शेख़ ज़ैन, जो बहुत बड़ा विद्वान भी है, दोनों के बीच आपस में बात करते हुए पड़ गई।

"ख़ुदावंद शेख़ ज़ैन, क्या हुआ? आप दोनों की किस मसले पर गुफ़्तगू हो रही है?" बाबर ने पूछा।

"हुज़ूर, बात यह है किऽऽऽ" शेख़ ज़ैन से पहले दरवेश मुहम्मद सारबान ने बताने की कोशिश की।

"हाँ-हाँ कहिए दरवेश साहब!" बाबर ने दरवेश मुहम्मद सारबान की झिझक को भाँपते हुए कहा।

"हुज़ूरे आली, आपने एक बार कहा था कि अगर मैंने इस क़ाफ़िर राणा संग्राम सिंह पर फ़तह दर्ज कर ली, तो मैं हिन्दुस्तान के अपने मुसलमान भाइयों को तमग़ा अदा करने से आज़ाद कर दूँगा।"

"ख़ुदावंद शेख़ ज़ैनुद्दीन, आपने अच्छा याद दिलाया। मैंने एक बार यह क़सम खाई थी।" फिर कुछ पल सोचने के बाद बाबर मुस्कराते हुए बोला, "अगर हम तमग़ा अदा न करने का ऐलान इसी वक़्त कर दें तो?"

"ख़याल तो आपका अच्छा है हुज़ूर। इससे बढ़िया दूसरा मौक़ा और क्या हो सकता है।" दरवेश मुहम्मद सारबान ने हुमकते हुए कहा।

"वैसे हुज़ूरे आली, तमग़ा मुआफ़ करने का एक फ़ायदा यह होगा कि इस मुल्क के मुसलमानों का एतमाद और एतबार आप में और पुख़्ता हो जाएगा। क्या पता, इस एतमाद और एतबार के चलते कुछ मुसलमान मुहासिब मेवाड़ की फ़ौज से टूटकर हमारी तरफ़ आ जाएँ!" शेख़ ज़ैनुद्दीन वफ़ाई ख़्वाफ़ी अर्थात् शेख़ ज़ैन ने बाबर को तमग़ा माफ़ करने के बाद होनेवाले फ़ायदे का अनुमान लगाते हुए बताया।

"ठीक है ख़ुदावंद शेख़ ज़ैनुद्दीन, अपने सारे मुंशियों को हुक्म दे दिया जाए कि मैंने जो दो बातें कही हैं, उनके फ़रमान अपने अख़बार में लिखकर सारे परगनों को भेज दिए जाएँ। आप भी इस मुताल्लिक एक फ़रमान जारी कर दें!"

बाबर के मुसाहिब शेख़ ज़ैनुद्दीन वफ़ाई ख़्वाफ़ी ने अपने बादशाह के हुक्म का पालन करते हुए, सारे फ़रमानों के एक जैसे मसौदे अपने मुंशियाने अन्दाज़ में लिखवाकर, बाबर के अधीन आनेवाले सारे परगनों के हाकिमों को भिजवा दिए। शेख़ ज़ैनुद्दीन ने शराबनोशी त्यागने को लेकर अपने बादशाह के मुताबिक़ लिखवाए गए फ़रमान में लिखा—

'हमें उस ख़ुदा की तारीफ़ करनी चाहिए, जो अपने गुनाह को क़बूल करनेवाले से मुहब्बत करता है और मदद की तलाश करनेवालों की दरख़्वास्तों पर ध्यान फ़रमाता है। इस्लाम के लिए उसकी फ़तह के लिए पहली कोशिश आदमी को ख़ुद अपनी बुरी आदतों के ख़िलाफ़ करनी चाहिए। मेरे फ़तहमन्द ख़िदमतगारों ने इस्लाम का नाम बुलंद करने के जोश में आकर अपने सोने-चाँदी के जामों और सुराहियों को, जो अपनी चमक से उसी तरह दस्तरख़ान की शान बढ़ाते थे, जिस तरह सितारे आसमानी बुलंदियों को रौनक बख़्शते हैं, ज़मीन पर फेंक दिया। उनके टुकड़े-टुकड़े करके उन्हें ग़रीब-गुरबों में बाँट दिया गया। परवरदिगार ने चाहा, तो हम सब भी

यही करेंगे! सललाहो अलयहे वसल्लम जो इस दुनिया में सबके मालिक हैं, उन सब पर उसकी मेहरबानी है।'

मगर इसके बावजूद छोटे-बड़े सिपहसालार और सिपाही सब बेहद मायूस और डरे-डरे से रहने लगे। कोई ऐसा बहादुर नहीं है जो एक-दूसरे को तसल्ली न दे रहा हो। बस, एक ख़लीफ़ा है जो अब तक हुई सारी जंगों में बाबर के कंधे-से-कंधा मिलाकर आगे बढ़ता रहा है, मजाल है वह थोड़ा-सा भी विचलित हुआ हो। बाबर की समझ में नहीं आ रहा है कि वह कैसे अपनी फ़ौज को हिम्मत बँधाकर उन्हें एकजुट रखे? उसने बहुत विचार किया मगर न तो कोई तरक़ीब काम आ रही है, न कोई रास्ता सूझ रहा है। सारी तदबीरें जैसे विफल हो गईं। न दिन में आराम, न रात में चैन। रात-दिन, उठते-बैठते, सोते-जागते बाबर इसी सोच में डूबा रहता कि आख़िर वह करे, तो क्या करे? उधर, राणा सांगा की विशाल सेना के लगातार आगे बढ़ने की ख़बरों ने उसकी चिन्ता और बढ़ा दी।

तभी उसे एक उपाय सूझा। उसने तुरन्त अपनी पूरी फ़ौज को फिर से इकट्ठा किया और उन्हें सम्बोधित करते हुए बोला—

"ऐ मेरे ख़ुदावंद बेग और बहादुरो, ओहदेदारो, अमीर और सफ़ीरो, तोपची और जंगी सरदारो! आपको मालूम भी है कि हमारे मादरे वतन, बीवी-बच्चों और हिन्दुस्तान की यह सरज़मीं जहाँ आज हम खड़े हैं, इनके बीच में कितने महीने का फ़ासला है? ख़ुदा हमें उस दिन से बचाए और शिकस्त का मुँह न दिखाए। ख़ुदा न करे कि ऐसा हो...।" इतना कह बाबर ने एक पल के लिए अपने सामने खड़े बहादुरों की निस्तेज आँखों में देखा। उनके निस्पृह चेहरों पर उमड़ते भावों को पढ़ने की कोशिश की। एकदम बुत बने अपने जंगी सिपाहियों में किसी तरह की जुम्बिश न होती देख, बाबर एक-एक शब्द पर ज़ोर डालते हुए आगे कहने लगा, "आप सब जानते हैं कि इस बार हमारा पाला अजनबी और अनजान लोगों से पड़ा है। इसलिए मुनासिब और हमारे हक़ में यही होगा कि हम इन दो बातों का इरादा कर लें। पहला यह, कि अगर हम अपने दुश्मन को इस जंग में हराकर उंन्हें मौत के घाट उतार दें, तो हम ग़ाज़ी हो जाएँगे, और अगर मारे गए तो शहीद कहलाएँगे!" बाबर ने इसके बाद अपने शाही चोग़े की जेब से एक काग़ज़ का पुर्ज़ा निकाला और उसे पढ़ने लगा—

जिस्म से जान निकले तो ज़रूर निकले
मुनासिब यह है कि वह मान से निकले
दुनिया की आख़िरी निशानी है यही
कि शान के साथ बस नाम न मिट ले।

अपनी बात ख़त्म कर बाबर अपनी जगह पर बैठ गया। देर तक ख़ामोशी पसरी रही। ऐसी ख़ामोशी कि एक-दूसरे से, एक-दूसरे की साँसों के टकराने की आवाज़ साफ़ सुनाई देने लगी। निष्प्रभ चेहरों पर एक के बाद एक आते-जाते भावों को साफ़ पढ़ा जा सकता है। बाबर ने इस बीच मजाल है एक क्षण के लिए किसी की तरफ़ देखा तो हो। बस, सर नीचे किए बैठा रहा।

अचानक जैसे घने बादलों के बीच से छोटी-सी बिजली चमकी। बाबर ने नज़र उठाकर देखा, तो वह इतनी फुर्ती से अपनी जगह से खड़ा हुआ, कि इतनी तेज़ी से पलकें भी नहीं झपकती हैं। एक पल के लिए न तो उसे अपनी आँखों पर यक़ीन हुआ, न अपने कानों पर।

"क्या कहा मेरे अज़ीज़ जंगी बहादुर?" बाबर ने आह्लादित और पुलकित भाव से लगभग सबको सुनाते हुए ज़ोर-से पूछा।

"जी मेरे आक़ा! आपने जो सुना है, आपके ग़ुलाम ने वही कहा है।" बाबर के सामने खड़े हुजूम के लगभग बीच की क़तार से आवाज़ आई।

इतना सुनते ही बाबर ने आगे की सफ़ में खड़े मुहाफ़िज़ों, बेगों, मुसाहिबों और अमीरों को पूरे जोश के साथ सम्बोधित करते हुए कहा, "सुना मेरे ख़ुदावंद बेगों और वज़ीरों! एक मामूली से जंगी सिपाही ने क्या कहा है? उसने कुरान शरीफ़ की क़सम खाकर, अपनी बीवी को तलाक़ देने और फ़ातिहा पढ़कर आप सबके सामने ऐलान किया है कि वह अपनी आख़िरी साँस तक, अपनी जान की बाज़ी लगाकर, अपने आपको शहीद करने में कोई कसर नहीं छोड़ेगा।"

बाबर का इतना कहना था कि सामने खड़ी सेना के बीच से समवेत स्वर में आवाज़ें आने लगीं, "ऐ हमारे अज़ीम पादशाह! अगर ख़ुदा ने चाहा तो हम अपनी आख़िरी साँस तक, अपनी जान की बाज़ी लगाने में कोई कसर नहीं छोड़ेंगे। दुश्मन से मुँह मोड़कर भागने के बारे में हम कभी सोचेंगे भी नहीं। हम अपने हाथों में कुरान लेकर और अपने बीवी-बच्चों की क़सम खाकर कहते हैं, कि आपके साथ आख़िरी साँस तक हम मैदान में डटे रहेंगे।"

इसके बाद तो बाबर की शिराओं में ठिठका हुआ लहू जैसे ठहाठा मारकर दौड़ने लगा। आँखें सूरज की रोशनी-सी चमक उठीं। हाथों की पकड़ सोने की मूठवाली बग़दादी तलवार पर मज़बूत होती चली गई। उसने दूर तक फैले हुजूम पर निगाह मारी और फिर पूरे जोश के साथ बोला, "ऐ मेरे बहादुर जंगी सिपाहियो, यह जंग कोई मामूली जंग नहीं है। यह जंग ख़ाली हुकूमत के लिए भी लड़ी जानेवाली नहीं है। बल्कि यह क़ाफ़िरों के ख़िलाफ़ लड़ा जानेवाला जिहाद है। क़सम खाओ कि इस जिहाद के लिए हम अपनी जान क़ुरबान कर देंगे!"

खानवा में होनेवाले इस युद्ध को बाबर द्वारा जिहाद का नाम देते ही गगनभेदी उद्घोष हवा में गूँज उठा—अल्लाह हु अकबर!

28

जिहाद का वास्ता देकर किसी तरह बाबर अपने निराश और हतोत्साहित सिपाहियों को एकजुट करने में क़ामयाब हो गया। मगर इसी बीच कुछ दूसरी ख़बरों ने उसकी मुश्किल और परेशानियाँ बढ़ा दीं। जो हिन्दुस्तानी अमीर और राजा एक समय बाबर से आकर मिल गए थे, वे सब अब उसके ख़िलाफ़ हो गए और राजा राणा संग्राम सिंह से जा मिले। इतना ही नहीं, कोल, जलाली, संभल, रापड़ी और दूसरे परगनों के राय, राजा और अफ़ग़ान बाबर के ख़िलाफ़ हो गए। इस तरह एक के बाद एक बुरी ख़बरें आने लगीं। इन ख़बरों ने बाबर के सैनिकों में जैसे बदहवासी फैला दी।

बावजूद इसके बाबर ने इन सबकी परवाह नहीं की और खानवा की तरफ़ बढ़ता गया। रास्ते में बाबर को सूचना मिली कि मेवाड़ के राजा राणा संग्राम सिंह के पास लगभग एक लाख घुड़सवारों की सेना है। इनमें दस शक्तिशाली राजा, राय और सामंत जिनमें रावल उदय सिंह के बारह हज़ार, मेदिनी राय के बारह हज़ार, हसन ख़ाँ मेवाती के बारह हज़ार, भारमल के चार हज़ार, नरपत हाड़ा के सात हज़ार, सत्रवी के छह हज़ार, धर्मदेव के चार हज़ार, वीर सिंह देव के चार हज़ार, सुल्तान सिकन्दर लोदी के पुत्र महमूद ख़ाँ के दस हज़ार, और सलाहुद्दीन (जो कभी राजपूत था और बाद में मुसलमान हो गया था और जिसके पुत्र ने राणा सांगा की पुत्री से विवाह किया था, यह भी बाद में बाबर से मिल गया था) के तीस हज़ार घुड़सवार शामिल हैं। सिकन्दर लोदी के बेटे महमूद ख़ाँ के पास न तो कोई परगना था, न घुड़सवार। बावजूद इसके उसके पास दस हज़ार घुड़सवार इस उम्मीद में आकर इकट्ठे हो गए कि क्या पता वही सुल्तान बन जाए। कुल मिलाकर राणा सांगा के पास दो लाख से ज़्यादा सैनिक होने की बाबर के पास ख़बर पहुँच गई।

बाबर की सेना सीकरी में अपने आगे-आगे चलते अराबों यानी छकड़ों और तिपाइयों के पीछे खानवा की तरफ़ बढ़ने लगी। इनके साथ तोपची उस्ताद अली क़ुली और मुस्तफ़ा रूमी भी क़तार में पैदल चल रहे हैं। साथ इसलिए कि कहीं वे अराबों से पिछड़ न जाएँ। सेना की क़तारों से निकलकर एक जगह जाकर सिपाहियों ने अपनी-अपनी जगह ली ही थी, कि अपने घोड़े पर सवार बाबर तेज़ी से उनके पास आया। आते ही टेढ़ी-मेढ़ी पंक्तियों को ठीक करते हुए हिदायत देते हुए बोला, "ऐ ख़ुदावंद बेगो, बहादुरो और सिपाहियो! क़ाफ़िरों पर किस तरह पलटवार करना है और किस तरह उनसे लड़ना है, सब याद है न?"

सबने हाँ में जवाब दिया तब जाकर बाबर को तसल्ली हुई। सीकरी से दस मील दूर खानवा में जाकर बाबर को पता चला कि राणा सांगा और उसकी सेना के बीच महज़ चार मील की दूरी है।

खानवा पहुँचने के बाद बाबर अपने कुछ बहादुरों, बेगों और तोपख़ाने के मालिक उस्ताद अली क़ुली और मुस्तफ़ा रूमी को लेकर जंग के मैदान में पहुँच गया। अपनी महज़ बीस हज़ार सेना को ध्यान में रख बाबर मैदान का मुआयना करने लगा। बड़ी बारीक़ी के साथ मुआयना करते हुए बाबर ने अर्द्ध समतल पहाड़ी के एक हिस्से पर जाकर, अपने तोपची उस्ताद अली क़ुली को अपने पास बुलाया।

"उस्ताद क़ुली, हमारी तोपों के लिए यह जगह कैसी रहेगी?"

उस्ताद अली क़ुली ने माथे के ऊपर धूप से बचने के लिए हाथ की ओट बनाते हुए दूर तक, जहाँ तक उसकी नज़र गई, और जिस तरफ़ से राणा सांगा की फ़ौज को हमला करना था, ध्यान से देखा। फिर अपने दाएँ-बाएँ नज़र मारी। जब उसे पूरा इत्मीनान हो गया, तब वह अपने बादशाह की तरफ़ पलटा, "पादशाह सलामत, यह जगह तोपों के लिए एकदम सही है। मेरे ख़याल से इसके नीचे उस समतल जगह पर तुलुग़मा ठीक रहेगा।"

"तब फिर अपनी फ़ौज की तैनाती शुरू कर दी जाए?" बाबर ने अपने तोपची के साथ-साथ वहाँ मौजूद दूसरे बहादुर और बेगों को सुनाते हुए पूछा।

"सही फ़रमाया हुज़ूरे आली, बिना वक़्त गँवाए हमें अपनी फ़ौज की तैनाती शुरू कर देनी चाहिए।" तुलुग़मा बनानेवाले मलिक क़ासिम ने अपने बादशाह से सहमति जताते हुए कहा।

"जनाब मलिक क़ासिम एकदम दुरुस्त फ़रमा रहे हैं हुज़ूरे आली।" हिन्दू बेग इन्दर ने समर्थन किया।

"तो ठीक है मेरे बहादुरो! चलिए, और सबको अपने-अपने काम को अंजाम देने का हुक्म दे दीजिए।"

इसके बाद बाबर पहाड़ी ढलान से उतरकर नीचे समतल मैदान में आ गया, जहाँ तुफ़ंगची, पैदल सिपाही, क़रावल, अराबों और पहिएदार तिपाइयों के कारिन्दे-पियादे सब अपने-अपने काम को अंजाम देने में पहले से लगे हुए हैं। जबकि एक तरफ़ कुछ तीरंदाज़ और बन्दूकची अभ्यास में लगे हुए हैं।

सबसे पहले तुलुग़मा बनाने का काम शुरू कर दिया गया। सारे अराबों (छकड़ों) को पहाड़ी के ऊपर ढलान पर खड़ा कर उन्हें बैलों की ख़ाल के बनाए गए मज़बूत पट्टों से एक-दूसरे से बाँधकर उनके पहियों के नीचे टेक लगा दी गईं। जंग के दौरान तय रणनीति के तहत इन टेकों को बाबर का हुक्म मिलते ही हटा दिया जाना है, ताकि बैलों की ख़ाल के बने पट्टों से जुड़े और एक मज़बूत ज़ंजीर की शकल ले चुके अराबे यानी छकड़े एक साथ नीचे की तरफ़ लुढ़कें। इन अराबों के आगे

और उनके बीच छोड़ दी गई पतली गलियों में छह-छह, सात-सात मिट्टी से भरे कट्टों (छोटी बोरियाँ) की ढालें खड़ी कर दी गईं, ताकि जंग के दौरान अराबों और इन कट्टों के पीछे से बन्दूक व तीरों को चलाया जा सके।

तुलुग़मा के तहत सेना के दाएँ बाज़ू की तरफ़ वे दस्ते, जिन्हें झपटकर दुश्मन के पीछे अथवा दूसरी दिशा में जहाँ क़ामयाबी की ज़्यादा उम्मीद होती है, पहुँचकर हमला करना है; उसके लिए तरदी बेग और मलिक क़ासिम को तैनात करने का निर्णय लिया गया। जबकि बाएँ बाज़ू के तुलुग़मा की ज़िम्मेदारी मोमिन अतका और रुस्तम तुर्कमान को सौंपी गई।

एक तय वक़्त तक बाबर की मंशा इब्राहिम लोदी की तरह, राणा सांगा की सेना के चारों तरफ़ घेरा डालना है। भले ही यह घेरा मज़बूत न हो मगर इसके पीछे बाबर का लक्ष्य राणा सांगा की सैनिक योजना को छिन्न-भिन्न कर, उन्हें इस घेरे में अन्दर आने के लिए विवश करना और उनमें खलबली मचाने का है।

युद्ध की रणनीति के तहत ख़ुद बाबर की सवारी को सेना के बीच में होना है। उसके दाएँ हाथ की तरफ़ चिन तैमूर सुल्तान, ख़्वाजा दोस्त खावन्द, शाह मंसूर बरलास, दरवेश मुहम्मद सारबान, अब्दुल्लाह किताबदार जैसे जाँबाज़ों को तैनात किया जाना है। बाएँ हाथ की ओर अलाउद्दीन बिन सुल्तान, शेख़ ज़ैनुद्दीन ख़्वाफ़ी, तरदी बेग, ख़्वाजा हुसेन जैसे बेगों को होना है। दाएँ हाथ के दाएँ बाज़ू की कमान हज़रत जहाँबानी को सौंपी गई है; और हज़रत जहाँबानी के दाएँ ओर हिन्दू बेग कूचिन, ख़ुसरो कूकल्दाश, उर्दू शाह जैसे दूसरे बहादुरों को तैनात होना है। जबकि बाएँ बाज़ू की कमान मुहम्मदी कूकल्दाश और ख़्वाजगीअसद जामदार को तैनात करने का फ़ैसला किया गया है। तुलुग़मा के लिए ये सारी तैनाती बाबर ने ख़ुद तय की हैं।

दाएँ बाज़ू में दिलावर ख़ाँ, मलिक दाद करानी और शेख़ घूरन; जबकि बाएँ बाज़ू पर बाबर के बहनोई और उससे पाँच साल बड़ी बहन ख़ानज़ादा बेगम के शौहर सैयद महदी ख़्वाजा व मुहम्मद अली जंग की तैनाती की जानी है। हिन्दुस्तानी बेगों में जलाल ख़ाँ, कमाल ख़ाँ, अली ख़ाँ, शेख़ज़ादा फ़र्मुली, बयाना के निज़ाम ख़ाँ को लगाया जाना है। जबकि तुलुग़मा के दाएँ तरफ़ की ज़िम्मेदारी मलिक क़ासिम, तरदी यक्का के साथ मुग़लों की एक बहुत बड़ी टुकड़ी को दी गई है। बाएँ तरफ़ की कमान मोमिन अतका, रुस्तम तुर्कमान और बाबर के विश्वासपात्रों के एक बड़े समूह को सौंपी जानी है। किए गए अभ्यास के अनुसार पहले की तरह सुल्तान मुहम्मद बख़्शी को तय जगहों पर तैनात कर, बादशाह तक अपने ख़बरचियों द्वारा फ़ौज के लिए शाही हुक्म देने का दायित्व सौंपा गया।

इस पूरी तैयारी में एक बात का ख़ासतौर से ध्यान रखा गया, और वह यह कि रूमी ग़ाज़ियों के तरीक़े का पालन करते हुए, तुफ़ंगचियों और तोपचियों की अराबों की क़तारों को, जो बैलों की ख़ाल के पट्टों के साथ एक-दूसरे से कसकर बाँधे गए

हैं, सेना के आगे रखा गया है। यह व्यूह-रचना इतनी मज़बूती के साथ तैयार की गई है कि जो भी इसे देखता इसकी तारीफ़ किए बिना नहीं रह पाता। इस काम को सिरे चढ़ाने में निज़ामुद्दीन अली ख़लीफ़ा और उसके सहयोगियों ने बड़ी मेहनत की है।

इस तरह बाबर ने अराबों (छकड़ों) के आगे गहरी खाइयाँ खुदवाकर अपनी सेना के बचाव का पुख़्ता इन्तज़ाम कर लिया। हालाँकि, आज लड़ना नहीं है लेकिन बाबर ने जानबूझकर अपने कुछ जंगी बहादुर, राणा सांगा की सेना और उसकी तैयारियों का जायज़ा लेने की ग़रज़ से इस हिदायत के साथ आगे भेज दिए, कि वे जाएँ और ख़ुद पहल करके दुश्मन को जाकर छेड़ें। बाबर को इसमें सफलता भी मिल गई क्योंकि उसके जंगी बहादुर न केवल राणा सांगा के कुछ सिपाहियों के सर क़लम कर लाए, बल्कि कुछ को वे ज़िन्दा भी पकड़ लाए।

इस क़ामयाबी ने बाबर और उसके बेगों, तोपचियों और जंगी बहादुरों का इस क़दर हौसला बढ़ा दिया कि वे अब तेज़ी से जंग के लिए आगे बढ़ने लगे।

29

खानवा में पड़ाव डालकर बैठा राणा सांगा पहले से चौकन्ना और पूरी तरह मुस्तैद है। उसके पड़ाव से महज़ चार मील दूर बाबर के पड़ाव के बारे में उसके भेदिए भी पल-पल की उसे ख़बर दे रहे हैं। वह भी बड़ी सावधानी के साथ फूँक-फूँक कर क़दम रख रहा है।

हिन्दू संवत्सर का चेत्र अर्थात् हिजरी 933 यानी ई. 1527 का मार्च का महीना और दिन शनिवार।

सुबह लगभग साढ़े नौ बजे जब दिन का पहला पहर और दो घड़ी बीत गई, तब जहीरुद्दीन मुहम्मद मिर्ज़ा बाबर और राणा संग्राम सिंह की फ़ौजें एक-दूसरे के नज़दीक पहुँच गईं। सारे मुग़ल बेग, तोपची और जंगी सिपाही रणनीति के अनुसार अपनी-अपनी जगहों पर तैनात हो गए।

जब सारी तैयारी और सबकी तैनाती हो गई तो बाबर ने ऐलान किया, "ऐ मेरे जंगी बहादुरो! बिना शाही हुक्म के कोई भी बहादुर अपनी जगह से हिले तक नहीं। बिना हुक्म और इजाज़त के जंग के लिए क़दम भी न बढ़ाए !"

बाबर के इस ऐलान को अभी कुछ ही देर हुई कि अचानक युद्ध की ज्वाला भड़क उठी। पता चला कि राजूपत सेना के दाहिनी तरफ़ से, जिसकी कमान चन्देरी के राजा मेदिनी राय, मारवाड़ के शासक राव गंगा के पुत्र मालदेव और दूसरे

राजाओं ने सँभाल रखी थी, मलिक क़ासिम के नेतृत्व में तुलुग़मा बनानेवाले सैनिकों पर हमला कर दिया है। इतना ही नहीं, बाबर की सेना के दाहिने हिस्से के दाहिने बाज़ू वाली सेना पर भी राणा सांगा के सैनिकों ने धावा बोल दिया। राजपूत सेनाओं का यह हमला इतना औचक और प्रचंड था कि बाबर के सैनिकों में भगदड़ मच गई। उसकी सारी रणनीति अस्त-व्यस्त हो गई। बाबर की सेना के दाहिने बाज़ू के सैनिकों के लिए मैदान में खड़ा होना मुश्किल हो गया। ऐसे में बाबर के लिए ज़रूरी हो गया कि वह अपनी सेना के दाहिने बाज़ू को मदद पहुँचाए, क्योंकि राणा सांगा की सेना ताबड़तोड़ उस तरफ़ हमला किए जा रही है। ये कुछ पल वैसे भी बहुत ख़तरनाक हैं, क्योंकि तुलुग़मा सिर्फ़ हमला करने में दक्ष होता है, बचाव करने में नहीं। कहीं ऐसा न हो कि दुश्मन तुलुग़मा की इस कमज़ोरी का फ़ायदा उठा बैठे। अगर इस समय दाहिने हिस्से के दाहिने बाज़ू की सेना परास्त हो गई, तो राणा सांगा के सैनिक तुलुग़मा की पूरी की पूरी क़तार को समेट लेंगे, और इस तरह बाबर की हार लगभग तय है।

बाबर ने बिना देरी किए चिन तैमूर सुल्तान और कुछ सिपाहियों की एक टुकड़ी को मदद के लिए उस तरफ़ जाने का हुक्म दिया। चिन तैमूर के जाँबाज़ सिपाहियों ने बड़ी बहादुरी का परिचय देते हुए आक्रमण कर, राणा सांगा के सैनिकों को पीछे धकेल दिया। चिन तैमूर ने सेना के उस दाहिने हिस्से को एक बार फिर इस लायक़ बना दिया, कि वह फिर से पूरी ताक़त के साथ राणा सांगा के सैनिकों पर हमला कर सके। इस तरह बाबर के दाहिने भाग के सैनिकों ने इस बार राजपूतों पर ऐसा हमला किया कि राजपूतों और मुग़ल सेना के बीच और बाएँ हिस्से के मध्य काफ़ी फ़ासला हो गया।

फ़ासला होते ही बाबर ने चिल्लाते हुए अपने बेगों को हुक्म दिया, "ऐ मेरे बहादुर बेगो, इस बेहतर मौक़े को मत चूको। इन क़ाफ़िरों पर बाज़ की तरह टूट पड़ो!"

जंगी नगाड़ों और तुरहियों की कर्णभेदी गूँज के बीच अपने बादशाह का हुक्म मिलते ही बाबर के जंगी सिपाही राजपूत सेना पर बाज़ की तरह टूट पड़े। जिस तरह सुबह की लाली क्षितिज से बाहर निकलती है, उसी तरह छकड़ों के पीछे छिपे तीरंदाज़ बन्दूकचियों को बीच में छोड़, बीच से निकलकर राजपूत सैनिकों पर टूट पड़े। घोड़ों के खुरों से उड़ती धूल से जैसे आसमान में बादल छा गए, जिन्हें तलवारों की चकाचौंध करनेवाली बिजली काटती जा रही है। कुछ देर के लिए सूरज की रोशनी ऐसे छिप गई, जैसे धूल के बादलों ने उसे अपनी ओट में छिपा लिया है। बाबर और राणा सांगा के सैनिक आपस में इस तरह घुल-मिल गए कि यह पहचान करना मुश्किल हो गया कि कौन, किस तरफ़ का सिपाही है। देखते-ही-देखते आपस में भिड़ती तलवारों की चकाचक और बाणों से निकले तीरों की शपाशप ने युद्ध को भीषण बना दिया।

इसी बीच अपने तोपचियों को बाबर ने गरजते हुए हुक्म दिया, "उस्ताद अली क़ुली, अब किस हुक्म का इन्तज़ार है! तोपों को आगे लाया जाए!"

बाबर के इस आदेश को सुनते ही लकड़ी की उन तिपाइयों को, जिन पर उस्ताद अली क़ुली की ढाली हुई तोपें रखी हुई हैं, उन्हें आगे धकेला जाने लगा। फिर तो इसके बाद आसमान में उड़ते धूल के बादलों के बीच जिस्म को सिहरा देनेवाली गर्जना सुनाई देने लगी। तोपों की गर्जन से कानों के परदे फटने को हो रहे हैं। देर तक राणा सांगा के सैनिकों की समझ में नहीं आया कि अचानक आनेवाली यह किस प्रलय की गर्जना है। अपने बादशाह के आदेश पर सेना के बीच में खड़ी उस्ताद अली क़ुली और मुस्तफ़ा रूमी की तोपों ने पत्थरों के गोले बरसाने शुरू कर दिए। इस तरह एक तरफ़ उस्ताद अली क़ुली की तोपें कहर बन राणा सांगा की सेना को तबाह करने लगीं, तो दूसरी तरफ़ बाबर के जंगी सिपाहियों की तुफ़ंग से निकली गोलियाँ और कमान से निकलनेवाले तीर, उसकी सेना को छलनी करने के लिए मचल उठे।

एक समय जिस बाबर के सैनिकों के पाँव उखड़ते हुए नज़र आ रहे थे, अब उस्ताद अली क़ुली द्वारा ढाली गई तोपों की नालों से एक साथ बरसते पत्थर के गोलों, तुफ़ंग की गोलियों की बौछार, तीरंदाज़ों के तीरों की मूसलाधार बारिश और पैदल सिपाहियों की बिजली-सी चमकती तलवारों के सनसनाते वार के बीच, उसी बाबर की महज़ बीस हज़ार सेना राणा संग्राम सिंह की विशाल सेना पर हावी होने लगी। तोप के गोलों व तुफ़ंग की गोलियों से बख़्तरों और ढालों के परखच्चे उड़ने लगे। ढलान से लुढ़कते छकड़े भयानक राक्षसों की तरह हर चीज़ को तोड़ते-कुचलते आगे बढ़े जा रहे हैं। इन राक्षसों यानी अराबों ने राणा सांगा की सेना में एक अजीब-सी दहशत पैदा कर दी। विशालकाय हाथियों पर सवार राजपूत राजाओं और सामंतों के हौदे डगमगाने लगे। कान के परदों को फाड़नेवाली गर्जनाओं के संग, जब-जब तोपों की नालों से पत्थरों के गोले हाथियों से आकर टकराते, तब-तब भयातुर और घायल विशालकाय हाथी छटपटाते हुए ज़ोर-ज़ोर से चिंघाड़ते हुए मैदान में इधर-उधर भागने लगे। महावत इन्हें जितना क़ाबू करने की कोशिश करते, ये और उग्र होने लगे। जिसके चलते घोड़े और पैदल सिपाही इनके नीचे आकर कुचले जाने लगे। देखते-ही-देखते खानवा का मैदान ख़ून के दरिया में बदल गया। राणा सांगा और उसके सहयोगी राजा व सामंतों की सेनाओं के, पहाड़ी ढलान पर तोपों के गोलों से मरनेवाले और घायल हुए अनेक सैनिक उन्हीं के हाथियों के पाँवों तले कुचल गए। लाशों से पूरा मैदान पटने लगा।

बाबर खानवा के मैदान में छाई आँधी के बीच अपने ही नहीं, दुश्मन के चीख़ते-चिल्लाते सैनिकों के आर्तनाद को एक अराबे पर खड़ा मुस्कराते हुए निस्पृह भाव के साथ सुनता रहा। इसी बीच उसे ख़बर मिली कि राजपूतों की मदद के लिए और सेना आ पहुँची है। जिसने आते ही बाबर की सेना के दाहिने हिस्से पर

फिर से दबाव बनाना शुरू कर दिया। बाबर ने सुना तो तुरन्त उसने मध्य भाग से कुछ सैनिक टुकड़ियाँ मदद के लिए उस तरफ़ भेज दीं। इन टुकड़ियों ने राजपूत सेनाओं को हराते हुए उन्हें तितर-बितर करने की भरसक कोशिश की मगर इन्हें इसमें सफलता नहीं मिली। आख़िर मुस्तफ़ा रूमी ने उनकी अपनी तोपों से मदद की। इसके बाद बाबर के सैनिकों के दाहिने बाज़ू ने, न सिर्फ़ राणा सांगा के सैनिकों के हमले को विफल कर दिया बल्कि उनको बुरी तरह हरा भी दिया।

अब राणा सांगा ने अपना ध्यान बाबर के दाहिने हिस्से से हटाकर दूसरी तरफ़ लगा दिया। उसने अपने आपको बाबर की सेना के मध्य भाग से दूर रखने में ही अपनी भलाई समझी, क्योंकि यहाँ से उस्ताद अली क़ुली की तोपें बराबर पत्थरों के गोले बरसा रही हैं। इन गोलों से भयभीत राणा की सेना पीछे हटने को मजबूर हो रही है। इसीलिए मौक़ा देख वह बाबर की सेना के बाएँ बाज़ू से जा टकराया।

राजपूत सेना के बाएँ हिस्से की कमान सिरोही के राव अखय राज देवड़ा, मेड़ता के रायमल राठौर, और शाहे-मेवात हसन ख़ाँ मेवाती के हाथों में है। बाबर के बाएँ हिस्से पर; राजपूत सेना के बाएँ भाग में तैनात राव अखय राज देवड़ा, रायमल राठौर और शाहे-मेवात हसन ख़ाँ मेवाती ने हमला कर दिया। बाबर की सेना राजपूतों के हर हमले का डटकर सामना करती हुई मैदान में डटी हुई है। उस्ताद अली क़ुली और मुस्तफ़ा रूमी की गरजती तोपों, तुफ़ंग की बरसती गोलियों और तीरों ने समंदर की लहरों की तरह हरहराती राजपूत सेना के मृत और ज़ख़्मी सैनिकों के ढेर लगा दिए। बावजूद इसके एक के बाद एक राजपूत सेना के पैदल और घुड़सवारों का रेला रुकने का नाम नहीं ले रहा है।

इसी बीच तुलुग़मा के जंगी बहादुरों ने चक्कर काटते हुए राणा सांगा की सेना पर हमला बोल दिया। हमला होते ही कुछ बेग तुलुग़मा के जंगी बहादुरों की मदद के लिए पहुँच गए। इधर बाबर ने भी अपनी सेना के बीच के हिस्से के सिपाहियों को मदद के लिए आगे भेजने का हुक्म दिया। इसके बाद बाबर की सेना की स्थिति और मज़बूत हो गई, जिसे राणा सांगा की सेना के लिए छिन्न-भिन्न करना या उसे भेदना मुश्किल हो गया। मगर फिर भी उसके सैनिक पूरे पराक्रम के साथ मैदान में डटे रहे।

आसमान में चढ़ते सूरज की आग बरसाती गर्मी के साथ-साथ खानवा का युद्ध अब और भीषण व प्रचंड हो उठा। ज़ुह्र की नमाज़ के आसपास दोनों तरफ़ की सेना के सारे हिस्सों से एक-दूसरे के सैनिकों पर ताबड़तोड़ हमले-आक्रमण होने लगे। बाबर के तोपचियों ने अपनी तोपों का मुँह पूरी तरह खोल दिया, जो दानवों की तरह आग उगलने लगे। जब भी एक

साथ तोपों के मुँह से निकले पत्थरों के गोले राजपूत सेना पर आकर बरसते, तो लगता जैसें धरती पर कोई भूकंप आ गया। तोपों की गर्जना से धरती दहल-दहल उठती। तोपों के गोलों से सैनिकों के टुकड़े जब-जब हवा में उछलते, तो इस दृश्य को देख राजपूत सेना के पैदल सैनिकों, घुड़सवारों यहाँ तक कि हाथियों को नियंत्रित करनेवाले महावतों की चीख़ निकल जाती। आँखें मारे भय के मुँदती चली जातीं। घोड़े हिनहिनाते हुए अगली टाँगों को हवा में उठाते हुए धराशायी होने लगे, जबकि चिंघाड़ते हुए हाथी क़ाबू में होने के बजाय जैसे ख़ुद से बग़ावत पर उतर आए।

अस्र की अज़ान होते-होते तुलुग़मा के जाँबाज़ सिपाहियों ने राजपूत सेना के बाएँ और दाएँ बाज़ू को कसते हुए, उनके सैनिकों को बीच में घेरना शुरू कर दिया। तुलुग़मा के जंगी बहादुरों ने राजपूत सेना के चारों तरफ़ जैसे बाणों की बाड़ खड़ी कर दी। इस तरह राजपूत सेना की संख्या तेज़ीं से कम होने लगी। इस बीच कई राजपूत राजा खेत हो गए। बावजूद इसके जंग चलती रही और यह कह पाना मुश्किल हो गया कि जीत किसकी होगी।

अचानक बाबर ने अपने पैदल और घुड़सवार सैनिकों को हुक्म दिया, "ऐ मेरे बहादुरो, जल्दी से अपने आजू-बाज़ू और बीच का रास्ता छोड़ो!" इतना कह वह बिजली की गति से उस्ताद अली क़ुली की तरफ़ पलटा, "उस्ताऽऽऽद! जल्दी से दुश्मन पर हमला करो!"

उस्ताद अली क़ुली को आदेश दे बाबर ने अपने झबरीले लम्बे अयाल वाले कुम्मैत घोड़े को एड़ लगाई। बाबर के इशारे पर उसका कुम्मैत घोड़ा सेना के दाहिने हिस्से की तरफ़ बढ़ गया, जहाँ उसकी सेना के बहुत ही शक्तिशाली तुफ़ंगची अर्थात् तोड़ेदार बन्दूकची अपने दुश्मन से लोहा ले रहे थे। वहाँ पहुँचते ही बाबर ने आदेश दिया कि वे आगे बढ़कर दुश्मन पर हमला करें। तोड़ेदार बन्दूकचियों की इस टुकड़ी ने उस्ताद अली क़ुली को बड़ी मदद पहुँचाई। इसका नतीजा यह हुआ कि बाबर की सेना ने राणा सांगा की सेना के बीच वाले हिस्से की क़तार को छिन्न-भिन्न कर दिया। जैसे ही यह हिस्सा ख़ाली हुआ, बाबर की सेना ने यहाँ अपने पाँव जमा दिए।

इसके बाद तोड़ेदार बन्दूकची अर्थात् तुफ़ंगची तोपों के पीछे से निकलकर आगे आए और तिपाइयों को आगे बढ़ाते हुए, उनकी ओट से राणा सांगा की सेना पर आक्रमण शुरू कर दिया। इधर बाबर ने भी अपने सैनिकों से राजपूत सेना के बीच वाले हिस्से की तरफ़ बढ़ने का आदेश दिया, तो उधर उस्ताद क़ुली अपनी आठ-दस तोपें आगे ले आया। इस संयुक्त आक्रमण ने राणा सांगा के दाहिने हिस्से को अस्त-व्यस्त कर दिया। वे बुरी तरह हारने लगे। मगर अचानक राणा सांगा की सेना की एक लड़ाकू टुकड़ी ने बाबर की सेना के उस हिस्से पर धावा बोल दिया, जहाँ वे तुलुग़मा बनाने में व्यस्त थे। एकाएक हुए इस हमले से बाबर के सिपाहियों

को उस तरफ़ पीछे हटना पड़ा, जहाँ ख़ुद बाबर खड़ा था। राजपूत सैनिकों की इस बहादुरी को देख, एक बार तो बाबर भी विचलित हो उठा।

युद्ध अब और घमासान हो गया। हिनहिनाते घोड़ों के सुमों से उड़ती धूल देखते-ही-देखते आसमान में पीली आँधी बन गई। धूल-माटी में लिपटे धुँधले-धूसर साए किसी मटमैली पुरानी तस्वीर-से नज़र आने लगे। उस्ताद अली क़ुली की आग उगलती तोपों का कहर अब और बढ़ गया। जब-जब इनकी नाल से गरजते हुए पत्थरों के गोले मील-सवा मील दूर जाकर गिरते, तब लगता मानो आसमान को फाड़कर कोई आफ़त ज़मीन पर आकर गिरी है। बाबर की सेना के घुड़सवारों और तोपचियों ने अपने संयुक्त अभियान में राणा सांगा की सेना के बीच, दाएँ और बाएँ हिस्से पर आक्रमण कर, उसके हर हिस्से को तबाह कर दिया। इसी दौरान डूंगरपुर के रावल उदय सिंह, राय चन्द्रभान चौहान, भूपत राव, चन्दवार के मलिक चन्द्र चौहान, गंगू और दलपत राय; उस्ताद अली क़ुली से बाबर के तोपख़ाने को छीनने के लिए जैसे ही आगे बढ़े, बाबर के तुफ़ंगचियों ने उन्हें वहीं ढेर कर दिया।

मगर तभी अचानक युद्ध में एक निर्णायक मोड़ आया।

बाबर के जंगी बहादुरों ने राणा सांगा के पताका फहराते हाथी को पकड़ लिया। हाथी के पकड़े जाने की इस ख़बर ने बाबर की सेना में जैसे जोश भर दिया, और दुगनी गति से उसने राजपूत सैनिकों पर हमला बोल दिया। हालाँकि राजपूत सेना ने इसका डटकर मुक़ाबला किया मगर इस मुठभेड़ में वह अपने सज्जा चन्दावत, रावत जग्गा, सारंग देवोत, रावत बाघ सिंह, लावा के दोदिया करन सिंह जैसे राजा और राजपूत सरदारों से हाथ धो बैठी। तभी आम्बेर के पृथ्वीराज, जोधपुर के राव मालदेव, सिरोही के राव अखय राज देवड़ा के हाथियों से घिरे एक विशालकाय हाथी की हौद से चीख़ सुनाई दी। चीख़ सुनते ही हाथियों पर बैठे जंग कर रहे राजपूत राजाओं और सामंतों की नज़र उस तरफ़ पड़ी, तो आगे का दृश्य देख मानो उनके होश उड़ गए। सब छाती के दाईं तरफ़ खुबे तीर के दर्द से छटपटाते घायल की तरफ़ लपके। राजपूत राजाओं और सामंतों ने बिना समय गँवाए हाथियों का घेरा बनाया, और घायल को दूसरे हाथी में डाल तेज़ी से युद्ध के मैदान से बाहर ले गए।

दुश्मन को अचानक घटी इस घटना के बारे पता न चले, इसलिए मैदान से जाते-जाते घायल ने कराहते हुए आदेश दिया, "युद्ध रुकना नहीं चाहिए! हसन ख़ाँ के सर पर तुरन्त छत्र रख दो...जल्दी करो!"

घायल का आदेश सुनते ही राजा राणा अज्जा ने लपककर शाहे-मेवात हसन ख़ाँ मेवाती के सर पर छत्र रख दिया। राजपूती परम्परा के विरुद्ध राजपूत सेना ने

युद्ध जारी रखने का निर्णय लिया, जो देर तक चलता रहा। मगर इस बीच पता नहीं कैसे यह ख़बर राजपूत सेना में फैल गई कि युद्ध में छाती के दाईं तरफ़ लगे बाण से होनेवाला घायल कोई और नहीं, ख़ुद मेवाड़ का राजा संग्राम सिंह है जिसे कुछ राजपूत राजा और सरदार बचाकर मैदान से बाहर ले गए हैं। इस ख़बर के फैलते ही राजपूत सेना के पाँव उखड़ने शुरू हो गए। इधर जैसे ही बाबर की सेना को इस भगदड़ का पता चला, उसने फिर से राजपूत सेना पर धावा बोल दिया।

राणा संग्राम सिंह के घायल होने की ख़बर दूसरे राजाओं और सामंतों की तरह तँवर जाति के सरदार और रायसेन के राजा शिलादित्य यानी सिलहदी को भी लग गई। यह वही सिलहदी है जो पहले हिन्दू था और जिसने बाद में मुस्लिम धर्म अपना लिया था। राजपूत सेना के हाथियों की सेना की बागडोर इसी के हाथ में थी। उसने जैसे ही राजूपत सेनाओं को भागते देखा, मौक़ा देखकर वह अपनी सेना के साथ राणा सांगा का साथ छोड़कर, बाबर के पास पहुँच गया। अचानक अपनी सेना से बग़ावत कर दुश्मन से मिलने के समाचार को सुन राजपूत सेना की हिम्मत डोलने लगी। अपने दुश्मन के एक जाँबाज सिपहसालार को अपनी शरण में आया देख बाबर को बेहद आश्चर्य हुआ।

"जहाँपनाह, जान बख़्श दो तो एक ख़बर देनी है!" सिलहदी रहम की भीख माँगते हुए बोला।

"जल्दी कहो, हमारे पास जंग में बात करने का वक़्त नहीं है!" बाबर ने सिलहदी को ऊपर नीचे देखते हुए सख़्त लहजे में कहा।

"इसी जंग के बारे में तो आपको एक अहम ख़बर देने आया हूँ जहाँपनाह।"

बाबर ने पलटकर सिलहदी की धूलभरी आँखों में देखा।

"जहाँपनाह, आपका दुश्मन मैदान छोड़कर भाग गया है।"

"क्या मतलब?" बाबर ने चौंकते हुए पूछा।

"जी हुज़ूरे आली, राजा राणा संग्राम सिंह ज़ख़्मी हो गए हैं।"

"ज़ख़्मी हो गए हैं? किधर...कहाँ?"

"वहाँ।" सिलहदी ने पहले एक तरफ़ इशारा किया और फिर निराशा की मुद्रा अपनाते हुए बोला, "मगर जहाँपनाह, उन्हें कुछ राजपूत राजा और सरदार मैदाने-जंग से बचाकर ले जाने में क़ामयाब हो गए हैं।"

"क्या बकते हो!" बाबर इस बार चीख़ते हुए बोला।

रायसेन के राजा शिलादित्य यानी सिलहदी ने कुछ नहीं कहा। बाबर ने तुरन्त अपना घोड़ा अपने से कुछ दूर जंग कर रहे बेग कुकुल्दाश की तरफ़ दौड़ाया।

"ख़ुदावंद कुकुल्दाश, जल्दी हमारे दुश्मन का पीछा करो!"

हैरान-परेशान कुकुल्दाश के कुछ पल्ले नहीं पड़ा कि उसका बादशाह किस दुश्मन का पीछा करने के लिए कह रहा है। तब तक पीछे-पीछे आ गए सिलहदी

ने कुकुल्दाश को समझाया, "जनाब बेग साहब, बादशाह सलामत मेवाड़ के राजा राणा संग्राम सिंह का पीछा करने के लिए कह रहे हैं, जिन्हें उनके कुछ राजपूत राजा मैदाने-जंग से बचाकर ले गए हैं।"

सारा माजरा समझते ही सेना की एक टुकड़ी लेकर कुकुल्दाश राणा सांगा को खोजने के लिए निकल पड़ा।

कुकुल्दाश के रवाना होते ही बाबर ने अपना घोड़ा दूसरी दिशा की तरफ़ मोड़ दिया। सरपट भागते घोड़े के सामने जैसे ही हिन्दू बेग इन्दर पड़ा, बाबर ने पूरी ताक़त से लगाम इस तरह खींची कि उसका कुम्मैत घोड़ा वहीं रुक गया।

"हुज़ूरे आऽऽऽली, हमारा दुश्मन मैदान छोड़कर भाग गया है।" हिन्दू बेग इन्दर ने हाँफते सूचना दी।

"भाग गया तो क्या आपने उसका पीछा नहीं किया?" बाबर ने झल्लाते हुए कहा।

"बहुत दूर तक किया मगर उसके राजपूत राजा उसे बचाकर ले गए।" हिन्दू बेग ने सर झुकाते हुए जवाब दिया।

"और हमारे पानीपत में मारे गए बैरी सुल्तान इब्राहिम लोदी का बेटा महमूद लोदी, जो यहाँ इन हिन्दू राजपूतों से मिला हुआ है, उसकी क्या ख़बर है?"

"हुज़ूर, उनके साथ वह भी बचकर निकल भागा।" हिन्दू बेग ने धीरे-से जवाब दिया।

"वह भी बच निकला! अच्छा छोड़ो उसे। यह बताओ, शाहे-मेवात हसन ख़ाँ मेवाती किस मोर्चे पर है?" बाबर ने व्यग्रता के साथ पूछा।

"हुज़ूरे आली, वह तो मेवाड़ के राजा के हाथी पर सवार हो बहादुर महदी ख़्वाजा से जंग लड़ रहा है।"

"आप इसी वक़्त महदी ख़्वाजा को जाकर ख़बर कर दें कि वह किसी तरह हसन ख़ाँ मेवाती को मैदाने-जंग से निकलने का मौक़ा दे दे।"

"जी हुज़ूर।"

इतना कह हिन्दू बेग जाने के लिए मुड़ा ही था कि बाबर ने उसे जैसे जाते-जाते याद दिलाया, "ख़ुदावंद बेग, आपने शाहे-मेवात के ख़िदमतगार, जो हर पल उसके साथ साए की तरह लगा रहता है, उसे सब समझा दिया है न।"

"हुज़ूरे आली, अच्छी तरह समझा दिया है। मैं आपसे यही हुक्म लेने आया था कि राणा संग्राम सिंह के मैदान छोड़ने के बाद, शाहे-मेवात के इस ख़िदमतगार को क्या हुकुम देना है।" हिन्दू बेग इन्दर ने जाते-जाते एक बार फिर पूछा।

"वही कहना है जैसा आपसे बात हुई थी...और हाँ, यह काम बड़ी सफ़ाई से होना चाहिए।"

"जी हुज़ूरे आली।" इतना कह हिन्दू बेग इन्दर ने तेज़ी से अपना घोड़ा आगे बढ़ा दिया।

मगर यह क्या? हिन्दू बेग जैसे ही बाबर के बहनोई यानी उससे पाँच साल बड़ी उसकी बहन ख़ानज़ादा बेगम के शौहर सैयद महदी ख़्वाजा को अपने बादशाह का हुक्म सुनाने पहुँचा, तो वहाँ जाकर देखा कि ज़मीन पर घायल पड़े हसन ख़ाँ मेवाती की दाईं बाज़ू का मांस तुफ़ंग की गोली लगने से ऐसे उधड़ा हुआ है, जैसे किसी तने से उसकी छाल उधड़ी हुई हो। जिस मोर्चे पर महदी ख़्वाजा और हसन ख़ाँ मेवाती की टुकड़ियों के बीच युद्ध हो रहा है, वहाँ अब नाममात्र की राजपूत सेना बची है। चारों तरफ़ बिखरी लाशों और घायल सिपाहियों को चीरते हुए हिन्दू बेग ने अपना घोड़ा तेज़ी से महदी ख़्वाजा की तरफ़ बढ़ाया, और इससे पहले कि सैयद महदी ख़्वाजा तलवार से हसन ख़ाँ मेवाती पर वार करता, हिन्दू बेग दूर से चीख़ा, "जनाब महदी ख़्वाजा साहऽऽऽब...!"

अपने नाम की टेर सुन महदी ख़्वाजा का हाथ हवा में जहाँ था, वहीं रुक गया। हिन्दू बेग इन्दर के वहाँ पहुँचने पर हसन ख़ाँ मेवाती के सेवक लाद ख़ाँ, जो वहीं थोड़ी दूर खड़ा सब कुछ देख रहा था, ने नज़र उठाकर हिन्दू बेग की तरफ़ देखा। आँखों-आँखों में दोनों के बीच कुछ इशारा हुआ। इशारा पाते ही लाद ख़ाँ तेज़ी से हसन ख़ाँ मेवाती के पास आया। हसन ख़ाँ की ख़ून से लथपथ बाज़ू पर अपनी पगड़ी लपेटते हुए लाद ख़ाँ ने नज़र उठाकर एक बार फिर हिन्दू बेग इन्दर की तरफ़ देखा। इसके बाद हिन्दू बेग अपनी सेना के बहादुर महदी ख़्वाजा को वहाँ से ले आया। हिन्दू बेग इन्दर और महदी ख़्वाजा के वहाँ से जाने के बाद, छुटपुट होते युद्ध के बीच से मूर्च्छित हसन ख़ाँ मेवाती को लाद ख़ाँ ने अपने कंधे पर लादा और उसे मैदान से दूर ले गया।

हसन ख़ाँ मेवाती को जब होश आया तो उसने देखा कि वह किसी सुनसान जगह पर एक कुएँ की ओट में ज़मीन पर लेटा हुआ है। पास में उसका सेवक लाद ख़ाँ भी बैठा हुआ है, जो उसके ज़ख़्मों से बहते ख़ून को साफ़ कर रहा है। अपने ख़िदमतगार को अपने पास देख हसन ख़ाँ ने जैसे राहत की साँस ली। फिर कुछ पल बाद दर्द से छटपटाते हुए उसने अपने ख़िदमतगार की तरफ़ देखा, "लाद ख़ाँ, जंग का क्या रहा?"

"हुज़ूर, होना क्या। आप तो जानते हैं कि राणा संग्राम सिंह को आपके सामने उसके राजा और सामंत मैदाने-जंग से बचाकर ले गए। उनके जाने के बाद आप देर तक बड़ी बहादुरी से जंग लड़ते रहे। मगर एक तुफ़ंग की गोली ने सारा खेल बिगाड़ दिया। यह देखिए, अपनी बाज़ू का हाल? यह उसी तुफ़ंग की गोली का नतीजा है।"

"यह तो ठीक है। मगर जंग का क्या हुआ?" हसन ख़ाँ ने कराहते हुए पूछा।

"हुज़ूर, राजा की ग़ैरहाज़िरी में जंग का क्या होता है?"

"मतलब?" हसन ख़ाँ मेवाती ने निराशा जताते हए पूछा।

"मतलब यही कि हम जंग बुरी तरह हार गए हैं।"

"जंग हार गए हैं।" हसन ख़ाँ मेवाती ने डूबती आवाज़ में कहा। फिर वह जैसे अपने आपसे बोला, "दरवेश सैयद जमाल साहब, आपने सही कहा था।"

"हुज़ूर, आपने कुछ कहा?"

"हाँ-हाँ कु...कुछ नहीं।" फिर हसन ख़ाँ लाद ख़ाँ की ओर देखकर बोला, "लाद ख़ाँ, ख़ुदा के बन्दे बहुत ज़ोरों की भूख लगी हुई है। पास में कुछ है तो खाने को दे दे।"

"अभी देता हूँ हुज़ूर।"

इतना कह लाद ख़ाँ ने अपने कमरबन्द के साथ बँधी पोटली, जिसमें वह जंग के लिए खाना लेकर चला था, उसे खोला और उसमें से दो रोटी और कुछ कबाब निकालकर यह कहते हुए हसन ख़ाँ मेवाती को दे दिया, "यह लो हुज़ूर!"

"लाद ख़ाँ, तूने मेरी बहुत ख़िदमत की है। मुझे तेरी वफ़ादारी पर फ़ख्र है। तूने मेरा इतना साथ दिया है कि इतना तो आज तक मेरे साए ने भी नहीं दिया होगा। तेरी इसी वफ़ादारी के चलते मैं तुझ पर अपनी औलाद से भी ज़्यादा भरोसा करता हूँ। तेरा यह एहसान मैं मरते दम तक नहीं भूलूँगा।" इतना कह हसन ख़ाँ, लाद ख़ाँ का हाथ अपने हाथ में ले उसे चूमने लगा।

ऐसे समय में लाद ख़ाँ की इस वफ़ादारी को देख हसन ख़ाँ मेवाती की आँखें छलक आईं। हसन ख़ाँ के ये आँसू एक सेवक की वफ़ादारी और एहसान के प्रति उसकी कृतज्ञता को बयान कर रहे हैं, या इनमें अपनी औलाद से ज़्यादा एक ख़िदमतगार पर भरोसा करने का ताप है, कहना मुश्किल है।

"अलवर पहुँचने पर तुझे मैं इतना मालामाल कर दूँगा लाद ख़ाँ, कि तेरी सात पुश्तें घर बैठे मज़े से खाएँगी।"

"हुज़ूर, पहले आप कुछ खा लें। आपको बहुत भूख लगी है।" फिर एक फ़ीकी हँसी हँसते हुए लाद ख़ाँ बोला, "आप मुझे कितना मालामाल करेंगे, यह तो वक़्त बताएगा...और फिर यहाँ से बचकर आप अलवर तो पहुँचें।"

"ख़ुदा तुझे सलामत रखे। तेरी उम्र दराज़ हो।" इतना कह हसन ख़ाँ रोटी-कबाब खाने लागा।

अभी उसने कुछ ही ग्रास खाए होंगे कि अचानक नज़दीक आती घोड़ों के टापों की आवाज़ उनके कानों में पड़ी। वे दोनों सतर्क हो गए और कुएँ की ओट में छिप गए।

"लगता है दुश्मन के सिपाहियों को हमारे बारे में पता चल गया है।" हसन ख़ाँ मेवाती का रोटी-कबाब वाला हाथ इस बार मुँह से वापिस लौट आया।

घोड़ों के टापों की आवाज़ पहले तेज़ हुई और फिर धीरे-धीरे कम होती चली गई। लगता है सिपाही दूर चले गए हैं।

"लाद ख़ाँ, यहाँ रुकना ख़तरे से ख़ाली नहीं है। चलिए, कहीं और चलते हैं।"

"हुज़ूर, मैं एक बार सिपाहियों को देख लेता हूँ।" लाद ख़ाँ कुएँ की ओट से बाहर आया और अपने आसपास का जायज़ा लेने के बाद बोला, "अब कोई ख़तरा नहीं है। दूर-दूर तक कोई दिखाई नहीं दे रहा है।"

"लाद ख़ाँ, यही मौक़ा है यहाँ से निकलने का। बाबर के सिपाही भी नहीं हैं आसपास। चल, यहाँ से कहीं ऐसी जगह चलते हैं, जहाँ हम इनकी नज़रों से बचे रहें।"

इतना कह घायल हसन ख़ाँ मेवाती कराहते हुए उठने की कोशिश करता, कि दूर होते घोड़ों के टापों की आवाज़ में एक चीत्कार घुलकर रह गई, "या अल्लाह!"

हसन ख़ाँ की पथराई आँखों को जब तक कुछ समझ में आता, उसके वफ़ादार ख़िदमतगार जिस पर उसने अपनी औलाद से भी ज़्यादा भरोसा किया, के हाथ में थमा खंज़र अपने मालिक की पीठ में कई बार उतर चुका था। उसी मालिक की पीठ में जिसका उसने इतना साथ दिया, कि इतना तो उसके साए ने भी नहीं दिया होगा। उसी घायल मालिक की पीठ में जिसके एहसान को वह कुछ क्षण पहले, मरते दम तक नहीं भूलने की बात कर रहा था। हसन ख़ाँ मेवाती कटे दरख़्त की मानिन्द अपने ख़िदमतगार की गोद में धराशायी हो गया।

"ला...लाद ख़ाँ, तूने यह किया? क्यों तूने धोखे से मेरी पीठ में छुरा घोंपा? अगर तू...तू मुझे मरा हुआ ही देखना चाहता था, तो मुझे मैदाने-जंग से यहाँ क्यों उठाकर लाया? मर जाने देता मुझे उस सैयद महदी ख़्वाजा के हाथों। तूने यह कलंक अपने माथे पर क्यों लगा लिया कि हसन ख़ाँ का क़त्ल उसके एक ख़िदमतगार ने धोखे से किया? ऐसा करने से पहले तूने एक बार भी नहीं सोचा? एक बार भी नहीं सोचा भले आदमी कि एक ख़िदमतगार पर आगे से कौन यक़ीन करेगा? दुश्मन के हाथों मरता तो आनेवाली नस्ल मुझे कम-से-कम शहीद तो कहती। मगर तूने तो कमबख़्त मेरा शहीद का भी दर्जा छीन लिया।"

"मुझे आपसे सख़्त नफ़रत है इसलिए।" लाद ख़ाँ ने अपने मालिक के ताज़ा-ताज़ा लहू से सने खंज़र को ज़मीन पर फेंकते हुए जवाब दिया।

"यह कैसी नफ़रत हुई जिसने सालों की ख़िदमत और वफ़ादारी के बाद अचानक अपना भेस बदल लिया?"

"मैं इसे बयान नहीं कर सकता...बस, मुझे आपसे नफ़रत है।"

"अगर नफ़रत थी भी तो तूने यह इल्ज़ाम अपने सर पर क्यों ले लिया? क्यों अपने माथे पर ऐसा कलंक लगा लिया, जो ताउम्र तेरा पीछा नहीं छोड़ेगा। यह काम हमारा दुश्मन भी तो कर सकता था। बल्कि महदी ख़्वाजा ने तो मेरा क़त्ल कर ही दिया था, मगर कमबख़्त वह हिन्दू बेग न जाने कहाँ से बीच में आ गया। अच्छा होता जो मैं अपने दुश्मन के हाथों मर गया होता।"

हसन ख़ाँ मेवाती के धीमी पड़ती आवाज़ के बाद हल्की-सी ख़ामोशी छा गई। लाद ख़ाँ ने कोई जवाब नहीं दिया। कुछ देर पहले जिस ख़िदमतगार क़ातिल की

आँखों में इन्तक़ाम की ज्वाला भड़क रही थी, वे धीरे-से झुकीं। लाद ख़ाँ घुटनों को पकड़ ज़मीन पर बैठ गया। मौत के मुहाने पर लगभग निर्जीव पड़े अपने मालिक हसन ख़ाँ मेवाती के हाथों को उसने अपने हाथों में ले लिया। अपने वफ़ादार ख़िदमतगार के हाथों के स्पर्श और ऊष्मा से हसन ख़ाँ के जिस्म की ताक़त जैसे वापिस लौट आई। दुश्मन की तुफ़ंग की गोली और अपने वफ़ादार द्वारा अपनी पीठ में घोंपे गए खंज़र से बहता ख़ून रुककर, एक बार फिर से उसकी शिराओं में दौड़ने लगा।

हसन ख़ाँ मेवाती ने आँखों को धीरे-से खोल लाद ख़ाँ की तरफ़ प्रश्न भरी नज़रों से देखा। लाद ख़ाँ की जैसे ही अपने मालिक से नज़रें मिलीं, वह उसके हाथों को बेतहाशा चूमने लगा। हसन ख़ाँ के ठंडे पड़ते हाथों को चूमते-चूमते लाद ख़ाँ की हिलकियाँ बँध गई, "मैं...मैं अपने शाहे-मेवात का कैसे अपने दुश्मन के हाथों क़त्ल होने देता मेरे आक़ा। मुझे इस बात का कोई मलाल नहीं है कि मैंने अपने मालिक का क़त्ल किया है।"

इतना सुन शिथिल पड़े शरीर में हल्की-सी जुम्बिश हुई। एक पल के लिए हसन ख़ाँ की चेतना लौट आई जैसे,"मैं कुछ समझा नहीं लाद खाँ?"

"यह सही है कि मैं जब आपसे नफ़रत करता था, उसकी वजह दूसरी थी। मगर जिस नफ़रत के चलते मैंने आपकी पीठ में खंज़र घोंपा है उसकी वजह और है।" लाद ख़ाँ ने आँसू पोंछते हुए कहा।

"पहेलियाँ मत बुझाओ! मेरे पास वक़्त नहीं है।"

"उसकी वजह यह है कि आपने एक मुसलमान बादशाह के बजाय एक हिन्दू राजा का साथ दिया। उस हिन्दू राजा का, जो आपको मरवाना चाहता था। मैं आपको कैसे बताऊँ मेरे शाहे-मेवात कि मेरे पास बादशाह बाबर के हिन्दू बेग ने जब आपको क़त्ल करने की पेशकश भेजी थी, तब मुझे यह जानकर बड़ी हैरानी हुई कि जो काम उसके बहादुर कर सकते हैं, उसे ये मुझसे क्यों कराना चाहते हैं? मैंने जब पूछा तब उसने मुझे बताया कि जंग में राजा राणा संग्राम सिंह आपको मरवाना चाहता है।"

"क्या कह रहे हो लाद ख़ाँ?"

"मालिक वही कह रहा हूँ जो मुझे बताया गया था। जिसे आप अपना दोस्त समझ रहे थे, आपका सबसे बड़ा दुश्मन वही निकला। वही बाबर से मिल गया था। मगर बाबर उसकी इस चाल को समझ गया।"

"अगर ऐसा था तो बाबर ने मुझे तेरे हाथों क्यों मरवाया? वह ज़िन्दा भी तो छोड़ सकता था?"

"ज़िन्दा तो आप अब भी हैं मगर कुछ देर तक। आपका मरना इसलिए ज़रूरी है कि मैंने बाबर के हिन्दू बेग से वायदा किया है। अगर मैं उनकी पेशकश ठुकरा देता तो इस वक़्त आप ज़िन्दा नहीं होते। महदी ख़्वाजा के हाथों उसी वक़्त मार

दिए जाते, जब हिन्दू बेग ने महदी ख़्वाजा को रोक दिया था। और अगर उस वक़्त आप मार दिए जाते तो राणा संग्राम सिंह की सेना के दूसरे राजाओं-सामंतों और आम सिपाहियों के लाशों के बीच पड़ी, दूसरी लावारिस लाशों की तरह आपकी लाश भी जंगली जानवरों का निवाला बनने का इन्तज़ार कर रही होती। भले ही आप बाबर के हम-मज़हबी हैं, मगर यह नहीं भूलना चाहिए कि उससे पहले आप उसके दुश्मन हैं। आपने भी बाहर से आए एक हम-मज़हबी हमलावर का साथ देने के बजाय, अपने मुल्क के राजा का साथ दिया। रही बात आपके शहीदी दर्जे की, तो मेरे मालिक उसे कोई नहीं छीन सकता।"

"यह क्या कह रहे हो?"

"जी शाहे-मेवात। मैंने हिन्दू बेग की यह पेशकश इन शर्तों पर क़बूल की थी, कि मरने के बाद आपकी माटी के साथ बे-अदबी नहीं की जाएगी। इज़्ज़त के साथ उसे आपके घरवालों को लौटा दिया जाएगा। दूसरी शर्त यह थी कि मेवातियों को इसके बाद परेशान नहीं किया जाएगा। एक बात और मेरे शाहे-मेवात, और वो यह कि राणा सांगा बाबर को यह यक़ीन दिलाने में क़ामयाब हो गया था कि इस जंग के लिए राणा सांगा को आप ज़बरदस्ती लाए थे। राणा सांगा तो जंग करना ही नहीं चाहता था। अब बताइए मेरे मालिक कि मैदाने-जंग में आप कैसे ज़िन्दा रह पाते?"

"ब...बस करो लाद खाँ। मुझसे और नहीं सुना जाता। अच्छा किया जो तूने मेरा क़त्ल कर दिया। कम-से-कम अब मुझे जन्नत तो नसीब हो जाएगी।"

हसन ख़ाँ मेवाती की मूर्च्छा अब तेज़ी से बढ़ने लगी। लाद ख़ाँ अपने मालिक और शाहे-मेवात की निष्प्रभ खुली आँखों से जैसे अब भी मौन संवाद कर रहा है। देर तक जब उसे उसकी स्थिर आँखों में कोई हरकत नज़र नहीं आई, तो लाद ख़ाँ शान्त और बेजान जिस्म से लिपटकर रो पड़ा। ख़ूब रोने के बाद लाद ख़ाँ ने पहले हसन ख़ाँ मेवाती की खुली आँखों को धीरे से बन्द कर दिया। उसके बाद मृत देह को सीधा कर, घुटने के बल बैठ, मरनेवाले की आत्मा की शान्ति के लिए दोनों हाथ जोड़कर मग़फ़िरत की दुआ पढ़ने लगा।

मग़रिब की नमाज़ होते-होते खानवा के मैदान में बाबर के अलम ने पूरी ताक़त के साथ फहराना शुरू कर दिया। कानों के परदों को भेद देनेवाले जंगी नगाड़ों और तुरहियों के शोर में राजपूत सेना और कुछ मुग़ल सिपाहियों की कराहट और कर्कश चीत्कारें दब रह गईं। दूर-दूर तक ख़ून में नहाया खानवा का मैदान अब सिर्फ़ और सिर्फ़ लाशों और ज़ख़्मी सिपाहियों से पटा हुआ दिखाई दे रहा है। अर्द्ध समतल पहाड़ी की पूरी देह तोप के गोलों से छलनी हो गई। बाबर ने अपने बेग कुकुल्दाश को जिस मक़सद के लिए भेजा था, वह ख़ाली हाथ लौट आया। घायल राणा संग्राम सिंह और उसके वे राजपूत राजा और सामंत, जो घायलावस्था में उसे मैदान से बाहर ले गए थे, उनका कुछ पता नहीं चला।

जंग ख़त्म होने के बाद बाबर की फ़ौज सीकरी लौट आई। शाम का झुटपुटा घिरते-घिरते जीत की ख़ुशी में जगह-जगह झील के किनारे सीकरी में गाड़े गए ख़ेमों व तम्बुओं के बाहर करनाइयाँ बज उठीं। नगाड़े गूँज उठे। मशालें जला दी गईं। जंगी लिबास और झिलम टोपी पहने बहादुर, ज़री का चोग़ा और सर पर अलग-अलग तरह के अमामा पहने बेग, ओहदेदार, सिपाही और दूसरे कारिन्दे दावत का लुत्फ़ उठाते हुए एक-दूसरे को जीत की बधाई देने लगे। देर रात तक शाही ख़ेमों और तम्बुओं के बाहर बजते करनाइयों की मधुर आवाज़ के साथ जीत की ख़ुशी में दावत चलती रही।

30

दूसरे दिन सीकरी से बाबर अपने कुछ ख़ास बेगों, ओहदेदारों, सिपहसालारों, सरदारों और सैनिकों की एक टुकड़ी लेकर खानवा के मैदान की ओर चल दिया। प्रचंड गर्मी और रात-भर में सड़ चुकी लाशों से पटे मैदान में, जगह-जगह बजबजाते ख़ून के डबरों और क्षत-विक्षत लाशों की बदबू के बीच खड़ा होना जैसे मुश्किल हो गया। मुँह पर डाठा लगाने के बावजूद जब-जब लाशों से उठती दुर्गंध नाक से होती हुई फेफड़ों में, और वहाँ से दिमाग़ में चढ़ती, तो उलटियाँ होने को हो जातीं। हालाँकि इससे पहले पानीपत और उससे पहले दूसरी जंगों के कारण अब बाबर ही नहीं, हुमायूँ, दूसरे बेग और सरदार ऐसी दुर्गंध के आदी हो चुके हैं।

गिद्ध, चील, कौवों और दूसरे जंगली जानवरों द्वारा नोचती लाशों के बीच मैदान का मुआयना करने के बाद बाबर अपने बेगों, ओहदेदारों और सैनिकों की टुकड़ी को लेकर मैदान के पश्चिमी छोर पर आ गया। पछुआ हवा के कारण दुर्गंध से अब कम सामना हो रहा है। अन्तिम बार पूरे मैदान का जायज़ा लेने के बाद अचानक बाबर पीछे की तरफ़ मुड़ा और सबको हुक्म देते हुए बोला, "ऐ मेरे बहादुरो! अपने सिपाहियों से कहो कि मैदान से जितने भी हमारे दुश्मनों के सर इकट्ठे किए जाएँ, उन्हें धड़ से अलग करके एक जगह इकट्ठा किया जाए!"

"जी पादशाह सलामत!" अपने बादशाह के हुक्म की तामील करने के लिए समवेत स्वर में आवाज़ आई।

मुग़ल सैनिकों ने मैदान में पड़ी राजपूत सेना की लाशों के धड़ से सर अलग किया और देखते-देखते उनका ढेर लगा दिया। किसी की समझ में नहीं आ रहा है कि आख़िर उनके बादशाह के मन में चल क्या रहा है? बाबर कुटिल मुस्कान के साथ अपने सैनिकों द्वारा सरों के ढेर को देखता रहा। राजपूत सेना के सैनिकों के

सरों के ढेर लगने के बाद बाबर एक बार फिर अपने बेगों, वज़ीरों और ओहदेदारों की तरफ़ पलटा। अभी बाबर के सैनिकों के बदबू मारते ख़ून से लथपथ हाथ सूखे भी नहीं थे कि बाबर का आदेश एक बार फिर गूँज उठा।

"ख़ुदावंद बेग, अपने सिपाहियों से कहिए कि इनकी जितनी ऊँची मीनार बन सके, बनाएँ!"

बादशाह बाबर का हुक्म सुनते ही सैनिक दुर्गंध मारते नर-मुंडों की मीनार बनाने में जुट गए। जितनी तेज़ी से इन नर-मुंडों को एकत्रित किया गया था, बाबर के सैनिकों ने उतनी ही तेज़ी से इनकी एक ऊँची मीनार तैयार कर दी। सारे बेग, बहादुर, ओहदेदार, तोपची, सिपहसालार सब हैरतभरी नज़रों से इस दृश्य को देखते रहे। वे अब भी नहीं समझ पा रहे हैं कि इन नर-मुंडों की इतनी ऊँची मीनार तैयार कराने के पीछे आख़िर उनके बादशाह का मक़सद क्या है? खानवा के मैदान में पछुआ हवा चलने के बावजूद रह-रहकर लाशों की दुर्गंध से सभी का सर फटने को हो रहा है। पूरा मंज़र किसी क़त्लगाह-सा नज़र आ रहा है। मीनार में लगाए गए नर-मुंडों से टपकते ख़ून के धब्बों से साथ आई टुकड़ी की जंगी लिबास भीग गई। हाथों में खंज़र लिए बाबर के सैनिक, सैनिक नहीं, किसी बूचड़खाने के क़साई नज़र आ रहे हैं। इतना बीभत्स और डरावना दृश्य पैदा हो गया कि मीनार में लगे नर-मुंडों की खुली-अधखुली निस्पृह आँखों से जब-जब सिपाहियों की आँखें मिलतीं, एक रूह कँपा देनेवाली सिहरन से बदन का रोआँ-रोआँ काँप उठता।

बाबर छोटे-छोटे क़दमों से राजपूत सेना के सैनिकों के सरों से बनी मीनार के पास आया। एक पल रुककर उसने इस मीनार को सर उठाकर देखा, और देखने के बाद उसने वहीं पड़े एक राजपूत सैनिक के सरविहीन शव पर, पैरों में पहनी हुई ऊपर की तरफ़ मुड़े नोक वाले लाल जूते को रखा और फिर बड़े ही गर्वीले अन्दाज़ में बोला, "ऐ मेरे ख़ुदावंद बेग और बहादुरो, आपका पादशाह सलामत आज, बल्कि इसी वक़्त से ग़ाज़ी हुआ।" इसके बाद वह वहीं खड़े अपने मुसाहिब और दानिश्वर शेख़ ज़ैनुद्दीन वफ़ाई ख़्वाफ़ी की तरफ़ मुख़ातिब हुआ, "ख़ुदावंद शेख़ ज़ैन, इस जंग के फ़तहनामे के शाही तुग़रे में आज के बाद जहीरुद्दीन मुहम्मद मिर्ज़ा बाबर के साथ ग़ाज़ी भी लिखा जाए! इस तुग़रे के नीचे यह रुबाई ज़रूर लिखना—

दीन के लिए मैं जंगलों में भटकता रहा
क़ाफ़िरों से जंग की तैयारी करता रहा
मैंने शहीदों की तरह मरना तय किया
ख़ुदा का शुक्र है मैं अब ग़ाज़ी हो गया।"

इतना कह बाबर ने मोतियों से जड़े अपने ज़रबफ़्त शाही चोग़े की जेब से ख़ूबसूरत हस्तलिपि में लिखा एक सुनहरा काग़ज़ निकाला, और उसे शेख़ ज़ैन

की तरफ़ यह कहते हुए बढ़ा दिया, "ख़ुदावंद शेख़ जैन, अपने फ़तह पादशाहे इस्लाम से इस जीत की तारीख़ निकालकर जैसा हमने हुक्म दिया है, वैसा ही उसे फ़तहनामा में दर्ज कर दिया जाए!"

"आपके हुक्म की तामील होगी फ़तहयाब पादशाह सलामत।" शेख़ ज़ैनुद्दीन वफ़ाई ख़्वाफ़ी ने यह कहते हुए अपने बादशाह द्वारा दी गई रुबाई को जेब में रख लिया।

तभी अचानक बाबर को जैसे कुछ याद आया। उसने हिन्दू बेग इन्दर को अपने पास बुलाया और नर-मुंडों की मीनार अर्थात् कल्ला मीनार के आसपास नज़र मारते हुए पूछा, "ख़ुदावंद हिन्दू बेग, शाहे-मेवात हसन ख़ाँ मेवाती की क्या ख़बर है? उसके ख़िदमतगार ने अपना फ़र्ज़ निभाया या नहीं?" फ़र्ज़ शब्द को जिस तरह बाबर ने उच्चारित किया, उसमें छिपे व्यंग्य को हिन्दू बेग समझ गया।

"हुज़ूरे आली, हमारे घुड़सवारों ने मुझे उसी वक़्त ख़बर दे दी थी कि शाहे-मेवात का ख़िदमतगार लाद ख़ाँ अपने फ़र्ज़ को बख़ूबी अंजाम दे चुका है।"

"लाश कहाँ है?" बाबर ने विजयी भाव से पूछा।

"हुज़ूर, एक कुएँ में पड़ी है।"

"ठीक है। उसे कुएँ से निकालकर लाया जाए।" बाबर ने अपने हिन्दू बेग को हुक्म दिया।

अपने बादशाह का हुक्म सुनते ही हिन्दू बेग तुरन्त कुछ सिपाहियों को लेकर हसन ख़ाँ मेवाती की लाश को कुएँ से निकालने के लिए चला गया।

"शाहे-मेवात के अलावा इस जंग में कौन-कौन राजपूत राजा मारा गया है?"

"हुज़ूरे आली, डूँगरपुर के राजा रावल उदय सिंह, चन्देरी के राजा मेदिनी राय के बेटे नृपत राव, राय चन्द्रभान चौहान, मानिक चन्द चौहान, राव बिक्रासी, दिलीप राय और करम सिंह के मारे जाने की ख़बर है।" एक बेग ने बताया।

जब तक हिन्दू बेग इन्दर हसन ख़ाँ मेवाती की लाश लेकर आता, तब तक सब उसका इन्तज़ार करते रहे।

थोड़ी देर बाद कुएँ से लाश निकलवाकर हिन्दू बेग इन्दर लौट आया।

मगर यह क्या, हिन्दू बेग इन्दर गया था हसन ख़ाँ मेवाती की लाश लेने और वह लेकर आया है दो लाशें। नए-नए बने ग़ाज़ी बाबर ने कल्ला मीनार से बहनेवाली रक्त की छोटी-सी नदी के किनारे रखी, एक के बजाय दो लाशों को देखा, तो वह हैरान-परेशान हो गया।

इन लाशों को देखकर अनुमान तो बाबर ने पहले ही लगा लिया कि इनमें कौन-सी लाश शाहे-मेवात हसन ख़ाँ मेवाती की हो सकती है, किन्तु फिर भी अपने अनुमान की पुष्टि कर लेना उसने उचित समझा, "हिन्दू बेग, यह लाश तो शायद शाहे-मेवात की ही है न?" एक लाश की तरफ़ अँगुली से इशारा करते हुए बाबर ने पूछा।

"आपका अन्दाज़ा एकदम सही है हुज़ूरे आली।"

"अगर यह लाश शाहे-मेवात की है, तब इसके बग़ल में रखी यह दूसरी लाश किसकी है? इसे इसके साथ क्यों लाया गया है?"

हिन्दू बेग इन्दर ने तुरन्त कोई जवाब नहीं दिया। वह तो जैसे किसी सोच में डूबा हुआ है।

"हिन्दू बेग, कहाँ खो गए? मैंने आपसे कुछ पूछा है?" बाबर ने थोड़ी ऊँची आवाज़ में कहा।

"जी...जी हुज़ूरे आली!" अचकचाते हुए हिन्दू बेग इन्दर वर्तमान में लौटते हुए बोला।

"मैंने आपसे यह पूछा है कि यह दूसरी लाश किसकी है?"

"फ़तहयाब, यह दूसरी लाश शाहे-मेवात के ख़िदमतगार उसी लाद ख़ाँ की है, जिसने अपने फ़र्ज़ को बख़ूबी अंजाम दिया है।" हिन्दू बेग इन्दर ने बुझे हुए शब्दों में उत्तर दिया।

"क्याऽऽऽ? उसकी है। इसे किसने मारा? मुझे जहाँ तक याद है, इसको तो मारने की बात ही नहीं हुई थी?"

"जी हुज़ूरे आली। मैंने अपने सारे जंगी बहादुरों और सिपाहियों से इसकी दरयाफ़्त कर ली है। सबका यही कहना है कि इसे हमारे सिपाहियों में से किसी ने नहीं मारा है।"

"हूँऽऽऽ...!" बाबर ने पहले एक छोटी-सी हुंकार भरी। फिर अपने आसपास खड़े बेगों, बहादुर और सिपहसालारों को सुनाते हुए बोला, "मेरी समझ में सारा माजरा आ गया। कुछ बताने की ज़रूरत नहीं है।"

इधर समझ में तो माजरा हिन्दू बेग इन्दर के भी आ गया, मगर वह कुछ बोला नहीं।

"हिन्दू बेग, कुछ समझ में आया, या मैं अपना अन्दाज़ा बयाँ करूँ?"

"सब समझ में आ गया हुज़ूरे आली।"

"क्या आ गया?" मुस्कराते हुए बाबर ने हिन्दू बेग के चेहरे पर अपनी निगाहें जमाते हुए पूछा।

"यही कि कभी-कभी इनसान की वफ़ादारी और उसका ईमान उस पर बहुत भारी पड़ता है। ईमान उससे ग़लत करने की गवाही नहीं देता है और वफ़ादारी उसे टूटने नहीं देती है।"

"यह क्या कह रहे हो बेग?" बाबर की आँखें फैलने लगीं।

"जी हुज़ूरे आली, इस राज़ को मैं ही जानता हूँ कि शाहे-मेवात के इस वफ़ादार ख़िदमतगार लाद ख़ाँ को मैंने इस काम के लिए कितनी मुश्किल से तैयार किया था। मैंने इसे बहुत लालच दिया, बहुत डराया। मगर यह अपनी वफ़ादारी से रत्तीभर टस से मस नहीं हुआ। हारकर मैंने आख़िरी हथियार इस्तेमाल किया।"

"आख़िरी हथियार? जब यह किसी तरह राजी नहीं हो रहा था, तब वह ऐसा कौन-सा हथियार था जिसके आगे यह झुक गया?"

"वह हथियार था इसकी वफ़ादारी का इम्तिहान। हुज़ूरे आली, जैसे ईमानदारी कुछ इनसानों की सबसे बड़ी कमज़ोरी होती है, उसी तरह कुछ की कमज़ोरी उनकी वफ़ादारी होती है। यह लाद ख़ाँ भी इसी कमज़ोरी का शिकार था। मैंने जब इसे यह डर दिखाया कि लाद ख़ाँ, अगर आप चाहते हैं कि आपके शाहे-मेवात मैदाने-जंग में अपने दुश्मन के हाथों बेमौत मारे जाएँ, और उसकी लाश को चील-कौवे खा जाएँ तो बता दो...और अगर आप चाहते हैं कि मरने के बाद उसे इज़्ज़त के साथ दफ़न होने के लिए दो गज़ ज़मीन नसीब हो जाए, तो यह भी बता दो! यह आप मानकर चलिए कि आपके शाहे-मेवात को हर हाल में मरना है। क्योंकि हमारे पादशाह सलामत, जिसके हसन ख़ाँ दुश्मन हैं वे तो इसे मारना चाहेंगे ही, बल्कि इनके ख़ैरख़्वाह मेवाड़ के राजा राणा संग्राम सिंह भी ऐसा ही चाहते हैं। बस फिर क्या हुज़ूरे आली, यह इस शर्त पर तैयार हो गया कि शाहे-मेवात की मौत के बाद एक तो उसकी मिट्टी के साथ किसी तरह की बे-अदबी नहीं की जाएगी। दूसरा, उसकी लाश उसके घरवालों को दे दी जाएगी।"

"हिन्दू बेग, जब इसकी ये दोनों शर्तें मान ली गई थीं, तब इसकी मौत कैसे हुई? किसने मारा इसे?"

"हुज़ूरे आली, मैंने अभी-अभी कहा था कि कभी-कभी इनसान की वफ़ादारी और उसका ईमान उस पर बहुत भारी पड़ता है। एक बात कहूँ पादशाह सलामत, ख़ुद्दारी और ग़ैरत नाम की भी कोई चीज़ होती है। अपनी वफ़ादारी का क़त्ल करके आदमी भला कब तक ज़िन्दा रह सकता है। इससे तो अच्छा है वह ख़ुदकुशी कर ले।"

हिन्दू बेग इन्दर के मुँह से जैसे ही ख़ुदकुशी शब्द निकला, वहाँ मौजूद बाबर और हुमायूँ ही नहीं, सारे बेगों, मुसाहिबों, बहादुरों, ओहदेदारों, तोपचियों, सिपहसालारों और सरदारों की नज़रें हिन्दू बेग पर जा टिकीं। किसी को यह समझने में देर नहीं लगी कि लाद ख़ाँ को किसी ने नहीं मारा। बल्कि शाहे-मेवात हसन ख़ाँ मेवाती का क़त्ल करने और उसे कुएँ में फेंकने के बाद, मारे आत्मग्लानि और पश्चात्ताप के अपने खंज़र को अपने ही सीने में उतार ख़ुद को भी कुएँ के हवाले कर दिया।

इधर मारे ग़ुस्से के अब बाबर की मुट्ठियाँ रह-रहकर खुलने और बन्द होने लगीं, "हिन्दू बेग, इस हसन ख़ाँ मेवाती का तो यही हश्र होना चाहिए। देहली के सुल्तानों ने मेवात पर इसलिए हमला नहीं किया और न ही इसे कभी ठीक-ठाक करने के बारे में सोचा क्योंकि यह इलाक़ा बहुत बड़ा और पहाड़ी है। वहाँ पहुँचना आसान नहीं है। मेवाती देहली के सुल्तानों को नामभर को ही अपना निज़ाम मानते थे। हालाँकि उसने पहले हमारी हुकूमत क़बूल कर ली थी और मैं भी पिछले सुल्तानों की तरह हसन ख़ाँ को रिआयत देता रहा, पर हसन ख़ाँ नमकहराम निकला। हमारी

इनायत और रिआयत का इसने कुछ लिहाज़ नहीं किया। बल्कि सारी आग इसी की लगाई हुई है। अपने अहलकार करमचन्द से बार-बार गुज़ारिश करवाकर, अपने बेटे ताहिर ख़ाँ को रिहा करवाने के बाद यह उलटा हमारे उस बैरी से जा मिला, जो हमें पानीपत में दग़ा दे चुका था। उसी बैरी के साथ जो ख़ुद भी इस जंग में इसे मरा हुआ देखना चाहता था। ख़ैर, जो हुआ सो हुआ।"

इसके बाद बाबर शान्त होते हुए हिन्दू बेग इन्दर की तरफ़ देखकर बोला, "हिन्दू बेग, अपने वायदे के मुताबिक़ शेख़ जमाली को इनायतनामा देकर, मरहूम शाहे-मेवात के वारिसों के पास अलवर ख़बर पहुँचवा दो कि वे अपने शाहे-मेवात का जनाज़ा उठाकर ले जाएँ, ताकि इज़्ज़त के साथ वे इसे सुपुर्दे-ख़ाक कर सकें। हाँ, एक बात का ख़याल रखना कि उन्हें यह नहीं बताना है कि शाहे-मेवात का उसके ख़िदमतगार लाद ख़ाँ ने क़त्ल किया है, बल्कि कहना कि इसकी मौत तुफ़ंग की गोली से हुई है।"

"और हुज़ूरे आली, लाद ख़ाँ की लाश का क्या करना है? इसे यहीं कहीं दफ़ना दिया जाए?" हिन्दू बेग ने हिचकिचाते हुए अपने बादशाह से पूछा।

"नहीं, इसके बारे में बताना कि इसकी मौत अपने मालिक को बचाने के चलते हुई है।" इसके बाद बाबर एक पल रुककर बोला, "ऐसे वफ़ादार ख़िदमतगार किसी-किसी नसीबवाले को मिलते हैं। मेरा बस चले तो इस फ़रिश्ते की इसी खानवा में तुरबत बनवा दूँ। मगर यह हो नहीं सकता।"

"जी हुज़ूरे आली। मैं आज ही जनाब शेख़ जमाली को अलवर के लिए रवाना कर देता हूँ। जनाब शेख़ जमाली पहले भी आपकी पेशकश लेकर वहाँ जा चुका है।" हिन्दू बेग इन्दर ने अपने बादशाह के आदेश का पालन करते हुए, देरी किए बिना वहीं मैदान से शेख़ जमाली को अलवर के लिए रवाना कर दिया।

खानवा के मैदान में कल्ला मीनार बनवाने के बाद बाबर अपने बेगों, बहादुरों, ओहदेदारों और सिपहसालारों के साथ शाही ख़ेमे में लौट आया। इससे पहले कि बाबर अपने ख़ेमे में दाख़िल होता, सामने से उसे मुहम्मद शरीफ़ नाम का वही ज्योतिषी आता हुआ दिखाई दिया, जो काबुल से दो महीने के सफ़र के बाद हिन्दुस्तान आया था। वही ज्योतिषी जिसने उलटी भविष्यवाणी कर पूरी सेना में दहशत-सी फैला दी थी। आते ही मुहम्मद शरीफ़ कोर्निश कर चहकते हुए बोला, "सिकन्दरे सानी ज़िन्दाबाद! मेरे ताजदार फ़तहयाब अज़ीम ग़ाज़ी, दुनिया के क़ायम रहने तक आपका बुलंद क़ायम रहे! यह जीत आपको बहुत मुबारक!"

"मुहम्मद शरीफ़, किस बात की मुबारक? ढोंगी ढिंढोरची कहीं के! तब तो सबको यह कह-कहकर डराता घूम रहा था कि 'ऐ सिपाहियो! मेरी बात ध्यान से सुनो! जंग का सितारा मग़रिब में है और जो भी कोई उस तरफ़ से जंग छेड़ेगा, वह शिकस्त खाएगा'...और अब, जब जान पर बन आई है तो मुबारकबाद देने चला आया। तूने तो मेरे सिपाहियों का हौसला पस्त कर ही दिया था।"

"गुस्ताख़ी माफ़ पादशाह सलामत।" ज्योतिषी घुटनों के बल बैठकर अपनी ग़लती स्वीकारते हुए गिड़गिड़ाया।

"ठीक है, इस बार मुआफ़ कर देता हूँ क्योंकि तुम मेरे पुराने नौकर हो। मगर याद रहे आगे से ऐसी बेहूदी हरकत नहीं होनी चाहिए!" इतना कह बाबर ने ताली बजाई तो तुरन्त एक ख़िदमतगार हाथ बाँधे हाज़िर हो गया, "ख़ज़ानची को बुलाकर लाइए!"

बादशाह बाबर के हुक्म की तुरन्त तामील हुई। ख़ज़ानची हाज़िर हो गया।

"ख़ज़ानची, इस मनहूस को एक लाख दीजिए और इससे कहिए कि इसके लिए मेरी हुकूमत में कोई जगह नहीं है। कल सुबह इसकी खानवा में सूरत नज़र नहीं आनी चाहिए! जाइए, ले जाइए इसे! मेरी नज़रों से दूर करिए इसे!"

ज्योतिषी मुहम्मद शरीफ़ ने आख़िरी बार बादशाह बाबर के सामने बैठकर फ़र्शी सलाम किया और ख़ज़ानची के साथ उसके ख़ेमे की तरफ़ बढ़ गया।

अगले दिन बाबर ने एक काम यह किया कि झील के किनारे जिस सीकरी गाँव के पास उसका और उसकी फ़ौज का ख़ेमा लगा हुआ था, उसका नाम बदल कर शुकरी कर दिया। इसके अलावा यहाँ एक बाग़ और लगवाया जिसका नाम बाबर ने बाग़े-फ़तह रखा।

31

खानवा की जंग में हसन ख़ाँ मेवाती के शहीद होने की ख़बर अलवर पहले ही पहुँच चुकी है। ख़बर सुनते ही बाला क़िला यानी अलवर क़िले में पूरी तरह मातम छा गया। मगर जैसे ही बाबर के उसी शेख़ जमाली, जो एक बार पहले भी यहाँ बाबर की पेशकश लेकर आ चुका है, के आने की ख़बर मिली तो बाला क़िले में मारे दहशत के हड़कंप मच गया। डर के मारे क़िले के कारिन्दे इधर-उधर छिपने लगे। सबको लगा कि शेख़ जमाली इस बार कोई पेशकश नहीं, बल्कि उनकी मौत का पैग़ाम लेकर आया है। क़िले में इधर-उधर भागते सिपाही और कारिन्दों को देख शेख़ जमाली ने बमुश्किल उन्हें रोका और समझाते हुए बोला, "ऐ ख़ुदावंद, मुझसे डरने की कोई ज़रूरत नहीं है।"

शेख़ जमाली के इतना समझाने भर से इधर-उधर भागते सिपाही और कारिन्दों की थोड़ी हिम्मत बँधी। उनमें से कुछ सहमते हुए उसके पास आ गए।

"आपसे गुज़ारिश है कि मुझे शाहे-मेवात के साहबज़ादे के पास ले चलिए!" शेख़ जमाली ने ग़मगीन आवाज़ में कहा।

इतना सुन महल के सिपाहियों और कारिन्दों ने प्रश्नभरी नज़रों से एक-दूसरे की तरफ़ देखा।

"कुछ नहीं होगा उन्हें। मैं तो उन्हें उनके मरहूम वालिदे माजिद की ख़बर देने आया हूँ।" शेख़ जमाली ने घोड़े से उतरते हुए कहा।

शेख़ जमाली के इर्द-गिर्द खड़े सिपाहियों और कारिन्दों की जैसे जान में जान आ गई। महल में तैनात सिपाही शेख़ जमाली को इज़्ज़त के साथ महल के दीवान में ले आया। कुछ देर बाद मरहूम शाहे-मेवात हसन ख़ाँ के दोनों बेटे; अपने चाचा हुसैन ख़ाँ, अपने वालिद के चचेरे भाई जमाल ख़ाँ, फ़तहजंग और अपने अहलकार करमचन्द को साथ लेकर दीवान में आ गए। उन्हें आया देख शेख़ जमाली ने सबको झुककर सलाम किया।

"बैठिए शेख़ जमाली साहब!" मरहूम हसन ख़ाँ मेवाती के बेटे ताहिर ख़ाँ ने अदब के साथ शेख़ जमाली से कहा।

शेख़ जमाली अपनी जगह पर बैठ गया। पहले उसने शाही महल के आसपास का जायज़ा लिया, फिर बेहद नपे-तुले अन्दाज़ में बोला, "जनाब ताहिर ख़ाँ, यह तो आपको मालूम हो ही गया होगा कि शाहे-मेवात और आपके वालिदे माजिद ख़ानज़ादा हसन ख़ाँ मेवाती अब इस दुनिया में नहीं रहे हैं। खानवा की जंग में वे शहीद हो गए हैं!" शेख़ जमाली ने बड़ी समझदारी का परिचय देते हुए मारे जाने की जगह शहीद शब्द का इस्तेमाल किया।

"जी जनाब, मालूम हो गया है।" ताहिर ख़ाँ ने धीरे-से कहा।

"पादशाह सलामत के हुक्म से मुझे आपके पास उन्हीं के बारे में यह इत्तिला देने के लिए भेजा गया है, कि आप खानवा जाकर उनके जनाज़े को हासिल कर लें, ताकि उन्हें बाइज़्ज़त सुपुर्दे-ख़ाक किया जा सके!"

शेख़ जमाली की इस सूचना पर वहाँ मौजूद किसी को अपने कानों पर यक़ीन नहीं हुआ। ऐसा इसलिए कि इससे पहले किसी ने नहीं सुना कि दुश्मन की लाश उसके परिवार वालों को बाइज़्ज़त सौंपी गई हो।

"आ...आपको हमारे मरहूम वालिदे माजिद के जनाज़े को सुपुर्द करने के लिए बादशाह सलामत ने यहाँ भेजा है?" ताहिर ख़ाँ थोड़ी देर के लिए अपने पिता के मरने के दुख को भूल गया। उसके शब्द इस ख़बर को सुनकर ही ख़ुशी से लरज़ने लगे, कि उनके पिता का शव उन्हें मिलने जा रहा है वरना बाबर चाहता तो उसे चील-कौवों और जंगली आदमख़ोर जानवरों के लिए छोड़ देता।

"शेख़ जमाली साहब, इसके लिए बादशाह सलामत का बहुत-बहुत शुक्रिया।" हसन ख़ाँ मेवाती के बेटे ताहिर ख़ाँ ने शुक्रिया अदा करते हुए कहा।

"हमारे मरहूम वालिदे माजिद के साथ उनका एक ख़िदमतगार और गया था?" ताहिर ख़ाँ के चाचा हुसैन ख़ाँ ने पूछा।

"कहीं आप लाद ख़ाँ नाम के ख़िदमतगार की बात तो नहीं कर रहे हैं?" शेख़ जमाली ने ताहिर ख़ाँ के चाचा हुसैन ख़ाँ से पुष्टि करते हुए पूछा।

"जी...जी जनाब, वही लाद खाँ! वह तो ज़िन्दा है न?"

"जी नहीं। मुझे बड़े दुख के साथ कहना पड़ रहा है कि अपने शाहे-मेवात को बचाते हुए, वे भी उनके साथ शहीद हो गए।"

"ओह!" ताहिर ख़ाँ के मुँह से सिर्फ़ इतना ही निकला।

"अपने मरहूम वालिदे माजिद का जनाज़ा लेने आपको इसी वक़्त मेरे साथ चलना है या बाद में आएँगे?" शेख़ जमाली ने सबको सुनाते हुए ताहिर ख़ाँ से पूछा।

"मेरे हिसाब से तो हमें शेख़ जमाली साहब के साथ ही चलना चाहिए। बेइन्तिहा गर्मी पड़ रही है। अगर देर कर दी तो जनाज़ा सड़ना शुरू हो जाएगा।" अहलकार करमचन्द ने सुझाव देते हुए कहा।

"दीवान साहब, आप सही फ़रमा रहे हैं। हममें से किसी को इसी वक़्त जनाब शेख़ जमाली के साथ जनाज़ा लेने के लिए खानवा चलना चाहिए। ऐसा करते हैं दीवान साहब, मैं और आप दोनों अब्बूजान को लेने के लिए चलते हैं।" ताहिर ख़ाँ बोला।

"जैसा आपका हुकुम।" अहलकार करमचन्द ने स्वीकृति देते हुए कहा।

ताहिर ख़ाँ उसी समय अपने अहलकार करमचन्द व कुछ सिपाहियों को साथ लेकर अपने वालिद और उसके ख़िदमतगार लाद ख़ाँ का शव लेने, शेख़ जमाली के साथ रवाना हो गया।

शेख़ जमाली, ताहिर ख़ाँ और अहलकार करमचन्द को लेकर आगरा पहुँच गया। ताहिर ख़ाँ ने ग़ुलामाना अन्दाज़ में बाबर को फ़र्शी सलाम किया। बाबर ने उसे देखकर किसी तरह की प्रतिक्रिया व्यक्त नहीं की। ताहिर ख़ाँ देर तक बाबर के सामने इसी मुद्रा में बैठा रहा।

"जनाब शेख़ जमाली, इनसे पूछिए कि क्या इन्हें हमारी हुकूमत और ताबेदारी में रहना मंज़ूर है?" बाबर ने भरे दरबार में अपने सारे बेगों, मुसाहिबों, बहादुरों, वज़ीरों, ओहदेदारों, मुहाफ़िज़ों, दस्तरपेचों, सफ़ीरों, अमीरों की मौजूदगी में ताहिर ख़ाँ को सुनाते शेख़ जमाली से कहा।

"मुझे मंज़ूर है फ़तहयाब ग़ाज़ी।" ताहिर ख़ाँ ने धीरे-से सर उठाकर कहा।

"ठीक है।" इसके बाद बाबर ने पहले अपने दाएँ तरफ़ बेगों की क़तार पर नज़र डाली और फिर बोला, "ख़ुदावंद बेग अब्दुर्रहीम शग़ावल, आपको ताहिर ख़ाँ को बाइज़्ज़त इनके मेवात छोड़कर आना है! मैं ताहिर ख़ाँ को इसके ख़र्चे-पानी के लिए कई लाख के परगने देने का ऐलान भी करता हूँ। जाइए, और खानवा से इनके मरहूम वालिदे माजिद और उनके ख़िदमतगार का जनाज़ा ले जाइए!" बाबर ने बेग अब्दुर्रहीम शग़ावल को हुक्म दिया।

बेग अब्दुर्रहीम शग़ावल और अहलकार करमचन्द के साथ मिलकर ताहिर ख़ाँ ने अपने सिपाहियों से अपने वालिद हसन ख़ाँ मेवाती व लाद ख़ाँ का जनाज़ा उठवाया और वापिस अलवर के लिए रवाना हो गए।

मेवात के इस आख़िरी शासक शाहे-मेवात अर्थात् ख़ानज़ादा हसन ख़ाँ मेवाती और उसके ख़िदमतगार लाद ख़ाँ का जनाज़ा जैसे ही अरावली पर बने बाला क़िले की पहली सीढ़ी पर पहुँचा, ऊपर शाही महल में हाहाकार मच गया। अपने शागिर्द की मौत की ख़बर सुनकर बहादरपुर की पहाड़ियों से दरवेश सैयद जमाल पहले ही यहाँ आ गया था। इधर ऊपर जाती क़िले की सीढ़ियों को एक-एक कर पार करते हुए जनाज़े शाही महल की तरफ़ बढ़ने लगे, उधर नीचे और महल से आनेवाले लोगों से बनता क़ाफ़िला धीरे-धीरे बड़ा होता चला गया। शाही महल के सहन में जनाज़ों के दाख़िल होते-होते पूरा माहौल मातमी हो गया। चूँकि भीषण गर्मी के चलते शवों से दुर्गंध आनी शुरू हो गई, इसलिए तय किया गया कि जनाज़ों को बिना देरी किए दफ़ना दिया जाए।

मरहूम हसन ख़ाँ मेवाती के जनाज़े को सुपुर्दे-ख़ाक से पहले गुस्ल के लिए तैयार किया जाने लगा, तो हसन ख़ाँ मेवाती के गुरु दरवेश सैयद जमाल ने आगे आते हुए दख़ल दिया, "हमारा शाहे-मेवात दुश्मन के साथ हुई जंग में शहीद हुआ है और शहीद का कभी गुस्ल नहीं किया जाता।"

बाला क़िले में मौजूद लोगों के लिए यह नई जानकारी थी।

"चलिए, जल्दी करिए! मय्यत को कफ़न पहनाइए!" दरवेश सैयद जमाल ने एक तरह से आदेश देते हुए कहा।

दोनों जनाज़ों को अलवर की उत्तर दिशा में दफ़नाने के लिए ले जाया गया। जनाज़े की नमाज़ के बाद जनाज़े की दुआ पढ़ी गई और मय्यतों को क़ब्र में उतारने के बाद, दफ़न करते समय यह दुआ पढ़ी गई—बिस्मिल्लाहि व बिल्लाहि व अलामिल्लति रसूलिल्लाहि सल्लाल्लाहु अलयहि व सल्लमा।

शाहे-मेवात हसन ख़ाँ मेवाती को सुपुर्दे-ख़ाक करने के बाद, जब भरे मन से लोग वापिस बाला क़िले की तरफ़ वापिस लौटने लगे, तो दरवेश सैयद जमाल ने विदा लेते हुए ताहिर ख़ाँ से कहा, "ताहिर बेटे, अब मुझे भी इजाज़त दीजिए! अँधेरा होने को है।"

"कैसे कहूँ दरवेश साहब।" कहते-कहते ताहिर ख़ाँ फफक पड़ा।

"मना किया था मैंने कि इस जंग में जाना आपके लिए मुनासिब नहीं है, पर मेरी बात मानी हो तब न। बहरहाल, अल्लाहताला इनकी रूह को जन्नत अता फ़रमाए... ख़ुदा हाफ़िज़!" दरवेश सैयद जमाल ने क़िला जाने के बजाय यहीं से इजाज़त ली और पैदल ही बहादरपुर की तरफ़ चल दिया।

जब तक दरवेश सैयद जमाल तेज़ी से बढ़ते शाम के झुटपुटे में ग़ायब नहीं हो गया, ताहिर ख़ाँ उसे जाता हुआ देखता रहा। दरवेश सैयद जमाल के धीरे-धीरे

ग़ायब होते ही ऐसा लगा जैसे पूरा मेवात अँधेरे में डूब गया है। दूर बस्ती में टिमटिमाती रोशनी के अलावा, एक पूरा युग जैसे आसपास छाए अँधेरे की गर्त में समा गया। बाद में हसन ख़ाँ मेवाती की क़ब्र पर एक बड़ी गुम्बद बनवाकर उस जगह का नाम *हसनकी* रख दिया।

खानवा की जंग में शाहे-मेवात हसन ख़ाँ मेवाती के शहीद होने और ताहिर ख़ाँ द्वारा बादशाह का ख़ुतबा व सिक्का मंज़ूर करने के बाद, बाबर के सारे रास्ते आसान हो गए। अब ऐसा कोई बैरी या दुश्मन नहीं बचा, जो उसके आगे बढ़ने में बाधक हो।

बाबर ने एक दिन अपने बेगों, मुसाहिबों, बहादुरों, ओहदेदारों, अमीरों, सिपहसालारों और सरदारों की बैठक बुलाई। इस बैठक में जंग की समीक्षा की गई और इसमें किस-किस ने अच्छा काम किया, उनके बारे में जानकारी ली गई। जानकारी लेने के बाद अपने सारे बेगों, मुसाहिबों और ओहदेदारों से सलाह-मशविरा कर बाबर ने बेग ख़ुसरो से कहा, "ख़ुदावंद बेग, इस जंग में आपके काम से हम बेहद ख़ुश हैं। हम चाहते हैं कि आपको पूरे साल के ख़र्चे-पानी के लिए पचास लाख दरसाला के साथ अलवर की ज़िम्मेदारी दे दी जाए।"

बाबर की इस पेशकश बल्कि कहिए अपने बादशाह के हुक्म पर ख़ुसरो कुछ नहीं बोला। बाबर समझ गया कि ख़ुसरो अलवर जाने का इच्छुक नहीं है।

"ठीक है। आप नहीं जाना चाहते हैं तो हम किसी और को यह ज़िम्मेदारी दे देते हैं!" इतना कह बाबर ने चिन तैमूर सुल्तान की तरफ़ देखा, "जनाब चिन तैमूर, आपने भी इस जंग में बहुत बहादुरी का काम किया है। तुलुग़मा को जिस तरह आपने बड़ी ज़िम्मेदारी के साथ अंजाम दिया, उससे ख़ुश होकर हम आपको बतौर ईनाम पचास लाख दरसाले पर अलवर से तीस मील दूर, मेवात और ख़ानज़ादों की राजधानी तिजारा देने का ऐलान करते हैं। हमारे एक और जंगी बहादुर ख़ुदावंद तरदिका बेग ने भी दाएँ के तुलुग़मा में बहुत बेहतर काम किया है, इसलिए इसे बतौर ईनाम पन्द्रह लाख भत्ते के साथ अलवर, जबकि अलवर के ख़ज़ाने में जो माल-असबाब है उसे हम वली अहद हुमायूँ को देने का ऐलान करते हैं!"

इस तरह चिन तैमूर सुल्तान को तिजारा और तरदिका बेग को अलवर की ज़िम्मेदारी सौंपने के साथ, ताहिर ख़ाँ की निगरानी के लिए अब्दुर्रहीम शग़ावल को तैनात करते हुए, बाबर ने यह भी ऐलान कर दिया कि हमें अब यहाँ से जल्दी ही बयाना के लिए रवाना होना है।

होली से ठीक चार दिन पहले बाबर बयाना के लिए रवाना हो गया और होलिका दहन यानी धुलेंडी से एक दिन पहले वह बयाना पहुँच गया। होली की तैयारी में जुटे लोगों को जैसे ही बाबर के आने की ख़बर मिली, लोगों में भगदड़ मच गई। जिसे जिस तरफ़ भागने का मौक़ा मिला, वह बदहवास उसी तरफ़ भाग लिया। होली पूजन के लिए जाती हिन्दू औरतें अपना पूजा का सामान इधर-उधर फेंककर भागने लगीं। पूरे बयाना में चारों तरफ़ अफ़रा-तफ़री मच गई। इस अफ़रा-तफ़री और भगदड़ के बीच बाबर ने सबसे पहले बयाना के क़िले पर अपना क़ब्ज़ा जमाया। क़ब्ज़ा जमाने के बाद बाबर ने अपनी सेना भागनेवालों के पीछे लगा दी। भागते हुए लोगों का बाबर के सिपाहियों ने बयाना से लेकर मेवात के अलवर तक पीछा किया। रास्ते में जो भी मिला उसको बाबर के सिपाहियों ने मौत के घाट उतार दिया।

इस तरह बयाना से लेकर अलवर तक की लगभग इकसठ मील लम्बी सड़क पर लाशें ही लाशें दिखाई देने लगीं। जिन सड़कों पर होली के दिन रंग-अबीर नज़र आना चाहिए, वे निर्दोष मेवातियों के लहू से रंग गईं। लगा जैसे आततायी बाबर के सिपाहियों ने मेवातियों से रंग-अबीर की नहीं, ख़ून की होली खेली है। बिना किसी वजह के हुए इस ख़ून-ख़राबे के बाद बाबर ने अपने बेगों, ओहदेदारों, तोपचियों व सिपहसालारों से राजा राणा संग्राम सिंह पर हमला करने के बारे में सलाह-मशविरा किया।

"हिन्दू बेग इन्दर, आपका इस बारे में क्या ख़याल है? क्या हमें मेवाड़ पर अभी हमला करना चाहिए?" बाबर ने सबसे पहले अपने हिन्दू बेग से पूछा।

"हुज़ूरे आली, हमें उस तरफ़ जाने का ख़याल फ़िलहाल मुल्तवी कर देना चाहिए। आप तो देख ही रहे हैं कि जब यहाँ इतनी ज़बरदस्त गर्मी पड़ रही है, तो मेवाड़ पहुँचते-पहुँचते यह जानलेवा हो जाएगी। रास्ते में पानी की क़िल्लत भी हो सकती है। वैसे भी यहाँ से मेवाड़ का रास्ता बहुत लम्बा है।" हिन्दू बेग ने अपना मत प्रकट किया।

"आपका कहना एकदम दुरुस्त है। हमें फ़िलहाल मेवाड़ का ख़याल छोड़ देना चाहिए।" फिर कुछ लम्हा सोचने के बाद बाबर बोला, "तब क्या किया जाए? वापिस आगरा लौटा जाए?"

सारे बेगों ने गर्मी के मद्देनज़र तुरन्त आगरा लौटने की हामी भर दी।

"हुज़ूरे आली, मेरा मानना है कि आगरा लौटने के बजाय हमें मेवात का रुख़ करना चाहिए। आख़िर उस इलाक़े को भी तो देखा जाए जिस पर बलबन को छोड़कर, न तो कभी हिन्दुस्तान के सुल्तानों की हमला करने की जुर्रत हुई, न उस तरफ़ किसी ने ध्यान देने की कोशिश की। ऐसा क्या है जिसके चलते मेवातियों ने नामभर के लिए देहली दरबार की ताबेदारी क़बूल की।"

"हिन्दू बेग, यह ख़याल ठीक है। हमें बयाना में अपना वक़्त ज़ाया करने के बजाय इसी वक़्त मेवात के लिए रवाना हो जाना चाहिए। ऐसा करिए, आप इसी वक़्त मेवात के लिए अपने क़ासिद को रवाना कर दीजिए, ताकि वह मरकज़-ए-मेवात तिजारा में चिन तैमूर और अलवर में तरदिका को जाकर हमारे आने की ख़बर कर दे।"

"जी हुज़ूरे आली, मैं इसी वक़्त क़ासिद को मेवात के लिए रवाना कर देता हूँ।" हिन्दू बेग इन्दर ने तुरन्त क़ासिद को यह सन्देश लेकर अलवर और तिजारा के लिए रवाना कर दिया, कि बादशाह-ए-हिन्द जहीरुद्दीन मुहम्मद मिर्ज़ा बाबर ग़ाज़ी मेवात आ रहे हैं। लिहाज़ा उनकी आगवानी में किसी तरह की कोताही और कमी नहीं रहनी चाहिए।

32

बुधवार के दिन बाबर ने अलवर से चार मील पहले अपना ख़ेमा गाड़ दिया। सन्देश मिलने पर चिन तैमूर और तरदिका अपने बादशाह के स्वागत के लिए पहले ही यहाँ पहुँच गए। यहाँ से ये दोनों अपने बादशाह को लेकर बाला क़िले की ओर चल दिए।

अरावली की चोटी पर बने बाला क़िले के परकोटे पर पहुँचने के लिए जब बाबर को बताया गया कि उसके लिए सात सौ सीढ़ियाँ पार करनी होंगी; बाबर ने मुस्कराकर पहले अपने साथ खड़े बेगों, मुसाहिबों और ओहदेदारों की तरफ़ देखा, और फिर बिना कुछ कहे अपने कुम्मैत घोड़े को एड़ लगाई। क़िले की ओर चढ़ते हुए बाबर की जब-जब उसकी चौड़ी दीवार पर नज़र पड़ती, एक हैरतभरी मुस्कान होंठों पर तैर जाती।

क़िले पर पहुँचने के बाद बाबर के घोड़े ने जैसे साँस लिया। बादशाह और उसके साथ आए बेगों, मुसाहिबों, बहादुरों, अमीरों, सिपहसालारों और साथ आए सरदारों के घोड़ों को डूमनी की दाँता के पास पेड़ के नीचे बाँध दिया गया। अलवर के शासक तरदिका और मेवात की राजधानी के वज़ीर चिन तैमूर सुल्तान, अपने बादशाह को क़िले के शाही महल में ले आए। महल में कुछ देर रहकर बाबर ने क़िले को देखने की इच्छा ज़ाहिर की। अपने बादशाह की इस चाह पर तरदिका और चिन तैमूर बाबर को लेकर बाहर आ गए।

बाबर बाहर आकर पूरब दिशा में बसे अलवर और दूर तक नज़र आते विहंगम दृश्य को देर तक निहारता रहा। उसकी नज़र पहाड़ की जड़ में बनी पानी से लबालब

भरी छोटी-सी क़ुदरती झील पर पड़ी। सामने समतल ज़मीन और अरावली की चोटी पर बने क़िले को देखकर, बाबर ने अनुमान लगाया कि हो न हो समंदर की सतह से इस क़िले की ऊँचाई कई हज़ार हाथ तो होगी ही। पथरीली सतह, आसपास बड़ी-बड़ी खाइयों और सिर्फ़ बिना चूने की पत्थरों वाली बुनियाद पर बने इस क़िले को देखकर विस्मय से बाबर की आँखें फैली जा रही हैं।

"ख़ुदावंद तरदिका, सीकरी पहाड़ी की तरह अरावली पहाड़ और इसके आसपास के इस ख़ूबसूरत मंज़र को देखकर ऐसा लगता है, जैसे यह ज़मीन की कोख़ से निकालकर इस हरी-भरी घाटी में क़ुदरत का फेंका गया कोई नायाब तोहफ़ा है। मुझे तो इस क़िले की उम्र भी कुछ ज़्यादा नहीं लगती है?" बाबर ने अनुमान लगाते हुए कहा।

"आपने सही अन्दाज़ा लगाया है पादशाह सलामत। शाहे-मेवात हसन ख़ाँ मेवाती ने इसकी नींव हिजरी 928 में रखी थी। कहा जाता है कि तक़रीबन चार सौ साल पहले, मेरा मतलब है हिजरी 528 तक निकुम्भों, जो चौहान राजपूतों की एक शाखा है, की हुकूमत के दौरान यहाँ सिर्फ़ बिना चूना के पत्थरों का एक मामूली-सा परकोटा हुआ करता था। दरअसल, इस परकोटे को देहली के सुल्तानों से छिपने के लिए बनवाया गया था। बाद में हिजरी 897 में शाहे-मेवात हसन ख़ाँ मेवाती के वालिद ख़ानज़ादा अलावल ख़ाँ ने निकुम्भों को हराकर, इस परकोटे पर क़ब्ज़ा कर लिया था। हालाँकि परकोटे से क़िले की शकल इसे अलावल ख़ाँ ने ही दी थी।"

"ख़ुदावंद तरदिका, इन निकुम्भों का असल पेशा क्या था? मेरा मतलब है, अपने गुज़ारे के लिए ये क्या करते थे?" बाबर ने दिलचस्पी लेते हुए पूछा।

"पादशाह सलामत, मुझे जो बताया गया है उसके मुताबिक़ ये रास्ते में आते-जाते राहगीरों की लूटपाट और उनसे झगड़ा किया करते थे।"

"बड़ा दिलचस्प क़िस्सा है इनका तो। वैसे एक बात कहूँ तरदिका; हिन्दुस्तान क़िस्से-कहानियों, ताक़त और दौलत—इन तीन चीज़ों का तो जैसे ख़ज़ाना है। जहाँ देखो, जिधर देखो एक नया क़िस्सा मिल जाएगा। रही बात दौलत की, तो जितना सोना मैंने इस मुल्क में देखा है, उतना शायद ही कहीं देखा हो। इस क़िले के बारे में और कुछ बताइए!"

"बताना क्या पादशाह सलामत, आप मेरे साथ आइए और इस शानदार क़िले को ख़ुद अपनी आँखों से देखिए। शाहे-मेवात हसन ख़ाँ मेवाती ने दरअसल इस क़िले को फिर से बनवाया था। इसमें कुल चार बड़े दरवाज़े और इसके ऊपर पच्चीस बुर्जें हैं। पूरे शाही महल में तीन हज़ार कंगूरे हैं। इधर आइए हुज़ूर, ये देखिए, इसमें बावड़ी और कुएँ भी हैं। उधर चार कुंड और एक तालाब है।"

"मैंने कहा न तरदिका कि यह ज़मीन की कोख़ से निकालकर फेंका गया क़ुदरत का कोई नायाब तोहफ़ा है। वरना पहाड़ की चोटी पर पथरीली सतह पर बने

क़िले और उसके चारों तरफ़ नज़र आती बड़ी-बड़ी खाइयों के बीच बावड़ी और कुओं का क्या मतलब?" इतना कह बाबर क़िले की चहारदीवारी के पास आया और उसे छूकर विस्फित नेत्रों से देखते हुए बोला, "तरदिका, इसका तो आसार भी काफ़ी चौड़ा लगता है?"

"जी पादशाह सलामत, इसके आसार की चौड़ाई अट्ठारह हाथ बताते हैं।"

"क्या कहा, इसके आसार की चौड़ाई अट्ठारह हाथ है?" हैरान होते हुए बाबर ने पूछा। फिर कुछ पल रुककर बोला, "और महल का घेरा कितना होगा?"

"पूरे आठ हज़ार वर्ग हुज़ूर।"

"ख़ुदावंद तरदिका, आपका बहुत शुक्रिया इतनी गहरी जानकारी देने के लिए।"

"यह तो मेरी ख़ुशक़िस्मती है पादशाह सलामत, जो आपने इस ख़ाकसार को मौक़ा दिया।" तरदिका ने झुककर अपने बादशाह का आभार व्यक्त किया।

"चिन तैमूर, वैसे मेवात की कुल जमा कितनी होगी?" इस बार बाबर चिन तैमूर सुल्तान की ओर मुड़ा।

"एक करोड़ उनहत्तर लाख इक्यासी हज़ार सिकन्दरी टके की है पादशाह सलामत।"

"इसका मतलब है ठीक-ठाक जमा है।"

"जी पादशाह सलामत।"

"चलिए, अब थोड़ा आराम कर लेते हैं। थोड़ी थकान भी हो गई है।" इतना कह बाबर महल में लौट आया।

तेज़ गर्मी और थकान के बावजूद बाबर महल की भव्यता के बारे में ही सोचता रहा। सोचते-सोचते उसे ख़ुद ही पता नहीं चला कि नींद कब आ गई।

अरावली की तलहटी में बसी आबादी की किसी मस्जिद से लगी अस्र की अज़ान के स्वर गहरी नींद में सोते बाबर के कानों में पड़े, तो उसकी नींद खुल गई। नींद से जागते ही आफ़ताबाची हाथ-मुँह धोने के लिए सुराही में पानी लेकर बिना बुलाए हाज़िर हो गया। बाबर ने आफ़ताबाची के हाथ में थमी सुराही से पानी लेकर मुँह धोया। उसके बाद महल से बाहर निकलकर आया तो पश्चिम में दूर अरावली की पहाड़ियों को छूने को बेताब सूरज पर उसकी नज़र पड़ी। धूप की तुर्शी कम न होने के बावजूद पहाड़ियों के ऊपर टिके सूरज का दृश्य बाबर को बहुत अच्छा लग रहा है। उसने एक बार फिर पलटकर महल को निरखा और फिर अन्दर चला आया। इस बीच तिजारा का वज़ीर चिन तैमूर और अलवर का शासक तरदिका अपने बादशाह के साथ साए की तरह पीछे-पीछे चलते रहे।

इस बार बाबर महल को देखने के लिए अन्दर चला आया। टहलते हुए वह हसन ख़ाँ मेवाती की बैठक में पहुँच गया और दीवारों पर जगह-जगह टँगे जंगली जानवरों के सर, उनकी ख़ालों, तरह-तरह की तलवारों, लोहे और लकड़ी के

नक़्क़ाशीदार डंडों के सिरों पर लगे भिन्न आक़ार के भालों, छोटे-बड़े फ़रसों, गुर्ज़, ज़िरह और धनुष-बाणों को बड़े ध्यान से देखने लगा। पूरे महल को जी भरकर देखने के बाद वह वापिस शाही दीवान में लौट आया और धम्म से पलंग पर बैठ गया। चिन तैमूर और तरदिक़ा के साथ-साथ दूसरे बेगों ने अपने बादशाह को इस तरह बैठते हुए देखा, तो सबने एक-दूसरे की आँखों में प्रश्नभरी निगाह से देखा।

"हिन्दू बेग, शाहे-मेवात उस वक़्त अगर हमारी पेशकश क़बूल कर लेता, तो आज वह इस फ़तहयाब ग़ाज़ी जहीरुद्दीन मुहम्मद मिर्ज़ा बाबर के बग़ल में बैठा होता। मगर अफ़सोस, उसने उसका साथ दिया जो ख़ुद उसे ही मरवाना चाहता था। शाहे-मेवात ही क्यों, अगर राजा राणा संग्राम सिंह भी अपने क़ौल पर टिका रहता, और सुल्तान इब्राहिम लोदी के ख़िलाफ़ पानीपत की जंग में हमारा साथ देता, तो शायद बयाना और खानवा के जंगों की ज़रूरत ही नहीं पड़ती। काश, राजा संग्राम सिंह और शाहे-मेवात हसन ख़ाँ मेवाती ने हमारा साथ दिया होता, तो हिन्दुस्तान की आज अलग ही सूरत होती। यह ख़ून-ख़राबा और क़त्लोग़ारत तो नहीं हुई होती। जंग से किसी का भला हुआ है कभी? जंग के नुक़सान क्या होते हैं इसके बारे में इस बाबर से ज़्यादा भला कौन जान सकता है। इस बाबर से ज़्यादा जो तेरह साल की उम्र से सिर्फ़ और सिर्फ़ जंगों से जूझता आ रहा है। उससे ज़्यादा तो इसकी फूल जैसी आपा ख़ानज़ादा बेगम की ज़िन्दगी तबाह हो गई। उसकी दुनिया बे-नूर हो गई। जिस बाबर की बदनसीब बहन ने क़ारातग़ में अपनी आँखों के सामने अपने जवान होते बेटे ख़ुर्रम को खो दिया, उस भाई से ज़्यादा जंग की तकलीफ़ को और कौन समझ सकता है। जंग किसी भी मुश्किल का हल नहीं है। वैसे भी मैं हिन्दुस्तान माल लूटने के इरादे से नहीं आया हूँ। मैं तो इस अज़ीम मुल्क को ख़ुशहाल बनाना चाहता हूँ।" इतना कह बाबर ने लम्बी साँस ली और पानीपत की जंग जीतने के बाद भरे मन से लिखी रुबाई गुनगुनाने लगा—

बदबख़्ती मेरी जान की दुश्मन, बला हुई
हर काम मेरा बिगड़ा, ख़ता पर ख़ता हुई
बदबख़्ती थी कि छोड़ा वतन, हिन्द आ गया
या रब मैं क्या करूँ, मेरी हालत यह क्या हुई?

शाही दीवान में देर तक ख़ामोशी छाई रही। बाबर का चेहरा एक गहरे विषाद से पुतता चला गया। इसके बाद बाबर ने धीरे-से सर उठाया और फिर चिन तैमूर और तरदिका, दोनों की तरफ़ देखते हुए पूछा, "मेवात में ऐसी और कौन-सी जगह है जिन्हें देखा जाए?"

"पादशाह सलामत, वैसे तो यहाँ कोई ऐसी ख़ास जगह नहीं है। फिर भी अलवर के शुमाल (उत्तर) में कोई चालीस मील दूर एक जगह है फ़िरोज़पुर झिरका, वहाँ जाया

जा सकता है। उसी से आगे एक जगह और है कोटला, वहाँ भी जाया जा सकता है। इस रास्ते से हुज़ूर देहली भी जाया जा सकता है। फ़िरोज़पुर से देहली सिर्फ़ चौहत्तर मील दूर है। फ़िरोज़पुर झिरका से मरकज़े-मेवात तिजारा क़रीब छह कोस दूर होगा।"

"इन दोनों जगहों की क्या ख़ासियत है?"

"फ़िरोज़पुर झिरका अरावली की तलहटी में बसा हुआ है। यहाँ की पहाड़ियों में ठंडे पानी का एक झरना, मेरा मतलब है हुज़ूर एक चश्मा बहता है। इसके अलावा यहाँ हिन्दुओं का एक महादेव मन्दिर भी है।" चिन तैमूर ने अपने बादशाह को अतिरिक्त जानकारी देते हुए बताया।

"अच्छाऽऽऽ तभी इसको फ़िरोज़पुर झिरका कहते हैं।"

"जी पादशाह सलामत। वैसे कोटला भी फ़िरोज़पुर झिरका की तरह अरावली की एकदम जड़ में है। यहाँ एक बेहद ख़ूबसूरत झील है। यह झील इतनी बड़ी है कि इसके एक छोर से दूसरा छोर नहीं दिखाई देता है। यह झील चौमासे में फ़िरोज़पुर झिरका और कोटला की तरफ़ वाले पहाड़ से उतरे पानी से बारह महीनों लबालब भरी रहती है। इसकी सबसे बड़ी ख़ासियत यह है कि यह डाँड़ों से घिरी हुई है और इसके बीच में एक छोटा-सा जज़ीरानुमा टीला है। इसके चारों तरफ़ हरदम छोटी-छोटी कश्तियाँ तैरती रहती हैं।"

"वैसे फ़िरोज़पुर का नाम फ़िरोज़पुर कैसे पड़ा? इसकी कोई जानकारी है?" बाबर ने पूछा।

"इसको लेकर अलग-अलग राय हैं पादशाह सलामत। कुछ लोगों का कहना है कि मेवातियों को क़ाबू में रखने के लिए इसे सुल्तान फ़िरोज़ शाह तुग़लक़ ने बसाया था, और कुछ का कहना है कि इसे शाहे-मेवात ख़ानज़ादा हसन ख़ाँ मेवाती के पुरखों में से एक फ़िरोज़ ख़ाँ नाम के ख़ानज़ादे ने बसाया था।" चिन तैमूर को जितना पता था, अपने बादशाह को बता दिया।

"ठीक है ख़ुदावंद चिन तैमूर, आज रात हम इसी महल में आराम फ़रमाएँगे। सवेरे अपने लश्कर की तरफ़ चले जाएँगे, जहाँ कल कुछ ज़रूरी काम निपटाने हैं। उनसे फ़ारिग़ होने के बाद हम फ़िरोज़पुर झिरका और कोटला के लिए रवाना हो जाएँगे।"

"जी पादशाह सलामत।" इतना कह चिन तैमूर सुल्तान दूर खड़े तरदिका के पास चला आया।

रात का खाना खाते-खाते इशा की नमाज़ का समय हो गया। खाना खाने के बाद बाबर टहलता हुआ शाही महल से बाहर चला आया। जो हवा दिन में गर्म थी, वह अब ठंडी बयार में बदल गई। बाबर ने एक फिर पूरब की तरफ़ अरावली की जड़ में बसे अलवर की तरफ़ देखा। दूर अँधेरे में जगह-जगह घरों से जलते दीयों और कहीं-कहीं बस्तियों के चूल्हों से उठती आग की लौ पर जब-जब उसकी

नज़र पड़ती, तब-तब लगता जैसे छोटे-बड़े जुगनू टिमटिमा रहे हैं। इसके बाद उसने नज़र उठाकर आसमान की तरफ़ देखा। अपने सर के ऊपर तने आकाश गंगा और सप्तऋषि के तारों के साथ सितारों की ओढ़नी देख उसे अन्दीजान, समरकन्द और ताशकन्द की सुकून देती ठंडी रातों की याद ताज़ा हो आई। पश्चिम से अरावली की कन्दराओं से बहकर आती ठंडी बयार और खुले आकाश के नीचे, बाबर से अब ज़्यादा देर तक नहीं रुका गया। नींद की ख़ुमारी के चलते पलकें भारी होने लगीं। दिन-भर की थकान ने उसे जैसे इशारा कर दिया कि फ़तहयाब ग़ाज़ी अब सोने का समय हो गया है।

अलस्सुबह बाबर का लश्कर अलवर से उत्तर की ओर रवाना हो गया।

मेवात की राजधानी तिजारा के वज़ीर चिन तैमूर सुल्तान के मार्ग निर्देशन में लश्कर को रामगढ़ से पहले पश्चिम दिशा यानी अरावली की तरफ़ मोड़ दिया गया। घोड़ों के खुरों से उड़ी गर्द से बने पीले बादलों को चीरता हुआ लश्कर, नौगाँव से होते हुए अब फ़िरोज़पुर झिरका के पश्चिम में अरावली की पहाड़ियों में दाख़िल हो, तिजारा की तरफ़ जाती पतली पगडंडी पर हो लिया। पहाड़ी से उतरते कभी दाएँ कभी बाएँ, खेतों में बहते पानी को देख बाबर समझ गया कि यह उसी झरने का पानी है, जिसके बारे में तरदिका उसे बता चुका है। जब-जब बाबर की नज़र अरावली के जिस्म को ढाँपते चौड़े पत्तों वाले ढाक के दरख़्तों और उनकी शाखाओं पर लदे सुर्ख़ फूलों पर पड़ती, तो मोतियों से जड़ा सर का अमामा गिरने को होता। पूरे रास्ते हिरन, गीदड़, ख़रगोश और दूसरे जंगली जानवर रह-रहकर लश्कर का रास्ता काटते रहे। अरावली में चारों तरफ़ खिले कनेर के फूल इस प्राकृतिक सौन्दर्य को और निखार रहे हैं।

पहाड़ के लगभग पश्चिम में एक जगह ठहरे पानी की छोटी-सी झील के पास जाकर लश्कर रुक गया। अपने कुम्मैत घोड़े से उतर बाबर ने पहले चारों तरफ़ नज़र घुमाई और फिर बोला, "तरदिका, इस पहाड़ का पत्थर तो आम पत्थरों जैसा नहीं है। देखो, कितना स्याह है।"

"पादशाह सलामत, इसी वजह से मेवात के लोग इसे काला पहाड़ कहते हैं। कहा जाता है कि दुनिया में जो दो सबसे पुराने पहाड़ हैं, उनमें से यह अरावली एक है। यहाँ आते हुए रास्ते में जिस तरह जंगली जानवर हमारा रास्ता काट रहे थे, उसे देखकर कहा जा सकता है कि यह एक बेहतर शिकारगाह साबित हो सकती है।"

"हाँ पादशाह सलामत। एक से एक ख़तरनाक जंगली जानवर इस पहाड़ में बड़ी तादाद में मौजूद हैं।" तरदिका की बात को विस्तार देते हुए चिन तैमूर सुल्तान बोला।

"अच्छा किया जो आपने बता दिया। आगे कभी इधर आना हुआ, तो ज़रूर शिकार खेलेंगे।" बाबर ने मुस्कराते हुए कहा।

"पादशाह सलामत, मेवात के ख़ानज़ादों का शिकार से बहुत पुराना रिश्ता है। इससे जुड़ा एक बड़ा मज़ेदार वाक़या है। यही वह वाक़या है जब मेवातियों के किसी पुरखे को पहली दफ़ा बहादुर नाहर नाम दिया गया था।" इस बार चिन तैमूर मुस्कराते हुए बोला।

बाबर ने चिन तैमूर की तरफ़ विस्मय से देखते हुए कहा, "चिन तैमूर, शिकार से किसी क़ौम की तवारीख़ का क्या रिश्ता हो सकता है?"

"वही तो आपको बताने जा रहा हूँ। हुज़ूर, जब सुल्तान फ़िरोज़शाह तुग़लक़ हिन्दुस्तान आया, तब उसके दरबार में समरपाल और शोपरपाल वल्द लखनपाल जादू नाम के दो जदुवंशी हिन्दू भाई थे। हुज़ूर, यह वही समरपाल मेरा मतलब है बहादुर नाहर था, जिसके लिए अपने आख़िरी दिनों में सुल्तान फ़िरोज़शाह तुग़लक़ ने इसी पहाड़ में आगे जाकर कोटला में क़िला बनवाया था, और जिसने मेवात पर तक़रीबन तीस साल तक हुकूमत की थी।"

"क्या यह वही कोटला है चिन तैमूर, जहाँ हमें इसके बाद जाना है?"

"जी पादशाह सलामत, यह वही कोटला है।"

"तो क्या यह क़िला आज भी मौजूद है?"

"जी, मगर सिर्फ़ खँडहरात की शकल में।" तिजारा के वज़ीर चिन तैमूर ने बड़े अदब से झुककर जवाब दिया, और आगे कहने लगा, "तो पादशाह सलामत, एक बार सुल्तान फ़िरोज़शाह तुग़लक़ ज़ियारत के लिए अजमेर शरीफ़ जा रहे थे। रास्ते में मेवात की राजधानी तिजारा से गुज़रते हुए, सुल्तान तुग़लक़ काले पहाड़ में निकल गए। साथ में उनके समरपाल भी था, जो उन्हें शिकार के लिए पास में फ़तेहबाद के जंगलों में ले गया। इसी बीच सुल्तान तुग़लक़ की नज़र एक पेड़ के नीचे गहरी नींद में सोए हुए शेर पर पड़ी। शेर को देखते ही सुल्तान फ़िरोज़शाह तुग़लक़ ने जैसे ही उस पर तीर से निशाना साधना चाहा, समरपाल ने उससे गुज़ारिश की कि बादशाह सलामत, जो मज़ा शेर का शिकार तलवार से करने में है, वह तीर से कहाँ। इस पर सुल्तान तुग़लक़ ने पलटकर समरपाल की तरफ़ देखा और कहा कि अगर ऐसा है, तो तलवार से तुम इसका शिकार करके दिखाओ। हुज़ूरे आली, अपने बादशाह का हुक्म सुनकर समरपाल ने अपनी म्यान से तलवार खींची और शेर को ललकारा। नींद से जागे शेर ने जैसे ही अपने सामने अपने शिकार को देखा, वह तेज़ी से उस पर झपटा। मगर इससे पहले कि शेर अपने शिकार तक पहुँचता, बीच में समरपाल ने पलक झपकते ही अपनी तलवार से उसके दो टुकड़े कर दिए। बहादुर समरपाल ने बिजली की रफ़्तार से जिस तरह शेर के टुकड़े किए, उसे देखकर एक बार तो सुल्तान तुग़लक़ को

भी अपनी आँखों पर यक़ीन नहीं हुआ। मगर जो उसके सामने था, उससे वह कैसे इनकार करे। इसके बाद सुल्तान तुग़लक़ ने समरपाल को शाबाशी देते हुए कहा कि आज आपने बड़ी बहादुरी दिखाते हुए एक नाहर का शिकार किया है, इसलिए आज से हम आपको बहादुर नाहर कहकर बुलाएँगे। बाद में समरपाल ने अपने बड़े भाई शौपरपाल के साथ सुल्तान फ़िरोज़शाह तुग़लक़ के दरबार में इस्लाम क़बूल कर लिया।"

"ख़ुदावंद चिन तैमूर, क्या शाहे-मेवात हसन ख़ाँ मेवाती के पुरखे हिन्दू थे?" बाबर ने हैरानी के साथ पूछा।

"जी पादशाह सलामत।"

इसके बाद बाबर कुछ क्षण ऐसे चुप्पी साधे रहा, जैसे वह कुछ सोच रहा है। फिर मुस्कराते हुए बोला, "ख़ुदावंद चिन तैमूर, आज हमें समझ में आ गया कि शाहे-मेवात हसन ख़ाँ मेवाती ने हमारी पेशकश ठुकराकर क्यों हिन्दू राजा राणा संग्राम सिंह का साथ दिया था।" इसके बाद बाबर ने हिन्दू बेग इन्दर की तरफ़ देखा, "ख़ुदावंद हिन्दू बेग, आपने एक बार बहुत सही कहा था कि घुटने तो आख़िर पेट की तरफ़ ही मुड़ेंगे। बहरहाल, चलिए अब चश्मे की तरफ़ रुख़ करते हैं!"

अरावली की पहाड़ियों में झरने के उद्गम स्थल को देखने के बाद बाबर धीरे-धीरे नीचे उतर आया और महादेव मन्दिर के ठीक सामने, जहाँ से झरने का पाट चौड़ा होने लगता है, वहाँ आकर रुक गया। इसके बाद वह झरने के बहते हुए पानी के किनारे-किनारे चलता हुआ उस जगह पर आ गया, जहाँ पानी जमा होने से छोटा-सा कुंड बन गया था। वह देर तक इस कुंड को देखता रहा।

"जनाब चिन तैमूर, आपने इस जगह की जितनी तारीफ़ की थी, वैसी यह है नहीं, पर यों भी इतनी बुरी नहीं है। इसलिए सोच रहा हूँ कि कनेर से घिरी इस झील के चारों तरफ़, एक दह-दर-दह यानी दस बाई दस हाथ के तराशे गए पत्थरों का हौज़, जैसे दूसरी जगह बनवाए हैं, यहाँ भी बनवा दूँ।"

"ख़याल तो पादशाह सलामत बहुत नेक है।" चिन तैमूर ने अपने बादशाह का समर्थन किया।

"आपकी क्या राय है हिन्दू बेग?" फिर अपने बग़ल में खड़े हिन्दू बेग इन्दर से बाबर ने पूछा।

"आप सही सोच रहे हैं हुज़ूरे आली। अगर यहाँ पत्थरों का एक पक्का हौज़ बन जाता है, तो जो हिन्दू हर सोमवार और महा शिवरात्रि पर इस मन्दिर में आते हैं, ग़ुस्ल के लिए उन्हें एक अच्छी जगह मुहैया हो जाएगी।" हिन्दू बेग ने अपना मत प्रकट करते हुए कहा।

"आपका कहना एकदम दुरुस्त है हिन्दू बेग। अक़ीदतमन्द, आख़िर अक़ीदतमन्द होता है। चाहे वह किसी भी मज़हब का हो। उसे अपनी इबादतगाह में पाक-साफ़

होकर ही जाना चाहिए। मुझे तो हिन्दुस्तान में ही आकर मालूम हुआ कि कुछ मौक़ों पर हिन्दू, अपनी नदियों, झील और हौज़ में ग़ुस्ल करना सवाब मानते हैं। पानीपत से आने के बाद देहली और आगरा में मैंने लोगों को जमुना में नहाते देखा, तब मुझे पता चला। यहाँ तक कि माहे शव्वाल यानी हिन्दुओं के पौष महीने में, जब हिन्दुस्तान में सर्दी अपने उरूज पर होती है, जमुना के बर्फ़-से ठंडे पानी में लोगों को भारी तादाद में डुबकी लगाते हुए देखा है। हिन्दू बेग इन्दर ने जबसे मुझे देहली की हौज़े शम्सी और हौज़े ख़ास दिखाई हैं, और बताया है कि मुहम्मद बिन अब्दुल्ला इब्न बतूता ने इन हौज़ों का ज़िक्र अपनी किताब में किया है, मैंने तभी से यह सोच लिया है कि मैं जहाँ भी जाऊँगा और मुझे पानी का कोई क़ुदरती चश्मा या हौज़ नज़र आएगा, वहाँ तराशे गए पत्थरों से पक्का हौज़ बनवाऊँगा। आख़िर यही हौज़ तो हैं जो वक़्त आने पर इनसान की प्यास बुझाते हैं।"

"हुज़ूरे आली, कनेर के साथ सामने पहाड़ पर ये जो चौड़े पत्ते वाले दरख़्त नज़र आ रहे हैं।"

"कौन से? वो जिन पर ख़ूबसूरत फूल दहक रहे हैं?"

"जी पादशाह सलामत। इसे हिन्दुस्तान में टेसू, पलाश, ढाक जैसे कई नामों से पुकारा जाता है। इसकी एक ख़ासियत यह है कि इस फूल की अपनी कोई ख़ुशबू नहीं होती है। इन फूलों का अर्क़ निकालकर, उसका रंग बनाया जाता है, जिसका इस्तेमाल हिन्दुओं के एक त्योहार होली पर खेलने में किया जाता है।"

"होली?" बाबर ने उत्सुकता से पूछा।

"पादशाह सलामत, होली हिन्दुओं के फाल्गुन के महीने में आती है। जिस दिन हम बयाना से आगरा लौटने के बजाय मेवात की तरफ़ रवाना हुए थे, और हमारे बहादुरों ने डर की वजह से भागते बहुत से लोगों को मार दिया था, होली का त्योहार उस दिन था।"

"ओह! हिन्दू बेग, फिर तो हमसे जाने-अनजाने एक बहुत बड़ा गुनाह हो गया! इस ख़ता के लिए हिन्दुस्तानी अवाम बाबर को कभी मुआफ़ नहीं करेगी।" हिन्दू बेग इन्दर की बात सुन बाबर किसी अपराधबोध से घिरता चला गया।

"हुज़ूरे आली, तराशे गए पत्थरों के हौज़ को बनवाने के लिए मेमारों और कारीगरों को हुक्म दे दिया जाए?" हिन्दू बेग ने अपने बादशाह को अपराधबोध की खंदक से बाहर लाते हुए पूछा।

"बिलकुल। उनसे कहना कि जितनी जल्दी हो सके यह हौज़े-झिरका बनकर तैयार हो जानी चाहिए!"

"आपने तो हुज़ूर इस हौज़ का नाम भी रख दिया।" हिन्दू बेग इन्दर मुस्कराते हुए बोला।

"ऐसी कोई बात नहीं है। बस, यूँ ही मुँह से निकल गया।"

शाही ख़ेमों को महादेव मन्दिर के ठीक सामने तिजारा की तरफ़ जाते रास्ते के किनारे गाड़ दिया गया। अपने ख़ेमे में आने के बाद बाबर ने पहले हल्का खाना खाया, फिर सुल्तान इब्राहिम लोदी की माँ सुल्ताना बैदा द्वारा दिए गए ज़हर के असर को कम करने के लिए शाही हकीम की बताई गई जड़ी-बूटियों से बनी माजून (चटनी) चाटी। बाबर ने रात काला पहाड़ की दुर्गम घाटी से निकलनेवाले इसी झरने की गुनगुनी कल-कल के साथ बिताने का फ़ैसला किया।

दूसरे दिन सवेरे-सवेरे शाही लश्कर फ़िरोज़पुर झिरका से उत्तर दिशा की तरफ़ बढ़ गया। धूल उड़ाता लश्कर अरावली की तलहटी के साथ-साथ, नगीना के नांगल-साँठावाड़ी की पहाड़ी, बालौज, खोरी, गुमट बिहारी, नौटकी, घाघस, मूलथान कंसाली जैसे छोटे-छोटे गाँवों के नज़दीक से होता हुआ कोटला की तरफ़ बढ़ने लगा। बाबर के लश्कर के डर और दहशत के चलते इन गाँवों के लोग काला पहाड़ में जाकर छिप गए। रामगढ़ से फ़िरोज़पुर झिरका और फ़िरोज़पुर झिरका से लेकर कोटला तक, अरावली के दामन में दूर-दूर तक बिछी सघन हरी चादर पर जब-जब बाबर की नज़र पड़ती, वह उसे देखता रह जाता। अपने कुम्मैत घोड़े के साथ-साथ क़दमताल करते चल रहे, बेग चीन तैमूर सुल्तान की तरफ़ बाबर ने मुस्कराकर पलटते हुए कहा, "ख़ुदावंद चिन तैमूर, यह इलाक़ा तो ग़ज़ब का फ़सली इलाक़ा है? ऐसा तो कोई आबरेज़ का इलाक़ा ही हो सकता है।"

"जी पादशाह सलामत। आपने सही फ़रमाया मेवात के इस इलाक़े को वाक़ई आबरेज़ ही कहा जाता है।"

"वह तो मैं देख ही रहा हूँ।" बाबर ने चिन तैमूर से सहमत होते हुए कहा।

दोपहर होने से पहले लश्कर कोटला पहुँच गया। तिजारा के वज़ीर चिन तैमूर सुल्तान ने कोटला झील के बारे में जैसा बताया था, बाबर ने इसे उससे भी बढ़कर पाया। अरावली के दामन में स्थित झील पर पड़ती सूरज की रोशनी से चिलकते पानी को देखकर कई बार ऐसा भ्रम होता, मानो झील पर चाँदी का वर्क़ चढ़ा दिया गया हो। एक तरफ़ कनेर और ढाक के चौड़े पत्तों के साथ उसके फूलों से ढकी अरावली की स्याह देह, तो दूसरी तरफ़ दूर तक फैली शान्त झील। ऐसा मनोरम और रमणीय दृश्य बाबर ने कहीं देखा हो, उसे याद नहीं। डाँड़ों से घिरी झील के किनारे और उसके बीच बने छोटे-से टापू के पास पड़ी छोटी-छोटी कश्तियों को देख, बाबर को अपने बचपन के बारिश के दिनों की छोटी-छोटी काग़ज़ के नावों की याद ताज़ा हो आई।

"जनाब चिन तैमूर, उधर झील के टीले पर तो आदमी भी नज़र आ रहे हैं?" बाबर ने टापू की तरफ़ अँगुली से इशारा करते हुए पूछा।

"जी पादशाह सलामत। दरअसल क्या है कि जैसे ही इस तरफ़ जहाँ हम खड़े हैं, कुछ गड़बड़ होती है, लोग डर के मारे इन कश्तियों में बैठकर उधर इस टीले

पर चले जाते हैं। जबकि कुछ लोग ऊपर पहाड़ में छिप जाते हैं। पादशाह सलामत, ये वही लोग हैं जो हमारे आने की ख़बर से डरकर वहाँ उस टीले पर चले गए हैं।"

"वैसे यह झील सचमुच काफ़ी बड़ी है! देखो न, यहाँ से इसका परला किनारा भी दिखाई नहीं दे रहा है।"

जी पादशाह सलामत।"

"एक बात कहूँ चीन तैमूर, आपने रास्ते में इस इलाक़े के बारे में सही कहा था कि इस इलाक़े को मेवात का आबरेज़ कहा जाता है। इसकी वजह मुझे अब समझ में आ रही है, जब मैं कई कोस में फैली इस कोटला झील को देखता हूँ।"

"यहाँ मेवात के इस इलाक़े को लेकर एक कहावत बहुत मशहूर है। यह कहावत मुझे एक बार एक मेव सरदार ने सुनाई थी। यह कहावत इस इलाक़े की तासीर को बयान करती है। मैं अभी उस मेव सरदार को बुलाता हूँ।" इतना कह चिन तैमूर ने पहले अपने आसपास खड़े सरदारों पर निगाह दौड़ाई फिर एक सरदार को आवाज़ देकर अपने पास बुलाया, "जनाब दान सिंह!"

अपने नाम की टेर सुन मेव सरदार लपककर चिन तैमूर के पास आया।

"चिन तैमूर, यह आपने किसको बुला लिया? आप तो कह रहे थे कि यह कहावत आपको एक मेव सरदार ने सुनाई थी। मगर आपने तो इस हिन्दू सरदार को बुला लिया?" बाबर ने दान सिंह नाम के मेव सरदार को ऊपर से नीचे तक देखते हुए पूछा।

अपने बादशाह के इस सवाल पर चिन तैमूर सुल्तान पहले हल्के-से मुस्कराया। फिर बोला, "पादशाह सलामत, मेवात में भले ही इन लोगों ने इस्लाम क़बूल कर लिया है, मगर इनकी बहुत से रिवायत और रस्में हिन्दुओं वाली ही हैं। इतना ही नहीं हिन्दुओं जैसे दान सिंह, मोहर सिंह, भागमल नामवाले बहुत-से मेव यहाँ मिल जाएँगे।"

बाबर ने एक पल के लिए दान सिंह नाम के इस मेव सरदार को ऐसे देखा, जैसे वह यह जाँचना चाह रहा कि यह सरदार सचमुच कौन है—हिन्दू है या मुसलमान?

"जनाब दान सिंह, उस कहावत को पादशाह सलामत सुनना चाहते हैं कि ज्ञान भयाने उपजे..."

"अच्छा हुज़ूर उसको। अभी सुनाता हूँ।" इसके बाद शायराना अन्दाज़ में पल-भर के लिए दान सिंह ने अपनी आँखें मूँद, पहले उस कहावत को जैसे उसने याद किया और फिर बोला, "हुज़ूरे आली, यह कहावत नहीं एक दोहा है, जो इस तरह है—

ज्ञान भयाने नीपजे, नाईवाड़े मल्ल।
चतराई आरेज में, तीनूं बात असल्ल॥"

दोहा सुन बाबर ने जिस तरह चिन तैमूर की तरफ़ देखा, चिन तैमूर समझ गया इस तरह अपने बादशाह को अपनी ओर देखने का अर्थ।

"पादशाह सलामत, मेवातियों ने अपनी सहूलियत के लिए मेवात को तीन हिस्सों में बाँटा हुआ है—भयाना यानी ब्रज का बयाना वाला इलाक़ा। नाईवाड़ा, यह अलवर-रामगढ़ के आसपास का इलाक़ा है। तीसरा है आरेज यानी आबरेज़। आबरेज़ रामगढ़ से शुरू होकर कोटला और उससे आगे तक फैला हुआ है। इस दोहे का मतलब यह है कि मेवात के ये तीन इलाक़े, बयाना, ज्ञान मेरा मतलब है इल्म के लिए जाना जाता; नाईवाड़ा बहादुरी के लिए, और यह इलाक़ा जहाँ आप खड़े हैं, आरेज यानी आबरेज़ कहलाया जाता है। यहाँ आब होने की एक वजह और है पादशाह सलामत और वो यह कि यह झील जिस पानी से लबालब भरी हुई है, वह चौमासे में रामगढ़, फ़िरोज़पुर झिरका, और कोटला की इस अरावली से उतरे हुए पानी से भरी हुई है। इस इलाक़े और अरावली से उतरा सारा पानी इसी झील में आकर जमा होता है।"

"आपने बिलकुल सही कहा ख़ुदावंद चिन तैमूर।" चिन तैमूर से सहमत होने के बाद बाबर ने अपने दूसरे बेगों को सुनाते हुए कहा, "तो अब चला जाए?"

"पादशाह सलामत, फ़िरोज़पुर झिरका में मैंने सुल्तान फ़िरोज़शाह तुग़लक़ के दरबार में तैनात समरपाल, मेरा मतलब है जिस बहादुर नाहर के क़िले के बारे में बताया था, वह इसी कोटला के ऊपर पहाड़ पर है। वहीं से थोड़ी दूर तिजारा के पास मौज़ा सरेहटा में भी ख़ानज़ादों के शुरुआती निकास के खँडहरात हैं। अगर आप उन्हें देखना चाहें तोऽऽऽ..." चिन तैमूर कहते-कहते रुक गया।

"आज नहीं ख़ुदावंद चिन तैमूर। अभी हमें वापिस हुमायूँ के पास लौटना है।"

"जैसी आपकी मर्ज़ी पादशाह सलामत।"

इसके बाद बाबर का लश्कर जिस रास्ते से कोटला आया था, उसी रास्ते से धूल के बादलों को चीरता हुआ वापिस लौट गया। बाबर के जाने के बाद जो मेवाती मारे डर के काले पहाड़ की खोहों में छिप गए थे, मग़रिब की अज़ान के बाद शाम का झुटपुटा घिरने पर पहाड़ से उतरकर अपने-अपने घरों में चले आए।

33

इस तरह लगभग दो सौ साल तक मेवात पर रही ख़ानज़ादों की सत्ता की गूँज, खानवा के मैदान में जहीरुद्दीन मुहम्मद मिर्ज़ा बाबर के तोपची उस्ताद अली क़ुली द्वारा ढाली गई ग़ाज़ी नाम की तोपों की गर्जना में हमेशा के लिए खो गई। अलवर में कभी अरावली की चोटी पर बिना चूने का, सिर्फ़ पत्थरों का बना हुआ और चौहान राजपूत निकुम्भों की निशानी और आज का बाला क़िला बिना

ख़ानज़ादों के सूना हो गया। क़िले की तीन हज़ार मोखियाँ परिन्दों के नाद से गूँजतीं तो अब भी हैं, लेकिन उन परिन्दों को दाना-पानी देनेवाले हाथ उनसे हमेशा के लिए छूट गए। मेवात का आख़िरी शासक शाहे-मेवात ख़ानज़ादा हसन ख़ाँ मेवाती किसी बाहरी आततायी का नहीं, बल्कि अपनों के भरोसे और उनके कपट का शिकार हुआ।

खानवा की जंग के बाद बाबर लगातार बीमार रहने लगा, जिसके चलते वह दिन-प्रतिदिन कमज़ोर होता चला गया। पहली बार अगस्त के महीने में वह जो बीमार हुआ, उसके बाद लगभग पूरे साल वह बीमार ही रहा। हालाँकि बीच-बीच में बीमारी से राहत मिलने पर उसने धौलपुर और सँभल का दौरा किया। मगर अक्टूबर महीने में हुआ मलेरिया तो उसे लगभग पच्चीस-छब्बीस दिनों तक रहा। इसी वजह से इस दौरान बाबर ने कुछ नहीं लिखा। यहाँ तक कि अपना रोज़नामचा भी। क्योंकि अगस्त में शुरू हुआ बीमारी का यह सिलसिला नवम्बर महीने के आख़िर तक चलता रहा। इस बीच बाबर ने सबसे पहला काम अपनी वसीयत लिखने का किया। जहीरुद्दीन मुहम्मद मिर्ज़ा बाबर ग़ाज़ी ने धौलपुर में अपने लश्कर के दौरान बाग़-ए-नीलोफ़र (लोटस गार्डन) में अपने बेटे और वली अहद नसीरुद्दीन मुहम्मद हुमायूँ को लिखा—

ऐ मेरे बेटे! हिन्दुस्तान मुल्क अलग-अलग फ़िरकों और मज़हबों से मिलकर बना है। ख़ुदा का शुक्र है कि अलहम्दोलिल्लाह इस मुल्क की बादशाहत तुम्हें सौंपी गई है। तुम्हें अपने दिल में किसी के साथ कोई भी मज़हबी भेदभाव नहीं रखना है, बल्कि हरेक मज़हब के साथ मुआफ़िक़ इंसाफ़ करना है। ख़ासकर गाय के क़त्ल से परहेज करना, क्योंकि इसी से तुम हिन्दुस्तान की अवाम का दिल जीत सकोगे। सल्तनत में रहनेवाले किसी के मन्दिर और इबादतगाह, जो हमारे क़ब्ज़े में हैं, उन्हें कोई नुक़सान नहीं पहुँचाना है। अपना जान के ऐसा इंसाफ़ करना कि रिआया पादशाह से और पादशाह रिआया से ख़ुश रहे। इस्लाम का फैलाव ज़ुल्म की शमशीर के बजाय रहम और नरमी से होगा। सुन्नी और शिया के आपसी झगड़ों की तरफ़ ध्यान नहीं देना क्योंकि ये दोनों ही इस्लाम की राहें हैं। मरहूम हज़रत अमीर तैमूर साहब के हुकूमत चलाने के तरीक़ों को अपनी नज़रों के सामने रखना, ताकि हुकूमत को मज़बूत करने में आपको मदद मिले।

इस बीच बाबर चन्देरी के महत्त्व को अच्छी तरह समझ चुका था। क्योंकि यहाँ के क़िले से वह दोआब और राजस्थान दोनों पर नज़र रख सकता है। उसने मेवात की राजधानी तिजारा से चिन तैमूर सुल्तान को भी आगरा बुलवा लिया। अगर वह चन्देरी को हासिल नहीं कर पाता है, तो कहीं ऐसा ना हो कि मेदिनी राय मालवा और गुजरात के हुक्मरानों के साथ मिलकर मुग़लों पर हमला कर दे। यही सोचकर बाबर आगरा से चन्देरी के लिए रवाना हो गया।

बाबर दतिया से सत्ताईस मील पूरब में पहुँच गया। यहाँ से अगले दिन उसने चिन तैमूर सुल्तान की अगुवाई में मुल्ला अपाक, शेख़ घूरन सहित छह-सात बेगों को चन्देरी की तरफ़ भेज दिया। बीच में पड़नेवाले जंगलों को सड़क के लिए साफ़ करवा दिया गया ताकि उस्ताद अली क़ुली अपनी बड़ी-बड़ी तोपों को चन्देरी तक ले जा सके। बेतवा नदी की सहायक नदी बुरहानपुर को पार कर उसका लश्कर चन्देरी से पाँच-छह मील पहले रुक गया।

रोज़ाना की तरह बाबर हिन्दू बेग इन्दर के साथ अपने शाही ख़ेमे में युद्ध की तैयारियों का जायज़ा ले रहा था कि एक बेग सुल्तान जुनैद बरलास बादशाह बाबर के पास आया, और कोर्निश करते हुए बोला, "पादशाह सलामत, इब्राहिम ख़ाँ का पोता फ़रीद ख़ाँ सूर यानी शेर ख़ाँ अपने वालिद के साथ आपकी चौखट चूमना चाहता है।"

"इब्राहिम का पोता फ़रीद ख़ाँ सूर?" बाबर ने हिन्दू बेग इन्दर की तरफ़ देखते हुए हैरानी के साथ पूछा।

"जी पादशाह सलामत। फ़रीद ख़ाँ सूर यानी फ़रीद इब्न हसन इब्न इब्राहिम शेर ख़ाँ।"

"ख़ुदावंद जुनैद बरलास, चौखट चूमने की इजाज़त देने से पहले मैं इस शख़्स के बारे में और जानना चाहता हूँ।"

"हुज़ूरे आली, मैं बताता हूँ।" इसके बाद सुल्तान जुनैद बरलास के बजाय हिन्दू बेग इन्दर इब्राहिम ख़ाँ के पोते फ़रीद ख़ाँ सूर यानी शेर ख़ाँ के बारे में बाबर को विस्तार से बताने लगा—

"हुज़ूरे आली, फ़रीद ख़ाँ सूर यानी शेर ख़ाँ का दादा इब्राहिम ख़ाँ सूर आगरा से तक़रीबन एक सौ पचहत्तर मील, और देहली से तक़रीबन सौ मील दूर नारनौल के कुछ गाँवों का जागीरदार था। यह जागीर हिसार के जमाल ख़ाँ सारंगख़ानी ने इसके दादा इब्राहिम ख़ाँ सूर को उसकी ख़िदमत के बदले में दी थी। यहाँ वह घोड़ों का ब्यौपार करता था। मगर उसे इसके ब्यौपारियों में कोई इज़्ज़त नहीं मिलती थी। हर वक़्त उसे नीची निगाह से देखा जाता था। बाद में शेर ख़ाँ के वालिद मियाँ हसन सूर ने, अपने वालिद इब्राहिम ख़ाँ से ब्यौपार के थोड़े-बहुत गुर सीखने के बाद, घोड़ों का ब्यौपार छोड़ दिया। लम्बे अरसे तक शेर ख़ाँ का वालिद मियाँ हसन सूर, कछवाहा राजपूत रायसाल दरबारी के दादा रायमल की सेवा भी करता रहा।"

"ख़ुदावंद हिन्दू बेग, यह तो बड़ा दिलचस्प शख़्स है।" बाबर ने मुस्कराते हुए कहा।

"हुज़ूर, फ़रीद ख़ाँ सूर मेरा मतलब है शेर ख़ाँ के बारे में एक बड़ा मज़ेदार क़िस्सा है। हुआ यह कि मसनदे आली तातार ख़ाँ के इन्तक़ाल के बाद सुल्तान बहलोल लोदी ने, लाहौर की हुकूमत मसनदे आली उमर ख़ाँ सरवानी को दे दी थी। उमर ख़ाँ ख़ाने आज़म के साथ-साथ, सुल्तान बहलोल लोदी का सलाहकार और मुसाहिब भी था। फ़रीद यानी शेर ख़ाँ का वालिद मियाँ हसन ख़ाँ सूर, इसी मसनदे

आली उमर ख़ाँ सरवानी की ख़िदमत में चला गया। कुछ दिनों के बाद फ़रीद ख़ाँ सूर यानी जो बाद में इसी शेर ख़ाँ सूर के नाम से जाना जाने लगा, उसने अपने वालिद मियाँ हसन ख़ाँ सूर से इल्तजा की कि अब्बा हुज़ूर, आप मुझे भी मसनदे आली उमर ख़ाँ सरवानी की ख़िदमत में ले चलें, और मेरी तरफ़ से यह गुज़ारिश करें कि फ़रीद मसनदे आली की ख़िदमत करना चाहता है। उसके लायक़ जो भी काम हो, उसे वह करने को तैयार है।

"इस पर हुज़ूरे आली, मियाँ हसन ख़ाँ सूर ने बेटे से कहा कि तू अभी बच्चा है। कुछ दिन और ठहर जा। वालिद के मना करने पर फ़रीद ख़ाँ ने अपनी ख़्वाहिश अपनी माँ को बताई। माँ ने अपने शौहर मियाँ हसन ख़ाँ सूर से कहा कि अगर उनके बेटे फ़रीद का मन मसनदे आली से मिलने को कर रहा है, तो इसे साथ ले जाने में क्या हर्ज़ है। क्या पता मसनदे आली उमर ख़ाँ इस बच्चे की बात मान लें, और ख़ुश होकर इसे अपनी ख़िदमत का कोई मौक़ा ही दे दें। मियाँ हसन ख़ाँ सूर को बीवी की बात में दम नज़र आया और वह फ़रीद को अपने साथ ले गया। मसनदे आली उमर ख़ाँ को जब मियाँ हसन ख़ाँ सूर ने अपने बेटे की ख़्वाहिश के बारे में बताया, तब मसनदे आली उमर ख़ाँ ने मियाँ हसन ख़ाँ सूर के ही सामने कहा कि फ़रीद अभी बच्चा है। जब यह इस लायक़ हो जाएगा, तब मैं इसे ख़ुद ही कोई काम दे दूँगा। फ़िलहाल मैं यह कर सकता हूँ कि एक छोटा-सा गाँव इसके हवाले कर देता हूँ, ताकि यह उसकी देखभाल करता रहे। इसके बाद फ़रीद ने घर जाकर अपनी माँ से चहकते हुए कहा कि देखा अम्मीं, अब्बाजान मुझे मसनदे आली साहब के पास नहीं ले जा रहे थे। कह रहे थे कि मैं अभी बच्चा हूँ। आपके कहने पर ये ले गए, तो पता है मसनदे आली उमर ख़ाँ साहब ने देखभाल के लिए मुझे एक गाँव दे दिया है।

"तो हुज़ूरे आली, कुछ दिनों के बाद मियाँ हसन ख़ाँ सूर के वालिद इब्राहिम ख़ाँ सूर का नारनौल में इन्तक़ाल हो गया। अपने वालिद के इन्तक़ाल के बाद मियाँ हसन ख़ाँ सूर, मसनदे आली उमर ख़ाँ की ख़िदमत में पहुँच गया। वहाँ जाकर पहले उसने अपने वालिद इब्राहिम ख़ाँ के इन्तक़ाल की ख़बर दी। बाद में उसने गुज़ारिश की कि उसके वालिद के क़ब्ज़े में चालीस घुड़सवारों की जो जागीर थी, मसनदे आली अगर आप मुझे इजाज़त दें, तो मैं उन सबको आपकी ख़िदमत में ले आऊँ। उनके आने से मैं मसनदे आली की ख़िदमत और बेहतर तरीक़े से कर सकता हूँ। मियाँ हसन ख़ाँ सूर की बात सुन मसनदे आली उमर ख़ाँ बोला कि हसन, तुझे यह तो पता ही है कि जो कुछ मेरी जागीर में था, उसमें से मैंने पहले ही तुम्हें कुछ दे दिया है। अब उसमें और ज़्यादा आदमियों की गुंजाइश नहीं है। हाँ, मैं एक काम कर सकता हूँ कि यहाँ के हाकिम से सिफ़ारिश कर तेरी जागीर का रक़बा बढ़वा सकता हूँ। इस तरह मसनदे आली उमर ख़ाँ सरवानी ने हाकिम से सिफ़ारिश कर मियाँ हसन ख़ाँ की मौजूदा जागीर में यह कहते हुए बढ़ोतरी करवा दी कि हाकिम

साहब, मियाँ हसन ख़ाँ सूर की जागीर में आप अगर कुछ और गाँव जोड़ देंगे, तो मैं आपका शुक्रगुजार रहूँगा। बाद में मियाँ हसन ख़ाँ सूर ने इसी हाकिम की इतनी ख़िदमत की कि हाकिम उससे बहुत ख़ुश हुआ।"

बाबर बड़ी दिलचस्पी के साथ हिन्दू बेग इन्दर के मुँह से इस क़िस्से को सुनता रहा।

"हुज़ूर, कहा जाता है कि फ़रीद का बचपन ज़्यादा अच्छा नहीं गुज़रा। फ़रीद को इसकी सौतेली माँ के बर्ताव और बाप की अनदेखी ने बाग़ी बना दिया था, और महज़ पन्द्रह बरस की उम्र में यह घर छोड़कर जौनपुर चला गया। यहाँ इसने जौनपुर के सूबेदार के यहाँ नौकरी की। हालाँकि यहाँ भी इसका मन नहीं लगा और दर-दर की ठोकरें खाता रहा। अपने वालिद की मौत के बाद यह अपने हक़ की लड़ाई लड़ता रहा, और एक दिन आगरा के शाही दरबार से शाही फ़रमान हासिल कर अपनी जागीर पर क़ब्ज़ा कर लिया। यह वही जागीर थी हुज़ूर, जिसे सुल्तान सिकन्दर लोदी ने अपने वालिद सुल्तान बहलोल लोदी के इन्तकाल के बाद, अपने भाई बारबक शाह से लेकर फ़रीद ख़ाँ सूर के वालिद हसन ख़ाँ सूर को दे दी थी।" इतना कह हिन्दू बेग इन्दर अपने बादशाह की प्रतिक्रिया का इन्तज़ार करने लगा।

"और फ़रीद ख़ाँ से इसका नाम शेर ख़ाँ कैसे पड़ा?" बाबर ने मुस्कराते हुए पूछा।

"हुज़रे आली, तक़रीबन छह साल पहले तक फ़रीद ख़ाँ बिहार के हुक्मराँ बहार ख़ाँ लोहानी के दरबार में हाज़िरी दिया करता था। कहा जाता है कि एक बार इसने अकेले ही एक शेर को मार गिराया था। फ़रीद की इसी ताक़त और दिलेरी की वजह से बहार ख़ाँ लोहानी ने इसे शेर ख़ाँ का ख़िताब दिया। इस दौरान शेर ख़ाँ ने अपनी मेहनत और ईमानदारी के चलते बहार ख़ाँ लोहानी के दिल में इस क़दर जगह बना ली, कि वह बहार ख़ाँ का ख़ास और क़रीबी बन गया। इसी बीच एक दिन बहार ख़ाँ लोहानी की मौत हो गई, तो शेर ख़ाँ ने उसकी बेवा दूदू बेगम से निकाह कर लिया। हुज़ूरे आली, इस तरह शेर ख़ाँ, बहार ख़ाँ लोहानी की मौत के बाद उसकी बेवा दूदू बेगम और उसके नाबालिग़ बेटे का सरपरस्त बन गया। हुज़ूर, जिस वक़्त शेर ख़ाँ ने बहार ख़ाँ लोहानी की बेवा से निकाह किया था, उस वक़्त इसकी उम्र चालीस साल थी। इतना ही नहीं अपनी सल्तनत की सरहदों को बढ़ाने के लिए इसने दूसरी कई बेवाओं का सहारा लेकर उनकी जागीरों पर क़ब्ज़ा कर लिया था। ऐसा ही एक मामला चुनार के क़िले के कमानदार का था। कमानदार एक जंग में मारा गया, तो उसकी बेवा लाड मलिका से इसने निकाह कर, क़िला समेत उसकी सारी दौलत को अपने क़ब्ज़े में कर लिया।"

हिन्दू बेग इन्दर के मुँह से सारा क़िस्सा सुनने के बाद बाबर देर तक सोचता रहा। इसके बाद बाबर एक लम्बी साँस लेते हुए बोला, "ठीक है। उसे दरबार में पेश किया जाए!"

फ़रीद ख़ाँ सूर यानी शेर ख़ाँ को दरबार में पेश किया गया। फ़रीद ख़ाँ ने दरबार में आते ही गुलामाना अन्दाज़ में फ़र्शी सलाम किया और देर तक फ़र्श पर घुटनों के बल बैठा रहा। बाबर उसके इस व्यवहार से इतना प्रभावित हुआ कि तुरन्त उसे ख़िलअत प्रदान कर अपनी फ़ौज में शामिल कर लिया। इधर फ़रीद ख़ाँ सूर ने भी तैमूरी सुल्तानों के दरबार की रिवायत के मुताबिक़ राज-भक्ति की शपथ ली।

बाबर ने फ़रीद ख़ाँ सूर यानी शेर ख़ाँ और उसके वालिद हसन अली ख़ाँ को एक दिन दावत पर बुला लिया। दस्तरख़ान पर सजे तरह-तरह के भोजन के बीच फ़रीद ख़ाँ की नज़र चीनी की तश्तरी में रखे भुने हुए मांस के कुछ बड़े-बड़े टुकड़ों पर पड़ी। उसका मन इन्हें खाने के लिए करने लगा। मगर परेशानी यह है कि इसे खाया कैसे जाए? कुछेक पल सोचने के बाद उसने पास में रखे चाकू को उठाया और भुने हुए मांस के छोटे-छोटे टुकड़े कर एक तश्तरी में रख लिए। इसके बाद वह इत्मीनान से इन भुने हुए मांस के सख़्त टुकड़ों को खाने लगा। बाबर चुपचाप फ़रीद ख़ाँ को देख रहा था, उसकी इस सूझ-बूझ और समझ पर उसे बड़ी हैरानी हुई। उसने हिन्दू बेग इन्दर को इशारे से अपने पास बुलाया। हिन्दू बेग इन्दर अपने बादशाह के पास आ गया, तो बाबर उसे एक तरफ़ ले गया।

"ख़ुदावंद हिन्दू बेग, इस फ़रीद ख़ाँ मेरा मतलब है शेर ख़ाँ से होशियार रहना! यह बहुत चालाक जान पड़ता है इसलिए इस पर नज़र रखना।" बाबर ने बेहद धीमी आवाज़ में हिन्दू बेग इन्दर को चेताते हुए कहा।

"हुज़ूरे आली, मैं कुछ समझा नहीं?" हिन्दू बेग इन्दर ने हैरानी के साथ पूछा। उसकी समझ में नहीं आ रहा है कि जिस शेर ख़ाँ को इतनी इज़्ज़त के साथ खाने पर बुलाया, उसी से वह होशियार रहने के लिए कह रहा है।

"इसलिए कि यह बहुत ज़हीन और अक्लमन्द आदमी है। मुझे इसके माथे पर बादशाहत की लकीरें साफ़ नज़र आ रही हैं। मैंने इससे पहले भी कई बड़े-बड़े अफ़ग़ान अमीर-उमरा देखे हैं। मगर कभी मेरे दिलो-दिमाग़ में ऐसी कोई बात नहीं आई। पता नहीं क्यों, इसे देखने के बाद मेरा मन कहता है कि इसे हमें क़ैद कर लेना चाहिए। क्योंकि मुझे इसमें ताक़त की वो ख़ूबियाँ दिखती हैं, जो एक पादशाह के लिए ज़रूरी होती हैं।"

बाबर ने पलटकर इस बार जैसे ही शेर ख़ाँ की तरफ़ देखा, शेर ख़ाँ की नज़र भी उन दोनों पर पड़ गई। शेर ख़ाँ तुरन्त समझ गया कि हिन्दू बेग इन्दर और उसके बादशाह के बीच उसी को लेकर चर्चा हो रही है। क्या चर्चा हो रही है, यह वह समझ नहीं पाया।

"यह आ...आप क्या फ़रमा रहे हैं हुज़ूरे आली कि शेर ख़ाँ को क़ैद कर लिया जाए, मगर किस जुर्म में? इसने तो आपकी चौखट चूमी है और फिर आपने ही इसे दावत पर बुलाया है हुज़ूरे आली?"

बाबर ने पहले एक कुटिल मुस्कान उछाली और फिर हिन्दू बेग इन्दर की आँखों में अपनी आँखें धँसाते हुए बोला, "हिन्दू बेग, जिस आदमी के चेहरे से शोहरत और माथे से बादशाही का नूर टपकता हो, उसे तुरन्त गिरफ़्तार कर लेना चाहिए।"

"मगर हुज़ूरे आली, शेर ख़ाँ बेगुनाह है। वैसे भी इसके पास इतनी फ़ौज नहीं है जिसकी वजह से इस पर शुबहा किया जाए। अगर हमने इसे क़ैद कर लिया, तो कहीं ऐसा न हो कि जो अफ़ग़ान, पादशाह सलामत की ख़िदमत में हैं, वे भी यह सोचकर डर जाएँ कि पता नहीं हमें कब क़ैद कर लिया जाए। उनका हमारे ऊपर से यक़ीन उठ जाएगा और इससे कहीं अफ़रातफ़री न मच जाए!" हिन्दू बेग इन्दर ने अपना डर व्यक्त करते हुए कहा।

"ठीक है। हम आपकी बात मान लेते हैं मगर फिर भी इस पर नज़र रखिएगा!" हिन्दू बेग इन्दर को सावधान करने के बाद बाबर चुप हो गया।

इस बीच दावत के दौरान शेर ख़ाँ कई जाम शराब पी गया। खाना खाने के बाद शेर ख़ाँ अपने वालिद मियाँ हसन ख़ाँ सूर के साथ अपने ख़ेमे में पहुँचा, तो वह अपने वालिद से बोला, "अब्बा, खाना खाने के दौरान पादशाह सलामत अपने हिन्दू बेग इन्दर से बात करते हुए बार-बार हमारी तरफ़ देखे जा रहे थे। मुझे ऐसा लगा जैसे वे हमारे बारे में बात कर रहे हैं। पादशाह सलामत जिस तरह हमारी तरफ़ बुरी नज़र से देख रहे थे, न जाने क्यों मुझे लग रहा है कि हमारा यहाँ ठहरना अब ठीक नहीं है। हमें यहाँ से इसी वक़्त चले जाना चाहिए।"

मियाँ हसन ख़ाँ सूर को लगा कि उसके बेटे को नशा हो गया है। वह कुछ नहीं बोला और चुपचाप सो गया। मगर शेर ख़ाँ अपनी बात कहता रहा।

"अब्बा, ख़ुदा ने चाहा तो मोमिन की मदद से इस तैमूरी सल्तनत को हिन्द से भगाकर, मैं अफ़ग़ानों की हुकूमत फिर से क़ायम कर दूँगा।"

यह सब कहते वक़्त शेर ख़ाँ यह भूल गया कि उसके बग़ल वाले ख़ेमे में कोई उनकी बात सुन रहा है। दरअसल बराबर वाले ख़ेमे में लेटे दो भाई, जो अभी तक सोए नहीं थे, चुपचाप उनकी बात सुन रहे थे। शेर ख़ाँ और उसके वालिद मियाँ हसन ख़ाँ सूर के वार्तालाप को दोनों भाइयों ने जैसे ही सुना, वे दोनों उसी वक़्त बाबर के पास गए और सारी बात अपने बादशाह को बता दी। बाबर ने उसी समय उन दोनों भाइयों को हुक्म दिया, "आप दोनों उस पाजी पर नज़र रखना। सुबह होते ही उन्हें क़ैदख़ाने में पहुँचा दिया जाएगा।"

बादशाह का हुक्म सुन वे अपने ख़ेमे में आ गए और आकर चुपचाप सो गए।

अगले दिन सुबह बाबर ने शाही सिपाहियों को शेर ख़ाँ सूर को लाने के लिए भेजा, तो पता चला कि शेर ख़ाँ सूर और उसका पिता वहाँ नहीं हैं। सिपाहियों ने उन्हें बहुत ढूँढ़ा मगर वे उन्हें कहीं नहीं मिले। बाबर ने हिन्दू बेग इन्दर को बुलाकर

कहा, "ख़ुदावंद बेग, रात को आप मुझे नहीं रोकते तो इस नमकहराम को मैं उसी वक़्त क़ैद कर लेता। ज़रूर वह अब कुछ-न-कुछ करके मानेगा।"

हिन्दू बेग इन्दर कुछ नहीं बोला। उसे अपनी ग़लती का रह-रहकर अहसास होने लगा कि उसे फ़रीद ख़ाँ सूर यानी शेर ख़ाँ पर यक़ीन नहीं करना चाहिए था।

कुछ दिनों के बाद फ़रीद ख़ाँ सूर अर्थात् शेर ख़ाँ सूर ने ख़त लिखकर हिन्दू बेग इन्दर से माफ़ी माँगी—'जनाब हिन्दू बेग इन्दर साहब, बिना इजाज़त मेरे चले आने की वजह यह थी कि मुझे आसपास के सरदारों का डर था। अपनी दौलत की हिफ़ाज़त मेरे लिए ज़रूरी थी, वरना मैं तो अपने आपको आज भी हज़रत सुल्तान के दरबार के ग़ुलामों और जान क़ुरबान करनेवालों में समझता हूँ।'

34

चिन तैमूर सुल्तान की अगुवाई में जिन बहादुरों को भेजा गया था, मेदिनी राय के सिपाहियों ने उन्हें बुरी तरह हराकर वापिस लौटने पर मजबूर कर दिया। अगले दिन बाबर ने ख़ुद मोर्चा सँभाला और क़िले के पास पहुँचकर घेरा डाल दिया। क़िले का अच्छी तरह मुआयना करने और जायज़ा लेने के बाद, एक जगह रुककर बाबर ने अपने तोपची उस्ताद अली क़ुली को अपने पास बुलाया।

"उस्ताद, तोपों के लिए यह जगह कैसी रहेगी?"

"पादशाह सलामत, जगह तो सही है। मगर यहाँ एक माटी का टीला और बना दिया जाए, तो उस पर तोपों को आसानी से रखा जा सकता है।"

"यह ख़याल तो आपका एकदम वाजिब है। ऐसा करिए, इसी वक़्त मुहासिबों को हुक्म दीजिए कि वे यहाँ एक टीला बना दें!"

बाबर के इस आदेश के बाद कुछ ही घंटों में मिट्टी का टीला बनकर तैयार हो गया। सारी फ़ौजी तैयारियाँ हो गईं। इस तैयारी के बावजूद बाबर ने सोचा कि अच्छा हो बिना किसी ख़ून-ख़राबे के चन्देरी पर क़ब्ज़ा हो जाए। इसीलिए उसने अपने दो बेगों को हुक्म दिया।

"आप दोनों क़िले में जाइए और मेदिनी राय को जाकर यह यक़ीन दिलवाइए, कि अगर वह हमें चन्देरी दे दे तो हम उसे शम्साबाद दे देंगे और इसके बाद हम उसे अपनी शाही ख़िदमत में शामिल कर लेंगे।"

अपने बादशाह के हुक्म पर दोनों बेग मेदिनी राय के पास पहुँच गए। कुछ देर बाद वापिस लौटने के बाद वे दोनों बाबर के सामने हाज़िर हुए, तो उन दोनों

के बुझे हुए चेहरों को देख बाबर ने पूछा, "क्या हुआ? आप दोनों का चेहरा इस तरह क्यों लटका हुआ है?"

"हु...हुज़ूर!"

"क्या हुआ? आपकी ज़बान क्यों लड़खड़ा रही है?" बाबर ने ऊँची आवाज़ में पूछा।

"पादशाह सलामत, चन्देरी के बादशाह ने आपकी पेशकश क़बूल करने से मना कर दिया है।" सहमते हुए एक ने बताया।

"क्या, हमारी पेशकश क़बूल करने से मना कर दिया?"

"जी पादशाह सलामत।"

"ऐसा करिए, एक बार जाकर और समझाइए कि वह यह पेशकश क़बूल कर ले वरना इसका बहुत बुरा अंजाम भुगतना पड़ेगा!"

वे दोनों एक बार फिर क़िले की तरफ़ रवाना हो गए।

"क्या हुआ?" कुछ देर बाद उन दोनों के आने पर बाबर ने पूछा।

"हुज़ूरे आली, उसने फिर से मना कर दिया। बोला कि मुझे मर जाना मंज़ूर है मगर मैं सुलह हरगिज़ नहीं करूँगा।"

उनकी बात सुन, बाबर का जबड़ा खिंचता चला गया। वह बोला कुछ नहीं। अपने बादशाह के नथुनों से निकलती गर्म साँसों की फुंकार उन दोनों बेगों को साफ़ सुनाई देने लगी।

"ठीक है, अब जंग ही इसका रास्ता है। मैं तो इसे क़त्लो-ग़ारत से बचाने की सोच रहा था और अगर यह इसी पर आमादा है, तो कोई क्या कर सकता है। वैसे भी जंग बिना क़त्लो-ग़ारत होती नहीं है।" इतना कह बाबर अपनी जगह से खड़ा हो गया।

वज़ाहत ख़ान के तालाब से बाबर मालवा की दुर्गम पहाड़ियों, झीलों और जंगलों से घिरे चन्देरी की ओर मेदिनी राय के क़िले पर हमला करने के लिए चल पड़ा। आगे जाकर उसने हौज़ मियानी के पास अपना ख़ेमा जमा दिया। यहाँ से उसने पहाड़ी के बीच बने क़िले का बड़ी बारीक़ी से मुआयना किया। उसने पहाड़ी के बीच बने पतले खोहों का जायज़ा लिया। वह देर तक इसी सोच में डूबा रहा कि आख़िर पहाड़ियों से घिरे इस क़िले तक कैसे पहुँचा जाए? बाबर अभी क़िले तक पहुँचने के बारे में सोच रहा था कि इसी बीच किसी ने उसे पीछे से टोका, "पादशाह सलामत, किस सोच में डूबे हुए हैं?"

मुड़कर देखा तो पाया यह उस्ताद अली क़ुली है।

"उस्ताद, यही सोच रहा हूँ कि इस पहाड़ी से नीचे क़िले तक कैसे पहुँचा जाए?" बाबर ने पलटते हुए कहा।

"पैदल सिपाही तो किसी तरह पहुँच जाएँगे, पर हुज़ूर हाथियों और तोपों को वहाँ तक कैसे ले जाया जाएगा?" उस्ताद अली क़ुली भी अपने बादशाह की चिन्ता में शामिल होते हुए बोला।

"मैं भी यही सोच रहा हूँ। आप तो जानते ही हैं उस्ताद कि चन्देरी को जीतना हमारे लिए कितना ज़रूरी है। पर मेदिनी राय, जिसने खानवा में राणा सांगा का हमारे ख़िलाफ़ साथ दिया था, को जीते बिना आगे बढ़ना मुश्किल है।" इतना कह बाबर ने पहले नज़र उठाकर आसमान की तरफ़ देखा, और फिर उस्ताद अली क़ुली से पूछा, "उस्ताद, कितना वक़्त हुआ होगा?"

"जुह्र और अस्र के बीच का पहर चल रहा है हुज़ूरे आली।"

"ठीक है। आइए ख़ेमे की तरफ़ चलते हैं।"

बाबर अपने तोपची उस्ताद अली क़ुली के साथ पहाड़ी से उतरकर अपने ख़ेमे में लौट आया। आते ही उसने अपने सारे मुहाफ़िज़ों, दस्तरपेचों, बेगों, मुसाहिबों, बहादुरों, तोपचियों, सिपहसालारों और ख़ास सरदारों को तुरन्त इकट्ठा होने का हुक्म दिया। बाबर के आदेश पर सब इकट्ठे हो गए।

"ऐ मेरे ख़ुदावंद हाकिमो, मैंने आपको एकाएक एक ख़ास मक़सद से यहाँ बुलाया है और वो यह कि हमें हर हालत में क़िले तक पहुँचना है। मगर मुश्किल यह है कि वहाँ तक पहुँचने का कोई रास्ता नहीं है।"

"हाँ पादशाह सलामत, इस खड़ी पहाड़ी से क़िले तक पहुँचना बहुत मुश्किल है?" हिन्दू बेग इन्दर ने सबको सुनाते हुए बाबर से सहमति व्यक्त करते हुए कहा।

"हिन्दू बेग, इसीलिए आप सबको बुलाया है कि क़िले तक पहुँचने की कोई तरकीब सोचो!"

बाबर के इतना कहने पर सब एक-दूसरे की तरफ़ देखने लगे। ख़ामोशी छा गई वहाँ।

"ऐसे ख़ामोश रहने से काम नहीं चलेगा बहादुरो! हमारे पास वक़्त नहीं है।" बाबर जैसे झल्ला उठा।

जब किसी ने कोई उपाय नहीं सुझाया, तब बाबर ही बोला, "हमारे पास अब बस एक ही तरीक़ा है क़िले तक पहुँचने का, और वो यह कि हमें ऊपर से नीचे तक पहाड़ी काटकर हाथियों और असलाह ले जाने का रास्ता बनाना पड़ेगा।"

इस मुश्किल और नामुमकिन काम को सुनते ही सारे बेगों, मुसाहिबों, बहादुरों, वज़ीरों, ओहदेदारों, तोपचियों, सिपहसालारों और सरदारों ने एक-दूसरे की तरफ़ ऐसे देखा, मानो वे एक-दूसरे से कह रहे हैं कि पहाड़ी को काटना कैसे सम्भव है।

"मुझे कुछ नहीं सुनना है, मग़रिब की नमाज़ ख़त्म होते ही अपने सारे सिपाहियों और मुसाहिबों से कह दो कि वे पहाड़ी काटने में लग जाएँ। मुझे रात-भर में हर हालत में क़िले तक पहुँचने का रास्ता चाहिए!"

बाबर के इस हुक्म और ऐलान के बाद पूरी फ़ौज मग़रिब की नमाज़ ख़त्म होते ही अपने काम में लग गई।

फ़ज्र की अज़ान के आसपास जब सुबह की लालिमा पूरब में पूरी तरह फैल गई, बाबर की सेना ने अपने काम को अंजाम तक पहुँचा दिया। रात-भर में उसकी सेना ने सचमुच ऐसा अविश्वसनीय काम कर डाला जिसकी कल्पना भी नहीं की जा सकती। बाबर ने अपने सिपाहियों को पहले से तय किए गए ठिकानों पर जाने का हुक्म दिया। क़िले की दीवारों पर सीढ़ियाँ लगाकर उसके सिपाही दीवार पर चढ़ गए। बाबर के सिपाहियों को दीवार पर चढ़ा देख, पहले से क़िले पर तैनात मेदिनी राय के सिपाही भागकर अन्दर चले गए।

मेदिनी राय को जैसे ही पता चला कि बाबर की सेना पहाड़ काटकर क़िले तक आ पहुँची है, वह हैरान रह गया। उसने भी बिना वक़्त गँवाए अपनी सेना को युद्ध करने का हुक्म दे दिया। देखते-ही-देखते मेदिनी राय और बाबर की सेना में भयानक युद्ध छिड़ गया।

इससे पहले कि बाबर अगली रणनीति के बारे में सोचता, क़िले के अन्दर से अचानक उठते धुएँ के गुबार को देख वहीं ठिठक गया। उसकी समझ में नहीं आया कि क़िले से यह किस तरह का धुआँ उठ रहा है। अभी वह इसके बारे में कुछ अनुमान लगा पाता, सामने से बड़ी तेज़ी से शेख़ घूरन नाम का बेग आता दिखाई दिया। पास आकर बदहवास शेख़ घूरन ने घोड़े की लगाम को इस तरह खींचा कि घोड़ा वहीं रुक गया।

"ख़ुदावंद घूरन, क़िले के भीतर यह कैसा धुआँ उठ रहा है?" बाबर ने हैरानी से पूछा।

"मैं आपको यही बताने आया हूँ पादशाह सलामत। क़िले के भीतर राजपूत रानियाँ और उनकी ख़िदमतगार अपने आपको आग के हवाले कर रही हैं।" शेख़ घूरन ने हाँफते हुए बताया।

"क्या बक रहे हो?" बाबर ने लगभग चीख़ते हुए पूछा।

"जी पादशाह सलामत, जैसे ही इन्हें हमारी ताक़त का पता चला, सबने मिलकर आग के हौज़ में कूदना शुरू कर दिया। आप एक बार चलकर तो देखिए हुज़ूर!"

"चलिए!" इतना कह बाबर ने अपने घोड़े को एड़ लगाई और शेख़ घूरन के पीछे-पीछे हो लिया।

शेख़ घूरन बादशाह बाबर को अन्दर क़िले में जैसे ही उस तरफ़ ले गया, जिस तरफ़ से उसे धुआँ उठता दिखाई दे रहा था, तो सामने के दृश्य को देख बाबर की आँखें मुँदती चली गईं। उसने देखा आकाश में उठती लपटों से घिरे विशाल अग्नि-कुंड से आती कर्णभेदी चीत्कारों के बीच, अब भी रह-रहकर कुछ दासियाँ उसमें छलांग लगा रही हैं।

"ख़ुदावंद घूरन, रोको इन्हें!" बाबर शेख़ घूरन को हुक्म देते हुए चिल्लाया।

मगर शेख़ घूरन ही नहीं दूसरे मुग़ल सैनिकों के पास सिवाय निश्चेष्टता के साथ इस दृश्य को देखने के जैसे कोई रास्ता नहीं है।

क़िले के अन्दर चल रही जंग के बीच ख़ामोशी के साथ जौहर-कुंड में रानियों और दासियों की जलती सामूहिक चिता को बाबर देर तक अपलक निहारता रहा। अपने बग़ल में खड़े शेख़ घूरन की तरफ़ बाबर धीरे-से ऐसे पलटा जैसे उसके मन में अनगिनत सवाल उठ रहे हैं।

"पादशाह सलामत, मैंने एक राजपूत सिपाही से इसके बारे में पूछा था। उसने बताया कि राजपूतों को जब लगता है कि उनकी हार तय है और मर्द मारे जा रहे हों, तो औरतें ख़ुद को चन्दन की सूखी लकड़ी और तेल-घी की चिता, जिसे जौहर-कुंड कहते हैं, उसके हवाले कर देती हैं।" शेख़ घूरन मानो अपने बादशाह की नज़रों को भाँप गया।

"जौहर-कुंड! मैं कुछ समझा नहीं शेख़ घूरन?"

"जी पादशाह सलामत। उस राजपूत सिपाही ने बताया कि इनके यहाँ यह रिवाज़ है कि जंग में हारने या मारे जाने के बाद, इससे पहले कि दुश्मन के सिपाही उनकी औरतों को अपने साथ ज़बरन ले जाएँ, ये ख़ुद को जलती हुई आग के हवाले कर, अपनी जान क़ुरबान कर देती हैं। इसी रिवाज़ को ये जौहर कहते हैं।"

बाबर प्रत्युत्तर में कुछ नहीं बोला। चुपचाप क़िले के मुख्य द्वार की तरफ़ चला आया।

लगभग एक घंटे तक चले युद्ध में जीत मुग़लों की हुई। घंटे-भर की इस जंग में चन्देरी क़िले का सहन जौहर करनेवाली राजपूत स्त्रियों की चिरायंध और बलिदानी राजपूतों की लाशों से पट गया। क़िले में जहाँ भी नज़र जाती, ख़ून से नहाए राजपूतों की लाशें ही लाशें दिखाई देतीं। बाबर ने इसकी परवाह किए बिना खानवा की तरह अपने बेगों, मुसाहिबों और सिपाहियों को दुश्मन के मृत सैनिकों के सरों का कल्ला मीनार, या कहिए विजय स्मारक बनाने का हुक्म दिया।

"शेख़ घूरन, मेदिनी राय के कुनबे में कोई ज़िन्दा तो नहीं बचा है?" कल्ला मीनार बनाने का हुक्म देने के बाद बाबर ने पूछा।

"पादशाह सलामत, न जाने कैसे उनकी दो बेटियाँ बच गई हैं।" शेख़ घूरन ने बताया।

"दो बेटियाँ! कितनी उम्र होगी उनकी?"

"हुज़ूर, होगी यही कोई चौदह-पन्द्रह साल।"

"इस वक़्त कहाँ हैं वे?"

"हमारे सिपाहियों की क़ैद में हैं।"

"उन्हें तुरन्त हमारे सामने लाया जाए!"

बाबर के हुक्म के बाद मेदिनी राय की दोनों बेटियों को बाबर के सामने लाया गया। डरी-सहमी दोनों किशोरियों पर बाबर ने एक उचटती-सी नज़र डाली। फिर

वह अपने बेगों और सरदारों की तरफ़ पलटा, "बताइए, इन लड़कियों का क्या किया जाए?"

"पादशाह सलामत वही, जो जंग में जीती गई लौंडियों और ग़ुलामों का किया जाता है। इन्हें अपने बहादुर सरदारों की ख़िदमत में पेश कर दिया जाना चाहिए।" एक सरदार ने राय देते हुए कहा।

"आप शायद भूल रहे हैं कि भले ही ये हमारे मरहूम दुश्मन की बेटियाँ हैं, मगर हमें यह भी नहीं भूलना चाहिए कि हमारा दुश्मन कोई मामूली शख़्स नहीं था। मालवा का बादशाह था।" बाबर ने अपने सरदार को एक तरह से डाँट दिया। फिर उसने हिन्दू बेग इन्दर की तरफ़ देखा, "ख़ुदावंद हिन्दू बेग, आपकी क्या राय है?"

"हुज़ूरे आली, मेरी राय में इनके साथ वही सुलूक होना चाहिए, जो एक जीते हुए बादशाह द्वारा हारे हुए दुश्मन बादशाह की औलादों के साथ होता है। जैसे दोस्ती बराबर हैसियत वालों के साथ की जाती है, दुश्मनी भी हैसियत और बराबरी के मुताबिक़ निभाईजानी चाहिए।" हिन्दू बेग इन्दर ने बेहद सधे और सुलझे हुए अन्दाज़ में कहा।

"आप सही कह रहे हैं हिन्दू बेग। मेदिनी राय की इन बेटियों की हमारी नज़र में वही इज़्ज़त है, जो मेदिनी राय की नज़र में थी...और फिर, बेटियाँ चाहे दोस्त की हों या दुश्मन की; बेटियाँ, बेटियाँ होती हैं। बेटियों का कोई मज़हब नहीं होता। बेटियाँ तो सबकी साझी होती हैं। लगता है इन्हें अपनी ज़िन्दगी से बेपनाह मोहब्बत है, जो अपने आपको इन्होंने आग के हौज़ के हवाले नहीं किया।" बाबर की आँखों के सामने एकाएक विशाल अग्नि-कुंड में छलांग मारती स्त्रियों के दृश्य ताज़ा हो उठे।

बाबर के इतना कहने के बाद चारों तरफ़ फैली चिरायंध के बीच सन्नाटा छा गया।

"हिन्दू बेग, हम चाहते हैं कि इन दोनों को वही इज़्ज़त मिलनी चाहिए, जिसकी ये हक़दार हैं।" बाबर ने हिन्दू बेग इन्दर की ओर देखते हुए कहा।

"हुज़ूरे आली, मैं कुछ समझा नहीं।"

"मैं चाहता हूँ कि इन्हें किसी सरदार के हवाले करने के बजाय, ये हमारे ख़ानदान का हिस्सा बनें। इसलिए मैं इनमें से एक का निकाह अपने बेटे मिर्ज़ा कामरान, और दूसरी का निकाह वली अहद नसीरुद्दीन मुहम्मद हुमायूँ के साथ करने का ऐलान करता हूँ।" बाबर ने मेदिनी राय की बच गई दोनों बेटियों की मौजूदगी में घोषणा कर दी।

मेदिनी राय की मौत के बाद उसकी जो दो बेटियाँ जौहर से बच गई थीं, उनमें से एक का निकाह हुमायूँ और दूसरी का निकाह कामरान से कर दिया गया। चन्देरी

क़िले को जीतने के बाद बाबर ने इसे मालवा के पूर्व शासक सुल्तान नासिरुद्दीन के पोते अहमद शाह के हवाले कर दिया। साथ में अहमद शाह की मदद के लिए प्रशासक के रूप में मुल्ला अपाक और तीन हज़ार तुर्की और हिन्दुस्तानी सिपाही भी तैनात कर दिए गए।

इस तरह चन्देरी को जीतने के बाद बाबर मल्लू ख़ान के तालाब से रवाना होकर, बुरहानपुर नदी के किनारे पहुँच गया। इसके बाद गंगा को पार कर, उसके पश्चिमी तट पर ख़ेमे गाड़ दिए गए। ख़ेमों से दो मील दूर गंगा पर पुल बनाने की जगह चुनी गई।

इधर पुल अभी बन ही रहा था कि उस्ताद अली क़ुली ने दुश्मन को भयभीत करने के लिए अपनी तोपों से पत्थर बरसाने शुरू कर दिए। इधर तोपें गरजती रहीं, उधर उनकी गड़गड़ाहट के बीच मुग़ल सिपाहियों ने गंगा को पार करना शुरू कर दिया। जबकि मुस्तफ़ा रूमी छोटी तोपों के अराबों को ढलान से कुछ और नीचे के टीले पर ले आया। बाबर के कुछ जाँबाज़ बड़ी दिलेरी के साथ आगे गए। मगर दुश्मन से बग़ैर लड़े लौट आए। उन्हें बिना लड़े आया देख बाबर ने उन्हें ख़ूब खरी-खोटी सुनाई, तो एक बार फिर उन्होंने हिम्मत की और दुश्मन से जाकर भिड़ गए। मगर दुश्मन की बड़ी फ़ौज के आगे उनके पैर उखड़ गए।

लगभग पन्द्रह दिनों में पुल बनकर तैयार हो गया। जैसे ही पुल तैयार हुआ पैदल सैनिक और घुड़सवारों ने पुल पार कर हमला बोल दिया। मगर इस लड़ाई में किसी की जीत नहीं हुई। इसके बाद ख़ुद बाबर अपनी फ़ौज के बीच, दाएँ और बाएँ तरफ़ तैनात सिपाहियों को लेकर अफ़ग़ानों से लड़ने के लिए आगे बढ़ गया। देखते-देखते अफ़ग़ान और मुग़लों में जंग छिड़ गई। हाथियों पर सवार अफ़ग़ान सिपाहियों ने मुग़ल सेना का दायाँ भाग छिन्न-भिन्न कर दिया। इनका साथ दिया तुफ़ंग और उस्ताद अली क़ुली की उस ग़ाज़ी तोप ने, जिन्होंने खानवा की जंग जिताई थी। शाम होते-होते अफ़ग़ानों को परास्त कर दिया गया। चारों तरफ़ शाम का झुटपुटा फैलने लग गया, इसलिए बाबर ने अपने दुश्मन का पीछा नहीं किया और अपने ख़ेमे में लौट आया।

अगले दिन एक बार फिर जंग की तैयारियाँ शुरू हो गईं। इससे पहले कि नगाड़े बजाकर जंग का ऐलान होता, बाबर को ख़बर मिली कि दुश्मन भाग खड़ा हुआ है। बाबर ने मेवात की राजधानी तिजारा से वापिस बुला लिए गए चिन तैमूर सुल्तान को हुक्म दिया कि वह दुश्मन का पीछा करे। मगर तैमूर पीछा करने में क़ामयाब नहीं हो पाया। कहीं अफ़ग़ान फिर से पलटकर हमला न कर दें, इस डर से बाबर ने चिन तैमूर सुल्तान की मदद के लिए और फ़ौज भेज दी। इस मदद से मुग़ल सैनिकों ने अफ़ग़ानों का दूर तक पीछा किया और जो हाथ लगे उनका सामान छीनकर उनके परिवारों को बन्दी बना लिया गया।

जब हर तरफ़ अमन-चैन हो गया, तब एक दिन बाबर ने अपने मुहाफ़िज़ों, बेगों, बहादुरों, तोपचियों, सिपहसालारों और सरदारों की मौजूदगी में शेर ख़ाँ सूर को बुलवाया।

"ख़ुदावंद शेर ख़ाँ, हम आपकी सूझ-बूझ और जाँबाज़ी से बहुत ख़ुश हैं। आपने हमारे पूरब का मोर्चा बड़ी दिलेरी के साथ सँभाला। इसलिए हम चाहते हैं कि बिहार के आपके पुराने परगने और जागीर आपको लौटा दिए जाएँ।"

शेर ख़ाँ सूर ने बाबर के इस फ़ैसले को फ़र्शी सलामी के साथ क़बूल कर लिया।

बाबर ने लखनऊ की सैर की और गोमती नदी को पार कर, दूसरे किनारे पर ख़ेमे डाल दिए। फिर लखनऊ से चलकर घाघरा और सरयू नदी के संगम स्थल पर पड़ाव डाल दिया। मेवात के फ़िरोज़पुर झिरका की तरह लोगों से बाबर ने सरयू नदी की बड़ी तारीफ़ सुन रखी थी। बाबर ने तुरन्त मीर मुहम्मद जालाबान को भेजकर सरयू के घाटों का पता लगवाया और इसके बाद वह शिकार के लिए सवार हो गया। लगभग साढ़े पाँच महीने उसने जौनपुर, चौसा, बक्सर और दूसरी जगहों पर बिताए। यहाँ उसने अफ़ग़ानों को हराने के बाद, उन्हें बिहार और बंगाल में शरण लेने के लिए मजबूर कर दिया। इस बीच चौमासा लगते ही वह आगरा लौट आया।

35

एक बार फिर बाबर धौलपुर और ग्वालियर की सैर करने के लिए आगरा से चल दिया। दो दिन धौलपुर ठहरने के बाद वह ग्वालियर की ओर रवाना हो गया। इशा की नमाज़ के वक़्त बाबर का लश्कर चारबाग़, जिसे पिछले साल बनवाया गया था, वहाँ पहुँच गया। अगले दिन उत्तर की पहाड़ियों और ईदगाह की सैर करने के बाद उसने राजा मान सिंह और विक्रमादित्य के महलों को देखा। यहाँ उसने महलों के वास्तुशिल्प की सराहना के साथ-साथ इसकी आलोचना भी की। इन्हीं महलों में से एक में रहीमदाद रहता है।

"हिन्दू बेग, ये महल तो अजीब शान के हैं। देखो न, भले ही इनमें तराशे हुए पत्थर लगाए गए हैं मगर ये जो बड़े-बड़े सिल्ले लगाए गए हैं, ये कितने भारी, बेडौल और छोटे-बड़े हैं।" बाबर ने विक्रमादित्य के चित मन्दिर महल के वास्तुशिल्प की तरफ़ इशारा करते हुए कहा।

अपने बादशाह के इस सवाल पर हिन्दू बेग इन्दर कुछ नहीं बोला।

"हाँ, राजा मान सिंह के चौमहले बहुत बढ़िया और आलीशान हैं। ये देखो इनकी ख़ूबसूरत कटावदार पाँखें। ऊँचाई भी इनकी पचास गज़ से कम की नहीं होगी।" इसके बाद बाबर ने महल की दीवार को छूते हुए कहा, "लगता है इन पर कोई दूधिया लेप किया गया है!"

"जी हुज़ूरे आली, लगता तो ऐसा ही है।" हिन्दू बेग ने अपने बादशाह से सहमत होते हुए कहा।

"चलिए, उधर नीचे की मंज़िल की तरफ़ चलते हैं, जिधर अँधेरा घुप्प है! मुहाफ़िज़ों को हुक्म दो कि वे शमा का इन्तज़ाम करें।"

बादशाह के इतना कहते ही रोशनी करनेवाली शमाओं का इन्तज़ाम हो गया। शमाओं के उजाले में बाबर अपने कुछ बेगों को लेकर नीचे की मंज़िल में उतर गया। दो बुर्जों के बीच हिन्दुस्तानी ढंग से बनी एक-एक चौपहल बुर्जी को देख, बाबर के क़दम वहीं ठिठक गए।

"हिन्दू बेग, इन बुर्जों पर सोने के पानी चढ़े इन ताँबे की कलसियों को तो देखो, कितनी ख़ूबसूरत हैं। दीवारों के बाहर चीनी काम है। इन पर चारों तरफ़ ये जो केले के दरख़्त बने हुए हैं, ये जोहरी चीनी में हैं।" इतना कह बाबर महल के निकास की तरफ़ चला आया।

"हुज़ूर, यह हाथीपोल है।" निकास द्वार के दोनों तरफ़ खड़ी हाथियों की विशाल मूर्तियाँ, जिन पर महावतों की मूर्तियाँ भी रखी हुई हैं, हिन्दू बेग ने उनकी ओर देखते हुए बताया।

"हाथीपोल?" बाबर ने हैरानी से पूछा।

"जी हुज़ूरे आली! हिन्दुस्तान में फ़ील को हाथी और दरवाज़े को पोल बोला जाता है।" हिन्दू बेग इन्दर से बाबर ने जिस अन्दाज़ में पूछा, हिन्दू बेग समझ गया कि उसका बादशाह क्या जानना चाहता है।

"अच्छा, तो इस दरवाज़े को इसलिए हाथीपोल कहा जाता है।" फिर कुछ पल रुककर बाबर बोला, "ख़ुदावंद बेग, वैसे ग़ज़ब की कारीगरी है। लगता है जैसे हाथियों के ये बुत अभी चिंघाड़ उठेंगे।"

हिन्दू बेग इन्दर अपने बादशाह को चुपचाप सुनता रहा।

"आइए, महल के ऊपर चलते हैं!" इतना कह बाबर चित मन्दिर अर्थात् चित्र मन्दिर के पोल के ऊपर चला आया।

पोल के ऊपर चौमहले की सबसे निचली मंज़िल की एक खिड़की, निकास द्वार यानी हाथीपोल के बिलकुल पास की इस खिड़की को बाबर देर तक बड़े ध्यान से देखता रहा। फिर कुछ पल रुककर बोला, "हिन्दू बेग, इसमें मेहनत और कारीगरी तो बहुत की गई है...हिन्दुस्तानी कटाव और सजाव में भी कोई कमी नहीं

बरती गई है, मगर मकान बेहद घुटे-घुटे हैं। गड्ढे में होने की वजह से ये बे-हवा हो गए हैं। यहाँ तो हवा भी आने को तरसती होगी।"

महलों को देखने के बाद बाबर ने रहीमदाद का मदरसा देखा। मदरसे के अहाते में बने तालाब और चारों तरफ़ लगी फुलवारी को जी भरकर देखने के बाद, उसने मदरसे के पश्चिम में सुल्तान शम्सुद्दीन अलतमश द्वारा बनाए गए तेली मन्दिर अर्थात् तिलंगना मन्दिर को भी देखा। इस मन्दिर की ऊँचाई इतनी है कि यहाँ से पच्चीस-छब्बीस मील दूर धौलपुर की पहाड़ियों से इसे आसानी से देखा जा सकता है। बाबर को यह देखकर हैरानी हुई कि मन्दिर के बग़ल में जामा मस्जिद भी बनी हुई है।

मदरसा देखने के बाद बाबर मग़रिब की अज़ान से पहले चारबाग़ में लगे अपने ख़ेमे में लौट आया।

दूसरे दिन बाबर ने राजा मान सिंह के क़िले में बने बादलगढ़ भवन को देखा। यहीं मान सिंह की गूजर पत्नी मृगनयनी का बनवाया हुआ गूजरी मन्दिर भी है। यहाँ से वह उरवा घाटी गया। फाटक के पास जाने पर बाबर की जैसे ही ऊपर नज़र गई, वह ठिठक गया और तीन सौ साल पहले पत्थर पर खुदे हरूफ़ों को पढ़ने लगा—सुल्तान शम्सुद्दीन अल्तमश, 630 हिजरी।

यहीं उसे मालूम हुआ कि राणा संग्राम सिंह की मौत के बाद उसके तीनों बेटों राणा रतन सिंह, बिक्रमजीत सिंह और उदय सिंह में मेवाड़ की गद्दी को लेकर रस्साकसी शुरू हो गई है।

"हुज़ूरे आली, ख़बर मिली है कि मेवाड़ के अमीर-उमरा ने राणा संग्राम सिंह के तीसरे बेटे राणा रतन सिंह को गद्दी पर बैठा दिया।" हिन्दू बेग इन्दर ने बाबर को बताया।

"गद्दी पर बैठा दिया है!" बाबर ने विस्मय से पूछा।

"जी हुज़ूरे आली।"

"इस पर उसके बाक़ी के दोनों बेटों बिक्रमजीत और उदय सिंह का क्या कहना है?"

"कहना क्या हुज़ूर, ख़बर मिली है कि उनकी माँ रानी कर्मवती, जो बूँदी राजघराने से है, वह इस फ़ैसले से ख़ुश नहीं है। इसलिए माँ के साथ-साथ बिक्रमजीत और उदय सिंह ने भी अपने भाई राणा रतन सिंह को गद्दी से उतारने का फ़ैसला किया है।"

"क्या ऐसा मुमकिन है हिन्दू बेग?" बाबर ने हल्के से दाढ़ी को खुजलाते हुए पूछा।

"सुना है राणा रतन सिंह भी अपने भाइयों से दो-दो हाथ करने का मन बना चुका है। इतना ही नहीं, राणा रतन सिंह ने अपने इन दोनों भाइयों से सुल्तान महमूद का

एक ताज, जो अलाउद्दीन खिलज़ी से गुजरात के बादशाह को, और उस बादशाह से सुल्तान महमूद को मिला था; राजमुकुट और एक सोने की पेटी भी माँगी है।"

"कहीं आप उन चीज़ों की बात तो नहीं कर रहे हैं, जिन्हें राणा संग्राम सिंह ने सुल्तान महमूद से लेकर उसे रिहा किया था?"

"आप सही फ़रमा रहे हैं हुज़ूरे आली। अब ये चीज़ें राणा बिक्रमजीत के पास हैं। राणा रतन सिंह अपने बड़े भाई से इन चीजों को कई बार माँग चुका है। मगर वह देता नहीं है।"

"फिर अब क्या होगा हिन्दू बेग?"

"होगा क्या हुज़ूरे आली, आपसे मदद माँगने के अलावा उनके पास कोई रास्ता नहीं है। चूँकि तीनों भाइयों में राणा रतन सिंह सबसे ज़्यादा ताक़तवर है, इसलिए आपसे राणा बिक्रमजीत सिंह ही मदद माँगने आ सकता है। आप इन्तज़ार करिए।"

"ख़ुदावंद बेग, अगर ऐसा हुआ तो राणाओं से सुलह का यह अच्छा मौक़ा है।"

"जी हुज़ूरे आली।"

हिन्दू बेग इन्दर का जैसा अन्दाज़ा था, वैसा ही हुआ।

"हुज़ूरे आली, रणथम्भौर से राणा बिक्रमजीत सिंह का एलची राजपूत अशोक मल हाज़िर होने की इजाज़त चाहता है!" एक मुग़ल ओहदेदार ने दरबार में आकर सूचना दी।

"हिन्दू बेग, एलची को तुरन्त बाइज़्ज़त लाया जाए।" बाबर ने अपने हिन्दू बेग इन्दर को हुक्म दिया।

राणा बिक्रमजीत सिंह का दूत राजपूत अशोक मल दरबार में हाज़िर हुआ। उसने बाबर को राणा बिक्रमजीत सिंह का पैग़ाम सुनाते हुए कहा, "बादशाह सलामत, हमारे राणा बिक्रमजीत सिंह ने पेशकश भेजी है कि अगर हुज़ूर, उन्हें हर बरस ख़र्चे के लिए सत्तर लाख दाम दे दें, तो वे रणथम्भौर का क़िला आपके हवाले करने को तैयार हैं।"

राणा बिक्रमजीत सिंह के दूत राजपूत अशोक मल के हाथों भेजे गए प्रस्ताव को सुन, बाबर ने दरबार में मौजूद बेगों, वज़ीरों, ओहदेदारों और अमीरों की तरफ़ देखते हुए पूछा, "इस बारे में आपकी क्या राय है?"

बाबर के इस सवाल पर सब ने अपनी सहमति प्रदान कर दी।

"ठीक है ख़ुदावंद अशोक मल। हमें बिक्रमजीत सिंह की यह पेशकश मंज़ूर है।" बाबर ने राजपूत अशोक मल को बाइज़्ज़त विदा करते हुए अपनी रज़ामन्दी दे दी।

मगर जल्द ही अशोक मल फिर से बाबर के पास आया।

"अशोक मल, कहिए इस बार क्या पैग़ाम लेकर आए हो?" बाबर ने पूछा।

"बादशाह सलामत!" अशोक मल कहते-कहते रुक गया।

"कहिए! कैसे रुक गए?"

"राणा बिक्रमजीत सिंह जी ने कहा है कि वे रणथम्भौर की जगह बयाना देने को तैयार हैं।"

"क्या? बयाना देने को तैयार हैं। मगर बयाना तो पहले से हमारे क़ब्ज़े में है। खानवा के बाद हमने इसे फ़तह किया है। जो हमारे क़ब्ज़े में है, उसे वे हमें कैसे दे सकते हैं?" बाबर ने हैरानी जताते हुए कहा। फिर कुछ पल सोचने के बाद बोला, "और अगर राणा बिक्रमजीत सिंह हमें रणथम्भौर दे देते हैं, तो हम इसके बदले शम्साबाद देने को तैयार हैं। क्या राणा साहब को हमारी यह पेशकश मंजूर होगी?"

"ठीक है बादशाह सलामत। मुझे आठ-दस दिन का वक़्त दीजिए। मैं आपके इस पैग़ाम को राणा सा के पास पहुँचा देता हूँ।"

"हम आपके राणा साहब के जवाब का इन्तज़ार करेंगे राजपूत अशोक मल।" इतना कह बाबर ने हिन्दू बेग इन्दर को हुक्म दिया, "ख़ुदावंद बेग, अशोक मल को ख़िलअत देकर बाइज़्ज़त विदा किया जाए!"

लेकिन अशोक मल इसके बाद लौटकर नहीं आया। बाबर उसके आने का इन्तज़ार करता रह गया। हारकर वह आगरा वापिस लौट आया।

आगरा में उसने बीस दिन बाद भेरा के अमीर दावा के बेटे हमूसी को बुलवाया। "ख़ुदावंद हमूसी, आप रणथम्भौर जाइए और हिन्दू रवायतों के मुताबिक़ राणा बिक्रमजीत सिंह को समझाने की कोशिश कीजिए कि रणथम्भौर के क़िले को हमारे सुपुर्द करने की जो बात चली थी, वह तय हो जाए! अगर राणा बिक्रमजीत सिंह रणथम्भौर को हमें देने और बदले में शम्साबाद लेने को तैयार हो जाता है, तो हमारी तरफ़ से उन्हें यह यक़ीन दिलवाना कि अल्लाह ने चाहा तो हम उसे उसके वालिद की जगह चित्तौड़ का राणा बना देंगे।" हमूसी अपने बादशाह के हुक्म की तामील करने के लिए जैसे ही जाने लगा कि बाबर ने पीछे से टोकते हुए कहा, "...और हाँ, यह जानने की भी कोशिश करना कि आख़िर राणा बिक्रमजीत सिंह के मन में चल क्या रहा है। आनेवाले दिनों में उसका अगला क़दम क्या होगा?"

"जी पादशाह सलामत।"

हमूसी के जाने के बाद तरदी बेग ने कहा, "हुज़ूर, कहीं ऐसा तो नहीं है कि राणा बिक्रमजीत सिंह अपने भाई रतन सिंह को यह जतलाना चाह रहा है, कि अगर बिक्रमजीत सिंह ने उसे किसी तरह परेशान करने की कोशिश की, तो वह रणथम्भौर के क़िले को आपके सुपुर्द कर, मुग़लों की मदद से चित्तौड़ पर हमला कर सकता है!"

"आपका अन्दाज़ा सही हो सकता है तरदी बेग। अगर ऐसा हुआ तो हम इस मामले में कोई दिलचस्पी नहीं दिखाएँगे। राणा बिक्रमजीत सिंह की तरफ़ से कोई पैग़ाम नहीं आता है, तो इसका यही मतलब होगा कि वह वाक़ई हमारा डर दिखाकर अपने भाई को डराना चाहता है। वैसे हम भी यह चाहते हैं कि अगर हमें इस मुल्क में रहना है, तो इन राजपूत सरदारों से दोस्ताना ताल्लुक़ बनाने ही पड़ेंगे। वैसे भी हम इस मुल्क पर राज करने नहीं, यहाँ सदा के लिए बसने आए हैं।"

36

आगरा लौटने के बाद दिसम्बर महीने में जहीरुद्दीन मुहम्मद मिर्ज़ा बाबर ने सारे मिर्ज़ाओं, तुर्की और हिन्दुस्तानी अमीर-उमरा को सलाह-मशविरे के लिए बुलाया।

"ख़ुदावंद हिन्दू बेग, ज़रा इस फ़ेहरिस्त पर नज़र तो डालिए!"

"हुज़ूरे आली, क्या है यह?" फ़ेहरिस्त लेते हुए हिन्दू बेग इन्दर ने पूछा।

"यह उन चीज़ों की फ़ेहरिस्त है जिन्हें मैं अपने बेटे मिर्ज़ा अस्करी को तोहफ़े में देना चाहता हूँ।"

हिन्दू बेग इन्दर फ़ेहरिस्त लेकर उसे इतनी ऊँची आवाज़ में पढ़ने लगा कि वह उसके बादशाह के साथ-साथ वहाँ मौजूद दूसरे मिर्ज़ाओं, तुर्की और हिन्दुस्तानी अमीर-उमरा को भी सुनाई दे जाए, "एक जड़ाऊ ख़ंजर, शाही लिबास, नक्कारा, पेटी, झंडा, छह से आठ घोड़े, दस हाथी, ऊँट तथा खच्चरों की एक-एक कितार और शाही असबाब के साथ कुछ हथियार।"

"दरअसल, मैं चाहता हूँ कि मिर्ज़ा अस्करी दीवान की गद्दी भी सँभाले।" फ़ेहरिस्त सुनने के बाद बाबर ने पूरे दरबार को सुनाते हुए कहा।

अपने बादशाह के इस मंतव्य को वहाँ मौजूद कोई बेग या अमीर-उमरा नहीं समझ पाया। इससे पहले किसी ने अपने बादशाह द्वारा कभी उनके किसी बेटे को इस तरह सम्मानित होते हुए नहीं देखा। हिन्दू बेग इन्दर मन-ही-मन सोचने लगा कि कहीं उसके बादशाह का झुकाव अपने इस तीसरे बेटे मिर्ज़ा अस्करी की तरफ़ तो नहीं होने लगा है? वह जानता है कि इन दिनों बाबर अपने बड़े बेटे हुमायूँ से ख़ुश नहीं है। हुमायूँ से बाबर ही नहीं बल्कि उसका वज़ीरे-आज़म मीर ख़लीफ़ा भी ख़ुश नहीं है।

"हिन्दू बेग, क्या सोच रहे हो?"

बादशाह बाबर ने जैसे उसके मन की बात भाँप ली।

"क...कुछ भी तो नहीं हुज़ूरे आली।" हिन्दू बेग इन्दर अकबकाते हुए बोला।

"तब फिर ठीक है। मिर्ज़ा अस्करी और सभी बेगों, वज़ीरों, ओहदेदारों और अमीर-उमरा को इसकी इत्तिला दे, तैयारी शुरू कर दीजिए!"

हिन्दू बेग इन्दर ने अपने बादशाह के हुक्म का पालन करते हुए, तुरन्त बारादरी महल के बीच में बने ऐवान (दालान) में सबको हाज़िर होने की सूचना भिजवा दी। ऐवान में एकत्रित होने तक किसी की समझ में नहीं आया कि आख़िर उन्हें बिना किसी पूर्व सूचना के किस मक़सद से यहाँ बुलाया गया है। सबके आने के बाद बादशाह बाबर ने हिन्दू बेग से कुछ कहा। इसके बाद हिन्दू बेग ने बाबर के तीसरे बेटे मिर्ज़ा अस्करी से बड़े अदब के साथ बादशाह के पास आने की गुज़ारिश की।

मिर्ज़ा अस्करी के आने के बाद बाबर ने जैसे ही उसका सम्मान करते हुए उसे एक जड़ाऊ ख़ंजर, शाही लिबास, नक्कारा, पेटी, झंडा के साथ घोड़े, हाथी, ऊँट तथा खच्चर तोहफ़े में देने की घोषणा की, दरबार में खलबली-सी मच गई। वहाँ मौजूद सारे मुहाफ़िज़, बेग, मुसाहिब, वज़ीर, ओहदेदार, अमीर सब एक-दूसरे को हैरतभरी नज़रों से देखने लगे। सब समझ गए कि बाबर की मौत के बाद उसका वारिस वली अहद हुमायूँ नहीं, मिर्ज़ा अस्करी होगा।

"इसके साथ ही अफ़ग़ानों को क़ाबू में करने के लिए हम मिर्ज़ा अस्करी को पूरब की तरफ़ जाने का हुक्म देते हैं...और ग्यासुद्दीन कूरची आप भी गंगा पार के दूसरे अमीरों के पास यह पैग़ाम लेकर तुरन्त रवाना हो जाएँ, कि वे अस्करी की मदद के लिए अपनी फ़ौजें लेकर पहुँच जाएँ।"

मगर जल्दी ही बाबर को अपनी इस भूल का एहसास हुआ और धौलपुर में उसने फिर से अपना वसीयतनामा बदलवा दिया।

इधर बाबर ग्यासुद्दीन कूरची के लौटने का इन्तज़ार कर ही रहा था कि बाबर को ख़बर मिली कि जो महमूद लोदी, खानवा के युद्ध में बचकर भाग गया था, पूरे बिहार पर उसने अपना क़ब्ज़ा कर लिया है और बहुत ताक़तवर हो गया है। बाबर ने तुरन्त पूरब की तरफ़ रवाना होने का फ़ैसला किया। इसी दिन उसे यह ख़बर भी मिली कि हुमायूँ अपनी सेनाएँ लेकर समरकन्द के लिए रवाना हो गया है।

आगे बढ़ते हुए बाबर को रास्ते में यह समाचार मिला कि सुल्तान महमूद लोदी ने दस हज़ार अफ़ग़ानों को इकट्ठा कर, मुग़ल सेनाओं पर तीन तरफ़ से हमला करने का बन्दोबस्त कर लिया है। इतना ही नहीं, वही शेर ख़ाँ सूर जो बहार ख़ाँ की बेवा दूदू बेगम के साथ उसके नाबालिग़ बेटे का सह संरक्षक है, और जिसे सुल्तान मुहम्मद ख़ाँ नूहानी ने राजकाज में क़ाबिल बनाया, वह भी अफ़ग़ानों के साथ मिल गया है। इसी बीच सुल्तान मुहम्मद बख़्शी ने बाबर को आकर बताया, "पादशाह सलामत, आपकी फ़ौज के आने की ख़बर सुनकर अफ़ग़ान हिम्मत हार

गए थे। यह तो न जाने कहाँ से महमूद लोदी आ गया और उसने सारे अफ़ग़ानों को इकट्ठा कर एक बार फिर से आपके ख़िलाफ़ हमला करने का फ़ैसला किया।"

"ये वही सुल्तान महमूद लोदी है न, जिसके वालिद सुल्तान इब्राहिम लोदी को हमने पानीपत की जंग में शिकस्त दी थी?" बाबर ने ग़ुस्से में पूछा।

"जी पादशाह सलामत।" कुछ क्षण रुककर सुल्तान मुहम्मद बख़्शी आगे बताने लगा, "हुज़ूर, यही फ़ैसला कर उनकी फ़ौज बिहार से निकलकर बनारस की तरफ़ बढ़ने लगी। सुनते हैं उसी रात देखे गए एक सपने के बारे में जब बताया गया कि भले ही अफ़ग़ानों की ताक़त और तादाद ज़्यादा है, मगर फ़तह पादशाह बाबर की ही होगी, तो सुनते ही उनकी फ़ौज में खलबली मच गई और वह तितर-बितर हो गई है। सुल्तान महमूद लोदी भी वापिस बिहार भाग गया।" मुहम्मद बख़्शी ने यह भी बताया कि जिस वक़्त अफ़ग़ान बनारस के पास गंगा को पार कर रहे थे, उनकी बहुत सी नावें गंगा में डूब गईं, जिसके चलते बहुत सारे अफ़ग़ान उसमें डूबकर मर गए।

अपनी योजना के अनुसार बाबर तेज़ी से पूरब की ओर बढ़ने लगा। मार्च, 1529 को वह ग़ाज़ीपुर पहुँचा। अगले दिन फ़रीद ख़ाँ अर्थात् शेर ख़ाँ सूर की उसे अर्ज़ी प्राप्त हुई। उसी शेर ख़ाँ सूर की जिसने लगभग साल-भर पहले चन्देरी में बाबर की चौखट चूमी थी। मगर बाबर द्वारा दी गई दावत के बाद उसी रात को वह वहाँ से भाग गया था।

बाबर ने अफ़ग़ान और बंगाल की सेनाओं पर एक साथ हमला करने का इन्तज़ाम किया। गंगा के दक्षिणी छोर से शाहबाद और उत्तर में घाघरा को पार करने के बाद मिर्ज़ा अस्करी को छह में से चार सैनिक टुकड़ियों की कमान सौंपी गई। पाँचवीं टुकड़ी की कमान उसने ख़ुद सँभाल ली।

नावों से छकड़ों पर रखी तोपों को उतरवाने के बाद बाबर ने अपने तोपची उस्ताद अली क़ुली को निर्देश दिया, कि वे गंगा और सरयू नदी के बीच ऊँची जगह पर अपनी तोपें जमा ले। साथ में उसने दूसरे तोपची मुस्तफ़ा रूमी को हुक्म दिया कि वह अपने साथ बहुत से तुफ़ंगचियों और कुछ तोपों को लेकर उस जगह पहुँचे, जहाँ ये दोनों नदियाँ मिलती हैं। बाबर ने अपने तोपचियों को यह भी निर्देश दिया कि वे अपनी तोपों को चलाते हुए बंगालियों को तब तक व्यस्त रखें, जब तक इनकी गड़गड़ाहटों के बीच मुग़ल सेना गंगा को पार न कर ले।

इस तरह बाबर ने गंगा को पार करना शुरू कर दिया। इस बीच उसकी तोपों ने दुश्मन की कई नौकाएँ डुबो दीं। चौथे दिन उसकी फ़ौज गंगा और सरयू को पार कर अपने दुश्मन पर हमला करने के लिए आगे बढ़ गई। उस्ताद अली क़ुली और मुस्तफ़ा रूमी की तोपें बख़ूबी अपना काम करती रहीं। बीच-बीच में जब तुफ़ंग की गोलियाँ और तोप के गोले आग बरसाते हुए, नदी के पानी को चीरते हुए

उसके सीने में उतरते, तब पानी ऐसे दो हिस्सों में बँट जाता, मानो किसी भारी घन के वार से कोई विशाल शिला दो हिस्सों में बँट जाती है। इस बीच मुग़ल सेना ने जहाँ दुश्मनों की बहुत-सी नौकाएँ डुबो दीं, तो बहुत सी उनसे छीन लीं। आख़िरकार बंगाली सैनिक बाबर के युद्ध कौशल के सामने परास्त हो गए और मैदान छोड़कर भाग गए। सुल्तान इब्राहिम लोदी के साथ पानीपत में हुए पहले और राणा संग्राम सिंह के साथ खानवा में हुए दूसरे युद्ध के बाद, बाबर का हिन्दुस्तान में यह तीसरा युद्ध है, जिसमें उसकी फ़तह हुई है।

युद्ध जीतने के बाद शाम को बाबर ने अपने बेगों, मुसाहिबों, बहादुरों, वज़ीरों, अमीरों, तोपचियों, सिपहसालारों और सरदारों को इकट्ठा होने का हुक्म दिया। ख़ेमों के बाहर मशालों की रोशनी में बजते नगाड़ों और करनाइयों के शोर के बीच सब इकट्ठे हो गए। सब अपने-अपने तरीक़ों से बादशाह को जीत की मुबारकबाद देने लगे। बादशाह बाबर के चेहरे पर जीत की ख़ुशी के एक के बाद एक भाव आ-जा रहे हैं। सारे बेग, मुसाहिब, बहादुर, अमीर, तोपची, सिपहसालार और सरदार अपने बादशाह की जीत की इस ख़ुशी में अपने आपको शामिल कर फूले नहीं समा रहे हैं।

"ऐ मेरे बहादुर बेगो! जानते हो, जब कभी हिन्दुस्तान में हुई जंगों की तवारीख़ लिखी जाएगी, तो इस तीसरी जंग को उसकी एक सबसे बड़ी ख़ासियत के साथ उसमें शामिल किया जाएगा।"

बाबर ने जैसे ही यह कहा, मशालों की रोशनी में भीगे चेहरे एकाएक अपने बादशाह की तरफ़ मुड़ते चले गए।

"जो भी मेरे इस सवाल का सही जवाब देगा कि बाबर की इस तीसरी जंग को इसकी किस ख़ासियत के लिए जाना जाएगा, उसे आज की रात ख़िलअत-ए-बंगाल के ख़िताब से नवाज़ा जाएगा।"

"फ़तहयाब ग़ाज़ी, यही कि मुग़ल पादशाह बाबर ने हिन्दुस्तान को आधे पूरब तक जीत लिया है।" तरदी बेग ने अनुमान लगाते हुए जवाब दिया।

"नहीं तरदी बेग।" बाबर निराश होते हुए बोला।

इसके बाद सबने अपने-अपने अनुमानों और अन्दाज़ों से सही जवाब देने की कोशिश की, मगर बाबर अपने किसी भी बेग, सिपहसालार, बहादुर, वज़ीर, अमीर, तोपची के जवाब से सन्तुष्ट नहीं हुआ।

"ध्यान से सुनिए! मैं बताता हूँ कि वह ख़ासियत क्या होगी।" इतना कह बाबर एक पल के लिए चुप्पी साध गया।

सबकी नज़र अपने बादशाह के चेहरे पर आकर ठहर गई।

"यह जंग पानीपत और खानवा की जंग से इस मायने में ख़ास है, कि जहाँ वे दोनों जंगें सिर्फ़ ज़मीन पर लड़ी गई थीं, यह तीसरी जंग ज़मीन के साथ-साथ

पानी पर भी लड़ी गई है। एक तरफ़ दुश्मन से हमारे जंगी सिपाही ज़मीन पर लड़ रहे थे, तो दूसरी तरफ़ गंगा और सरयू के पानी में भी लड़ रहे थे। घुड़सवारों और नावों के इस्तेमाल के बावजूद उस्ताद अली क़ुली की तोपों के आगे अफ़ग़ान और बंगाली टिक नहीं पाए। आज हमारी यह फ़िक्र भी दूर हो गई कि बंगाल में अब हमारा कोई दुश्मन है।"

मई महीना शुरू होते-होते बारिश का मौसम नज़दीक आने लगा।

बंगाल के शासक नुसरत शाह ने भी बाबर से समझौता कर लिया। बिहार पर क़ब्ज़ा करने के बाद छपरा चतुर्मुखी घाट से सरयू के किनारे-किनारे होते हुए बाबर ने आज़मगढ़ के पास अपना पड़ाव डाल दिया। आज़मगढ़ के चकसर और गोमती नदी को पार करने के बाद, बाबर अब धीरे-धीरे वापिस आगरा की तरफ़ लौटने लगा।

इधर मिर्ज़ा अस्करी को सम्मानित करने की ख़बर जैसे ही काबुल में माहम बेगम के पास पहुँची, वह हिन्दुस्तान की आग बरसाती गर्मी की परवाह किए बिना आगरा के लिए रवाना हो गई। बाबर के आगरा पहुँचने से एक दिन पहले माहम बेगम भी आगरा पहुँच गई। माहम बेगम के आगरा पहुँचने पर बाबर की जैसे एक बहुत बड़ी चिन्ता दूर हो गई। जबकि वज़ीर मीर ख़लीफ़ा माहम के आने से बिलकुल भी ख़ुश नहीं है। वह माहम बेगम के बेटे और असली वली अहद हुमायूँ को किसी हालत में बाबर का उत्तराधिकारी बनाने के पक्ष में नहीं है। सच तो यह है कि नाबालिग़ होने की वजह से वह पक्ष में मिर्ज़ा अस्करी के भी नहीं है। मगर उसकी कोशिश क़ामयाब नहीं हो पाई और अन्ततः बाबर का उत्तराधिकारी हुमायूँ को बना दिया गया।

बाबर का ज़्यादातर वक़्त अब अपनी ख़िलवतग़ाह में गुज़रने लगा। यहाँ वह अपनी आत्मकथा लिखता रहता। उसके पास अब ज़्यादातर उसकी चालीस साला बीवी माहम बेगम ही रहती।

माहम बेगम उस दिन बहुत देर से अपने शौहर बाबर के पास गुमसुम-सी बैठी हुई है। बाबर ने कनखियों से बीवी की तरफ़ देखते हुए पूछा, "सब ख़ैरियत तो है बेगम जान?"

"जहाँपनाह, जिस माँ का बेटा उससे मीलों दूर हो, वह भला कैसे ख़ैरियत से रह सकती है?" माहम बेगम ने उलटा अपने शौहर से पूछा।

"मैं कुछ समझा नहीं बेगम?"

"इसमें समझने की क्या बात है। मैं जब काबुल में थी तब मेरे हुमायूँ को यमुना और गंगा किनारे भेज दिया गया। अब जब मैं आगरे में आई तो वह बदख़्शां में था।

वहाँ से लौटकर आया तो उसे तुरन्त संभल भेज दिया। मैं भी एक माँ हूँ जहाँपनाह। मैं अपने बेटे को अपनी आँखों के सामने देखना चाहती हूँ।"

"मैं आपकी परेशानी समझ सकता हूँ।"

"समझते तो आप उसे मेरी नज़रों से इस तरह दूर नहीं रखते। मिर्ज़ा कामरान भी हुमायूँ की तरह आपका बेटा है। मगर वह तो अपनी माँ के साथ लाहौर में आराम से रह रहा है। सिर्फ़ मेरा हुमायूँ ही आपकी सारी मुसीबतों की ढाल क्यों बने? कुछ फ़र्ज़ दूसरों को भी तो निभाने चाहिए।" माहम बेगम ने पति से शिकायत की।

"वह इसलिए बेगम जान कि हुमायूँ मेरा वली अहद है। उसे मुश्किलात और परेशानियों का आदी होना चाहिए। महज़ तेरह साल की उम्र से मेरा भी तो ऐसी मुश्किलातों से साबिक़ा पड़ता आ रहा है। मैं भी चैन से एक जगह कहाँ बैठ पाया हूँ। मेरी तो ज़िन्दगी का बड़ा हिस्सा ही जंगों और मुहिमों में बीत गया।"

बाबर ने जिस तरह दुखी मन से कहा, माहम बेगम को जैसे अपनी ग़लती का एहसास हुआ।

"मेरे ताजदार, मैं एक माँ और कमज़ोर औरत हूँ। अपनी शिकायत एक औरत अपने शौहर से ना करे, तो किससे करे?" माहम बेगम की आँखें भर आईं।

"और मैं अपनी परेशानियों और दुखों को किससे साझा करूँ? काश, मुझे भी कोई ऐसा सरबराह मिला होता, जो हुकूमत के इस बोझ से छुटकारा दिला देता। ठीक है, मेरी तरफ़ से हुमायूँ को ख़त लिख दीजिए कि वह जल्द-से-जल्द आगरा लौट आए। मैं भी चाहता हूँ कि वली अहद होने के नाते, मेरे आख़िरी वक़्त से पहले जीते-जी वह तख़्त पर बैठ जाए। मुझे न अब ताज की ज़रूरत है, न तख़्त की। न ऐशो-आराम की दरकार है, न महलों-नौमहलों की। मेरे लिए मेरी यह ख़िलवतग़ाह ही काफ़ी है। मैं इसी में ख़ुश हूँ।"

"मुझे माफ़ करना हुज़ूर। बेटे के मोह में मैं यह सब भूल गई थी।" माहम बेगम जैसे पछतावा करते हुए बोली।

37

जिस्म झुलसाती जेठ की गर्मी में बाबर पूरी तरह खाट से लग गया। शाही हकीमों की सलाह पर उसे घरेलू ख़िदमतगारों के साथ चारबाग़ में ले आया गया। इधर माहम बेगम ने बाबर के सख़्त बीमार होने पर हुमायूँ को संभल से तुरन्त बुलवाने के लिए पैग़ाम भिजवा दिया।

हुमायूँ जब संभल से आया तो उसने अपने वालिद बादशाह बाबर को सफ़ेद बिस्तर पर पाया। एक तरफ़ उसकी फूफी ख़ानज़ादा बेगम बुत बनी, अपने बीमार भाई के पैताने बैठी मोर-पंख के चँवर अर्थात् मोरछल से धीरे-धीरे हवा कर रही है। हुमायूँ ने देखा तो पाया उसके वालिद का पूरा चेहरा पीला पड़ चुका है और चेहरे की हड्डियाँ निकली हुई हैं।

बेटे हुमायूँ को आया देख माहम बेगम सुबकियाँ लेने लगीं।

"अब्बा हुज़ूर, यह आपको क्या हुआ?" आते ही अपने वालिद का हाथ अपने हाथ में ले, हुमायूँ ने भारी आवाज़ में पूछा।

"कुछ नहीं, बऽऽऽस चला-चली की बेला है।" बाबर ने ज़बरन मुस्कराने की कोशिश करते हुए बेटे को जवाब दिया।

"ऐसा न कहें मेरे वालिदे-माजिद। मुझे हुक्म करिए, मैं आपकी सेहत के लिए कुछ भी करने को तैयार हूँ।" हुमायूँ ने अपने पिता बाबर का हाथ चूमते हुए कहा।

"कुछ करने की ज़रूरत नहीं है मेरे बेटे। अगर सचमुच मुझे ख़ुश देखना चाहते हो, तो बस एक काम कर दो!"

"अब्बा हुज़ूर, एक बार हुक्म करके तो देखिए।"

"एक तो यह कि हिन्दाल को बुलवा दो। उसको देखने की मेरी बड़ी ख़्वाहिश है। दूसरा यह कि..." बाबर कहते-कहते रुक गया।

"दूसरा क्या अब्बा हुज़ूर?"

"एक अधूरे काम को पूरा कर लेना चाहता हूँ, जो अभी तक पूरा नहीं हो पाया है।"

"कौन-सा काम?"

"पहले सारे मुहाफ़िज़ों, बेगों, मुसाहिबों, वज़ीरों, ओहदेदारों, अमीरों को बुलवा लो।"

"यह कौन-सा मुश्किल काम है। मैं अभी सबको हाज़िर होने का हुक्म भिजवा देता हूँ।" इतना कह हुमायूँ ने हल्के-से ताली बजाई, तो एक ख़िदमतगार तुरन्त हाज़िर हो गया। हुमायूँ ने उसी वक़्त ख़िदमतगार को सारे बेगों और हाकिमों को बुलवाने का हुक्म दे दिया।

कुछ ही देर में सारे बेग, उमरा और ओहदेदार इकट्ठे हो गए। सबके आने के बाद बाबर ने पहले उनकी तरफ़ देखा और फिर एक-एक शब्द को जैसे उलीचते हुए कहने लगा, "ऐ मेरे वफ़ादार ओहदेदारो, बरसों से मेरे दिल में यह ख़्वाहिश थी कि मैं अपनी बादशाही अपने बड़े बेटे और वली अहद नसीरुद्दीन मुहम्मद हुमायूँ को सौंप दूँ, और ख़ुद बेफ़िक्र हो बाग़े-ज़र-अफ़शाँ की ख़िलवतग़ाह में चला जाऊँ। ख़ुदा का शुक्र है कि मैंने अपने तन्दुरुस्त रहने तक सारे काम निपटा लिए हैं। अल्लाह तआला के फ़ज़्लो-करम से मेरी सारी ख़्वाहिशें पूरी हुईं। बस, एक यही रह

गई है। इस वक़्त बीमारी ने मेरी बुरी हालत कर दी है। इसलिए मैं वसीयत करता हूँ कि मेरे जन्नतनशीं होने के बाद सभी बेग और उमरा मेरी जगह मेरे वली अहद हुमायूँ को अपना पादशाह समझें, और उसकी सल्तनत के प्रति अपनी वफ़ादारी में कोई कोताही न करें। दिलो-जान से उसकी मदद करें। मुझे अपने ख़ुदा पर पूरा यक़ीन है कि हुमायूँ भी अपने इन वफ़ादारों के साथ अच्छा सुलूक करेगा। इसलिए आप सबके सामने मैं वली अहद हुमायूँ को अपनी सल्तनत का सरबराह बनाने का ऐलान करता हूँ।" इसके बाद बाबर ने कराहते हुए अपने आपको सीधा किया और पहले से अपने हाथ में लिए हुमायूँ के हाथ को कसते हुए बोला, "तुझे तेरे भाइयों, सारे सगे-सम्बन्धियों को ख़ुदा के हवाले करता हूँ और इन वफ़ादारों को तेरे सुपुर्द करता हूँ।"

"मगर अब्बाजान, मेरे लिए इस सल्तनत से आप ज़्यादा क़ीमती और ज़रूरी हैं।"

"नहीं मेरे लख़्ते-जिगर, यह काम इससे भी ज़्यादा ज़रूरी है। शेख़ सादी ने इसीलिए कहा है कि—

एक लिबास में रह लेंगे दस दरवेश
पर दो बादशाह एक मुल्क में नहीं समाएँगे
मर्दे-ख़ुदा एक टुकड़ा खा कर दूसरा दरवेश को देगा,
पर सात मुल्क फ़तह करनेवाला बादशाह
और ज़्यादा मुल्कों के लालच में होगा।"

इसके बाद दरबार में विधिवत रूप से मौजूद सारे मुहाफ़िज़ों, बेगों, मुसाहिबों, वज़ीरों, ओहदेदारों और अमीरों ने अपने बादशाह बाबर का हुक्म मानते हुए, हुमायूँ को अपना अगला बादशाह स्वीकार कर लिया।

अगले दिन बाबर के पास हुमायूँ, माहम बेगम, ख़ानज़ादा बेगम ही नहीं, मौलाना फ़ज़लुद्दीन पूरे दिन रहे। मग़रिब की नमाज़ से कुछ देर पहले बाबर ने मौलाना फ़ज़लुद्दीन को याद किया, "मौलाना फ़ज़लुद्दीन कहाँ हैं?"

"वे तो नमाज़ अदा करने गए हैं। बस, अदा करके आने ही वाले हैं।" ख़ानज़ादा बेगम ने जवाब दिया।

"ठीक है।" इतना कह बाबर ने अपने सामने पैताने की तरफ़ बैठी मोरछल को धीरे-धीरे झल रही, अपने से पाँच साल बड़ी बहन ख़ानज़ादा बेगम की तरफ़ देखा। जिस तरह बाबर ने अपनी बड़ी बहन की तरफ़ देखा, उससे ख़ानज़ादा बेगम के भीतर हल्के-से जैसे कुछ चटककर रह गया।

कुछ ही देर में मौलाना फ़ज़लुद्दीन मग़रिब की नमाज़ अदा करके आ गया। उसे जैसे ही पता चला कि बादशाह ने याद किया है, वह लपककर पैताने की तरफ़ जाकर हाथ बाँधकर खड़ा हो गया, जहाँ ख़ानज़ादा बेगम बड़ी उदासी के साथ, अपने बीमार भाई की मोरछल के पंखे से धीरे-धीरे हवा कर रही है।

"मौलाना फ़ज़लुद्दीन, मेरे जाने के बाद अगर कभी आपकी ख़्वाहिश किसी मदरसे को बनाने की हो, तो मेरी इल्तजा है कि उस मदरसे का नाम मेरी इस ज़हीन और बड़ी बहन ख़ानज़ादा बेगम के नाम पर रखना। एक मेमार होने के नाते मेरी इस ख़्वाहिश को आप ही पूरा कर सकते हैं।" इसके बाद बाबर ने पैताने में बैठी अपनी बड़ी बहन ख़ानज़ादा बेगम की तरफ़ देखा, "आप तो जानते हैं कि इस बेरहम ज़माने ने आप दोनों को ख़ुशक़िस्मत नहीं होने दिया..." इतना कह बाबर ने अपना काँपता चेहरा दूसरी तरफ़ फेर लिया।

अपने भाई के मुँह से ख़ानज़ादा बेगम ने जैसे ही यह सुना, अपने मुँह पर दुपट्टे का पल्लू डाल, तेज़ी से कमरे से बाहर निकल गई।

"पादशाह सलामत, हकीमों ने ज़्यादा बात करने की मनाही की हुई है। ख़ुदा के वास्ते आप आराम कीजिए!" इससे पहले कि बाबर कुछ और कहता, मौलाना फ़ज़लुद्दीन ने उसे बीच में रोक दिया।

बाहर एक तरफ़ कोने में खड़ी ख़ानज़ादा बेगम पलक झपकते ही सालों पीछे छूट गए अन्दीजान की अँधेरी सुरंग में पहुँच गई। उसने अपने बीमार छोटे भाई बाबर के पास खड़े उस मामूली-से मेमार यानी राजमिस्त्री मौलाना फ़ज़लुद्दीन पर दरवाज़े की ओट से हल्की-सी नज़र डाली। उस मौलाना फ़ज़लुद्दीन पर जिसका पूरा चेहरा अब हल्की झुर्रियों से लगभग पट चुका है। उसकी गर्दन को देखा तो पाया झुर्रियों ने उसे भी अपनी गिरफ़्त में ले लिया है। हाथों की चमड़ी किसी पुराने दरख़्त के जिस्म से लिपटी छाल-सी हो गई है। बदन किसी बाँस की खपच्ची-सा लरज़ गया है। ख़ानज़ादा बेगम ने मन-ही-मन अनुमान लगाया कि मौलाना फ़ज़लुद्दीन साठ से ज़्यादा का हो चुका है। सोचते-सोचते वह भी अतीत के धुँधले पड़ चुके आईने के सामने जा खड़ी हुई, और उसमें अपने आपको निहारने लगी। अपने आपको निहारते हुए पहले उसकी नज़र अपने सर के सफ़ेद बाल और भौंहों पर पड़ी। उन्हीं भौंहों पर जो कभी अबाबील के मुलायम परों की मानिन्द हुआ करती थीं। फिर पिचके हुए गालों और कभी रही संगमरमरी गर्दन को देखा। आख़िर में उसकी नज़र अपने मुँह पर गई, तो पपड़ाए होंठों के बीच जीभ से वह उन मोतियों-से सफ़ेद चमकते दाँतों को तलाशने लगी, जिनमें से एकाध बढ़ती उम्र के साथ गिर चुका है। अपने चेहरे पर कभी इसी फ़ज़लुद्दीन की झुलसा देनेवाली साँसों की गरमाहट, एकाएक हवा के किसी कँपकँपा देनेवाले झोंके में बदल गई। एक अधूरी और लगभग बेमानी ख़्वाहिश के पूरी न होने के दुख से उसकी आँखें भर आईं।

दुख जब आँसू बन बाहर बहकर निकल गया, तो ख़ानज़ादा बेगम चुपचाप फिर से अपने भाई के पास आ बैठी।

"मौलाना साहब, वो किताब तो उठाकर लाना!" बाबर ने दाएँ तरफ़ दीवार में बने ताक़ की ओर इशारा करते हुए कहा।

मौलाना फ़ज़लुद्दीन उठकर ताक़ में रखे चमड़े के जुज़दान, जिसमें एक ताज़ा-ताज़ा जिल्द बँधी हुई रखी थी, उतारकर तो लाया मगर बीच में उसे हुमायूँ ने ले लिया।

हुमायूँ ने धीरे-से जुज़दान खोला और उसमें लिपटे 'बाबरनामा' शीर्षक वाली जिल्द के आवरण को, पहले हल्के-से सहलाया और फिर माथे से लगाने के बाद उसे किसी मासूम बच्चे की तरह चूमा। सुनहली जिल्द को चूमते हुए हुमायूँ की आँखों से टप-टप आँसू गिरने लगे।

"हुमायूँ मेरे बेटे, याद रखना, इस जिल्द में मेरी ज़िन्दगी समाई हुई है। मेरी पूरी उम्र का अर्क है यह जिल्द। मेरी बस एक ख़्वाहिश है कि मेरे जाने के बाद इसकी नकलें उतरवाकर क़ुवा, अन्दीजान, मावराउन्नहर, ओश, समरकन्द, ताशकन्द, कुन्दूज़, काबुल जहाँ भी मुमकिन हो, भिजवा देना!"

बाबर ने जैसे ही 'मेरे जाने के बाद' कहा, ख़ानज़ादा बेगम चीत्कार करते हुए बोली, "ये आपके दिल में आज कैसे बुरे-बुरे ख़याल आ रहे हैं बाबरजान! आपको ऐसे नहीं जाना है और अगर जाना चाहिए, तो आपसे पहले आपकी इस बड़ी बहन को जाना चाहिए।"

बरसों बाद अपनी बदनसीब बड़ी बहन ख़ानज़ादा बेगम के मुँह से बाबरजान सुनकर, बाबर को लगा जैसे उसके कानों में शहद की नन्ही-नन्ही बूँदें टपक रही हैं। बादशाह सलामत, फ़तहयाब, अज़ीम ग़ाज़ी, ताजदार, हुज़ूरे आली, सिकन्दरे सानी, हुज़ूर जैसे सम्बोधन के बीच अचानक बाबरजान सुनकर, पूरे जिस्म में मंथर गति से दौड़ता ख़ून ठहाठा मारने लगा।

इसी बीच बाहर से पैग़ाम आया कि हकीम मौलाना यूसुफ़ी आए हैं। हकीम साहब को अन्दर बुलवाया गया। जिस वक़्त हकीम मौलाना यूसुफ़ी बाबर के पास पहुँचा, उसे आसपास बैठी औरतों की सिसकियाँ सुनाई दीं। आते ही हकीम मौलाना यूसुफ़ी ने सबको बाहर जाने का हुक्म दिया। हुमायूँ भी उठकर जाने लगा तो हकीम ने उसे रोकते हुए कहा, "आप यहीं रुकिए शाहज़ादे!"

हुमायूँ जाते-जाते रुक गया।

हकीम मौलाना यूसुफ़ी ने पहले अपने आसपास के माहौल को आँखों-ही-आँखों में तौला, फिर बेहद दबी ज़बान में बोला, "हज़रत हुमायूँ साहब, आपको एक ज़रूरी बात बतानी है!"

हकीम मौलाना यूसुफ़ी ने जिस तरह ज़रूरी शब्द को चुबलाया, हुमायूँ का दिल बैठता चला गया। शब्द जैसे टूटने लगे, "जी, क...कहिए!"

"देखिए, मरहूम सुल्तान इब्राहिम लोदी की माँ सुल्ताना बैदा ने चार साल पहले फ़तहयाब पादशाह सलामत के खाने में जो ज़हर मिलाकर दिया था, यह उसी का असर है।"

"हकीम साहब, आख़िर यह कैसा ज़हर है जिसका असर चार साल बाद भी बना हुआ है?" हुमायूँ ने निराश होते हुए कहा।

"यह तो शुक्र मनाओ कि खाने में वह बहुत कम मिल पाया। अगर कुछ ज़्यादा मिल गया होता, तो पादशाह सलामत उस वक़्त किसी हालत में नहीं बच पाते।"

हुमायूँ से तुरन्त कुछ भी कहते नहीं बना। उसने पहले धीरे-से अपने आसपास देखा और फिर बेहद धीमी आवाज़ में पूछा, "हकीम साहब, हमारे अब्बा हुज़ूर इस ज़हर से पार तो पा जाएँगे न?"

"मैं कुछ नहीं कह सकता वली अहद। सिवाय दुआओं के अब हम कुछ नहीं कर सकते।"

हुमायूँ धीरे-से अर्द्ध मूर्च्छित अपने वालिद बाबर की तरफ़ झुका। वह अपने पिता के सीने से लगा और उसकी अँगुलियों को चूमकर वह भी बाहर चला गया। हुमायूँ के बाहर जाने के बाद हकीम मौलाना यूसुफ़ी के निर्देश पर मौलाना फ़ज़्लुद्दीन धीरे-धीरे अपने बादशाह के सुन्न पड़ते जिस्म की मालिश करने लगा। कभी वह हथेलियों की मालिश करता, तो कभी पैरों की। कभी कंधों को हल्के-हल्के सहलाता, तो कभी पैरों की पिंडलियों को सहलाने लगता। जबकि हकीम मौलाना यूसुफ़ी रह-रहकर सफ़ेद मलमल से पसीने से तर हो गए बाबर के चेहरे और गर्दन को पोंछने लगता।

इशा की नमाज़ से कुछ देर पहले हकीम मौलाना यूसुफ़ी गुमसुम थके हुए क़दमों के साथ, तस्बीह के मणकों पर अपनी अँगुलियों के पोरों को फेरते हुए बाहर निकला। उसकी मुद्रा और भंगिमा को देखकर हुमायूँ को समझते हुए देर नहीं लगी कि हज़रत बादशाह अब इस दुनिया से हमेशा के लिए विदा हो गए हैं। हुमायूँ जिस तरह तेज़ी के साथ भीतर की तरफ़ लपका, उसे देख महल औरतों के विलाप से भीग गया।

इसकी भनक जैसे ही बेग आराइश ख़ान को लगी, वह दौड़ा हुआ हुमायूँ के पास आया।

"हुज़ूरे आली, हिन्दुस्तान में यह रिवाज़ है कि जैसे ही अवाम को पता चलता है कि उनका सरबराह दुनिया में नहीं रहा, यहाँ लूटपाट मच जाती है।"

"आप कहना क्या चाहते हैं बेग?" हुमायूँ ने आराइश ख़ान से पूछा।

"यही, कि यहाँ ऐसी बातें छिपाई नहीं जाती हैं।"

"फिर क्या किया जाए?" हुमायूँ के दिमाग़ ने जैसे काम करना बन्द कर दिया।

"हुज़ूरे आली, पादशाह सलामत की मौत का जितनी जल्दी हो सके, ऐलान कर देना चाहिए।"

"क्या फ़िरदौस मकानी की मौत की मुनादी करना मुनासिब होगा?"

"करनी तो पड़ेगी। भले ही रिआया को किसी और तरीक़े से बताया जाए।"

"अगर हम यह मुनादी करा दें कि फ़िरदौस मकानी बाबर पादशाह दरवेश हो गए हैं?"

"मगर हुज़ूरे आली, यह भी तो बताना पड़ेगा कि उनके दरवेश होने के बाद सल्तनत किसके सुपुर्द की गई है।"

बेग आराइश ख़ान की बात सुन हुमायूँ सोच में पड़ गया। फिर कुछ पल बाद बोला, "ठीक है। इन दोनों की मुनादी एक साथ करा देते हैं।"

"जैसा आप बेहतर समझें हुज़ूर।"

इसके बाद एक आदमी को लाल कपड़े पहनाकर हाथी पर बैठाया गया और यह ऐलान करा दिया गया कि फ़िरदौस मकानी बाबर बादशाह दरवेश हो गए हैं। अपनी सल्तनत की सरबराही उन्होंने वली अहद हुमायूँ के सुपुर्द कर दी है।

इस तरह 26 दिसम्बर, 1530 को पादशाह जहीरुद्दीन मुहम्मद मिर्ज़ा बाबर अड़तालीस बरस की उम्र में जहाँ-ए-फ़ानी को हमेशा के लिए अलविदा कह, अपनी सल्तनत और दुनिया दोनों से रुख़सत कर गए। आगरा में चारबाग़ अर्थात् आरामबाग़ में उसे दफ़ना दिया गया, और आनेवाले उसी जुमे के दिन नए बादशाह हुमायूँ के नाम का जामा मस्जिद में ख़ुतबा पढ़वा दिया गया।

38

फ़िरदौस मकानी जहीरुद्दीन मुहम्मद मिर्ज़ा बाबर के इस दुनिया से विदा होने के तीन दिन बाद नसीरुद्दीन मुहम्मद हुमायूँ ने बादशाही सँभाल ली। उसी दिन मिर्ज़ा हिन्दाल काबुल से आकर अपने बड़े भाई बादशाह हुमायूँ के दरबार में पेश हुआ। हिन्दाल को देखते ही हुमायूँ ने अपने छोटे भाई को सीने से लगा लिया।

हुमायूँ ने फ़िरदौस मकानी बाबर बादशाह के मक़बरे की देखभाल के लिए मौलवी मुहम्मद अली असस को तैनात कर दिया। उसी मौलवी मुहम्मद अली असस को उस बाबर के मक़बरे की देखभाल के लिए तैनात किया गया है, जिसके गले में इसी बाबर ने आगरा के बादलगढ़ क़िले में गुम्बददार बारादरी महल के बीच में बने ऐवान (दालान) में, पानीपत की जंग जीतने की ख़ुशी में आयोजित दरबार में बतौर ईनाम तीन सेर वज़नी सोने की अशर्फ़ी लटकवाई थी। इसके अलावा छह

कुरान की तिलावत करनेवालों को भी इस हुक्म के साथ तैनात कर दिया गया, कि वे फ़िरदौस मकानी की आत्मा की शान्ति के लिए दिन में पाँच बार कुरान का पाठ करेंगे। इतना ही नहीं, फ़तेहपुर सीकरी की पूरी और बयाना की मालगुज़ारी में से पाँच लाख दाम, मक़बरे पर कुरान की तिलावत करनेवालों और दानिशवरों को दान में देने का इन्तज़ाम कर दिया गया। माहम बेगम की तरफ़ से भी दिन में दो बार ग़रीबों को मुफ़्त खाना देने का आदेश कर दिया गया। इस खाने का ख़र्च माहम बेगम ने ढाई साल तक ख़ुद उठाने का वायदा किया।

माहम बेगम की बड़ी ख़्वाहिश थी कि मरने से पहले वह वली अहद हुमायूँ के बेटे यानी अपने किसी पोते का मुँह देख जाए। इसलिए उसे जो भी कोई ख़ूबसूरत लड़की नज़र आती, उसे ही वह अपनी बहू बनाने का ख़्वाब देखने लगती। उस दिन भी ऐसा ही हुआ। माहम बेगम की निगाह जैसे ही बाबर की पहली बीवी दिलदार बेगम की बेटी गुलबदन बेगम की ख़िदमत में लगी मयवजान (मेवाजान) पर पड़ी, उसकी आँखें चमक उठीं। उसने उसी समय गुलबदन बेगम को अपने दौलतख़ाने में बुलवाया।

"छोटी अम्मी, आपने मुझे याद फ़रमाया?" आते ही गुलबदन बेगम ने माहम बेगम से पूछा।

"हाँ गुल।" माहम बेगम प्यार से अपने शौहर की पहली बीवी दिलदार बेगम की इस सबसे छोटी बेटी गुलबदन को गुल ही कहती है।

"हुक्म करिए छोटी अम्मी!"

"हुक्म क्या, बस एक बात पूछनी थी कि आपकी ख़िदमत में यह जो मेवाजान लगी हुई है, यह लड़की कैसी है?"

"छोटी अम्मी, भली है...ज़हीन है...सलीकेवाली है...क्यों, क्या हुआ? आप क्यों उसके बारे में इतना तफ़्तीश कर रही हैं?" गुलबदन बेगम ने हैरान होते हुए पूछा।

"अच्छा ज़रा इधर आ मेरे पास!" गुलबदन के पास आने पर माहम बेगम धीरे-से लगभग फुसफुसाते हुए बोली, "गुल, हमारे हज़रत पादशाह के लिए मेवा कैसी रहेगी?"

"क्याऽऽऽ! छोटी अम्मी, आप यह क्या कह रही हैं। यह जानते हुए कि भाईजान हुमायूँ पहले से शादीशुदा हैं, आप यह कैसे सोच सकती हैं?" गुलबदन बेगम ने चौंकते हुए कहा।

"देख गुल, तू तो जानती ही है कि हज़रत फ़िरदौस मकानी के बाद मैं कितनी अकेली हो गई हूँ...और फिर तेरे भाई हुमायूँ की बीवी यानी तेरी भाभी बेगा बेगम भी काबुल में है। वैसे भी उससे अभी कोई आस नज़र नहीं आती है। इसलिए मैं सोच रही हूँ कि क्यों न मेवाजान को हज़रत पादशाह की ख़िदमत में भेज दिया जाए।"

"इसका फ़ैसला करनेवाली मैं कौन होती हूँ छोटी अम्मी। इसके बारे में आप हज़रत पादशाह से पूछिए?"

"तेरी यह बात एकदम सही है। मैं उसी से पूछती हूँ।"

इतना कह माहम बेगम ने ताली बजाई। ताली बजते ही तुरन्त परदे की आड़ में खड़ी एक कनीज़ कोर्निश करते हुए हाज़िर हो गई।

"हज़रत पादशाह के पास ख़बर भिजवाइए कि वे हमारे दौलतख़ाने में तुरन्त हाज़िर हों!"

माँ का आदेश सुन हुमायूँ कुछ ही देर में उसके सामने हाज़िर हो गया। गुलबदन बेगम ने अपने भाई को सारी बात बता दी। माँ की यह इच्छा सुन अनमनेपन के साथ हुमायूँ ने मना कर दिया।

"हुमायूँ, बेटा, मेवाजान बुरी नहीं है। फिर देख हज़रत फ़िरदौस मकानी के बाद मेरा भी कोई भरोसा नहीं है कि न जाने कब अल्लाह को प्यारी हो जाऊँ। इसलिए जाने से पहले मेरी ख़्वाहिश है कि अपने किसी एक पोते का मुँह देख जाऊँ।" माहम बेगम ने रुआँसी हो, एक माँ की तरह बेटे को मनाने का प्रयास किया।

हुमायूँ अपनी माँ को और ज़्यादा दुखी नहीं देख सकता था। इसलिए उसी रात उसने मयवजान अर्थात् मेवाजान से निकाह कर लिया।

इधर हुमायूँ ने मेवाजान से निकाह किया,उधर तीन दिन बाद काबुल से अचानक उसकी पहली बीवी बेगा बेगम भी आ गई। मेवाजान से निकाह के बाद माहम बेगम की उम्मीद पूरी नहीं हुई बल्कि बेगा बेगम के पाँव भी आते ही भारी हो गए। हालाँकि मेवाजान यह कहती रही कि वह भी गर्भवती है। अपनी दोनों बहुओं के गर्भवती होने की ख़बर सुनकर माहम बेगम ने अपने पोतों के लिए तुर्कों के शाही वंश में चली आ रही रिवायत और रिवाज़ के मुताबिक़, हिन्दुस्तानियों में जन्म के बाद शिशुओं के गले में पहनाए जानेवाले सोने-चाँदी के छोटे-छोटे सूरज-चाँद की तरह, जन्म से पहले अपने हाथों से छोटे-छोटे अस्त्र-शस्त्रों के यराक़ तैयार कर लिए। इतना ही नहीं, इनके साथ उसने मुग़ल सेनापतियों के यराक़ और शिशुओं के गले में पहनाए जानेवाले सोने-चाँदी के बादाम और चार मगज़ भी तैयार करवा लिए। माहम बेगम रात-दिन अब घर में आनेवाले नए मेहमानों की कल्पनाओं में डूबी रहती।

एक दिन गुलबदन बेगम के सामने माहम बेगम आनेवाले पोतों की ख़ुशी में चहकते हुए, अपनी इन दोनों बहुओं की मौजूदगी में, इन यराक़ों को हवा में लहराते हुए बोली, "गुल, मेरी इन दोनों बहुओं में से जिसके बेटा पैदा होगा, उसे यह यराक़ दूँगी।"

मगर माहम बेगम का यह सपना उस दिन शीशे की तरह टूट गया, जब बेगा बेगम ने बेटी को जन्म दिया। जबकि जिस मेवाजान ने यह ऐलान किया था कि

वह भी गर्भवती है, ग्यारह महीने बीतने के बाद उसे कुछ नहीं हुआ। बल्कि बाद में पता चला मेवाजान मानसिक रूप से बीमार है। वह कभी माँ नहीं बन सकती।

बरसात शुरू होते ही हुमायूँ गुजरात से आगरा लौट आया। आगरा में एक दिन एक बेग ने उससे गुज़ारिश की, "पादशाह सलामत, शेर ख़ाँ की तरफ़ से आपको होशियार रहना चाहिए।"

"क्यों, आपको ऐसा क्यों लगता है?" हुमायूँ ने चौंकते हुए उस बेग से पूछा।

"इसलिए कि वह बहुत बड़ी साज़िश रचनेवाला है। हुकूमत के सारे दाँव-पेचों को वह अच्छी तरह जान गया है। यहाँ तक कि सारे अफ़ग़ानों को उसने अपने आसपास इकट्ठा कर लिया है।"

"तो क्या हुआ? हमारे पास इतना लाव-लश्कर और फ़ौज है कि वह हमारे सामने कुछ नहीं है। आप बेफ़िक्र रहिए, ऐसा कुछ नहीं होगा।" इतना कह हुमायूँ हिन्दू बेग इन्दर की तरफ़ पलटा, "ख़ुदावंद बेग, आप तुरन्त जौनपुर जाइए और वहाँ जाकर शेर ख़ाँ के बारे में सही-सही पता लगाइए कि उसके मन में क्या है?"

इधर शेर ख़ाँ को जैसे ही पता चला कि हुमायूँ बिहार की तरफ़ आना चाहता है, उसने समझदारी दिखाते हुए एक तरह से आत्मसमर्पण करते हुए, हिन्दू बेग से यह पेशकश भेजकर निवेदन किया कि 'मैंने हज़रत पादशाह को जो यक़ीन दिलाया था, उस पर मैं आज भी क़ायम हूँ। मैंने कभी उनकी रियासत में दख़ल नहीं दिया। मैं उनका ख़िदमतगार था, और आज भी हूँ। इसलिए यहाँ आने की ज़हमत न उठाएँ। मेरे ऊपर वे भरोसा करें।'

हिन्दू बेग इन्दर ने जब शेर ख़ाँ की इस भावना से हुमायूँ को अवगत कराया, तब हुमायूँ बहुत ख़ुश हुआ। उसने उसी वक़्त शेर ख़ाँ को यह सन्देश भिजवा दिया कि 'जब तक हुमायूँ ज़िन्दा है, उसकी तरफ़ से वह बेफ़िक्र रहे। उसे कोई भी नुक़सान न पहुँचा सकेगा।'

इस पर शेर ख़ाँ ने भी जवाब भिजवाया कि 'हज़रत पादशाह, शेर ख़ाँ आपके वफ़ादारों में है। यहाँ आपके नाम का ख़ुतबा पढ़वा, आपका सिक्का चलवा रहा है। वह ऐसा कोई बेज़ा क़दम नहीं उठाएगा, जिससे आपको शिकायत हो।'

शेर ख़ाँ के इस आश्वासन के बाद हुमायूँ उसकी तरफ़ से निश्चिन्त हो गया, और शेर ख़ाँ को वापिस चुनार भेज दिया। इधर शेर ख़ाँ ने क़िला वापिस मिलते ही अपने बेटे क़ुतुब ख़ाँ को एक अफ़ग़ान टुकड़ी के साथ हुमायूँ की फ़ौज में भेज दिया। इस तरह चुनार का क़िला हुमायूँ से बिना युद्ध किए शेर ख़ाँ को वापिस मिल गया।

उस साल हुमायूँ बिहार की तरफ़ नहीं गया।

इधर शेर ख़ाँ ने अपने बेटों को चुनार के क़िले को आज़ाद कराने के लिए रवाना कर दिया। वहाँ दोनों ने आसपास की जगहों पर क़ब्ज़ा कर चुनार के साथ-साथ गौड़ को भी घेर लिया। इस तरह यहाँ लगभग रोज़ाना लड़ाई होती रहती।

अगले साल हुमायूँ बिहार और बंगाल की ओर रवाना हो गया।

हुमायूँ की मंशा भाँप, शेर ख़ाँ चुनार के क़िले को छोड़ अपने अफ़ग़ान सिपाहियों के साथ भरकुंडा क़िले में चला गया। लेकिन शेर ख़ाँ के एक बेटे क़ुतुब ख़ाँ ने हुमायूँ को लगभग छह महीने तक क़िले पर क़ब्ज़ा करने से रोके रखा। जिस चुनार क़िले को कभी शेर ख़ाँ के दूसरे बेटे जलाल ख़ाँ ने सुल्तान महमूद से छीन लिया था, उस सुल्तान महमूद का एक साथी रूमी ख़ाँ, हुमायूँ के दरबार के ख़िदमतगारों में शामिल हो गया। हुमायूँ ने उसकी प्रतिभा को देखकर उसे अपने तोपख़ाने का मुखिया बना दिया। रूमी ख़ाँ ने बाद में तख़्तों की ऐसी छत बनाई कि उसे देख, बड़े-बड़े हुनरमन्द तरख़ान और कारीगरों ने दाँतों तले अँगुली दबा ली। दीवारों तक उसने ऐसी सुरंग का निर्माण किया कि जब उसमें आग लगने के बाद धमाका हुआ, तो लगा जैसे धरती दहल गई हो। इस धमाके से डरकर शेर ख़ाँ का बेटा क़ुतुब ख़ाँ भाग गया। बाक़ी बचे लोगों ने क़िले से बाहर आकर हुमायूँ के सामने समर्पण कर दिया। इस क़ामयाबी पर हुमायूँ ने रूमी ख़ाँ को ख़िलअत देकर सम्मानित किया और उसे क़िला बतौर इकराम दे दिया। मगर कुछ ही दिनों के बाद रूमी ख़ाँ की मौत हो गई।

आगे बढ़ने के दौरान नसीरुद्दीन नुसरत शाह यानी बंगाल के हाकिम नसीब शाह ने हुमायूँ से शेर ख़ाँ के ख़िलाफ़ फ़रियाद की। शेर ख़ाँ के ख़िलाफ़ की गई इस फ़रियाद का नतीजा यह हुआ कि हुमायूँ ने बंगाल को आसानी से जीत लिया। जब यह अभियान पूरा हो गया तब जौनपुर हिन्दू बेग इन्दर को और चुनार बेग मीरक को दे दिया गया।

पटना पहुँचते-पहुँचते बारिश शुरू हो गई। इस पर कुछ बेगों ने सुझाव दिया कि अगर बंगाल पर चौमासे के बाद हमला किया जाए, तो बेहतर होगा। क्योंकि इस मौसम में घुड़सवारों को आगे बढ़ने में बड़ी दिक़्क़त होगी। यह मौसम लश्कर के लिए बड़ी तबाही का साबित हो सकता है। बंगाल के एक हाकिम ने तो यहाँ तक कह दिया कि बंगाल शेर ख़ाँ की पहुँच से अभी बहुत दूर है। मगर हुमायूँ ने इस हाकिम की बात नहीं मानी और अपने लोगों को आगे बढ़ने का हुक्म दे दिया।

इसी बीच हुमायूँ को सूचना मिली कि शेर ख़ाँ के बेटे जलाल ख़ाँ ने दूसरे साथियों के साथ मिलकर बंगाल में अपनी स्थिति मज़बूत कर ली है, और वह साज़िश और बग़ावत करने पर आमादा है। दरअसल, शेर ख़ाँ की योजना यह थी कि शाही सेना के बंगाल पहुँचने से पहले वह वहाँ कुछ उत्पात मचवाकर, बंगाल

से अपना माल-असबाब किसी सुरक्षित जगह पर पहुँचा दे। इसलिए उसने अपने बेटे जलाल ख़ाँ को एक सैनिक टुकड़ी के साथ गढ़ी के पास तैनात कर दिया। जलाल ख़ाँ से उसने कह दिया कि जैसे भी हो उसे युद्ध टालना होगा। अपनी तरफ़ से किसी तरह की पहल नहीं करनी है।

मगर जैसे ही शाही सेना गढ़ी के क़रीब पहुँची, जलाल ख़ाँ ने अपने पिता शेर ख़ाँ के हुक्म का पालन न करते हुए अपनी सेना तैयार की और शाही लश्कर पर हमला कर दिया। हुमायूँ की सेना अचानक हुए इस हमले के लिए तैयार नहीं थी। बैरम ख़ाँ ने कई बार पलटकर दुश्मन की फ़ौज पर हमला किया और उसे पीछे हटने पर मजबूर तक कर दिया, मगर बैरम ख़ाँ को इसमें क़ामयाबी नहीं मिली। इस लड़ाई में शाही सेना को अपने कई जाँबाज़ों से हाथ धोना पड़ा।

हुमायूँ के पास जैसे ही इस लड़ाई और इसमें शाही सेना की हार की ख़बर पहुँची, वह उसी समय आगे के लिए रवाना हो गया। इसी दौरान गंगा में उसकी शाही नौका डूब गई और इससे पहले कि वह जलाल ख़ाँ तक पहुँचता, जलाल ख़ाँ वहाँ से भाग गया। इस तरह हुमायूँ ने बंगाल पर जीत हासिल कर ली। मगर चतुर शेर ख़ाँ अपने अफ़ग़ान सैनिकों के साथ बंगाल में गौड़ नगर को उजाड़ने के बाद, यहाँ से लूटी गई छह करोड़ अशर्फ़ियों को लेकर झारखंड होता हुआ, रोहतास क़िले में जा पहुँचा।

शेर ख़ाँ जब रोहतास क़िले में पहुँचा, तो क़िले के हाकिम और यहाँ के राजा के बहुत बड़े विश्वासपात्र चिन्तामन ब्राह्मण अर्थात् चूड़ामणि ब्राह्मण के पास उसने एक सन्देश भिजवाया। इस सन्देश में शेर ख़ाँ ने लिखा—आपने बुरे वक़्त में एक बार मेरे सगे भाई निज़ाम ख़ाँ और उसके परिवार को अपने इस क़िले में पनाह दी थी। जब उसके सर से आफ़त टल गई, तब वे क़िले को आपके राजा के हवाले कर यहाँ से चले गए थे। आज एक बार फिर मेरे ऊपर मुसीबतों का पहाड़ टूट पड़ा है और आपकी मदद की इस वक़्त मुझे सख़्त ज़रूरत है। इसलिए अगर मुझे इस क़िले में कुछ दिनों के लिए पनाह मिल जाए, तो ताऊम्र मैं आपका शुक्रगुज़ार रहूँगा। जैसे ही यह मुसीबत मेरे सर से टल जाएगी, मैं आपका क़िला ख़ाली कर चला जाऊँगा।

चूड़ामणि ने शेर ख़ाँ की इस गुज़ारिश पर आश्वासन देते हुए सन्देश भिजवाया—शेर ख़ाँ, आप घबराइए मत। मैं राजा से आपकी सिफ़ारिश कर आपको इस क़िले में शरण दिलवा दूँगा।

शेर ख़ाँ से वायदा कर चूड़ामणि अपने राजा के पास गया।

"राजन, आपके पड़ोसी शेर ख़ाँ सूर पर बहुत बड़ी आपत्ति आ गई है। वह अपने परिवार के साथ आपसे मदद माँगने आया है।" चूड़ामणि ने अपने राजा से विनती की।

"चिन्तामन, उसे हमसे किस तरह की मदद चाहिए?" राजा ने अपने विश्वासपात्र चूड़ामणि से पूछा।

"राजन, वे सपरिवार आपके क़िले में कुछ दिनों के लिए शरण चाहते हैं। वैसे भी आपकी कृपा उसके भाई पर पहले रह चुकी है। राजधर्म संकट के समय एक राजा द्वारा दूसरे राजा की मदद की अनुमति देता है। इसलिए शेर ख़ाँ और उसके परिवार के प्रति उदारता प्रदर्शित करते हुए उन्हें शरण दे देनी चाहिए राजन।"

अपने विश्वासपात्र ब्राह्मण के अनुरोध को रोहतास क़िले के सरल स्वभावी राजा ने स्वीकार कर लिया। मगर कुछ दिन बाद जब शेर ख़ाँ अपने परिवार और सेना को लेकर जैसे ही क़िले के पास पहुँचा, तो राजा अपने वचन से फिर गया। उसने अपने विश्वासपात्र ब्राह्मण से कहा, "चिन्तामन, जिस समय मैंने शेर ख़ाँ सूर के भाई मियाँ निज़ाम ख़ाँ सूर को अपने क़िले में शरण दी थी, उस समय उसकी सेना की संख्या बल बहुत कम थी और मैं उससे शक्तिशाली था। मगर यह संख्या अब बहुत अधिक हो गई है जबकि मेरी संख्या बल कम है। इस समय वह मुझसे अधिक शक्तिशाली है। उसके शरण लेने के बाद मैं चाहकर या ज़बरदस्ती उससे अपना क़िला वापिस नहीं ले सकता।"

चूड़ामणि ने अपने राजा का यह सन्देश शेर ख़ाँ के पास यह कहते हुए भिजवा दिया—मियाँ शेर ख़ाँ सूर, कुछ लोगों ने, जो मेरे शत्रु हैं उन्होंने राजा को मेरे ख़िलाफ़ भड़का दिया है और उससे आपको क़िला देने से मना करवा दिया है।

चूड़ामणि के इस जवाब को सुन, शेर ख़ाँ सूर बेहद निराश और दुखी हुआ। इसके बाद उसने सीधे राजा के पास यह सन्देश भिजवाया—राजन, मैं आपके भरोसे और दिए गए वचन पर अपने परिवार को भरकुंडा से यहाँ ले आया। अगर इसकी ख़बर बादशाह हुमायूँ को लग गई, तो वह अपनी फ़ौज भेजकर हम अफ़ग़ानियों के परिवारों का क़त्ल करवा देगा। अगर ऐसा हुआ, तो इसके गुनहगार आप होंगे।

इसके बाद शेर ख़ाँ सूर ने चूड़ामणि के पास गुपचुप छह मन सोने के साथ यह सन्देश भिजवाया—चिन्तामन, जैसे भी हो कुछ दिनों के लिए मेरे परिवार को अपने राजा से कहकर, बस, थोड़ी-सी जगह दिलवा दो। अगर ऐसा नहीं हुआ तो मैं बादशाह हुमायूँ से हाथ मिला लूँगा और आपके राजा को नेस्तनाबूद कर दूँगा।

शेर ख़ाँ से मिले छह मन सोने ने चूड़ामणि के मन में लालच भर दिया। उसने शेर ख़ाँ को आश्वस्त करते हुए सन्देश भिजवाया—आप बेफ़िक्र रहिए। मैं ब्राह्मण हूँ। राजा मेरी बात पर ज़रूर विश्वास करेगा। राजा को समझाऊँगा और साथ में उसके मन में डर भी बिठाऊँगा। अगर राजा फिर भी नहीं माना तो मैं उससे कहूँगा कि मैं विष खा लूँगा।

शेर ख़ाँ को सन्देश भिजवाने के बाद चूड़ामणि एक बार फिर अपने राजा के पास गया।

"राजन, यह आपने अच्छा नहीं किया। यह आपके लिए हितकर नहीं है। वचन देकर पलटना एक राजा को शोभा नहीं देता। अगर हुमायूँ को इसका पता चल गया कि आपने उसे पनाह देने से मना कर दिया है, तो वह शेर ख़ाँ के पूरे परिवार की हत्या करवा देगा और उसे बन्दी बना लेगा। अगर ऐसा हुआ राजन, तो इस पाप के भागीदार आप होंगे क्योंकि आपके दिए गए वचन के बाद शेर ख़ाँ भरकुंडा से अपने परिवार को यहाँ लाया है। कहींऽऽऽ ऐसा न हो राजन किऽऽऽ..." कहते हुए चूड़ामणि रुक गया।

"कैसा चिन्तामन?"

"यही कि अगर शेर ख़ाँ ने हुमायूँ से संधि कर ली और दोनों ने मिलकर आप पर आक्रमण कर दिया, तब क्या होगा? आप में इनसे युद्ध करने की शक्ति नहीं है। राजन, अकारण हुमायूँ या शेर ख़ाँ से दुश्मनी करने से कोई फ़ायदा नहीं है। वैसे भी शेर ख़ाँ अपने परिवार के साथ आपसे शरण की गुहार कर रहा है। कौन-सा वह हमारे क़िले पर क़ब्ज़ा करने आ रहा है।"

बे-मन से अपने ब्राह्मण की बात मान, राजा शेर ख़ाँ को शरण देने के लिए राजी हो गया और रोहतास के क़िले में शेर ख़ाँ को जगह देने की उसने स्वीकृति प्रदान कर दी।

चूड़ामणि इस ख़ुशख़बरी को देने ख़ुद शेर ख़ाँ के पास गया।

"बधाई हो शेर खाँ! हमारे राजन आपको अपने क़िले में जगह देने के लिए तैयार हो गए हैं। अब आप अपने परिवार को वहाँ ले जा सकते हैं।"

"शुक्रिया चिन्तामन। आपने मेरी बहुत बड़ी मुश्किल आसान कर दी।" शेर ख़ाँ ने चूड़ामणि का आभार व्यक्त करते हुए कहा।

इसके बाद शेर ख़ाँ अपने परिवार को रोहतास के क़िले के पास ले गया। क़िले में प्रवेश करने से पहले वह राजा के प्रति बड़ी विनम्रता के साथ आभार प्रकट करते हुए बोला, "राजन, मैं इस एहसान के लिए आपका दिल से शुक्रिया अदा करता हूँ।" इसके बाद अपने साथ लाए हीरे-जवाहरात, सोने की अशर्फ़ियाँ और राजसी वस्त्रों को भेंट करते हुए बोला, "राजन, अगर क़िस्मत ने मेरा साथ दिया, तो यह शेर ख़ाँ सूर आपको ज़ुबान देता है कि यह आपके इस एहसान भरे क़र्ज़ को कभी नहीं भूलेगा। इस क़र्ज़ को वह ऐसा उतारेगा कि इतिहास उसे हमेशा याद रखेगा।"

राजा प्रसन्न हो शेर ख़ाँ से भेंट स्वीकार करते हुए बोला, "हे अफ़ग़ानी शेर, मुझे आप पर पूरा विश्वास है। आइए, आज से यह क़िला आपका हुआ। आप अपने परिवार के साथ ससम्मान इसमें प्रवेश करें!"

राजा से आज्ञा मिलते ही शेर ख़ाँ अपने परिवार और सैनिकों के साथ क़िले में दाख़िल हो गया। शेर ख़ाँ ने सबसे पहले पूरे क़िले का जायज़ा लिया। जैसे-जैसे वह क़िले का मुआयना करता गया, क़िले की भव्यता देख उसकी आँखें आश्चर्य से खुली-की-खुली रह गईं। इससे पहले उसने अपने आदमियों को समझा दिया कि जो भी क़िले में पहुँच जाए, वह किसी भी हालत में बाहर नहीं आएगा। क़िले का पूरी तरह मुआयना करने के बाद, शेर ख़ाँ ने मन-ही-मन अपने ख़ुदा का शुक्रिया अदा करते हुए कहा, 'इस क़िले को चुनार क़िले से हरगिज़ नहीं आँका जा सकता। क्या हुआ जो चुनार क़िला मेरे हाथों से निकल गया। यह तो आ गया मेरे हाथ में। सही कहा है कि परवरदिगार एक हाथ से लेता है, तो दूसरे हाथ से देता भी है। इतनी ख़ुशी मुझे गौड़ को फ़तह करने पर नहीं हुई, जितनी इस क़िले पर क़ब्ज़ा करने में हो रही है।'

कुछ रोज़ बाद एक दिन शेर ख़ाँ सूर ने अपने कुछ बहादुरों को बुलवाया। "बहादुरो, तुम लोग क़िले में तैनात सिपाहियों से जाकर कह दो कि वे अपने राजा से कह दें कि उनका इन अफ़ग़ानों के साथ रहना मुनासिब नहीं है। इनके साथ रहने से आपको बड़ी परेशानी और मुश्किलातों का सामना करना पड़ सकता है। अगर राजा के सिपाही तुम्हारे कहने के बावजूद क़िले से नीचे नहीं उतरते हैं, तो मार-मार कर ज़बरन उन्हें बाहर निकाल दो!"

शेर ख़ाँ सूर के सिपाहियों ने जब उसका सन्देश राजा के सिपाहियों को जाकर दिया, तब राजा के सिपाहियों ने ऐसा करने से मना कर दिया। उनके मना करने पर शेर ख़ाँ सूर के हुक्म के मुताबिक़ उसके सिपाहियों ने राजा के सिपाहियों को मार-मार कर क़िले से बाहर निकाल दिया। देखते-देखते शेर ख़ाँ के सैनिक रोहतास के क़िले पर क़ब्ज़ा कर, जगह-जगह ख़ुद तैनात हो गए। इस तरह शेर ख़ाँ सूर ने छल और चालाकी के साथ रोहतास क़िले पर क़ब्ज़ा कर लिया।

39

हेमू दरप से कूचहा नमकाए शेर फ़रोख्त।

शेर ख़ाँ सूर ने अपने चारों तरफ़ नज़र दौड़ाई मगर उसे ऐसा कोई नज़र नहीं आया, जिसकी वह इस समय मदद ले सके। आख़िर उसे उम्मीद की एक ही किरण दिखाई दी, तो वही दिखाई दी जिसके घर आते-जाते

उसका बचपन बीता। इससे बेहतर उसे कोई नहीं लगा। उसे इसी धूसर (भार्गव) जाति के राय जयपाल राव और उसके छोटे बेटे राय पूरनमल की याद आई। उसी राय पूरनमल की याद जिसके चाचा जुझार राव सहित उसके पूरे परिवार को जानता है। हालाँकि नवलदास की संगत में आने के बाद उसके पिता पूरनमल वैरागी हो गए और पूरनमल से वे पूरनदास बन गए। पिता के संन्यासी बनने के बाद परिवार का भरण-पोषण राय पूरनमल के बड़े भाई राय झांडेराव ने किया। इसी राय झांडेराव ने उसे फ़ारसी और संस्कृत की तालीम दिलाई थी।

शेर ख़ाँ सूर को पता लगा कि मेवात की हुकूमत के केंद्र अलवर से महज़ पैंतालीस और मेवात की राजधानी तिजारा से मात्र तीस मील दूर, रेवाड़ी के पास कुतुबपुर में यह अपने पिता के साथ अनाज और नमक के कारोबार में रमा हुआ है। अनाज का व्यापार करते-करते बसन्त राय को पता ही नहीं चला, कि कब नमक और अनाज के साथ-साथ वह शोरे का व्यापार भी करने लगा।

हमज़मीं होने के कारण बसन्त राय से बड़ा भरोसेमन्द कोई और नहीं हो सकता। वैसे भी ख़ुद के दादा इब्राहिम शेरा खेल अर्थात् इब्राहिम ख़ाँ सूर के नारनौल और रेवाड़ी के बीच दूरी है ही कितनी, यही महज़ चालीस मील और ये दोनों हैं भी मेवात के हिस्से। सुना है अब इसने शोरे के व्यापार के साथ-साथ रेवाड़ी में पीतल के बर्तन और हथियार बनाने का काम भी शुरू कर दिया। शेर ख़ाँ ने सोचा कि अपने वालिद के इस पुराने दोस्त के बेटे से बारूद के लिए शोरा ही क्यों, पीतल और दूसरी धातु के हथियार भी तो वह बनवा सकता है। शेर ख़ाँ कई दिनों तक इस बारे में विचार करता रहा। जब-जब वह उसके बारे में सोचता, तब-तब उसकी धमनियों में रक्त का प्रवाह एकाएक तेज़ हो जाता। आख़िर उसने निर्णय कर अपना सन्देशवाहक रेवाड़ी के लिए रवाना कर दिया।

शेर ख़ाँ का पत्र पाते ही बसन्त राय की आँखों के आगे अतीत के चित्र घूमने लगे। इस पत्र को लेकर सबसे पहले वह अपने मार्गदर्शक और संरक्षक काका राय झांडेराव के पास गया।

"बसन्त! क्या हुआ? तेरी साँसें लुहार की धौंकनी-सी कैसे चल रही हैं? सब कुशल-मंगल तो है?" राय झांडेराव ने अपने भतीजे से मुस्कराते हुए पूछा।

"का...काका यह देख शेर ख़ाँ ने चिट्ठी भेजी है।" तेज़-तेज़ चलती साँसों पर मुश्किल से क़ाबू पा बसन्त राय ने कहा।

"शेर खाँ! किस शेर ख़ाँ ने चिट्ठी भेजी है?" राय झांडेराव ठंडेपन के साथ बोला।

"काका वही, जिसका दादा इब्राहिम ख़ाँ सूर एक ज़माने में अपने नारनौल के कुछ गाँवों का जागीरदार और घोड़ों का ब्यौपारी हुआ करता था, और जिसे हमारा नमक व शोरा जाता है।"

"कहीं तू मियाँ हसन ख़ाँ सूर के सबसे बड़े बेटे फ़रीद ख़ाँ की बात तो नहीं कर रहा है? वही फ़रीद, जिसके वालिद मियाँ हसन सूर ने लम्बे अरसे तक कछवाहा राजपूत रायसाल दरबारी के दादा रायमल की भी सेवा की थी, और जिसका दादा इब्राहिम ख़ाँ सूर अपने अफ़ग़ान सुल्तान बहलोल लोदी के साथ हिन्दुस्तान आया था?" बसन्त राय द्वारा नारनौल के जागीरदार इब्राहिम ख़ाँ का नाम बताने पर राय झांडेराव को जैसे सब याद आ गया।

"हाँ-हाँ, मैं उसी की बात कर रहा हूँ काका।"

"पर तुझे यह सब बताया किसने?" राय झांडेराव ने हैरानी से पूछा।

"काका, यह सब इस चिट्ठी में लिखा हुआ है।" इतना कह बसन्त राय ने खुली हुई चिट्ठी राय झांडेराव की तरफ़ बढ़ा दी।

राय झांडेराव अपने भतीजे से चिट्ठी लेकर पढ़ने लगा। चिट्ठी पढ़ने के बाद झांडेराव कुछ पल सोचता रहा और फिर स्मृतियों के पीले पड़ चुके पन्नों से, कुछ पुराने और मटमैले चित्रों को सहेजते हुए बोला, "पर यह फ़रीद तो पन्द्रह बरस की उम्र में अपने बाप से बग़ावत कर घर छोड़कर भाग गया था! सुना तो यह भी गया है कि यह किसी रियासत का मालिक तक बन गया था?"

"सुनना क्या, मालिक तो यह आज भी है।"

"किसका मालिक है?" राय झांडेराव ने हैरान होते हुए पूछा।

"चुनार क़िले का मालिक है। वहीं से उसने यह चिट्ठी भेजी है।"

"चुनार क़िला? यह कहाँ हुआ?"

"यह मिर्ज़ापुर की कैमूर की पहाड़ियों के उत्तर और गंगा के दक्षिणी किनारे पर है।"

बसन्त राय की बात सुन राय झांडेराव एक बार फिर पुरानी यादों के बीहड़ में उतर गया जैसे।

"पता नहीं बसन्त, तू जानता है या नहीं। इस फ़रीद का बचपन बड़ी मुश्किलों में गुज़रा था। इसकी एक सौतेली माँ हमेशा इसे इसके बड़े होने के हक़ों से दूर रखती थी। अपनी छोटी-छोटी ज़रूरतों के लिए इसे काफ़ी जूझना पड़ता था। फ़रीद को इसकी इसी सौतेली माँ के बर्ताव और बाप की अनदेखी ने बाग़ी बना दिया था। फ़रीद के वालिद मियाँ हसन ख़ाँ सूर ने दरअसल चार शादियाँ की थीं जिनसे इसके कुल आठ लड़के थे। इनमें से फ़रीद और इसका भाई निज़ाम ख़ाँ एक अफ़ग़ान माँ से, अली और यूसुफ़ दूसरी माँ से, ख़ुर्रम व सादी ख़ाँ तीसरी से, जबकि सुलेमान और अहमद चौथी माँ से पैदा हुए थे। मियाँ हसन ख़ाँ सूर अपनी सबसे छोटी बीवी यानी सुलेमान और अहमद की माँ को सबसे ज़्यादा चाहता था। हसन ख़ाँ सूर की यही सबसे छोटी बीवी फ़रीद को पसन्द नहीं करती थी। उसे लगता था कि सबसे बड़ा बेटा होने की वजह से एक दिन यह फ़रीद

अपने वालिद की जागीर का वारिस बन जाएगा। इसीलिए दोनों बाप-बेटे में अक्सर कहा-सुनी होती रहती थी, और एक दिन इसी कहा-सुनी से आजिज़ आकर महज़ पन्द्रह बरस की उम्र में फ़रीद घर छोड़कर चला गया।" इतना कह राय झांडेराव ने चिट्ठी एक तरफ़ रख दी।

अपने काका के मुँह से शेर ख़ाँ की दास्तान सुन बसन्त राय उदास हो गया। चेहरे पर निराशा के भाव उभर आए। वह कनखियों से कभी अपने काका को देखता, तो कभी उसके बग़ल में पड़ी शेर ख़ाँ की खुली हुई चिट्ठी को। वह सोचने लगा कि उसे यह चिट्ठी लेकर अपने काका के पास नहीं आना चाहिए था। एक अजीब-सी उलझन में पड़ गया वह।

"बसन्त, बेटे, तूने अब क्या सोचा है?"

"कि...किस बारे में काका?" वर्तमान में लौटते हुए बसन्त राय ने अकबकाते हुए पूछा।

"फ़रीद...मेरा मतलब है शेर ख़ाँ की इस चिट्ठी के बारे में? क्या जवाब देगा इसका?"

"काका, इसीलिए तो मैं आपके पास आया हूँ कि मुझे क्या करना चाहिए?" अपने असमंजस को बसन्त राय ने अपने काका के सामने प्रकट करते हुए कहा।

"मुझे जो बताना है, वह तो मैं बताऊँगा ही पर तूने भी तो कुछ सोचा होगा?" राय झांडेराव ने अपने भतीजे के चेहरे पर उभरते और आँखों में आते-जाते भावों से उसके मन की थाह लेनी चाही।

"काका, शेर ख़ाँ ने मुझे नमक व शोरे के अलावा पीतल व दूसरी धातुओं के हथियार बनाने की भी पेशकश भेजी है। मुझे लगता है कि उसकी इस पेशकश को मानने में कोई बुराई नहीं है। इससे हमारा ब्यौपार बढ़ेगा ही। अभी तक हम इन अफ़ग़ानों को सिर्फ़ अनाज, नमक और बारूद के लिए शोरा भेजते थे। अगर अब शेर ख़ाँ हमसे हथियार बनाने के लिए कह रहा है, तो यह और भी अच्छी बात है। इससे शेर ख़ाँ के साथ हमारे ताल्लुक़ बढ़ेंगे ही!"

"तेरा ऐसा सोचना एकदम सही है। मगर मुझे लगता है कि अभी तू ऐसा सिर्फ़ अपने ब्यौपार को बढ़ाने की ग़रज़ से सोच रहा है। जबकि मैं इसे दूसरे नज़रिए से देख रहा हूँ।"

"मैं कुछ समझा नहीं काका?"

"यह बात इतनी आसानी से तेरी समझ में आएगी नहीं। वह इसलिए कि तू ठहरा निरा बनिया और बनिए की नज़र में, हर ऐसी बात जो उसके धंधे से जुड़ी हुई हो, उसमें वह सिर्फ़ अपना नफ़ा-नुक़सान ही देखता है।"

"आप ठीक कह रहे हैं काका। मैं शेर ख़ाँ की इस पेशकश को इसी नज़र से देख रहा हूँ। मैं तो यही सोच रहा हूँ कि आज ब्यौपार के चलते हमारे अफ़ग़ानों

से अच्छे रिश्ते हैं, कल ये और मज़बूत होंगे।" बसन्त राय ने अपनी मंशा एकदम स्पष्ट कर दी।

"यह सही है कि शेर ख़ाँ को पीतल के हथियार देने से तुझे माली फ़ायदा होने के साथ-साथ उससे तेरे ताल्लुक़ और मज़बूत हो जाएँगे। मगर मेरा मानना है कि सिर्फ़ इसी वजह से तुझे उसकी यह पेशकश क़बूल नहीं करनी चाहिए।"

"फिर किस वजह से क़बूल करनी चाहिए?"

"इसलिए भी क़बूलनी चाहिए कि हमारे और उसके ख़ानदान के रिश्ते बहुत पुराने रहे हैं। हमारे आँगन में उसका बचपन बीता है। हमारे पिताजी राय जयपाल जी सदा उसे अपने दोनों बेटों की तरह मानते थे। इसलिए तुझे न सिर्फ़ उसकी यह पेशकश क़बूल कर लेनी चाहिए, बल्कि आगे भी उसके दुख-दर्द में शामिल होना चाहिए।" इसके बाद राय झांडेराव थोड़ा भावुक हो गया, "बसन्त, एक बात कहूँ, अगर शेर ख़ाँ ने तुझे यह पेशकश भेजी है, तो ज़रूर इसका कोई मतलब है। इस मुल्क में, न जाने कितने राजा-महाराजा और बड़े-बड़े हाकिम होंगे। उसने इतनी दूर मेवात के इस रेवाड़ी में, तुझे ही यह पेशकश क्यों भेजी है? क्यों उसे अपने उस इलाक़े की याद आई, जिससे उसकी न सिर्फ़ यादें जुड़ी हुई हैं, बल्कि उस आदमी की भी याद आई जिसे वह अपने भाई की तरह मानता होगा।" कहते-कहते राय झांडेराव के शब्द भीग उठे, "वैसेऽऽऽ तूने इस चिट्ठी में एक बात पर ध्यान दिया?"

"किस पर काका?"

"यही कि शेर ख़ाँ ने अपनी इस चिट्ठी में तेरा घर का नाम लिखा है। हेमू नहीं लिखा। तू इसी से समझ जा कि उसने तुझे यह चिट्ठी कितनी उम्मीदों के साथ लिखी होगी।"

"काका, आप शायद सही कह रहे हैं।"

"शायद नहीं, एकदम ठीक कह रहा हूँ। हमारे जिस मेवात की माली हालत पानीपत और खानवा की लड़ाई से पहले बेहद मज़बूत थी, मुग़लों से हुई इन लड़ाइयों ने उसे बहुत नुक़सान पहुँचाया है। जब हसन ख़ाँ मेवाती ने इन मुग़लों के बजाय, शेर ख़ाँ के दादा के सरपरस्त अफ़ग़ान सुल्तान बहलोल लोदी के पोते, और अपने मौसेरे भाई सुल्तान इब्राहिम लोदी का साथ दिया है, तो हमें भी मुग़लों के बजाय उस अफ़ग़ानी शेर ख़ाँ का साथ देना चाहिए, जिसके साथ हमारा चौका-बरतन का रिश्ता रहा है। आपसी भाईचारे का जैसा रिश्ता हमारा इन अफ़ग़ानों के साथ रहा है, वैसा इन मुग़लों से न तो कभी रहा, और शायद न कभी होगा। नौबत राय तो अपने इकलौते बेटे यानी मेरे पोते महिपाल राय को अफ़ग़ान फ़ौज में भेजने की तैयारी कर रहा है।"

"काका, मैं आपकी बात समझ गया। मैं इसी हरकारे के हाथ शेर ख़ाँ को जवाब भिजवा देता हूँ।" इतना कह बसन्त राय अर्थात् हेमू ने चिट्ठी उठाई और

अपने काका झांडेराव की बैठक से जाने लगा। अभी वह कुछ की क़दम आगे बढ़ा था कि वह जाते-जाते रुक गया।

"अब क्या हुआ?" राय झांडेराव ने अपने भतीजे हेमू से पूछा।

"एक बात पूछनी थी काका और वो यह कि शेर ख़ाँ के दादा इब्राहिम ख़ाँ सूर का नारनौल से कैसे नाता जुड़ा?" हेमू ने पलटते हुए पूछा।

"दरअसल, दादा इब्राहिम अफ़ग़ान सुल्तान बहलोल लोदी के समय हिन्दुस्तान आया था। शुरू में वह एक ताक़तवर अफ़ग़ान वज़ीर महावत ख़ाँ सूर का हाकिम था। इसी महावत ख़ाँ की कुछ जागीर नारनौल परगने में थी। बाद में दादा इब्राहिम, महावत ख़ाँ को छोड़कर जौनपुर चला गया, जहाँ उसने वहाँ के सूबेदार जमाल ख़ाँ के यहाँ नौकरी की। बाद में जमाल ख़ाँ ने दादा इब्राहिम को चालीस घुड़सवारों के साथ नारनौल परगना भी जागीर में दे दिया। फिर हुआ यह कि शेर ख़ाँ का वालिद मियाँ हसन ख़ाँ, अपने वालिद इब्राहिम ख़ाँ से अलग होकर सुल्तान बहलोल लोदी के एक बहुत बड़े अमीर उमर ख़ाँ सरवानी की ख़िदमत में चला गया। दादा इब्राहिम जब भगवान को प्यारा हो गया, तब मियाँ हसन ख़ाँ ने अमीर उमर ख़ाँ सरवानी से गुज़ारिश की, कि नारनौल वाली उसके पिता की जागीर उसे दे दी जाए। इस तरह अमीर उमर ख़ाँ सरवानी ने मियाँ हसन ख़ाँ का अनुरोध स्वीकाते हुए नारनौल की जागीर शेर ख़ाँ के पिता मियाँ हसन को दे दी। इसके बाद सूबेदार जमाल ख़ाँ, मियाँ हसन को अपनी रिआया बनाने पर राज़ी हो गया। बाद में बहलोल के वारिस सुल्तान सिकन्दर लोदी ने जौनपुर जीतने के बाद सारे पूर्वी ज़िले और बारह हज़ार घुड़सवार जौनपुर के सूबेदार जमाल ख़ाँ के सुपुर्द कर दिए। सूबेदार जमाल ख़ाँ का ख़ास हाकिम होने के नाते मियाँ हसन ख़ाँ को पाँच सौ घुड़सवारों के साथ, सासाराम और हाजीपुर की जागीरों के साथ पूरब में उसके साथ जाने का हुक्म दे दिया गया। इस तरह मियाँ हसन ख़ाँ का परिवार नारनौल से सासाराम जाकर बस गया। शेर ख़ाँ के दादा इब्राहिम ख़ाँ की जागीर का जब बँटवारा हुआ, तो बाप-बेटे यानी मियाँ हसन ख़ाँ और शेर ख़ाँ के बीच मनमुटाव और बढ़ गया। इसके बाद शेर ख़ाँ जौनपुर के सूबेदार जमाल ख़ाँ के पास चला गया था। जौनपुर यह 1501 में आया था और तक़रीबन दस साल रहकर अपना इल्म और तालीम बढ़ाने लगा।"

"यानी मेरी पैदाइश के वक़्त शेर ख़ाँ ने अपने इल्म और तालीम की शुरुआत कर दी थी?"

"शुरू ही नहीं की बल्कि यहाँ उसने तेरहवीं सदी के मशहूर संत शेख़ सादी की फ़ारसी में लिखी बोस्ताँ व गुलिस्ताँ, और निज़ामी ग़ाज़ा की सिकन्दरनामा जैसी किताबें पढ़ने के साथ, पुराने शाहज़ादों के इतिहास की भी अच्छी जानकारी हासिल कर ली थी। शेख़ सादी ने गुलिस्ताँ में अपनी ज़िन्दगी के अनुभवों को हिकायतों यानी

क़िस्से-कहानियों के द्वारा पेश किया है। वे मसनवी, नज़्म, शे'र, फ़र्द और क़तअ: के साथ ही अरबी शे'र में अपनी बात कहते थे। इन हिकायतों में वे ज़िन्दगी की कड़वी सच्चाइयों के साथ चुटीले और चटख रंग भरते थे। मिसाल के लिए शेख़ सादी की एक छोटी-सी हिकायत तुझे सुनाता हूँ। जो इस तरह है—

एक आदमी एक दिन किसी समझदार आदमी के आगे किसी की चुग़ली कर रहा था। समझदार आदमी ने चुग़ली करनेवाले से कहा कि तुम मेरे आगे दूसरे की बुराई कर रहे हो, यह ठीक बात नहीं है। यह ठीक है कि तुम जिसकी बुराई कर रहे हो, उसके बारे में मेरे मन में तो ख़राब ख़याल आएँगे ही, बल्कि मेरे मन में तुम्हारे बारे में भी मेरी ख़राब राय बन जाएगी। मैं सोच रहा हूँ कि तुम दूसरे की बुराई कर रहे हो, इसलिए तुम भी अच्छे आदमी नहीं हो।"

"आपकी बातों से ऐसा लगता है काका कि बाबर और फ़रीद ख़ाँ, मेरा मतलब है शेर ख़ाँ दोनों अदब के पारखी थे?" बसन्त राय ने जिज्ञासा प्रकट करते हुए पूछा।

"दोनों की उम्र में सिर्फ़ दो-तीन बरस का फ़र्क़ है। इसलिए हमउम्र होने की वजह से ऐसा लगता है। जबकि इन दोनों की ज़िन्दगियों और उनके उतार-चढ़ाव को देखें, तो उसमें ज़मीन-आसमान का फ़र्क़ है। बाबर का ताल्लुक़ जहाँ एक शाही ख़ानदान से रहा है, वहीं शेर ख़ाँ के दादा इब्राहिम ख़ाँ की हैसियत सिर्फ़ एक मामूली जागीरदार और हाकिम की रही है। कहना चाहिए कि बाबर तो पैदा ही मुँह में चाँदी का चम्मच लेकर हुआ था। जब शेर ख़ाँ अपनी सौतेली माँ के ज़हर बुझे शब्द-बाणों से ज़ख़्मी हुआ रहता था, बाबर को उस उम्र यानी तेरह बरस में शाही तख़्त नसीब हो चुका था। हाँ, दर-ब-दर बाबर भी कम नहीं भटकता रहा। अन्दीजान, ओश, समरकन्द, ताशकन्द, कुन्दूज़, हिरात, काबुल, लाहौर, देहली से होता हुआ वह आगरा पहुँचा। बाबर अदब और शायरी से किस तरह प्यार करता था, उसकी मिसाल समरकन्द की वह घटना है कि जब शहर में मारकाट मची हुई थी, युद्ध के चलते समरकन्दवासियों को रोटियों के लाले पड़े हुए थे, पता है उस समय बाबर क्या कर रहा था?"

"क्या कर रहा था काका?"

"उस समय बाबर शहर के मशहूर किताबफ़रोश कुतुबुद्दीन की दुकान के ताक़ों से महमूद काशग़री, अब्दुर्रहमान जामी, अब्दुर्रज्ज़ाक़ समरकन्दी और दूसरी दुर्लभ क़िताबों को निकलवाकर उन पर चढ़ी धूल साफ़ कर रहा था। ये वो किताबें थीं, जिनकी क़ीमत सोने में आँकना मुश्किल था। नवाई की लिखी उसकी एक मनपसन्द किताब मेजान-उल-औज़ान, जिसमें अरबी, फ़ारसी में होनेवाली काव्य-रचना के क़ायदे और नियम दर्ज हैं, वह भी उसे इसी दुकान में मिली। इसके अलावा बाबर ख़ुद एक अव्वल दर्जे का शायर भी था। अपने जीते-जी उसने अपनी आत्मकथा तुज़ुके बाबरी लिख डाली थी। इसमें उसके एक से एक अशआर, रुबाइयाँ, और

शे'र भरे हुए हैं। खानवा की जंग से पहले तक बाबर शराब का बहुत शौक़ीन हुआ करता था। कितना शौक़ीन था, इसका अन्दाज़ा उसकी एक ग़ज़ल की इन पंक्तियों से लगाया जा सकता है, जो इस तरह हैं—

बहार, जानाँ से वस्ल और यारों की सोहबत
शराब, शायरी और दर्दे इश्क़ की लज़्ज़त
बहार में है अजब लुत्फ़ बादानोशी का
यह नशा जिसको मिला, मिल गई उसको दौलत।

"शराब उसने खानवा की जंग से ठीक पहले छोड़ी थी। जबकि इधर शेर ख़ाँ का शौक़ सिर्फ़ पढ़ना था। जैसे हर आदमी का पढ़ने का शौक़ अलग-अलग होता है, वैसे ही शेर ख़ाँ को शेख़ सादी पढ़ना अच्छा लगता था।"

"इसका मतलब है शेख़ सादी बहुत पहुँचे हुए सूफ़ी थे?"

"नहीं, ये सूफ़ी नहीं थे। बल्कि एक व्यावहारिक क़िस्म के आम आदमी थे। इनके अदब में दुनियावी हक़ीक़त और इनसानी समझ ग़ज़ब की थी। कहा तो यह भी जाता है कि सादी साहब का बचपन काफ़ी अन्धकारमय था। इनके पिता अब्दुल्लाह का देहान्त सादी साहब के बचपन में ही हो गया था। इब्न बतूता की तरह ये भी दुनियाभर में घूमते रहे। इसलिए माना जाता है कि शेख़ सादी की ये दोनों किताबें बोस्ताँ और गुलिस्ताँ, इब्न बतूता के रेहला यानी सफ़रनामा से कुछ कम नहीं हैं। एक जगह सादी साहब लिखते हैं कि भीख माँगना गुनाह है। मगर, इस गुनाह के गुनहगार सिर्फ़ ग़रीब ही नहीं, बल्कि अमीर भी हैं। आगे वे लिखते हैं कि अगर अमीरों में इंसाफ़ और ग़रीबों में तसल्ली होती, तो दुनिया में भीख माँगने जैसी रिवाज़ ही नहीं होती।"

बसन्त राय यानी हेमू दम साधे अपने काका राय झांडेराव के एक-एक शब्द को बड़े ध्यान से सुनता रहा।

"मियाँ हसन ने अपने बेटे को मनाने के लिए सूबेदार जमाल ख़ाँ के पास कई पत्र डाले, मगर शेर ख़ाँ ने आने से साफ़ मना करवा दिया। आख़िर जब मियाँ हसन ख़ाँ को लगा कि उसका बेटा किसी भी तरह सासाराम आने को तैयार नहीं है, और उसकी सारी कोशिशें बेकार हो गई हैं, तब हारकर एक दिन हसन ख़ाँ ख़ुद बेटे को मनाने जौनपुर पहुँच गया।"

"तो क्या शेर ख़ाँ अपने पिता के साथ सासाराम आने के लिए राजी हो गया?" बसन्त राय ने उत्सुकतावश पूछा।

"हाँ, मगर इस शर्त पर कि अगर उसका वालिद मियाँ हसन ख़ाँ अपनी जागीरदारी शेर ख़ाँ के नाम कर दे।"

"और उसका पिता इसके लिए तैयार हो गया?"

भतीजे के इस सवाल पर राय झांडेराव ने अपनी नज़रें बसन्त के चेहरे पर टिका दीं। वह देर तक उसके चेहरे पर आते-जाते भावों को पढ़ने का प्रयत्न करता रहा। फिर कुछ पल रुककर बोला, "क्यों नहीं तैयार होता। माँ-बाप के लिए औलाद, आख़िर औलाद होती है। जिस सौतेली माँ की वजह से मियाँ हसन ख़ाँ का एक लायक़ बेटा, अपने पिता से दूर हो गया था, और जिसकी लायक़ी, क़ाबिलियत और शोहरत के चर्चे चारों तरफ़ हो रहे हों, ऐसे बेटे से कौन माँ-बाप दूर रहना चाहेगा। मियाँ हसन को बेटे की यह शर्त माननी पड़ी। शर्त मानने के बाद शेर ख़ाँ ने अपने वालिद को जौनपुर में सूबेदार जमाल ख़ाँ की ख़िदमत में भेज दिया। जबकि ख़ुद सासाराम और हाजीपुर आकर अपने वालिद की जागीरों को सँभाल लिया। यहाँ आते ही उसने सबसे पहले सारी जागीरों को ठीक कर, फिर से अमन बहाल किया। फिर अपनी सूझ-बूझ और अक़्लमन्दी से सासाराम और हाजीपुर के आसपास के परगनों को भी अपने क़ब्ज़े में कर लिया। कहा जाता है कि शेर ख़ाँ ने अपने वालिद की जागीरों को सात-आठ साल तक पूरी क़ामयाबी के साथ सँभाला। मगर क़िस्मत ने एक बार फिर उसके साथ दग़ा किया। उसी सौतेली माँ के छल की वजह से दोनों भाइयों, शेर ख़ाँ और निज़ाम ख़ाँ को सासाराम छोड़ने के लिए मजबूर होना पड़ा। वहाँ से चल उन्हें आगरा के सुल्तान इब्राहिम लोदी के दरबार में आकर शरण लेनी पड़ी।"

राय झांडेराव जिस समय शेर ख़ाँ के बारे में बसन्त राय यानी हेमू को यह सब बता रहा था, तब हेमू की मुट्ठियाँ रह-रहकर खुल और बन्द हो रही थीं। राय झांडेराव ने कनखियों से अपने भतीजे की तरफ़ देखा। बसन्त राय अर्थात् हेमू ने इसके बाद न तो कोई सवाल किया, न ही किसी तरह की प्रतिक्रिया व्यक्त की। बस, चुपचाप भारी क़दमों से इस बार वह बैठक से चला आया।

बसन्त राय अर्थात् हेमू का जवाब पढ़ते हुए शेर ख़ाँ की आँखों के सामने अपने बचपन की यादें ताज़ा हो आईं। राय जयपाल, काका झांडेराव और बसन्त राय के पिता पूरनमल राय का ज़िक्र आने पर तो शेर ख़ाँ पलक झपकते ही जैसे उनके आँगन में पहुँच गया। जब-जब उसकी अपने वालिद से कुछ कहा-सुनी होती थी, या उसकी सौतेली माँ उसे ताने मारती थी, तब शेर ख़ाँ और कहीं नहीं जाता था, सीधा राय जयपाल के घर आता। पितृवत राय जयपाल जब-जब अपनी स्नेहिल अँगुलियों से शेर ख़ाँ के बेतरतीब बालों को सहलाते हुए तसल्ली देता, तब-तब शेर ख़ाँ जैसे अपना सारा संताप भूल जाता। हेमू के दिए गए जवाब के अन्त तक आते-आते शेर ख़ाँ की आँखें भर आईं। लग रहा है मानो राय जयपाल की नर्म अँगुलियाँ अब भी उसके बालों में सरसरा

रही हैं। इस बीच उसे पता ही नहीं चला कि आँखों के कोरों से छिपकर चुपचाप आँसुओं की बूँदें कब चिट्ठी पर आ गिरीं, और कब काग़ज़ पर लिखे शब्दों को भिगो गईं। शेर ख़ाँ ने उस दिन रेवाड़ी से आई इस चिट्ठी को एक बार नहीं कई बार पढ़ा। वह जितनी बार इसे पढ़ता, उसका मन-पंछी उड़कर राय जयपाल के घर पहुँच जाता। उसका मन बसन्त राय और उसके परिवार से मिलने के लिए बेचैन हो उठता।

शेर ख़ाँ सूर ने जैसे मन-ही मन फ़ैसला कर लिया कि बदलती रुतों के चलते सम्बन्धों की जो गिरह ढीली पड़ गई थी, पूरब की तरफ़ बढ़ने से पहले वह उन्हें फिर से मज़बूत करेगा।

40

काका राय झांडेराव के पोते और उसके बेटे नौबत राय के इकलौते बेटे महिपाल राय को हेमू ख़ुद शेर ख़ाँ के पास लेकर गया। बसन्त राय यानी हेमू और महिपाल राय के आने की ख़बर सुन, शेर ख़ाँ ने ख़ुद दोनों चाचा-भतीजे की अगवानी की। शेर ख़ाँ ने इन दोनों के स्वागत में जैसे पलक-पाँवड़े बिछा दिए। भावुक शेर ख़ाँ को हेमू की अगवानी करता देख, उसका पूरा दरबार बड़े विस्मय से इस दृश्य को देखता रहा। दरबार के अमीर-उमरा के बीच सरगोशियाँ शुरू हो गईं कि साधारण से नज़र आनेवाले आख़िर ये दोनों हैं कौन, जिनके सामने उनका बादशाह बिछा जा रहा है?

इसी बीच शेर ख़ाँ अपने दोनों बेटों जलाल ख़ाँ और आदिल ख़ाँ की ओर मुड़ा।

"शाहज़ादे जलाल ख़ाँ, ये बसन्त राय हैं आपके छोटे भाई...और इनके बग़ल में जो जवान खड़े हुए हैं, ये इनके भतीजे महिपाल राय हैं।"

शेर ख़ाँ ने जैसे ही हेमू और महिपाल राय का परिचय कराया, महिपाल ने आगे बढ़कर पहले शेर ख़ाँ के चरण स्पर्श किए, और इसके बाद एक-एक कर जलाल ख़ाँ और आदिल ख़ाँ के पैर छूने लगा।

"शाहज़ादे जलाल ख़ाँ, आज से महिपाल हमारी सरपरस्ती में रहेगा। इसकी ख़्वाहिश है कि हमारी फ़ौज में रहकर यह हमारी कुछ ख़िदमत कर सके। इसलिए आज से महिपाल को सँभालने की ज़िम्मेदारी आपकी है। बस, एक बात का ख़याल रखना बेटे, कि महिपाल को यह ना लगे कि मैं किसी पराए की सरपरस्ती में हूँ। यह मानकर चलना कि यह आपके वालिद फ़रीद ख़ाँ का ही पोता है।"

कहते-कहते शेर ख़ाँ के शब्द लरज़ने लगे। एकाएक जैसे वह पुरानी यादों की कन्दराओं में उतर गया।

अचानक दरबार में तेज़ हुई सरगोशियों की आहट पर शेर ख़ाँ इन कन्दराओं से जैसे अकबकाते हुए बाहर आया।

"ख़ामोश!" शेर ख़ाँ ने हाथ के इशारे से दरबार को शान्त रहने का इशारा किया। जब शान्ति हुई तब शेर ख़ाँ ने धीरे-से गर्दन उठाई, और पूरे दरबार पर सरसरी निगाह मारते हुए बोला, "हज़रात, आप लोग यही सोचकर हैरान-परेशान हो रहे हैं न, कि यह फ़रीद ख़ाँ कौन है जो इस महिपाल को अपना पोता बता रहा है?"

"जी हुज़ूरे आली!" दरबार में मौजूद समस्त अमीर-उमराव, बहादुरों, सिपहसालारों और दूसरे सरदारों ने एक साथ अपने बादशाह से सहमति जताते हुए कहा।

"तो सुनिए, यह फ़रीद ख़ाँ कोई और नहीं, आपके सामने मौजूद आपका यह बादशाह ही फ़रीद ख़ाँ है।" अपने बादशाह के मुँह से अपनी इस नई पहचान को सुन, सब उसे हैरानी के साथ ताकने लगे। कुछ पल रुककर शेर ख़ाँ मुस्कराते हुए फिर से बोलने लगा, "जी, मेरा असली नाम फ़रीद ख़ाँ है और बसन्त राय के ख़ानदान के पुराने लोग मुझे इसी नाम से जानते हैं।"

"आप सही कह रहे हैं बादशाह सलामत, काका राय झांडेराव यानी महिपाल के दादा को जब मैंने यह बताया कि मेरे पास शेर ख़ाँ का ख़त आया है, तब थोड़ी देर के लिए उनकी भी समझ में नहीं आया कि मैं किस शेर ख़ाँ की बात कर रहा हूँ। मैंने उन्हें याद दिलाते हुए जब बताया कि काका वो शेर ख़ाँ, जिसके दादाजान इब्राहिम ख़ाँ सूर एक ज़माने में अपने नारनौल के जागीरदार हुआ करते थे। तब उन्होंने हँसते हुए कहा कि अच्छा तू फ़रीद ख़ाँ की बात कर रहा है। मुझे भी आपका असली नाम काका राय झांडेराव से उसी दिन पता चला।"

हेमू जब यह बात बता रहा था, तब सावधानी बरतते हुए वह दो तथ्यों को छिपा गया। एक यह कि उसने राय झांडेराव से कहा था कि शेर ख़ाँ का दादा इब्राहिम ख़ाँ नारनौल का नहीं, बल्कि नारनौल के कुछ गाँवों का जागीदार था। दूसरा यह कि काका राय झांडेराव ने उसे यह भी बताया था कि शेर ख़ाँ का दादा इब्राहिम ख़ाँ सूर घोड़ों का व्यापार भी करता था। इतना ही नहीं, हेमू ने यह भी नहीं बताया कि शेर ख़ाँ के वालिद मियाँ हसन ख़ाँ सूर ने लम्बे अरसे तक कछवाहा राजपूत रायसाल दरबारी के दादा रायमल की सेवा की थी।

"आपका कहना एकदम सही है बसन्त राय। मैं जब भी परेशान होता था, तो आपके घर चला जाया करता था। मैं कैसे आपके ख़ानदान के एहसान को भूल सकता हूँ। एक आपका ही ख़ानदान था जिसने मेरे सबसे मुश्किल दिनों में मुझे हौसला दिया। आपके दादाजान राय जयपाल जी ने हमेशा मुझे अपने दोनों

बेटों की तरह माना।" शेर ख़ाँ जब-जब अपने पुराने दिनों में लौटता, उसके नेत्र सजल हो उठते।

"अब्बा हुज़ूर, आप बेफ़िक्र रहिए। महिपाल राय का ख़याल मैं अपने भतीजे की तरह नहीं, बेटे की तरह रखूँगा।"

"मुझे आपसे यही उम्मीद थी शाहज़ादे।"

इतना कह अचानक शेर ख़ाँ को जैसे कुछ याद आ गया। वह वहाँ खड़े एक स्याह लम्बी दाढ़ी वाले युवा अमीर की तरफ़ मुड़ा और बोला, "हाजी साहब, हमारी फ़ौज में एक और मेवाती जाँबाज़ शामिल होने जा रहा है।" इस एक और मेवाती से शेर ख़ाँ का आशय महिपाल राय से था।

"जानकर बड़ी ख़ुशी हुई हुज़ूरे आली।" स्याह लम्बी दाढ़ी वाले युवा ने मुस्कराते हुए कहा।

"बसन्त राय, ये अमीर हाजी ख़ाँ हैं और इनका भी ताल्लुक़ हमारे मेवात से है।"

शेर ख़ाँ ने स्याह लम्बी दाढ़ी वाले युवा अमीर के बारे में जब यह जानकारी दी, तब हेमू ने जिज्ञासा जताते हुए पूछा, "किस परगने से हो हाजी साहब?"

"जनाब अलवर परगने से।" अमीर हाजी ख़ाँ ने बताया।

इससे पहले कि हेमू कुछ कहता, शेर ख़ाँ तख़्त से उचकते हुए बोला, "हाजी साहब, बसन्त राय के ख़ानदान का भी असली ताल्लुक़ आपके अलवर से ही है।"

अपने बादशाह के इस रहस्योद्घाटन पर इस बार अमीर हाजी ख़ाँ, हेमू की तरफ़ पलटा और मुस्कराते हुए बोला, "जनाब, अलवर में कौन-सी जगह से?"

"अलवर के राजगढ़ के पास माचेड़ी गाँव है। मेरे दादा राय जयपाल जी वहीं के वाशिन्दे थे। बाद में जब बाबर ने मेवात में बहुत लूटपाट मचाई और लोगों का क़त्लेआम कराया, तो हमारा परिवार माचेड़ी से रेवाड़ी के पास एक गाँव कुतुबपुर में आकर बस गया। यहाँ मेरे पिताजी अनाज और नमक का कारोबार करने लगे।"

"अनाज और नमकऽऽऽ!" अमीर हाजी ख़ाँ जैसे कुछ याद करने की कोशिश करने लगा। फिर एकाएक बोला, "जनाब, आप कहीं राय पूरणमल जी के छोटे बेटे तो नहीं हैं?"

"हाँ, उन्हीं का छोटा बेटा हूँ और यह महिपाल राय मेरे ताऊजी राय झांडेराव का पोता है।"

"और आपका नाम कहीं हेमचन्द्र, मेरा मतलब है हेमू तो नहीं है?" अमीर हाजी ख़ाँ का चेहरा ख़ुशी से खिल उठा।

"जी, मेरा नाम हेमचन्द्र, मेरा मतलब मैं हेमू ही हूँ।"

"वही हेमू जो रेवाड़ी में अनाज-नमक के साथ-साथ शोरे का ब्यौपार भी करता है?"

"हाजी ख़ाँ साहब, ये वही हेमू हैं।" इस बार शेर ख़ाँ ने हेमू और अमीर हाजी ख़ाँ के बीच दख़ल दिया।

"मगर हुज़ूरे आली, आप इन्हें बार-बार बसन्त राय के नाम से क्यों बुला रहे थे?" हाजी ख़ाँ ने पूछा।

"इसलिए कि जैसे मेरा असली नाम फ़रीद ख़ाँ है, वैसे ही इसका घर का नाम बसन्त राय है।" शेर ख़ाँ ने अपनी दाढ़ी पर हाथ फेरते हुए कहा।

"हुज़ूरे आली, इस ख़ानदान को मेवात में कौन नहीं जानता।" अमीर हाजी ख़ाँ की आँखें हेमू परिवार के सम्मान में झुकती चली गईं।

"जनाब हाजी ख़ाँ, शायद आपको एक बात का इल्म नहीं है कि पूरी अफ़ग़ान फ़ौज को बारूद बनाने के लिए जो शोरा इस्तेमाल किया जाता है, उसे मेवात से हेमू ही भिजवाता है। इसलिए इनसे हमारे रिश्तों की बुनियाद बहुत गहरी है। कमाल देखिए कि हम दोनों के दुश्मन भी एक हैं और वे हैं मुग़ल।"

"हुज़ूरे आली, इसलिए तो इन मुग़लों की आँखों में अफ़ग़ान और मेवाती सदा से खटकते रहे हैं। मुग़लों के ज़ुल्मो-सितम को हम मेवाती किस तरह भूल सकते हैं।" कहते हुए अमीर हाजी ख़ाँ की आँखें सुर्ख़ हो उठीं।

"आप सही कह रहे हैं हाजी साहब। हम अफ़ग़ानियों और मेवातियों के रिश्ते तो तब से हैं, जब बाबर के क़दम इस हिन्दुस्तान में पड़े भी नहीं थे। शाहे-मेवात हसन ख़ाँ मेवाती और हमारे सुल्तान इब्राहिम ख़ाँ लोदी के रिश्ते को कौन नहीं जानता। इसलिए हमें भी मिलकर रहना चाहिए। अब तो हेमू और इनका भतीजा महिपाल राय भी हमारे साथ है। अगर अल्लाह और क़िस्मत ने साथ दिया, तो देखना इस हिन्दुस्तान के तख़्त पर एक दिन यह पठान ही बैठेगा। मैं मुग़लों को इस मुल्क से बाहर खदेड़ कर रहूँगा। मैं जानता हूँ कि मुग़ल हम पठानों से जंग में कमतर हैं इसलिए इन्हें हराना आसान है। बस, ये मेवाती और पठान एक हो जाएँ तो बाक़ी काम मैं कर दूँगा।"

शेर ख़ाँ सूर की बात ख़त्म होते-होते पूरा दरबार उद्घोषों और सामूहिक दुआओं से गूँज उठा—

'सिकन्दरे सानी ज़िन्दाबाद!'

'हुज़ूरे आली, ख़ुदा आपकी उम्र दराज करे!'

'हमारे पाक इमाम हज़ार साल जिएँ!'

"बसन्त राय, अब आप आराम करिए! हम भी थोड़ा आराम कर लेते हैं। शाम की दावत में आपसे फिर मुलाक़ात होगी।" इतना कहकर शेर ख़ाँ तख़्त से उठकर पीछे के दरवाज़े से चला गया।

कैमूर की पहाड़ियों के दक्षिण में बहती गंगा। इसी गंगा के किनारे कैमूर की पहाड़ियों पर बना चुनारगढ़ क़िला। वही ईसा पूर्व महाराजा विक्रमादित्य द्वारा निर्मित क़िला, जो एक समय हिन्दू शक्ति का केन्द्र हुआ करता था। हेमू आराम करने के बजाय शयन कक्ष की भव्यता निहारने लगा। देर तक बड़े ध्यान से वह उसकी दीवारों और छतों का अवलोकन करता रहा। वह समझ गया कि इस क़िले का कुछ समय पहले ही जीर्णोद्धार किया गया है। फिर वह टहलते हुए कक्ष के पश्चिम में बने उस विशाल झरोखे के पास आ गया, जहाँ से चारों तरफ़ बनी अभेद्य ऊँची दीवारें नज़र आ रही हैं; और दिखाई दे रहा है दिन-भर तपने के बाद, नीचे उतरता थका-माँदा सुर्ख़ सूरज। डूबते सूरज के इस मनोहारी दृश्य को देखने का लोभ वह संवरण नहीं कर पाया और क़िले के ऊपर चला आया। दूर तक मंथर गति से बहती गंगा और उस पर तना एकदम साफ़ नीला आकाश। गंगा की देह में समाए आकाश के नीलेपन को देखकर हेमू को एक पल के लिए लगा, मानो गंगा ने आकाश का वरण कर लिया है। वह देर तक बहती गंगा की निर्मलता में डूबा रह-रहकर सोचता रहा, कि इन दोनों में से किसने किसका वरण किया हुआ है—गंगा ने आकाश का, या आकाश ने गंगा का।

ढलती हुई शाम के साथ परिन्दों के झुंड अपने-अपने आशियानों की तरफ़ उड़े जा रहे हैं। उसने पलटकर पश्चिमी दिशा में देखा, तो पाया सूरज अब पृथ्वी के गर्भ में समाने के लिए जैसे आतुर है। हेमू की आँखें डूबते हुए उस सूरज पर टिक गईं जो पश्चिमी क्षितिज पर एक पल के लिए जैसे ठिठक गया। हेमू को लगा मानो डूबने से पहले सूरज चारों तरफ़ फैली रम्य हरियाली और क़िले को अपनी पीतांबरी रोशनी से भिगो देना चाहता है। थोड़ी देर के लिए जैसे सब कुछ ठहर गया। क्षितिज में समाने के बाद भी देर तक सूर्य की आभा, आकाश और धीरे-धीरे मटियाली होती धरती से अठखेलियाँ करती रही। जब शाम का झुटपुटा चारों तरफ़ पूरी तरह फैल गया, तब हेमू उतरकर अपने कक्ष में आया।

रात के भोजन के लिए सब शाही दस्तरख़ान पर इकट्ठे हो गए। अपने सामने तरह-तरह के व्यंजनों को देख, महिपाल राय की आँखें विस्मय से फैलने लगीं। उसने ज़िन्दगी में कभी इतने प्रकार के व्यंजन नहीं देखे। एक तरफ़ बादशाह शेर ख़ाँ, उसके दोनों बेटे जलाल ख़ाँ, आदिल ख़ाँ, शाही परिवार से जुड़े कुछ अन्य लोग बैठे हैं; तो दूसरी तरफ़ हेमू, महिपाल राय और उसके बग़ल में अमीर हाजी ख़ाँ, जिसे विशेष रूप से आज खाने पर बुलाया गया है, बैठे हुए हैं।

महिपाल राय की आँखें रह-रहकर सामने रखे व्यंजनों में जैसे कुछ ढूँढ़ रही हैं। वह समझ नहीं पा रहा है कि दूर तक सलीक़े से रखे व्यंजनों में उसके खाने लायक़ क्या है? अचानक सामने बैठे शेर ख़ाँ की उस पर नज़र पड़ गई।

"बरख़ुरदार, बिस्मिल्लाह पढ़िए न!" शेर ख़ाँ ने अपनी तश्तरी में सलाद रखते हुए कहा।

इस पर महिपाल ने अपने चाचा हेमू की तरफ़ देखा। महिपाल को अपनी तरफ़ देखने का अर्थ हेमू तुरन्त समझ गया। वह हल्के-से मुस्कराते हुए बोला, "बादशाह सलामत शुरू करने के लिए कह रहे हैं।"

अपने चाचा से मिली स्वीकृति के बावजूद महिपाल ने खाना शुरू नहीं किया। जब महिपाल राय ने इस बार भी अपनी तश्तरी में कुछ नहीं रखा, तब जाकर शेर ख़ाँ को असल माजरा समझ में आया।

"बरख़ुरदार, बेफ़िक्र रहिए। ऐसा कुछ नहीं है जैसा आपको लग रहा है। इस फ़रीद से ज़्यादा आप धूसरों के खानपान के बारे में यहाँ और कोई नहीं जानता होगा।" शेर ख़ाँ का धूसर से मतलब हेमू की भार्गव जाति से था।

"वो...वो बात नहीं है।" हेमू ने महिपाल के बजाय ख़ुद सफ़ाई देनी चाही।

"क्यों नहीं है वो बात। मैं क्या इस बच्चे की मुश्किल नहीं समझ रहा हूँ। बसन्त, बेटे, मैं अच्छी तरह जानता हूँ कि हिन्दुस्तान में हम मुसलमानों का बना, आप हिन्दू धूसरों में खाना तो दूर रहा, छुआ तक नहीं जाता है। इसीलिए मैंने अमीर हाजी ख़ाँ की देखरेख में अपने हिन्दू बावर्चियों से आपके लिए ख़ालिस वैष्णव खाना बनवाया है। मजाल है किसी मुसलमान बावर्ची ने इसे छुआ तो हो।"

"जनाब, बादशाह सलामत एकदम सही फ़रमा रहे हैं। लीजिए, बेफ़िक्र होकर खाइए!" इस बार अमीर हाजी ख़ाँ ने हेमू और महिपाल राय से खाने का आग्रह किया।

"बसन्त, इस मुल्क में मैंने यही सीखा है कि दूसरे मज़हब के लोगों के जज़्बातों की कैसे क़द्र की जानी चाहिए। यही हिन्दुस्तान की सबसे बड़ी ख़ूबी भी है। हालाँकि इस ख़ूबी का इस मुल्क को एकाध बार बड़ा ख़मियाज़ा भी भुगतना पड़ा है। आपको पता होगा कि इस मुल्क की इसी कमज़ोरी की एक छोटी-सी लौ ने, बाबर को उसकी फ़तह का रास्ता दिखाया था। वरना एक वक़्त ऐसा भी आया जब हिन्दुस्तान के राजाओं और हाकिम-सामंतों को इकट्ठा हुआ देख, खानवा की जंग से पहले बाबर के पाँव उखड़ गए थे। उस दिन अगर इशा की नमाज़ के बाद, बाबर का हिन्दू बेग इन्दर, राणा सांगा के राजपूत राजाओं और सामंतों के सिपाहियों के ख़ेमों के बाहर, जगह-जगह जलते उन चूल्हों का राज़ नहीं बताता, तो बाबर को अपनी जीत की प्रेरणा कहाँ से मिलती? आप सोचिए कि उस बाबर को जब यह पता चला होगा कि जंग के मैदान में भी सिपाहियों को, सिपाही न होकर अलग-अलग जाति, वर्ग और नस्ल में बँटे होने की वजह से, अलग-अलग चूल्हों पर अपना खाना बनाना पड़ रहा है, तो उसे कैसा लगा होगा? क्या अलग-अलग जाति और नस्लों में बँटा होने पर कोई मुल्क अपनी कोई लड़ाई जीत सकता है, हरगिज़ नहीं। बल्कि ऐसा मुल्क कभी तरक़्क़ी नहीं कर सकता, यह मैं आज कोरे

काग़ज़ पर लिखकर दे सकता हूँ।" इस बीच शेर ख़ाँ को पता ही नहीं चला कि उसकी तश्तरी कब ख़ाली हो गई।

"हु...हुज़ूर, क्या रख दूँ?" काफ़ी देर से ख़ाली तश्तरी को देख रहे ख़ानसामा ने दबे हुए स्वर में अपने बादशाह से पूछा।

शेर ख़ाँ ने एक रक़ाबी की तरफ़ इशारा करते हुए कहा, "थोड़ा वह डाल देना।"

"आप सही कह रहे हैं बादशाह सलामत। हम हिन्दुस्तानी ऊपर से भले ही एक नज़र आते हैं, मगर हम आपस में बुरी तरह बँटे हुए हैं। हिन्दू-मुसलमान तो चलो फिर भी समझ में आता है, पर इनमें भी जिस तरह ऊँच-नीच, छोटी-बड़ी जातियों की खाइयाँ हैं, वे इनकी सबसे बड़ी दुश्मन हैं।"

"बसन्त, कई बार मुझे यह देखकर हैरानी होती है कि कैसे एक इनसान, एक ही मज़हब का होने के बावजूद दूसरे का छुआ नहीं खाता है। एक बात कहूँ, अगर ऐसा ही चलता रहा न, तो यह मुल्क मुग़लों या हम अफ़ग़ानों से भले ही कभी आज़ाद हो जाए, मगर अपने आपसे कभी आज़ाद नहीं होगा।"

"हुज़ूर, और कुछ लीजिए न?" अपने बादशाह का वाक्य ख़त्म होते ही ख़ानसामा ने बड़े अदब के साथ हेमू से पूछा।

"नहीं, अब नहीं चाहिए कुछ।"

"क्या कहा, नहीं चाहिए कुछ? इनके बिना कैसी मेहमाननवाज़ी?" शेर ख़ाँ ने हँसते हुए दो बड़ी रक़ाबों की तरफ़ इशारा किया।

"हाँ जनाब, असली चीज़ तो आपने ली ही नहीं।" इस बार अमीर हाजी ख़ाँ अपने बादशाह का साथ देते हुए बोला।

"डालिए!" अपने ख़ानसामा को आदेश देने के बाद शेर ख़ाँ ने हँसते हुए कहा, "इस पर घी की ऐसी धार होनी चाहिए कि जब तक चावल और बूरा धड़ तक न डूब जाएँ, धार रुकनी नहीं चाहिए। जनाब हाजी ख़ाँ, आप भी अपने मेवातियों का साथ दीजिए न!" इतना कह शेर ख़ाँ ने ख़ानसामा की तरफ़ देखा।

अपने बादशाह का इशारा ख़ानसामा तुरन्त समझ गया। उसने लपककर काँसे की चमचमाती थालियाँ हेमू, महिपाल राय और अमीर हाजी ख़ाँ के सामने रख दीं।

इसके बाद ख़ानसामा ने सबसे पहले एक-एक कर तीनों थालियों में चावल डाले। फिर उन पर कई-कई मुट्ठी बूरा डाल दिया। इसके बाद उसने ख़ूबसूरत शाही बदने को उठाया, और उसमें से तपा हुआ देसी घी डालने लगा। शेर ख़ाँ के दोनों बेटे बड़ी हैरतभरी मुग्धता के साथ इस दृश्य को निहारते रहे। इससे पहले उन्होंने ऐसा खाना कभी नहीं देखा।

"बस...बस।" हेमू के मना करते-करते भी लगभग डेढ़ पाव घी, उसकी थाली में गिर चुका था।

इसके बाद ख़ानसामा ने महिपाल राय की थाली में हेमू से ज़्यादा घी डाल दिया। आख़िर में वह तपे हुए घी का बदना लेकर अमीर हाजी ख़ाँ के पास आया। इस बीच अमीर हाजी ख़ाँ की थाली में चावल के ऊपर बूरे की बनी छोटी-सी कुंडी को देख, शेर ख़ाँ हँसते हुए बोला, "हाजी साहब, यह हुई बात। इसे कहते हैं मेवाती तरीक़ा।"

इसके बाद पहले की तरह ख़ानसामा ने लय के साथ हाजी ख़ाँ की थाली में बनी बूरे की कुंडी में धार बाँध दी। तपे हुए देसी घी से बूरे की कुंडी लबालब भर गई। ख़ानसामा ने यह सोचकर कि अमीर हाजी ख़ाँ, हेमू की तरह ख़ुद मना कर देगा, घी की धार कम कर दी। मगर हाजी ख़ाँ ने मना करने के बजाय, धीरे-से दूसरी तरफ़ मुँह फेर लिया। अनुभवी ख़ानसामा के लिए इतना ही इशारा काफ़ी था, उसने पहले हल्की-सी मुस्कान बिखेरी और पूरा बदना अमीर हाजी ख़ाँ की थाली में उँड़ेल दिया। शेर ख़ाँ मन-ही-मन मुस्कराते हुए इस नज़ारे का आनन्द लेता रहा।

अमीर हाजी ख़ाँ ने चावल, घी और बूरा तीनों को आपस में मिलाया और देखते-देखते उसे ख़त्म कर दिया। इतना ही नहीं, उसने थाली की तली में तैरते घी को, पहले तर्जनी टेढ़ी कर इकट्ठा किया और उसे उठाकर एक साँस में पी गया।

"बसन्त, असली मेवाती दावत तो अब हुई है। भला, वह मेवाती दावत भी क्या दावत हुई जिसमें घी-बूरा न हो।" शेर ख़ाँ हँसते हुए बोला।

"जनाब, बादशाह सलामत ने इसके लिए ख़ासतौर से मुझे हुक्म दिया था कि मेवात से हमारे अज़ीज़ मेहमान आ रहे हैं। भले ही दस्तरख़ान पर कुछ हो न हो, चावल और घी-बूरा ज़रूर होना चाहिए।" हाजी ख़ाँ ने रहस्योद्घाटन किया।

"हाजी साहब, हमारा खानपान ही तो हमारी असली पहचान होती है। पता चलना चाहिए कि हमारे भीतर हमारे ज़िन्दा रहने की पहचान क़ायम है। मेरे नथुनों में तो मेवात के चावल-बूरा और उस पर डली देसी घी की महक चालीस बरस बाद आज भी बसी हुई है।"

ख़ाना

खाने के बाद सब मेहमानख़ाने में आ गए।

अभी सबने अपना-अपना स्थान लिया ही था, कि अमीर हाजी ख़ाँ के मुँह से न जाने कैसे बेख़याली में निकल गया—

आ जा मिंतर बैठ जा, खेलंगा बाजी
लेण-देण कू कुछ नहीं, तेरी सूरत सू राजी।

शेर ख़ाँ के कानों में जैसे शहद-सी नन्ही-नन्ही बूँदें टपकीं। उसने चौंकते हुए अमीर हाजी ख़ाँ की तरफ़ देखा, तो उसे लगा मेहमानख़ाने की दीवारों पर टँगी

मशालों और चिराग़ों की रोशनी में भीगे, उसके चेहरे पर पुरानी यादों के उदास जाले पड़े हुए हैं।

"हाजी साहब, अभी आपने कुछ कहा था?"

"बादशाह सलामत, ऐसा कुछ नहीं था। बस, जब अपने आदमी से अचानक कभी भूले-भटके मेल-मुलाक़ात हो जाती है, तो दिल से अपने आप कुछ-न-कुछ निकल जाता है।"

"मुझे कुछ सिपाहियों ने एकाध बार बताया तो था कि अमीर हाजी ख़ाँ अपने सिपाहियों को न जाने क्या-क्या सुनाते रहते हैं। मगर कभी सुनने का मौक़ा नहीं मिला। सुना है आपको मेवाती के बड़े दोहे आते हैं। मैं भी बचपन में इन्हें एकाध बार सुन चुका हूँ। पहाड़ नीचे से जब कुछ मेवाती अपने कारोबार के सिलसिले में नारनौल-रेवाड़ी आते, तो वे बात-बात में इन्हें सुनाते। सच कहूँ ज़िन्दगी का जो अर्क इन दोहों में समाया हुआ है, वह देखते ही बनता है। जैसे अभी आपने कुछ बोला था।"

"बस, एक दोहा याद आ गया था हुज़ूरे आली।" हाजी ख़ाँ ने संकोच करते हुए कहा।

"हाजी साहब, ऐसा हो ही नहीं सकता कि कोई आदमी मेवात का हो, और उसे अपने दोहे-बिरहड़े न आते हों।"

हेमू के यह कहने पर अमीर हाजी ख़ाँ हल्के-से मुस्करा दिया, "तो जनाब आप बिना सुने मानेंगे नहीं।"

"कुछ तो सुना दो हाजी साहब। कान तरस गए हैं इन्हें सुनने के लिए...और फिर आज तो मौक़ा भी है और दस्तूर भी।" एक बादशाह ने अपने अमीर से इसरार किया।

अमीर हाजी ख़ाँ अपने बादशाह के इस इसरार को टाल नहीं पाया। इसके बाद हाजी ख़ाँ ने हल्के-से आँखें मूँदी और मन-ही-मन कुछ याद करने लगा। कुछ पल सोचने के बाद उसने धीरे-से आँखें खोलीं।

"बादशाह सलामत, मेवाती का एक छप्पे का दोहा आपकी ख़िदमत में पेश है—

ना माता को दोस, पिता को ना है चारो
ना माँ-बापन को दोस, पुतर जिनको होए नकारो
कहा खोट कपास को, जामें काणो आवे फोस
पड़े खेत में कावड़ो, यामें हाळी को कहा दोस।"

दोहा सुनने के बाद शेर ख़ाँ देर तक गुमसुम बैठा रहा। उसने कोई प्रतिक्रिया व्यक्त नहीं की। इसके बाद देर रात तक दोहों का दौर चलता रहा। मेहमानख़ाने में

जलते चिराग़ों की लौ जब मद्धिम पड़ने लगी, तब शेर ख़ाँ ने जैसे आख़िरी फ़रमाइश की, "हाजी साहब, सुना है मेवात की होलियाँ दिल को बड़ी छूनेवाली होती हैं। अगर कोई होली याद है तो उसे ज़रूर सुनाइए!"

"हुज़ूरे आली, कोशिश करता हूँ।" इतना कह अमीर हाजी ख़ाँ अपनी स्मृतियों की पोटली से कुछ टटोलने लगा। फिर कुछ पल रुककर बोला, "हुज़ूर, एक होळी याद आ तो रही है। ज़रा सुनिए—

ना कोई तेरो कुटम-कबीला, मात-पिता ना भाई है
ना कोई तेरो बेटा-बेटी, ना संग चले लुगाई है
रोवे पीटे रुदन मचावे, बिछड़ चलो मेरे घर को
सुमरण कर बन्दा हर को।

हुज़ूर इस टेक पर ध्यान देना—

चार शखस याहे लेके चालाँ, बना काठ की डोली है
जंगल में तो जाए उतारो, फूँक दई फागण की सी होळी है
कोई-कोई जले आग की झळ में, काई को बास कबर में
सुमरण कर बन्दा हर को।"

अमीर हाजी ख़ाँ ने अभी अगली टेक उठाई ही थी कि भक्क से बुझते एक चिराग़ को देख, बादशाह का भर्राया स्वर जैसे धीरे-से काँपा, "हाजी साहब, अब बस करिए!"

अपने बादशाह की भर्राई आवाज़ को सुन अमीर हाजी ख़ाँ की नज़र उसके चेहरे पर टिक गई। हाजी ख़ाँ ने मद्धिम पड़ती मशालों और चिराग़ों की उदास रोशनी में भीगे अपने बादशाह के चेहरे को देखा, तो उसे अपनी आँखों पर जैसे यक़ीन नहीं हुआ। हाजी ख़ाँ ने अपने बादशाह की आँखों में हल्के-से झाँका, तो लगा जैसे मेहमानख़ाने में फैली रोशनी में किसी सूखे हुए झरने की देह से, अचानक पानी का कोई सोता फूट पड़ा हो। बादशाह की आँखों से झर-झर बहते आँसुओं को देख, अमीर हाजी ख़ाँ की इस अधूरी 'होली' के बाक़ी के छंद सुनाने की हिम्मत नहीं हुई। जब दो छंदों को सुनकर बादशाह की यह हालत है, तब पूरी होली सुनकर क्या हालात होगी, अनुमान लगाना मुश्किल नहीं है।

मेहमानख़ाने में कुछ पलों के लिए ख़ामोशी छा गई। थोड़ी देर रुककर बादशाह शेर ख़ाँ ने हेमू की तरफ़ देखा।

"बसन्त, हमारे दोस्त, मेरा मतलब है आपके वालिद राय पूरनमल जी ने इस दुनिया को कब अलविदा कहा?"

"बादशाह सलामत, आप तो जानते ही हैं कि पिताजी शुरू से बड़े धार्मिक क़िस्म के इनसान थे। नमक की फेरी तो वे बस गुज़र-बसर के लिए लगाते थे।

रेवाड़ी आने के बाद पता नहीं कैसे वे नवलदास जी की संगत में आ गए। उनकी संगत में आने पर कुछ दिन बाद पता चला कि वे संन्यासी हो गए हैं और अपना नाम पूरनमल से पूरनदास कर लिया है।"

"ओह! फिर तो घर में बड़ी क़िल्लत हुई होगी?"

"क़िल्लत क्या बादशाह सलामत, अपने परिवार के साथ-साथ काका झांडेराव जी ने हमारे परिवार का बोझ भी अपने कंधों पर ले लिया। वही हमारे परिवार का भरण-पोषण करने लगे। मैं जो आज हूँ उन्हीं की बदौलत हूँ। उन्हीं की कोशिशों से मैंने फ़ारसी और संस्कृत में तालीम हासिल की है।" हेमू ने उदासीभरे स्वर में बताया।

"मैं आप लोगों की हालत का अन्दाज़ा लगा सकता हूँ।" फिर कुछ रुककर शेर ख़ाँ बोला, "बसन्त, मैं चाहता हूँ कि आप भी मेरे पास आ जाएँ और यहाँ आकर कोई बड़ा ओहदा ले लें।"

"आपका कहना ही मेरे लिए बड़े फ़ख्र और इज़्ज़त की बात है बादशाह सलामत। मगर मेरी कुछ मजबूरियाँ हैं। अभी घर में मेरी बहुत ज़रूरत है...और फिर मैं तो वैसे ही आपके बहुत क़रीब हूँ।"

"मैं चाहता हूँ बसन्त कि ये नज़दीकियाँ पहले की तरह गहरी हो जाएँ। इसलिए मैं चाहता हूँ कि रेवाड़ी में पीतल और काँसे के बरतन बनाने के कारोबार के साथ-साथ, आप हमारे लिए हथियार भी बनाएँ। नमक और बारूद के लिए शोरा तो पहले से ही आपके यहाँ से आ रहा है।"

"यह तो मेरे लिए ख़ुशी की बात है बादशाह सलामत कि आप मुझे इतना बड़ा मौक़ा दे रहे हैं।"

"ठीक है। मैं कल अपने अमीर-उमरा, सिपहसालारों और ख़ास सरदारों से सलाह-मशविरा करने के बाद आपको बता दूँगा, कि हमारी फ़ौज को किस तरह के हथियारों की ज़रूरत है। रात बहुत हो गई है। अब आप सोइए! ख़ुदा हाफ़िज़!"

हेमू से विदा ले शेर ख़ाँ चला गया, तो अमीर हाजी ख़ाँ भी उठकर खड़ा हो गया।

"जनाब, अब मुझे भी इजाज़त दीजिए!" इतना कह अमीर हाजी ख़ाँ भी सोने के लिए चला गया।

सुबह दरबार में देर तक अमीर-उमरा, सिपहसालारों और ख़ास सरदारों के साथ हुए सलाह-मशविरे के बाद, हेमू के साथ हथियार बनाने का क़रार हो गया। विदा होने से पहले शेर ख़ाँ ने हेमू को शाही ख़िलअत देकर सम्मानित किया।

दरबार से विदा होते समय हेमू ने अपने भतीजे महिपाल राय को गले लगाया और फिर शेर ख़ाँ की तरफ़ देखकर बोला, "बादशाह सलामत, महिपाल राय आज से आपकी अमानत हुए।"

"बेशक। अब आप बेफ़िक्र होकर जाइए।"

41

चुनार से हुमायूँ के लौटने की ख़ुशी में माहम बेगम ने बड़े जोशो-ख़रोश के साथ जश्न मनाने का ऐलान किया। बाज़ारों में बड़ी-धूमधाम से आईन-बन्दी की गई। इससे पहले इस तरह की आईन-बन्दी ख़ुद बाज़ार वाले किया करते थे। यह पहला मौक़ा है जब शाही परिवार, वह भी माहम बेगम की तरफ़ से आईन-बन्दी की जा रही है। उसने आम लोगों और अपने सिपाहियों को हुक्म दिया कि बाज़ारों के साथ-साथ वे उन जगहों और इमारतों को भी सजा दें, जिन्हें आज तक नहीं सजाया गया।

"छोटी अम्मी, जिस तरह आप बाज़ारों में ख़ुद आईन-बन्दी करा रही हैं, मुझे यक़ीन है कि हिन्द में इस रिवाज़ को शुरू करने का सेहरा आप ही के सर बँधेगा। ऐसा पहली बार हो रहा है जब बाज़ार वालों के बजाय मेरी आक़ा आईन-बन्दी करा रही है।" गुलबदन बेगम ने माहम बेगम को कोंचते हुए कहा।

"हिन्द में भले ही इस रिवाज़ की शुरुआत अब हुई है, मगर अरब के मुल्कों में आईन-बन्दी की यह रिवाज़ बहुत पुरानी है।"

"छोटी अम्मी, सुना है अमीर ख़ुसरो ने अपनी शायरी में बाज़ारों को सजाने का कई जगह ज़िक्र किया है। देहली के सुल्तानों में तो कुब्बे यानी गुम्बद सजाने का ख़ास रिवाज़ बताया जाता है?"

"आपने सही सुना है गुल।" माहम बेगम ने गुलबदन के कहे की पुष्टि की।

"और क्या-क्या तैयारियाँ करने का इरादा है छोटी अम्मी?"

"अभी देखना। आपकी यह छोटी अम्मी अपने शाहज़ादे हुमायूँ के लिए ऐसा जड़ाऊ तख़्त बनवाएगी कि देखनेवाले देखते रह जाएँगे। तख़्त पर ऊपर जाने के लिए जो चार ज़ीने होंगे, वे ज़रदोज़ी के कपड़ों में लिपटे हुए होंगे और तख़्त के ऊपर ज़रदोज़ी के गाव-तकिए लगे होंगे। और सुन, दरबार का भीतरी हिस्सा कलाबत्तुओं के बेल-बूटों और रेशमी कपड़ों से, जबकि बाहरी हिस्सा गहरे लाल रंग के कपड़ों से सजा हुआ होगा।"

"आपने तो बड़ी तैयारियाँ की हुई हैं छोटी अम्मी।" मुस्कराते हुए गुलबदन बेगम ने कहा।

"यही नहीं; आफ़ताब, शमादान, पीने के बरतन, गुलाबजल छिड़कने की सुराही सऽऽऽब सोने के होंगे जिन पर जड़ाऊ काम होगा।"

गुलबदन बेगम माहम बेगम की तैयारियों पर मुस्कराकर रह गई।

चुनार से लौटने के बाद हुमायूँ तक़रीबन एक साल आगरा में रहा। वहाँ से कुछ अरसे के लिए पूरे परिवार के साथ ग्वालियर चला आया। यहाँ आने के बाद

हुमायूँ की माँ माहम बेगम को न जाने पेट का कौन-सा रोग हुआ कि अप्रैल महीने में वह भी इस दुनिया को छोड़कर सदा के लिए रुख़सत कर गई।

माँ की मृत्यु के बाद हुमायूँ अपने छोटे भाई मिर्ज़ा हिन्दाल के निकाह की तैयारियों में जुट गया। निकाह के मौक़े पर मननेवाले जश्न की बड़ी धूमधाम से तैयारियाँ की गईं। इस जश्न का नाम तिलिस्म रखा गया। तिलिस्म के तहत मननेवाले जश्न के लिए नदी के किनारे एक विशाल अष्टाकार कमरा तैयार किया गया, जिसके बीचोबीच एक अष्टाकार हौज़ बनवाया गया। हौज़ के बीच में इसी आकार का मंच तैयार करवाया गया, जिस पर ईरानी कालीन बिछाए गए। इस मंच पर कमसिन तरुणियों, सुन्दरियों, साज़िन्दों और सुर में गानेवाली गायिकाओं को बैठना है। महल के बीच में जहाँ दावत दी जानी है, वहाँ जड़ाऊ शाही तख़्त रख दिया गया। जबकि उसके ठीक सामने ज़रदोज़ी के गद्दे बिछा दिए गए। इन गद्दों के चारों तरफ़ हर लड़ी के सिरे पर लगे दो शीशे के गोले वाली बेशक़ीमती मोतियों की तक़रीबन पैंतीस लड़ियाँ लगाई गईं।

अष्टाकार कमरे के अलावा दूसरे छोटे अष्टाकार कमरे में एक जड़ाऊ पलंग बिछा दिया गया। आलों में पानदान, सुराही और शुद्ध सोने-चाँदी के जड़ाऊ बरतन सजा दिए गए। इस तरह नीचे तीन अष्टाकार कमरों के ऊपर इतने ही कमरे और तैयार कराए गए। जिनमें पहले को दौलत का कमरा, दूसरे को सआदत का कमरा और तीसरे को मुराद का कमरा नाम दिया गया। दौलत में जंग से जुड़े नौ हथियार तथा सआदत में जानमाज़, जड़ाऊ क़लमदान, जुज़दान, तस्वीरों की एलबम और कुछ सुलेख रखे गए। जबकि तीसरे कमरे मुराद में जड़ाऊ पलंग, चन्दन के बरतन और ख़ास क़िस्म के रेशमी गद्दे रखवाए गए। इनके अलावा क़िस्म-क़िस्म के मेवे और शरबत भी रखवाए गए। इन तीनों कमरों को अलग-अलग महकमों के मुताबिक़ बाँटा गया। इतना ही नहीं, तिलिस्म में होनेवाली दावत के दिन दूल्हे के घर से शादी से एक दिन पहले दुल्हन के घर भेजा जानेवाला साचक़ अर्थात् गोद भराई का सामान (मेहँदी, सुहाग पूड़ा, मेवा-मिश्री और शृंगार का सामान) भी तैयार कराया गया।

हुमायूँ और उसकी फूफी अर्थात् मरहूम बाबर यानी हज़रत फ़िरदौस मकानी की बड़ी बहन ख़ानज़ादा बेगम दोनों तख़्त के सामने एक गद्दे पर बैठ गए। ख़ानज़ादा बेगम के दाहिने तरफ़ उनकी फूफियाँ, जबकि दूसरी तरफ़ गुलबदन बेगम की फूफियाँ यानी फ़िरदौस मकानी की बहनें बैठ गईं। दाईं ओर दूसरी अट्ठाईस मेहमान बैठ गईं, जबकि इनके अलावा दूसरी बेगमों के साथ अन्य वज़ीफ़ा पानेवाली मेहमान बैठ गईं।

सारी तैयारियाँ हो जाने के बाद हुमायूँ ने अपनी फूफी ख़ानज़ादा बेगम से कहा, "आक़ा जानम, अगर इजाज़त हो तो हौज़ में पानी छोड़ा जाए?"

"बेशक हज़रत पादशाह।" अपने भतीजे को इजाज़त देने के बाद ख़ानज़ादा बेगम ज़ीने पर जाकर बैठ गई।

ख़ानज़ादा बेगम से इजाज़त मिलने के बाद हौज़ में जगह-जगह लगे पानी के फ़व्वारे खोल दिए गए। तिलिस्म के रंगारंग जश्न के दौरान, जब-जब अष्टाकार हौज़ में लगे पानी के फ़व्वारों पर हौज़ के किनारे जलते चिराग़ों और शमादानों से फूटती रोशनी पड़ती, तब लगता जैसे हवा में तरह-तरह के मोती आपस में अठखेलियाँ कर रहे हैं। कुछ ही देर में हौज़ में भर गया। हौज़ के थिरकते पानी पर जब-जब रोशनी पड़ती, तो लगता जैसे हौज़ में पड़े अनगिनत चमकते हीरे डुबकियाँ लगा रहे हैं। इतना ही नहीं, चिराग़ों और शमादानों की रोशनी जब-जब कानों और नाक में पहने सोने-चाँदी के बुंदों व कोकों में जड़े हीरे-जवाहरात के नगों पर पड़ती, तो ऐसा लगता मानो आकाश में छोटे-छोटे तारे झिलमिला रहे हैं।

मिर्ज़ा हिन्दाल की शादी के बाद हुमायूँ ने सबसे पहला काम यह किया, कि उसने अपने तीनों भाइयों मिर्ज़ा कामरान, मिर्ज़ा अस्करी और मिर्ज़ा हिन्दाल को उनकी सूबेदारी बाँट दी। कामरान के हिस्से में पंजाब, अस्करी के संभल जबकि हिन्दाल के हिस्से में मेवात आया।

42

गौड़ पर विजय पाने के बाद हुमायूँ यहाँ नौ महीने रहा। गौड़ की प्राकृतिक सुन्दरता से मोहित हो उसने इसका नाम जन्नताबाद रख दिया। ये नौ महीने उसने पूरी विलासिता के साथ बिताए।

मगर इसी बीच उसे ख़बर मिली कि उसके उन्नीस वर्षीय भाई मिर्ज़ा हिन्दाल ने बग़ावत कर दी है और कुछ बेग उसके साथ मिल गए हैं। इस ख़बर के मिलने के बाद हुमायूँ आगरा के लिए रवाना होता, उससे पहले मुईद बेग दूल्दाई बरलास ने प्रस्ताव रखा, "पादशाह सलामत, आप बहुत बड़े पादशाह हैं। आप जिस रास्ते से आए थे उसी रास्ते से आपको लौटना चाहिए, ताकि शेर ख़ाँ को यह कहने का मौक़ा न मिल पाए कि आप जिस रास्ते से आए थे, उसे छोड़कर दूसरे रास्ते से लौट गए।"

मुईद बेग दूल्दाई बरलास के सुझाव को मान, हुमायूँ मुंगेर की तरफ़ मुड़ गया और अपने परिवार के अधिकतर लोगों को नावों में बिठा, नदी के चढ़ाव की ओर

सफ़र करने लगा। इसी बीच उसे पता चला कि कर्मनाशा नदी के दूसरी तरफ़ से शेर ख़ाँ भी इधर ही आ रहा है। वही कर्मनाशा नदी जिसके बारे में आनन्दरामायण के यात्राकांड में वर्णन है—*कर्मनाशा नदी स्पर्शात करतोया विलंघनात, गंडकी बाहुतरणाद धर्मस्खलित कीर्तनात।* बाबर ने भी इस नदी के बारे में एक जगह लिखा है कि 'हिन्दुओं की इस नदी के बारे में बड़ी अजीब मान्यता है जिसके कारण वे इसे पार नहीं करते हैं। बल्कि वे इसके दहाने के आगे नौकाओं से गंगा पार करते हैं। उनका विश्वास है कि अगर किसी से इसका जल छू जाए, तो उसका कर्म नष्ट हो जाता है। इसी विश्वास के चलते इस नदी का नाम कर्मनाशा पड़ गया।' आगे जाकर यह नदी चौसा के निकट गंगा में मिल जाती है। नदी में बहुत ज़्यादा कीचड़ और दलदल होने के कारण इसमें ऊँट और घोड़े ही नहीं, बल्कि सैनिकों का भी फँसना लाज़िमी था। इसलिए शेर ख़ाँ और हुमायूँ दोनों के लश्कर कर्मनाशा नदी के आर-पार जम गए। हुमायूँ ने जब देखा कि शेर ख़ाँ इसी नदी के दूसरी तरफ़ उसका मुक़ाबला करने के लिए तैयार बैठा है, तब उसने अपना एक दूत शेर ख़ाँ के पास भेजा।

लगभग पच्चीस गज़ चौड़ी नदी को पार कर दूत जिस समय दूसरी तरफ़ शेर ख़ाँ के पास पहुँचा, तो उसने देखा उमस भरी गर्मी में शेर ख़ाँ अपनी आस्तीन चढ़ाए, हाथ में फावड़ा लिए ख़ुद मोर्चाबन्दी में लगा हुआ है। पास जाकर दूत ने जब अपना परिचय दिया, तब शेर ख़ाँ ने उसके लिए ख़ेमा लगवाया और वे दोनों उसमें बैठ गए। दूत ने हुमायूँ का सन्देश देते हुए कहा, "हुज़ूरे आली, अगर आपको पादशाही सम्मान का ख़याल है, तो आपको इसी वक़्त पीछे हट जाना चाहिए और नदी का घाट छोड़ देना चाहिए।"

"जनाब, मेरी तरफ़ से अपने पादशाह को जाकर बता दीजिए कि आप तो जंग चाहते हैं, मगर आपकी फ़ौज नहीं चाहती। जबकि दूसरी तरफ़ शेर ख़ाँ जंग नहीं चाहता, मगर उसकी फ़ौज चाहती है। अब फ़ैसला आपके पादशाह के हाथ में है। उनसे जाकर पूछिए कि उन्हें क्या चाहिए।"

"देखिए, आप रोहतास की ओर चले जाएँ। बीच में कहीं ना ठहरें। हज़रत पादशाह थोड़ी दूर पीछा करने के बाद वापस लौट जाएँगे।"

"ठीक है, मुझे थोड़ा वक़्त दीजिए!" शेर ख़ाँ ने कहा।

"और हाँ, अगर आप सुलह नहीं करना चाहते हैं, तो उठ, जंग कर और लड़!"

"आप सही फ़रमा रहे हैं। मुझे जंग ही करनी चाहिए।" इसके बाद शेर ख़ाँ दूत को अपने ख़ेमे में ले आया।

अपने ख़ेमे में शेर ख़ाँ ने दूत की ख़ूब ख़ातिरदारी की और फिर उसको बहुत सारी दौलत और क़ीमती कपड़े भेंट करते हुए बोला, "देखिए, हम अफ़ग़ान कुतुबे-आलम शेख़ फ़रीदुद्दीन मसऊद गंजशकर जैसी अज़ीम शख़्सियत की बहुत

इज़्ज़त करते हैं। हमारा और उनका वतन एक है। इसलिए आप बेझिझक सलाह दें कि हमें हुमायूँ से जंग करनी चाहिए या सुलह? हमारे लिए क्या सही रहेगा?"

शेर ख़ाँ की बात सुन दूत चुप्पी साध गया। कुछ नहीं बोला। वह न जाने किस सोच में डूब गया।

"बताइए न, हमारे लिए क्या मुनासिब रहेगा?" शेर ख़ाँ ने दूत को सोच की खाई से बाहर खींचते हुए फिर पूछा।

"आपने यह सलाह माँगकर मेरे लिए दो तरह की मुश्किलें खड़ी कर दी हैं। पहली यह कि हज़रत हुमायूँ पादशाह ने मुझे आपके पास एलची बनाकर भेजा है। इसलिए यह ठीक नहीं होगा कि मैं कोई ऐसी बात कहूँ जो उनके ख़िलाफ़ जाए। दूसरी मुश्किल यह है कि आप मुझसे सलाह माँग रहे हैं। ऐसे मामलों के लिए बड़े-बुज़ुर्गों ने कहा है कि अगर दुश्मन आपसे कोई सलाह माँगे, तो वही बात बोलनी चाहिए, जो सच हो। चूँकि अफ़ग़ानों की कई पुश्तें हमारे बुज़ुर्ग शेख़ फ़रीदुद्दीन मसऊद गंजशकर का बहुत एहतराम करती आ रही हैं, इसलिए अगर मैं अपनी राय के ख़िलाफ़ सलाह दूँगा, तो यह भी बेईमानी होगी। इसलिए सललाहो अलयहे वसल्लम ने फ़रमाया है कि सलाह देनेवाले का यह फ़र्ज़ बनता है कि वह दिल से सच्ची सलाह दे। चुनाँचे मैं सच बोलने के लिए मजबूर हूँ और सलाह देता हूँ कि आपके लिए हज़रत पादशाह हुमायूँ से सुलह के बजाय जंग करना बेहतर होगा। वह इसलिए कि इस वक़्त उनकी फ़ौज में बद-इन्तज़ामी और अफ़रा-तफ़री फैली हुई है। उनके पास न तो घोड़े हैं और न ही लड़ने के लिए असलाह। इतना ही नहीं, उनके भाई भी बग़ावत पर उतर आए हैं। इस वक़्त सुलह करना हुमायूँ की मजबूरी और ज़रूरत दोनों हैं। अगर आप सुलह करते भी हैं, तो वे आख़िर तक अपने क़ौल पर क़ायम नहीं रहेंगे। इसलिए मेरी सलाह है कि इस मौक़े को अपने हाथ से मत जाने दीजिए। ऐसा मौक़ा फिर नहीं आनेवाला।"

"इस नेक सलाह के लिए आपका बहुत शुक्रिया।"

इसके बाद शेर ख़ाँ युद्ध की तैयारी में जुट गया। अगले दिन उसने अपने बेटे ख़्वास ख़ाँ कलाँ को बुलाया और उसे हुक्म दिया, कि वह इसी समय पूरे लाव-लश्कर के साथ हुमायूँ पर हमला कर दे। जब ख़्वास ख़ाँ शेर ख़ाँ के ख़ेमों से कुछ दूर निकल गया, तो उसने उसे वापिस बुला लिया। अगले रोज़ उसे फिर जाने का हुक्म हुआ और जैसे ही वह आगे बढ़ा, उसे फिर से वापिस बुला लिया। शेर ख़ाँ को कुछ नहीं सूझ रहा है कि इस जंग को कैसे अंजाम दिया जाए। आख़िर आधी रात को उसने अपने सारे अमीर-उमरा को अपने ख़ेमे में बुलवाया।

"हज़रात, इस वक़्त आधी रात को मैंने आप सबको एक ख़ास मक़सद से बुलाया है। मैं आज आपको अपने इस फ़ैसले से अवगत कराना चाहता हूँ कि मैं हुमायूँ से किसी तरह की सुलह न करके, उससे जंग करने जा रहा हूँ। मेरी जानकारी

के मुताबिक़ इससे अच्छा मौक़ा हमें फिर नहीं मिलनेवाला। अगर आप मेरे फ़ैसले से सहमत हैं, तो मैं अपनी तक़दीर आजमाऊँ?"

"आप हम सबके सरपरस्त हैं। इसलिए आपका हर फ़ैसला हमें मंज़ूर है। हम अपनी पूरी ताक़त, बहादुरी और वफ़ादारी से पीछे नहीं हटेंगे।" एक अमीर ने जोश के साथ अपने दूसरे अमीर-उमरा की तरफ़ से कहा।

अपने अमीर-उमरा से आश्वस्त हो शेर ख़ाँ अपनी रणनीति का खुलासा करते हुए बोला, "पादशाह हुमायूँ के साथ हुई सुलह के मुताबिक़, दिखावे के लिए हमें दो दिन में नदी का घाट छोड़कर अपनी फ़ौज को पीछे ले जाना होगा, ताकि वह इस मुग़ालते में रहे कि हम उनकी तरफ़ आने के बजाय वापिस चले गए हैं। और हमें जैसे ही मौक़ा मिलेगा हमें उसकी फ़ौज पर धावा बोल देना है।"

इसी रणनीति के तहत शेर ख़ाँ के बहादुरों ने ऐसा ही किया। हुमायूँ की फ़ौज जैसे ही वापिस लौटने लगी, अपनी सेना को पीछे की तरफ़ ले जाते हुए, शेर ख़ाँ अपने सैनिकों का आह्वान करते हुए चीख़ा, "ऐ मेरे बहादुरो, अब मुड़ो, और बिजली की तरह उनकी तरफ़ रुख़ करो! देखो, अफ़ग़ानों की आबरू मिट्टी में न मिलने पाए! हिन्दुस्तान की सल्तनत हासिल करने का हमारे पास बस यही मौक़ा है!"

सुबह तड़के शेर ख़ाँ ने अपने सैनिकों की हौसला अफ़ज़ाई करते हुए जैसे ही यह कहा, उसके सैनिकों ने हुमायूँ की फ़ौज के दाएँ मोर्चे पर इतना ज़बरदस्त हमला बोला कि उसमें अफ़रा-तफ़री मच गई। हुमायूँ ने जैसे-तैसे नगाड़ा बजाकर तीन सौ के आसपास फ़ौज इकट्ठी तो कर ली, मगर उसकी समझ में नहीं आया कि एकाएक यह हुआ क्या? यहाँ तक कि एक हाथी ने सीधे हुमायूँ पर ही हमला बोल दिया, परन्तु कोई उसे बचाने तक नहीं आया। हुमायूँ ने बड़ी फ़ुर्ती के साथ अपना भाला उठाया और सीधे हाथी के माथे में घोंप दिया। इसके बावजूद हाथी पर सवार तीरंदाज़ ने हुमायूँ को ज़ख़्मी कर दिया।

देखते-देखते हालात बेक़ाबू हो गए। इसी बीच किसी ने हुमायूँ के घोड़े की लगाम को पकड़ते हुए कहा, "हुज़ूर, यहाँ खड़े होने का वक़्त नहीं है। अपने आपको बचा सकते हो, तो बचाइए!"

चौसा की इस जंग में अपने आठ सौ सिपाहियों की जान गँवाने के बाद हुमायूँ ने आनन-फ़ानन यहाँ से निकलने में ही भलाई समझी। बमुश्किल अपनी जान बचा पाया वह। यहाँ तक कि वह अपने घरवालों को भी पीछे अकेला छोड़ गया। हुमायूँ पहले कर्मनाशा नदी पर बने पुल की तरफ़ गया, तो पाया पुल टूटा हुआ है। विवश होकर वह नदी को पार करने की नीयत से उसमें उतरा ही था, कि अचानक उसका घोड़ा उसके नीचे से बह गया। यह तो ग़नीमत है कि एक सक्का (भिश्ती), जो हुमायूँ की ख़िदमत में था, उसने उसे डूबने से बचा लिया। इसके बाद शेर ख़ाँ गंगा को पार कर कन्नौज चला गया।

हुमायूँ अपने परिवार की जिन बेसहारा औरतों को छोड़ आया था, उनके साथ शेर ख़ाँ ने मानवीय बर्ताव किया। शाही परिवार की औरतों के साथ हुमायूँ की मल्लिका हज़रत बेगम राबेआ को जब लाया गया और शेर ख़ाँ की इन पर नज़र पड़ी, तो मारे डर के ये सब थर-थर काँपने लगीं। इन असहायों को देख शेर ख़ाँ अपने घोड़े से उतर आया। उसने इन्हें पूरी इज़्ज़त बख़्शी। इसके बाद वज़ू करके उसने शुकराने की दो रकात नमाज़ पढ़ी। नमाज़ पढ़ने के बाद शेर ख़ाँ ने नक़ीबों (ऐलान करनेवाले) को हुक्म देते हुए कहा, "पूरे लश्कर में यह ऐलान कर दिया जाए कि इन मुग़ल ख़वातीन और मासूम बच्चों को न तो क़ैद किया जाए, और न ही इन्हें रात में अपने ख़ेमों में रखा जाए! सबको बेगम साहिबा के शाही ख़ेमे में पहुँचा दिया जाए!"

शेर ख़ाँ के हुक्म का तुरन्त पालन किया गया और मुग़लों की इन असहाय औरतों को शाही ख़ेमों में पहुँचा दिया गया। इतना ही नहीं, हरेक की ज़रूरत के अनुसार उन्हें खाना भी दे दिया गया। कुछ दिन बाद इनको ख़र्चा-पानी देकर आगरा के लिए बाइज़्ज़त रवाना कर दिया।

आगरा आने के बाद हुमायूँ को जब इसका पता चला कि कर्मनाशा नदी में डूबने से उसकी जान उसके किसी ख़िदमतगार ने बचाई है, उसे तुरन्त पेश होने को कहा गया।

ख़िदमतगार के पेश होने पर हुमायूँ ने उससे पूछा, "बरख़ुरदार आपका नाम?"

"हुज़ूरे आली, निज़ाम।"

"निज़ाम औलिया?" हुमायूँ ने मुस्कराते हुए पूछा।

"नहीं हुज़ूर। मैं तो निज़ाम भिश्ती हूँ।"

"आपने ही क्या हमारी जान बचाई है?"

"यह तो मेरा फ़र्ज़ था हुज़ूरे आली।" निज़ाम भिश्ती ने बड़ी विनम्रता के साथ कहा।

"ठीक है। चूँकि आपने हमारी जान बचाई है इसलिए इस एहसान के बदले, हम आपको आधे दिन की पादशाही देने का ऐलान करते हैं।"

"आधे दिन की पा...पाऽऽऽदशाही!" भिश्ती का मुँह खुला का खुला रह गया। उसे अपने कानों पर जैसे यक़ीन नहीं हुआ।

"सिर्फ़ पादशाही ही नहीं बल्कि इसके साथ मनसबदारी का हक़ भी दिया जाता है।" इसके बाद हुमायूँ ने भरे दरबार पर नज़र दौड़ाई और फिर बोला, "सभी अमीर-उमरा और हाकिमों को हुक्म दिया जाता है कि वे निज़ाम भिश्ती के पादशाह बने रहने तक इसके सामने कोर्निश करेंगे!"

अपने बादशाह के इस अजीबोग़रीब फ़रमान को सुन दरबार में सन्नाटा छा गया। वहाँ मौजूद अमीर-उमरा और दूसरे ओहदेदारों के चेहरों पर हवाइयाँ उड़ने लगीं। सब आपस में एक-दूसरे का मुँह ताकने लगे।

कुछ पादशाही फ़रमानों के अलावा इस भिश्ती को, जिनके बारे में उसे कुछ नहीं पता था, उनका अधिकार भी इसे दे दिया गया। इस प्रकार निज़ाम भिश्ती ने आधे दिन की पादशाही के दौरान शाही तख़्त से जो आदेश जारी किए थे, हुमायूँ ने बाद में भी उन्हें क़ायम रखा। हुमायूँ ने जब निज़ाम भिश्ती को आधे दिन की पादशाही के अधिकार दिए थे, उस समय बीमार होने की वजह से न तो उसका सौतेला भाई मिर्ज़ा कामरान वहाँ मौजूद था, न उसका दूसरा सौतेला भाई मिर्ज़ा हिन्दाल। मिर्ज़ा हिन्दाल तो हथियारों का इन्तज़ाम करने अलवर आया हुआ था। मिर्ज़ा कामरान ने हुमायूँ के इस फ़ैसले पर प्रतिक्रियास्वरूप यह कहला भेजा कि एक ख़िदमतगार को इस तरह शाही तख़्त पर बैठाना क्या ज़रूरी था? जब हमारा दुश्मन शेर ख़ाँ हमारे नज़दीक आ चुका है, ऐसे में यह कैसा फ़ैसला है जो हज़रत ने लिया है?

मिर्ज़ा कामरान को शक है कि उसकी बीमारी की वजह उसके सौतेले भाई हुमायूँ के इशारे पर धोखे से उसे दिया गया ज़हर है। इसका पता जब हुमायूँ को चला, तब वह कामरान के पास पहुँचा और उसे यक़ीन दिलाया कि यह उसका कोरा वहम है। ऐसा तो वह कभी सोच भी नहीं सकता।

इसी बीच ख़बर मिली कि शेर ख़ाँ लखनऊ को पार कर गया है। इतना सुन हुमायूँ कन्नौज की तरफ़ रवाना हो गया। जबकि मिर्ज़ा कामरान आगरा को छोड़ लाहौर की तरफ़ चल दिया। मिर्ज़ा कामरान के साथ ज़्यादातर अमीरों, बहादुरों, सिपहसालारों और कुछ सरदारों ने अपने परिवार के लोग उसके साथ लाहौर भेज दिए।

हिन्दुस्तान के संवत्सर का पौष अर्थात् दिसम्बर का महीना।

चौसा की जीत के बाद शेर ख़ाँ ने अपने आपको बंगाल और जौनपुर का बादशाह घोषित कर दिया। इस जीत के बाद एक दिन अमीरों में से एक अफ़ग़ान अमीर ने शेर ख़ाँ से इल्तज़ा की, "हुज़ूर, अपने अमीर-उमरा को आपको इस जीत की ख़बर लिखकर देनी चाहिए।"

"ऐ मेरे बहादुर और वफ़ादार अमीरो, आप लोग सुल्तान बहलोल शाह लोदी और सुल्तान सिकन्दर शाह लोदी के अमीर हैं। आपने अफ़ग़ानों की ख़ातिर हमारे साथ मिलकर मुझे बड़ी इज़्ज़त दी है। इसलिए मेरे लिए मुनासिब नहीं है कि मैं आपको कोई फ़रमान भेजूँ। मेरे लिए इतना ही काफ़ी है कि आप मेरे आसपास रहें और मेरी हौसला अफ़ज़ाई करते रहें। हमें यह नहीं भूलना चाहिए कि भले ही मुग़ल यहाँ से भाग गए हैं, मगर हिन्दुस्तान का ज़्यादातर हिस्सा अब भी उनके क़ब्ज़े में है।"

"नहीं हुज़ूर, जिसे परवरदिगार ने बाक़ी इनसानों से ऊँचे मुक़ाम पर पहुँचा दिया है, उसके लिए मुनासिब तो यह है कि वह अपने तौर-तरीक़े बदले और एक सुल्तान की तरह पेश आए।" एक अमीर बोला।

"बिलकुल हुज़ूरे आली। हम सबकी ख़्वाहिश है कि आपको इसे क़बूल कर लेना चाहिए!" दूसरे अमीर ने कहा।

इसके बाद शेर ख़ाँ देर तक सोचता रहा। काफ़ी सोच-विचार के बाद वह बोला, "हज़रात, सुल्तान का नाम बहुत बड़ा होता है। इसकी डगर मुश्किलों और परेशानियों से भरी होती है। फिर भी, अगर आप लोगों की यही ख़्वाहिश और रज़ा है तो मैं आपकी बात मान लेता हूँ।" आख़िरकार शेर ख़ाँ ने अपनी सहमति दे दी।

अपने अमीर-उमरा की सलाह मानने के बाद शेर ख़ाँ ने ज्योतिषियों की राय ली। इस पर एक ज्योतिषी ने कहा, "हुज़ूर, आपकी पैदाइश की घड़ी के मुताबिक़ आपके तख़्त पर बैठने की शुभ घड़ी आ चुकी है। अगर आप इस शुभ घड़ी में तख़्त पर बैठेंगे, तो आपको कभी हार का मुँह नहीं देखना पड़ेगा।"

ज्योतिषी की सलाह पर शेर ख़ाँ ने अपने नाम के सिक्के निकलवाकर जुमे के दिन अपने नाम का ख़ुतबा पढ़वाया। ख़ुतबे में ख़ाँ की जगह शाह रखा गया। इस तरह इस दिन के बाद शेर ख़ाँ सूर, शेरशाह सूर अर्थात् शेरशाह सूरी हो गया। इतना ही नहीं, उसने शाह आलम का ख़िताब भी हासिल कर लिया।

बंगाल, बिहार और कन्नौज तक अपना अधिकार जमाने के बाद शेरशाह सूरी ने अपने पुत्र को कालपी और इटावा पर आक्रमण करने के लिए भेज दिया। जबकि अपने एक अमीर को मांडू और गुजरात की ओर भेज दिया। इस समय अफ़ग़ानों में ग़ज़ब का जोश भरा हुआ है। उनके अन्दर लगभग चौदह साल पहले पानीपत में इन्हीं मुग़लों के हाथों अफ़ग़ानों की हुई पराजय का बदला लेने का जैसे जुनून चढ़ा हुआ है। इस जोश और जुनून को राजपूतों, दूसरे हिन्दू राजाओं के साथ-साथ राय झांडेराव के पोते और नौबत राय के इकलौते बेटे महिपाल राय और अलवर के अमीर हाजी ख़ाँ सहित दूसरे मेवातियों के साथ ने और बढ़ा दिया।

इधर आगरा में मुग़लों की आपसी फूट के चलते अराजकता अपने चरम पर पहुँच गई। चारों तरफ़ दंगे-फ़साद शुरू हो गए। हुमायूँ के दोनों सौतेले भाई मिर्ज़ा कामरान और हिन्दाल अपनी-अपनी कूटनीतिक चालें चलने लगे। इसके चलते मुग़ल फ़ौजें पूरी तरह अस्त-व्यस्त हो गईं। फ़ौज में इस तरह अफ़रा-तफ़री मच गई कि कोई युद्ध करने को तैयार नहीं है। बावजूद इसके हुमायूँ जैसे-तैसे अपनी फ़ौज कन्नौज के लगभग तीस मील उत्तर-पश्चिम में भोजपुर घाट तक लाने में क़ामयाब हो गया। दूसरी ओर शाह आलम शेरशाह सूरी ख़ुद दोआब पर हमला करने के लिए आ गया और गंगा के दूसरी तरफ़ अपने ख़ेमे जमा दिए। अपनी तरफ़ से इस आख़िरी निर्णायक लड़ाई को मुग़लों ने गंगा पार करने तक रोके रखा।

इधर जैसे ही मौक़ा मिला हुमायूँ ने एक बार फिर चढ़ाई कर दी। कन्नौज में एक तरफ़ हुमायूँ की फ़ौज ने मोर्चा सँभाल लिया, तो दूसरी तरफ़ शेरशाह सूरी की फ़ौज ने सँभाल लिया। हुमायूँ की फ़ौज ने जब गंगा पार कर ली, तब दोनों की

सेनाएँ एक-दूसरे के सामने आ गईं। दोपहर तक हुमायूँ के लश्कर में कुल सत्रह हज़ार सैनिक हो गए। मगर इसी बीच अचानक उसकी सेना में ऐसी भगदड़ मची कि कर्मनाशा नदी की तरह, यहाँ भी उसके अनगिनत सैनिक गंगा में डूब गए। हुमायूँ एक तरह से अकेला पड़ गया और जान बचाने के लिए गंगा में कूद गया। हालत यह हो गई कि उसके न सर पर कुछ था, न पाँव में। मगर इस बार भी वह गंगा में डूबते-डूबते बच गया। संयोग देखिए कि हुमायूँ को शम्सुद्दीन ग़ज़नवी नाम के एक साधारण सैनिक ने बचाया। मुग़लों को अफ़ग़ानों के हाथों यहाँ ज़बरदस्त हार का सामना करना पड़ा। अफ़ग़ानों ने एक तरह से मुग़लों के हाथों पानीपत में 1526 में हुई अपनी हार का बदला ले लिया। जो मुग़ल सिपाही इस जंग में बच गए, वे भागकर लाहौर चले गए। यही नहीं बल्कि नसीरुद्दीन मुहम्मद मिर्ज़ा हुमायूँ भी शेरशाह सूरी से हारने के बाद, जैसे-तैसे मेवात होते हुए लाहौर के लिए रवाना हो गया, और रोहतक-हिसार होता हुआ सरहिन्द पहुँच गया। लाहौर में तीन महीने ठहरने के बावजूद हुमायूँ अपनी बिखरी हुई सेना को संगठित नहीं कर पाया। यहाँ तक कि उसके सौतेले भाई मिर्ज़ा कामरान ने भी इसकी कोई मदद नहीं की।

हुमायूँ को लाहौर में शेरशाह सूरी की बराबर ख़बर मिलती रही कि आज शेरशाह सूरी कितना आगे बढ़ आया है। यहाँ तक एक दिन पता चला कि वह सरहिन्द के पास आ गया है। यह पता लगते ही हुमायूँ ने लाहौर से अपने एक तुर्कमानी बेग के हाथों शेरशाह सूरी के पास गुहार लगाते हुए यह पैग़ाम भेजा—'यह कैसा इंसाफ़ हुआ? आपके लिए हमने पूरा हिन्दुस्तान छोड़ दिया है। हमारे पास बस एक लाहौर बचा है, उसे तो हमारे लिए छोड़ दो! हम दोनों के बीच यह जो सरहिन्द है, इसी को सरहद मान लो यानी सरहिन्द के उस पार का हिन्दुस्तान आप ले लो और इस पार का हमें छोड़ दो!'

शेरशाह सूरी ने हुमायूँ का यह निवेदन स्वीकार कर लिया और उसे यह पैग़ाम भिजवा दिया—'हमने आपके लिए काबुल छोड़ दिया है। आप वहीं चले जाइए!'

शेरशाह सूरी का दूत पैग़ाम लेकर तुरन्त लाहौर के लिए रवाना हो गया। अपने साथ लाए आदमियों को उस दूत ने हुक्म दिया, "आप लोग दौड़कर जाइए और हुमायूँ से कहिए कि वे लाहौर से बिना वक़्त गँवाए आगे के लिए रवाना हो जाएँ!"

हुमायूँ को जैसे ही इस दूत के हरकारों ने यह ख़बर दी, हुमायूँ सारे माल-असबाब और साज़ो-सामान को छोड़कर ऐसे चल दिया, मानो यह उसके लिए कोई क़यामत का दिन हो। जितनी नक़द दौलत वह साथ ले जा सकता था, उसे ले लिया। रावी नदी पार कर उसने कुछ दिन वहाँ पड़ाव डाला। इसी बीच शेरशाह सूरी का दूत वहाँ पहुँच गया।

दूत के आने की ख़बर सुनकर उसके सौतेले भाई मिर्ज़ा कामरान ने हुमायूँ से आग्रह किया, "कल दरबार में शेरशाह सूरी का एलची आएगा। अगर मुझे हज़रत पादशाह अपने जूलचे (कालीन) के कोने पर बैठने की इजाज़त दे दें, तो मुझमें और दूसरे भाइयों में जो फ़र्क़ है, उसका दूत को पता चल जाएगा और यह मेरे लिए बड़ी इज़्ज़त की बात होगी।"

मगर हुमायूँ ने अपने सौतेले भाई कामरान का यह आग्रह यह रुबाई भेजकर ठुकरा दिया—

गर आईने में नज़र आए चेहरा अपना,
यह अपने अक्स से ख़ुद को जुदा करना होगा।
ख़ुद को दूसरी सूरत में गर देखना अजब नहीं,
तो यह ख़ुदा का अजब करिश्मा होगा॥

उधर जैसे ही यह ख़बर पहुँची कि शेरशाह सूरी व्यास नदी को पार कर कभी भी लाहौर पहुँच सकता है, लाहौर की गलियों में भगदड़ मच गई। देखते-ही-देखते उस दिन दो लाख लोगों ने लाहौर छोड़ दिया। लाहौर के रास्तों पर उस दिन सामान से भरी सबसे ज़्यादा बैलगाड़ियाँ और दूसरे स्थानीय वाहन देखे गए। शेरशाह सूरी ने मुग़लों को तब तक खदेड़ा, जब तक कि वे हिन्द की सरहद से बाहर नहीं चले गए। यहाँ तक कि हुमायूँ का वही सौतेला भाई मिर्ज़ा कामरान, जिसने शेरशाह सूरी के दूत के आने पर हुमायूँ से उसके बग़ल में बैठने का आग्रह किया था, और जो अफ़ग़ानों से सुलह करना चाहता था, उसे भी हिन्द से बाहर खदेड़ दिया गया।

इस तरह एक अफ़ग़ान फ़रीद-अल-द्दीन शेरशाह सूरी ने पानीपत में हुई शिकस्त का बदला, चौदह साल बाद मुग़लों को हिन्दुस्तान से खदेड़कर ले लिया।

मुग़लों को हिन्दुस्तान से खदेड़ने के बाद शेरशाह सूरी ने गक्खरों को भी क़ब्ज़े में ले लिया। उनके मुखिया राय सारंग की ज़िन्दा ही ख़ाल खिंचवा ली और उसकी बेटी को अपने बेटे ख़्वास ख़ाँ के सुपुर्द कर दिया। हिन्दुस्तान को पूरी तरह व्यवस्थित करने के बाद उसने रोहतास क़िले के पुनर्निर्माण का हुक्म दिया और आगरा लौट आया। यहाँ आकर उसने हिन्दुस्तान को बयालीस हिस्सों में बाँट दिया। इसके बाद एक-एक कर मालवा, रायसेन, जोधपुर और अजमेर के राजाओं को हराकर, यहाँ भी अपना आधिपत्य क़ायम कर लिया।

हिन्दुस्तान को फ़तह करने के बाद शेरशाह सूरी जब भी आईने के सामने खड़ा होता, वह देर तक अपने आपको उसमें अपलक निहारता रहता। एक दिन

उसने आईने में अपनी सफ़ेद हो चुकी दाढ़ी पर हाथ फेरा, और फिर गहरी साँस ले, मुस्कराते हुए अपने ही अक्स की आँखों में आँखें डाल जैसे ख़ुद से बोला, 'हाय! जब ज़िन्दगी की शाम हो आई, तब जाकर यह कमबख़्त सल्तनत मिली।'

43

हेमू ने मेवात से हिन्दुस्तान के बादशाह शाह आलम शेरशाह सूरी की माँग के मुताबिक़ नए तरह के हथियारों और बारूद के लिए अव्वल दर्जे का शोरा भेजना शुरू कर दिया। हेमू द्वारा भेजे गए नए शोरे से बनाए गए बारूद का शेरशाह सूरी अपने सामने परीक्षण करवाता। उसने जितनी बार हेमू के भेजे गए शोरे से बने बारूद का परीक्षण करवाया, अपनी कसौटी पर वह हर बार खरा उतरा।

इस बार भी हेमू ने शोरे की खेप भिजवाई। नए शोरे से बने बारूद का फिर से परीक्षण किया गया। परखने की ग़रज़ से उसमें पलीता लगाया गया। पलीता लगने के बाद जिस तरह धमाके के साथ ज़मीन के परखच्चे उड़ गए, उसे देख शेरशाह सूरी की बाँछें खिल उठीं। बारूद को परखने के बाद उसने अपने अमीर-उमरा, सिपहसालारों और बहादुरों की मौजूदगी में वहीं मैदान में कहा, "बसन्त ने शोरे की यह जो ताज़ा खेप भिजवाई है, यह पिछली खेपों से कहीं ज़्यादा बेहतर है। मैं चाहता हूँ कि कलिंजर की जंग में उक्का तोप में जो बारूद इस्तेमाल हो, वह इसी शोरे का बना हुआ हो!"

"जी बेहतर हुज़ूरे आली।" तोपची ने अपने बादशाह के हुक्म की तामील करते हुए कहा।

"तो फिर ठीक है अब कलिंजर पर चढ़ाई की तैयारी की जाए!"

शेरशाह सूरी के इस हुक्म के साथ ही कलिंजर पर चढ़ाई की तैयारियाँ शुरू हो गईं।

कलिंजर का क़िला।

बुंदेलखंड क्षेत्र में विंध्य पर्वत पर दसवीं शताब्दी में चन्देल वंश के शासकों द्वारा बनवाया गया एक ख़ूबसूरत, और हिन्दुस्तान के सबसे बड़े अपराजेय क़िलों में से एक कलिंजर क़िला। इसी क़िले में राजा कीरत सिंह ने

शेरशाह सूरी के दुश्मन वीरदेव सिंह बुंदेला को पनाह दी हुई है। कलिंजर पर हमला करने से पहले शेरशाह सूरी ने राजा कीरत सिंह से अपने दुश्मन को सुपुर्द करने का पैग़ाम भेजा। मगर राजा कीरत सिंह ने वीरदेव सिंह बुंदेला को सौंपने से साफ़ इनकार कर दिया।

राजा कीरत सिंह द्वारा वीरदेव सिंह बुंदेला को सौंपने से मना करने पर शेरशाह ने क़िले को चारों तरफ़ से घेरने का हुक्म दे दिया। साथ में क़िले के चारों तरफ़ बारूदी सुरंगें बिछवा दी गईं। क़िले का घेराव करने के बाद शेरशाह ने अपनी अगुवाई में तोपचियों को क़िले की दीवार और दरवाज़ों को उड़ाने का हुक्म दिया। अपने बादशाह का हुक्म मिलते ही उक्का तोप ने क़िले पर गोले दागने शुरू कर दिए। इधर एक के बाद एक गोला दनदनाता हुआ क़िले की दीवार से टकराकर फटता, उधर सिपाही बड़ी फ़ुर्ती के साथ ख़ाली हुई तोप के पिछले हिस्से में बारूद के ढेर से उसमें बारूद भर, उसके मुँह में गोला डाल देता। एक के बाद एक दागे गए गोलों का अभेद्य क़िले की दीवार पर जैसे कोई असर ही नहीं हुआ। उसकी चौड़ी और मज़बूत दीवार को उक्का तोप के गोले ध्वस्त करने में नाकाम रहे।

इसी बीच शेरशाह सूरी के हुक्म पर एक बार फिर उक्का तोप से क़िले पर दागा गया गोला, जितनी तेज़ी के साथ क़िले की दीवार से जाकर टकराया, उतनी ही तेज़ी से बिना फटे वह वापिस लौटा। जब तक तोपची, सिपाहियों और ख़ुद सेना की अगुवाई कर रहे शेरशाह सूरी की समझ में कुछ आता, वह गोला बारूद के ढेर के पास आकर गिरा और गिरते ही फट गया। जैसे ही गोला फटा उसके जलते हुए टुकड़े से बारूद के ढेर में आग लग गई। सब कुछ इतनी तेज़ी से घटा कि किसी को सँभलने का मौक़ा ही नहीं मिला। जब तक आसपास खड़े सैनिकों, तोपची और ख़ुद शेरशाह को माजरा समझ में आता, बारूद के ढेर से निकली चिंगारियाँ उसके कपड़ों पर आकर गिरीं। चिंगारियों के गिरते ही शेरशाह सूरी के मुलायम कपड़ों ने आग पकड़ ली। उसने आग बुझाने की बहुत कोशिश की और जब तक उसे बुझाया जाता, तब तक वह सर से पाँव तक बुरी तरह झुलस गया और बेहोश हो वहीं गिर गया। बेहोशी की हालत में शेरशाह को उसके ख़ेमे में लाया गया।

आग से बुरी तरह झुलसकर घायल हुए शेरशाह सूरी के जिस्म पर चन्दन का लेप और गुलाबजल का छिड़काव किया जाने लगा। जिस्म पर चन्दन के लेप और गुलाबजल के छिड़काव के बावजूद तकलीफ़ कम होने के बजाय और बढ़ने लगी। आग से झुलसे बादशाह को लगने लगा मानो पूरे बदन में अनगिनत धारधार बर्छियाँ धँसी जा रही हैं।

ख़ेमे में घायल पड़े शेरशाह सूरी को जब भी होश आता, वह अपने पास बैठे अमीर हाजी ख़ाँ से यही पूछता, "हाजी साहब, जंग का क्या हुआ?"

"हुज़ूर, हमारी क़ामयाबी बस बालिश्त भर दूर है।" अमीर हाजी ख़ाँ अपने बादशाह का मन रखने के लिए झूठ बोल देता।

वह थोड़ी-थोड़ी देर में अपनी तीमारदारी में लगे ख़िदमतग़ारों से रह-रहकर यही पूछता, "अब क्या हुआ? मोर्चे का क्या हाल है?"

"हुजूरे आली, आप बेफ़िक्र रहिए। फ़तह हमारी ही होगी।" एक बार फिर एक ख़िदमतगार अपने बादशाह को तसल्ली बँधाते हुए बोला।

"हाजी साहब, मेरी चार ख़्वाहिशें थीं, जिन्हें मैं अपने जीते-जी देखना चाहता था। मगर अब लगता है कि इन्हें देखना मेरे नसीब में नहीं लिखा है।"

"चार क्या, हुज़ूर आप अपनी हज़ारों ख़्वाहिशें पूरी होते हुए देखेंगे। पहले आप दुरुस्त तो हो जाएँ।"

"नहीं, लगता है मेरा अब आख़िरी वक़्त आ गया है। काश, चार नहीं तो मैं इनमें से दो ही ख़्वाहिशें पूरी होते देख जाता।

"कौन सी दो ख़्वाहिशें हुज़ूरे आली?" अमीर हाजी ख़ाँ ने नज़दीक आते हुए पूछा।

"एक यह कि मैं सराय जितने दो बेड़े बनवाता...जिससे हिन्दुस्तान के लोग मक्का जाते...ये बेड़े इतने मज़बूत होते, कि हर तरह के आँधी-तूफ़ान को सह लेते...और सब लोग आराऽऽऽम से उस मुक़द्दस मुक़ाम तक आ-जा सकते। औ...और दूसरी यह कि अगर मेरे जीते-जी यह पूरी हो जाती, तो हिन्दुस्तान के इतिहास में यह एक नज़ीर होती। वो ख़्वाहिश यह थी हाजी साहब कि पानीपत में सुल्तान इब्राहिम लोदी का एक मक़बरा बनवाता...मगर इस शर्त पर कि उसके सामने उन चग़ताई सुल्तानों का भी मक़बरा हो, जिन्हें हमने शहीद किया...इन दोनों की बनावट और ख़ूबसूरती ऐसी होती कि इन्हें इनके दोस्त और दुश्मन, दोनों की वाहवाही मिलती, और क़यामत तक इस दुनिया में मेरा नाम अमर रहता... मगर ख़ुदा के आगे किसी की नहीं चलती हाजी साहब। उसने मुझे अपनी एक भी ख़्वाहिश पूरी होते हुए देख पाने का मौक़ा नहीं दिया...और अब इस अफ़सोस के साथ मैं इस दुनिया से जा रहा हूँ।" दर्द से छटपटाते शेरशाह सूरी की आवाज़ जैसे डूबने लगी।

घबराए अमीर हाजी ख़ाँ ने आसपास खड़े ख़िदमतगारों की तरफ़ देखा, तो उन्होंने बादशाह के जिस्म पर फिर से चन्दन का लेप लगाते हुए गुलाबजल का छिड़काव और तेज़ कर दिया। इसी बीच ख़ेमे के बाहर कुछ हलचल हुई और ख़ेमे में दाख़िल हुए कोरचीबाशी यानी शाही अंगरक्षकों के सरदार ने हुमकते हुए कहा, "मुबारक हो बादशाह सलामत! हमारे अज़ीम इमाम, ख़लीफ़ा फ़तहयाब शेरशाह सूरी को फ़तह मुबारक हो!"

शेरशाह सूरी की तरफ़ से जवाब में कोई प्रतिक्रिया नहीं आई। पास बैठे अमीर हाजी ख़ाँ ने कान के पास मुँह ले जाकर धीरे-से पुकारा, "हु...हुज़ूऽऽऽर!"

मगर पथराई आँखों और शिथिल पड़े शरीर में कोई हरकत नहीं हुई। ख़िदमतगारों और ख़ेमे में अभी-अभी ख़ुशख़बरी देने आए कोरचीबाशी, और पहले से मौजूद अमीर-उमरा ने मायूसी के साथ आपस में जिस तरह एक-दूसरे की तरफ़ देखा, उनकी ख़ामोशी ने बता दिया कि उनके बादशाह शेरशाह सूरी अब इस दुनिया में नहीं रहे।

इस तरह सिर्फ़ पाँच साल दो महीने तेरह दिन की हुकूमत के बाद, बेवक़्त हुई इस मौत के साथ शेरशाह सूरी की उपरोक्त चार ख़्वाहिशें भी हमेशा के लिए दफ़न हो गईं।

चन्देल वंश के शासकों द्वारा बनवाया गया ख़ूबसूरत और हिन्दुस्तान के सबसे बड़े अपराजेय क़िलों में से एक कलिंजर क़िले को भले ही शेरशाह सूरी की फ़ौज ने फ़तह कर लिया। मगर इस फ़तह का असली हक़दार शेरशाह अब इस दुनिया में नहीं रहा। भले ही इस क़िले में पनाह लिए उसके दुश्मन वीरदेव सिंह बुंदेला को राजा कीरत सिंह ने शेरशाह के सैनिकों के सुपुर्द कर दिया, परन्तु इस पूरी योजना को बनानेवाला अपनी आँखों से इस दृश्य को देखनेवाला नहीं रहा। शेरशाह सूरी के लश्कर में अफ़रा-तफ़री मच गई और आग की तरह यह ख़बर कलिंजर क़िले को घेरकर बैठे अफ़गान सैनिकों में फैल गई।

वहीं जंग के मैदान में अपने सैनिकों की एक टुकड़ी का नेतृत्व कर रहे छोटे शाहज़ादे जलाल ख़ाँ को जैसे ही अपने वालिद की मौत की ख़बर मिली, वह उसी समय अपने पिता के पास भागा हुआ आया। बड़ा बेटा आदिल ख़ाँ कहीं दूर था इसलिए वह इस मौक़े पर नहीं पहुँच पाया। जब तक आदिल ख़ाँ को पता चलता, वहाँ मौजूद अमीर-उमरा से कहकर जलाल ख़ाँ ने ख़ुद को अफ़ग़ान बादशाह घोषित कर दिया। बादशाह का ऐलान करवाने के बाद उसने उसी वक़्त शाह का ख़िताब भी हासिल कर, जलाल ख़ाँ की जगह अपना नाम इस्लाम शाह घोषित कर दिया। अगर शेरशाह सूरी ज़िन्दा होता, तब यह कहना मुश्किल है कि वह अपना उत्तराधिकारी किसे घोषित करता। हालाँकि अपने इन दोनों बेटों के बारे में उसकी अच्छी राय नहीं थी। इसका अनुमान इसी से लगाया जा सकता है, जब उसने एक दिन अमीर हाजी ख़ाँ से बड़े दुखी मन और निराशा के साथ अपनी पीड़ा व्यक्त की थी।

"हाजी साहब, अपने इन नालायक़ बेटों का क्या करूँ? एक अव्वल दर्जे का बदकार, बदचलन और ऐशो-आराम का शौक़ीन है, तो दूसरा बेहद ज़िद्दी और हमेशा दूसरों में ख़राबी निकालता रहता है। सच कहूँ, इन दोनों में बादशाह बनने का एक भी तो गुण नहीं है।"

अमीर हाजी ख़ाँ ने अपने बादशाह के इस कथन पर कोई प्रतिक्रिया व्यक्त नहीं की। बस, सर झुकाए उसकी बात सुनता रहा। प्रतिक्रिया तो वह तब व्यक्त करे, जब वह आदिल ख़ाँ और जलाल ख़ाँ के बारे में जानता ना हो। बल्कि हाजी ख़ाँ ने जैसे मन-ही-मन ख़ुद से कहा कि बेटे तो वे आपके ही हैं। पाजीपने में जलाल ख़ाँ आपसे एक क़दम आगे ही है। यह तो अब पता चलेगा कि हिन्दुस्तान का यह नया अफ़ग़ान बादशाह कैसे हुकूमत चलाता है?

मरहूम शेरशाह सूरी की अपने इन बेटों के बारे में जो धारणा थी, उनमें से एक ने तो इसे उसी दिन सिद्ध करके दिखा दिया, जब तख़्त पर बैठते ही जलाल ख़ाँ अर्थात् इस्लाम शाह ने अपने सगे-सम्बन्धियों जिनमें उसका बड़ा भाई आदिल ख़ाँ भी शामिल था, उसके समेत कुछ असरदार अमीर-उमरा को क़ैद करने का हुक्म जारी कर दिया।

गद्दी सँभालने के बाद जलाल ख़ाँ अर्थात् इस्लाम शाह ने हेमू को रेवाड़ी से बुलाया।

"बसन्त, आप तो जानते हैं कि आपके और हमारे ख़ानदान के बीच बेहद क़रीबी रिश्ते रहे हैं। मैं चाहता हूँ कि अब आप रेवाड़ी छोड़कर पूरी तरह इस सल्तनत की ख़िदमत में आ जाएँ। दरअसल, हमें देहली की अनाज मंडी के लिए एक ऐसे हाकिम की ज़रूरत है, जो अपने घर के जैसा आदमी हो। इसलिए आपसे क़ाबिल और भरोसेवाला शख़्स मुझे कोई दूसरा नज़र नहीं आता।" इतना कह इस्लाम शाह ने अपने सामने बैठे देहली के एक सरकारी सौदागर मोदी की तरफ़ देखा।

"आप दुरुस्त फ़रमा रहे हैं हुज़ूरे आली। मेरी भी यही राय है कि जनाब हेमू से क़ाबिल दूसरा कोई हाकिम नहीं हो सकता।"

"देखिए, अब तो मोदी साहब ने भी आपकी सिफ़ारिश कर दी है, इसलिए इस पेशकश को ठुकराना मत।" इस्लाम शाह ने एक तरह से आग्रह किया।

"बादशाह सलामत, अब आप इतने अपनेपन से गुज़ारिश कर रहे हैं तो मेरे लिए मना करना बड़ा मुश्किल हो गया है। बताइए, मेरे लायक़ क्या सेवा है?"

"जनाब, सुल्तान की ख़्वाहिश है कि आप देहली बाज़ार के शहना-ए-मंडी की ज़िम्मेदारी सँभाल लें। आप चाहें तो इस ज़िम्मेदारी को रेवाड़ी से भी निभा सकते हैं क्योंकि रेवाड़ी देहली के काफ़ी नज़दीक है।"

"ठीक है, मुझे यह पेशकश मंज़ूर है।" हेमू ने अन्ततः अपनी सहमति प्रदान कर दी।

"देखा मोदी साहब, मैं कहता था न कि हमारा बसन्त कभी मेरा कहा टालेगा नहीं।" इस्लाम शाह एकाएक भावुक हो गया। इसके बाद वह हेमू की तरफ़ पलटा, "बसन्त, आपका बहुत-बहुत शुक्रिया। अब मैं इत्मीनान से बेफ़िक्र होकर ग्वालियर जा सकता हूँ।"

देहली बाज़ार का शहना-ए-मंडी अर्थात् मंडी कोतवाल नियुक्त होने के बाद, अपनी व्यापारिक दक्षता और योग्यता के चलते हेमू ने कुछ ही दिनों में देहली के बाज़ार पर अपनी अच्छी पकड़ बना ली। इससे प्रभावित होकर इस्लाम शाह ने उसे दरोगा-ए-डाकचौकी की ज़िम्मेदारी भी सौंप दी। जलाल ख़ाँ अर्थात् इस्लाम शाह अपने वालिद मरहूम शेरशाह सूरी के पद-चिह्नों पर चलते हुए उसके कामों को आगे बढ़ाने लगा। इनमें जासूस पद्धति, सड़कों के किनारे सरायों का विस्तार, मुल्क की सरहदों और उसके भीतरी हिस्सों में मज़बूत क़िलों का निर्माण जैसे काम प्रमुख थे। उसने अपने वालिद की बनवाई गई सरायों के बीच में हर आधे कोस पर एक और सराय बनवानी शुरू कर दी। आलम शाह अर्थात् शेरशाह सूरी ने जिस रोहतास के क़िले का निर्माण शुरू किया था, उसे भी इस्लाम शाह ने पूरा करवाया। साथ ही शिवालिक की पहाड़ियों के मध्य अपने लिए एक पनाहगाह का भी निर्माण करवाया।

इसी दौरान हेमू का इस्लाम शाह के चाचा मियाँ निज़ाम ख़ाँ के बेटे और इस्लाम शाह के साले मुबारिज़ ख़ाँ, और दूसरे अमीरों से परिचय हुआ। इस्लाम शाह का एक भरोसेमन्द व प्रभावशाली हाकिम होने के कारण, अनेक दौलतमन्दों और सौदागरों से रोज़ाना काम पड़ने की वजह से, हेमू को आए दिन तरह-तरह के तोहफ़े और नज़राना दिए जाने लगा। इस्लाम शाह अपने साले मुबारिज़ ख़ाँ की मंशा, नीयत और उसकी ख़्वाहिशों को पहले से अच्छी तरह जानता था। वह जानता था कि मुबारिज़ ख़ाँ अपनी लालच और अपनी ख़्वाहिशों के लिए किसी भी हद तक जा सकता है। इसलिए इस्लाम शाह ने अपने साले मुबारिज़ ख़ाँ को कई बार रास्ते से हटाने की कोशिश की। मगर वह इसमें क़ामयाब नहीं हो पाया।

इस्लाम शाह ने एकाध बार इस बारे में अपनी बीवी बीबी बाई को सावधान करते हुए कहा भी, "बेगम, अगर अपने बेटे फ़िरोज़ ख़ान की सलामती चाहती हो, तो अपने सगे भाई और मेरे चाचा मियाँ निज़ाम ख़ाँ के बेटे इस मुबारिज़ ख़ाँ से बचके रहो। मुझे इसकी नीयत कुछ अच्छी नहीं लगती है।"

"आप तो बेवजह मेरे भाईजान पर शक कर रहे हैं। उसका सारा वक़्त तो तफ़रीह और मौज़-मस्ती में गुज़रता है, उसे शाही कामों के लिए कहाँ फ़ुरसत है। मैं जानती हूँ कि मुबारिज़ भाईजान की बादशाह बनने की ऐसी कोई ख़्वाहिश नहीं है। जो मुबारिज़ मुझसे पूछे बिना अपना सोने का कमरा तक नहीं बदलता हो, वह ऐसा ग़लीज़ काम करेगा, हरगिज़ नहीं। आख़िर भाई है मेरा। उसे मैं आपसे ज़्यादा जानती हूँ।" बीबी बाई ने तमकते हुए अपने शौहर को जवाब दिया।

"इसीलिए तो आपको सावधान कर रहा हूँ बेगम कि वह आपका भाई है। मगर बेटा वह मेरे सगे चाचा का है। बाक़ी आपकी मर्ज़ी। एक बात कहूँ बेगम, अगर एक को बचाना है, तो दूसरे की ज़िन्दगी की आस मत रखना।"

"उसका ख़याल आप अपने दिल से निकाल दीजिए। बेवजह परेशान मत होइए।"

"देख लो, कहीं एक दिन पछताना न पड़ जाए।" इस्लाम शाह ने अपनी पत्नी बीबी बाई को जैसे आख़िरी बार समझाया।

और फिर एक दिन।

अपने ही अफ़ग़ानों की साज़िशों के भय के कारण जलाल ख़ाँ अर्थात् इस्लाम शाह यानी सुल्तान सलीम ख़ाँ ग्वालियर के क़िले में चला गया। वहाँ अचानक गुदा में हुए फोड़े का ज़हर उसके जिस्म में धीरे-धीरे इस क़दर फैल गया, कि उसकी मौत हो गई। शाही नियमों और इस्लाम शाह की वसीयत के मुताबिक़ आधी ख़ुशी और आधे ग़म के बीच इस्लाम शाह के बारह वर्षीय बेटे फ़िरोज़ ख़ान को सुल्तान बना दिया गया। देशभर के राजाओं, सामंतों और हाकिमों की तरफ़ से बने नए सुल्तान के लिए बधाइयों का ताँता लग गया। नए सुल्तान की ख़ुशी में रोज़ाना दावतें दी जाने लगीं।

जब अपने सगे भांजे के सर पर सुल्तानी का ताज रखा गया हो, तब ऐसे में एक मामा कैसे पीछे रहता। सुल्तानी मिलने के तीन बाद, अपने भांजे फ़िरोज़ ख़ान के सुल्तान बनने की ख़ुशी में मुबारिज़ ख़ाँ ने महल और अपनी बहन बीबी बाई की ख़िदमत में तैनात कनीज़ों, ख़िदमतगारों व सैनिकों को इतना ईनाम-इकराम और बख़्शीश दी, कि इससे पहले इन्हें किसी ने नहीं दी। इस ख़ुशी में कुछ कनीज़ों और ख़िदमतगारों को छोड़ ज़्यादातर को छुट्टी दे दी गई।

ठीक तीन दिन बाद।

रात का दूसरा पहर होते-होते चारों तरफ़ सन्नाटा गहराने लगा। जगह-जगह क़िले को रोशन करती मशालें और चिराग़ धीरे-धीरे ऊँघने लगे। बल्कि कुछ की तो थक-हार कर आँखें भी लग गईं। शाहज़ादे बल्कि नए-नए बने सुल्तान फ़िरोज़ ख़ान के बराबर में लेटी और दिन-भर की थकी-माँदी बीबी बाई को अभी हल्की-सी झपकी ने आकर दबोचा ही था, कि अचानक दरवाज़े पर हुई दस्तक से उसकी नींद उचट गई। कमरे में फैले ऊँघते चिराग़ों के मद्धिम उजाले में उसने उठकर देखा, तो पाया सामने उसका भाई मुबारिज़ ख़ाँ दरवाज़े पर खड़ा है।

"आइए भाईजान!" अपने भाई का स्वागत करते हुए बीबी बाई बिस्तर से उठकर बैठ गई।

"लगता है सुल्तान गहरी नींद में है?" मुबारिज़ ख़ाँ ने सामने सो रहे अपने भांजे फ़िरोज़ ख़ान की तरफ़ नज़र मारते हुए पूछा।

"हाँ भाईजान, पूरे दिन तोहफ़े, मुबारकबाद और नज़राना लेते-लेते थक गया था। इसलिए थोड़ा जल्दी सो गया।"

इस बीच मुबारिज़ ख़ाँ ने आँखों-आँखों में पूरे कमरे का जायज़ा ले लिया।

"बीबी, कभी हमारे मरहूम सुल्तान इस्लाम शाह...मेरा मतलब है जीजू ने आपसे मेरे बारे में कुछ कहा तो नहीं?"

"मुझे? नहीं भाईजान, ऐसा तो मुझसे कभी कुछ कहा नहीं।"

"याद करो, कभी कहा हो कि मेरी तरफ़ से फ़िरोज़ ख़ान को लेकर ज़रा मुस्तैद रहना?"

"हाँऽऽऽ याद आया। एक बार मज़ाक में कह रहे थे कि अगर अपने बेटे की सलामती चाहती हो, तो अपने भाई मुबारिज़ ख़ाँ से बचके रहना।" बीबी बाई ने हँसते हुए अपने भाई को जवाब दिया।

"फिर आपने क्या जवाब दिया?"

"यही, कि आप बेवजह मेरे भाईजान पर शक कर रहे हैं। उसे मैं आपसे ज़्यादा जानती हूँ। आख़िर भाई है मेरा।" सामने खड़े अपने भाई पर निहाल होते हुए बीबी बाई बोली।

"एक बात कहूँ बीबी, आपने अपने शौहर यानी मरहूम सुल्तान इस्लाम शाह उर्फ़ सलीम ख़ाँ को ग़लत जवाब दिया, क्योंकि आप सचमुच अपने भाई को नहीं जानती हैं।" कहते हुए मुबारिज़ ख़ाँ के होंठ वक्र होते चले गए।

"क्या मतलब भाईजान?" बीबी बाई ने अकबकाते हुए पूछा।

"वही, जो कभी आपसे आपके शौहर ने कहा था।" इतना कह मुबारिज़ ख़ाँ ने म्यान से तलवार खींच ली।

"य...यह आ...प क्या कर रहे हैं भाईजान?" अपने सगे भाई मुबारिज़ ख़ाँ के हाथ में नंगी तलवार देख बीबी बाई घबराते हुए बोली।

मुबारिज़ ख़ाँ ने पहले एक कुटिल मुस्कान उछाली, और फिर जैसे ही वह गहरी नींद में सोते अपने भांजे और नए-नए बने सुल्तान फ़िरोज़ ख़ान की तरफ़ बढ़ा, बीबी बाई अपने भाई के क़दमों में गिरते हुए गिड़गिड़ाई, "भाईजान, मेरे इस मासूम की जान बख़्श दो! रहम खाओ मेरे बच्चे पर! मैं आपके आगे हाथ जोड़ती हूँ...मैं इसे इस सल्तनत से इतनी दूर ले जाऊँगी, जहाँ इसे कोई पहचानेगा भी नहीं। इसका सल्तनत से कोई वास्ता नहीं होगा। यहाँ तक कि यह सुल्तानी का नाम तक नहीं लेगा।"

"हुँ, जान बख़्श दूँ...और इसकी।" मुबारिज़ ख़ाँ तलवार की मूठ पर पकड़ मज़बूत बनाते हुए बोला।

"मेरे भाई, मेरे बच्चे पर रहम कर, मैं उम्र-भर आपकी ग़ुलाम बनकर रहूँगी।" बीबी बाई अपने भाई के पाँवों से लिपट रहम की भीख माँगते हुए रिरियाई।

"बेवकूफ़, ग़ुलामों की कोई कमी है, जो मैं अपनी बहन को ग़ुलाम बनाऊँगा।"

"मेरे लख़्ते-दिल की जान बख़्श दे...और नहीं तो उस एहसान की ही लाज रख ले, जब सुल्तान इस्लाम शाह ने तुझे मारने का फ़ैसला कर लिया था...तब रो-रोकर मैंने यह कहते हुए उन्हें ऐसा करने से रोका था कि मेरा सिर्फ़ एक भाई

है। अगर वही नहीं रहा तो ऐसी सल्तनत का क्या फ़ायदा। मगर मुझे अब लगता है कि उस वक़्त उनका यह फ़ैसला एकदम सही था। ठीक कहा था उस वक़्त उन्होंने कि अगर अपने बेटे को तख़्त पर देखना चाहती है, तो इस नाग का फन कुचलना बेहद ज़रूरी है।" इसके बाद माथे पर हाथ मार बीबी बाई चीत्कार करते हुए बोली, "या मेरे ख़ुदा, उस वक़्त मैं कितनी ग़लत थी!"

मगर मुबारिज़ ख़ाँ के सर पर जैसे ख़ून सवार था। उसने अपनी बहन बीबी बाई को धक्का देकर अपने आपसे दूर किया, और जब तक बीबी बाई लपककर अपने भाई को रोक पाती, पलक झपकते ही उसकी आँखों के सामने मुबारिज़ ख़ाँ ने बारह साल के सुल्तान और अपने भांजे का सर क़लम कर दिया।

"हाय अल्लाऽऽऽह!" इस हृदय विदारक दृश्य को देख बीबी बाई ग़श खाकर एक तरफ़ लुढ़क गई। उसकी चीख़ जैसे गले में ही घुटकर रह गई।

बारह वर्षीय फ़िरोज़ ख़ान का सर धड़ से अलग होते ही ख़ून का ऐसा फ़व्वारा फूटा कि कमरे की दीवारें तक भीग गईं। देखते-देखते मुलायम बिस्तर पर ताज़ा गर्म लहू का छोटा-सा दरिया बहने लगा। मुबारिज़ ख़ाँ ने इसके बाद अपने बारह वर्षीय इकलौते भांजे के रक्त से सनी तलवार वापिस म्यान में रखी, और बड़े इत्मीनान के साथ कमरे से बाहर निकल आया।

जगह-जगह जल रही जो मशालें पहले ऊँघ रही थीं, उनमें से कुछ और की आँखें लग गईं। मुबारिज़ ख़ाँ ने पीछे मुड़कर देखा, तो पाया कि कमरे में अब पहले से ज़्यादा ख़ामोशी छाई हुई है। सिवाय कुछ ऊँघते चिराग़ों की उदास रोशनी के अन्दर किसी तरह की हरकत नहीं है।

इस तरह सुल्तान इस्लाम शाह के चाचा मियाँ निज़ाम ख़ाँ के बेटे मुबारिज़ ख़ाँ द्वारा अपने बारह वर्षीय भांजे फ़िरोज़ ख़ान की हत्या के बाद, उसने अदली उर्फ़ सुल्तान आदिल शाह के ख़िताब के साथ देहली के तख़्त पर क़ब्ज़ा कर लिया। इधर जैसे ही सल्तनत में शाहज़ादे फ़िरोज़ ख़ान की हत्या की ख़बर फैली, इस्लाम शाह के वफ़ादार अमीर-उमरा बाग़ी हो गए। उन्होंने हथियार उठा लिए और अपने-अपने परगनाओं के स्वयंभू बन वर्चस्व की लड़ाई लड़ने लगे। मुश्किल से मुबारिज़ ख़ाँ अर्थात् अदली उर्फ़ सुल्तान आदिल शाह ने हालात को क़ाबू में किया।

देहली के तख़्त पर बैठने के बाद सुल्तान आदिल शाह ने हेमू को शाही मकतब अर्थात् राजसी पाठशाला का निरीक्षक नियुक्त कर दिया। हेमू की सुल्तान अदली के साथ धीरे-धीरे नज़दीकियाँ बढ़ती चली गईं। जिसका नतीजा यह हुआ कि अदली ने उसे वज़ीर-ए-आज़म के पद पर नियुक्त कर दिया।

अपने जिस कौशल, दक्षता, व्यापारिक प्रतिभा और निपुणता के चलते हेमू ने पहले इस्लाम शाह का दिल और भरोसा जीत लिया था; उन्हीं गुणों के बूते वह

सुल्तान आदिल शाह की ज़रूरत भी बन गया। इस तरह एक दिन पूरी सल्तनत हेमू पर निर्भर हो गई। जैसे ही हेमू ग्वालियर और चुनार के ख़ज़ाने का मालिक बना और उसकी माली ताक़त बढ़ती गई, उसने आगामी युद्धों की व्यवस्था के लिए रेवाड़ी और देहली के लिए धन भेजना शुरू कर दिया। हेमू ने यह सब सुल्तान आदिल शाह से छिपाया नहीं बल्कि ऐसा उसने उसकी सहमति से किया। उसके ऐसा करने पर किसी ने सवाल भी नहीं उठाया, यहाँ तक सुल्तान आदिल शाह ने भी।

सुल्तान आदिल शाह के वज़ीर-ए-आज़म बनने के बाद हेमू ने पूरब में जाकर चुनार में अपनी हुकूमत क़ायम कर ली। उसने एक के बाद एक आमेर के सूबेदार, ताजकर्रानी, सुलेमान, सलीम सूर, अहमद ख़ाँ, इब्राहिम, हैदर ख़ाँ, कुजा ख़ाँ के विरुद्ध हुए युद्धों को तो जीता ही; बल्कि कोड़ियाँ, कालपी, बयाना, खानवा, अलवर, मुंगेर के युद्धों पर भी विजय पाई। इतना ही नहीं, बंगाल के युद्ध में जीत हासिल करने के बाद उसने मुग़लों के विरुद्ध भी बिगुल बजा दिया और आगरा पर क़ब्ज़ा कर लिया। इस तरह मेवात के छोटे-से क़स्बे रेवाड़ी का एक मामूली-सा नमक, अनाज व्यापारी और अफ़ग़ानों को शोरा की आपूर्ति करनेवाला हेमू बक़्क़ाल पूरी बाईस जंग जीतने के बाद, मोहम्मद शाह आदिल का सबसे वफ़ादार और ख़ास बन गया।

44

शेरशाह सूरी के बेटे जलाल ख़ाँ उर्फ़ सुल्तान इस्लाम शाह यानी सलीम ख़ाँ की बहन के शौहर और पंजाब के हाकिम अहमद ख़ाँ सूर ने ख़ुद ही सिकन्दर का ख़िताब धारण कर लिया। इसी तरह शेरशाह सूरी के नज़दीकी रिश्तेदार और बंगाल का एक हाकिम रियासते-आम्मा अर्थात् सभी रियासतों का मालिक बनने की कोशिश करने लगा। जबकि नज़दीकी सम्बन्धी होने की वजह से एक और निकट का रिश्तेदार भी हिन्दुस्तान पर हुकूमत करने की ख़्वाहिश पाले बैठा है। इस तरह सुल्तान आदिल शाह अर्थात् अदली की हुकूमत में अफ़ग़ान आपस में ही लड़ने लगे।

इधर नए-नए बने सिकन्दर यानी सुल्तान इस्लाम शाह यानी सलीम ख़ाँ की बहन का शौहर और पंजाब का हाकिम अहमद ख़ाँ सूर पंजाब से कुछ सैनिकों और दूसरे असन्तुष्ट उमरा को इकट्ठा कर आगरा की तरफ़ रवाना हो गया, तो

दूसरी तरफ़ मुबारिज़ ख़ाँ यानी सुल्तान आदिल शाह अर्थात् अदली भी इसी मक़सद के लिए निकल पड़ा।

सुल्तान आदिल शाह जब चलने की तैयारी करने लगा, तब हेमू ने उससे कहा, "सुल्तान, आप किस तरफ़ रवाना हो रहे हैं?"

"आप बताइए वज़ीरे आज़म!" सुल्तान आदिल शाह ने हेमू से पूछा।

इस पर हेमू कुछ सोचने का अभिनय करते हुए बोला, "मेरा ख़याल है आपको भी पूरब, मेरा मतलब है आगरा की तरफ़ कूच करना चाहिए।"

"आप सही फ़रमा रहे हैं वज़ीरे-आज़म। मुझे भी उसी तरफ़ जाना चाहिए।"

अपने वज़ीरे-आज़म हेमू की सलाह मान सुल्तान आदिल शाह भी आगरा की तरफ़ रवाना हो गया।

अहमद ख़ाँ सूर यानी सिकन्दर आगरा के पास पहुँचा तो उसका सामना बंगाल के हाकिम इब्राहिम ख़ाँ सूर से हो गया। दोनों के बीच भीषण युद्ध हुआ। इस युद्ध में इब्राहिम ख़ाँ की हार हुई और हिन्दुस्तान पर हुकूमत करने की जो ख़्वाहिश वह पाले बैठा था, वह ख़त्म हो गई। इधर जैसे ही इब्राहिम ख़ाँ के पिता ग़ाज़ी ख़ाँ सूर को पता चला कि सिकन्दर उसके बेटे को पराजित कर बयाना की तरफ़ बढ़ा आ रहा है, ग़ाज़ी ख़ाँ ने बयाना के क़िले का दरवाज़ा बन्द कर लिया। सिकन्दर ने बयाना जाकर आसानी से इब्राहिम ख़ाँ के पिता ग़ाज़ी ख़ाँ सूर से क़िला छीन लिया। इस तरह सिन्ध से लेकर गंगा तक के क्षेत्र पर सिकन्दर अर्थात् अहमद ख़ाँ का क़ब्ज़ा हो गया। वह और ज़्यादा फ़ौज इकट्ठा कर पूरब की तरफ़ गया, जहाँ दूसरे अमीर-उमरा और सामंत, जो अपनी-अपनी हुकूमत का दावा कर रहे थे, उन्हें हराकर वहाँ का बादशाह बन बैठा।

नसीरुद्दीन मुहम्मद हुमायूँ की नज़र हिन्दुस्तान में घट रही इन घटनाओं पर टिकी हुई थी। उसे यह नया मौक़ा नज़र आया कि अब वह एक बार फिर से हिन्दुस्तान लौट सकता है। हिन्दुस्तान में हो रही इस उथल-पुथल, वहाँ फैली अराजकता और अव्यवस्था की ख़बर हुमायूँ तक बराबर पहुँच रही थी। इसलिए ख़ानदान की अपनी सारी औरतों को काबुल में सुरक्षित करने के बाद अपने कुछ विश्वसनीय बेगों, बहादुरों, सिपहसालारों और सरदारों के जत्थे के साथ वह हिन्दुस्तान पर फिर से हमला करने का फ़ैसला कर रवाना हो गया।

इधर बंगाल के हाकिम मोहम्मद ख़ाँ ने सुल्तान आदिल शाह और अपने सारे विरोधियों से आज़ाद होने का फ़ैसला कर लिया। इसी चक्कर में इसका सुल्तान आदिल शाह और हेमू के साथ युद्ध हुआ जिसमें वह मारा गया। हेमू का इब्राहिम ख़ाँ से भी युद्ध हुआ, जिसमें उसकी विजय हुई।

एक लम्बा सफ़र तय कर हुमायूँ की सेना माछीवाड़ा पहुँची। यहाँ आकर उसे पता चला सतलज के दूसरी पार बेजवाड़ा में तीस हज़ार अफ़ग़ान भी डेरा डाले हुए हैं। उफ़ान मारती सतलज नदी को पार करना मुनासिब नहीं समझा गया। मगर बैरम ख़ाँ के समझाने पर सब तैयार हो गए। सतलज पार करने के बाद सेना को चार दस्तों में बाँट दिया गया। बीच वाले दस्ते की कमान बैरम ख़ाँ ने सँभाली। दाईं कमान ख़िज्र ख़ाँ हज़ारा को सौंपी गई और बाएँ हिस्से का नेतृत्व तरदी बेग ने किया। इधर अफ़ग़ान फ़ौज भी पूरी तैयारी के साथ आगे बढ़ने लगी और शाम होते-होते मुग़लों और अफ़ग़ानों में युद्ध शुरू हो गया, जो देखते-देखते भीषण युद्ध में बदल गया। दोनों तरफ़ से बाणों की बारिश होने लगी। युद्ध होते-होते शाम और शाम से रात हो गई।

तभी एक जलती मशाल से युद्ध-स्थल के पास आबादी में बने छप्परों में आग लग गई। आग लगते ही चारों तरफ़ उजाला फैल गया। चूँकि मुग़ल सेना अँधेरे की तरफ़ थी और अफ़ग़ान सेना रोशनी में, इसका फ़ायदा उठाते हुए मुग़ल सेना के तीर सीधे अफ़ग़ान सैनिकों को आकर भेदने लगे। युद्ध की भयावहता का इसी से अनुमान लगाया जा सकता है कि यह तीसरे पहर के आसपास तक चलता रहा। अफ़ग़ान सेना मुग़लों के लक्ष्यभेदी तीरों का सामान नहीं कर पाई और आख़िरकार मैदान छोड़कर भाग गई। अफ़ग़ानों के मैदान छोड़ने के बाद उनके असंख्य हाथी और बेशुमार दौलत मुग़लों के क़ब्ज़े में आ गई। युद्ध जीतने के अगले रोज़ हुमायूँ ने बैरम ख़ाँ को ख़िलअत देकर तो सम्मानित किया ही बल्कि उसे ख़ानेख़ानाँ के ख़िताब से भी नवाज़ा।

इस बड़ी जीत के बाद हुमायूँ की सेना सरहिन्द पहुँची। सरहिन्द पहुँचकर उसने अपनी फ़ौज को व्यवस्थित किया और उसे चार हिस्सों में बाँट दिया। माछीवाड़ा का युद्ध जीतने के बाद जब सिकन्दर को हुमायूँ की सेना के आने की ख़बर लगी, तब वह हथियारों से लैस अस्सी हज़ार फ़ौज के साथ युद्ध के लिए रवाना हो गया। मगर बैरम ख़ाँ ने बड़ी अक्लमन्दी और बहादुरी से सरहिन्द को भी बचा लिया।

सरहिन्द का बन्दोबस्त करने के बाद पंजाब के समाना के रास्ते हुमायूँ देहली की तरफ़ बढ़ने लगा। समाना की रमणीयता और लगातार बारिश की वजह से हुमायूँ यहीं कुछ दिन रुक गया। इसी बीच उसे अपने एक बेग सिकन्दर ख़ाँ उज़बेक का सन्देश मिला कि वह देहली में दाख़िल हो गया है। दुश्मन यहाँ उसका मुक़ाबला नहीं कर पाए और वे भाग खड़े हुए हैं। इसलिए जितनी जल्दी देहली के तख़्त की शोभा बढ़ाई जाए, उतना अच्छा होगा। इस सन्देश को सुन हुमायूँ तुरन्त देहली के लिए रवाना हो गया, और देहली के उत्तर में यमुना के किनारे सलीमगढ़ पहुँच गया। अगले दिन उसने देहली की गद्दी सँभाल ली। गद्दी

सँभालने के बाद हुमायूँ ने बैरम ख़ाँ को सरहिन्द, तरदी बेग को मेवात, सिकन्दर ख़ाँ को आगरा, अली क़ुली ख़ाँ को संभल तथा मुहम्मद ख़ाँ आख़्ता बेगी को बयाना की जागीर का जिम्मा सौंप दिया। इसके बाद हुमायूँ ने काबुल से शाही बेगमों को देहली बुलाने का हुक्म दे दिया। इधर देहली में बैरम ख़ाँ को अकबर का उस्ताद नियुक्त कर दिया गया।

हुमायूँ ने फ़िरदौस मकानी बादशाह बाबर के वसीयतनामे में कही गई बातों को, न सिर्फ़ उसके मरने से पहले और फिर से गद्दी सँभालने के बाद याद रखा बल्कि उन पर अमल भी किया। इसी अमल के परिणामस्वरूप गद्दी पर बैठते ही सबसे पहले अपने साथ लाए सभी सत्तावन बेगों, मनसबदारों, दस्तरपेचों, मुसाहिबों, बहादुरों, ओहदेदारों, अमीरों, तोपचियों, सिपहसालारों और सरदारों के साथ दरबार लगाया।

दरबार में हुमायूँ ने अपनी इच्छा ज़ाहिर करते हुए कहा,"ख़ुदावंद बैरम ख़ाँ, अगर हमें फ़िरदौस मकानी के इस कहे को अमल में लाना है कि इस्लाम ज़ुल्म की तलवार से नहीं, नरमी से आगे बढ़ेगा, तो हमें देहली-आगरा के ही नहीं, बल्कि इस मुल्क के दूसरे बड़े ख़ानदानों के साथ भी रिश्ते क़ायम करने होंगे। वैसे भी हम हिन्दुस्तान में हुकूमत करने नहीं, यहाँ हमेशा के लिए बसने आए हैं। इसलिए अगर हमें इस हिन्दुस्तान में रहना है, तो हमें ख़ुद आगे बढ़कर इसके लिए पहल करनी होगी।"

"आप सही फ़रमा रहे हैं हज़रत जहाँबानी।" बैरम ख़ाँ ने अपने बादशाह से सहमति जताई।

"हिन्दू बेग, आप फ़िरदौस मकानी के बेहद क़रीब और उनके ख़ास बेगों में रहे हैं। आपका तज़ुर्बा दूसरों से ज़्यादा तो है ही, बल्कि इस हिन्दुस्तान को हमसे बेहतर जानते और समझते हैं। इसलिए आपके ख़याल से हमें सबसे पहले कहाँ से पहल करनी चाहिए?" हुमायूँ ने इस बार हिन्दू बेग इन्दर से पूछा।

"हज़रत जहाँबानी, मेरी राय है कि हमें इसकी शुरुआत मेवात से करनी चाहिए। यह देहली के बेहद क़रीब है। आप तो जानते ही हैं कि खानवा की जंग फ़तह करने के बाद फ़िरदौस मकानी बादशाह बाबर सबसे पहले मरहूम शाहे-मेवात हसन ख़ाँ मेवाती की रिहाइश अलवर गए थे। यहीं से वे अलवर के शुमाल में चालीस मील दूर फ़िरोज़पुर झिरका, और उससे आगे एक जगह है कोटला, वहाँ भी गए थे। यह झील इतनी बड़ी है कि इसके एक छोर से दूसरा छोर नहीं दिखाई देता है। यहाँ से कुछ मील दूर अरावली में मौज़ा कोटला के ऊपर इन्दौर परगने में शाहे-मेवात के पुरखे ख़ानज़ादा बहादुर नाहर का क़िला भी है। उसके

थोड़ा ऊपर मग़रिब की तरफ़ तिजारा के पास सरेहटा है। इसे ख़ानज़ादों का निकास माना जाता है।"

"हिन्दू बेग, आप कहीं उस अलवर की बात तो नहीं कर रहे हैं, जिसका तरदिका बेग को पन्द्रह लाख तनख़्वाह के साथ हाकिम बनाया गया था?"

"जी हज़रत जहाँबानी, यह वही अलवर है।" हिन्दू बेग इन्दर ने पुष्टि की।

"औऽऽऽर, यह तिजारा वह तो नहीं है जो मरकज़-ए-मेवात और ख़ानज़ादों की राजधानी थी...और फ़िरदौस मकानी ने चिन तैमूर सुल्तान को यहाँ का हाकिम तैनात किया था?"

"जी हुज़ूर, यह वही तिजारा है। इन्दौर का क़िला और सरेहटा इसी के क़रीब है।"

"फिर तो आपका ख़याल एकदम सही है हिन्दू बेग।" इसके बाद सामने बैठे अपने बेगों में से किसी को ढूँढ़ते हुए हुमायूँ बोला, "तरदी बेग, शाहे-मेवात के ख़ानदान और उनके बचे हुए लोगों के बारे में पता लगाना अब आपकी ज़िम्मेदारी है। हमें हर हालत में यह जानना है कि खानवा की जंग में शहीद हुए शाहे-मेवात के ख़ानदान के बचे हुए लोग कहाँ हैं। इन्हें ढूँढ़ना अब आपका काम है।"

"हज़रत जहाँबानी, आपको जल्दी ही इसके बारे में ख़बर मिल जाएगी।" तरदी बेग ने हुमायूँ के हुक्म की तामील करने का भरोसा देते हुए कहा।

तरदी बेग ने अपनी शुरुआत अलवर से ही की। मगर उसे यहाँ कोई क़ामयाबी हाथ नहीं लगी। इसके बाद वह अलवर के उत्तर में फ़िरोज़पुर झिरका की तरफ़ रवाना हो गया। यहाँ तरदी बेग को सिवाय पहाड़ों के कुछ नज़र नहीं आया। वह अरावली की पहाड़ियों से तिजारा की तरफ़ जाती पतली पगडंडी से होता हुआ, पहाड़ से निकले एक चश्मे के हौज़ के पास जाकर रुक गया। तरदी बेग ने आसपास ध्यान से देखा किन्तु उसे यहाँ भी दूर-दूर तक न तो कोई क़िला नज़र आया और कोई रिहाइश भी नज़र नहीं आई। वह वापिस पहाड़ से नीचे उतरने लगा, तो उसे पहाड़ में बीच-बीच में छोटी-छोटी कुछ ख़ाली गुफाएँ दिखाई दीं। जाँचने के लिए एकाध में वह गया भी, तो उसे छोटी-छोटी राख की ढेरियों के अलावा कुछ नज़र नहीं आया। तरदी बेग समझ गया कि ये समय-समय पर यहाँ आनेवाले उन साधू-संतों के ठीहे हैं, जहाँ वे एकान्त में आकर धूनी रमा साधना करते होंगे।

निराश तरदी बेग अब कोटला की तरफ़ बढ़ गया।

तरदी बेग कोटला पहुँचा तो उसे पहाड़ में ऊपर की तरफ़ जाती कुछ सीढ़ियाँ दिखाई दीं। उसने अपने घोड़े को उस तरफ़ मोड़ दिया। घोड़ा अब धीरे-धीरे ऊपर चढ़ने लगा। घोड़ों के सुमों की आवाज़ के साथ घोड़ों पर सवार कुछ अजनबी चेहरों को देख, रास्ते में चौपाए चरा रहे ग्वाले सहम गए। तरदी बेग ने समझदारी दिखाई और उन ग्वालों के पास चला गया। माथे पर चू आए पसीने को पोंछते हुए उसने उनसे पीने के लिए पानी माँगा। एक ग्वाले ने गीले कपड़े में लिपटी अपने

कंधे पर लटकी डोलची उतारी और उसे पानी पिला दिया। इसके बाद एक-एक कर सारे अजनबी अपने-अपने घोड़ों से उतरे और सबने पानी पीया। पानी पीने के बाद तरदी बेग उन्हीं के पास आराम करने के बहाने बैठ गया, ताकि इन्हें उन पर किसी तरह का शक न हो।

"जनाब, तिजारा के लिए कौन-सा रास्ता जाता है?" तरदी बेग ने किसी अनजान राही की तरह पूछा।

"परदेसी लगते हो?" पानी पिलानेवाले ग्वाले ने पूछा।

"हाँ, ब्यौपारी हैं। रेवाड़ी जाना है।"

"अच्छा तो यह कहो न कि नमक के ब्यौपारी हो!" एक अधेड़ ग्वाला पहले हँसा फिर बोला, "ऐसा करो, आगे जाकर दो रास्ते आएँगे। इनमें से एक इन्दौर क़िले की ओर मुड़ जाएगा और दूसरा क़िला कोटला की तरफ़ चला जाएगा। ऐसा करना आगे जाकर जो रास्ता इन्दौर क़िले की ओर दाएँ बाज़ू मुड़ेगा, उसी के बग़ल से आगे चले जाना।"

"क्या यहाँ क़िले भी हैं?" तरदी बेग चौंक-सा गया।

"क़िले तो ये नाम के हैं। अब तो खँडहर हैं।" पानी पिलानेवाले ने बताया।

"फिर तो इनमें ज़रूर जिन्नात रहते होंगे?"

ग्वाले ने पहले गहरी साँस लिया, फिर बड़ी उदासी के साथ बोला, "सही कहा ब्यौपारी, अब इन्हें आप जिन्नात कह लो या भूत-प्रेत। क्योंकि ज़िन्दा रहते भी अब ये किसी जिन्नात से कम नहीं हैं।"

"मैं कुछ समझा नहीं?" तरदी बेग ने इस रहस्य को जानने के लिए अपने कान के परदे जैसे ढीले छोड़ दिए।

"क्या बताऊँ ब्यौपारी, सब समय-समय का फेर है कि जो राजा-महाराजा महल-क़िलों में रहते थे, उनकी औलाद आज खँडहरों में रहने को मजबूर है। इसीलिए किसी शायर ने ख़ूब कही है कि—

रामचन्द्र बण में फिरो, पाँचों पाँडू फिरा परदेस
हरिश्चन्द्र बिकतो फिरो, नरन पे बिपदा पड़ी हमेस।"

"वैसे इस क़िले में रहनेवाले किस ख़ानदान से हैं?" तरदी बेग ने धीरे-से अपने मक़सद पर आते हुए पूछा।

"ख़ानज़ादा ख़ानदान से।"

"ख़ानज़ादा? ये कौन होते हैं?" तरदी बेग की धड़कनें धीरे-धीरे तेज़ होने लगीं।

"वही जिससे मेवात के राजा हसन ख़ाँ मेवाती का ताल्लुक़ था। जब इस मुल्क में बाबर नाम का एक आततायी आया था, तो उसी के साथ हुई खानवा की जंग में वह ख़ुदा को प्यारा हो गया था।"

एक चरवाहे द्वारा अपने फ़िरदौस मकानी बादशाह बाबर को आततायी कहता देख, एक बार तो तरदी बेग के मन में आया कि इस नामाकूल का सर क़लम कर दूँ। मगर वह ख़ून का घूँट पीकर रह गया।

"अच्छाऽऽऽ बाबर के साथ हुई जंग में वह ख़ुदा को प्यारा हो गया था।" फिर कुछ सोचते हुए तरदी बेग ने उसे कुरेदा, "अब वह बादशाह कहाँ है?"

"है कहाँ, हमारे इसी मेवात के एक शेर ख़ाँ ने उसे इस मुल्क से मारकर बाहर खदेड़ दिया।"

तरदी बेग समझ गया कि इस ग्वाले का शेर ख़ाँ से आशय शेरशाह सूरी से है।

"छोड़िए, हमें क्या। होगा कोई शेर ख़ाँ और होगा कोई बाबर। हम ठहरे ब्यौपारी, हमें किसी से क्या मतलब। अच्छा चलते हैं, ख़ुदा हाफ़िज।" इतना कह बड़ी बेपरवाही के साथ तरदी बेग अपने साथियों के साथ घोड़े पर सवार हुआ और चल पड़ा। अभी वह कुछ ही क़दम आगे बढ़ा था कि उसने अपने घोड़े की लगाम खींची और फिर हल्के-से गर्दन घुमाते हुए बोला, "क्या बताया, आगे कोई क़िला है?"

"हाँ, आधा-एक कोस आगे जाकर पड़ेगा।" ग्वाले ने ज़ोर-से कहा।

इसके बाद तरदी बेग ने घोड़े को ऐसी एड़ लगाई कि वह सरपट दौड़ने लगा।

ग्वाले ने ग़लत नहीं बताया।

तरदी बेग ने दूर से देखा तो उसका भी अन्दाज़ा सही निकला। नज़र तो यह एकदम क़िला ही आ रहा है। तरदी बेग ने छोटी-सी पहाड़ी पर चढ़कर ध्यान से देखा, तो उसका अन्दाज़ा यक़ीन में बदल गया। थोड़ा आगे जाकर तरदी बेग ने दूसरी चोटी से आसपास का मुआयना किया। क़िले के आसपास की चहल-पहल से उसे यक़ीन हो गया कि चरवाहों ने एकदम सही जानकारी दी है। वह पहाड़ी से नीचे उतरकर समतल जगह पर आ गया, और अपने साथ आए सिपाहियों में से दो को आदेश दिया, "आपको इस क़िले की बड़ी सावधानी से पहरेदारी करनी है। ध्यान रहे, आपके बारे में किसी को पता नहीं चलना चाहिए!"

"जी हुज़ूर।" एक सिपाही ने कहा।

"और हाँ, इस पहाड़ में सुना है शेर-तेंदुए जैसे ख़तरनाक जानवर भी हैं। उनसे आपको बचकर रहना है। मैं जब तक देहली से लौटकर नहीं आ जाता, आपको यहीं छिपकर क़िले पर नज़र रखनी है।"

अपने दो सिपाहियों को इन्दौर क़िले की निगरानी के लिए छोड़ने के बाद, तरदी बेग वापिस देहली के लिए रवाना हो गया।

सुनते ही बैरम ख़ाँ ख़ुशी से जैसे उछल पड़ा।

"बेग, आप पूरे यक़ीन से कह सकते हैं कि उस क़िले में शाहे-मेवात के ख़ानदान के ही लोग रहते हैं?"

"जनाब ख़ानेख़ानाँ साहब, मैंने ख़ुद अपनी आँखों से वहाँ लोगों को देखा है।"

"तो आपको अलवर क़िले और फ़िरोज़पुर झिरका, जहाँ फ़िरदौस मकानी बादशाह बाबर गए थे, वहाँ कुछ नहीं मिला?"

"अलवर क़िला तो एकदम सूना पड़ा है जनाब। हालाँकि देखने में यह बहुत ख़ूबसूरत है। जबकि फ़िरोज़पुर झिरका की पहाड़ियों में न तो कोई क़िला है, न कोई ऐसी रिहाइश जहाँ इनसान के रहने की गुंजाइश हो।"

"ठीक है। चलिए हज़रत जहाँबानी को चलकर बताते हैं!" बैरम ख़ाँ तरदी बेग की बातों से सन्तुष्ट होते हुए बोला।

जिस वक़्त बैरम ख़ाँ और तरदी बेग हुमायूँ के सामने हाज़िर हुए, हुमायूँ हिन्दू बेग इन्दर और कुछ दूसरे बेगों के साथ किसी मसले में इस क़दर खोया हुआ था, कि उसकी नज़र इन दोनों पर पड़ी ही नहीं। जब अचानक उसकी नज़र तरदी बेग पर पड़ी, तब मुस्कराते हुए बोला, "तरदी बेग, आपके चेहरे से साफ़ पता चल रहा है कि आपको जो ज़िम्मेदारी दी गई थी, उसमें कुछ क़ामयाबी हाथ लग गई है।"

"जी हज़रत जहाँबानी।" इतना कह तरदी बेग ने अपने साथ खड़े बैरम ख़ाँ की तरफ़ देखा।

"हज़रत जहाँबानी, जनाब तरदी बेग ने शाहे-मेवात मरहूम हसन ख़ाँ मेवाती के ख़ानदान के कुछ लोगों का पता लगा लिया है।" बैरम ख़ाँ ने बताया।

"जी हज़रत जहाँबानी, अरावली की पहाड़ियों में इनके एक पुरखे जलाल ख़ाँ का बनाया एक क़िला है, उसमें कुछ लोग रिहाइश करते हैं।"

"पक्की ख़बर है?" हुमायूँ ने पूछा।

"जी। बाक़ी तो मेवात में इनके सारे ठिकाने सूने पड़े हैं। लगता है फ़िरदौस मकानी बादशाह बाबर इन मेवातियों को जिस तरह सबक़ सिखाकर गए थे, उसका डर अभी तक इनके मन में भरा हुआ है। अगर ऐसा नहीं होता तो अलवर जैसे ख़ूबसूरत क़िले को छोड़कर, ये इन्दौर क़िले में क्यों रहते?"

"आपका कहना ठीक हो सकता है।" फिर कुछ पल सोचकर हुमायूँ ने हिन्दू बेग इन्दर की तरफ़ देखा, "हिन्दू बेग, अब आपकी क्या राय है? ऐसे में हमें क्या करना चाहिए?"

"करना क्या चाहिए, उन्हें ग़ुलामों की तरह हज़रत जहाँबानी के दरबार में पेश किया जाए।" हिन्दू बेग इन्दर की जगह जवाब बैरम ख़ाँ ने दिया।

"ख़ुदावंद बैरम ख़ाँ, इस मसले पर हमें हिन्दू बेग की राय भी जाननी चाहिए।"

"जहाँबानी, इसमें राय लेने की क्या ज़रूरत है।"

"थोड़ा रुकिए बैरम ख़ाँ साहब!" हुमायूँ इस बार कुछ सख़्त लहजे में बोला। इसके बाद उसने हिन्दू बेग इन्दर की तरफ़ देखा।

"हज़रत जहाँबानी, जनाब ख़ानेख़ानाँ अपनी जगह एकदम सही हैं। मगर, दुश्मन के ख़ानदान के बचे लोगों के साथ ग़ुलामों जैसा सुलूक तभी किया जाता है, जब जंग हुई हो। आज ऐसा कुछ है नहीं, जिसके चलते मरहूम शाहे-मेवात के ख़ानदान के लोगों के साथ ग़ुलामों जैसा सुलूक किया जाए।"

"आप एकदम सही कह रहे हैं ख़ुदावंद हिन्दू बेग।" हुमायूँ हिन्दू बेग इन्दर से सहमत होते हुए बोला।

"वैसे भी हज़रत जहाँबानी, हमें फ़िरदौस मकानी बादशाह बाबर के कहे को अमल में लाना है। हमें इस मुल्क के बड़े ख़ानदानों के साथ रिश्ते क़ायम करने हैं। अगर हमने अपने पुराने दुश्मनों के ख़ानदानों के साथ ज़ुल्म किए, तो यहाँ के अवाम में ग़ुस्सा फूट जाएगा। लोग हमारे ख़िलाफ़ हो जाएँगे। हिन्दुस्तानी हमारे फिर से दुश्मन हो जाएँगे। हमें इनमें एतमाद पैदा कर, इन्हें यह यक़ीन दिलाना है कि हम पुरानी बातों को भूल चुके हैं।"

हिन्दू बेग इन्दर के इस तर्क पर दरबार में ख़ामोशी छा गई। ऐसा लगा जैसे सर झुकाए सब इस पर मन-ही-मन चिन्तन कर रहे हैं। हुमायूँ ने गहन चिन्तन में डूबे दरबार पर निगाह मारी। फिर उसने सोने के पत्तर मढ़े व हीरे-जवाहरात लगे तख़्त के हत्थे पर हाथ जमाया और फिर दरबार में मौजूद दूसरे बेगों को सम्बोधित करते हुए बोला, "जनाब मुसाहब बेग, बाबसू बेग, ख़्वाजा अब्दुल्लाह, आरिफ़ बेग आपकी इस बारे में क्या राय है?"

"हज़रत जहाँबानी, हिन्दू बेग सही कह रहे हैं।" सबसे पहली सफ़ में बैठे आरिफ़ बेग ने जवाब दिया।

"और, ख़्वाजा अब्दुल्लाह आपकी राय?"

"मेरी भी वही राय है जो जनाब हिन्दू बेग और आरिफ़ बेग की है।"

हुमायूँ ने एक लम्बी और गहरी साँस ली। फिर उसने बैरम ख़ाँ की ओर देखा, "ख़ुदावंद बैरम ख़ाँ, सब लोगों का वही सोचना और कहना है, जो मैं भी सोच रहा हूँ। हमें इन्दौर जाकर मरहूम शाहे-मेवात के ख़ानदान के लोगों से बात करनी चाहिए। इसलिए हम यह काम आपके सुपुर्द करते हैं और पता करिए कि वहाँ कौन-कौन हैं? छोटे बच्चों और बुज़ुर्गों को छोड़कर जो भी मिले उसे यहाँ लाया जाए।"

"जी हज़रत जहाँबानी।"

भादो की उमसभरी गर्मी और सूरज की देह चाटती धूप।
देहली से महरौली, महरौली से सोहना और सोहना से नूहँ के पश्चिम में अरावली के समांतर उसकी तलहटी से होता हुआ, बैरम ख़ाँ लगभग दो दर्जन सिपाहियों वाले अपने छोटे-से लश्कर के साथ तरदी बेग के बताए रास्ते पर आगे बढ़ता रहा। मौज़ा कोटला के बग़ल से अरावली में ऊपर जाते दुर्गम रास्ते को देख बैरम ख़ाँ की हालत पतली हो गई। चौड़े पत्तों से लदी ढाक की पतली शाखाओं, कनेर, कीकर और दूसरे पेड़ों की टहनियों को चीरकर लश्कर आगे बढ़ता रहा। बीच-बीच में जब लश्कर खुले में आता और पुरवा हवा का कोई हरहराता झोंका पसीने से तर देह से आकर टकराता, तब लगता जैसे भादो में निचुड़े जिस्म में एकाएक जान लौट आई है। जगह-जगह रास्ते में पड़नेवाले चरवाहे इस अनजान लश्कर को हैरानी के साथ देखते। बैरम ख़ाँ अरावली के पश्चिम में चारों तरफ़ हरियाली से घिरे इस रम्य सौन्दर्य को देखता रह गया।

तरदी बेग और बैरम ख़ाँ का लश्कर मग़रिब की नमाज़ से थोड़ी देर पहले इन्दौर पहुँच गया। क़िले से थोड़ी दूर तरदी बेग अपने जिन दो सिपाहियों को निगरानी के लिए छोड़ गया था, सबसे पहले उन्हें साथ लिया और फिर पहाड़ी की एक चोटी पर तरदी बेग, बैरम ख़ाँ को लेकर चढ़ गया।

"ख़ानेख़ानाँ साहब, वोऽऽऽ देखिए!" एक भग्न क़िले की तरफ़ तर्जनी से इशारा करते हुए तरदी बेग ने बताया।

क़िले का जायज़ा लेने के बाद बैरम ख़ाँ ने आसपास का जायज़ा लिया और फिर नीचे पर उतर आया।

"तरदी बेग, हमें बड़ी सावधानी के साथ क़िले की तरफ़ बढ़ना होगा।"

"जनाब ख़ानेख़ानाँ, हमें एक साथ आगे बढ़ने के बजाय चारों जानिब से एक साथ बढ़ना चाहिए। इसलिए हमें अपने लश्कर को चार हिस्सों में बाँटना होगा। बाँटने के बाद चारों तरफ़ से क़िले का शिकंजा कसते हुए आगे बढ़ना मुनासिब होगा।"

"आपका कहना एकदम सही है तरदी बेग।" इतना कह बैरम ख़ाँ ने उन दोनों सिपाहियों से पूछा, जिन्हें तरदी बेग यहाँ छोड़ गया था," क्या आपने क़िले के चारों तरफ़ का मुआयना भी किया था?"

"जी हुज़ूर किया था।" एक सिपाही ने बताया।

"इसके चारों तरफ़ कोई खंदक वग़ैरा भी है?"

"नहीं हुज़ूर, कोई खाई-खंदक नहीं है।" दूसरे सिपाही ने कहा।

"ठीक है। चलिए, आप दोनों रास्ता दिखाते हुए हमारे आगे-आगे चलें! ध्यान रहे किसी को हमारे बारे में पता नहीं चलना चाहिए।" बैरम ख़ाँ ने दोनों सिपाहियों को हुक्म दिया।

"हुज़ूर, मेरी एक छोटी-सी अर्ज़ है!" एक सिपाही झिझकते बोला।

"किस तरह की अर्ज़?" बैरम ख़ाँ जाते-जाते रुक गया।

"यही कि हुज़ूर हमें कुछ देर रुक जाना चाहिए। मग़रिब का वक़्त हो गया है। थोड़ा-सा झुटपुटा हो जाए, तो ठीक रहेगा। तब तक क़िले के आसपास जो चहल-पहल है, वह भी ख़त्म हो जाएगी। क़िला आबादी से दूर है, इसलिए लोग अँधेरा होने से पहले क़िले में आ जाते हैं।"

"सिपाही का कहना सही है। हमें थोड़ा रुक जाना चाहिए! कहीं ऐसा न हो कि इन्हें हमारे आने की ख़बर लग जाए और ये पहाड़ में इधर-उधर ग़ायब हो जाएँ। वैसे भी ये मेवाती इस मामले में बड़े माहिर होते हैं। जब भी इन पर हमला होता है, ये अपनी रिहाइश छोड़कर अरावली की पहाड़ियों में छिप जाते हैं। इसीलिए कोई भी बादशाही और सल्तनत इन तक पहुँचने में क़ामयाब नहीं हो पाई।"

सिपाही व तरदी बेग के सुझाव और तर्क में बैरम ख़ाँ को दम नज़र आया। इसलिए उसने सूरज डूबने का इन्तज़ार करना उचित समझा।

लगभग एक-सवा घंटे के बाद जब सूरज पश्चिम में छिप गया और चारों तरफ़ झुटपुटा गहराने लगा, तो एक सिपाही बोला, "हुज़ूर, हमें अब आगे बढ़ना चाहिए।"

चारों तरफ़ उगे कँटीले झाड़-झंखाड़ और विशाल पत्थरों के बीच बनी पगडंडियों से होती हुई चारों टुकड़ियाँ दबे क़दमों से धीरे-धीरे क़िले की तरफ़ बढ़ने लगीं। क़िले के अन्दर हुई दीया-बाती से बैरम ख़ाँ ने अन्दाज़ा लगा लिया कि वे क़िले के मुख्य द्वार के क़रीब पहुँच गए हैं।

"तरदी बेग, अपने सिपाहियों से कह दो कि वे क़िले के चारों तरफ़ फैल जाएँ। ध्यान रहे कोई भागने न पाए।" बैरम ख़ाँ ने लगभग फुसफुसाते हुए तरदी बेग को निर्देश दिया।

बैरम ख़ाँ के आदेश और निर्देश का तुरन्त पालन हुआ।

"अब हमारी टुकड़ी के सारे सिपाही मेरे साथ आगे बढ़ें!" बैरम ख़ाँ ने आगे हुक्म दिया।

बैरम ख़ाँ के हुक्म पर उसकी टुकड़ी क़िले के दरवाज़े पर पहुँच गई।

अभी उसकी टुकड़ी कुछ कार्रवाई कर पाती, कि अन्दर से बाहर की तरफ़ आती दीये-बाती की मुलायम रोशनी में कुछ ख़ामोश सायों में हुई हरकत को देख, भीतर से किसी ने ललकारा, "कौन है बाहर?"

इस ललकार पर बैरम ख़ाँ और तरदी बेग की टुकड़ी बिजली की गति से आगे बढ़ी, और झपटकर क़िले के अन्दर मुख्य द्वार के क़रीब एक हुक्के के चारों तरफ़ बैठे मर्दों को क़ाबू में कर लिया। बैरम ख़ाँ चेतावनी देते हुए बोला, "ख़बरदार, जो किसी ने भागने की कोशिश की। अगर कोई भागा तो तीरों से जिस्म छलनी कर

दिए जाएँगे! सर क़लम करके दरवाज़े पर टाँग दिए जाएँगे!" फिर वह तरदी बेग से बोला, "तरदी बेग, चारों तरफ़ फैले अपने सिपाहियों से कह दो कि वे तुरन्त क़िले में दाख़िल हो जाएँ।"

तरदी बेग का आदेश मिलते ही चारों तरफ़ तैनात सिपाही क़िले में घुस आए।

"जाइए और क़िले में जितने भी लोग हैं उनसे कहें कि वे सहन में आ जाएँ!" बैरम ख़ाँ ने अपने सिपाहियों को हुक्म दिया।

एक-एक कर जब सिपाही क़िले के दूसरे हिस्सों में गए, तो अपने सामने अजनबियों को देख बच्चों व औरतों में चीख़-पुकार शुरू हो गई। कुछ ही देर में पूरा क़िला सहन में इकट्ठा कर दिया गया। सिपाहियों ने अपने साथ लाई मशालें जला दीं। क़िले का पूरा सहन मशालों के उजाले से सराबोर हो गया। क़िले की उदास दीवारें उनकी रोशनी में नहा गईं। मशालों की रोशनी में भीगी घर की औरतों पर जब-जब बैरम ख़ाँ, तरदी बेग या दूसरे सिपाहियों की नज़र पड़ती, वे अपने आप में सिमट-सिमट जातीं।

एक अनजाने डर से, डरे-सहमे सहन को बैरम ख़ाँ ने पहली बार तसल्ली देते हुए समझाया, "देखिए, आपको घबराने की ज़रूरत नहीं है। हम आपको नुक़सान पहुँचाने नहीं आए हैं। बस, आपमें से कुछ लोगों को हमारे साथ देहली हज़रत जहाँबानी बादशाह हुमायूँ के दरबार में पेश होना होगा!"

पूरा क़िला जिन्हें कोई लुटेरा या डकैत समझ रहा था, उन्हें पहली बार पता चला कि उनके सामने खड़े ये अजनबी कौन हैं।

"बादशाह हुमायूँ के दरबार में! तो आऽऽऽप उसी लुटेरे मुग़ल बाबर के आदमी हैं, जिन्होंने हमारे भाई हसन ख़ाँ का क़त्ल किया था।"

इतना कह वह आदमी जैसे ही हथियार लेने आगे बढ़ा, बैरम ख़ाँ ने उसे आगे बढ़कर रोक दिया, "ख़बरदार, जो आगे बढ़ने की कोशिश की...वरना यहीं हलाक कर दिए जाओगे!"

वह आदमी जाते-जाते रुक गया।

"वैसे आप रिश्ते में शाहे-मेवात के क्या लगते हैं?" बैरम ख़ाँ ने उसे घूरते हुए पूछा।

"मैं उनका चचेरा भाई जमाल ख़ाँ हूँ।"

"और ये जनाब, जो आपके बग़ल में खड़े हैं इनका तआरुफ़ क्या है?"

"ये मेरे चाचा हुसैन ख़ाँ, यह मेरा भाई फ़तहजंग है...और ये शाहे-मेवात के साहबज़ादे ताहिर ख़ाँ हैं।" जमाल ख़ाँ ने अपने आसपास खड़े बाक़ी पुरुषों का बिना पूछे परिचय करा दिया।

"ताहिर ख़ाँऽऽऽ!" बैरम ख़ाँ जैसे कुछ याद करने लगा और फिर कुछ पल रुककर बोला, "ओह! तो ये हैं जनाब ताहिर ख़ाँ!" फिर उसने धीरे-से मुस्कराते

हुए तरदी बेग की तरफ़ देखा, "तरदी बेग, जनाब कुछ याद आया? इसी शख़्स के बारे में फ़िरदौस मकानी बादशाह बाबर ने अपनी किताब तुज़ुके बाबरी में लिखा है कि पानीपत की जंग में हमारी फ़ौज ने इन्हें क़ैद कर लिया था।" इतना कह मशालों की रोशनी में डूबे ताहिर ख़ाँ को बैरम ख़ाँ ने ऊपर से नीचे तक देखा।

"जी सुना है। यह भी सुना है कि आगरा की क़ैद से इनका एक अहलकार मिन्नतें कर छुड़ाकर ले गया था।" तरदी बेग ने बैरम ख़ाँ के कहे की तस्दीक की।

"जनाब जमाल ख़ाँ, समझदारी और आप सबकी भलाई इसी में है कि आप लोग हमारे साथ देहली चलें!"

"देहली, हरगिज़ नहीं। देहली दरबार में सर झुकाना हम मेवातियों ने कभी सीखा ही नहीं है।"

"वो ज़माना गया अब जमाल ख़ाँ साहब। देहली तो आप सबको हमारे साथ चलना पड़ेगा...वरना मजबूरन हमें आपको क़ैद करके ले जाना पड़ेगा। सोच लीजिए, आपको क्या मंज़ूर है?"

"चाहे हमारा सर क़लम हो जाए मगर हम देहली हरगिज़ नहीं जाएँगे!"

"ठीक है। सिपाहियो! बच्चों और बुज़ुर्गों को छोड़, जितने भी इस घर के लोग हैं, सबको क़ैद कर लो!" बैरम ख़ाँ ने अपने सिपाहियों को हुक्म दिया।

"यह आप ठीक नहीं कर रहे हैं मुग़ल बेग।" जमाल ख़ाँ फुँफकारते हुए बोला।

इस बीच सिपाहियों ने अपने बेग की हिदायत और हुक्म का पालन कर, घर के सारे लोगों को एक तरफ़ कर दिया।

बैरम ख़ाँ ने क़ैद किए गए लोगों पर नज़र मारते हुए अपने सिपाही से पूछा, "कोई बचा तो नहीं है?"

"नहीं हुज़ूर। आपके हुक्म के मुताबिक़ हमने बच्चों और बुज़ुर्गों को छोड़ दिया है।"

"और बच्चों की माँओं को?"

"हुज़ूर, उनको भी क़ैद कर लिया है।"

"उनकी माँओं को आपसे किसने क़ैद करने के लिए कहा है। उन्हें तुरन्त रिहा करो!" बैरम ख़ाँ ने सख़्त लहजे में कहा।

"जी हुज़ूर।" इतना कह सिपाही ने बच्चों की माँओं को अलग कर दिया।

"सिर्फ़ अब ये दो बची हैं?" बच्चों की माँओं के अलग होने के बाद बैरम ख़ाँ ने हुसैन ख़ाँ, फ़तहजंग, ताहिर ख़ाँ और जमाल ख़ाँ के पीछे खड़ी डरी-सहमी दो सत्रह-अट्ठारह वर्षीय युवतियों को देखकर पूछा।

"जी हुज़ूर।" एक सिपाही ने हामी भरते हुए कहा।

"जनाब, जमाल ख़ाँ साहब ये दोनों..."

"ये मेरी बेटियाँ हैं। इनकी तरफ़ आँख उठाकर भी मत देखना बेग, वरना आँखें निकाल लूँगा!" जमाल ख़ाँ चीख़ते हुए बोला।

"तरदी बेग, अपने सिपाहियों से अब चलने के लिए कहिए!" बैरम ख़ाँ ने जमाल ख़ाँ से उलझना उचित नहीं समझा।

सिपाहियों ने सबको ज़बरन घोड़ों पर बैठाया और ज़मीन पर फैली मशालों की रोशनी के सहारे देहली की तरफ़ रवाना हो गए। अरावली से नीचे उतर तरदी बेग के निर्देशन में लश्कर कोटला से उत्तर की तरफ़, देहली की ओर चल दिया। रास्ते में बैरम ख़ाँ ने एक सिपाही को यह हुक्म देते हुए देहली के लिए दौड़ा दिया कि वह वहाँ जाकर इत्तिला कर दे, हम फ़ज्र की अज़ान तक देहली पहुँच जाएँगे।

45

"हज़रत जहाँबानी, जैसा आपने हुक्म किया था, हम सबको गिरफ़्तार करके ले आए हैं।" अगले दिन दरबार में बैरम ख़ाँ ने हुमायूँ को बताया।

"क्या, गिरफ़्तार करके लाए हो?" हुमायूँ ने चौंकते हुए पूछा।

"और कोई रास्ता भी नहीं था हज़रत जहाँबानी। समझाने के बावजूद आराम से आने के लिए इन लोगों ने साफ़ इनकार कर दिया था।"

"किसी को कोई नुक़सान तो नहीं पहुँचाया न?"

"नहीं हज़रत जहाँबानी।"

"कितने लोग मिले हैं?"

"बच्चों और बुज़ुर्गों को छोड़कर सबको ले आए हैं। इनमें शाहे-मेवात के चाचा हुसैन ख़ाँ, उनके दो चेहरे भाई फ़तहजंग, जमाल ख़ाँ, और शाहे-मेवात का बेटा ताहिर ख़ाँ शामिल है...इनके अलावा..." बैरम ख़ाँ कहते-कहते रुक गया।

"इनके अलावा क्या?" हुमायूँ ने पूछा।

"शाहे-मेवात मरहूम हसन ख़ाँ मेवाती की दो जवान भतीजियाँ भी हैं।"

"ओह! ऐसा करिए ख़ानेख़ानाँ साहब कि इन दोनों को मेहमानख़ाने से शाही ज़नानख़ाने में भिजवा दीजिए, और मर्दों को दरबार में पेश किया जाए!"

हुमायूँ के आदेश पर हसन ख़ाँ मेवाती के चचेरे भाई जमाल ख़ाँ की दोनों बेटियों को शाही ज़नानख़ाने में भिजवाने के बाद, बाक़ी बचे ख़ानज़ादा मर्दों को दरबार में पेश कर दिया गया।

दरबार में जैसे ही हुसैन ख़ाँ, फ़तहजंग, जमाल ख़ाँ और हसन ख़ाँ मेवाती के बेटे को पेश किया गया, पूरे दरबार की उन पर नज़र ठहर गई।

"बहादुर मेवातियो! आओ, देहली दरबार में आपका ख़ैरमक़दम है।" हुमायूँ ने दरबार में पेश होने पर सभी का अभिवादन किया।

मगर किसी ने हुमायूँ के अभिवादन का कोई जवाब नहीं दिया।

"हज़रात, मैं आपकी नाराज़गी की वजह समझ सकता हूँ। दरअसल, जनाब ख़ानेख़ानाँ को आपको इस तरह क़ैद करके नहीं लाना चाहिए था।" इस बार हुमायूँ मुस्करा दिया।

"बादशाह, यह आपने हमारे साथ अच्छा नहीं किया। यह कोई बहादुरी नहीं है कि किसी की घर की इज़्ज़त को इस तरह ज़बरन उठाकर लाया जाए।"

"ख़ुदावंद ख़ानेख़ानाँ, इनका तआरुफ़?" हुमायूँ ने अपने बेगों की सफ़ में सबसे आगे खड़े बैरम ख़ाँ से पूछा।

"हज़रत जहाँबानी, ये जनाब मरहूम शाहे-मेवात के चचेरे भाई जमाल ख़ाँ साहब हैं।"

"अच्छाऽऽऽ तो वो दो जवान लड़कियाँ इन्हीं की बेटियाँ हैं?"

"क्या हुआ मेरी शाहबानू और सलीमा को?" बेटियों का ज़िक्र आते ही जमाल ख़ाँ कातर स्वर में बोला।

"बेफ़िक्र रहिए। आपके जिगर के दोनों टुकड़े एकदम महफ़ूज़ हैं। उन्हें कुछ नहीं हुआ है।"

"अगर मेरी बेटियों को किसी ने छुआ भी, तो समझ लेना क़यामत आ जाएगी बादशाह।" जमाल ख़ाँ ने भरे दरबार हुमायूँ को ललकारते हुए कहा।

जमाल ख़ाँ के इतना कहते ही दरबार में हल्की-सी हरकत हुई। किसी अनहोनी की आशंका के चलते सब अपनी-अपनी जगह चौकन्ने और मुस्तैद हो गए। हुमायूँ ने सबको हाथ उठाकर शान्त रहने का इशारा किया।

"जनाब जमाल ख़ाँ साहब, आपकी बेटियों को कुछ नहीं हुआ है, वे एकदम महफ़ूज़ हैं।" इसके बाद हुमायूँ एक बार फिर बैरम ख़ाँ की तरफ़ मुख़ातिब हुआ, "ख़ुदावंद ख़ानेख़ानाँ, बाक़ी हज़रात का तआरुफ़?"

"हज़रत जहाँबानी, ये मरहूम शाहे-मेवात के भाई हुसैन ख़ाँ साहब हैं। इनके साथ खड़े जनाब जमाल ख़ाँ के भाई फ़तहजंग हैं...और सबसे आख़िर में जो साहब खड़े हैं, ये शाहे-मेवात हसन ख़ाँ मेवाती के साहबज़ादे ताहिर ख़ाँ हैं।"

"ताहिर खाँ? ज़रा इन्हें आगे लाइए!" ताहिर ख़ाँ का नाम सुनते ही हुमायूँ तख़्त पर उचकते हुए बोला।

हुमायूँ का हुक्म सुन बैरम ख़ाँ ताहिर ख़ाँ को आगे ले आया।

ताहिर ख़ाँ के आगे आते ही हुमायूँ की उस पर जैसे नज़र टिक गई। देर तक वह उसे अपलक देखता रहा। पल-भर में हुमायूँ की आँखों के आगे खानवा की जंग के बाद का वह दृश्य सजीव हो उठा, जब यही ताहिर ख़ाँ और इनका अहलकार

करमचन्द शाहे-मेवात का जनाज़ा लेने आगरा आया था। आते ही इसी ताहिर ख़ाँ ने फ़िरदौस मकानी बादशाह बाबर को फ़र्शी सलाम किया था। हुमायूँ के कानों में अपने वालिद फ़िरदौस मकानी की यह बात गूँज उठी—'शेख़ जमाली, ताहिर ख़ाँ से पूछिए कि क्या इन्हें हमारी हुकूमत और ताबेदारी में रहना मंज़ूर है?' इस पर ताहिर ख़ाँ ने कहा था—मुझे मंज़ूर है फ़तहयाब ग़ाज़ी। तब फ़िरदौस मकानी बादशाह बाबर ने इसकी जान बख़्शते हुए, इसे ख़र्चे-पानी के लिए कई लाख के परगने देने के ऐलान के बाद, इसके मरहूम वालिदे माजिद शाहे-मेवात और उनके ख़िदमतगार लाद ख़ाँ के जनाज़े के साथ, बेग अब्दुर्रहीम शग़ावल को इसके साथ मेवात तक छोड़कर आने के लिए भेजा था।

"हज़रत जहाँबानी, अब क्या हुक्म है?" इस बार हिन्दू बेग इन्दर ने हुमायूँ से इजाज़त लेते हुए पूछा।

हुमायूँ अचकचाते हुए खानवा के मैदान से वर्तमान में लौटा।

"ख़ुदावंद हिन्दू बेग, आप ही बताइए?"

"हुज़ूरे आली, इजाज़त हो तो एक बात कहूँ!" हिन्दू बेग इन्दर ने झिझकते हुए कहा।

"हाँ-हाँ, कहिए!"

"क्या ऐसा नहीं हो सकता है कि जनाब जमाल ख़ाँ की इन दोनों साहबज़ादियों शाहबानू और सलीमा को, मुग़ल ख़ानदान के चराग़ रोशन करने के लिए शाही ख़ानदान का हिस्सा बना लिया जाए? ऐसा करने से फ़िरदौस मकानी बादशाह बाबर का ख़्वाब भी पूरा हो जाएगा।"

"आपके कहने का मतलब है कि इन्हें इस घर की इज़्ज़त बना लिया जाए?"

"जी हुज़ूरे आली।"

"बादशाह, हम मेवातियों की बहू-बेटियाँ राह में पड़ी कोई लावारिस चीज़ नहीं हैं, जो कोई भी उन्हें उठाकर अपने घर ले जाए। बेटियाँ हैं ये हमारी और बेटियाँ हमारे यहाँ ख़ानदान की इज़्ज़त होती हैं...ऐसा ख़याल दिल में भी मत लाना वरना क़त्लो-ग़ारत मच जाएगी।" हिन्दू बेग इन्दर की इस पेशकश पर मरहूम हसन ख़ाँ मेवाती का भाई हुसैन ख़ाँ सामने बैठे बादशाह हुमायूँ को ललकारते हुए बोला।

"हुसैन ख़ाँ साहब, आप भूल रहे हैं कि इस वक़्त आप हमारी क़ैद में हैं... और एक क़ैदी की हैसियत किसी ग़ुलाम से कम नहीं होती है। इस बदज़ुबानी के लिए हम चाहें तो आपके साथ ग़ुलामों से भी बुरा सुलूक कर सकते हैं। आपकी इन बेटियों को जिस्म के भूखे अपने सिपाहियों के हवाले कर सकते हैं। मगर हम ऐसा करेंगे नहीं। हम किसी भी हालत में ज़ोर-ज़बरदस्ती नहीं करना चाहते हैं। हम चाहते हैं कि आपकी रज़ामन्दी से हमारी आपसे आशनाई हो जाए।" हुमायूँ ने बेहद शालीनता के साथ कहा।

"आशनाई और आप मुग़लों से? ऐसा हरगिज़ नहीं हो सकता बादशाह।" जमाल ख़ाँ ने घृणा के साथ हुमायूँ की तरफ़ देखा।

इस नज़ारे को पूरा दरबार जैसे दम साधकर देखता रहा। दरबार में मौजूद मुग़ल मुहाफ़िज़, बेग, अमीर-उमरा, मनसबदार, मुसाहिब, ओहदेदार, सफ़ीर, सिपहसालार और सरदार मेवातियों की इस दिलेरी और हिम्मत के मन-ही-मन जैसे क़ायल हो गए। भरे दरबार में हुए इस अपमान को मुग़ल बादशाह चुपचाप देखता रहा। उसने दरबार में मौजूद अपने बेगों और हाकिमों पर एक सरसरी नज़र डाली, और इससे पहले कि वह कुछ कहता, हिन्दू बेग इन्दर बोला, "जनाब जमाल ख़ाँ साहब, हुज़ूरे आली सही कह रहे हैं। आख़िर इसमें बुराई भी क्या है?"

"ऐसा हरगिज़ नहीं होगा बेग।" जमाल ख़ाँ ने एक बार फिर अपना निश्चय दोहराया।

"हिन्दू बेग, इन मेवातियों को समझाने का कोई फ़ायदा नहीं। मैं जानता हूँ। ये अपनी ज़िद के बड़े पक्के होते हैं।" इसके बाद हुमायूँ बैरम ख़ाँ की तरफ़ पलटा, "ख़ुदावंद ख़ानेख़ानाँ साहब, जाइए और इसी वक़्त क़ाज़ी को बुलवाइए! तरदी बेग, शाही परदे में जाकर इत्तिला करवा दीजिए कि निकाह की तैयारी की जाए!"

हुमायूँ के इस ऐलान पर पूरा दरबार भौचक्का रह गया। सब हैरान-परेशान कि आख़िर उनके बादशाह हुमायूँ; शाहबानू और सलीमा का निकाह कराएँगे किस बेग-मनसबदार या सिपहसालार-सरदार के साथ? किसी को कुछ समझ में नहीं आया। सब अपनी-अपनी तरह से अनुमान लगाने में जुट गए। कुछ तो अपनी जगह पर एक ख़ास अन्दाज़ में सँभलकर बैठ गए।

"हज़रत जहाँबानी, क़ाज़ी को तो मैं बुलवा दूँ। मगर वे ये निकाह कराएँगे किसके साथ?" बैरम ख़ाँ ने हिम्मत जुटा धीरे-से पूछा।

बैरम ख़ाँ के इस सवाल को सुन पूरे दरबार ने अपने कान के पर्दों को बादशाह के मुँह से होनेवाले ऐलान को सुनने के लिए ढीले छोड़ दिए। ख़ासतौर से उन्होंने जो अपनी-अपनी जगह पर एक मुद्रा विशेष में सँभलकर बैठे हुए हैं।

"सलीमा दुख़्तर जमाल ख़ाँ, मेरा मतलब है जमाल ख़ाँ की छोटी बेटी का निकाह जनाब बैरम ख़ाँ के साथ...और बड़ी बेटी शाहबानू..."

"और शाहबानू का हुज़ूरे आली?" हिन्दू बेग इन्दर ने हुमायूँ के बताने से पहले जैसे पूरे दरबार की तरफ़ से पूछा।

"शाहबानू!"

शाहबानू का नाम लेने के बाद हुमायूँ ने भरे दरबार पर पहले एक सरसरी-सी नज़र डाली, और फिर जैसे कुछ सोचने लगा। इस बीच अपनी-अपनी जगहों पर उम्मीद लगाए बैठी विशेष मुद्राओं में हल्की-सी हरकत हुई। चेहरों पर आशा-निराशा की धुंध छाने लगी। विस्मय के साथ सब आपस में एक-दूसरे की तरफ़ देखने लगे।

"शाहबानू, शाहबानू से हम निकाह करेंगे! जाइए, और निकाह की तैयारी करवाइए!" इतना कह हुमायूँ ने दरबार बर्ख़ास्त कर दिया और उठकर, पीछे के दरवाज़े की ओर बढ़ा ही था कि अचानक रुकते हुए बोला, "मगर याद रहे, निकाह की रस्म आज ही पूरी होनी चाहिए!"

"जी हज़रत जहाँबानी।" इतना कह बैरम ख़ाँ भी निकाह की तैयारियों के लिए दरबार से निकल गया।

दरबार में अब या तो सरगोशियाँ रह गईं, या वे कुछ विशेष मुद्राएँ जो अपनी-अपनी जगह पर अब भी उसी मुद्रा विशेष में अकबकाई-सी सँभलकर बैठी हुई हैं।

हुमायूँ ने अगले रोज़ दरबार में सारे ख़ानज़ादों को बुलावाया। दरबार में सबसे पहले सबसे बुज़ुर्ग हुसैन ख़ाँ को ख़िलअत प्रदान करने के लिए बुलवाया गया। मगर हुसैन ख़ाँ ने ख़िलअत ग्रहण करने से साफ़ मना कर दिया। हुमायूँ समझ गया कि जब सबसे बड़े आदमी ने ख़िलअत ग्रहण करने से मना कर दिया है, तो दूसरे लोग किसी हालत में ग्रहण नहीं करेंगे।

"हुसैन ख़ाँ साहब, यह हमारा फ़र्ज़ था कि आशनाई होने की वजह से हम आपको शाही ख़िलअत देकर इज़्ज़त बख़्शते। अब आप ख़िलअत नहीं लेना चाहते हैं तो आपकी मर्ज़ी। हम आपके साथ ज़ोर-ज़बरदस्ती नहीं कर सकते। मगर जाने से पहले मैं आपको एक राज़ बताना चाहता हूँ।" इतना कह हुमायूँ चुप हो गया।

सारे दरबार की नज़र अपने बादशाह पर आकर टिक गई।

"यह सही है और आप इससे अच्छी तरह वाक़िफ़ भी हैं कि फ़िरदौस मकानी बादशाह बाबर ने खानवा की जंग से पहले मरहूम शाहे-मेवात के पास एक पेशकश भिजवाई थी। इस पेशकश में हमकलमा और हममज़हबी होने के नाते फ़िरदौस मकानी ने शाहे-मेवात से मुग़लों का साथ देने की गुज़ारिश की थी। मगर मरहूम शाहे-मेवात ने एक मुसलमान होने के बावजूद हम मुसलमानों का साथ न देकर, अपने हमवतनी राजपूत राजा राणा संग्राम सिंह का साथ दिया। उसी राणा संग्राम सिंह का जिसका समझौता पानीपत की जंग से पहले मुग़लों के साथ, शाहे-मेवात के मौसेरे भाई और राणा के दुश्मन सुल्तान इब्राहिम लोदी के ख़िलाफ़ लड़ने का हुआ था। आप यह भी जानते हैं कि पानीपत की जंग में बच गए इसी ताहिर ख़ाँ को हमने क़ैद कर लिया था, जिसे फ़िरदौस मकानी बादशाह बाबर ने आपके एक अहलकार की गुज़ारिश पर रहम दिखाते हुए आज़ाद कर दिया था। इसके बावजूद आप मेवातियों ने खानवा की जंग में हम मुग़लों का नहीं, उसी राणा सांगा का साथ दिया, जो इस जंग में शाहे-मेवात को मुग़लों के हाथों मरवाना चाहता था।"

"ऐसा हरगिज़ नहीं हो सकता। राजा राणा संग्राम सिंह शुरू से हमारे साथ था।" हसन ख़ाँ मेवाती का चचेरा भाई जमाल ख़ाँ बोला।

"यह आपकी ग़लतफ़हमी है जनाब जमाल खाँ। सच तो यह है कि राणा सांगा किसी के साथ नहीं था। न वह कभी फ़िरदौस मकानी बादशाह बाबर के साथ था, न आप मेवातियों के साथ। अगर वह फ़िरदौस मकानी के साथ था, तो मुग़लों से समझौता होने के बावजूद वह सुल्तान इब्राहिम लोदी के ख़िलाफ़ पानीपत में जंग करने क्यों नहीं गया? क्यों वह आगरा में ही बैठा रहा?" फिर हुमायूँ जैसे ख़ुद ही जवाब देता हुआ बोला, "कहीं यह सोचकर तो नहीं गया कि फ़िरदौस मकानी इस जंग के बाद पानीपत से काबुल वापिस चले जाएँगे...और हिन्दुस्तान का सुल्तान बनने के साथ-साथ वह, इब्राहिम लोदी की सारी दौलत और जागीर का मालिक बन जाएगा? मगर ऐसा हुआ नहीं। ऐसा ही राजा राणा संग्राम सिंह ने खानवा की जंग से पहले किया। उसने गेती सितानी के मार्फ़त मिर्ज़ा हिन्दाल और मुहम्मद महदी ख़्वाजा के पास अपना दूत भेजकर यह गुज़ारिश की थी, कि मैं तो फ़िरदौस मकानी बादशाह बाबर का ताबेदार और ग़ुलाम हूँ। मुझे उनका ख़ुतबा और सिक्का मंज़ूर है। यह हसन ख़ाँ मेवाती ही ज़बरदस्ती मुझे जंग के लिए लाया है। उसने तो अपने दूत से यहाँ तक कहलवाया था कि मैं फ़िरदौस मकानी बादशाह बाबर की फ़ौज से जंग तो करूँगा, मगर उसके मामूली-से हमले के बाद भाग जाऊँगा। इसके बाद ऐसी कोशिश करना कि या तो हसन ख़ाँ को क़ैद कर लिया जाए, या उसे मरवा दिया जाए। अगर आप लोग उसका क़त्ल कर देंगे तो मेवात भी आपके क़ब्ज़े में आ जाएगा।"

इस रहस्य को सुन पूरा दरबार दंग रह गया। हुमायूँ भी अपने सामने खड़े ख़ानज़ादों के चेहरे पर आते-जाते भावों को पढ़ता रहा।

"और बिलकुल ऐसा ही हुआ। राणा सांगा को मैदाने-जंग में ज़ख़्मी होने के बाद उसके कुछ हिन्दू राजा और सामंत उसे बचाकर ले गए और अकेला छोड़ गए शाहे-मेवात को। क्या जंग के ऐसे मैदान से, जहाँ दूर-दूर तक दुश्मन की फ़ौज की लाशें बिछी हुई हों, उससे बचकर निकलना मुमकिन है? जंग का मतलब या तो फ़तह होता है या फिर मौत। बीच का कोई रास्ता जंग में नहीं होता। एक और राज़ आपको बता दूँ और वह यह कि शाहे-मेवात जंग में शहीद नहीं हुए थे। बल्कि उनका उनके ख़िदमतगार लाद ख़ाँ ने क़त्ल किया था।"

"क्याऽऽऽ! हसन का क़त्ल उस नमकहराम लाद ख़ाँ ने किया था?" हुसैन ख़ाँ मुट्ठी भींचते हुए बोला।

"हाँ जनाब, शाहे-मेवात का क़त्ल लाद ख़ाँ ने किया ज़रूर था, मगर ऐसा उसने हम मुग़लों के कहने पर किया था। लाद ख़ाँ तो शाहे-मेवात को बचाना चाहता था। चूँकि मुग़ल भी शाहे-मेवात को अपने रास्ते से हटाना चाहते थे, इसलिए इस

गुनाह को अपने सर पर लेने के बजाय उनका क़त्ल उन्हीं के एक ख़िदमतगार से करवा दिया।" फिर कुछ पल रुककर हुमायूँ कहने लगा, "इस जंग में जिसको मरना चाहिए था, वह तो बच निकला और जिसे ज़िन्दा रहना चाहिए था, वह ख़ुदा को प्यारा हो गया। अब आप तय कर लीजिए कि यह शाही ख़िलअत आपको मंज़ूर करनी है या..."

"बादशाह सलामत, हमें यह ख़िलअत किसी भी हालत में मंज़ूर नहीं है।" हुसैन ख़ाँ ने इस बार भी दृढ़ता भरी विनम्रता के साथ ख़िलअत लेने से इनकार कर दिया।

"ख़ुदावंद ख़ानेख़ानाँ, इन्हें बाइज़्ज़त वापिस मेवात भेजने का इन्तज़ाम किया जाए!"

"जी हज़रत जहाँबानी।" इतना कह बैरम ख़ाँ ख़ानज़ादों की तरफ़ मुड़ गया, "आइए!"

46

जिस तरह बाबर अक्सर यह कहा करता था कि 'जब सपने में मुझे ग़ज़नी के क़ब्रिस्तान दिखाई देंगे, तब मेरी मौत का वक़्त आ जाएगा।' इसी तरह नसीरुद्दीन मुहम्मद हुमायूँ भी प्रायः कहता है कि 'जब मैं देहली और उसके मज़ारों को देखता हूँ, तो मुझे फ़िरदौस मकानी की बात याद आ जाती है कि उन्होंने कितनी अच्छी बात कही।'

उस दिन हुमायूँ ने अपने भरोसेमन्द बेगों और अमीर-उमरा से कहा कि 'आज अलस्सुबह की इबादत के बाद मेरी ज़बान पर यह रुबाई आई—

ऐ ख़ुदा तू अपने करम से मुझे अपना बना ले,
अपने ख़ास राज़ों से मुझे वाक़िफ़ करा दे।
मेरी अक़्ल ने मेरे दिल को ज़ख़्मी कर दिया है,
मुझे अपना दीवाना बना, आज़ाद करा दे।'

इसी तरह अपने दादा और वालिद की तरह साढ़े बारह साल के अकबर को भी ऐसा ही सपना दिखाई दिया। वह सपने में देखता है कि कोई उसके वालिद हुमायूँ के सर के बाल उखाड़ रहा है। जब अकबर जागा तब उसने अपने इस सपने के बारे में अदहम ख़ाँ की माँ माहम अंगा को बताया। माहम अंगा ने सपने

की व्याख्या करनेवालों को बुलाकर जब इसकी व्याख्या पूछी, तब उन्होंने बताया कि इस सपने का मतलब यह है कि बादशाह हुमायूँ के सर से सारी परेशानियाँ और दुख दूर हो जाएँगे।

इन दिनों हुमायूँ ने अफ़ीम खाना कम कर दिया है। एक दिन उसने अपने भरोसेमन्द बेगों से हँसते हुए कहा कि देखते हैं इन अफ़ीम के अंटों से कितने दिन काम चलता है। सात दिन की ख़ुराक अलग कर उन्हें एक काग़ज़ में लपेटकर अपने ख़िदमतगारों को देते हुए हुमायूँ ने कहा, "हम इतनी ही अफ़ीम का इस्तेमाल कर पाएँगे।"

जब बस चार गोलियाँ रह गईं, तब उन्हें भी हुमायूँ ने मँगवाया और गुलाबजल के साथ गटक गया।

जनवरी का महीना और उसके छोटे-छोटे कुनमुनाते आख़िरी दिन। पिछले सालों की तरह देहली में इस बार भी सर्दी अपने चरम पर है, जिसे इसके पूरब में दूर तक फैली और दीन पनाह क़िले की दीवार को छूती यमुना ने और बढ़ा दिया है। यमुना की आब आए दिन पड़नेवाले कोहरे की चादर को और घना बना देती है। बल्कि पिछले कई दिनों से ऐसा हो रहा है कि सूरज के पूरे-पूरे दिन दीदार नहीं हो रहे हैं।

इसी जनवरी में एक दिन, दिन के आख़िरी पहर में हुमायूँ दीन पनाह क़िले के नए-नए बने शेर मंडल कुतुबख़ाना पहुँचा। शाम के वक़्त मग़रिब के आसपास कुतुबख़ाने के ज़ीने से वह उतरने लगा। उतरते हुए जैसे ही वह दूसरे ज़ीने पर आया, अचानक मिस्कीन ने मग़रिब अज़ान लगानी शुरू कर दी। इस्लामी रिवाज़ के मुताबिक़ हुमायूँ वहीं बैठ गया और अज़ान पूरी होने तक वहीं बैठा रहा। जो कारिन्दे इधर-उधर आ-जा रहे थे, वे सब जहाँ थे, वहीं खड़े हो गए। यहाँ तक जो किसी कार्यवश झुका हुआ था, वह भी अपनी जगह बैठ गया।

अज़ान ख़त्म होने के बाद हुमायूँ खड़ा हो गया। अभी उसने उतरने के लिए अपना क़दम आगे बढ़ाया ही था कि ज़ीने का किनारा पैना और पत्थरों में फ़िसलन होने की वजह से, वह अपने आपको सँभाल नहीं पाया। सँभलने की उसने कोशिश भी की। मगर इसी कोशिश में अचानक समूर की रोएँदार ख़ाल के पोस्तीन में हुमायूँ का पाँव उलझ गया। उसने सीढ़ियों के किनारे लगे हत्थे को सहारा लेने के लिए जैसे ही पकड़ा, हत्था टूट गया। हत्था टूटते ही हुमायूँ के पाँव सीढ़ियों से ऐसे फ़िसले कि वह सीधे सर के बल गिरा और लुढ़कते हुए नीचे आ गिरा। गिरते ही हुमायूँ बेहोश हो गया। जब उसे उठाया गया और देखा तो पाया दाईं कनपटी में ज़बरदस्त चोट आई है जिसकी वजह से कान से ख़ून निकलने लगा। शाही हकीम और वैद्यों ने बहुत कोशिश की मगर वे अपने बादशाह की जान बचाने में नाकाम रहे। और इस तरह अपने दादा मिर्ज़ा उमरशेख़ की तरह

नसीरुद्दीन मोहम्मद हुमायूँ एक आकस्मिक दुर्घटना का शिकार हो, इस दुनिया से हमेशा के लिए विदा हो गया।

हुमायूँ को बताया गया था कि उसके वालिद फ़िरदौस मकानी बादशाह बाबर की उम्र तब सिर्फ़ बारह साल की थी। रमज़ान का पवित्र महीना था। उनतालीस वर्षीय मिर्ज़ा उमरशेख़ सुबह अपने सिपहसालारों, बेगों और दरबारियों से जंग की पूरी तैयारियों की जानकारी लेने के बाद, अपने घुड़सवारों के साथ नदी के ऊँचे किनारे पर बने कबूतरख़ाने पर आया, और अपने सबसे प्रिय कबूतर मर्गिलान और आसमानी रंग के क़ोकान कबूतरों को उड़ाने के लिए, लकड़ी की सीढ़ी से कबूतरख़ाने की छत पर चढ़ गया। देर तक वह यहाँ से अपने आख़सी के क़िले की मोर्चेबन्दी और उसकी तलहटी में बिछे सुरक्षात्मक खाइयों के जाल का जायज़ा लेता रहा।

किसी को इसका बिलकुल भी अन्दाज़ा नहीं था कि नीचे बहती नदी अपने तेज़ प्रवाह से किनारों को धीरे-धीरे काटती हुई, कबूतरख़ाने के नीचे की मिट्टी को भी काट रही है। हालाँकि इस ख़तरे को इन बेज़ुबान परिन्दों ने भाँप लिया था। इसीलिए बिना चुग्गों को खाए वे घबराए हुए-से बन्द दड़बों में चोंचें मार-मारकर बाहर निकलने की कोशिश करने लगे। मिर्ज़ा उमरशेख़ अभी कबूतरख़ाने की छत के किनारे पर पहुँचा ही था, कि अचानक उसे कबूतरख़ाना डगमगाता-सा लगा। जब तक उनतालीस वर्षीय मिर्ज़ा उमरशेख़ कुछ समझ पाता कबूतरख़ाना चरमराता हुआ पहले तिरछा हुआ और फिर भरभराता हुआ, धूल के गुबार के साथ नीचे बहती नदी में समा गया। मिर्ज़ा उमरशेख़ की चीख़ नदी के वेग और उसके शोर में घुलकर रह गई। इस तरह उनतालीस वर्षीय मिर्ज़ा उमरशेख़ की जीवन-लीला समाप्त हो गई।

जो लोग उस समय हुमायूँ के आसपास थे, उन्होंने इस दुर्घटना के बारे में दीन पनाह क़िले से बाहर किसी को नहीं बताया। पूरे सत्रह दिनों तक इस ख़बर को गुप्त रखा गया। बीच में, जहाँ से हुमायूँ अपनी प्रजा को दर्शन दिया करते थे, एक बार मुल्ला बेकसी ग़ज़नवी को मरहूम हुमायूँ के कपड़े पहनाकर, यमुना की तरफ़ मुँह करके ऐवान पर बैठा दिया गया। प्रजा ने मुल्ला बेकसी ग़ज़नवी को अपना बादशाह मानकर दीदार किए और चली गई।

इधर शाहज़ादा अकबर अपने गुरु और सरपरस्त बैरम ख़ाँ ख़ानेख़ानाँ और अपने लश्कर के साथ सिकन्दर शाह सूर से होनेवाले युद्ध की तैयारियों के लिए काबुल से कलानौर ही पहुँचा था, कि शेख़ चोली ने हुमायूँ के दीन पनाह क़िले के शेर मंडल कुतुबख़ाने की सीढ़ियों से गिरने की ख़बर के साथ एक शाही फ़रमान दिया। सत्रह दिन बाद सारे बेगों, मुसाहिबों, बहादुरों, वज़ीरों, ओहदेदारों और सफ़ीरों को इकट्ठा करने के बाद कलानौर में शाहज़ादे अकबर के नाम का ख़ुतबा पढ़वा कर, नए बादशाह के रूप में इनकी ताजपोशी कर दी गई। हुमायूँ की मौत के बाद ज़रूरी रस्मो-रिवाज़ों को पूरा करने और नए बादशाह को दी जानेवाली मुबारकबाद

के बाद, सारे बेगों और हाकिमों को अपने-अपने परगनाओं में अमन स्थापित करने के लिए रवाना कर दिया गया।

तेज़ी से बदलते घटनाक्रम पर बंगाल में होने के बावजूद हेमचन्द्र यानी हेमू ने पैनी नज़र रखी हुई है। उसे जैसे इन्हीं दिनों का इन्तज़ार था। उसने इसी दौरान बंगाल के एक अफ़ग़ान हुक्मरान मुहम्मद शाह को एक युद्ध में मारकर वहाँ अपना अधिकार जमा लिया। जैसे ही उसे हुमायूँ की अचानक हुई मौत का पता चला, उसने अपने सिपहसालारों को देहली के लिए रवाना होने का हुक्म दिया। साथ में वह भी देहली के लिए रवाना हो गया और उत्तर भारत में कई युद्ध जीतते हुए उसने आगरा पर हमला कर दिया। हमला होते ही आगरा में तैनात अकबर का सिपहसालार यहाँ से बिना युद्ध किए भाग गया। इस तरह हेमू का कालपी, इटावा के साथ आगरा पर भी क़ब्ज़ा हो गया। इस क़ब्ज़े के बाद ग्वालियर में इसने नए सिपाहियों की भर्ती कर अपनी सेना को और मज़बूत कर लिया।

पचास हज़ार पैदल सिपाही, एक हज़ार हाथी, इक्यावन भारी और पाँच सौ हल्की तोपों के साथ हेमू ने देहली पर चढ़ाई कर दी और उसने देहली के दक्षिण में तुग़लक़ाबाद में ख़ेमा लगा दिया। मुग़लों की तरफ़ से हेमू के ख़िलाफ़ देहली, आगरा और पहले से मेवात के हाकिम तरदी बेग ने देहली में मोर्चा सँभाला। उसी तरदी बेग ने, जिसने हसन ख़ाँ मेवाती के चचेरे भाई जमाल ख़ाँ की दोनों बेटियों शाहबानू और सलीमा को बैरम ख़ाँ ख़ानेख़ानाँ के साथ मिलकर, मेवात से देहली लाने में अहम किरदार निभाया था।

दूसरे दिन युद्ध शुरू हुआ।

मुग़ल फ़ौज ने हेमू की बाईं पाँत को तुग़लक़ाबाद से आगरा की तरफ़ होडल तक खदेड़ दिया और उनका बहुत-सा माल-असबाब लूट लिया। एक बार लगा जैसे हेमू के पाँव उखड़ जाएँगे लेकिन देहली के पास अचानक बाज़ी पलट गई। हेमू अपनी फ़ौज से अलग हटकर तीन सौ हाथियों और बहादुरों की एक टुकड़ी के साथ हालात का जायज़ा लेने के लिए जा रहा था, कि तभी उसकी नज़र अपने थोड़े से सिपाहियों के साथ युद्ध के मैदान का निरीक्षण करते तरदी बेग पर पड़ गई। हेमू ने तुरन्त आसपास का बड़ी बारीक़ी के साथ जायज़ा लिया। जायज़ा लेने के दौरान उसे लग गया कि इससे अच्छा मौक़ा हाथ आनेवाला नहीं है। इससे पहले कि तरदी बेग हेमू को देख पाता, हेमू अपने सिपाहियों के साथ तरदी बेग की सेना पर यह कहते हुए चीते की तरह टूट पड़ा, “बहादुरो, दुश्मन पर टूट पड़ो!”

अपने ऊपर अचानक हुए इस आक्रमण से तरदी बेग की कुछ समझ में नहीं आया। जब तक वह सँभल पाता, हेमू की फ़ौज ने तरदी बेग की सेना में मार-काट

मचा दी। तरदी बेग को अपनी जान बचाना मुश्किल हो गया। जैसे-तैसे उसने अपनी जान बचाई और मैदान छोड़कर भाग गया। इधर मग़रिब की नमाज़ यानी दिन छिपने से कुछ देर पहले, तरदी बेग की जिस सेना ने हेमू की बाईं पाँत को होडल तक खदेड़ दिया था, वह जब जीतकर देहली लौटी, तो यहाँ का नज़ारा उसे पूरी तरह बदला हुआ मिला। अपने लगभग तीन सौ साथियों की ज़मीन पर बिछी लाशों को देख, सभी के पाँवों तले जैसे ज़मीन खिसक गई। इतना ही नहीं, उन्हें यह भी पता चला कि देहली, आगरा और मेवात उनके हाथों से निकल चुके हैं। होडल से लौटी मुग़ल सेना वहीं से जालन्धर की तरफ़ भाग खड़ी हुई। इस जीत के बाद देहली के सिंहासन पर बैठते ही हेमू ने विक्रमादित्य की उपाधि ग्रहण कर ली।

महज़ छह महीने पहले बादशाह बने युवा जलालुद्दीन मोहम्मद अकबर और उसके सरपरस्त व गुरु बैरम ख़ाँ को जालन्धर में जब इस हार के बारे में पता चला, तब मुग़लों के ख़ेमे में मायूसी छा गई।

"ख़ान बाबा, यह तो बहुत बुरा हुआ। सुना है कि कभी अफ़ग़ान सूरों का ग़ुलाम रहे और एक मामूली फेरीवाले के पास इस वक़्त एक लाख फ़ौज है, जबकि हमारे पास कुल बीस हज़ार। मुझे तो हालात ठीक नहीं लग रहे हैं। कहीं ऐसा न हो कि हिन्दुस्तान का तख़्त फिर से हमारे हाथ से न निकल जाए!" युवा बादशाह अकबर ने चिन्ता व्यक्त करते हुए कहा।

"आप सही कह रहे हैं। सुल्तान आदिल यानी मूर्ख अदली को उसने जैसे क़ब्ज़े में कर लिया है। अपने आपको बंगाल का राजा कहनेवाला सुल्तान मुहम्मद किस तरह इब्राहिम ख़ाँ और हेमू के साथ हुई जंग में इनसे हार गया, यक़ीन करना मुश्किल है। पिछले कुछ सालों में इसने किस-किस को नहीं हराया।" बैरम ख़ाँ हेमू द्वारा जीती गई लड़ाइयों के बारे में बताने लगा।

"जनाब ख़ानेख़ानाँ साहब, एक बात कहूँ?" एक सिपहसालार ने झिझकते हुए कहा।

"जी कहिए!" बैरम ख़ाँ इजाज़त देते हुए बोला।

"हमें इस वक़्त काबुल लौट जाना चाहिए।"

"काबुल लौट जाना चाहिए...क्या कहना चाहते हैं आप?" बैरम ख़ाँ ने ग़ुस्से में पूछा।

"इस वक़्त हेमू से मुक़ाबला मुनासिब नहीं है। काबुल से और ज़्यादा फ़ौज इकट्ठा करने के बाद अगले साल इन अफ़ग़ानों और हेमू को अच्छा सबक सिखाएँगे।"

"आप यह कैसी बात कर रहे हैं? आप शायद भूल रहे हैं कि जिस हिन्दुस्तान को मुग़लों ने दो बार लाखों जानें देकर हासिल किया था, उसे बिना जंग किए छोड़ना बुज़दिली होगी। हमारे लिए यह डूब मरने की तरह होगा।"

"आप एकदम दुरुस्त फ़रमा रहे हैं ख़ान बाबा। इस तरह हिन्दुस्तान को नहीं छोड़ा जा सकता। हमें वापिस देहली की तरफ़ कूच कराना चाहिए।" अपने गुरु बैरम ख़ाँ से सहमत हो, बादशाह अकबर ने अपनी फ़ौज को देहली की तरफ़ कूच करने का हुक्म दे दिया।

नवम्बर का महीना।

शाही लश्कर एक बार फिर देहली के लिए रवाना हो गया। लश्कर अभी सरहिन्द ही पहुँचा होगा कि इस बीच तरदी बेग भी आ गया। बैरम ख़ाँ ख़ानेख़ानाँ और तरदी बेग हुमायूँ के कुछ ख़ास और वफ़ादार पाँच हज़ारी मनसबदारों में से हैं, और शुरू से हुमायूँ के साथ रहे हैं। यहाँ तक कि अकबर के जन्म की ख़बर भी तरदी बेग ही लाया था। मगर इसके बर्ताव और स्वभाव से हुमायूँ बेहद परेशान रहता था। बावजूद इसके हुमायूँ इसके सारे दोष माफ़ कर देता था। इसके झगड़ालू स्वभाव और तुनकमिज़ाजी के चलते हुमायूँ के कई क़रीबी मनसबदारों और बेगों ने हुमायूँ का साथ छोड़ दिया। मेवात की जागीर भी हुमायूँ से तरदी बेग ने अपनी ज़िद के चलते हासिल की थी। इसलिए मेवात को तरदी बेग अपनी मिल्कियत समझने लगा।

मगर तीसरे दिन अकबर को सरहिन्द से एक अविश्वसनीय और चौंकानेवाली ख़बर मिली, और वह ख़बर यह थी कि तरदी बेग का क़त्ल हो गया।

इस नाज़ुक मौक़े पर अपने ख़ास बेगों में से एक बेग तरदी बेग की हत्या की ख़बर सुन बादशाह अकबर परेशान और विचलित हो उठा। मगर तरदी बेग के क़त्ल को लेकर जो खुलासा हुआ, उसे सुन अकबर भी हैरान रह गया।

बैरम ख़ाँ ख़ानेख़ानाँ ने अकबर को एक पैग़ाम भेजकर इस हत्या का रहस्योद्घाटन करते हुए लिखा—

तरदी बेग के साथ जो किया गया, वह सल्तनत की वफ़ादारी के लिए उठाया गया एक बेहद ज़रूरी क़दम था। तरदी बेग ने आपके साथ दग़ा किया और जानबूझकर जंग के मैदान से भाग आया। अगर ऐसी ग़लतियों के लिए इन्हें माफ़ किया जाता रहता तो आपके जो इरादे हैं, वे कभी पूरे नहीं हो पाते। आपसे इसके लिए इजाज़त न लेने की मुझे शर्मिंदगी है। उम्मीद है आप मुझे माफ़ करेंगे ताकि दूसरे दग़ाबाज़ों को इससे सबक मिल सके।

बादशाह अकबर अपने गुरु और सरपरस्त बैरम ख़ाँ ख़ानेख़ानाँ के इस पैग़ाम से सन्तुष्ट हो गया।

अकबर की फ़ौज अब सरहिन्द से देहली की तरफ़ बढ़ने लगी। देहली के नए-नए बने शासक हेमू अर्थात् हेमचन्द्र विक्रमादित्य को जैसे ही पता चला कि अकबर की सेना देहली की तरफ़ बढ़ी आ रही है, तो उसने भी अपनी और अफ़ग़ान पठानों की मिली-जुली फ़ौज को अकबर की सेना की तरफ़ बढ़ने का आदेश दे दिया। उसका पहला हरावल दस्ता उसी पानीपत के मैदान में जा पहुँचा, जहाँ लगभग तीस

साल पहले जहीरुद्दीन मोहम्मद मिर्ज़ा बाबर ने अफ़ग़ान सुल्तान इब्राहिम लोदी को मारकर देहली पर विजय प्राप्त की थी, और हिन्दुस्तान में तैमूरी पादशाही की नींव रखी थी। मगर इस बीच हेमचन्द्र का आख़िरी दस्ता मुग़ल सेना से पराजित हो गया।

इधर अकबर और उसका गुरु बैरम ख़ाँ ख़ानेख़ानाँ पानीपत से दूर करनाल में अपनी सेना की छावनी में बैठे हुए हैं। जबकि उनका क़रावल दस्ता पानीपत के एकदम पास पहुँच चुका है। अगले दिन हेमचन्द्र विक्रमादित्य और अकबर की सेना एक-दूसरे के आमने-सामने आ गई। शुरुआत अकबर की सेना ने की और पश्चिम से बैरम ख़ाँ के नेतृत्व में अकबर ने हेमू की सेना को रोक दिया। हेमू की विशाल सेना के आगे अकबर की सेना कुछ नज़र नहीं आ रही है। हेमचन्द्र ख़ुद हवाई नाम के विशाल हाथी पर सवार हो, अपनी सेना का संचालन करने लगा। उसकी फ़ौज में पन्द्रह सौ जंगी हाथियों का विशाल बेड़ा है। इन हाथियों में कुछ ऐसे हाथी भी हैं, जो अरबी घोड़ों से भी तेज़ दौड़ सकते हैं और दुश्मन के घुड़सवारों में अफ़रा-तफ़री मचा सकते हैं। ये हाथी इतने खूँख़्वार हैं कि देखते-देखते मज़बूत-से-मज़बूत दरख़्तों को उखाड़ सकते हैं, और युद्ध के मैदान में घोड़ों और इनसानों को उठाकर हवा में फेंक सकते हैं। इन हाथियों पर हेमचन्द्र के कुशल बन्दूकची और तीरंदाज़ तैनात हैं। इनके अलावा हेमचन्द्र के पास तीस हज़ार राजपूत और अफ़ग़ान घुड़सवारों की कुशल पाँत भी मौजूद हैं। जबकि दूसरी तरफ़ दस हज़ार की सेना वाले अकबर का क़रावल दस्ता बहुत छोटा है, और उसमें कुल पाँच हज़ार लड़ाके हैं। इसलिए मारे दहशत के अकबर की सेना घबराई हुई है।

इसी बीच हेमचन्द्र ने आगे बढ़कर अपने दस्ते के साथ अकबर की सेना पर आक्रमण किया। अकबर की सेना हेमू के दस्ते के आगे टिक नहीं पाई और उसमें भगदड़ मच गई। बावजूद इसके अकबर की सेना ने नियोजित तरीक़े से पीछे हटते हुए हेमू की सेना पर तीरों की बौछार शुरू कर दी। सबसे पहले अली क़ुली ख़ान ने हेमू का तोपख़ाना छीन लिया। अपने तोपख़ाने को छिनता देख हेमू ने भी अपनी पूरी ताक़त झोंक दी। इस बीच अकबर की सेना ने अपने आपको बचाते हुए बारूदी हथियारों का इस्तेमाल शुरू कर दिया। हवा में तीरों की होती बारिश, बन्दूकों की गोलियों की तड़तड़ और तोपों के मुँह से बरसती आग ने युद्ध को जैसे निर्णायक मोड़ पर पहुँचा दिया। लगने लगा अकबर की सेना की हार अब हुई, तब हुई। अकबर की सेना के तीरंदाज़ों ने तीरों की ऐसी ज़बरदस्त बारिश शुरू कर दी, कि मजाल है उनके बीच से हवा का कोई झोंका तो निकल जाए। हेमू की विशाल सेना में एकाएक अफ़रा-तफ़री मच गई।

बैरम ख़ाँ ने चतुराई दिखाते हुए अपने तीरंदाज़ों को हेमू पर आक्रमण करते रहने का हुक्म दिया। अचानक इसी बीच एक तीर सनसनाता हुआ बिजली की गति से आया और हेमू की दाईं आँख में खच्च से धँस गया। बावजूद इसके हेमू ने बहादुरी दिखाते हुए तीर को खींचकर बाहर निकाल दिया। हेमू ने जिस तरह अपनी आँख से तीर को

निकाला, तीर के साथ उसकी दाईं आँख भी बाहर निकल आई। आँख से बहते ख़ून और भयानक पीड़ा के बावजूद हेमू ने आँख पर साफ़ा बाँधा और अपने सैनिकों को लड़ाई जारी रखने का आदेश दिया। आँख से लगातार बहते ख़ून को देखकर हेमू की फ़ौज का जैसे मनोबल टूट गया। दर्द अब हेमू के लिए असहनीय हो गया। तेज़ी से उस पर मूर्च्छा हावी होने लगी। अभी वह अपने महावत को हवाई हाथी के साथ युद्ध के मैदान से भागने का आदेश देने की सोच ही रहा था, कि ग़लती से अली क़ुली ख़ान नाम के बहादुर ने उसके हाथी को पकड़ लिया। अली क़ुली ख़ान हेमू को शकल से नहीं जानता था, इसलिए वह हाथी को पकड़ने के इरादे से महावत को मारने लगा।

"हुज़ूर, आप मुझे क्यों मार रहे हैं। उसे मारो न!" महावत रिरियाते हुए बोला।

"किसे?" अली क़ुली ख़ान ने महावत से पूछा।

"बसन्त राय को, जो इस हाथी पर सवार है।"

"बसन्त राय, यह कौन है?" महावत की बात अली क़ुली ख़ान की समझ में नही आई।

"वही हमारा राजा हेमचन्द्र विक्रमादित्य।" महावत ने घिघियाते हुए जवाब दिया।

"क्या, ऊपर तुम्हारा राजा हेमचन्द्र विक्रमादित्य है?"

इतना कह अली क़ुली ख़ान लपककर हौदे के पास गया और उसमें देखा, तो पाया आँख पर बँधे और ख़ून में भीगे साफ़े के साथ हेमू अर्ध-मूर्च्छित अवस्था में पड़ा है। अली क़ुली ख़ान ने बिना एक पल गँवाए अर्ध-मूर्च्छित हेमू को हौदे में ही बाँध दिया।

अर्ध-मूर्च्छित हेमू को हौदे में बाँधने के बाद अली क़ुली ख़ान ने महावत को आदेश दिया, "हाथी को चुपचाप मेरे पीछे-पीछे लेकर आइए!"

इधर इससे पहले कि अकबर और बैरम ख़ाँ की फ़ौज आगे बढ़ती, उन्हें बताया गया कि शाही क़रावल दस्ते ने मैदान मार लिया है। अभी ये दोनों कुछ तय कर पाते कि देखा सामने से अली क़ुली ख़ान एक विशाल हाथी के आगे-आगे चला आ रहा है।

"मुबारक हो बादशाह सलामत!" आते ही कोर्निश करते हुए अली क़ुली ख़ान ने हाथी के आगे खड़े-खड़े गर्वीले स्वर में कहा।

"अली क़ुली ख़ान, यह आप किसके हाथी को पकड़ लाए हैं?" अकबर से पहले बैरम ख़ाँ ख़ानेख़ानाँ ने मुस्कराते हुए पूछा।

"हुज़ूर, इस पर आपका शिकार है।" अली क़ुली ख़ान ने एक रहस्यमयी मुस्कान उछाली।

"हमारा शिकार?" इस बार बादशाह अकबर बोला।

"जी बादशाह सलामत, आपका शिकार बसन्त राय।"

"क्याऽऽऽ बसन्त राय! आपका मतलब है इसमें हमारा दुश्मन वो बक़्क़ाल यानी गली-गली घूमनेवाला मामूली-सा बनिया हेमू है?" बैरम ख़ाँ ने हुमकते हुए पूछा।

"ख़ान बाबा, जनाब अली क़ुली ख़ान क्या कह रहे हैं?" बैरम ख़ाँ और अली क़ुली ख़ान को आपस में बतियाते देख बादशाह अकबर ने हस्तक्षेप किया।

"बादशाह सलामत, मुबारक हो। हमारे दुश्मन हेमू को क़ैद कर लिया गया है।" बैरम ख़ाँ ने अपने बादशाह अकबर को ख़ुशख़बरी देते हुए कहा।

"क्या, हेमू पकड़ा गया?" अकबर ने हैरानी भरी ख़ुशी जताते हुए पूछा।

"जी बादशाह सलामत।" जवाब इस बार अली क़ुली ख़ान ने दिया।

"ज़िन्दा या मुर्दा?"

"ज़िन्दा बादशाह सलामत।" अली क़ुली ख़ान ने सीना चौड़ा करते हुए बताया।

"सुबहान अल्लाह!" ख़ुशी से चहकते हुए अकबर ने इतना कहा और अपने गले में पड़ी बेशक़ीमती मोतियों की माला अली क़ुली ख़ान की तरफ़ उछाल दी।

अली क़ुली ख़ान ने अपनी ओर आती मोतियों की माला को बड़ी चपलता के साथ लगभग कलाबाज़ी खाते हुए हवा में ही लपक लिया, और कोर्निश के साथ ये दुआएँ देते हुए पीछे हट गया, "आपका इक़बाल बुलंद रहे बादशाह सलामत... हमारी पाक इमाम दुनिया के क़ायम रहने तक जिएँ!"

"अली क़ुली ख़ान, हमारे दुश्मन को हवाई हाथी से नीचे तो उतारा जाए!" बैरम ख़ाँ ख़ानेख़ानाँ ने अली क़ुली ख़ान को हुक्म दिया।

अली क़ुली ख़ान ने महावत से हाथी बिठाने के लिए कहा। महावत ने तुरन्त प्रशिक्षित हाथी को ज़मीन पर बैठा दिया। इस बीच हेमू को होश आ गया। अली क़ुली ख़ान ने हौदे से बँधे हेमू को खोला और फिर नीचे उतार, लड़खड़ाते हेमू को अकबर के सामने पेश कर दिया गया। अपने सामने ठिंगने क़द और साँवली रंगत के मामूली-से नज़र आनेवाले व्यक्ति को बादशाह अकबर ने ऊपर से नीचे तक देखा, तो उसे देखता रह गया। कुछ ही पलों में वह हेमू को कई बार जैसे ऊपर से नीचे तक आँखों-ही-आँखों में उतार गया। बादशाह अकबर रह-रहकर सोचता रहा कि मेवात के एक छोटे से क़स्बे रेवाड़ी का यह फेरीवाला कैसे इतने ऊँचे मुक़ाम पर पहुँच गया? एकाएक उसे हेमू के बारे में किसी का कहा गया यह कथन याद आ गया—बाहरी रूप से उसकी न कोई पदवी थी और न कोई नसब (ख़ानदान) थी। न कोई सूरत थी और न कोई इसमें सीरत थी। गलियों में नमक-शोरा बेचनेवाला किस तरह चालाकी की वजह से सलीम के साथ रहकर एक सरकारी फेरीवाला हो गया।

रक्त में नहाया और घायल हेमू नंगे सर अकबर के सामने चुपचाप खड़ा रहा। दाईं आँख पर बँधा साफ़ा जो ख़ून में पूरी तरह भीग गया था, उस पर ख़ून की पपड़ी जम गई।

"बादशाह सलामत, लीजिए और अपने दुश्मन का अपने हाथों से सर क़लम कर ग़ाज़ी हो जाइए!" बैरम ख़ाँ ने निहत्थे हेमू को अकबर की तरफ़ धकियाते हुए निवेदन किया।

मगर एक किशोर बादशाह की ऐसा करने की हिम्मत नहीं हुई।

"ग़ाज़ी होने का इससे बेहतर दूसरा मौक़ा नहीं मिलेगा बादशाह सलामत।" इस बार अपने बादशाह को प्रोत्साहित करते हुए बैरम ख़ाँ बोला।

"ख़ान बाबा, मुझसे यह मारा ना जाएगा। यह तो वैसे भी मरे हुए के समान है।" अकबर ने मना करते हुए कहा।

"बादशाह सलामत, जनाब ख़ानेख़ानाँ साहब सही फ़रमा रहे हैं।" एक बेग ने बैरम ख़ाँ का समर्थन किया।

"ख़ुदावंद बेग, मुझे नहीं लगता कि एक क़ैदी को मारने से कोई सवाब मिलेगा।"

"बादशाह सलामत, जितना बड़ा सवाब अपने दुश्मन को मारने या उसे ग़ुलाम बनाने में मिलता है, उतना कुछ भी करने से नहीं मिलता।" दूसरे बेग ने तर्क दिया।

"बेग, यह ख़ामख़याली है। ठीक है कि यह इस वक़्त हमारा दुश्मन भी है और ग़ुलाम भी है, मगर इस घमंडी और फ़रेबी के मैं पहले ही टुकड़े कर चुका हूँ। पता है, कब और कैसे?" इतना कह अकबर ने वहाँ मौज़ूद बेगों और अपने गुरु व सरपरस्त बैरम ख़ाँ की तरफ़ देखा।

"कब और कैसे बादशाह सलामत?" बैरम ख़ाँ ने हैरानी के साथ पूछा।

"ख़ान बाबा, यह सिकन्दर शाह सूर को हराने के बाद की बात है। मैं देहली में जन्नत आशियानी के किताबख़ाने में तस्वीर बना रहा था। तस्वीर बनाते हुए मेरे हाथों एक ऐसे आदमी की तस्वीर बन गई, जिसमें उसके चारों हाथ-पाँव अलग-अलग थे। जब इस तस्वीर के बारे में मुझसे दरबार के एक बेग ने पूछा कि यह किसकी तस्वीर है? तब मेरे मुँह से यूँ ही निकल गया कि यह हेमू है। हैरतअंगेज़ तो यह है कि मैंने तब इसका नाम कभी सुना भी नहीं था।"

इस पर बैरम ख़ाँ ने कहा, "बादशाह सलामत, जिनकी पाक शख़्सियत में ख़ुदाई नूर है, उन्हें तो आज में ही गुज़रा हुआ कल और आनेवाला कल नज़र आता है। वैसे यह करिश्मा हुआ कैसे?"

"ख़ान बाबा, एक ना दिखनेवाली शै ने यह बात हमारी ज़बान पर रख दी, इसका राज़ वही जाने।"

"ठीक है बादशाह सलामत। लगता है यह नेक और सवाब का काम अब मुझे ही करना पड़ेगा।" इतना कह बैरम ख़ाँ ख़ानेख़ानाँ ने हेमू का सर क़लम करने के लिए म्यान से अपनी तलवार निकाल ली और हेमू का सर क़लम कर दिया। धड़ से सर के अलग होते ही हेमू कटे हुए दरख़्त की तरह धराशायी हो गया। कुछ पल तड़पने के बाद शरीर अन्ततः ठंडा हो गया।

"बहादुरो, सर से अलग हुए इस पाजी के धड़ को सरेआम देहली में लटका दिया जाए, ताकि सभी ख़ासो-आम को सबक़ मिले कि बादशाह सलामत के ख़िलाफ़ सर उठाने का अंजाम क्या होता है।" बैरम ख़ाँ ने मैदाने-जंग में मौजूद अपने सिपाहियों से कहा।

"और सर का क्या किया जाए हुज़ूरे आली?" एक सिपाही ने पूछा।

"बादशाह सलामत, लाश को तो हमने देहली में सरेआम लटकाने का हुक्म दे दिया है। सर को क्यों न काबुल भेज दिया जाए ताकि वहाँ के लोग भी देख लें?" बैरम ख़ाँ ने अपने बादशाह को सुझाव दिया।

"बेशक। हेमूं के सर को काबुल में लोहे के दरवाज़े पर लटका देना चाहिए!"

बादशाह अकबर के इस हुक्म के बाद हेमू के सर को काबुल भेज दिया गया।

अगले दिन पानीपत के मैदान में अकबर ने जंग में मारे गए दुश्मन के सिपाहियों के सरों को इकट्ठा करवाकर कल्ला मीनार बनवाने का हुक्म दिया। इसके बाद पानीपत से देहली पहुँचकर अकबर ने अपने नाम का ख़ुतबा पढ़वाया।

अकबर ने देहली की गद्दी सँभालने के बाद, पहले साल में मजनूँ ख़ान क़ाक़शाल को मेवात का हाकिम बनाकर भेज दिया। मजनूँ ख़ान क़ाक़शाल जैसे ही नारनौल पहुँचा, उसे वहाँ कभी फ़रीद ख़ाँ सूर अर्थात् शेरशाह सूरी के अमीर रहे हाजी ख़ाँ ने घेर लिया। इसकी ख़बर जैसे ही आमेर के राजा भारमल को लगी, उसने मजनूँ ख़ान क़ाक़शाल को अमीर हाजी ख़ाँ से बचाया और सकुशल वापिस भेज दिया।

इस तरह देहली के सिंहासन पर बैठनेवाला अन्तिम सिकन्दर शाह सूर फिर से हिन्दुस्तान की सत्ता सँभालनेवाले मुग़लों का मनसबदार बन गया। जबकि मेवात के एक और योद्धा बसन्त राय यानी हेमू अर्थात् हेमचन्द्र विक्रमादित्य के शहीद होने के साथ ही, अन्तिम हिन्दू सम्राट का शासन हिन्दुस्तान से हमेशा के लिए समाप्त हो गया और इतिहास में सिर्फ़ ये शब्द दर्ज होकर रह गए—

हेमू नृप भार्गव सरनामा, जिन जीते बाईस संग्रामा।

47

संवत 1613 शा. 1578 मार्गशीर्ष शुक्ल, 14 चन्द्र घ, पल, 37 परते पूर्णिमा कृत्तिका नक्षत्रे घ. 26/46 इह दिवसे सूर्योदयात गत घटी 28/16 रात्रिगत घ. 2/55 मिथुन लग्ने लाभपुरे श्रीमत ख़ानेख़ानाँ महाशयानाम जनिरभूत।

—मुंशी देवी प्रसाद द्वारा खोजी गई अब्दुर्रहीम की जन्म-पत्री

पिछले डेढ़ साल के अन्दर बैरम ख़ाँ ख़ानेख़ानाँ के लिए यह तीसरी बड़ी ख़ुशी है। पहली उसे तब मिली जब माछीवाड़ा के पास बेजवाड़ा में तीस हज़ार अफ़ग़ानों को उसने हराया था, और उसकी बहादुरी से ख़ुश होकर

हुमायूँ ने उसे ख़ानेख़ानाँ के ख़िताब से नवाज़ा था। दूसरी तब मिली, जब पानीपत के दूसरे युद्ध में हेमू अर्थात् हेमचन्द्र विक्रमादित्य जैसे शक्तिशाली योद्धा को हराकर, हिन्दुस्तान में फिर से मुग़लों की सत्ता में वापिसी कराई। तीसरी बड़ी ख़ुशी इस साल 1556 ई. के आख़िर में मिली, जब 17 दिसम्बर के दिन लाहौर में पैदा हुए अब्दुर्रहीम के रूप में पुत्र-रत्न की प्राप्ति हुई।

मगर चार बरस का होते-होते मासूम रहीम के जीवन में अँधेरा घिरना शुरू हो गया।

हुआ यूँ कि अट्ठाईस बरस का होते-होते अकबर को अपनी समझ और ताक़त पर भरोसा होने लगा। अपने वालिद हुमायूँ द्वारा तैनात किए गए अपने अतालीक़ यानी गुरु और अभिभावक ख़ान बाबा की हिदायतें अब उससे बर्दाश्त करना मुश्किल हो गया। क्योंकि तेज़ी से साम्राज्य के होते विस्तार के साथ-साथ, मनमर्ज़ी और बढ़ती ताक़त ने उसके अभिभावक ख़ान बाबा को जैसे मदहोश कर दिया। उसके इर्द-गिर्द रहनेवाले हाकिम दौलतमन्द होने लगे, जबकि बादशाह होने के बावजूद अकबर के अपने ख़ज़ाने का कोई इन्तज़ाम नहीं था। यहाँ तक ख़ुद बादशाह के ख़ास हाकिमों को बहुत कम तनख़्वाहें दी जाने लगीं। बादशाह अकबर के कानों में ख़ान बाबा के, एक के बाद एक मनमाने फ़ैसलों और उसकी बढ़ती तानाशाही के क़िस्से गूँजने लगे। उसे याद आया कि एक बार जब बैरम ख़ाँ ख़ानेख़ानाँ यमुना में ठंडी-ठंडी हवा का आनन्द ले रहा था, तब बादशाह का एक हाथी मदमाता हुआ यमुना में घुस गया और उसकी नाव की तरफ़ बढ़ने लगा। बड़ी मुश्किल से महावत ने हाथी को क़ाबू में किया। जैसे-तैसे बैरम ख़ाँ बच गया। बादशाह को जब पता चला, तब उसने महावत को बँधवाकर ख़ान बाबा के पास भिजवा दिया। मगर बैरम ख़ाँ ने माफ़ करने के बजाय उस बेक़सूर महावत को जान से मरवा दिया। इसी तरह एक बार बादशाह के बेक़ाबू हाथी ने बैरम ख़ाँ के हाथी को बुरी तरह घायल कर दिया, तो बैरम ख़ाँ ने शाही हाथी को ही मरवा दिया।

बैरम ख़ाँ ख़ानेख़ानाँ के ऐसे ही तानाशाही भरे फ़ैसलों ने बादशाह अकबर को सत्ता की बागडोर अपने हाथों में लेने के लिए मजबूर कर दिया। इसलिए उसने तय कर लिया कि अब वह ख़ुद सत्ता सँभालेगा और अपनी मर्ज़ी से हुकूमत चलाएगा। अकबर की इस ख़्वाहिश के बारे में जैसे ही दाई माहम अंगा को पता चला, वह तुरन्त सक्रिय हो गई।

उस दिन आगरा से शिकार के लिए निकला अकबर कुछ ही मील दूर पहुँचा था कि उसे रास्ते में एक पैग़ाम मिला। पैग़ाम मिलते ही वह बेचैन हो उठा। पैग़ाम के मुताबिक़ उसे इसी वक़्त देहली लौटना होगा क्योंकि उसकी माँ हमीदा बानो बेगम अचानक बीमार हो गई है। जब तक अकबर के अभिभावक ख़ान बाबा यानी बैरम ख़ाँ ख़ानेख़ानाँ की कुछ समझ में आता, अकबर देहली के लिए वापिस लौट गया।

देहली लौटते ही क़िले की नाकाबन्दी कर दी गई और अकबर ने अपने ख़ास लोगों के बीच यह ऐलान करवा दिया कि बैरम ख़ाँ रास्ता भटक गए हैं। चूँकि मुझे फ़ौरन देहली पहुँचना था इसलिए मैं ख़ान बाबा को नज़रअन्दाज़ कर देहली चला आया।

देहली आने पर माहम अंगा अकबर के पास आई और घबराते हुए बोली, "बादशाह सलामत, मुझे आपसे एक ज़रूरी बात करनी है?"

"हाँ कहिए धाय माँ!"

"जब ख़ान बाबा को पता चलेगा कि बीच रास्ते से आप मेरे कहने पर देहली आए हैं, तो वे ज़रूर मुझसे बदला लेंगे। मेरे पास उनसे सामना करने की हिम्मत नहीं है। इसलिए अच्छा होगा कि मैं मक्का चली जाऊँ।"

"धाय माँ, यह आप कैसी बातें कर रही हैं? मैं हूँ तो सही।"

"वो बात आपकी सही है, परऽऽऽ कहाँ इतने ताक़तवर ख़ान बाबा और कहाँ मैं एक मामूली-सी दाई।"

"धाय माँ, आप बेफ़िक्र रहिए। मैंने इसका इलाज़ पहले ही ढूँढ़ रखा है।" अकबर ने माहम अंगा को आश्वस्त करते हुए कहा।

"किसी तरह आप इसे सँभाल लीजिए बादशाह सलामत।" माहम अंगा बड़ी बेचारगी के साथ बोली।

"आप घबराइए मत। आपको कुछ नहीं होगा।"

अपने बादशाह से पूरी तरह आश्वस्त होने के बाद माहम अंगा चली गई। उसके जाने के बाद अकबर ने अपने उस्ताद अब्दुल लतीफ़ को बुलवाया।

"बादशाह सलामत, आपने याद किया?"

"हाँ उस्ताद जी।"

"हुक्म करिए!"

"आपको हमारा एक पैग़ाम लेकर जाना है उस्ताद जी।"

"किसके पास लेकर जाना है बादशाह सलामत?"

"आगरा ख़ान बाबा के पास।"

"रुकिए, मैं अभी पैग़ाम लिखने का साज़ो-सामान लेकर आता हूँ।"

"जल्दी लाइए!"

उस्ताद अब्दुल लतीफ़ शीघ्र ही पैग़ाम लिखने के लिए अतलस और क़लम-दवात लेकर आ गया।

"उस्ताद लिखिए—

मुहतरम ख़ान बाबा, सबसे पहले तो मैं आपसे इस ख़ता की मुआफ़ी चाहता हूँ कि मैं बग़ैर आपकी इजाज़त के देहली चला आया। मेरे साथ के लोग आपसे बहुत ख़ौफ़ज़दा हैं। इसलिए यही सही है कि आपका रवैया अच्छा रहे ताकि वे बेख़ौफ़ मेरी ख़िदमत करते रहें। वैसे यह तो आप जानते ही हैं कि आपकी ईमानदारी और

वफ़ादारी पर पूरी तरह भरोसा करके, मैंने हुकूमत के सारे अहम फ़ैसले और कुछ ज़रूरी काम आप पर छोड़ दिए थे और यह ज़रूरी भी था। चूँकि मैंने अब हुकूमत की बागडोर ख़ुद अपने हाथों में लेने का फ़ैसला किया है, इसलिए आपको सलाह दी जाती है कि आप हज पर चले जाएँ। हज पर जाने के बाद आपकी गुज़र-बसर के लिए हिन्दुस्तान के परगनों में से आपको जागीर दे दी जाएगी। इससे जो लगान हासिल होगा, उसे आपके मातहत काम करनेवाले मुलाज़िमों को भेज दिया जाएगा।"

उस्ताद अब्दुल लतीफ़ बादशाह अकबर का पैग़ाम लेकर बैरम ख़ाँ ख़ानेख़ानाँ के पास आगरा पहुँच गया। बिना किसी पूर्व सूचना के बादशाह के उस्ताद को अचानक आया देख बैरम ख़ाँ को बड़ी हैरानी हुई। बावजूद इसके बादशाह के अभिभावक होने के नाते, बैरम ख़ाँ ने अपने बादशाह के गुरु का भरपूर स्वागत किया। जमकर उसकी ख़ातिरदारी की। जब ख़ातिरदारी से फ़ुरसत मिली, तब बैरम ख़ाँ ने मुस्कराते हुए पूछा, "उस्ताद जी, ऐसा क्या ज़रूरी काम आ गया जो बिना इत्तला किए देहली से आगरा चले आए? मुझे ख़बर कर देते, मैं ही आपके पास आ जाता।"

"ख़ान बाबा, बादशाह सलामत ने आपके नाम यह पैग़ाम भेजा है।" इतना कह उस्ताद अब्दुल लतीफ़ ने बादशाह अकबर का पैग़ाम बैरम ख़ाँ की तरफ़ बढ़ा दिया।

बैरम ख़ाँ ख़ानेख़ानाँ ने गोल लिपटे ख़रीते पर बँधे रेशमी फ़ीते को खोला और फिर उस खुले हुए खर्रे को पढ़ने लगा। बैरम ख़ाँ अपने बादशाह का जैसे-जैसे अतलस पर लिखा पैग़ाम पढ़ता गया, उसका चेहरा सुर्ख़ होता गया। मगर अन्त तक आते-आते वह एकाएक निष्प्रभ हो गया। पैग़ाम पढ़ने के बाद निश्चेष्ट बैरम ख़ाँ के हाथों में हल्की-हल्की जुम्बिश होने लगी।

"ख़ानेख़ानाँ साहब, क्या हुआ? आपको अचानक यह क्या हो गया? आख़िर उस्ताद अब्दुल लतीफ़ साहब के लाए इस पैग़ाम में ऐसा क्या लिखा है, जो आप पत्थर की मूरत हो गए?" पास खड़े एक बेग ने हैरानी के साथ पूछा।

बैरम ख़ाँ ने पहले एक गहरी साँस ली, फिर उसे बाहर छोड़ते हुए बड़ी हताशा के साथ बोला, "बेग साहब, लगता है बादशाह सलामत का दाना-पानी बस यहीं तक था।"

"यह आप क्या कह रहे हैं? ऐसे कैसे हो सकता है ख़ानेख़ानाँ साहब?"

"ऐसा हो नहीं सकता...बल्कि हो चुका है। बादशाह सलामत ने सल्तनत की बागडोर ख़ुद सँभालने का फ़ैसला किया है।"

"बिना आपसे सलाह-मशविरा किए बादशाह सलामत इतना बड़ा फ़ैसला कैसे ले सकते हैं?"

"इसलिए कि वे बादशाह सलामत हैं बेग।" बैरम ख़ाँ की आवाज़ डूबने लगी।

"आपको इस तरह चुप नहीं बैठना चाहिए ख़ानेख़ानाँ साहब। आपको बग़ावत कर देनी चाहिए।"

"नहीं बेग। ऐसा करना जन्नत आशियानी बादशाह हुमायूँ को दिए गए क़ौल के साथ दग़ा करना होगा। उस जन्नत आशियानी के साथ, जिसने हमें अपना यह जिगर का टुकड़ा बड़े भरोसे के साथ तराशने के लिए हमारे सुपुर्द किया था। लगता है इस नग को तराशने में हमसे ही कोई कमी रह गई है...और अगर हमसे कोई कमी रह भी गई है, तब भी अपनी ज़िन्दगीभर की नमकहलाली पर मैं उनके ख़िलाफ़ बग़ावत जैसा काम करके अपने ऊपर पर बदनामी का दाग़ नहीं लगा सकता। बेग, आनेवाली नस्लें आपके हर करम का हिसाब रखती हैं।" फिर बैरम ख़ाँ ने उस्ताद अब्दुल लतीफ़ की तरफ़ देखा और कहा, "उस्ताद, मेरी तरफ़ से बादशाह सलामत से एक गुज़ारिश करना कि ख़ान बाबा अपनी वफ़ादारी साबित करने के लिए एक बार आपसे ख़ुद मिलना चाहता है।"

"ठीक है ख़ान बाबा, आपका यह पैग़ाम मैं बादशाह सलामत तक पहुँचा दूँगा। अच्छा, ख़ुदा हाफ़िज़!" बैरम ख़ाँ से विदा लेते समय इस बार बादशाह के तालीमी उस्ताद अब्दुल लतीफ़ की आवाज़ भी काँपकर रह गई।

आगरा से उस्ताद अब्दुल लतीफ़ के वापिस लौटने पर अकबर ने उससे पूछा, "कुछ हुआ तो नहीं उस्ताद?"

"कुछ नहीं हुआ बादशाह सलामत। बस, ख़ान बाबा ने अपनी वफ़ादारी साबित करने के लिए आपसे एक बार मिलने की इजाज़त माँगी है।"

"हमें किसी से मिलने की ज़रूरत नहीं है उस्ताद। आपको भी अब इनके पास जाने की इजाज़त नहीं है।" इसके बाद अकबर अपने एक बेग की तरफ़ मुड़ते हुए बोला, "ख़ान बाबा को यह ख़बर भिजवा दीजिए कि वे हज के लिए जितनी जल्दी हो रवाना हो जाएँ।"

बादशाह अकबर के इस हुक्म के बाद बैरम ख़ाँ ख़ानेख़ानाँ ने उसी समय अपने ओहदे व रुतबे का सारा साज़ो-सामान, नक़्क़ारा और शाही अलम दरबार भिजवा दिया। इधर जैसे ही अकबर के इस हुक्म की ख़बर दूसरे बेगों तक पहुँची, सब बैरम ख़ाँ का साथ छोड़कर बादशाह अकबर के दरबार में हाज़िरी बजाने लगे।

अपने बादशाह का हुक्म मिलने के बावजूद जब बैरम ख़ाँ ख़ानेख़ानाँ हज के लिए रवाना नहीं हुआ, तब उसे बिना किसी देरी के मक्का रवाना करवाने के लिए मुल्ला पीर मुहम्मद को भेजा गया। बैरम ख़ाँ को जब पता चला कि उसके एक ख़ादिम को उसे हिन्दुस्तान से निकालने का दायित्व सौंपा है, उसने इसे अपना अपमान माना और इससे क्रुद्ध होकर उसने बग़ावत कर दी। बैरम ख़ाँ ने मुल्ला पीर मुहम्मद को बयाना के क़िले में क़ैद करवा दिया और कुछ समय बाद उसे ही मक्का के लिए रवाना कर दिया। मगर वह जैसे ही गुजरात पहुँचा, उसे ख़बर मिली कि बादशाह सलामत ने बैरम ख़ाँ से हुकूमत के सारे अधिकार वापिस ले लिए हैं, वह वहीं से देहली लौट आया। अकबर ने मुल्ला पीर मुहम्मद के लौटने

पर, बैरम ख़ाँ द्वारा लौटाए गए ओहदे व रुतबे का सारा साज़ो-सामान, नक़्क़ारा और शाही अलम के साथ उसे ख़ान का ख़िताब दे दिया। बैरम ख़ाँ को जब इसका पता चला, तब उसने पंजाब का रुख़ किया।

इस पूरे घटनाक्रम पर काबुल में बैठे चग़ताई मुनीम ख़ाँ की जैसे पहले से नज़र टिकी हुई थी। उस चग़ताई मुनीम ख़ाँ की जिसने सिन्ध में कभी परेशान घूम रहे हुमायूँ का साथ दिया था। इसी के बदौलत वह काबुल का हाकिम बना और हुमायूँ की मौत के बाद भी यह यहाँ का हाकिम बना रहा। उसे जब मालूम हुआ कि बैरम ख़ाँ से बादशाह अकबर ने सारे पद छीन लिए हैं तब वह हिन्दुस्तान आया। दरबार में पेश होते ही अकबर ने उसे वे ख़िताब, ओहदा और ख़ानेख़ानाँ की वह उपाधि भी प्रदान कर दी, जो कभी बैरम ख़ाँ के पास था।

एक दिन बैरम ख़ाँ ने मुनीम ख़ाँ के पास पैग़ाम भेजा कि वह बादशाह सलामत के लिए कुछ भी करने को तैयार है। मुनीम ख़ाँ ने बैरम ख़ाँ का यह पैग़ाम बादशाह अकबर के पास पहुँचा दिया। इस पर बादशाह अकबर ने जवाब दिया, "जनाब मुनीम ख़ाँ साहब, ख़ान बाबा से कहना कि वे हमारे वालिद की तरह हैं। उन्हें यहाँ लाने के लिए जो हो सके, करना।"

मुनीम ख़ाँ ने ऐसा ही किया और अपने पुराने साथी बैरम ख़ाँ को बादशाह सलामत के सामने पेश कर दिया। एक गुनहगार की तरह घोड़े से उतरकर बैरम ख़ाँ ने अपनी तलवार गले में लटका दी। सर से अपनी पगड़ी उतार, उससे अपने हाथ बाँध लिए। ख़ान बाबा अर्थात् कभी अकबर के अभिभावक रहे बैरम ख़ाँ ने अपना सर अब बादशाह अकबर के क़दमों में रख दिया। उसने जब बादशाह के पैर चूमे, तो काँपते हाथों से अकबर ने अपने ख़ान बाबा को कंधे से पकड़कर उठाया और उसे गले से लगा लिया। बादशाह अकबर की आँखें भर आईं। इसके बाद बादशाह ने बैरम ख़ाँ को अपने दाएँ तरफ़, उसकी पुरानी जगह पर बिठाया और उसी की पगड़ी से उसके बँधे हाथ खोलकर उसे उसके सर पर रखा दिया।

अपने बादशाह की इस रहम दिली पर बैरम ख़ाँ इतना भावुक हो गया कि काँपती आवाज़ में बोला, "बहुत आरज़ू थी कि बादशाह सलामत की नमकहलाली में अपनी जान क़ुर्बान कर देता। मगर अफ़सोस कि उम्रभर की सारी कमाई मिट्टी में मिल गई। पता नहीं अभी नसीब में और क्या-क्या लिखा है।"

"बादशाह सलामत, हमने ख़ान बाबा को भरोसा दिलाया है कि इन्हें हज की इजाज़त मिल जाएगी।"

"हम तो ख़ान बाबा को अपनी ख़िदमत में ही रखना चाहते थे। मगर इनकी ख़्वाहिश मक्का-मदीना जाने की है, तो इन्हें ज़रूर इजाज़त मिलेगी।" बादशाह अकबर ने वर्तमान ख़ानेख़ानाँ मुनीम ख़ाँ द्वारा बड़ी चालाकी से बादशाह के सामने रखी इस पेशकश को क़बूल करते हुए कहा।

इसके बाद बादशाह अकबर ने बैरम ख़ाँ को ख़िलअत देकर सम्मानित किया, और परिवार के साथ हज के लिए दरबार के छोटे-बड़े हाकिमों और ख़िदमतगारों से चन्दा और साज़ो-सामान इकट्ठा कर उसे दे दिया।

पाटण। दसवीं सदी के चालुक्य वंश के मूलराज (प्रथम) द्वारा बसाया गया गुजरात का अन्हिलपुर नाम का प्राचीन शहर। वही शहर जो पहले, ग्यारहवीं सदी में महमूद गज़नवी की क्रूरता का शिकार हुआ, तो बारहवीं सदी में कुतुबुद्दीन ऐबक द्वारा लूटा गया। तेरहवीं सदी में अलाउद्दीन खिलज़ी ने इस पर अधिकार कर लिया, तो बाद में चौदहवीं सदी तक यह देहली सल्तनत के अधीन रहा।

हज़ जाने के रास्ते में पड़नेवाले इसी अन्हिलपुर यानी वर्तमान के पाटण शहर की ख़ूबसूरत सहस्त्रलिंग झील। इसी पाटण में प्रवास के दौरान बैरम ख़ाँ एक दिन सैर करने के लिए सहस्त्रलिंग झील के बीच बने छोटे-से टापू पर चला आया। जनवरी की गुनगुनी सर्दी के बावजूद झील की सतह का स्पर्श कर ठंडी हवा जब जिस्म से आकर टकराती, तो लगता जैसे पूरी थकान मिट गई है। चारों तरफ़ झील के पानी से घिरे टापू पर बैरम ख़ाँ घंटों क़ुदरती नज़ारे को निहारता रहा। सैर के बाद बैरम ख़ाँ नाव में बैठ, मग़रिब की नमाज़ के लिए लौटने लगा, तो डूबते सूरज की पीतांबरी धूप ने झील के इस अलौकिक सौन्दर्य को और दर्शनीय बना दिया। झील की पीतांबरी लहरों पर उसकी नज़र पड़ी, तो एक पल के लिए लगा जैसे झील में पानी नहीं, पिघले हुए सोने की लहरें हिलोरें ले रही हैं। ढलती शाम के इस दृश्य को जी भरकर निहारने के बाद बैरम ख़ाँ ने माँझी को नाव किनारे पर लगाने के लिए कह दिया। नाव धीरे-धीरे हिचकोले खाती हुई किनारे पहुँच गई। अभी वह नाव से उतरा ही था कि सामने से उसे मुबारक ख़ाँ लोहानी अपने तीस-चालीस पठानों की टुकड़ी के साथ तेज़ी से अपनी तरफ़ आता हुआ दिखाई दिया।

मुबारक ख़ाँ लोहानी ने बैरम ख़ाँ के पास आते हुए कहा, "अस्सलाम वालैकुम ख़ान बाबा!"

"वालैकुम अस्सलाम। बरख़ुरदार, कैसे पाटण में गश्त लगा रहे हो?" जवाब में मुस्कराते हुए बैरम ख़ाँ ने पूछा।

"आपसे मिलने की बड़ी ख़्वाहिश थी। इसलिए आपको ढूँढ़ता हुआ यहाँ तक चला आया।"

"बाकी सब ख़ैरियत है?"

"अल्लाह का फ़ज़ल है। आप कैसे हैं ख़ान बाबा?" इतना कह मुबारक ख़ाँ लोहानी बैरम ख़ाँ के एकदम नज़दीक आ गया।

"अल्लाह की मर्ज़ी पर जी रहा हूँ बरख़ुरदार।" बैरम ख़ाँ ने निराशाभरी आवाज़ में कहा।

मुबारक ख़ाँ लोहानी आगे बढ़कर बैरम ख़ाँ के जैसे ही गले लगा, एक ज़ोरदार कर्णभेदी चीत्कार गूँजी, "या मे...मेरे अल्लाह!"

जब तक बैरम ख़ाँ के कुछ समझ में आता, तब तक एक के बाद एक उसके सीने में ख़ंजर कई बार उतर चुका था। बैरम ख़ाँ को सँभलने का मौक़ा भी न मिला और ज़मीन पर गिर पड़ा। ज़मीन पर गिरते ही आसपास की रेत बैरम ख़ाँ के लहू से नहा गई।

"ख़ान बाबा! यह उस नेज़ा का बदला है जो आपने माछीवाड़ा की जंग में मेरे वालिद के सीने में उतार ख़ानेख़ानाँ का ख़िताब हासिल किया था।" मुबारक ख़ाँ लोहानी ने बैरम ख़ाँ की छाती में घुपे ख़ंजर को बाहर निकाल और उसे फिर से घोंपते हुए कहा।

"मुबारक, मैदाने-जंग में दुश्मन की दुश्मन से जंग होती है, आदमी की आदमी से नहीं। बतौर एक वफ़ादार सिपाही मैंने तब अपना फ़र्ज़ निभाया था, जबकि आपने इस वक़्त उस निहत्थे के सीने में ख़ंजर उतार इनसानियत का क़त्ल किया है, जो ज़ियारत के लिए मक्का जा रहा है।" घायल बैरम ख़ाँ ने कराहते हुए कहा।

"हुँ, इनसानियत का क़त्ल!" इतना कह मुबारक ख़ाँ लोहानी ने अपनी रक्तरंजित कटार म्यान में रखी और अपने साथियों के साथ लौट गया।

"या मेरे ख़ुदा, मैं रोज़ फ़ज्र की नमाज़ के वक़्त अपनी शहादत की जो दुआ करता था, उसे आज आपने क़ुबूल कर लिया!" इतना कह बैरम ख़ाँ ने आसमान की तरफ़ हाथ उठाया और एक तरफ़ लुढ़क गया।

मुबारक ख़ाँ लोहानी ने बैरम ख़ाँ पर इतना घातक हमला किया कि उनके अपनों की भी उसकी लाश उठाने की हिम्मत नहीं हुई। आसपास काम कर रहे किसान और नज़दीक ही हज़रत निज़ामुद्दीन औलिया के एक मुरीद शेख़ हिसाम की दरगाह पर जाते हुए जिन फ़क़ीरों ने इस लोमहर्षक घटना को देखा, उन्होंने बैरम ख़ाँ की लाश को उठाया और मुरीद शेख़ हिसाम की दरगाह के अहाते में उसे मिट्टी दे दी। वसीयत के अनुसार बाद में मशहद ले जाकर उसे सुपुर्दे-ख़ाक कर दिया गया।

बैरम ख़ाँ के इस क़त्ल के बाद मुग़लिया सल्तनत से जैसे एक युग का अन्त हो गया।

अपने शौहर के क़त्ल के बाद बैरम ख़ाँ की बेवा, हसन ख़ाँ मेवाती के चचेरे भाई ख़ानज़ादा जमाल ख़ाँ की दूसरी बेटी और चार वर्षीय अब्दुर्रहीम की माँ सलीमा बेगम; अमीन दीवाना, बाबा जम्बूर और ख़्वाजा मलिक के छोटे-से क़ाफ़िले के साथ अब्दुर्रहीम को बचाकर अहमदाबाद ले आई। यहाँ चार महीने रहकर सलीमा बेगम आगरा पहुँची, तो उसके पहुँचते ही शाही कुनबे में हाहाकार मच गया।

सलीमा बेगम की नज़र जैसे ही बादशाह अकबर पर पड़ी, पछाड़ खाकर अपने दोनों हाथों को ज़मीन पर मारते हुए वह चीत्कार करते हुए बोली, "आलम पनाह, मैं तो जीते-जी लुट गई! मेरी तो दुनिया ही उजड़ गई! मैं और मेरा मासूम रहीम अब किसके सहारे अपनी ज़िन्दगी बसर करेंगे!" ज़मीन पर हाथ मारने से हाथों की टूटी हुई चूड़ियों से ज़ख़्मी सूने हाथों को आसमान में उठाया और यह कहते हुए मूर्च्छित हो गई, "ऐ मेरे मौला, तूने यह मुझसे किस जनम का बदला लिया है!"

ज़मीन पर माँ की कलाइयों की चूड़ियों के पड़े छोटे-छोटे टुकड़ों, और माँ को ज़ार-ज़ार रोता देख मासूम अब्दुर्रहीम की समझ में कुछ नहीं आ रहा, कि आख़िर उसकी माँ इस क़दर क्यों दहाड़े मार-मार कर रो रही है? आख़िर वह कौन-सी दुनिया उजड़ने की बात कह रही है? निर्निमेष आँखों से अब्दुर्रहीम चुपचाप विलाप करने और इसके बाद बेहोश हो गई अपनी माँ को देखता रहा।

अपने वली, गुरु और मार्गदर्शक ख़ान बाबा की बेवा सलीमा बेगम को बादशाह अकबर ढाढ़स बँधाने की कोशिश करता रहा। इस बीच बेहोश सलीमा बेगम को आँसुओं से भीगी दो-तीन ख़िदमतगार शाही ज़नानख़ाने में ले गईं। सलीमा बेगम के ज़नानख़ाने में लाते ही बड़ी बहन शाहबानू बेगम ने अपनी छोटी बहन को अंक में भर लिया। कुछ देर बाद सलीमा को होश आया, तो अपनी बड़ी बहन से नज़र मिलते ही उसकी फिर से रुलाई फूट गई, "मेरी आपाऽऽऽ! मैं तो कहीं की नहीं रही।" इसके बाद सलीमा बेगम अपनी बड़ी बहन शाहबानू बेगम से किसी लता की तरह लिपट गई।

"सलीमा, मेरी बहन, होनी को कौन टाल सकता है। अल्लाह तआला को शायद यही मंज़ूर था।" शाहबानू ने अपनी छोटी बहन को अपने बाज़ुओं में कस लिया।

देर तक शाहे-मेवात मरहूम ख़ानज़ादा हसन ख़ाँ मेवाती के चचेरे भाई जमाल ख़ाँ की दोनों बेटियाँ आपस में एक-दूसरे से लिपटकर रोती रहीं। शाहबानू ने अपनी छोटी बहन सलीमा को बहुत तसल्ली दी। मासूम अब्दुर्रहीम और दुनियादारी का बहुत वास्ता दिया। मगर जो घाव सलीमा को भरी उम्र में लगा है, वह ज़िन्दगीभर नहीं भर सकता।

इधर बादशाह अकबर की नज़र जैसे ही मासूम अब्दुर्रहीम पर पड़ी, उसने लपककर उसे गोद में उठा लिया और कंधे से लगा देर तक बच्चे की तरह सुबकता रहा। कुछ देर बाद मन जब कुछ हल्का हुआ, तब उसने भरे दरबार में हिदायत देते हुए कहा, "याद रहे, अब्दुर्रहीम हमारा बेटा है। इसे सदा मेरी नज़रों के सामने रखा जाए। इसे हर तरह से ख़ुश रखा जाए। आज से यह हमारी सरपरस्ती में रहेगा। इसकी परवरिश की ज़िम्मेदारी मैं अपने ऊपर लेता हूँ और शाही ख़ानदान की रिवायत के मुताबिक़ अब्दुर्रहीम को मिर्ज़ा ख़ाँ के ख़िताब से भी नवाज़ता हूँ।"

इसके बाद अकबर ने अब्दुर्रहीम को सिंहासन के दाएँ तरफ़ बिठाया और सामने बैठे शाही दरबारियों की तरफ़ देखते हुए बोला, "हकीम अबुल फ़तह साहब और कुँवर मानसिंह जी, अब्दुर्रहीम को तालीम देने की ज़िम्मेदारी आप दोनों की है!"

"जी आलम पनाह।" हकीम अबुल फ़तह और कुँवर मानसिंह ने एक स्वर में कहा।

"बाबा जम्बूर, मैं अब्दुर्रहीम मिर्ज़ा ख़ाँ को आपके सुपुर्द करता हूँ। आप इसे अपनी देखरेख में तालीम दिलाएँगे! अब्दुर्रहीम भले ही मज़हब से मुसलमान है, मगर मैं चाहता हूँ कि इसकी तालीम ऐसी हो कि इसकी रगों में ख़ालिस हिन्दुस्तानी लहू बहे।"

"जी बादशाह सलामत।" बाबा जम्बूर ने सहमति में सर हिलाते हुए हामी भरी।

"और याद रहे जब भी यह किसी से अपने वालिद के बारे में पूछे, इसे यही बताना है कि वे हज पर गए हैं।"

शाम को अब्दुर्रहीम माँ के पास आया। शाही ख़िदमतगारों और कनीज़ों ने उसे अपने पास बुलाने की बहुत कोशिश की, मगर वह इन अनजानों में से किसी के पास नहीं गया। माँ के आँचल में छिपा रहा। सलीमा ने बेटे को खिलाया-पिलाया और इशा की नमाज़ के बाद उसे सुलाने के लिए ले गई।

कमरे में जलते चिराग़ों की अकेली और सूनी रोशनी में सलीमा अपनी ही मुर्दा परछाइयों से बतियाती रही। बैरम ख़ाँ के साथ अपने ही ख़यालों में बतियाते हुए बीती ज़िन्दगी के चित्र आँसुओं से भीगी आँखों के सामने रह-रहकर सजीव हो उठते। अचानक इसी बीच बग़ल में लेटे मासूम अब्दुर्रहीम ने माँ से यूँ ही पूछ लिया, "अम्मीजान, मेरे अब्बू कहाँ हैं?"

बेटे के इस मासूम सवाल पर सलीमा बेगम ने उसे छाती से चिपका लिया, और अपनी रुलाई को रोकते हुए जवाब दिया, "बे...बेटे, आपके अब्बा हुज़ूर ख़ुदा के घर गए हैं।"

"वहाँ वे हमें क्यों नहीं ले गए?"

बेटे अब्दुर्रहीम के इस सवाल का सलीमा से कुछ भी जवाब देते नहीं बना। इसके बाद अब्दुर्रहीम को कब नींद आ गई, नहीं पता।

सलीमा को पूरी-पूरी रात नींद नहीं आती। पुरानी यादें रह-रहकर चिराग़ों की रोशनी में कब ताज़ा हो उठतीं, पता ही नहीं चलता। रातों में जागकर जब भी अब्दुर्रहीम माँ से अपने वालिद के बारे में पूछता, वह पुराने जवाब को ही दोहरा देती। हारकर अब्दुर्रहीम ने माँ से अब यह सवाल करना ही बन्द कर दिया।

बादशाह अकबर के हुक्म पर अब्दुर्रहीम के लिए अरबी, फ़ारसी, तुर्की ही नहीं, बल्कि संस्कृत और हिन्दी की शिक्षा की भी असाधारण व्यवस्था की गई। अब्दुर्रहीम की तालीम का इन्तज़ाम होने के बाद एक दिन शाहबानू बेगम ने मशविरे भरे अन्दाज़ में जो कहा, उसे सुन कुछ देर सोचने के बाद, अकबर बोला, "छोटी अम्मी, आपका मशविरा एकदम सही है। ख़ालाजान को हमें कुछ दिनों के लिए मेवात इसके अब्बा-अम्मी के पास भेज देना चाहिए। माँ-बाप के पास जाएगी तो उनकी गोद में रहकर उनकी बच्ची कुछ सँभल जाएगी।" बादशाह अकबर शाहबानू बेगम के निवेदन को स्वीकारते बोला।

"जहाँपनाह, थोड़ा-सा शशोपंज अब्दुर्रहीम को लेकर है।"

"कैसा शशोपंज छोटी अम्मी?"

"यही कि रहीम को सलीमा के साथ भेजा जाए या नहीं? कहीं ऐसा न हो कि हम इसे भेज दें और इसका अपने नाना-नानी के यहाँ मन ही ना लगे।"

"यह तो आपका कहना ठीक है। वैसे भी इसकी तालीम का अभी इन्तज़ाम हुआ है। अगर यह अपने नाना-नानी के पास चला जाता है, तो इसकी तालीम रुक जाएगी।"

"फिर ऐसा करते हैं जहाँपनाह कि सलीमा को अकेले ही भेज देते हैं। दो-चार दिन रुककर जब मन थोड़ा बहल जाएगा, तब वापिस आ जाएगी।" शाहबानू ने सुझाव दिया।

"यह ठीक रहेगा।" इसके बाद अकबर कुछ सोचते हुए बोला, "छोटी अम्मी, अगर थोड़े दिनों की बात है तो फिर आप भी इनके साथ चली जाइए!"

"जैसा आपका हुक्म जहाँपनाह।" शाहबानू बेगम अपनी छोटी बहन सलीमा के साथ मेवात जाने के लिए सहमति देते हुए बोली।

"ठीक है छोटी अम्मी। मैं जाने का इन्तज़ाम करवा देता हूँ। इस महीने में वैसे भी हिन्दुस्तान में जैसे आग बरसती है। गरम हवाओं के थपेड़े जिस्म से ऐसे आकर टकराते हैं, मानो आग के शोले टकरा रहे हों।"

"आप सही कह रहे हैं जहाँपनाह। पहाड़ और रेतीला इलाक़ा होने की वजह से जेठ के महीने में मेवात ऐसे धधकता है जैसे कुम्हार का आवाँ धधक रहा हो।"

शाहबानू बेगम की भाषा की इस बेधकता पर अकबर दंग-सा रह गया। बहुत थोड़े शब्दों में शाहबानू बेगम ने मेवात और ज्येष्ठ महीने की जैसे पूरी व्याख्या कर दी।

"फिर तो आपको आगरा से फ़ज्र की नमाज़ से भी पहले निकलना होगा। क्योंकि आगरा से मेवात की दूरी देहली से थोड़ी ही कम है। सुना है होडल क़स्बे से मग़रिब की तरफ़ मुड़ते ही मेवात शुरू हो जाता है। ठीक है छोटी अम्मी। आप

ख़ालाजान से कह दीजिए कि वे मेवात जाने की तैयारी कर लें। रहीम को यहाँ हम सँभाल लेंगे।"

अगले दिन अलस्सुबह शाही लश्कर शाहबानू और सलीमा को लेकर आगरा से मेवात को चल पड़ा। सुबह जो बयार जिस्म को ठंडक प्रदान कर रही थी, ग्यारह बजते-बजते उसने अपनी प्रचंडता दिखानी शुरू कर दी। दोपहर तक, मेवात की सरहद में दाख़िल होते-होते वह लू में तब्दील हो गई। बीच-बीच में आपस में जोड़नेवाले कई परतों वाले परदों के बीच से लू का एकाध थपेड़ा ज़बरन अन्दर घुस ही आता।

शाहबानू बेगम ने परदे को थोड़ा हटाकर देखा, तो पश्चिम में नज़र आए धूसर अरावली को देख, उसने सलीमा को सुनाते हुए कहा, "लगता है इन्दौर ज़्यादा दूर नहीं है।"

अपनी जन्म-स्थली का नाम सुन सलीमा पुरानी यादों में खो गई। इसी बीच शाहबानू बेगम को अपनी छोटी बहन की सिसकियाँ सुनाई दीं, तो उसने सलीमा का सिर अपनी गोद में रख लिया। उनका क़ाफ़िला हिचकोले खाता हुआ जैसे-जैसे कोटला के नज़दीक आने लगा सलीमा की रुलाई फूट गई। कोटला के बग़ल से होता हुआ क़ाफ़िला अरावली में दाख़िल हो गया। तेज़ धूप और लू की मिली-जुली आग-सी लपटों ने मिलकर अरावली को जैसे एक धधकती भट्टी में तब्दील कर दिया। सलीमा ने अपने आज़ू-बाज़ू के परदों को पूरी तरह हटा दिया। स्याह पत्थरों और उनके बीच थरथराती मरीचिका को भीगे नयनों से वह देखने लगी। थोड़ी देर का रास्ता बड़ा लम्बा हो गया।

इन्दौर की सरहद में दाख़िल होते ही सलीमा की हिलकियाँ बँध गईं। बैरम ख़ाँ और तरदी बेग द्वारा इन्दौर के इस क़िले से ख़ानज़ादों को बन्दी बनाकर देहली ले जाने, देहली में दोनों बहनों का हुमायूँ और बैरम ख़ाँ के साथ निकाह होने और रहीम के पैदा होने के बाद दोनों बहनें यहाँ पहली बार आ रही हैं, वह भी अकेली। अपने शौहर के साथ मायके में आने का जो सुख एक लड़की को मिलना चाहिए, इन दोनों बदनसीबों को वह कभी हासिल नहीं हुआ। आज भी ये दोनों मायके आ तो रही हैं मगर बिना अपने-अपने शौहर, एक बेवा के रूप में।

क़िले के सामने जाकर क़ाफ़िला रुक गया। शाहबानू जैसे ही अपनी छोटी बहन सलीमा को लेकर मुख्य द्वार में दाख़िल हुई, और द्वार पर खड़े अपने पिता जमाल ख़ाँ पर जैसे ही सलीमा की नज़र पड़ी, वह दौड़कर यह कहते हुए उससे लिपट गई, "बाबल मेराऽऽऽ तू अपनी या बुलबुल ए वा सोना का पिंजरा में क्यों अकेली छोड़ आयो!"

बेटी की इस कातरभरी शिकायत पर जमाल ख़ाँ माथे पर हाथ मारते हुए फफककर रो पड़ा।

एक जाने-पहचाने रुदन को सुन सारी चाची-ताई, भाभियाँ और माँ अपने-अपने कमरों से दौड़कर बाहर आईं। उन्होंने जैसे ही देखा कि शाहबानू और सलीमा, दोनों बहनें आई हुई हैं, सबने मिलकर सलीमा को बाँहों में भर लिया। सलीमा माँ की बाँहों में जाते ही ऐसे सिमट गई जैसे नन्हा परिन्दा अपनी माँ के पंखों में दुबक जाता है। कुछ ही पलों में पूरा क़िला हाहाकार और विलाप में डूब गया। देर तक औरतों की सिसकियाँ जहाँ रह-रहकर क़िले की दीवारों से टकराकर वापिस लौट आतीं, तो आँसुओं में डूबी मर्दों की निष्प्रभ आँखें क़िले की छतों की कड़ियों में झूलते परिन्दों पर जाकर टिक जातीं।

सलीमा अपनी बड़ी बहन शाहबानू के साथ जितने दिन इन्दौर में रही, इस दौरान ऐसा कोई दिन नहीं गया जब वह माँ के गले से लगकर ना रोई हो। लगभग एक हफ़्ता इन्दौर में रहने के बाद दोनों बहनें पुरानी यादों को अपनी मुट्ठियों में क़ैद कर आगरा लौट गईं।

मेवात से आने के बाद शाहबानू ख़ुद बादशाह अकबर के पास यह निवेदन लेकर गई। शाहबानू बेगम के निवेदन को सुनते ही अकबर जैसे तड़ाक से ज़मीन पर आकर गिरा। पसीना-पसीना हो गया वह। फिर शाहबानू बेगम की आँखों में आँखें डालते हुए बोला, "छोटी अम्मी, आ...आप जानती हैं, क्या कह रही हैं?"

"गुस्ताख़ी माफ़ जहाँपनाह। मैंने बहुत सोच-समझकर कहा है। मुझसे उसका यह अकेलापन अब देखा नहीं जाता है।"

"यह बात आपकी सही है, पर यह कैसे मुमकिन है छोटी अम्मी? आप तो जानती हैं कि ख़ान बाबा मेरे वली ही नहीं मेरे वालिद की तरह थे...और मैं कैसे अपने वली के साथ इतना बड़ा दग़ा कर सकता हूँ? यह तो एक तरह से ज़िना हुआ छोटी अम्मी।"

"मैं आपकी परेशानी समझ सकती हूँ जहाँपनाह। मगर इतनी लम्बी पहाड़-सी उम्र आख़िर वह किसके सहारे और कैसे काट पाएगी? थोड़ी देर के लिए सलीमा को छोड़ भी दूँ, तो इस मासूम रहीम का क्या होगा?"

"इसकी परवरिश की ज़िम्मेदारी हमने अपने ऊपर ले तो ली है। भरे दरबार में हमने यह ऐलान कर तो दिया था कि रहीम हमारा बेटा है।"

"जहाँपनाह, कहने से कभी किसी को किसी का बेटा बनते देखा है? बेटा बनाने के लिए कोई क़ायदा भी तो होना चाहिए।"

"छोटी अम्मी, यह हरगिज़ नहीं हो सकता। वैसे भी सलीमा ख़ाला हमसे साढ़े तीन साल बड़ी हैं। अगर ऐसा कर लिया तो लोग क्या कहेंगे, यही न कि उन पर हमारी नीयत ख़राब थी। चलो, थोड़ी देर के लिए हम आपकी बात मान भी लें, तो लोग क्या कहेंगे कि हमने अपने वली की बीवी और अपनी ख़ाला से निकाह कर

लिया है? जो रहीम मेरा मौसेरा भाई है, मैं कैसे उसे वालिद का दर्जा दे दूँ? नहीं छोटी अम्मी, इतना बड़ा गुनाह हमसे नहीं होगा।"

"कैसा गुनाह जहाँपनाह? आप तो जानते हैं कि सल्लल्लाहु अलैहि व सल्लम ने ख़ुद फ़रमाया है, कि जंग में मारे गए मर्दों की बेवाओं और बच्चों को इंसाफ़ दिलाने के लिए, ख़ुदा की तरफ़ से यह हुक्म है कि जो उसके बन्दे के लिए जायज़ हो, तो वह इनसे निकाह कर सकता है। ख़ुदा के फ़रमान के मुताबिक़ किया गया काम गुनाह नहीं होता जहाँपनाह।" फिर कुछ पल रुककर शाहबानू दबी ज़बान में बोली, "गर इजाज़त हो तो एक बात कहूँ जहाँपनाह!"

बादशाह अकबर ने बिना कुछ कहे शाहबानू की तरफ़ नज़र उठाकर देखा।

"कुछ रिश्ते निभाने से ज़्यादा, जग दिखाई के लिए भी जोड़े जाते हैं।"

शाहबानो बेगम की बात सुन अकबर ख़ामोश हो गया। अवाक् अकबर की आँखों के सामने छोटे-छोटे तारे तिरमिराने लगे। आँखें अपने आप बन्द होती चली गईं और उनके कोरों से पतली धार बहने लगी। शाहबानू मौन साधे अकबर को देखती रही। कुछ नहीं बोली। काफ़ी देर बाद उनके इर्द-गिर्द पसरी ख़ामोशी में जैसे हल्की-सी कंपन हुई।

"आप शायद ठीक कह रही हैं छोटी अम्मी। मैं आज ही इसका ऐलान कर देता हूँ।" इतना कह अकबर दरबार की तरफ़ मुड़ गया।

दरबार में आकर अकबर ने बैरम ख़ाँ की बेवा और चार वर्षीय रहीम की माँ, बल्कि कहिए अपने आप से साढ़े तीन साल बड़ी और रिश्ते में लगनेवाली मौसी सलीमा से निकाह की घोषणा कर दी। इस तरह अकबर से निकाह के बाद वह सलीमा से, सलीमा सुल्तान बेगम हो गई।

48

"हकीम साहब, मुझे यक़ीन नहीं हो रहा है कि महज ग्यारह बरस का बच्चा बिना उस्ताद की सलाहियत के कैसे लिख सकता है?" बादशाह अकबर ने हैरान होते हुए उस्ताद अबुल फ़तह से पूछा।

"आलम पनाह, थोड़ी देर के लिए तो मुझे भी यक़ीन नहीं हुआ। मगर जब मैंने उनसे सुनाने के लिए कहा, तब जनाब ने फिर से उसे सुना दिया।"

हकीम अबुल फ़तह ने अपनी बात दोहराई, तब जाकर बादशाह को विश्वास हुआ कि ग्यारह साल के अब्दुर्रहीम ने काव्य-रचना प्रारम्भ कर दी है।

सोलह बरस होते-होते इधर अब्दुर्रहीम मिर्ज़ा ख़ाँ की तालीम ख़त्म हुई, उधर उसकी मसें भीगने लगीं। आते-जाते बादशाह अकबर जब भी भरे-पूरे रहीम को देखता, तो वह ठिठककर चुपचाप उसे कनखियों से निहारने लगता। बादशाह को अब रहीम को लेकर थोड़ी-थोड़ी फ़िक्र होने लगी। एक बार उसने मन-ही-मन ख़ुद से मिलान किया, तो उसे यह सोचकर तसल्ली हुई कि इससे कम उम्र यानी चौदह बरस में तो वह गद्दीनशीं हो गया था। अब्दुर्रहीम तो फिर भी सोलह बरस का हो चुका है। इससे अच्छी उम्र उसके लिए और क्या हो सकती है। मगर अगले ही पल वह एक नई दुविधा से घिर गया, कि उसकी तरह कोई ज़हीन लड़की भी तो होनी चाहिए। बादशाह अकबर ने बहुत सोचा। सोचते-सोचते एकाएक उसके होंठों पर एक रहस्यमयी मुस्कान तैर गई और मन-ही-मन वह ख़ुद से बोला कि 'इससे ज़हीन लड़की इसके लायक़ कोई और नहीं हो सकती।'

यह फ़ैसला कर बादशाह अकबर ने अपने एक वज़ीर को बुलाया, "वज़ीर साहब, धाय माँ माहम अंगा को पैग़ाम भिजवाइए कि हमने उन्हें याद किया है।"

बादशाह का सन्देश पाते ही माहम अंगा तुरन्त बादशाह के सामने हाज़िर हो गई। मारे घबराहट के यह सोचते हुए उसका दिल बैठा जा रहा है कि उससे ऐसी क्या ख़ता हो गई, जो बादशाह ने उसे तुरन्त हाज़िर होने का हुक्म दिया है?

"आइए धाय माँ!"

बादशाह अकबर ने जिस तरह मुस्कराते हुए उससे कहा, तब जाकर उसकी जान में जान आई।

"आलम पनाह, ऐसा क्या हुआ जो आपने इस तरह याद किया?" माहम अंगा ने पूछा।

"आपसे एक ज़रूरी मशविरा करना है।" अकबर की सीधे-सीधे बात करने की जैसे हिम्मत नहीं हुई कि वह कैसे उस बात को शुरू करे, जिसके लिए उसने माहम अंगा को बुलाया है।

"हुक्म करिए आलम पनाह।"

"धाय माँ, देखिए न हमारा रहीम कितना बड़ा हो गया है।"

"जी आलम पनाह, वह तो नज़र आ ही रहा है।"

"देखो न, अब तो इसके रेख भी आ गई है।" इस बार अकबर ने मुस्कराते हुए माहम अंगा की तरफ़ देखा।

"आप सही कह रहे हैं आलम पनाह। देह भी देखिए किस क़दर भर आई है।" माहम अंगा ने अपने बादशाह की बात को और वज़नी बनाते हुए कहा।

"इसीलिए हम सोच रहे हैं धाय माँ कि क्यों न इसकी अब दुनिया बसा दी जाए?"

"यह तो आपने बहुत अच्छा और सही वक़्त पर फ़ैसला लिया है आलम पनाह।"

"बस इसी वास्ते आपको बुलाया है धाय माँ, कि क्या आपकी नज़र में कोई ज़हीन और लायक़ लड़की है?"

"आलम पनाह, मैं कैसे बताऊँ।" माहम अंगा ने अनमनेपन के साथ पल्ला झाड़ते हुए जवाब दिया।

"मगर मेरी निगाह में है एक ऐसी ज़हीन लड़की।"

"अगर है आलम पनाह, तो फिर नेकी और पूछ-पूछ। तुरन्त अपने अब्दुर्रहीम मिर्ज़ा ख़ाँ का उससे निकाह करवा दीजिए।"

"इसीलिए तो आपको यहाँ बुलवाया है कि अगर आपकी रज़ा होगी, तो हम आगे बात बढ़ाने की सोचेंगे।"

"आलम पनाह, इसमें मेरी रज़ा कहाँ से आ गई? जिनकी बेटी है उनसे बात करिए।" माहम अंगा का चेहरा खिंचता चला गया।

"उसी से तो बात कर रहा हूँ धाय माँ।"

"आलम पनाह, आ...आप कहना क्या चाहते हैं?" माहम अंगा अकबकाते हुए बोली।

"यही धाय माँ कि हम चाहते हैं कि अपने अब्दुर्रहीम मिर्ज़ा ख़ाँ का निकाह आपकी बेटी माहबानू से हो जाए।"

अकबर के इतना कहते ही माहम अंगा के जिस्म का ख़ून बहते-बहते जैसे अचानक ठिठक गया।

"यह आ...आऽऽऽप क्या कह रहे हैं आलम पनाह। यह कैसे हो सकता है?" माहम अंगा की आँखों के सामने जैसे छोटे-छोटे जुगनू तिरमिराने लगे।

"क्यों नहीं हो सकता धाय माँ?"

"इसलिए नहीं हो सकता कि कहाँ आलम पनाह बादशाह की सरपरस्ती में बड़े नाज़ो-नख़रों से पलनेवाला तालीमयाफ़्ता रहीम और कहाँ इस मामूली-सी दाई की लड़की माहबानू...और फिर आपको पता तो है आलम पनाह कि हम जीते-जी जिस बैरम ख़ाँ के बरख़िलाफ़ रहे, उसके बेटे के साथ हमारी महाबानू का कैसे निकाह हो सकता है?"

"धाय माँ, मैं चाहता हूँ कि ख़ान बाबा के रहते हुए उनके और आपके बीच जो रंजिश चली आ रही थी, वह अब ख़त्म हो जाए। पुरानी बातों को अब भुला दिया जाए। यही सोचते हुए मैंने यह तरीक़ा निकाला है। अब आगे आपको सोचना है कि आप इस रंजिश को यहीं ख़त्म करना चाहती हैं, या इसे अपनी आनेवाली नस्लों में भी बनाए रखना चाहती हैं?"

बादशाह अकबर की बात सुन माहम अंगा से कुछ भी कहते नहीं बना। बहुत सोचने के बाद वह बोली, "आलम पनाह, आपने सोचा है तो कुछ अच्छे और

हमारी बेहतरी के लिए ही सोचा होगा। अगर ख़ुदा की यही मर्ज़ी है, तो हम इनसान इसमें क्या कर सकते हैं।"

"मुझे आपसे यही उम्मीद थी धाय माँ। मैं जानता था कि आप मेरी बात कभी नहीं टालेंगी।"

"आलम पनाह, मुझे यह रिश्ता मंज़ूर है। मुझे ख़ुशी होगी कि अब्दुर्रहीम मिर्ज़ा ख़ाँ जैसे आलिम की मेरी बेटी शरीके-हयात बनने जा रही है।" माहम अंगा ने अन्ततः एक माँ की तरह अपनी सहमति प्रदान कर दी।

"तो फिर ठीक है धाय माँ। अब आप माहबानू के निकाह की तैयारी कीजिए!"

माहम अंगा के जाने के बाद बादशाह अकबर ख़ुद शाहबानू बेगम और सलीमा बेगम के पास गया। शाही ज़नानख़ाने में बादशाह अकबर ने उनके पास एक कनीज़ के द्वारा अपने आने का सन्देश भिजवाया।

बादशाह के आने की ख़बर सुन, दोनों बहनें घबराती हुई बाहर आईं। दोनों ने कोर्निश करते हुए पहले बादशाह का स्वागत किया, फिर शाहबानू बेगम बोली, "जहाँपनाह, ऐसा क्या ख़ास काम आ गया, जो आप दरबार से ख़ुद यहाँ तक चलकर आए हैं?"

"क्यों छोटी अम्मी, एक बादशाह क्या अपनों से मिलने के लिए नहीं आ सकता है?" मुस्कराते हुए अकबर बोला।

"वो बात नहीं है। आप किसी के हाथ पैग़ाम भिजवा देते। हम वहीं आ जाते।"

"कुछ बातें ऐसी होती हैं छोटी अम्मी कि वे पैग़ाम से नहीं, मिलकर ही की जाती हैं। बात दरअसल यह है किऽऽऽ..."

"जहाँपनाह, कैसे कहते-कहते रुक गए? हमसे कोई ख़ता या गुस्ताख़ी हो गई जो आप कहने में हिचक रहे हैं?" शाहबानू बेगम का चेहरा किसी अनजाने भय के चलते खिंचता चला गया।

"सचमुच ऐसी ही बात है छोटी अम्मी, जिसे कहने में मैं हिचक रहा हूँ। बात यह है कि आप दोनों से इजाज़त लिए बिना, मैंने एक बहुत बड़ा फ़ैसला ले लिया है। इसीलिए उसे बताने में हिचक रहा हूँ।"

"आप हमारे सरपरस्त-सरबराह हैं जहाँपनाह। आप जो भी फ़ैसला लेंगे उसमें हमारी कोई-न-कोई भलाई ही होगी।" पहली बार सलीमा बेगम ने नज़रें झुकाते हुए कहा।

"वो बात नहीं है सुल्तान बेगम। अगर आज ख़ान बाबा ज़िन्दा होते, तो इतना बड़ा फ़ैसला लेने की शायद मुझे ज़रूरत ही नहीं होती।"

"जहाँपनाह, आख़िर आपने ऐसा कौन-सा फ़ैसला ले लिया जिसकी वजह से इस वक़्त आपको उनकी याद आ गई?" कहते-कहते सलीमा बेगम भावुक हो गई। मुश्किल से रोक पाई वह अपने आपको।

"फ़ैसला यह लिया है सुल्तान बेगम कि मैंने हमारे बेटे अब्दुर्रहीम मिर्ज़ा ख़ाँ का निकाह पक्का कर दिया है।"

"क्याऽऽऽ रहीम का निकाह पक्का कर दिया? वह इतना बड़ा हो गया है कि मुझे पता ही नहीं चला और आपने उसका निकाह पक्का कर दिया।" फिर उदास हो अपनी बड़ी बहन और बादशाह को सुनाते हुए सलीमा सुल्तान बेगम जैसे ख़ुद से बोली, "मैं भी कैसी माँ हूँ जिसे यही नहीं पता कि उसका बेटा जवान हो गया है।"

"हर माँ के लिए उसकी औलाद बच्चे ही रहते हैं।" फिर मुस्कराते हुए बादशाह बोला, "सुल्तान बेगम, आपको कैसे पता चलता, रहता तो वो मेरी सरपरस्ती में है।"

"सलीमा, जहाँपनाह सही कह रहे हैं। आपको, बेटे की इस नई शुरुआत और आपके सासू बनने पर बहुत मुबारकबाद।" शाहबानू बेगम ने छोटी बहन को बधाई देते हुए कहा।

"आप तो सुल्तान बेगम, बेटे के निकाह की ख़ुशी में यह पूछना भी भूल गईं कि आख़िर उसका निकाह किसके साथ होने जा रहा है।"

"या ख़ुदा! यह मुझे क्या हुआ।" सलीमा सुल्तान बेगम जैसे अपनी भूल को सुधारते हुए बोली।

"जहाँपनाह, वो ख़ुशनसीब कौन है जो हमारे घर के चिराग़ रोशन करने आ रही है?" शाहबानू बेगम ने हुमकते हुए पूछा।

"धाय माँ माहम अंगा की बेटी महाबानू।"

"माहबानू!" माहबानू का नाम सुनते ही सलीमा सुल्तान बेगम का जैसे सारा संताप धुल गया।

"बस, कोई अच्छा-सा दिन देखकर दोनों का निकाह करवा देते हैं।"

इसके बाद बादशाह अकबर शाही ज़नानख़ाने से दरबार के लिए लौट गया।

कमरे के बाहर तरह-तरह के सुगंधित फूलों की झूलती लड़ियों से उठती गंध ने पूरी फ़िज़ा को जैसे मदमस्त बना दिया। अब्दुर्रहीम मिर्ज़ा ख़ाँ ने अन्दर दाख़िल होने से पहले, आसपास का बड़ी बारीक़ी के साथ जायज़ा लेते हुए जैसे कुछ टोहने की कोशिश की। अधखुले दरवाज़े से बिन बताए बाहर फैले, अन्दर से आते चिराग़ों की रोशनी के छोटे-से चकत्ते पर उसका एक पाँव पड़ा ही था कि मिर्ज़ा ख़ाँ वहीं ठिठक गया। चकत्ते से अपने आपको बचाते हुए उसने दरवाज़ा भीतर की तरफ़ हल्के-से ठेला। दरवाज़ा ठेलते ही उसके कानों में अन्दर से चूड़ियों और ज़ेवरों के खनकने की मिली-जुली महीन-सी आवाज़ पड़ी।

उसने अन्दर क़दम रखा कि उसकी नज़र जैसे झीने नक़ाब से अधढके चाँद पर पड़ी। पास जाकर अपने चाँद की तरफ़ देखकर मिर्ज़ा ख़ाँ ने मस्ती में डूबी आवाज़ में धीरे-से आवाज़ दी, "माहबानू!"

जिस्म पर ज़री का ठाठदार चोग़ा, जिस पर अबा के सोने का मुलम्मा किए हुए सितारे चमक रहे हैं। सिर पर क़ीमती मोती लगा अमामा और कारचोबी के काम से चमकता कमरबन्द डाले, अपने सजीले महबूब को देख, अतलस के पारदर्शी लिबास में सिमटकर बैठी माहबानू ने अपनी पतली-पतली अँगुलियों से झीने नक़ाब को उठाया, तो मिर्ज़ा ख़ाँ के मुँह से सहसा निकल गया, "सुभान अल्लाह!"

माहबानू सकुचाकर शरमाते हुए अपने आप में सिमटती चली गई। मिर्ज़ा ख़ाँ यानी अब्दुर्रहीम धीरे-से बिस्तर पर माहबानू के बग़ल में सटकर बैठ गया। उसने कमरे में जलते चिराग़ों के रेशमी उजाले और उनसे फूटती उन किरणों को बड़े ध्यान से देखा, जो चोरी-छिपे माहबानू के चेहरे पर पड़ रही हैं। वह देर तक अपलक अपने सामने सौन्दर्य की इस अप्रतिम प्रतिमा को निहारता रहा। माहबानू ने कनखियों से देखा तो पाया अपने सजीले महबूब के होंठों में धीरे-धीरे हरकत हो रही है। माहबानू शरारतन अपने आपको उसके और क़रीब ले आई। रहीम ने अबकी बार माहबानू को अपने बाएँ बाज़ू के घेरे में ले लिया, तो माहबानू ने भी जानबूझकर अपने आपको जैसे रहीम के हवाले कर दिया। रहीम ने ठोड़ी को धीरे-से ऊपर उठाया और माहबानू की आँखों में झाँकते हुए बोला—

कहा करौ बैकुंठ लै, कल्पवृक्ष की छाँह।
रहिमन ढाक सुहावनो, जो गल पीतम बाँह॥

इतना सुन माहबानू पूरी तरह अपने महबूब को समर्पित हो गई।

"माह, मैं सचमुच बहुत ख़ुशनसीब हूँ वरना निकाह के बाद मैं किस तरह परेशान था, मैं आपको क्या बताऊँ।"

"ऐसा क्या हो गया मेरे आक़ा, जो आप इस तरह परेशान हो गए थे?"

"आज नहीं, फिर कभी बताऊँगा।"

"क्या मैं आपको पसन्द नहीं हूँ या आपके पहलू में आने लायक़ नहीं हूँ?" इतना सुन माहबानू का सुर्ख़ चेहरा उतरता चला गया।

"नहीं मेरी जान, ऐसा कुछ नहीं है जैसा आप सोच रही हैं।"

"आपको अपनी शरीके-हयात की क़सम है जो...।"

"अब आप ज़िद कर रही हैं तो बता ही देता हूँ। माह, यह तो आप जानती ही हैं कि मेरे अब्बा हुज़ूर बैरम ख़ाँ पर फ़िरदौस मकानी बादशाह बाबर बहुत यक़ीन करते थे। फ़िरदौस मकानी के बाद जन्नत आशियानी हुमायूँ तख़्त पर बैठे। अब्बा हुज़ूर और जन्नत आशियानी हुमायूँ आपस में हम-ज़ुल्फ़, मेरा मतलब है साढ़ू भाई

थे। मेरी अम्मीजान के वे सगे जीजा थे। अगर साफ़-साफ़ कहूँ तो हमारी अम्मीजान और शाहबानू बेगम दोनों सगी बहनें हैं।"

"यह मैं जानती हूँ मेरे सरताज।"

"जन्नत आशियानी हुमायूँ के बाद शहंशाह अकबर के तो अब्बा हुज़ूर, उस्ताद और सरपरस्त दोनों हो गए। बिना उनसे मशविरा किए शहंशाह अकबर की तरह जन्नत आशियानी हुमायूँ भी कुछ क़दम नहीं उठाते थे। चौदह बरस की उम्र में शहंशाह अकबर तख़्त पर भले ही बैठ गए, मगर हुकूमत की सारी बागडोर अब्बा हुज़ूर के हाथों में थी। मुग़ल फ़ौज के सिपहसालार भी वही थे। इसीलिए शहंशाह अकबर अब्बा हुज़ूर को ख़ान बाबा कहा करते थे।"

"यह भी मैं अच्छी तरह जानती हूँ।" माहबानू बोली।

"मगर अब मैं जो आपको बताने जा रहा हूँ, मुझे पक्का यक़ीन है कि उसके बारे में आप बिलकुल नहीं जानती होंगी। हो सकता है आपके घरवालों ने कभी उसके बारे में बताया भी ना हो।"

अपने शौहर द्वारा किए जानेवाले इस रहस्योद्घाटन पर माहबानू की धड़कनें तेज़ हो गईं।

"जिस वक़्त मुग़ल दरबार में मेरे अब्बा हुज़ूर बैरम ख़ाँ ख़ानेख़ानाँ का सितारा अपनी बुलंदी पर था, तब कुछ दरबारियों ने उनके ख़िलाफ़ साज़िशों के फंदे बुनने शुरू कर दिए...और इन फंदों को बुननेवालों में कौन-कौन थे, आप जानती हैं?"

"मैं कैसे जानूँगी मेरे सरताज, जब किसी ने मुझे बताया ही नहीं।" माहबानू बड़ी मासूमियत से बोली।

"तो सुनिए, उनमें एक आपकी अम्मीजान भी थीं।"

"हाय अल्लाह! मेरी अम्मी?" इस रहस्योद्घाटन पर माहबानू की चीख़ निकलते-निकलते रह गई।

"जी, आपकी अम्मी। शहंशाह अकबर को मेरे अब्बा हुज़ूर के ख़िलाफ़ भड़कानेवालों में आपकी वालिदा माहम अंगा भी थीं। जबकि नफ़रत की इस आग को जो आदमी भड़का रहे थे, वे थे दाई ज़िली अंगा और अतागा ख़ान का बेटा मिर्ज़ा अज़ीज़ कोका। इस साज़िश की असल जड़ मिर्ज़ा अज़ीज़ कोका ही था।"

"यह आप क्या कह रहे हैं?" अपने शौहर के चेहरे पर आते-जाते भावों को देख माहबानू घबरा गई।

"ख़ैर, अब ये बातें पुरानी हो गई हैं बेगम। आप परेशान न हों। वैसे भी इसमें आपकी कोई ख़ता नहीं है। मैं तो आपको यह सब इसलिए बता रहा हूँ कि इससे पहले आपको कोई बताए, आप पहले ही इन बातों को जान जाएँ।" फिर कुछ पल ख़ामोश रहने के बाद रहीम बोला, "अब तो आप समझ गईं न कि निकाह के बाद मैं क्यों परेशान था?" इतना कह रहीम ने माहबानू को अपने अंक में भर लिया।

"मैं समझ गई मेरे सरताज।" माहबानू भी रहीम के आग़ोश में सिमट गई। फिर वह धीरे-से रहीम की बाँहों के घेरे से अलग हुई और बड़ी मायूसी के साथ बोली, "एक अर्ज़ है मेरे सरताज आपसे!"

"अर्ज़ नहीं, हुक्म करें मेरी जान!" रहीम ने पूरी उदारता बरतते हुए कहा।

"आगे की बात अब आप मुझे नहीं बताएँगे। मैं सब जानती हूँ कि हज पर जाते वक़्त रास्ते में उस पठान मुबारक ख़ाँ लोहानी ने हमारे अब्बा हुज़ूर बैरम ख़ाँ के सीने में किस तरह धोखे से ख़ंजर घोंपा था।"

"बेशक आप जानती होंगी बेगम। मगर इस असलियत को नहीं जानती होंगी, कि पाटण के हाकिम उस मुबारक ख़ाँ लोहानी को हमारे अब्बा हुज़ूर का क़त्ल करने के लिए मिर्ज़ा अज़ीज़ कोका ने बहुत बड़ी रकम अदा की थी। जब शहंशाह अकबर के ख़ुफ़िया महकमे ने यह असलियत शहंशाह को बताई, तब उन्हें इसका बड़ा मलाल हुआ था। वे अज़ीज़ कोका पर बहुत नाराज़ भी हुए थे। मगर अपनी एक धाय का बेटा होने के नाते वे ख़ून का घूँट पीकर रह गए और उसकी जान बख़्श दी।"

"वैसे मेरी अम्मीजान को लेकर अब भी आपके दिल में कोई ग़ुस्सा है?"

"नहीं माह। अपने शहंशाह की दानिशमन्दी और पैनी समझ ने आज नफ़रत और दुश्मनी की वे सारी हदें मिटा दी हैं, जो हमारे और आपके ख़ानदान के बीच किसी क़िले की मज़बूत दीवार की मानिन्द खड़ी हुई थीं।" इतना कह रहीम ने माहबानू को हल्के से चूमा और फिर शरारतभरे लहजे में बोला, "ख़ुदा ने जिसे ऐसा नायाब हीरा तराश कर दिया हो, उसके दिल में भला किसी को लेकर कैसे नफ़रत हो सकती है।"

"हटो झूठे कहीं के!" इतना कह बड़ी चपलता के साथ माहबानू रहीम के आग़ोश से छिटककर दूर हो गई।

49

छह माह बीतते-बीतते माहबानू बेगम के जीवन में वह दिन भी आ गया, जिसे न आने के लिए हर सुहागन अपने देवी-देवताओं, पीर-पैगम्बरों, मज़ार-दरगाह के आगे जाकर दुआ-प्रार्थनाएँ करती हैं। माहबानू को भी जब इसकी ख़बर लगी, तब उसकी जान एक जाने-पहचाने डर के चलते जैसे सूखने लगी। इधर माँ सलीमा सुल्तान बेगम, जिसने भरी जवानी में अपने शौहर को खो दिया,

रात-दिन दुआ करती कि किसी तरह यह अज़ाब आने से पहले टल जाए। मुश्किल से थोड़ा-सा सुख भोगने का वक़्त आया, तो यह ख़बर आ गई।

आँखों से झरते आँसुओं को अपनी अँगुलियों से पोंछते हुए, अब्दुर्रहीम मिर्ज़ा ख़ाँ माहबानू को मुस्कराते हुए समझाने लगा, "माह, मेरी जान ऐसा कुछ नहीं होगा। शहंशाह जो हमारे सिर्फ़ शहंशाह ही नहीं, बल्कि हमारे सरपरस्त और सरबराह भी हैं, उनके हुक्म की तामील करना मेरा फ़र्ज़ है।"

"यह बात आपकी सही है मेरे आक़ा, पर यह उम्र कोई जंग पर जाने की थोड़े ही है। अभी आपकी उम्र ही कितनी है, महज़ सोलह बरस।"

माहबानू के शब्दों से पैदा होती विरह और वेदना की तड़प रहीम साफ़ महसूस करने लगा।

"माह, अगर शहंशाह मुझे अपने साथ ले जा रहे हैं, तो इसकी कोई-न-कोई वजह रही होगी। वैसे मैदाने-जंग में शोहरत कमाने का इससे बेहतर मौक़ा दूसरा नहीं हो सकता। फ़िरदौस मकानी बादशाह बाबर कहा करते थे कि वफ़ादारी असली मर्द की ख़ूबी होती है। फिर चाहे यह वफ़ादारी अपने सरपरस्त के प्रति हो, या फिर अपनी शरीके-हयात के प्रति।" रहीम ने चुहल करते हुए तनाव को हल्का करने का प्रयास किया।

"मुझे इन जंगों से बहुत डर लगता है मेरे सरताज। क्योंकि इनमें क़त्लो-ग़ारत और ख़ून-ख़राबा बहुत होता है।" इतना कह माहबानू रहीम के सीने से चिपक गई।

"माह, वो जंग, जंग ही क्या जिसमें क़त्लो-ग़ारत और ख़ून-ख़राबा ना हो। आपको तो मुझे ख़ुशी-ख़ुशी विदा करना चाहिए क्योंकि पहली बार आपका शौहर जंग के लिए जा रहा है।" रहीम ने मुस्कराते हुए कहा।

"इसके अलावा मैं कर भी क्या सकती हूँ मेरे आक़ा। जाइए, ख़ुदा आपको हर बला से महफ़ूज़ रखे।" कहते-कहते माहबानू सुबकने लगी।

"आपसे एक इल्तजा है माह और वो यह कि मेरी अम्मीजान ने अपनी इस छोटी-सी उम्र में बहुत बड़े-बड़े दुख देखे हैं। मैं चाहता हूँ कि एक बहू होने के साथ-साथ, अगर आप एक बेटी की तरह उनका ख़याल रखें, उम्र-भर मैं आपका एहसानमन्द रहूँगा।"

"आप बेफ़िक्र रहें मेरे सरताज। मेरी तरफ़ से आपको किसी तरह की शिकायत का मौक़ा नहीं मिलेगा।"

"मुझे आपसे यही उम्मीद थी जानेमन।"

गुजरात रवाना होने से पहले रहीम अपनी माँ सलीमा बेगम के पास आया। पहली बार बेटे को जंगी लिबास में देख सलीमा सुल्तान बेगम की आँखें मारे गर्व के चमक उठीं। वह तुरन्त अन्दर गई और अपनी सन्दूक से रेशमी कपड़े में लिपटी

किसी चीज़ को लेकर आई। माँ से आशीर्वाद लेने के बाद रहीम लौटने लगा, तो सलीमा बेगम बेटे को रोकते हुए बोली, "रहीम!"

"जी अम्मीजान?" जाते-जाते रुक गया रहीम।

सलीमा ने रेशमी कपड़े को खोला और उसमें लिपटी तलवार को रहीम की तरफ़ बढ़ाते हुए बोली, "बेटे, जब से तेरे अब्बूजान का क़त्ल हुआ है, तब से उनकी यह शमशीर मैंने सँभालकर रखी हुई है। ये लो। अब वक़्त आ गया कि आप इस शमशीर को सँभालो और अपने अब्बूजान के सच्चे वारिस बनकर दिखाओ!"

रहीम ने घुटनों के बल बैठकर दोनों हाथों से अपनी माँ से अपने वालिद की तलवार ग्रहण की, उसे हल्के से चूमा और महल से बाहर चला आया।

गुजरात के हाकिम की तरफ़ से मिली जल-प्रलय की ख़बर सुनकर बादशाह अकबर हवा से बातें करनेवाली साँड़नियों पर सवार होकर गुजरात के लिए रवाना हो गया। महज़ अपनी तीन हज़ार फ़ौज के हरावल दस्ते की कमान की ज़िम्मेदारी अकबर ने अपने सोलह वर्षीय किशोर बहादुर, जिसकी अभी मसें भी पूरी तरह नहीं भीगी हैं, अब्दुर्रहीम मिर्ज़ा ख़ाँ को सौंप दी।

इस युद्ध में मुग़ल सेना को भारी विजय प्राप्त हुई। इससे ख़ुश होकर बादशाह अकबर ने रहीम को उसी पाटण की जागीर सौंप दी, जहाँ उसके वालिद बैरम ख़ाँ का क़त्ल हुआ था। पहले गुजरात और बाद में अपने पराक्रम के बूते रहीम ने शाहबाज़ ख़ाँ की मदद से कुंभलनेर और उदयपुर पर क़ब्ज़ा कर लिया। इससे ख़ुश होकर बादशाह अकबर ने रहीम को मीर अर्ज़ के ओहदे पर तैनात कर दिया। मीर अर्ज़ बनते ही रहीम शाही दरबार में और ताक़तवर हो गया। दरबार में जो भी आमो-ख़ास फ़रियाद लेकर आता, उसे पहले रहीम सुनता और बाद में वह उसे बादशाह के पास ले जाकर प्रस्तुत करता। बादशाह से जो जवाब मिलता, रहीम उसे फ़रियादी तक पहुँचाता।

गुजरात, कुंभलनेर और उदयपुर का युद्ध जीतने के बाद रहीम का मन अब उचट गया। उसे माहबानू की याद सताने लगी। इसलिए उसका मन-पंछी रह-रहकर अपनी माहबानू के पास उड़कर चला जाता। वह देर तक उसकी यादों में खोया रहता। उस दिन बादशाह की नज़र यूँ ही गुमसुम बैठे रहीम पर पड़ी, तो वह मन-ही-मन मुस्कराते हुए उसे देर तक देखता रहा। रहीम के इस तरह गुमसुम बैठे रहने की वजह तुरन्त उसकी समझ में आ गई। मगर वह इसे परखना चाहता था। यही सोच, बादशाह ने इतनी धीमी आवाज़ में रहीम को पुकारा कि वह उसे सुनाई भी दे जाए और ना भी सुनाई दे।

बादशाह का अनुमान सही निकला। इसलिए इस बार थोड़ी ऊँची आवाज़ में बोला, "मिर्ज़ा ख़ाँ!"

अपने नाम की टेर सुन रहीम ने अकबकाते हुए कहा, "जी...जी जिन्नेइलाही?"

"बरख़ुरदार, किन ख़यालों में डूबे हुए हो?"

"ऐ...ऐसा कुछ नहीं है बादशाह सलामत।" अपने बादशाह से नज़र चुराते हुए रहीम बोला।

"नहीं, कुछ तो है, जो कभी जिन्नेइलाही कह रहे हो और कभी बादशाह सलामत।"

"इस गुस्ताख़ी के लिए मुआफ़ी चाहता हूँ हुज़ूरे आली।"

"लगता है माहबानू की बहुत याद आ रही है?" अकबर ने मुस्कराते हुए छेड़ा।

माहबानू का नाम सुनते ही रहीम लजा गया। जवाब में कुछ नहीं बोला।

"मैं समझ सकता हूँ आपकी बेचैनी को। ऐसा है दो रोज़ की बात और है। कुछ ज़रूरी काम हैं उन्हें निपटाने के बाद मैं आपको फ़ारिग़ कर दूँगा। फिर आप चले जाना।"

"जी बहुत शुक्रिया जिन्नेइलाही।"

कोर्निश करते हुए रहीम पीछे हटने लगा, तो बादशाह अकबर हँसते हुए बोला, "अब तो जिन्नेइलाही, बादशाह सलामत, हुज़ूरे आली इनमें से किसी एक पर क़ायम रहो मिर्ज़ा ख़ाँ।"

रहीम शरमाते हुए चला गया।

सुनते ही माहबानू को अपने कानों पर यक़ीन नहीं हुआ।

"अम्मीजान, सुना है आपके साहबज़ादे आ रहे हैं?" माहबानू ने एक बार फिर से पुष्टि करते हुए अपनी सास से पूछा।

"हाँ, आ रहे हैं आपके शौहर।" माहबानू की सास और रहीम की माँ सलीमा बेगम ने कोंचते हुए बहू को जवाब दिया, और यह कहते हुए अपने काम में लग गई, "पता नहीं एक ही सवाल को कितनी बार पूछेगी।"

माहबानू ने इसके बाद कुछ नहीं पूछा और बेसब्री से इन्तज़ार करने लगी। माहबानू को दिन काटना मुश्किल हो गया। कान कनीज़ों के मुँह से यह सुनने के लिए तरस उठे कि मिर्ज़ा ख़ाँ आ गए हैं। कब तो ज़ुह्र की नमाज़ हो गई, कब अस्र की, उसे पता ही नहीं चला। बल्कि अब तो मग़रिब की अज़ान भी लग गई, मगर उसके कान जिस आवाज़ को सुनने के लिए तरस रहे हैं, उसका कुछ पता नहीं है।

एक-एक कर महल में सारे चिराग़ों को रोशन कर दिया गया और जैसे ही आख़िरी चिराग़ को रोशन किया गया, किलकते हुए एक कनीज़ तेज़ी से माहबानू के पास आई और चहकते हुए बोली, "मिर्ज़ा ख़ाँ आ गए हैं बेगम।"

सुनते ही माहबानू का चेहरा सुर्ख़ हो गया। लवें तप उठीं। कनीज़ के जाने के बाद माहबानू ने कमरे में जलते हुए चिराग़ों की रह-रहकर बल खाती लौ को बड़े ध्यान से देखा। फिर वह आदमक़द आईने के सामने आकर देर तक अपने आपको अलग-अलग मुद्राओं में निहारने लगी। अभी उसने अपने आपको जी भरकर निहारा भी नहीं था कि दरवाज़े पर जानी-पहचानी चाप सुनाई दी। इससे पहले कि वह कुछ सोच पाती, उसके कान में जैसे शहद की छोटी-सी बूँद टपकी, "माह!"

जिस प्रियतम के इन्तज़ार में माहबानू से अपना अकेलापन काटे नहीं कट रहा था, वही माहबानू अब रूठकर एक तरफ़ बैठ गई। रहीम जानता है कि यह रूठना थोड़े से मान-मनौवल के बाद ख़त्म हो जाएगा। वह जान गया कि माहबानू अभी मान में है, सो उसे मनाना पड़ेगा।

"माह, नाराज़ हो हमसे?" रहीम ने धीरे-से माहबानू को छूते हुए कहा।

"हटिए, हम नहीं बोलते आपसे।" अपने कंधे से रहीम का हाथ धीरे-से हटाते हुए माहबानू बोली।

"अब तो मैं आ गया हूँ। अब काहे की नाराज़गी?"

"यह आप हमारे जी से पूछो कि हमने आपके बिना किस तरह तन्हाई में दिन गुज़ारे हैं! क्या बीती है हमारे दिल पे।" माहबानू ने शिकायत की।

"और हम किससे शिकायत करें जानेमन? कोई हमसे तो पूछकर देखे कि जब कोई हमसे रूठता है, तो किस तरह हमारा दिल चाक हुआ जाता है? चलिए, मुआफ़ कर दीजिए हमें। आइंदा हमसे ऐसी गुस्ताख़ी नहीं होगी।"

"जाइए, नहीं करते हम आपसे बात।"

इतना कह माहबानू पलंग से उठकर दूसरी तरफ़ जाने लगी, और अभी अपना क़दम आगे बढ़ाने के लिए उठाया ही था, कि उसके कानों में जैसे शहद की बूँदें टपकने लगीं—

रूठे सुजन मनाइए, जौ रूठे सौ बार।
रहिमन फिरि फिरि पोइए टूटे मुक्ता हार॥

माहबानू जहाँ थी, वहीं ठिठक गई। मुड़कर बड़ी ही प्रेमिल तिरछी नज़र से रहीम को निरखने लगी।

माहबानू ने जिस बाँकपन के साथ रहीम को देखा, रहीम जैसे भीतर तक छिलता चला गया। भावुक हो गया वह, "नज़रों के तीर से ऐसे न मारो जानेमन। ऐसा न हो कि इस तिरछी नज़र की चोट से हम कहीं घायल हो जाएँ—

रहिमन तीर की चोट ते, चोट परे बचि जाए।
नैन बान की चोट ते, चोट परे मरि जाए॥"

"बातें बनाना कोई आपसे सीखे। हर बात का जवाब तैयार रहता है आपके पास।" माहबानू खिलखिलाकर हँस पड़ी और दौड़कर रहीम के सीने से लग गई।

"कहाँ जवाब तैयार रहता है। हम तो मीठी-मीठी बातें करने की कोशिश करते हैं। कड़वी बातें और कड़वी चीज़ें हमें कभी पसन्द नहीं रहीं। अब देखिए न—

खीरा को मुँह काटि के, मलियत लोन लगाय।
रहिमन करुवे मुखन को, चहिए यही सजाय॥"

"अच्छा एक बात बताइए मेरे आक़ा! खीरा तो आप छूते भी नहीं हैं फिर खीरे को लेकर आपने कई दोहे कैसे लिख दिए?"

"इसलिए कि—

रहिमन प्रीति न कीजिए, जस खीरा से कीन।
ऊपर से तो दिल मिला, भीतर फाँकें तीन॥"

माहबानू रहीम के मुँह से एक के बाद एक दोहा सुन जैसे निहाल हुई जा रही है। वह रहीम के मान-मर्तबे और कवि होने के नाते उसकी प्रसिद्धि से परिचित थी, मगर एक बहादुर और क़ामयाब हाकिम आमतौर पर रहीम की तरह ख़ूबसूरत नहीं हुआ करते। ख़ूबसूरत हो भी तो सहृदय कवि नहीं हुआ करते। माहबानू मन-ही-मन अपने को बड़ी ख़ुशनसीब मानने लगी।

कुछ देर रुककर माहबानू चुहल करती हुई बोली, "मिर्ज़ा खाँ...मुआफ़ करना रहीम साहब, एक बात पूछनी है।"

"माह, फिर कभी। इस वक़्त..."

"बस, आख़िरी सवाल है मेरे सरदार?" माहबानू ने शोख़ी के साथ पूछा।

"चलिए पूछिए!"

"आपने इतनी अच्छी हिन्दवी ज़बान कहाँ से लिखनी और बोलनी सीखी है?"

"अपनी माँ से।" रहीम ने सहज भाव से उत्तर दिया।

"और माँ ने कहाँ से सीखी?"

"अपनी माँ से।" कहकर रहीम मुस्करा दिया।

"मैं कुछ समझी नहीं मिर्ज़ा खाँ!"

रहीम ने अपनी बेगम की तरफ़ देखा, तो उसके चेहरे की मासूमियत से वह भाँप गया कि माहबानू इसे मज़ाक़ समझ रही है। वह शायद इधर की असलियत से अनजान है। अच्छा हो इसे आज सचाई बता ही दूँ। यही सोचकर रहीम बोला, "माह, पता नहीं आप इस पर यक़ीन कर पाएँगी या नहीं, पर यह सच है कि मैं आधा हिन्दू हूँ।"

"आधा हिन्दू! हाय अल्लाह, यह आप क्या कह रहे हैं?" सुनकर माहबानू ऐसे उछली मानो किसी ततैये ने काट लिया हो।

"हाँ माह। यह सच है कि मैं आधा हिन्दू और आधा मुसलमान हूँ। मेरे अब्बा हुज़ूर बैरम ख़ाँ तुर्कमान यानी तातार थे, तो अम्मीजान ब्रज से सटे मेवात के राजपूत ख़ानदान, जिन्हें ख़ानज़ादा कहते हैं, उससे हैं।"

"ख़ानज़ादा?" माहबानू ने हैरानी से पूछा।

"हाँ, यह एक ख़िताब था जिसे अमीर तैमूर ने इन मेवातियों को दिया था।"

"ये आप कैसी पहेलियाँ बुझा रहे हैं मिर्ज़ा ख़ाँ?" माहबानू की कुछ समझ में नहीं आ रहा है।

"माह, ये पहेलियाँ नहीं हक़ीक़त है। मेरी अम्मीजान के पुरखों का ताल्लुक़ दरअसल जादू ख़ानदान की बारहवीं पीढ़ी में,थिनपाल ख़ानदान की नींव डालनेवाले राजा थिनपाल से है। इस ख़ानदान की सातवीं पीढ़ी के दो सगे भाई थे शौपरपाल और समरपाल। यह हिजरी 766 यानी 1356 ई. का वाक़या है जब देहली सल्तनत में तुग़लक़ ख़ानदान के हुक्मराँ फ़िरोज़ शाह तुग़लक़ की हुकूमत थी। देहली से महज़ साठ मील दूर बसे मेवात में शौपरपाल और समरपाल के मेवात की जनता पर होनेवाले ज़ुल्मों की ख़बर देहली दरबार में पहुँचने लगी। इससे देहली दरबार फ़िक्रमन्द हो उठा। ख़ुद सुल्तान फ़िरोज़ शाह तुग़लक़ ने बहुत सोचा कि इसका क्या हल निकाला जाए। जब फ़िरोज़ शाह को कोई तरीक़ा नहीं सूझा; तब उसने अपने अमीर-उमरा, वज़ीरों और कुछ ओहदेदारों से इस बारे में मशविरा किया।

मशविरे के बाद दरबार की तरफ़ से एक इश्तिहार निकलवाया गया कि जनता से लूटपाट और उन पर ज़ुल्म करनेवाले, अगर बादशाह के दरबार में पेश होकर उनकी ग़ुलामी क़बूल कर लें, तो सरकार उनकी रोज़ी-रोटी और रोज़गार का इन्तज़ाम कर देगी। उनके सारे गुनाहों को भी मुआफ़ कर दिया जाएगा। जैसे ही मेवात में ये इश्तिहार भेजे गए, तब पहले तो शौपरपाल और समरपाल ने कहा कि ऐसे फ़रमान और हुक्म हमें रोज़ाना मिलते रहते हैं। कौन परवाह करता है देहली दरबार और उनके इन हुक्म-फ़रमानों की। इन मेवातियों ने आज तक किसी बादशाह या देहली का हुक्म या फ़रमान माना है, जो अब मान लेंगे? मगर बाद में ये दोनों भाई इस बारे में चिराग़-ए-देहली यानी पीर शेख़ नसीरुद्दीन अवधी साहब से मशविरा करने देहली गए।"

"ये चिराग़-ए-देहली यानी पीर शेख़ नसीरुद्दीन अवधी साहब कौन थे?" माहबानू ने जिज्ञासा व्यक्त करते हुए पूछा।

"माह, ऐसा कहा जाता है कि अपनी बादशाहत के आख़िरी दिनों में जब सुल्तान महमूद शाह तुग़लक़ थट्टा गया, तब उसने देहली के कई सूफ़ियों

को ज़बरन अपने साथ चलने का हुक्म दिया। इन सूफ़ियों में एक पीर शेख़ नसीरुद्दीन अवधी साहब भी थे। देहली से थट्टा के बीच का सफ़र तक़रीबन दो हज़ार मील का है। मगर थट्टा पहुँचने से पहले तक़रीबन दस मील पहले सिन्ध दरिया के किनारे सुल्तान महमूद शाह तुग़लक़ का अचानक इन्तकाल हो गया। इस तरह बिना किसी हारी-बीमारी के सुल्तान की मौत के बाद फ़ौज का हौसला टूटने लगा। इसी बीच पीर शेख़ नसीरुद्दीन अवधी साहब यानी चिराग़-ए-देहली ने आगे बढ़कर फ़िरोज़ शाह तुग़लक़ को बादशाह बनाने की पेशकश रखी। पीर की पेशकश को उसी वक़्त मान लिया गया। इधर फ़िरोज़ शाह तुग़लक़ को सुल्तान बनाने का ऐलान किया गया, उधर फ़ौज में जैसे फिर से जान आ गई। इस तरह थट्टा से वापिस आने के बाद पीर शेख़ नसीरुद्दीन अवधी साहब ने फिर से देहली आकर ख़ानक़ाह में फ़न-ए-शेख़ी की गद्दी सँभाल ली।

"पीर साहब इन दोनों भाइयों को शाही दरबार ले गए, जहाँ इन्हें मुआफ़ करते हुए बादशाह ने शाही ख़िदमतगारों में शामिल कर लिया। बाद में इन दोनों भाइयों ने अपनी मर्ज़ी से इस्लाम क़बूल कर लिया। इस्लाम क़बूल करने के बाद इनमें से एक भाई समरपाल का नाम हो गया बहादुर नाहर। इस नाम का भी बड़ा दिलचस्प क़िस्सा है, जिसे फिर कभी बताऊँगा। बहरहाल, इसी बहादुर नाहर के नाम के साथ शहंशाह अकबर के एक पुरखे अमीर तैमूर ने पहले ख़ाँ लगाया, और बाद में इसे ख़ानज़ादा का ख़िताब दिया। आगे चलकर इस ख़ानदान को ख़ानज़ादा कहा जाने लगा। इसी राजपूत ख़ानदान के एक राजा थे ख़ानज़ादा हसन ख़ाँ मेवाती, जिसे उसके मौसेरे भाई सुल्तान इब्राहिम लोदी ने शाहे-मेवात का ख़िताब भी दिया था।" रहीम थोड़ा रुका और फिर माहबानू की निष्कपट आँखों में झाँकते हुए बोला, "बेगम, हसन ख़ाँ मेवाती का नाम सुना है कभी?"

"ना।" माहबानू ने बड़ी मासूमियत से जवाब दिया।

"शाहे-मेवात कहे जानेवाला ख़ानज़ादा हसन ख़ाँ मेवाती वह शख़्स था, जिसने 1527 ई. में फ़िरदौस मकानी बादशाह बाबर के ख़िलाफ़ खानवा में, राजपूत राजा राणा संग्राम सिंह के साथ मिलकर जंग लड़ी थी। बदक़िस्मती से इस जंग में हसन ख़ाँ मेवाती शहीद हो गया। इसी मरहूम हसन ख़ाँ मेवाती के एक चचेरे भाई थे जनाब ख़ानज़ादा जमाल खाँ। इन्हीं जनाब जमाल ख़ाँ की दो बेटियाँ थीं, जिनमें से एक का निकाह शहंशाह हुमायूँ से कर दिया गया था, और एक का निकाह ख़ान बाबा यानी बैरम ख़ाँ, मेरा मतलब है मेरे अब्बा हुज़ूर से करा दिया गया। आप समझ गईं न कि मेरे नाना ख़ानज़ादा जमाल ख़ाँ की ये दो बेटियाँ कौन हैं?"

"बड़ी अम्मी शाहबानू बेगम और हमारी अम्मीजान सलीमा बेगम।" माहबानू ने तुरन्त जवाब दिया।

"बिलकुल सही पहचाना आपने।" फिर कुछ पल रुककर रहीम बड़े ठंडेपन के साथ बोला, "पता नहीं माह, मुझे आपको यह बात बतानी चाहिए या नहीं?"

"कोई ऐसी-वैसी बात है मेरे सरताज, तब रहने दीजिए।"

"अगर नहीं बताऊँगा तो ज़िन्दगी-भर यह बोझ मेरे दिल पर रहेगा।"

"ऐसी कौन-सी बात है मिर्ज़ा ख़ाँ साहब जिसे ना बताने से इसका बोझ ज़िन्दगीभर आपके दिल पर रहेगा?" एक के बाद एक होते रहस्योद्घाटन को सुन माहबानू ने रहीम की तरफ़ देखकर पूछा।

"यही कि मेरी अम्मीजान सलीमा का मेरे अब्बा हुज़ूर से, और बड़ी अम्मी शाहबानू बेगम का शहंशाह हुमायूँ से ज़बरन निकाह कराया गया था।"

"यह आप क्या कह रहे हैं?"

"हाँ माह। मुझे भी इस राज़ का पता नहीं चलता, अगर बचपन में मैं ख़ुद इसे अपने कानों से नहीं सुनता और आँखों से नहीं देखता।"

"ऐसा क्या हुआ था बचपन में?"

"यह शायद किसी ईद के मौक़े की बात है। अब्बा हुज़ूर, अम्मीजान और मेरे लिए नए कपड़े लाए थे। उन कपड़ों को अम्मी की तरफ़ बढ़ाते हुए अब्बा हुज़ूर बोले कि बेगम, इस बार तो मेरे लाए हुए इन तीनों कपड़ों को पहन लेना!"

"तो क्या अम्मीजान अब्बा हुज़ूर के दिए गए सारे कपड़ों को एक साथ नहीं पहनती थीं?" आश्चर्य से पूछा माहबानू ने।

"नहीं माह...और उस दिन भी अम्मी ने अब्बा हुज़ूर के दिए उन तीनों कपड़ों को पहनने से यह कहते हुए इनकार कर दिया कि ख़ानेख़ानाँ साहब, आप तो जानते हैं कि आपके दिए गए इन तीनों कपड़ों को एक साथ पहनने का मुझे कोई हक़ नहीं है, फिर भी आप बार-बार क्यों इसरार करते हैं?"

"ऐसा क्या कर दिया हमारे अब्बा हुज़ूर ने, जो अम्मीजान ने उन्हें पहनने से इनकार कर दिया था?"

"उनका कहना था कि मैं आपकी असल ब्याहता नहीं हूँ। आप तो मुझे मेवात से ज़बरन उठाकर लाए थे और ज़बरन मुझसे निकाह किया था। यह सुन अब्बा जैसे थके हुए क़दमों से कमरे से बाहर निकल गए। अम्मीजान से नज़र मिलाने की उनकी हिम्मत नहीं हुई।"

माहबानू को यह वाक़या सुनाते वक़्त अब्दुर्रहीम मिर्ज़ा ख़ाँ की आँखों से झर-झर आँसू बहने लगे। माहबानू की नज़र चिराग़ों की रोशनी में चमकते रहीम के गालों

से लुढ़कते गीले मोतियों पर पड़ी, तो लपककर उसने रहीम को अपने बाज़ुओं में कस लिया, "मेरे सरताज, यह क्या है?"

"माह, अपनी अम्मीजान सलीमा बेगम जैसी ख़ुद्दारी मैंने आज तक किसी औरत में नहीं देखी। मेरी आँखों में वह तस्वीर आज भी ज्यों की त्यों बसी हुई है। मैं बालक इस सबसे बेख़बर बस इसी में मग्न था कि अम्मीजान के नए कपड़ों के साथ, अब्बा मेरे लिए भी नया लिबास लाए हैं। मगर आज जब ये बातें याद आती हैं, तो मन करता है कि इस ख़ुद्दार औरत के क़दमों में अपना सर रखकर, बस रोता रहूँ।" कहते-कहते इस बार अब्दुर्रहीम मिर्ज़ा ख़ाँ फफक पड़ा।

इस बार माहबानू भी अपने आपको नहीं रोक पाई। उसकी भी रुलाई फूट गई।

जब मन कुछ हल्का हुआ, तब रहीम के सीने पर अपना सर रखते हुए माहबानू बोली, "अपने सरताज का यह राज़ अब समझ में आया कि उनके दोहों में हिन्दवी का इतना इल्म और हिन्दू शास्तरों के बारे में इतना सब कहाँ से आ जाता है।"

माहबानू की बात सुन अब्दुर्रहीम को एक पल के लिए लगा, मानो उसके कानों में यमुना के तट पर, साथ-साथ बने किसी मन्दिर की घंटियों और मस्जिद में लगती अज़ान के मिले-जुले मधुर स्वर गूँज रहे हैं।

"वैसे, आपने कभी अम्मीजान के बारे में भी कोई दोहा कहा है?" माहबानू ने धीरे-से मुस्कराते हुए पूछा।

"ज़्यादा नहीं, बस यही लिखा है—

सलीमा जग में आए के, धरो गरीबा भेस।
मीठा बोलो, नेह चलो, सभी तिहारे देस॥"

इसके बाद माहौल को थोड़ा हल्का बनाने की कोशिश कर माहबानू हँसते हुए बोली, "आपका यह दोहा हम सखियों को इतना मज़ेदार लगा कि उसे हम जितनी बार बोलते, उतनी बार हँसते-हँसते लोट-पोट हो जाते।"

"कौन-सा दोहा?" रहीम ने आश्चर्य से पूछा।

"यही कि—

कुटिलन संग रहीम कहि, साधू बचते नाहिं।
ज्यों नैना सैना करैं, उरज उमेठे जाहिं॥"

"अच्छाऽऽऽ तो आप सब सखियाँ लगता है काफ़ी रंगीन मिज़ाज हैं?"

"अभी आपने हमारी रंगीन मिज़ाजी देखी कहाँ है मिर्ज़ा ख़ाँ साहब। रंगीन मिज़ाजी क्या होती है हम आपको अभी दिखलाते हैं।" खिलखिलाते हुए माहबानू बिस्तर से नीचे उतरी और कमरे के जलते सारे चिराग़ गुल कर दिए।

50

उम्र सिर्फ़ बीस बरस और ओहदा पहले गुजरात का सूबेदार और फिर मीर अर्ज़। इतना ही नहीं, बादशाह अकबर के नौ रत्नों में से एक रत्न का ख़िताब भी हासिल हो गया। अब्दुर्रहीम मिर्ज़ा ख़ाँ का ज़्यादातर वक़्त अब दरबार की सियासत में बीतने लगा। घर आने के बाद शाम से लेकर इशा की नमाज़ तक का समय रहीम का माहबानू के आलिंगन में बीतता। बीच-बीच में वह हिन्दी का ज्ञान अपनी माँ से, कुछ अपने शौक़ से और बाक़ी अरबी, फ़ारसी और तुर्की की तालीम अन्दीजान के मौलवी मुल्ला मुहम्मद अमीन से हासिल करता रहता। इस सबके बीच जो समय मिलता उसमें वह नीतिपरक दोहे और चुटीले बरवै रच लेता। रहीम जब ये नीतिपरक दोहे और चुटीले बरवै दरबार में सुनाता, तब इन्हें सुन पूरा दरबार उसकी विदग्धता पर भौचक्क रह जाता। रहीम की यह प्रतिभा दरबार में टोडरमल, बीरबल और गंग जैसे कवियों के अलावा अनेक संस्कृत विद्वानों के साथ रहकर और निखरने लगी। इनकी संगत में रहकर वह हिन्दू धर्म-शास्त्रों का ज़्यादा और गहन अध्ययन करने लगा।

गुजरात में अब्दुर्रहीम जो अमन-चैन स्थापित कर आया था, अचानक एक दिन बादशाह अकबर के पास एक बेचैन करनेवाली ख़बर आई। बादशाह ने गुजरात के सूबेदार और मीर अर्ज़ अर्थात् अब्दुर्रहीम मिर्ज़ा ख़ाँ को एक बार फिर बुलाया।

"बादशाह सलामत, आपने याद फरमाया?" रहीम ने कोर्निश करते हुए पूछा।

"हाँ मिर्ज़ा ख़ाँ, मुज़फ़्फ़र हुसैन मिर्ज़ा ने हमसे गुजरात फिर छीन लिया है। मैं चाहता हूँ कि आप फिर से गुजरात जाएँ और इस पाजी को सलीक़े से सबक़ सिखाकर आएँ।"

"जैसा आपका हुक्म बादशाह सलामत।"

"इस काम को जितना जल्दी अंजाम दिया जाए, उतना बेहतर होगा।"

अब्दुर्रहीम मिर्ज़ा ख़ाँ तुरन्त गुजरात के लिए रवाना हो गया और शीघ्र ही मुज़फ़्फ़र हुसैन मिर्ज़ा की कमर तोड़कर लौट आया। इससे ख़ुश होकर अगले दिन बादशाह अकबर ने उसे न केवल ख़िलअत देकर सम्मानित किया, बल्कि रहीम के वालिद मरहूम बैरम ख़ाँ की तरह उसे भी ख़ानेख़ानाँ जैसे सबसे बड़े शाही ख़िताब से नवाज़ा।

रहीम एक बार फिर अपने दोहे, बरवै और सोरठा रचने में रम गया।

एक बार शायर नज़ीरी निशापूरी ने अब्दुर्रहीम से कहा, "ख़ानेख़ानाँ साहब, मैंने ज़िन्दगी में कभी एक लाख अशर्फ़ियाँ नहीं देखी हैं।"

शायर नज़ीरी निशापूरी की बात सुन अब्दुर्रहीम ख़ानेख़ानाँ घर चला आया। घर आने के बाद भी उसे शायर नज़ीरी की यह बात परेशान करती रही। परेशान बेटे को देख शाम को माँ सलीमा बेगम उसके पास आई और सर पर हाथ फेरते हुए पूछा, "लगता है मेरा बेटा आज परेशान है?"

"अम्मीजान, ऐसा कुछ नहीं है।" रहीम ने माँ को टालना चाहा।

"कुछ तो है। नहीं बताएगा तो किसी मुश्किल का ऐसे कैसे हल निकलेगा?"

रहीम ने सोचा कि माँ को बता देना चाहिए वरना उसके चक्कर में वह भी परेशान रहेगी। वैसे भी उसकी ज़्यादातर मुश्किलों का हल यही तो बताती है।

"अम्मीजान, पता है आज शायर नज़ीरी निशापूरी साहब क्या बोले।"

"क्या बोले?" माँ ने बेटे के बालों में अपनी नाज़ुक अँगुलियाँ फेरते हुए पूछा।

"बोले कि ख़ानेख़ानाँ साहब, मैंने ज़िन्दगी में कभी एक लाख अशर्फ़ियाँ नहीं देखी हैं। अम्मीजान, जब से नज़ीरी साहब ने यह कहा है, मैं तब से यह सोच-सोचकर बेचैन हूँ कि यहाँ मेरे पास बेशुमार दौलत है, और एक शायर नज़ीरी निशापूरी साहब जैसे लोग हैं, जिन्होंने कभी एक लाख अशर्फ़ियाँ नहीं देखी हैं।"

"बेटा, शायर-कवियों के पास कभी धन-दौलत जुड़ती देखी है? इनका दौलत से क्या लेना-देना। ये तो फ़क़ीर होते हैं। इस दुनिया में नज़ीरी साहब जैसे न जाने कितने लोग हैं। ऐसे ही लोगों के बारे में हमारे मेवात में कहा गया है कि—

बिरह बाण और बिरहड़ा, इन्ने मत सीखियो कोए।
इनका सीखणहार को, झुर-झुर पिंजर होए॥"

"आप सही कहती हैं अम्मीजान, शायरी-कवित्त करनेवाले पिंजर हो जाते हैं।"

"वैसे रहीम, आपके लिए यह कौन-सी बड़ी बात है।"

माँ के इतना कहते ही रहीम की सारी बेचैनी और परेशानी जैसे चुटकी बजाते काफ़ूर हो गई। उसने माँ का हाथ यह कहते हुए चूम लिया, "अम्मीजान, आपने मेरी बहुत बड़ी मुश्किल दूर कर दी।"

अगले रोज़ सुबह अब्दुर्रहीम ख़ानेख़ानाँ ने शायर नज़ीरी निशापूरी को बुलवाया, और उसके सामने अशर्फ़ियों का ढेर लगा दिया।

अपने सामने लगे अशर्फ़ियों के ढेर को देख शायर नज़ीरी निशापूरी बोला, "ख़ुदा का शुक्रिया ख़ानेख़ानाँ साहब, जो उसने इस नाचीज़ को एक लाख अशर्फ़ियों के दीदार करा दिए।"

"सिर्फ़ अशर्फ़ियों के दीदार के लिए ख़ुदा का क्या शुक्र अदा करना नज़ीरी साहब।"

"हम जैसों के लिए तो एक लाख अशर्फ़ियों को देखना ही किसी सपने का पूरा होने जैसी बात है।" अशर्फ़ियों को देखने के बाद शायर नज़ीरी निशापूरी अपनी जगह से उठा, और यह कहकर जाने लगा, "ख़ानेख़ानाँ साहब, आपका बहुत शुक्रिया। आपकी वजह से आज मेरा एक बहुत बड़ा सपना पूरा हो गया। ख़ुदा हाफ़िज़।"

शायर नज़ीरी निशापूरी ने जिस नादीदेपन के साथ सपना पूरा होने की बात कही, अब्दुर्रहीम सोचने लगा कि जिस आदमी की ज़िन्दगी का सपना सिर्फ़ एक लाख अशर्फ़ियों को देखने का रहा हो, अगर उसे ये मिल जाएँ तब इनसे इसके कितने सपने पूरे होंगे, उसके बारे में सोचा भी नहीं जा सकता।

"अगर ऐसा है नज़ीरी साहब तो एक बार इन्हें छूकर भी देख लो। कहीं ऐसा ना हो कि बाद में आप कहें कि मैंने ज़िन्दगी में कभी सोने की अशर्फ़ियों को छूकर नहीं देखा।"

शायर नज़ीरी निशापूरी को लगा कि अब्दुर्रहीम ख़ानेख़ानाँ बात तो ठीक कह रहा है। वह वापिस लौटा और अशर्फ़ियों के ढेर में उसने दोनों हाथों की अँगुलियों को ऐसे डाला, जैसे अनाज की ढेरी में किसान हाथ डालकर उसके दानों को परखता है। जिस वक़्त शायर नज़ीरी निशापूरी की अँगुलियाँ सोने की अशर्फ़ियों की देह का स्पर्श कर रही थीं, अब्दुर्रहीम ने ध्यान दिया शायर नज़ीरी की अँगुलियों में एक ख़ास तरह की जुम्बिश हो रही थी। शायर नज़ीरी निशापूरी ने एक बार फिर अब्दुर्रहीम ख़ानेख़ानाँ का शुक्रिया अदा किया, और वापिस जाने के लिए मुड़ा ही था कि पीछे से अब्दुर्रहीम ने उसे टोका।

"नज़ीरी साहब, कहाँ चल दिए?"

शायर नज़ीरी निशापूरी जाते-जाते रुक गया और मुस्कराते हुए बोला, "मिर्ज़ा ख़ाँ, अपनी एक अधूरी ग़ज़ल याद आ गई। कई दिनों से उसे पूरी करने की सोच रहा था, मगर पूरी नहीं हो रही थी। आज आपके पास आया तो उसका एक बहुत उम्दा शे'र बन पड़ा है।"

"वो तो ठीक है मगर इन अशआर को भी तो उठाइए!" अब्दुर्रहीम ने अपने सामने पड़े अशर्फ़ियों के ढेर की तरफ़ इशारा करते हुए कहा।

नज़ीरी निशापूरी ने अशर्फ़ियों को बोरे में भरा और यह सोचकर उठा लिया कि शायद अब्दुर्रहीम यह जतलाना चाहता है, कि वह सिर्फ़ इन्हें देखे और छूए भर नहीं, उठाकर यह भी महसूस करे कि एक लाख अशर्फ़ियों में कितना वज़न होता है।

"नज़ीरी साहब, ख़ुदा का शुक्र अदा करना तब ठीक रहेगा, जब आप इन्हें साथ ले जाएँगे!"

"ख़ानेख़ानाँ साहब, साथ ले जाएँगे! क्या मतलब है आपका?" शायर नज़ीरी निशापूरी के जैसे हाथ-पाँव ठंडे पड़ने लगे।

"आज से बल्कि इसी वक़्त से इन पर अब आपका हक़ है नज़ीरी साहब। अब इनके मालिक आप हैं।" अब्दुर्रहीम ख़ानेख़ानाँ ने मुस्कराते हुए कहा।

अब्दुर्रहीम ख़ानेख़ानाँ की इस उदारता की चारों तरफ़ चर्चा होने लगी। कुछ रोज़ पहले उसने मुल्ला शिकेवी को उसके फ़ारसी के एक शे'र पर एक हज़ार अशर्फ़ियाँ भेंट कर दीं, तो अरबी कवि रफ़ीउद्दीन हैदर को एक लाख रुपए दे दिए। आए दिन रहीम से अरबी, फ़ारसी शायर ही नहीं, अन्य कवि भी ईनाम में भेंट ले जाने लगे। एक दिन इबादतख़ाने में लगनेवाली मजलिस में अब्दुर्रहीम ख़ानेख़ानाँ ने कवि गंग को एक छंद, जो छप्पय था, उससे प्रसन्न होकर गंग को ईनाम के रूप में छत्तीस लाख रुपए दिए।

अब्दुर्रहीम ख़ानेख़ानाँ की दानप्रियता के इन क़िस्सों ने जैसे किंवदंतियों का रूप ले लिया। घर-घर में रहीम के चर्चे होने लगे। माँ सलीमा जब-जब बेटे के इन क़िस्सों को सुनती, तब-तब उसका सीना गर्व से चौड़ा होता चला जाता। जबकि बीवी माहबानू तो मारे ख़ुशी के जैसे बौरा जाती। धन्य हो उठती ऐसे दानवीर पति को पाकर। अपनी सूबेदारी और जागीरों से मिले राजस्व को वह कवि और शायरों में दोनों हाथों से बाँटने लगा।

और इस घटना ने तो मानो रहीम का ही नहीं बल्कि पूरे हिन्दुस्तान का मस्तक ऊँचा कर दिया।

"ख़ानेख़ानाँ साहब, एक ग़रीब बेवा आपसे मिलने की ख़्वाहिश लेकर आई है।" एक सिपाही ने आकर रहीम को बताया।

"हमसे एक बेवा मिलने की ख़्वाहिश लेकर आई है?" रहीम ने आश्चर्य से पूछा।

"जी। कह रही है कि उसे गोस्वामी जी ने भेजा है।"

"क्याऽऽऽ! गोस्वामी तुलसीदास जी ने भेजा है? उन्हें इसी वक़्त बाइज़्ज़त लाया जाए!"

अब्दुर्रहीम ख़ानेख़ानाँ के हुक्म के बाद वह निर्धन विधवा हाज़िर हो गई। उसके आने पर रहीम ने पहले उसे ऊपर से नीचे तक देखा। उसके कपड़ों को देख रहीम समझ गया कि विधवा होने के साथ-साथ सचमुच यह काफ़ी ग़रीब भी है।

आते ही विधवा ने काग़ज़ का एक छोटा-सा पुर्ज़ा रहीम की तरफ़ यह कहते हुए बढ़ा दिया, "गोस्वामी जी ने कहा है कि मैं इसे आपको ले जाकर दे दूँ।"

रहीम ने गोस्वामी तुलसीदास द्वारा भेजे गए काग़ज़ के इस छोटे-से टुकड़े की तहों को खोला और उसे पढ़ने लगा। पास में बैठे दूसरे कवियों और शायरों ने ध्यान दिया कि इस टुकड़े को पढ़ते हुए उसके आँखों के कोर भीग आए हैं। देर तक रहीम की नज़र काग़ज़ के इस छोटे-से टुकड़े पर टिकी रही। काफ़ी देर बाद रहीम ने धीरे-से नज़र उठाई।

"विवाह में कितना ख़र्चा आ जाएगा?" रहीम ने निर्धन विधवा की तरफ़ देखते हुए पूछा।

"अन्नदाता, कैसे बताऊँ। कन्या का विवाह है। जितना आपको उचित लगे दे दीजिए।" विधवा ने हाथ जोड़ते हुए बड़ी विनम्रता से कहा।

रहीम ने प्रत्युत्तर में कुछ नहीं कहा। काग़ज़ के उसी टुकड़े पर उसने कुछ लिखा और यह कहते हुए उसे वापस निर्धन विधवा को दे दिया, "इसे गोस्वामी जी को जाकर दे देना!" फिर सामने बैठे ख़ज़ानची की तरफ़ उसने नज़र उठाकर देखा और उससे बोला, "इनसे जितनी अशर्फ़ियाँ ले जाई जाएँ, इनकी झोली में भर देना!"

निर्धन विधवा रहीम को दुआएँ देती हुई चली गई।

उसके जाने के बाद रहीम ने पहले अपने साथ बैठे तन्ना मिश्रा अर्थात् मियाँ तानसेन, शेख़ फ़ैज़ी, शायर नज़ीरी निशापूरी, मुल्ला दो प्याजा, फ़क़ीर अज़ुद्दीन, गंग सहित बैठे दूसरे कवि-शायरों की तरफ़ देखा। फिर सबको सुनाते हुए कवि गंग से बोला, "गंग साहब, आप सब सोच रहे होंगे कि यह बेवा कौन थी...इसने गोस्वामी जी का जो काग़ज़ का छोटा-सा पुर्ज़ा दिया, उस पर क्या लिखा था?"

"आप सही कह रहे हैं ख़ानेख़ानाँ साहब कि तुलसीदास जी ने ऐसा क्या लिख दिया, जिसे पढ़ने के बाद आपने इस निर्धन बेवा की झोली अशर्फ़ियों से भर दी?"

"गंग साहब, इस बेवा की पुत्री का विवाह है लेकिन इसके पास इतना धन नहीं है कि वह उसके हाथ पीले कर दे। मदद के लिए यह गोस्वामी जी के पास गई होगी और अपनी परेशानी के बारे में बताया होगा। उस गोस्वामी जी के पास जिसके पास सिवाय रामरतन के कुछ नहीं है। वे ठहरे निरे वैरागी। धन से उनका क्या वास्ता। समझ में नहीं आया कि यह क्या उम्मीद लेकर उनके पास गई। उन्होंने इस पंक्ति के साथ इसे मेरे पास भेज दिया कि—सुरतिय नरतिय नागतिय, सब चाहत अस होय।"

"ख़ानेख़ानाँ साहब, तुलसीदास जी ने कहा तो एकदम सही है कि धन-सम्पत्ति और आभूषण सभी नारियों को अच्छे लगते हैं। इनकी सभी को ज़रूरत होती है, फिर चाहे वे देवताओं की पत्नियाँ हों या असुरों की...नागवंश की हों या कोई और।" कवि गंग मुस्कराते हुए बोला।

"आप सही कह रहे हैं गंग साहब। सब चाहते हैं कि उसकी पुत्री विवाह के बाद, भले ही उसकी ससुराल कितना ही साधन-सम्पन्न हो, सुखी रहे। अब अपने मित्र गोस्वामी जी के मान और उनके कहे को मैं कैसे टाल सकता था।"

"मगर आपने काग़ज़ के उस पुर्ज़े पर क्या लिखकर वापस लौटा दिया?" तन्ना मिश्रा अर्थात् मियाँ तानसेन ने पूछा।

"मुझे लगा गोस्वामी जी ने आधी बात लिखी है। उसे मैंने यह लिखकर पूरा कर दिया कि—गोद लिए हुलसी फिरे, तुलसी सो सुत होए।"

"क्या बात कही है ख़ानेख़ानाँ साहब कि—

सुरतिय नरतिय नागतिय, सब चाहत अस होय।
गोद लिए हुलसी फिरे, तुलसी सो सुत होए।"

"ख़ानेख़ानाँ साहब, इसे दोहे की शकल देकर आपने दोस्ती का असली हक़ सही मायने में आज अदा किया है। क्या बात कही है कि गोद लिए हुलसी फिरे, तुलसी सो सुत होए।" मुल्ला दो प्याजा ने हुमकते हुए कहा।

"मुल्ला साहब, आपने सही फ़रमाया। इससे पहले जो नहीं जानते थे कि गोस्वामी तुलसीदास की माँ का क्या नाम है, ख़ानेख़ानाँ साहब के इस दोहे से पता चल जाएगा कि उनकी माँ का नाम हुलसी है।" मियाँ तानसेन मुस्कराते हुए बोला।

रहीम मन-ही-मन मन्द-मन्द मुस्कराता रहा।

कवि गंग से इस बार रहा नहीं गया और मुस्कराते हुए बोला, "ख़ानेख़ानाँ साहब, बुरा न मानो तो एक बात पूछूँ?"

"प्रिय गंग, आपको हमसे कब से इजाज़त लेने की ज़रूरत पड़ गई?" प्रतिप्रश्न किया अब्दुर्रहीम ख़ानेख़ानाँ ने।

कवि गंग ने इसके बाद एक पल के लिए रहीम की आँखों में देखा और फिर बोला—

सीखी कहाँ नवाब जू, ऐसी दीने दैन।
ज्यों-ज्यों कर ऊँचौ करो, त्यों-त्यों नीचे नैन॥"

कवि गंग का सवाल सुन अब्दुर्रहीम ख़ानेख़ानाँ पहले चुप रहा। फिर धीरे-से नज़र उठाई और कवि गंग की तरफ़ देखकर मुस्कराया, "गंग जी,

देनदार कोऊ और है, भेजत सो दिन-रैन।
लोग बहराम हम पै धरें, याते नीचे नैन॥"

रहीम के इतना कहते ही सभा में जैसे ख़ामोशी छा गई। थोड़ी देर के लिए लगा जैसे पूस की बर्फ़-सी पिघलती रातों की तरह ठंडी-ठंडी फुहारें बरस रही हैं। बेजान दीवारें किसी राग की बन्दिश से झंकृत हो उठी हैं।

फ़तेहपुर सीकरी में हर जुम्मेरात की शाम को महल के इबादतख़ाने में लगनेवाली बादशाह अकबर की सभा में तानसेन ने एक बार सूरदास का यह पद सुनाया—

जसुदा बार-बार यों भाखे।
कौन ब्रज में हितू हमारो, चलत गोपालहिं राखे॥

अकबर ने बारी-बारी से दरबार में उपस्थित शायर-कवियों और अन्य काव्य-प्रेमियों से इसका मतलब पूछा। इस पर सबसे पहले ख़ुद तानसेन ने इसकी व्याख्या की, "बादशाह सलामत, जसोदा कहती है कि ब्रज में हमारा ध्यान रखनेवाला कौन है, जो गोपाल को बार-बार मथुरा जाने से रोके।"

बीरबल बोला, "जहाँपनाह, बार-बार का अर्थ दरवाज़े-दरवाज़े यानी जसोदा द्वार-द्वार जाकर कह रही है..."

एक ज्योतिषी ने यह कहा, "हुज़ूरे आली, बार का अर्थ दिन है। इसलिए जसोदा रोज़ कहती है।"

जबकि शेख़ फ़ैज़ी ने इसका मतलब यह निकाला, "आलम पनाह, बार-बार का मायने यहाँ रोने से है। इसलिए इसका मतलब है कि जसोदा रो-रो कर कह रही है।"

आख़िर में अब्दुर्रहीम ख़ानेख़ानाँ से पूछा गया, तो इस पर वह बोला, "बादशाह सलामत, बार-बार का मतलब बाल-बाल यानी जसोदा का हर बाल कहता है।"

"गुनीजनों, आप में से हरेक ने बार-बार का अलग-अलग मतलब बताया है, इसकी क्या वजह है?" सबको सुनने के बाद बादशाह अकबर ने पूरी सभा से पूछा।

अब्दुर्रहीम ख़ानेख़ानाँ ने बादशाह अकबर के इस सवाल का जवाब दिया, "बादशाह सलामत, कवि-शायर की ख़ूबी ही एक शब्द के अलग-अलग मायने ढूँढ़ना होता है। यह सही है कि सबने जिसका जो काम है, उसके हिसाब से मतलब निकाला। मगर मैं जो कह रहा हूँ वो सही है।"

अकबर के बादशाह रहते अब्दुर्रहीम ख़ानेख़ानाँ ने सबसे ज़्यादा यश और धन-दौलत कमाया। जवानी-भर हर तरह का सुख और ऐश्वर्य प्राप्त किया। इतना ही नहीं, अकबर की मृत्यु के बाद अब्दुर्रहीम ख़ानेख़ानाँ जब जहाँगीर का उस्ताद और सरपरस्त बना, तब उसने पहले से कहीं ज़्यादा सुख और ऐश्वर्य अर्जित किया। मगर जहाँगीर द्वारा सत्ता हथियाने के लिए

जब उसने अपने भाइयों की हत्या कर दी, रहीम के मन को बड़ी ठेस लगी और न जाने किस रौ में बहकर उसने जहाँगीर को एक दिन यह दोहा सुना दिया—

रहिमन राज सराहिए, ससि सम सुखद जो होय।
कहा बापुरो भानु है, तपै तरैयन खोय॥

जहाँगीर ने जैसे ही इस दोहे को सुना, सुनते ही उसकी भृकुटियाँ तन गईं।

"ख़ानेख़ानाँ साहब, इस दोहे का क्या मतलब है?" दोहे का अर्थ जानने-समझने के बावजूद जहाँगीर ने आँखें तरेरकर अपने गुरु और संरक्षक रहीम से पूछा।

"जहाँपनाह, इसका मतलब यह है कि तारीफ़ उसी हुकूमत की करनी चाहिए, जो सबको चाँद की तरह सुख देनेवाली हो। उस सूरज की क्या की जाए जो सारे तारों की रोशनी ख़त्म कर, ख़ुद चमकने की कोशिश करता है।" रहीम ने अपने दोहे की सीधी-सरल व्याख्या करते हुए कहा।

"मैं आपसे हिन्दवी लफ़्ज़ों का मतलब नहीं जानना चाहता। इतनी हिन्दवी तो आप मुझे मेरे बचपन में सिखा ही चुके हैं कि आपके दोहों का मायने समझ सकूँ। आख़िर शागिर्द हूँ आपका। इसीलिए पूछ रहा हूँ कि आख़िर आप कहना क्या चाहते हैं? यही कि आप मेरी हुकूमत की तारीफ़ नहीं कर सकते?" फिर तैश में आते हुए जहाँगीर आगे बोला, "यह तो भरे दरबार में शाहे-हिन्द की सरासर तौहीन है...और माबदौलत इस तौहीन को किसी भी हालत में बर्दाश्त नहीं किया जा सकता। भले ही आप उस्ताद और सरपरस्त थे पर शाहज़ादे सलीम के, न कि शहंशाह जहाँगीर के। इसलिए जहाँगीरी इंसाफ़ का तकाज़ा है कि आपको इस नापाक गुस्ताख़ी की वाजिब सज़ा दी जाए!" कहते-कहते जहाँगीर का चेहरा तमतमा उठा और मुट्ठियाँ भिंचती चली गईं।

शहंशाह जहाँगीर का यह रौद्र रूप देख पूरा दरबार किसी अनर्थ और अनिष्टता के भय से सहम गया। एकदम ऐसी ख़ामोशी छा गई कि मनसबदारों, बेगों, अमीर-उमरा और दूसरे ओहदेदारों को आपस में एक-दूसरे की साँसों के सैंकारे सुनाई देने लगे। बीच-बीच में साँस रोक कनखियों से वे एक-दूसरे को देख लेते। इधर रहीम की हालात अजीब हो गई। उससे न तो कुछ कहते बन रहा है, न किसी की तरफ़ देखते बन रहा है।

पास में बैठा मिर्ज़ा अज़ीज़ कोका हल्का-सा उसकी तरफ़ झुका और कान में फुसफुसाया, "ख़ानेख़ानाँ साहब, रहम की गुज़ारिश कीजै तो मैं शहंशाह से सिफ़ारिश करूँ?"

"कोई फ़ायदा नहीं मिर्ज़ा अज़ीज़ कोका, सब बेसूद है।" अब्दुर्रहीम ने दबी ज़बान में कहा।

अभी अब्दुर्रहीम ने मिर्ज़ा अज़ीज़ कोका को जवाब दिया ही था कि शहंशाह जहाँगीर की रौबदार आवाज़ यानी शाही हुक्म गूँजा, "अब्दुर्रहीम ख़ानेख़ानाँ वल्द मरहूम बैरम ख़ाँ को बतौर मुल्ज़िम दरबार में पेश किया जाए!"

शाही हुक्म और दरबार के क़ायदे-दस्तूर के मुताबिक़ अब्दुर्रहीम ख़ानेख़ानाँ को जैसे ही बतौर मुल्ज़िम पेश किया गया, उसे देख पूरे दरबार की आँखें फटी की फटी रह गईं। कलेजा जैसे मुँह को आने को हुआ। शायर नज़ीरी निशापूरी, कवि गंग, बीरबल, तानसेन, शेख़ फ़ैज़ी और दरबार में मौजूद कवि-शायरों और दूसरे शाही दरबारियों की आँखें भर आईं।

महाकवि रहीम। ख़ानेख़ानाँ अब्दुर्रहीम। मिर्ज़ा खाँ। मीर अर्ज़ और कुछ देर पहले तक शाही दरबार के नौ रत्नों में से एक रत्न अब्दुर्रहीम वल्द बैरम ख़ाँ, नंगे सर और बँधे हाथों के साथ शाहे-हिन्द के सामने गर्दन झुकाए खड़ा है। सर के पके बालों की सफ़ेदी इस बात की साफ़ चुग़ली करती दिखाई दे रही है कि रहीम अधेड़ावस्था की दहलीज़ पर क़दम रख चुका है। किसी को उम्मीद नहीं थी कि इस उम्र में आकर तक़दीर इस तरह दग़ा दे जाएगी, वह भी तब, जब रहीम के भाग्य का सितारा सूरज बन जैसे आसमान में चमक रहा हो। किसी ने नहीं सोचा था कि एक मामूली-सा दोहा उसकी ज़िन्दगी में भूचाल ले आएगा।

"शाही दरबार में हाज़िर मुल्ज़िम पर बग़ावत का इल्ज़ाम है। इनके उस दोहे से सरासर बग़ावत की बू आ रही है जिसका मतलब कुछ देर पहले ख़ुद मुल्ज़िम ने भरे दरबार में बताया, कि उसी हुकूमत की तारीफ़ करनी चाहिए, जो सबको चाँद की तरह सुख देनेवाली हो। उस सूरज की नहीं, जो सारे सितारों की रोशनी ख़त्म कर ख़ुद चमकने की कोशिश करता है। मुल्ज़िम की नज़रों में क्या शाहे-हिन्द वह सूरज है, जो सारे सितारों की रोशनी ख़त्म कर ख़ुद चमक रहा है? मुल्ज़िम अपने बचाव में कोई सफ़ाई देना चाहता है?" शहंशाह जहाँगीर ने गरजते हुए पूछा।

दम साधे अब्दुर्रहीम ने पहले भरे दरबार की तरफ़ देखा, फिर शहंशाह जहाँगीर की तरफ़।

"मगर जहाँपनाह, यह दोहा तो मुल्ज़िम अब्दुर्रहीम ख़ानेख़ानाँ वल्द मरहूम बैरम ख़ाँ का है ही नहीं।" अब्दुर्रहीम बेहद विनम्रता के साथ बोला।

"अब्दुर्रहीम ख़ानेख़ानाँ का नहीं है? आपके कहने का क्या मतलब है? क्या कहना चाहते हैं आप?" शहंशाह जहाँगीर की कुछ समझ में नहीं आया।

"जी जहाँपनाह। यह दोहा एक कवि का है, जो किसी शहंशाह की हुकूमत का हाकिम नहीं है। यह उस कवि का दोहा है जो किसी शाहज़ादे का भी उस्ताद नहीं है। यह दोहा एक ऐसे कवि का है, जो हुकूमत से उसके लिखने की एवज़ में कोई तनख़्वाह भी नहीं लेता है।"

"तो क्या कवि रहीम और मुल्ज़िम अब्दुर्रहीम ख़ानेख़ानाँ दो अलग-अलग शख़्स हैं?"

"जी जहाँपनाह।"

"वो कैसे?"

"जैसे शहंशाह जहाँगीर और शाहज़ादा सलीम दो अलग-अलग शख़्स हैं।"

"मुल्ज़िम शायद यह बात भूल रहा है कि यह शाही अदालत है, न कि लफ़्फ़ाज़ी का कोई चबूतरा, जिस पर चढ़कर आप कोई कलाम पेश कर रहे हैं। इसलिए मुल्ज़िम को हिदायत दी जाती है कि वो अपनी सफ़ाई में जो कहे, साफ़-साफ़ कहे।" इतना कह जहाँगीर जैसे कुछ सोचने लगा।

दरबार के किसी कोने में कोई प्रतिक्रिया नहीं हुई। बस, दम साधे सब शहंशाह जहाँगीर के मुँह से निकलनेवाले अगले आदेश का इन्तज़ार करने लगे। इधर अब्दुर्रहीम सर झुकाए खड़ा रहा। शहंशाह जहाँगीर ने जैसे ही धीरे-से गर्दन उठा, एक सरसरी नज़र दरबारियों पर डाली, सबका चेहरा किसी भय की आशंका से मुरझा गया।

एक बार फिर शहंशाह जहाँगीर की कर्कश रौबीली आवाज़ दरबार में गूँजी।

"वैसे हुकूमत के ख़िलाफ़ उठनेवाली हर आवाज़ की सज़ा मौत है। मगर, आज के मुल्ज़िम और इनके वालिद के पुराने रिश्तों और शाही हुकूमत के तईं पुरानी ख़िदमत और वफ़ादारी का लिहाज़ करते हुए, उसे सज़ा-ए-मौत नहीं दी जा सकती। लिहाज़ा, मुल्ज़िम अब्दुर्रहीम ख़ानेख़ानाँ वल्द मरहूम बैरम ख़ाँ को हुकूमत के सारे ख़िताबों और ओहदों से अलग किया जाता है। उसे दी गई सारी जागीरें उससे वापिस ली जाती हैं। मुल्ज़िम को यह भी हुक्म दिया जाता है, कि वह, इन ओहदे-रुतबों का सारा साज़ो-सामान, नक़्क़ारा और शाही अलम जितनी जल्द हो सके शाही ख़ज़ाने में जमा कर दे!" शहंशाह जहाँगीर ने अपना फ़ैसला सुना सभा बर्ख़ास्त कर दी।

इस तरह मुग़ल दरबार के नौ रत्नों में से एक उनमें भी सबसे क़ीमती रत्न अब्दुर्रहीम ख़ानेख़ानाँ को ऐसे निकाल फेंका गया जैसे दूध से ज़िन्दा मक्खी को निकालकर फेंक दिया जाता है। अचानक आए एक भूकंप ने जैसे अब्दुर्रहीम की सारी बुलंदी, उसकी शान, उसके रुतबे के साथ, मिर्ज़ा ख़ाँ, मीर अर्ज़, ख़ानेख़ानाँ और नौ रत्नों में मिला एक रत्न का ख़िताब और मान-सम्मान सब ध्वस्त कर दिया। एक दोहे ने सब कुछ मिट्टी में मिला दिया।

शहंशाह जहाँगीर के दरबार से जाने के बाद सारे दरबारी, ओहदेदार और कवि-शायर अपने-अपने स्थान से ऐसे खड़े हो गए, मानो वे किसी मुल्ज़िम को नहीं, अपने पुराने ख़ानेख़ानाँ को अन्तिम विदाई देने के लिए खड़े हुए हैं। कवि गंग अपने बग़ल में खड़े शायर नज़ीरी निशापूरी की तरफ़ मुड़ा और फिर भरे मन से अपने आसपास खड़े बीरबल, तानसेन, शेख़ फ़ैज़ी और दूसरे कवि-शायरों को सुनाते हुए बोला, "नज़ीरी साहब, इसीलिए सनातन धर्म कहता है कि—

सत्यं ब्रूयात् प्रियं ब्रूयात्, न ब्रूयात् सत्यं अप्रियं।
प्रियं च नानृतम ब्रूयात्, एष धर्मः सनातनः॥"

"गंग साहब, एकदम दुरुस्त फ़रमाया आपने। सच बोलना चाहिए, पर अच्छा लगनेवाला बोलना चाहिए; ऐसा सच नहीं बोलना चाहिए जो सुननेवाले को बुरा लगे। मगर अच्छा लगनेवाला झूठ भी नहीं बोलना चाहिए। पता नहीं, रहीम जैसे सुलझे हुए आदमी से ऐसी चूक कैसे हो गई?" शायर नज़ीरी निशापूरी के बराबर में खड़े बीरबल ने कहा।

"कहा गया है कि कमान से निकला तीर और मुँह से निकली ज़बान, कभी वापिस नहीं लौटती। इसलिए इन दोनों का बहुत सोच-समझकर इस्तेमाल करना चाहिए।" शायर नज़ीरी निशापूरी कवि गंग से सहमत होते हुए बोला।

"मगर जनाब बीरबल, यह चूक नहीं है। बहुत सोच-समझकर बोला गया दोहा है। अगर चूक होती या किसी बेख़याली के चलते यह दोहा कहा गया होता, तो रहीम शहंशाह जहाँगीर से यह नहीं कहता कि यह दोहा मुल्ज़िम अब्दुर्रहीम ख़ानेख़ानाँ का नहीं है। बल्कि यह दोहा एक कवि का है, जो किसी शहंशाह की हुकूमत का हाकिम नहीं है। यह दोहा एक ऐसे कवि का है, जो हुकूमत से उसके लिखने की एवज़ में कोई तनख़्वाह नहीं लेता है।"

"गंग साहब, जो भी है रहीम ने बहुत बड़ी बात कह दी कि यह दोहा एक ऐसे कवि का है, जो हुकूमत से उसके लिखने की एवज़ में कोई तनख़्वाह नहीं लेता है। सच कहूँ, ऐसी खरी बात कोई सच्चा और ख़ुद्दार कवि-शायर ही कह सकता है।" शायर नज़ीरी निशापूरी जिस वक़्त शहंशाह जहाँगीर के सामने अब्दुर्रहीम के कथन को दोहरा रहा था, उसकी आँखों की चमक देखते ही बन रही थी।

भारी क़दमों के साथ बँधे हाथों और नंगे सर वाला मुल्ज़िम अब्दुर्रहीम दरबार से बाहर आ गया। दरबार से बाहर आने के बाद उसने दरबार को पलटकर ऐसे देखा, जैसे एक हारा हुआ जुआरी अपना सब कुछ हारकर किसी जुआघर से निकल रहा है। उसे आज पहली बार एहसास हुआ कि हुकूमत और सियासत किसी जुआघर से कम नहीं हैं। ये दोनों अगर आदमी को बुलंदी पर पहुँचा सकती हैं, तो पलक झपकते ही उसे ख़ाक में भी मिला सकती हैं।

रहीम घर पहुँचा तो निढाल माँ सलीमा और बीवी माहबानू को देख, उसके जिस्म ने भी जैसे उसका साथ छोड़ दिया। यह तो माँ ने लपककर बेटे को अपनी बाजुओं में थाम लिया वरना किसी कटे हुए दरख़्त की तरह वह ढह ही गया था। माँ की कमज़ोर और पुरानी बाजुओं में झूलते निढाल रहीम को पहली बार एहसास हुआ, कि ये माँ की ही बाजुएँ हैं जिनकी रगों का ख़ून कभी सूखता नहीं है। सलीमा बेटे को सहारा दे अन्दर ले आई।

रहीम ने पहले माँ की सूनी आँखों में देखा और फिर एक फ़ीकी हँसी हँसते हुए बोला—

दुर्दिन परे रहीम कहि, भूलत सब पहिचानि।
सोच नहीं वित हानि को, जो न होए हितहानि॥

"ऐसा नहीं सोचते मेरे लाल। मुझे नाज़ है कि मेरे बेटे के दोहे में इतनी ताक़त है कि उसे सुन एक बादशाह को अपनी बुनियाद हिलती नज़र आ रही है। मैं आज समझ गई की हुकूमत और सियासत मेरे रहीम के लायक़ नहीं है।" सलीमा ने बेटे के सर के बालों में अपनी अँगुलियाँ फेरते हुए कहा।

"मुआफ़ करना अम्मीजान। मैं आपको कुछ भी तो सुख नहीं दे पाया।" इतना कह रहीम माँ के आँचल में मुँह छिपाकर फफक पड़ा।

सलीमा अपने आँसुओं को पी गई। देर तक बेटे के सर के बालों में उसकी अँगुलियों के नर्म पोर सरसराते रहे। कुछ देर बाद वह उठकर चली आई।

अब रहीम के पास अकेली माहबानू रह गई। रहीम की पत्नी से आँखें मिलाने की हिम्मत नहीं हो रही है। बस, एकटक वह छत की कड़ियों को निहारे जा रहा है। चुप लेटे पति को देख माहबानू हिम्मत बटोर, निराशा के साथ बोली, "मेरे सरताज, आपने यह क्या कर डाला?"

"सब ऊपर वाले का खेल है माह। बन्दा इसमें क्या कर सकता है। जैसे वह नचाता है, बन्दा नाचता है।" फिर एक लम्बी और गहरी साँस लेते हुए रहीम बोला—

ज्यों नाचत कठपूतरी, करम नचावे गात।
अपने हाथ रहीं ज्यों, नहीं अपने हाथ॥

माहबानू ने प्रत्युत्तर में कुछ नहीं कहा। उसे भी लगा कि उसका शौहर जो एक कवि भी है, सही कह रहा है। तक़दीर के आगे आख़िर किसी की नहीं चलती।

51

खरच बढ्यो उद्यम घट्यो, नृपति निठुर मन कीन।
कहु रहीम कैसे जिए, थोरे जल की मीन॥

बेटे की आर्थिक तंगी और घर के बढ़ते ख़र्चों की चिन्ता में घुली आख़िर माँ सलीमा इस दुनिया से चली गई। जवान बेटा मिर्ज़ा ऐरच, जिसकी बहादुरी से प्रभावित होकर कभी उसे बादशाह अकबर ने बहादुर, और जहाँगीर ने शाहनवाज़ ख़ाँ की उपाधि दी थी, ज़्यादा शराब पीने से पहले ही मर गया। मिर्ज़ा ऐरच की मौत के अगले साल दूसरा बेटा रहमानदाद, जो बुख़ार में ही दुश्मन से लड़ने चला गया था, वापिस लौटते ही मर गया। इसी दौरान जब यह मुसीबत आई,

बाक़ी बचे दोनों बेटे भी साथ छोड़ गए। और तो और दोनों बेटियाँ भी बेवक़्त बेवा होकर ससुराल से उनके पास मायके आ गईं। एक के बाद एक रहीम जैसे ज़िन्दगी की लड़ाई हारता चला गया।

और फिर वह दिन भी आ गया। रहीम ने इसकी कल्पना तो की थी, मगर जब वह दिन आया तब पत्ते-विहीन पेड़ की तरह असहाय, इस दृश्य को सिवाय देखने के उसके पास कोई रास्ता नहीं बचा। पुराने ठूँठ-सा वह बस भीगी आँखों से उसे निरखता रहता। भाँय-भाँय करते तपते निर्जन रेगिस्तान में अकेलेपन की कल्पनाभर से रहीम की पूरी देह काँप उठती।

अपनी जीवनसंगिनी माहबानू के पास बैठे रहीम की आँखों से आँसू रुकने का नाम नहीं ले रहे हैं। जब-जब वह उसकी अँगुलियों को छूता, तो उनमें हल्की-सी हरकत होने लगती। जैसे माहबानू जानती है कि यह छुअन किसकी है। बीच-बीच में पुरानी यादों का कोई सूखा पत्ता आँखों के सामने आकर फड़फड़ाता, तो रहीम की हिचकियाँ बँध जातीं। सूनी आँखों से जानी-पहचानी दीवारों को देखता, तो देर तक उन्हें देखता रहता। पता नहीं किस उम्मीद में वह माहबानू का हाथ अपने हाथों में ले उन्हें सहलाने लगता।

मरणासन्न माहबानू ने अपनी भारी होती पलकों को धीरे-से उठाया और जैसे ही उसने रहीम को देखा, रहीम फफक पड़ा।

"माहऽऽऽ, ख़ुदा के वास्ते मुझे अकेला छोड़कर मत जाओ! अगर तुम भी चली गईं तो मैं किसके सहारे जीऊँगा! देखो माह, मेरा सब कुछ चला गया, फिर भी मैं तुम्हारा मुँह देखकर जीता रहा। ऐसे मत जाओ माह! ख़ुदा के वास्ते..."

काफ़ी देर से खुली पलकों में झाँकने की कोशिश की रहीम ने। मगर ठहरी हुई पलकों में किसी तरह की हरकत होती न देख, वह सिर पटककर रह गया। आख़िरकार उसकी सुख-दुख की साझेदार व शरीके-हयात माहबानू हमेशा के लिए दुनिया को छोड़कर चली गई। रहीम ने दोनों हाथों को जोड़ा और इस दुआ को पढ़ते हुए माहबानू की पलकें ढक दीं—इन्ना लिल्लाहहि व इन्ना इलैहि राजिऊन!

"आलमपनाह, यह कनीज़ पहले भी आपसे इल्तिजा कर चुकी है कि रहीम पर थोड़ा रहम फ़रमाएँ। जब तक माहबानू थी तब तक कुछ सहारा था, मगर अब तो वह भी ख़ुदा को प्यारी हो गई। माहबानू के जाने के बाद वह पूरी तरह टूट गया है। मुझसे तो उसकी यह हालत देखी नहीं जाती है।" मल्लिका नूरजहाँ ने शहंशाह से फिर अर्ज़ की।

"फिर मैं क्या करूँ बेगम?" शहंशाह जहाँगीर ने रूखेपन के साथ कहा।

"मैं शाहे-हिन्द से रहम की भीख माँग रही हूँ आलम पनाह कि उस शाने-सुखन, जिसकी बदौलत शाही दरबार की शान में कभी चार-चाँद लगा करते थे, रहमो-करम फ़रमाकर मुआफ़ कर दें। इस उम्र में वह कहाँ जाएगा और किसके सहारे जीएगा।" मल्लिका नूरजहाँ के शब्द जैसे लड़खड़ाने लगे।

शहंशाह जहाँगीर मल्लिका नूरजहाँ की बात सुनकर कुछ नहीं बोला।

"मैं जानती हूँ मेरे सरताज कि आपके दिल में अपने बुज़ुर्ग उस्ताद के लिए बेपनाह इज़्ज़त और दर्द है, मगर इंसाफ़ के आगे आप भी मजबूर थे। आप भी उन्हें सज़ा देना नहीं चाहते थे।"

"आप सही कह रही हैं मल्लिका। मन से मैं भी उनकी सज़ा के ख़िलाफ़ था। मगर हुकूमत के क़ायदे-क़ानून के आगे मेरे हाथ बँधे हुए थे। आप बार-बार कह रही हैं तो मैं उन्हें मुआफ़ कर देता हूँ, और गुज़ारे के लिए कन्नौज की जागीर के साथ एक लाख रुपए भी देने का हुक्म कर देता हूँ।"

शहंशाह जहाँगीर ने अन्ततः रहीम को माफ़ कर दिया।

अगले दिन शहंशाह जहाँगीर ने दरबार में बुलाकर इसका ऐलान किया। रहीम ने इस माफ़ीनामे को मजबूरन बेमन से वैसे ही सर झुकाकर स्वीकार कर लिया, जैसे उसने कभी सज़ा को स्वीकार किया था। प्रेम और भरोसे का जो धागा एक बार जिस झटके से टूटा, वह पहले की तरह फिर नहीं जुड़ पाया। दरअसल, प्रेम के इस धागे को बेमन और ज़बरदस्ती जोड़ने की कोशिश की गई थी। देखने में भले ही यह धागा जुड़ गया, मगर इसमें जो गाँठ पड़ चुकी थी, यह कोशिश पहले जैसा रूप नहीं दिला सकी। एक बार बात फटे दूध की तरह बिगड़ जाए तो वह फिर नहीं बनती है। इसीलिए रहीम ने भरे मन से कहा—

बिगरी बात बने नहीं, लाख करौ किन कोय।
रहिमन फाटे दूध को, मथे न माखन होय॥

रहीम का सारा दर्प किसी टूटे हुए शीशे की तरह किरचों में बिखर गया। अब सारा ध्यान उसने भक्ति और इबादत को समर्पित कर दिया। पछतावा, पश्चात्ताप और जीवन की व्यर्थता ने उसमें जैसे वैराग्य पैदा कर दिया और वह कन्नौज में अपने आख़िरी दिन गुज़ारने लगा।

तभी एक दिन रहीम को मल्लिका नूरजहाँ का सन्देश मिला कि उसे तुरन्त सिन्ध पार के लिए रवाना होना है। वहाँ महावत ख़ाँ ने बग़ावत कर दी है। रहीम तुरन्त मल्लिका के आदेश पर मुग़ल सेना का एक बार फिर से सिपहसालार बन, सिन्ध की तरफ़ रवाना हो गया।

अभी रहीम का लश्कर लाहौर पहुँचा ही था कि रास्ते में वह बीमार पड़ गया। उसके बीमार पड़ने पर लाहौर के एक बहुत पुराने बुज़ुर्ग हकीम को इलाज़ के लिए बुलाया गया। हकीम आते ही रहीम के इलाज़ में जुट गया।

एक दिन बातों-बातों में बुज़ुर्ग हकीम बोला, "जनाब रहीम साहब, आपको देखकर मुझे एक बहुत पुरानी बात याद आ गई। अगर इजाज़त हो तो बताऊँ?"

"हकीम साहब, इस उम्र में सिवाय सुनने के बचा भी क्या है। बताइए क्या याद आ रहा है!" रहीम ने उदासीनता के साथ कहा।

"यह वाक़या तब का है जब बादशाह अकबर की हुकूमत थी, और मुग़ल फ़ौज के सिपहसालार थे आपके मरहूम अब्बा हुज़ूर बैरम ख़ाँ साहब।"

"यह कब की बात है हकीम साहब?" रहीम में थोड़ी उत्सुकता जागी।

"यह बात शायद 1556 ई. यानी हिजरी 963 की है। शहंशाह हुमायूँ का इन्तकाल हो चुका था। तो जनाब, आपके वालिद अपने लाव-लश्कर के साथ पानीपत जा रहे थे।"

"इसका मतलब वे पानीपत की दूसरी जंग के लिए जा रहे होंगे!" रहीम ने अनुमान लगाया।

"आपने सही फ़रमाया। वे हेमू बक़्क़ाल, जो बाद में हिन्दू राजा हेमचन्द्र विक्रमादित्य के नाम से जाने जाते थे, उन्हीं से जंग करने जा रहे थे। साथ में आपकी वालिदा सलीमा बेगम साहिबा भी थीं।" मुस्कराते हुए हकीम बोला।

"फिर हकीम साहब?" रहीम बिस्तर से उठने की कोशिश करते हुए बोला।

"हुज़ूर आप लेटे रहिए! उठने की ज़हमत न उठाइए।" रहीम के उठने के प्रयास को विफल करते हुए हकीम आगे बताने लगा, "उस वक़्त आप पेट में थे। यहीं इसी जगह लाहौर में उनका लश्कर रुका, तो अचानक आपकी वालिदा साहिबा की तबीयत बिगड़ गई। इधर आपकी वालिदा की तबीयत बिगड़ी, उधर लश्कर को आगे रवाना होने का हुक्म हो गया क्योंकि जंग के लिए कूच करना भी लाज़िमी था।" बुज़ुर्ग हकीम को धीरे-धीरे बोलता देख, रहीम का धैर्य अब जैसे जवाब देने लगा। हकीम की धवल दाढ़ी हिलती हुई गर्दन के साथ आहिस्ते-आहिस्ते हवा में झूलने लगी।

"फिर?" रहीम ने आगे पूछा।

"लिहाज़ा सलीमा बेगम साहिबा को इलाज़ के लिए मेरे पास छोड़कर लश्कर आगे रवाना हो गया।" इतना कह बुज़ुर्ग हकीम खाँसने लगा। खाँसी जब कुछ रुकी तो हकीम ने पूछा, "रहीम साहब, आपकी अम्मीजान का तो मेवात के ख़ानज़ादा ख़ानदान से ताल्लुक़ है न?"

"जी हाँ हकीम साहब, क्यों?"

"वो क्या है कि फ़िरदौस मकानी बादशाह बाबर की आपा, जो उनसे पाँच साल बड़ी थीं, उसका नाम भी ख़ानज़ादा बेगम था।"

"जी।"

"तो क्या ख़ानज़ादा बेगम का मेवात के ख़ानज़ादों से कोई ताल्लुक़ है?"

"नहीं हकीम साहब। मेवात के ख़ानज़ादों से बादशाह बाबर या उनकी आपा ख़ानज़ादा बेगम का दूर-दूर तक कोई वास्ता नहीं है। ख़ानज़ादा तो एक ख़िताब है जिसे कभी अमीर तैमूर ने मेरी अम्मीजान के पुरखों को दिया था। बादशाह बाबर से मेवात के ख़ानज़ादों का ताल्लुक़ सिर्फ़ इतना है कि हिजरी 933 में आगरा के पास खानवा में, शाहे-मेवात ख़ानज़ादा हसन ख़ाँ मेवाती ने राजपूत राजा राणा संग्राम सिंह के साथ मिलकर, यह जंग लड़ी थी और इस जंग में हसन ख़ाँ मेवाती शहीद हो गया था। मेरी अम्मीजान इसी शाहे-मेवात हसन ख़ाँ मेवाती के चचेरे भाई जमाल ख़ाँ की बेटी हैं।"

"ओह! मैं तो समझ रहा था कि इन दोनों का आपस में कोई रिश्ता है।"

"हकीम साहब, उसके बाद क्या हुआ?" रहीम फिर से पुराने क़िस्से पर लौटते हुए बोला।

"हाँ तो उसके बाद यह हुआ कि हेमू को हराने के बाद आपके अब्बा हुज़ूर बैरम ख़ाँ साहब जब वापिस आए, तब तक आप पैदा हो चुके थे। यहीं इसी जगह पर, जहाँ आप इस वक़्त इलाज़ करा रहे हैं।"

"इस हिसाब से तो हकीम साहब आप मेरी वालिदा के हकीम ही नहीं हुए, बल्कि एक तरह से मेरे नानाजान भी हुए, क्योंकि मैं आपकी सरपरस्ती में पैदा जो हुआ।"

बुज़ुर्ग हकीम ज़ोर-से हँस पड़ा।

"हकीम साहब, क्या इत्तफ़ाक़ है कि जिस जगह मैं पैदा हुआ, वहीं दम तोड़ने भी आ गया। इस पालनहार की भी अजब माया है कि—

भावी काहू ना दही, भावी देह भगवान।
भावी ऐसी प्रबल है, कहि रहीम यह जान॥"

"रहीम साहब, आप अभी से मौत के बारे में क्यों सोच रहे हैं? अभी तो अल्लाह के फ़ज़ल से आप बहुत लम्बी उम्र जीएँगे हुज़ूर।"

"यह सब दिलासा देनेवाली बात है हकीम साहब। असल बात तो यह है कि—

सदा नगारा कूच का, बाजत आठों जाम।
रहिमन या जब आइ कै, को करि रहा मुकाम॥"

"हुज़ूर, आप ये कैसी बहकी-बहकी बात कर रहे हैं।" हकीम घबराते हुए बोला।

"हकीम साहब, मुझे यहाँ से इसी वक़्त देहली लौटना होगा।"

"देहली! हुज़ूर, यह आप क्या कह रहे हैं? आपको अचानक यह हो क्या गया है? घबराइए मत, ख़ुदा ने चाहा तो आप बहुत जल्द सेहतयाब हो जाएँगे। मैं इलाज़ कर रहा हूँ न आपका। वैसे भी अभी आप जाने लायक़ नहीं हैं।"

"हकीम साहब, कई बरस पहले मैंने अपना मक़बरा वहीं अपने मौसा जन्नत आशियानी हुमायूँ के बग़ल में बनवा रखा है। बस, मुझे इसी वक़्त का इन्तज़ार था।" फिर रहीम ने अपने पपड़ाए होंठों पर जीभ फेरी और एक मायूसीभरी मुस्कराहट के साथ बोला—

रहिमन भेषज के लिए, काल जीति जो जात।
बड़े-बड़े समरथ भए, तौ न कोउ मरि जात॥"

बुज़ुर्ग हकीम की कुछ समझ में नहीं आ रहा है कि वह क्या करे। घबराहट में कभी वह रहीम की नाड़ी देखने लगता, तो कभी माथे को छूकर देखता। पसीने-पसीने हो गया वह।

"आप मेरी फ़िक्र न करें हकीम साहब। मैं फ़िलहाल एकदम ठीक हूँ।" इतना कह रहीम ने पास खड़े ख़िदमतगार को कुछ इशारा किया। इशारा पाते ही ख़िदमतगार ने ख़ेमे में एक तरफ़ टँगी रेशमी थैली को उतारा और उसे रहीम को दे दिया।

"हकीम साहब, आप मेरे दूसरे नानाजान हैं। मेरी एक छोटी-सी गुज़ारिश है आप इनकार नहीं करेंगे।" रहीम ने हकीम की तरफ़ देखकर विनती की।

"हुज़ूर, बोलिए, मुझसे जो बन पड़ेगा मैं करने की कोशिश करूँगा।"

"आप यहाँ आइए मेरे सिरहाने।"

हकीम तुरन्त रहीम के सिरहाने आ गया।

रहीम ने इसके बाद बुज़ुर्ग हकीम के मुलायम हाथों को धीरे-से अपने हाथ में लिया। फिर उस रेशमी थैली को उसे देते हुए बोला, "हकीम साहब, आप इसे अपने इस नवासे की तरफ़ से एक छोटा-सा तोहफ़ा समझकर रख लीजिए!"

"रहीम साहब, यह आप क्या कर रहे हैं? आप जानते हैं इसमें कितनी दौलत है?" बुज़ुर्ग हकीम के हाथ थैली लेते हुए काँपने लगे।

"हकीम साहब, यह दौलत मेरे किसी काम की नहीं है। अपने पास रखकर मैं इसका क्या करूँगा। लगता है ख़ुदा ने मुझे अपनी इस चला-चली की बेला में, यहाँ इसीलिए भेजा है ताकि मैं आपके कुछ काम आ सकूँ। मना मत करना। आपने अपनी बेटी की तरह मेरी अम्मीजान की जो ख़िदमत की थी, समझ लेना यह उसका छोटा-सा मेहनताना है।"

"मगर रहीम साहब, मेहनताना तो मुझे आपके अब्बा हुज़ूर ने उसी वक़्त दे दिया था। रिवायत तो यह कहती है कि क़ायदे से नवासा होने के नाते मुझे आपको कुछ देना चाहिए। नवासे से लेने का नहीं, उसे देने का हक़ बनता है।"

"ख़ुदा के वास्ते मना मत करिए हकीम साहब। अपने नवासे की तरफ़ से इसे छोटा-सा नज़राना समझकर रख लीजिए। काश, मेरे पास इस वक़्त और दौलत होती, तो मैं उसे भी आप पर क़ुर्बान कर देता। मगर क्या करूँ बदक़िस्मती से आपसे तब मुलाक़ात हुई है जब—

ए रहीम दर-दर फिरहिं, माँगि मधुकर खाहिं।
यारो यारी छोड़िए, वे रहीम अब नाहिं॥"

कहते-कहते रहीम की आँखें भर आईं।

"रहीम साहब, मैं समझ सकता हूँ आपकी हालत।"

"हकीम साहब, मेरे ऊपर आप बस यह मेहरबानी और कर दीजिए कि मल्लिका नूरजहाँ को यह इत्तिला करवा दें, कि मुझे जितनी जल्दी हो सके देहली बुलवा लें। सच कहूँ हकीम साहब, ये कंधे अब इतने कमज़ोर हो गए हैं कि अपना ही भार ढोना मुश्किल हो गया है।"

"मगर बीमारी की हालत में इतना लम्बा सफ़र करना भी तो आपके लिए मुनासिब नहीं है।"

"जब सत्तर बरस का एक ज़ईफ़ और हारा-थका आदमी सिपहसालार बन लाहौर आ सकता है, तब वह लाहौर से देहली भी जा सकता है। आप बेफ़िक्र रहिए, मेरी साँस जन्नत आशियानी हुमायूँ के पास ही जाकर टूटेगी।"

बुज़ुर्ग हकीम ने इसके बाद कुछ नहीं कहा। रहीम की सख़्त बीमारी का हवाला देकर उसने देहली ख़बर पहुँचवा दी कि जितनी जल्दी हो सके रहीम को देहली बुलवा लिया जाए।

देहली पहुँचने तक अब्दुर्रहीम की कमज़ोरी और बढ़ गई।

"हुज़ूर, आपकी कोई ऐसी ख़्वाहिश जिसे आप जीते-जी पूरा होता हुआ देखना चाहते हों?" रहीम की सेवा में लगी कनीज़ ने एक दिन उससे पूछा।

"मोहतरमा, यह सवाल आप पूछ रही हैं, या आपसे किसी ने पुछवाया है?" रहीम ने कनीज़ से पूछा।

"हुज़ूर, मल्लिका साहिबा ने पुछवाया है।"

मल्लिका नूरजहाँ का नाम सुन रहीम ने एक गहरी साँस लेते हुए कहा, "जीते-जी तो कोई ऐसी ख़्वाहिश बची नहीं है। हाँ, मरने के बाद मल्लिका से कह देना, कि हो सके तो मुझे मेरे मौसा बादशाह हुमायूँ, बड़ी अम्मी शाहबानू बेगम, अम्मीजान और मेरी माहबानू के मक़बरों के बग़ल में जगह दिलवा दें!"

आख़िरकार इकहत्तर बरस की उम्र में रहीम ने इस जहाँ-ए-फ़ानी को हमेशा के लिए अलविदा कह दिया। रहीम को हुमायूँ के मक़बरे के पास उसी मक़बरे में दफ़ना दिया गया, जो उसने जीते-जी अपने लिए बनवाया था।

इस तरह बैरम ख़ाँ का बेटा और ख़ानज़ादों या कहिए शाहे-मेवात हसन ख़ाँ मेवाती के चचेरे भाई जमाल ख़ाँ की छोटी पुत्री सलीमा से पैदा हुआ अब्दुर्रहीम नाम का कुलदीपक भी बुझ गया। एक ऐसा कुलदीपक जिसकी शिराओं में आधा तुर्कमानी मुसलमान और आधा हिन्दू राजपूत का रक्त दौड़ता था। जिसकी हिन्दवी ज़बान में अरबी, फ़ारसी, तुर्की, संस्कृत, हिन्दी, ब्रज और मेवाती की मिश्रित मिठास घुली हुई थी। दफ़न हो गई दो सौ सत्तर सालों की मेवातियों की वह क़ुर्बानी, जिसके सबूत हमें अपने इतिहास के मटमैले पन्नों में खोजने पर भी आसानी से नहीं मिलते हैं।